ANGLE OF REPOSE
安息角

〔美〕华莱士·斯特格纳 著
薄振杰 等 译

人民文学出版社

著作权合同登记号　图字 01-2020-3574

Wallace Stegner
Angle of Repose

Copyright © 1971 by Wallace Stegner
This edition arranged with BRANDT & HOCHMAN LITERARY AGENTS, INC. through BIG APPLE AGENCY, INC., LABUAN, MALAYSIA.
Simplified Chinese edition copyright © 2020 by Shanghai 99 Readers' Culture Co., Ltd.
All rights reserved.

图书在版编目(CIP)数据

安息角/(美)华莱士·斯特格纳著;薄振杰等译.
—北京:人民文学出版社,2020
(20世纪现代经典文库)
ISBN 978－7－02－016521－6

Ⅰ.①安… Ⅱ.①华… ①薄… Ⅲ.①长篇小说-美国-现代 Ⅳ.①I712.45

中国版本图书馆 CIP 数据核字(2020)第 145786 号

责任编辑　朱卫净　骆玉龙
封面设计　钱　珺

出版发行　人民文学出版社
社　　址　北京市朝内大街 166 号
邮政编码　100705

印　　制　山东新华印务有限公司
经　　销　全国新华书店等

开　　本　890 毫米×1240 毫米　1/32
印　　张　20
字　　数　400 千字
版　　次　2020 年 12 月北京第 1 版
印　　次　2020 年 12 月第 1 次印刷

书　　号　978-7-02-016521-6
定　　价　99.00 元

如有印装质量问题,请与本社图书销售中心调换。电话:010－65233595

献给我的儿子佩奇

感谢 J. M. 和她的妹妹出借先祖信件供我使用。需要说明的是，我虽然借用了她们先祖生活的许多细节和人物，但因虚构需要，出现在本书里的人物性格和事件都已经过变形处理。这是一部从他们的真实生活中选取了部分素材的长篇小说，它在任何意义上都不是一部家族史。

第一章　格拉斯瓦利

1

我一直担心他们不让我一个人住在这里，现在终于放心了。罗德曼之所以今天跑来，显然是为了看我的笑话。然而，当他看到，我不仅自己能上下楼，打扫卫生，还把书房搬到了楼上，惊讶得半天说不出话来。当然，我也因此而洋洋自得。下午时分，由于没有得到想要的"数据"，罗德曼一个人悻悻地离开了。

到了晚上，我独自一个人坐在录音机前，听着磁带转动时发出的"沙沙"声响，对着麦克风录入时间和地点："一九七〇年四月十二日，加利福尼亚州，格拉斯瓦利①，黄道带平房。"

此时此刻，我很想让不相信时间的罗德曼留意一些东西：我开始建立当下，而当下持续向前。我所建立的东西现在已被埋葬在一层层的磁带条里，成为过去了。在我能说"我在"之前，我便已成为"曾在"。赫拉克利特②和我都是"万物皆流"的信奉者，我们都知道"流"是由诸多模仿和重复彼此的部分构成。无论是过去的我，还是现在的我，都是岁月的累积。无论你和莉亚怎么看，是过去的我造就了现在的我。我和我的父母、祖父母，拥有很多相似之处——无论是身材、肤色、头脑、骨骼（这一点确实不是什么好事情），还是脾气、性格、喜好、道德观和道德瑕疵。当然，关于道德瑕疵的形成，我更愿意将其形成归因于成长环境。

我在祖传的老宅里住着，这宅子历经沧桑，就连里面的空气都

---

① 格拉斯瓦利（Grass Valley）：地名。美国加利福尼亚州内华达县的一个小镇。
② 赫拉克利特（Heraclitus），古希腊哲学家，爱菲斯学派的代表人物。他有一句名言：人不能两次踏进同一条河流。

承载着历史的厚重。我的祖先庇佑着我，犹如拐角处的紫藤庇佑这老宅——从外头看，藤蔓蜿蜒曲折，攀缘而上，绕房三两圈。令人不禁感叹，倘若墙上的紫藤断裂，这宅子恐怕也会随之倒塌吧。

罗德曼和大多数社会学家一样，没有历史感，也不重视过去。他们这代人大多这样。对他而言，历史只是一门夭折了的社会科学。"世道变了，老爸，"他经常这样跟我说，"虽能回顾过去，但难以预知未来。也许它曾经可以，或似乎可以。但现在不行了。"他认为我顽固不化，估计还会在枕边跟他妻子这样议论我：

> 他真是疯了，竟然要求自己一个人住……我们怎么才能……除非……真是没办法……万一他的轮椅从门廊滚翻下去了，谁扶他起来？……他连点雪茄都很困难。倘若着了火，那就更麻烦了……真是个老顽固……小孩子都比他省心……他丝毫不考虑我们这些照顾他的人的感受……他天天说，"我在这里出生，在这里长大"……"手稿，"他说，"这是我一直想做的事情……祖母的手稿、书籍、回忆录、物品，还有奥古斯塔·哈德森去世后从她女儿那里拿回来的上百封书信……还有祖父的遗物，父亲的，我自己的……百年家谱。"好吧，我就是不明白，他为啥不把这些文物赠给历史协会呢？或许还能得点儿奖金呢。而且，又不影响他搞研究。他为啥偏偏喜欢独自一个人住在这座破房子里，天天与蜘蛛网作伴？再说，这座破房子足足有十二英亩。如果他同意，说不定能卖个好价钱。

我知道，他们都是为了我好。我不怪他们，我只是抗拒他们。罗德曼一定会跟莉亚说，我愿意怎么做就怎么做吧。我让埃德把楼上其他房间封死，只留下卧室和洗漱间，还有这间书房。楼下只留厨房、图书室和阳台。一切安排妥当，井然有序。没有"数据"。

我知道，如果我坚决独自生活，他们肯定定期过来看我。如果发现我有衰老或疼痛加重的迹象——也许这正是他们期望看到的——他们就会蹑手蹑脚靠近我，拿个绳子套住我又老又僵的脖子，把我送到门罗帕克的养老院里。说实话，那所养老院名声不错。住在里面的老家伙生活充实，心情愉悦。如果我仍然固执己见，他们肯定会让电脑帮我做决定。人不能和机器讨价还价。罗德曼将数据输入电脑，所得结果只有一个——我需要有人照料——我必须去养老院。

我想让他们知道，我虽然年龄大了，而且行动不便，但生活尚能自理，头脑也很清楚，而且还想弄明白很多事情。现如今，我终于能够坐下来，一个人好好想一想。谁有过比这更好的机会？就算我不能转动脑袋，但可以转动轮椅，同样能面对任何方向。和罗德曼正相反，我选择回首过去，而且坚信，这才是正确的方向。

刚刚截肢的那段日子里，我有很长时间都在卧床自怜，渐渐地，我觉得自己如同笼中之鸟。我很想在塞拉丘陵①上空倒着盘旋，俯瞰下方。既然难以预知未来，我只有回顾过去。我所说的过去并非针对艾伦，我不针对任何人。我叫莱曼·沃德，娶了艾伦·哈蒙德为妻，有个儿子罗德曼·沃德。我教授历史，撰写过一些有关西部边疆的图书专著。也许命该如此，我还遭受了一场意外，勉强捡回了一条性命，如今才能坐在录音机前，对着麦克风自言自语——我并不是故事的主角，只是庞大参考系中的一个参考点。我反复阅读祖父母的手稿，尤其在读祖母的手稿时，我隐约感觉到，我们的生活居然如此贴近。然而，我虽能意识到个中关联，却又无法全然领悟。我想试着过一把他们的人生，只有这样，我才能逃离眼前的生活。实际上，当我顺着鼻尖往下看，看到自己空荡荡的右腿，立刻清醒了许多——想让时光倒流，显然是痴心妄想，就像我现在很

---

① 塞拉丘陵（Sierra Foothills），位于美国加利福尼亚州。

想再次获得双脚触碰地面的感觉。

我想象着自己这样给报社写信：

亲爱的编辑，我是一个只剩下一条腿的残疾人，行走需要乘坐轮椅。时光荏苒，现如今已是二十世纪七十年代，和我祖父母所在的时代完全不同。现在的西部已经不再是当初他们苦心经营的天地，就像圣托里尼岛①也已沧海变桑田。定义伟大和善良的准则也已不复从前。结婚二十五年的妻子为追求自我解放离我而去，成为陌路，我和儿子虽有血缘关系，但代沟巨大。打个比方，横亘在我和儿子之间的与其说是一条沟壑，倒不如说是一片大海。他已经成家立业了。我现在可谓孤家寡人，无依无靠。

我的祖辈们一生穿梭在不同的环境中，他们在旧中求新，就像珊瑚礁层层叠叠累积。我赞同祖辈们的做法。我相信时间的力量，相信生命绝非一成不变，而且是不断延续的。我们应时代而生，努力奋斗，又在前人栽种的树荫下乘凉。我们不应遗忘过去。遗忘的代价我们无法承担。

如此种种。信纸褪色，话语渐去。如果我对罗德曼这么说，说祖父母的生活才是真实鲜活的，而我们的生活就像是镜花水月，他一定会问我此言何意。他肯定会说，这不过都是些比喻罢了。如果没办法测量，任何事物就不存在。但问题是，怎样才能测量一个人或者一个时代真实存在过的痕迹呢？

罗德曼擅长测量。他关注变化，却只研究过程的变化；他关注价值，但只在意数据的价值。X 这么想，Y 那么想，但十年前 X 和 Y 的看法恰好相反，由此便可推算出变化率。问题是，他根本懒得

---

① 圣托里尼岛（Santorini），位于希腊大陆东南 200 公里的爱琴海上。历史上曾发生多次火山爆发，岛屿中心大面积塌陷，原来圆形的岛屿呈现为月牙状。

研究超过十年的事。

像伯克利的激进派①一样，罗德曼深信后工业、后基督教的世界早已分崩离析。因为其本质已经腐朽，根本无法创造出未来社会所需要的政治结构、人际关系、社会风尚、道德观和伦理体系（至少它们目前还是必要的）。这样下去，社会就会陷入瘫痪，亟须拯救。罗德曼·沃德视自己为文化英雄，他这颗受历史深刻影响的头颅已经全副武装起来，时刻准备描绘蓝图、疾声宣告，利用终极法宝拯救人类于水火，带来真正的自由。同时，家庭关系也需要变革，我们所熟悉的家庭和婚姻关系也正在消亡。他在保罗·古德曼②的影响下摆脱了玛格丽特·米德③。他与静坐示威者待在一起，他不顾一切改造我们，他要做他的蛋饼，哪管什么鸡飞蛋打。他就像那个越南指挥官一样，会为了拯救我们的村子而满怀歉意地摧毁它。

我儿子天性善良、聪明伶俐，学识渊博而且精力旺盛，但有些莽撞无礼。连门铃也挡不住他的冒失——他进门前从来不先按门铃，都是直接推门而入。如果推不开，就接连再推。确定推不开才按门铃，并且一直按个不停。今天中午他就是这么叫我开门的。

我一听就知道是他来了，磨磨蹭蹭半天才去给他开门。一方面，我盼望他来看我，另一方面，又不想他来。我工作时喜欢安静，不想被人打扰。

每到清晨，祖母留下的这间工作室总是洒满阳光，我很喜欢。日常物品很容易老化，但在这里始终保持原来的模样。我添置了录音机、台灯等新物件，但丝毫没有改变它的温馨舒适。我坐在轮椅

---

① 伯克利（Berkeley）素以政治立场偏左而闻名，也是美国众多自由派社会运动的发源地。
② 保罗·古德曼（Paul Goodman, 1911—1972），美国作家、社会评论家、公共知识分子，20世纪六七十年代美国反文化运动及去学校化思潮中的重要代表人物之一。
③ 玛格丽特·米德（Margaret Mead, 1901—1978），美国人类学家，主要作品有《萨摩亚人的成年》等，被誉为"人类学之母"。

上，身子靠近办公桌一角，桌子上满是书和手稿，手肘处有一叠黄色的便笺，一个笔筒，里面装有钢笔和铅笔，还有录音机的话筒。面前墙壁上挂着一条宽皮带、一把内战时期的木柄左轮手枪、一把猎刀和一对齿轮有四英寸的墨西哥马刺。这些东西都是祖母挂上去的，我儿时就有印象。当我在盒子里发现这些东西后，立刻就把它们挂回原来的位置了。

祖母为什么把它们挂在一抬眼就能够看到的地方？没人知道个中缘由。显然这些都不像她的风格。在清晨阳光的映射下，墙上紫藤萝斑驳的影子才是她的风格。她之所以挂这些东西，是为了纪念自己第一次去西部的经历？那是一八七六年，她新婚不久就来到西部的新阿尔马登①，居住在橡树林中的小房子里。据她信中所说，她一来，就看到祖父家餐厅和客厅之间的门拱上挂着这些东西。之所以没舍得扔掉，是因为似乎这些东西对祖父而言意义特别重大。左轮手枪是祖父的哥哥从一个被俘的叛军那里缴获来的，猎刀是祖父自己早年在加利福尼亚一直佩戴的，马刺则是一位墨西哥罐头厂工人送给祖父的。为什么祖母要把这些原始质朴且充满男子气概的纪念品安放于此？有趣的是，她从新阿尔马登来到这里，还把这些东西一直保留着，保存了大半辈子。之所以把这些东西挂在显眼的地方，应该是在时刻提醒自己记得过去的那段岁月，心怀感恩吗？也许是的。

还没到中午时分，我坐在挂满这些老物件的房间里，身心舒适惬意。今天早上，我没用艾达帮忙，自己下了床，吃完早餐，还喝了一杯咖啡，服下一片阿司匹林。温暖的阳光洒在我的脖子和左侧身子上。这一切都令我心生感激。

然后，门铃就响了。

---

① 新阿尔马登（New Almaden），位于美国加利福尼亚州圣塔克拉拉县，拥有美国开采最早且产量最大的汞矿。Almaden 源自阿拉伯语，意为"矿山"。

书桌上的手稿被阳光照得明晃晃的，我坐着轮椅去开门。眼看轮椅都坐两年了，但我还没有适应。我的上半身像座雕塑，下半身借助轮椅活动自如，总体上看恰似一架装有轮子的钢琴。轮椅是电池驱动的，我几乎不用费什么力气。尽管如此，似乎我静止不动，是周围的一切在移动。它们不断从我的面前经过：先是玻璃窗、靠窗的座位、窗外的紫藤萝花丛、墙上悬挂的祖父母照片，还有他们的三个孩子，艾格尼丝最小。墙上还有一幅她的水彩画。画中的她才三岁，眼睛睁得大大的；然后是装裱起来的信件，有来自惠蒂埃[1]的，朗费罗[2]的，马克·吐温的，吉卜林[3]的，豪威尔斯[4]的，还有格罗弗·克利夫兰[5]总统的（是我把这些信件装裱起来的）。我调整轮椅，正对房门。此时此刻，阳光已经洒满老旧的棕色木地板。我慢慢朝房门方向移动，门外访客一手摁门铃，另只手"咚咚"地敲着房门。

尽管我已经在这里待了十天，对这里的一切都比较熟悉了，仍然花了一分钟才挪到固定器的位置，把我的轮椅固定在电梯上。我真想冲罗德曼大声叫喊：看在上帝的分上，别按了，我马上就好。我生怕自己出什么岔子。否则的话，他等来的就是七零八落的轮椅部件和头破血流的残疾老头儿。

终于，我把自己固定好，按下开关，启动电梯。坐电梯的失重感让我不免心口发慌，下降的过程就像潜水，地板自下而上没过我的头顶。我的头始终僵硬地面对楼下的墙。下降到一半时，墙上的

---

[1] 约翰·格林里夫·惠蒂埃（John Greenleaf Whittier, 1807—1893），美国诗人。主要作品有《大雪封门》《新英格兰的传说》等。
[2] 亨利·朗费罗（Henry Wadsworth Longfellow, 1807—1882），美国诗人、翻译家。主要作品有《夜吟》《伊凡吉林》等。
[3] 约瑟夫·吉卜林（Joseph Rudyard Kipling, 1865—1936），英国作家、诗人。主要作品有《丛林之书》《老虎！老虎！》等。
[4] 威廉·迪恩·豪威尔斯（William Dean Howells, 1837—1920），美国小说家和文学评论家，1871年至1881年任《大西洋月刊》主编。
[5] 格罗弗·克利夫兰（Stephen Grover Cleveland, 1837—1908），美国政治家，第22、24任美国总统。

一幅前拉斐尔派[1]印象画映入眼帘，画中有个水手，几个小男孩围在他身边聆听他讲话，十分入迷。这幅画也许就出自祖母之手——这种让平凡生活变得不平凡的作品，正是她的风格。随着电梯不断下降，我也逐渐和画作在同一水平线了。罗德曼终于看到我和轮椅了，门铃声和敲门声总算停了下来。

我坐着轮椅出了电梯，那丛紫藤萝把低处的窗户遮得严严实实，让我好似来到了水下十英寻[2]处，灯光昏暗还透着点绿色。我拿拐杖松了锁扣，又小心翼翼地把锁扣放回轮椅旁边的托架上。罗德曼正看着我呢，所以我尽可能小心谨慎——我一只手按开关，另一只手搭在轮椅上，操纵着轮椅。墙面在我眼前旋转，直到罗德曼的脸出现在我眼前。他透过窗玻璃看着我，就像潜水员透过氧气面罩看着水中的一条鱼——这条鱼长着胡须，面带微笑，因为玻璃的缘故，面部显得有些变形，但总体精气神不错。

以下是罗德曼此次到访的结果，从他的角度来看几乎一无所获：

第一，他没能劝服我回去和他们同住，也没再强求送我去门洛帕克的养老院。

第二，他劝我不要一个人坐着轮椅到处乱跑，但我不听他的。我已经找人把地面有台阶的地方全都改造成斜坡，还为此而沾沾自喜，当然，小的磕碰仍然在所难免。刚才就磕了腿一下，而且痛得非常厉害。真想晃动着我那颤颤巍巍的残肢，龇牙咧嘴地嚎叫几声，但不得不强作若无其事。我不知道他能否从我脸部的表情看出些许端倪。不是我非要逞强，万一他看出来呢？我多么希望可以不

---

[1] 前拉斐尔派（Pre-Raphaelite），1848年在英国兴起的美术改革运动。其作品基本上以写实的传统风格为主，画风审慎而细致，用色较清新。主要人物有伯恩·琼斯、威廉·霍尔曼·亨特等，主要作品有《觉醒的良心》《圣母领报》等。
[2] 英寻（Fathom），英制深度单位，1英寻约合1.83米。

坐轮椅，像正常人那样安全畅行。

第三，罗德曼帮我在椅子上安装了个对讲机。如果遇到什么麻烦，我就可以随时呼叫公路巡逻队来帮忙，但我并无此意。唯一可能的紧急状况就是，有时候我离卫生间太远，而且因为磕碰痛得厉害，不想从轮椅上下来方便，我就使用尿壶。我给尿壶取名为"警察朋友"。希望警察能够帮我解决当尿壶里的尿满溢出来时的尴尬。我很想知道，是否会有警察把这当成紧急状况来处理。

第四，我并不因为"越来越像我的父亲"而感到焦虑，但我的家人显然很忌讳这一点。事实上，若不是我身有残疾，我倒希望罗德曼将这一点公之于众。我的父亲确实生活得不太幸福。自从矿井关闭后，他就一直待在这里，最后精神有些失常。艾达和埃德不得不像照看无理取闹的小孩子一样照料他。罗德曼经常这样问我：如果有一天他来看我，发现我也和祖父一样老是自言自语，他应该怎么办？其实，我每天都在对着这个麦克风自言自语，甚至还挺喜欢这样做。我俩其实都心知肚明，当我有一天变得神志不清时，他就可以把我接走，就像我曾经对我父亲做过的那样。

第五，我不会让埃德和艾达搬到一楼住。他们就住在山脚下的村舍里，离我足够近，随时可以来帮我。

第六，我打算继续研究祖母的手稿，写一本关于"一个有趣的人"的书。罗德曼总是担心我意气用事，把满腹才华空耗在一个无名小卒身上（尽管他蔑视历史，却因为我获得班克罗夫特奖①而感到非常自豪）。在他看来，我称祖母为"一个有趣的人"太俗气。他没什么历史概念，只是简单地认为，富有历史意义的一定是"丰富多彩"的，就好比北部矿山那些我非常熟悉的人，他们大多富有传奇色彩。譬如，劳拉·蒙特斯②，这位肆意放荡的女人，虽然出生

---

① 班克罗夫特奖（Bancroft Prize），美国史学界的最高奖项，每年颁奖一次。
② 劳拉·蒙特斯（Lola Montez, 1821—1861），爱尔兰舞蹈家、演员，19世纪欧洲贵族的宠妓。

于爱尔兰的贫穷人家，但欧洲名流显贵几乎一大半都拜倒在她的石榴裙下，其中包括弗朗兹·李斯特①和大、小仲马②。后来，她成为巴伐利亚公国路德维希一世的情妇，被封为兰兹菲尔德伯爵夫人。一八五六年，她去了旧金山，为那些矿工和掘金者跳舞（哎！劳拉！），此后又辗转来到格拉斯瓦利，嫁给了一个普通人，在这里生活了两年。

这就是罗德曼眼里的历史。西部近四分之一的考古学家都发掘过可怜的劳拉的坟墓。我的祖父母因为是普通人，而逃过这种劫难。

我敢肯定，罗德曼对我的祖父一无所知。祖父极富创造性，思想至少领先同时代的人二十年。他总想着干一番伟大的事业，成为西部的建设者。后来，他不得不向生活妥协，当了黄道带矿井的主管，具体细节我不太清楚。罗德曼大概觉得这份工作就是我祖父孜孜追求的，并且最终如其所愿。在他的眼里，我祖父或许就是乔治·赫斯特③的弱化版，既没有走歪门邪道，也谈不上功成名就。所以，没人对他感兴趣。

有意思的是，为了搞明白我现在的反常状况，罗德曼竟花费了许多心思来读我祖母的一些故事，浏览了几本刊载她画作的杂志，但收获不大。他说，作品充满了虔诚的克制，一切都被维多利亚时代的风格所掩盖。他引用了我祖母从女性视角出发写的一句话，来证明她终其一生也只不过是井底之蛙。

罗德曼觉得，祖母的画作也像她的人生。我曾拿美国艺术史举

---

① 弗朗兹·李斯特（Franz Liszt, 1811—1886），匈牙利著名作曲家、钢琴家、指挥家。主要作品有交响曲《浮士德》《但丁》、钢琴曲《十九首匈牙利狂想曲》等。
② 大、小仲马（Dumas），为大仲马（Alexandre Dumas Père, 1802—1870）和小仲马（Alexandre Dumas Fils, 1824—1895）父子二人的统称。二人均为法国剧作家、小说家。
③ 乔治·赫斯特（George Hearst, 1820—1891），美国拓荒者，后发家办报。其子为威廉·赫斯特（William Randolph Hearst, 1863—1951），美国报纸发行人、报业大王，继承父亲的产业，并将其发展成庞大的报业集团。

例，跟罗德曼说道，祖母是那个时代最为出名的女性插画家，也是唯一一个为描绘早期西部作出贡献的女性。罗德曼并不同意。他反驳我说，如果果真如此，为什么没人收藏她的作品呢？最后，他还特别指出道，"尤其还是个女性插画师"。值得一提的是，罗德曼常常以一个维护弱势群体利益者的形象出现在报纸上。就在上周，他的一幅支持提高妇女地位的插画登载在《旧金山纪事报》上。

好吧，我的祖母。我暂且从书桌前转过身子，看着相框中的您。相框边上摆放着与您同时代的人写给您的信，信中满是敬仰之情。仅仅因为您很出名，是一名白人女性，是我的祖母，我就理应对您感兴趣吗？您和祖父的天赋与才能，终生不懈努力，就要终结在罗德曼和我的手上吗？一个社会学家和一个瘸子？您的人生或者是您的画作，不会给我这个瘸子带来一点点启发吗？

祖母是一位高贵的公谊会①教徒，下嫁给了一个不怎么成功的工程师。在他郁郁不得志的日子里，祖母始终在支持他。祖母，你从新阿尔马登、圣克鲁兹、莱德维尔、米却肯州，一路到蛇河谷，最后来到石英深矿，入住这间房子。即便一路颠沛流离，住在峡谷的营帐里，你都坚持请家庭教师给孩子们上课，这在爱达荷州绝无仅有。让子女获得最好的东部式教育是你最大的梦想。

你还记得吗？过去常常有些与世隔绝的矿工、地质学家、测量师及勘测员碰巧翻到一本《世纪》②或《大西洋月刊》③，在里面看到你对他们生活的描述，便写信来问你：像您这样一位女士，对巷道、采矿场、卸场、泵、矿石、矿物含量测量、矿业法、矿霸、地下勘测这些事情怎么会知道得这么清楚？记得有人还特地写信来打

---

① 公谊会（The Society of Friends），基督教新教的一个派别，又称教友派、贵格派。兴起于17世纪中期的英国及其美洲殖民地，创立者为乔治·福克斯。
② 《世纪》（The Century），19世纪后期美国主要期刊。1881年创刊于美国纽约，于1930年停止发行。
③ 《大西洋月刊》（The Atlantic），创办于1857年的泛文化刊物，是美国最受敬重的杂志之一。

听：像"安息角"①这种术语，您是从哪里知道的？

我想，您一定会这样回答："因为我的丈夫是一名工程师"。鉴于您对词语运用很敏锐，一定能够意识到"安息角"一词除了用来描述"斜面上物体的临界状态"，还可用来形容人同样性质的状态。这词只用于描写物体太可惜了。您希望有一天能够用它来终结自己流离转徙的生活。我同样向往达到这一状态，当然不是像现在这个样子，行走靠轮椅。我不知道您是否实现了您的愿望。曾经有段时间，祖母事事都不顺心：丈夫的事业、自己的婚姻、内心感受与信念，所有这一切都让她心烦意乱。我不知道您是否走出了人生低谷，找到安息角最佳支点即三十度角，从而过上幸福快乐的生活。当您九十一岁高龄离开这个世界时，《纽约时报》刊发讣告，称呼您为"一位西部女性、西部作家和艺术家"时，我也不知道您是否真的喜欢此称谓？或者正如您写给奥古斯塔的信中所流露出的情绪那样——亨利·詹姆斯②当年背井离乡，也不如您在博伊西峡谷流离失所般的生活凄惨。我的整个童年，还有之后的许多夏天，都是在这座房子里和您一起度过的。我一点儿也不知道，在您平静的外表下，内心是否真的安详平和？我希望如此。我也希望能从您的手稿中得到这些问题的答案。

如果亨利·亚当斯，您的一位好朋友，可以把热力学第二定律应用于人类社会，并提出相应理论，或许我也可以根据安息角提出一个理论。对了，还有一条物理定律也很有意思：多普勒效应——任何事物发出的声音，如果是由远而近传来（比如，火车的鸣笛声、来自未来的脚步声等），将会比它从近到远传来时音调更高。如果能够准确地知道音调，数学又足够好，我们就可以根据物体到

---

① 安息角（Angle of Repose），物理学术语，亦作休止角，指斜面使置于其上的物体处于沿斜面下滑的临界状态时，该斜面所处的角度。
② 亨利·詹姆斯（Henry James, 1843—1916），美国小说家、文学批评家、剧作家和散文家。主要作品有《美国人》《一位女士的画像》等，对20世纪崛起的现代派及后现代派文学影响巨大。

达和离去的声音间隔,计算出物体的速度。我音准不好,数学也不行。再说,谁会去计算历史的速度呢?落体的速度总归是越来越快的。祖母,我想要像您一样,听到生活呼啸而来的声音,而不是像我现在这个样子,机遇错失,期待落空,理想破灭,热情不再,败局已定,悲悲切切。罗德曼觉得您的生活很无趣,我却正好相反。我自己已经没有未来,我渴望听到来自您生活的脚步声,期待从中再次找到我的未来。

您一生总在怀念过去,这样会产生一种多普勒效应。过去的生活,虽说你早已放弃,但总在你的脑海中萦绕。你失去的一切都在奥古斯塔的信中重现。于是您假装过着和她一样的生活,时而与文学巨匠共进晚餐,时而去纽波特拜访拉·法吉[①],时而参加白宫午宴,时而周游意大利和巴勒斯坦。奥古斯塔和名流之间的日常往来,像一大束五彩斑斓的鲜花,遮挡住您操劳贫寒的生活,正如您时常为您的作品增光添彩那样。我手头的这封信,是祖母在奥古斯塔搬进斯塔滕岛[②]上的斯坦福·怀特府邸时写给她的:"您在往新壁炉添柴之前,先把孩子们叫过来,让他们站在壁炉边上,这样炉火就会像阳光一样,洒落在他们身上。请你把这个情景画下来寄给我。"

这个时候,祖母在什么地方?在博伊西峡谷,在一个防空洞里。

如果不嫁给祖父,祖母也许能过上和奥古斯塔同样的生活。但她嫁给祖父了,就不得不接受现在的生活。她爱祖父,感情真挚,但我总觉得她爱得有些勉强。她一定觉得,正如祖父所认为的那样:他高攀了她。我一直在想,祖母真正理解过、欣赏过他吗?随

[①] 拉·法吉(John La Farge,1835—1910),美国艺术家,美国早期的壁画家和彩色玻璃设计师之一,主要作品有《升天》《战争纪念之窗》等。
[②] 斯塔滕岛(Staten Island),位于曼哈顿以南的纽约港内,与数个小岛组成里奇蒙县及纽约市的斯塔滕岛行政区。

着一天天变老，她有没有真正放下骨子里的傲气？

她并没有恃才傲物，也没有瞧不起任何人。她总是精力充沛，从来不畏艰难困苦。约翰·格林里夫·惠蒂埃经常说，一边擦洗地板，一边就最新出版的《北美评论报》侃侃而谈，这样的姑娘，他只认识一位，就是我的祖母。祖母可以忍受各种艰难困苦，有时甚至还会觉得这是一种享受。在莱德维尔时，她就住在只有一个房间的小屋子里。正是在这个小屋子里，她自认为主持了当时美国最棒的沙龙。她喜欢和大人物聚在一起高谈阔论——在我小的时候，家里经常有大人物登门拜访，比如耶鲁大学校长、美国驻日本大使等。他们坐在走廊上和祖母交谈，祖父则坐在附近摆弄他种植的玫瑰。

那个时候，她的生活已经安定下来，基本算是达到了"安息角"的状态。在我的印象里，祖母一直是那个叫苏珊·伯灵·沃德的老太太。至于那个在经历西部种种困苦之前名叫苏珊·伯灵的女孩是怎样一个人，我就无从而知了。

艾达去吃晚饭了，然后回家给埃德送吃的。我一直在看和祖母幼年生活有关的信件和文章。其中有篇文章是奥古斯塔在一九〇〇年后写给《书迷》①杂志的。我们就从此开始谈起吧。

> 植物学家说，花朵是叶子进化的结果，但他们没有解释，为什么同样的阳光和雨水，却能养育出某个与众不同的花朵，格外明艳、坚韧，行人不由得驻足观看，甚至流连忘返。同样的问题，为什么祖辈皆是农夫和商人的伯灵家族，能够生养出这样一个才华横溢的女性呢？
>
> 苏珊·伯灵的父亲家世代务农，居住在哈德逊河畔的米尔

---

① 《书迷》(The Booklover)，一家有关书籍和文学的美国杂志，1903年由西摩·伊顿（Seymour Eaton）创立，1904年被阿普尔顿公司收购，更名为《阿普尔顿杂志》，后于1909年停刊。

顿①；母亲则出身于工商业家庭。共同点是两家都是基督教公谊会信徒。

她是家中的小女儿，被视作掌上明珠，一直被父母宠爱，没挨过打骂等各种惩罚。念完波基普西高中后，家里就把她送去纽约读艺术，开始独立生活。当时她还只是个小女孩，数学成绩很好。她自小就喜欢画画，十二岁时就表现出对场景设置和叙事描述很有想法。

库珀学院的女子设计学院是当时女子唯一能够接受艺术教育的地方。那时候，国立美术设计学院有各种限制，纽约艺术学生联盟尚未成立。我第一次见到她，就是在库珀。她绝对是个美少女，身材纤细挺拔、朝气蓬勃。她马骑得很好。所以，她在墨西哥或在西部都很吃得开：在这些地方，若是不会骑马，会被人瞧不起。她溜冰的时候身轻如燕，跳起舞来轻盈优雅。这几方面，她都可谓出类拔萃。

溜冰、跳舞，祖母年少时精力充沛，青春洋溢。此时此刻，我看着墙上祖母的画像，不由得悲从中来。画像中的老妇人早已失去年轻时的朝气，一副平淡安稳的模样，但依旧可以看得出年轻时的漂亮、聪慧、干练。画像中还有一束柔光倾泻而下——这应该是祖母让画家添上的。尽管祖母眉眼低垂，却令人感到一丝倔强。我太过疲老，实在不想继续深究了。我已经坐在书桌旁时间太久。罗德曼的到访也不能减轻我身体的劳累感。艾达，快点儿过来，我浑身酸痛，快点儿过来，把我吃饭用过的碗筷收拾收拾，然后打扫一下楼梯。

这座老房子一到晚上就"嘎吱"作响，它的岁数比我还大，也和我一样扭曲变形了，或许还跟我一样浑身痛得厉害。艾达，快来帮帮我。你要是再不来，我都快要认为罗德曼和莉亚说得没错——

---

① 米尔顿（Milton），地名。位于美国马萨诸塞州诺福克县的一个小城。

我确实不中用了。今天，我工作太久，下次可不能这样了，早晚工作一两个小时就足够了。明天早上太阳升起后，或许一切都会好起来的。艾达，快来，快点儿过来，到我这里来，让我听到你沙哑的声音："沃德先生，您该休息了。"

她称呼我为沃德先生，从不喊我莱曼。五十年前，我们就在一起玩耍，不过祖母不太乐意。要是被她看到，我们在阿特尔斯的谷仓里玩过家家，不知会作何感想。艾达从来不提童年的事情。我和她的关系无法用西部民主解释，或许只有在童年时代，我们才真正地相互平等。她的祖父服侍我的祖父，她的父亲服侍我的父亲。黄道带矿井区下面全都是鼹鼠洞，尽管房子因此而歪歪斜斜，却也牢固可住。特里维西克和霍克斯祖孙三代，世代服侍沃德家族，由此可见，西部地区也并不像人们所期待的那样新奇、自由。

感谢上帝，艾达身高六英尺①，壮得像个男人。她精力充沛又能干可靠，是个本分的人。她把我当成自己的孩子来照顾。我父亲过世前几年，她也是这般照料他的。她会不会希望沃德家的人相继死去，她就可以休息休息？或许她会因此觉得空虚，因为没有需要她照料的人了？她脱光我的衣服，给我洗澡的时候，会感到困扰吗？她触碰到我的残肢时，会不会打冷颤呢？她会在我两只眼睛的注视下僵在那儿吗？在她眼里，我到底是什么呢？一个老朋友，可怜的莱曼，不幸的沃德先生，怪人，或仅仅是个需要花些工夫处理的东西，就像一个粘锅那样？

不管在你眼里我是什么，快点儿过来吧，艾达。我需要洗洗澡上床休息，再来杯睡前酒。不管你怎么想，我早已学会放空脑袋，不去想太多事情。我的生活早已一成不变，起居全靠用人照料。若我还是个正常人，我都不会叫我妻子这般照料。此时此刻，我只期

---

① 英尺（foot），英制长度单位，1 英尺约合 0.3 米。

望你这个大块头女人尽快出现在我的门口,快步向我走来。虽说你的腿脚患有关节炎,走路不怎么利索,只要听到你的走动声,我就安心了。感谢上帝!

接下来,一切照常,令人心情舒畅。艾达在放洗澡水。我驱动轮椅,出了卧室,在浴室门口等候。艾达像搬动一个木偶般把我从轮椅中扶起来。我不需要拄拐杖,只要紧紧地靠着她就行。她从来没向我抱怨过她的关节炎。也许她觉得比起失去一条腿来,关节炎不算什么。紧接着,艾达用她粗糙的双手,笨拙地解开我的拉链和纽扣。她咬紧牙关,使劲把我抱起来(用她的话说,是把我"扛起来"),而我还没完全离开轮椅,像往常一样赤裸、无助、疼痛不已。她试了试水温,然后回过身来,费了好大劲儿才把我完全抱起来。直到脱掉我身上的最后一件衣服,她才"哼哧哼哧"地把我放入浴缸。

我伤痕累累的残肢在滚烫的水中感到一阵刺痛,但只有这样,才能缓解我身体的疼痛,让我睡得安稳。艾达弯下身子,用肥皂帮我擦洗身子,这早就没什么可尴尬的了。她粗糙变形的手指像小树枝一样擦拭着我的肌肤。我僵硬地坐在那里,正好对着墙上的固定装置。给我冲洗完全身,她弯下腰身,把我的胳膊搭在她的脖子上,扶着我站起来。此时此刻,我全身赤裸,皮肤变成了粉红色,残肢也被滚烫的洗澡水烫得通红。我的脑袋靠在她的肩膀上,身上的水滴滴答答,弄湿了她的裙子。

她一只手扶着我,一只手拿着毛巾帮我擦身子,一直擦到我的膝盖,然后搂住我的腰,让我斜靠在她的胸前。我的腿为了不碰到浴缸边,保持着蜷曲状态,直到她帮我翻了个身,才慢慢伸展开来。我们俩身子紧紧贴在一起,犹如夫妻般亲密。她继续擦拭着我膝盖以下的部分,再把我轻轻放到轮椅上,推着我来到床边。接着,她再次把我抱起来,放到柔软的床铺上。我裹着湿漉漉的毛巾坐在床上，浑身瑟瑟发抖。她拿着尿壶和导管走过来。等我把它们连接好以后，她习惯性地拉扯一下，检查有无松动。

我穿上睡衣，觉得暖和多了，便缓缓躺下身子。唉，总算让直立太久的身体挨着了枕头和床垫。她把电话放在我的床头，帮我掖了掖被角，然后走向书桌旁的壁橱，拿出酒瓶和两个杯子。我们便像多年老友般喝了杯睡前酒。

快点儿过来吧，艾达·霍克斯，我可不想拨打求助电话。一旦我为此拨打求助电话，大家都会觉得我真的是个废人了。

我祖父是个工作狂。当时，他身子还没有发福，也不痴迷养花，你祖父特里维西克还不认识他。对他来说，一次骑马行走一百英里①是家常便饭，一周骑马行走四百英里根本不在话下。他患有偏头痛，视力也不是太好，仍然对着地图和报告通宵达旦地工作。有一次，为了考察新阿尔马登的一座矿井，他在地底下接连待了二十个小时。他们都没意识到，祖父非常需要一个母亲般的人时时揽他入怀，给予他千百温柔与体贴。

"你就像一篮鸡蛋中最好的那个。"小时候，每当我帮助祖父栽种植物，修剪花枝，或是架修绿篱时，他就这样形容我。我很想成为他说的那个鸡蛋，我很想成为他最喜爱的孩子。即便到现在，我仍用他的标准来要求自己。我并非在自我夸耀。自怨自艾更是毫无益处，我也不会那么做的。

艾达，快点儿过来吧！现在已经九点多了。

就像是听到闹钟报时一样，我听到楼下传来了钥匙插入锁孔的声音。

---

① 英里（mile），英制长度单位，1英里约合1.6千米。

2

清晨,阳光洒满了整间屋子。我坐着轮椅来到窗子跟前,看着知更鸟在祖父开辟的草坪上啄虫吃。空气干燥清爽。草地上的露珠映衬着湛蓝的天空,松树下那片草地呈现出翠绿色。一瞬间,我误以为自己重返少年,身体依旧健康。

尽管这些都已经一去不复返,但我学会了珍惜眼前。我时间充足,且有一份值得投入时间的工作,一切都很舒心。长长的书桌上摊满了文件和文件夹,述说着祖父母的一生。尽管不太井井有条,我也并非完全理解其中内容,但能吸引我去反复阅读。文件夹里装有祖父采集的岩石样本,比如角银矿石、莱德维尔碳酸盐矿石、火山弹(被锯成两半,可用于研究其中的橄榄石包体)、碧玉晶体,还有各种燧石箭头和矛头。大多是高纯度矿石,隐隐发出黄金般的光泽。

幸亏这些样本坚固而且有些重量。不然的话,倘若被风吹落于地面,我不知道何时才能将它们一一捡起,肯定需要艾达帮忙。即便是这样,好不容易整理好的信件顺序也被打乱了。前两天,一阵狂风毁了我一整天的工作成果。我真希望自己是个西部牛仔,骑着一匹骏马,冒着飞扬的尘土,潇洒利落地从马背上探下身来,捡起一个个信件,就像捡起女士们的手帕那样。若是我把这个想法告诉罗德曼,他一定对我诸如此类的英雄梦想嗤之以鼻。

对我来说,一天的黄金时间段就是从早上八点到中午时分。之后,我就会感到浑身酸痛,变得暴躁易怒、心神不宁。每日的工作是最好的止痛药,也是我生活中唯一的渴望。我宁愿每天享受工作带来的乐趣,也不愿意浑浑噩噩地虚度光阴。遗憾的是,进入二十世纪,人们却竭尽所能试图摆脱工作,不明其中深意。

昨天晚上,艾达告诉我一件事:她女儿雪莉为了丈夫而放弃了学业,成为一名全职家庭主妇。雪莉的丈夫曾参与建设人民公园[1],是个有头有脸的人物。他也辍过学,曾把狗带入教室,整天想要把世界改造成自己心里想的样子。我认识他,见过他许多次。印象中,他整天把生态保护挂在嘴边,对现实很不满,只吃有机蔬菜,钦佩印第安人,且对部落仪式颇感兴趣。他热爱这个地球,热爱各种生物。他认为,时间可以倒流。其实他跟我挺像的,只不过我比他更加多疑,并且相信历史。艾达对他很反感,这不难理解。

"现在的年轻人怎么回事?"她气愤地说道,"伯克利真是个疯人院。年纪轻轻,身强力壮,却靠妻子养活。住处跟猪圈一样。成群结队,不务正业。我可没说半句假话。在电视上经常看到他们砸窗户,向警察投掷石块,最终被催泪弹驱散。这帮人身着奇装异服,长发垂肩。你也去过那里。我说得对不对?雪莉去那里上大学之前,是格拉斯瓦利高中最聪明的学生。仅仅上了两年就辍学了,整日与这些人混在一起……她要是待在这里,念个秘书学校,毕业后找份工作,肯定比现在强得多。"

感谢老天,这种事没让我碰上。罗德曼用不着我操心。令我头疼的反而是怎样才能让他别来管我。至于罗德曼的母亲,早已经离开了我。无论我从厨房去书房,还是从书房到门廊、花园,她都不会再次出现在我的眼前。她与这里再无任何瓜葛。我天天坐在书桌跟前,与祖父、祖母"聊天",试图领会祖父的务实和刚毅、祖母的坚强与优雅。

苏珊·伯灵真正开始西部生活可追溯到一个多世纪以前。那是

---

[1] 人民公园(People's Park),位于美国旧金山湾区伯克利市的加州大学伯克利分校附近,因作为反越战的集会地点而出名,被视作"言论自由运动"的标志。

一八六八年的最后一天。去西部从来不在她的计划之内，她向往的是艺术、纽约以及奥古斯塔·德雷克。既然我总是借用奥古斯塔的话来介绍祖母，那么不妨也借用一下祖母的话来聊聊奥古斯塔。下面这些文字摘自祖母尚未出版的回忆录。写这些文字时，她已经八十多岁了。

  在我生命的第十九个年头，奥古斯塔出现了。渡轮载着这个女孩，从她的故乡斯塔滕岛驶来，就如同冬天的日出，温暖而不炙热。一个住在长岛的远房阿姨带我去的码头。就这样，我们跨越两个城市走到了一起，或者说，跨越了两个世界。她是海军准将凯的侄女、约瑟夫·罗德曼·德雷克的孙女。她的家人是纽约的老牌贵族，而我的家人充其量是个公谊会教徒。她的少女时代是在国外度过的，会说三种语言，我根本没法和她相比。她曾在欧洲某个著名首府生活，走遍了那里大大小小的画廊，在许多大师的作品中穿梭。那时的我，只是在哈德逊的青山上闲逛、在长池的小树林里游荡。我去过的最远的地方也只不过是纽约的罗切斯特。

  她告诉我，她学的专业是美术，具体来说是油画。我学的是素描。她的朋友都是纽约上流社会的女孩。下午上完课后，我俩留下不走，聊聊过去，谈谈未来。解剖学讲座和周五的构图课上，我俩总是坐在一起，借用笔记本的空白处述说心事。其中有一页我至今还保留着，上面是她豪放而又优雅的铅笔字迹，摘抄的是莎士比亚的一句诗："我绝不承认，当两颗真心结合，会有任何障碍。"在那页纸的另一面，也有她写的文字，既不过分炽热，也绝无任何冷漠。那些文字开启了我们长达一生的通信，一写就是五十年。

  后来，每个夏天她都会到米尔顿来。她会推荐有趣的书给我读，还会将她的朋友介绍给我，这些都是我少女时代的甜蜜回忆。那时，我们志趣相投，无话不谈，直到我们各自成家，有了孩子，又都痛失了自己亲爱的母亲（我们都爱着彼此的家人），我们开始向往平凡安定的生活。我们把记忆中的夏天封存起来，使之除了具有玫瑰花馥郁的香气，还多了一丝朴素的烟火气。

当然，祖母的回忆录可帮助我了解许多事情。比如，我终于知道罗德曼这个名字的来历了。祖母一心希望我们的孩子叫罗德曼。罗德曼要是知道自己的名字来自《罪魁祸首费伊》的作者约瑟夫·罗德曼[1]，肯定不会原谅我们。奥古斯塔的儿子也叫罗德曼。我估计，她俩事先商量好了，都给儿子取名罗德曼，以表示她们的友谊不会终止，继续延续。

更令我瞠目结舌的是，她们似乎有点儿同性恋迹象。这在她们早期的一封通信可以看出一些端倪：晚安，亲爱的！今晚非常闷热，令人窒息。倘若此时此刻有你在我身旁，我们可以偷偷溜出去，跑到喷泉中冲个凉。二十世纪的社会还不允许她们如此冲昏头脑，同性之间存在这种情谊不被允许。要么彼此克制，要么干脆冲破世俗的禁锢。种种迹象表明，从一开始奥古斯塔就是强势的一方（从"豪放优雅的字迹"就可以看出），擅长溜冰和跳舞的祖母则相对温柔娇弱。即便上了年纪，她还是容易脸红。

这份同性之情看似确凿，我仍想用"天真"两个字来形容祖母。我不想对她维多利亚式的克制嗤之以鼻，只想强调她的忠诚。她这份最初的激情，竟然延续了一生。

一八六八年底，苏珊·伯灵二十一岁，在纽约已经度过了第四

---

[1] 约瑟夫·罗德曼（Joseph Rodman，1795—1820），美国诗人。主要作品有《罪魁祸首费伊》等。

个冬天。她正跟着 W.J. 林顿①学插画。林顿是位英国艺术家，深受前拉斐尔派的影响。在这期间，苏珊·伯灵开始陆续接到一些小活。其中最大的一个项目是给《家庭生活》杂志封面画一幅农场风景。这是本新办的杂志，由爱德华·艾格斯顿②、弗兰克·R.斯托克顿③及斯托夫人④提供赞助。

作为一名旁观者，我认为，祖母的一生尽管颠沛流离，但总的来说还是挺顺利的。她嫁给了斯托夫人的表兄弟，和斯托夫人成为亲戚。林顿的女儿成为了她的儿女们的家庭教师。栖身于棚屋或帐篷里的父亲能够受到上流社会的熏陶。

现在我要开始讲那次新年招待会。那个时候，住在布鲁克林高地哥伦比亚街上的摩西·比奇家举办了一场新年招待会。住在那条街上的全是像塞耶、梅里茨、沃尔特、哈维兰之类的有钱人。祖母的哥哥奈德娶的是埃尔伍德·沃尔特的女儿，她过来学画画的第一年就住在沃尔特家里。虽然身份不能和他们相提并论，但毕竟沾亲带故。她和比奇家的艾玛在库珀学院上学时就是好朋友。艾玛娇小可人，性格活泼开朗，画得一手好画。比奇家的房子祖母是知道的，也非常喜欢。临街一面是一扇巨大的落地窗，从陡岸俯瞰整个上游湾，能将小得像水蜢般浮在水面上的渡轮、拖船和驳船尽收眼底。十二月最后一天的总督岛看上去就像漂浮在海湾的浮冰。倘若在泽西海岸，估计能看得到烟雾缓慢升起。

时间的多普勒效应在我对那天下午的想象中再一次得到验证。

---

① W. J. 林顿（W. J. Linton, 1812—1897），英国出生的美国诗人和政论家，以版画为业。主要作品有《美国木版画史》等。
② 爱德华·艾格斯顿（Edward Eggleston, 1837—1902），美国历史学家和小说家。主要作品有《世界尽头》《格雷森一家》等。
③ 弗兰克·R.斯托克顿（Frank R. Stockton, 1834—1902），美国著名作家，以一系列创新童话故事闻名。主要作品有《美女，还是老虎？》《玛莎的家》等。
④ 斯托夫人（Harriet Beecher Stowe, 1811—1896），美国作家。代表作为著名小说《汤姆叔叔的小屋》。

我既身处当下，又置身过去。我是坐在轮椅上的涅墨西斯①。我可以闯入聚会中，把我知道的一切公之于众，让所有人惊恐万分。对有些人来说，未来是不可动摇的，对另外一些人来说，未来却像个陷阱。

奥古斯塔向苏珊引荐的都是当时的名流，一些名垂艺术史，一些则被写进了回忆录。现如今，哥伦比亚大街充斥着太多建筑，景色和过去大不相同。一百年前，祖母来此居住时，还没有尘土飞扬的仓库，没有布鲁克林大桥，没有自由女神像，也还没有纽约天际线。我记得自己读到过，一八七〇年，曼哈顿最高的建筑也不过十层楼。我就像是一个可以预见日食的康涅狄格北方佬，知道再过上几年，罗布林家族将建造布鲁克林大桥，买下沃尔特家的房子。我还可以给奥古斯塔忧郁浪漫的弟弟迪基·德雷克讲讲自由女神像的故事。他听了也许不好受，因为有一天，自由女神像的基座上将镌刻埃玛·拉扎露丝②的一首诗，而这位女子正是他在放弃祖母后爱上的人，最后却因为她是个犹太人而没有娶她。奥古斯塔会写信向祖母诉说这一切。尽管祖母也很喜欢埃玛，但她一定会支持奥古斯塔家族的决定，这样的婚姻注定不会有好下场。

我所知道的还不止这些。年轻的雅培·泰勒③也在聚会现场，和凯蒂·布勒德坐在双人沙发上。雅培很有艺术才华。凯蒂则是祖母在库珀学院学习时认识的朋友。雅培为她而着迷。他们结婚后，雅培多次将凯蒂画进作品中。摆放在我书桌上的这幅为大都会所收藏的雅培的大作《年轻女人》，画的就是这个"个子高挑，容貌俊俏，性情恬淡，为雅培带来名气的女人"。记得祖母曾这样说："她就是他的缪斯。"可惜的是，凯蒂英年早逝，泰勒再娶，妻子是艾

---

① 涅墨西斯（Nemesis），希腊神话人物，又名阿德剌斯忒亚，意为"不可避免之人"，希腊神话中冷酷无情的复仇女神。
② 埃玛·拉扎露丝（Emma Lazarus, 1849—1887），犹太女诗人，主要作品为十四行诗《新巨人》。
③ 雅培·泰勒（Abbott Thayer, 1849—1921），美国画家、艺术家。主要作品有《天使》《姐妹》等。

玛·比奇。这会儿,她正在另外一间屋子里为波特兰幻想团弹奏钢琴。

人群伴着音乐舞动着,其中就有乔治·哈维兰。他是苏珊·伯灵见过的最为世故、最有魅力的男人。他虽然嗜酒如命,但言谈举止彬彬有礼,优雅体面。苏珊对他年轻貌美的妻子也十分景仰,啊,乔治·哈维兰,如果不把酒戒掉,再过几年,你将一无所有。

小埃尔伍德·沃尔特,当年他多次充当祖母聚会的男伴。祖母夸赞他说,在他身上,她第一次体验到调情是什么滋味。他性格多变、健谈,虽然谈不上英俊帅气,却非常吸引人——"他不斤斤计较,觉得吃点儿小亏无所谓"。与哈维兰相比,他的命运更是出人意料。他后来成为一名方济会①修道士,穿着棕色长袍和僧鞋了却一生。

亨利·沃德·比彻,普利茅斯教堂的牧师,作为南北战争时期奔走疾呼的号角,是当地响当当的大人物。他坐在餐厅旁的会客厅里,周围的人都在聚精会神地听他讲话。当艾玛·比奇弹奏结束,跳舞的人群稍作休息时,整间屋子都可以听到他洪亮的嗓音。"他出身显赫,自然抱负远大。"祖母这样评价他。他不喜欢对话,喜欢独白,擅长雄辩,张口闭口都是大道理,很多人都不喜欢他。哥伦比亚街的女人们私下议论他,说这个伪君子即将身败名裂,在劫难逃。西奥多·蒂尔顿指控比彻牧师和他妻子通奸。祖母不喜欢他,说他自大傲慢、夸夸其谈,让她难以忍受。至于他和蒂尔顿妻子通奸一事,祖母则认为是捕风捉影。不过,他的灾难即将开始。据说,比彻牧师晚年很凄惨,把比奇家的藏书室当作避难所。

每逢这种日子,年轻小姐们都会待在家中招待宾客,小伙子们则会挨家挨户上门去玩。每当听到小伙子们说,要在一个白天走完

---

① 方济会(Franciscan),天主教托钵修会之一。方济各会提倡过清贫生活,衣麻跣足,托钵行乞,会士间互称"小兄弟"。他们效忠教皇,反对异端。

多少户人家，祖母就在心里嘲笑他们"吹牛不打草稿"。其中几个由于走了太多的路，来到比奇家时累得连舞都跳不动了，再加上她邀请的人本来就少，于是聚会就早早散场了。奥古斯塔在斯塔滕岛招待客人，自然不会来这里。苏珊走出舞厅，进入主客厅，拿了杯潘趣酒，站在西面窗子跟前，看着太阳嵌入绵长平坦的云层中。小客厅里，比彻牧师正在为出售教堂长椅的行为辩白。苏珊听到他一个人振振有词，义正辞严，似乎无人反驳。比奇太太从门口瞥见苏珊，连忙招呼她过去。

苏珊红着脸，乖乖走进小客厅，找了张椅子坐下。围观的人看她年纪轻轻却不去跳舞，反倒跑来这里听比彻牧师雄辩，纷纷点头微笑，表示赞许。比彻牧师目光则像毒蛇一样，上下打量了苏珊一眼。这时，一个皮肤晒得黝黑的男孩皱着眉头，一脸严肃，走过来和比奇太太打招呼。比奇太太则笑脸相迎。男孩人高马大，把身子硬塞进一把镀金椅子里。他是比彻的表兄弟，刚从外地来。苏珊是第一次见他。他蓄着棕色髭须，一头利落的短发。他看上去就像一个局外人，十分不自在，一双古铜色大手不知该往哪里放。

苏珊两手搁在大腿上，安静地坐在那里，脸上的红晕逐渐褪去，摆出一副一本正经的样子，任由比彻牧师高谈阔论。透过窗户，她看到一辆出租马车停在外面，三个穿大衣、戴礼帽的年轻人走了下来。其中两人正是奥古斯塔的兄弟迪基和沃尔多。苏珊很兴奋，腾地一下站了起来。比奇太太见状大喝一声："苏珊·伯灵，坐下！"

比彻牧师演讲停止了，所有眼睛齐刷刷望过来。她一下子羞红了脸，忙不迭地解释说："我看见有人来了，我想……"

"不用担心，米妮会招呼他们的。"比奇太太安慰了苏珊一句，随即便将注意力放回到比彻身上。苏珊一个人坐着，心想今后再也不来这里做客了。新来的客人进来后，和在座的人们一一打招呼，但她没和奥古斯塔的两个兄弟握手。这两个家伙浑身酒气和雪茄味。他们看到她也在此，都很高兴（有一次，她在一封信中告诉奥古斯塔说："他叫我捉摸不透，我想我还是不给他回信了。"我不清楚这个"他"究竟是指两兄弟中的哪一个，但这哥俩似乎都对她有意思）。她扔下一句"失陪"，便逃离了客厅。

苏珊上了楼梯，身上的塔夫丝绸"沙沙"作响。她恨恨地踩着每节楼梯，仿佛那是亨利·沃德·比彻的脸。上楼做什么？看书？没心情，还是画画好了。不过，房间里没有画桌，而且光线太暗。还是去藏书室的好。这会儿大家都在宴会厅，藏书室应该没人。她转身下楼，穿过走廊，直朝藏书室而去（她是像燕子一样轻盈地飞过去的吗？）。她拉开沉重的橡木门，探头向里面看了看，确认没有人在，便溜进了房间。

此时此刻，她有点儿像挂在我身后的玛丽·柯蒂斯·理查森[1]画的肖像：一个昏暗的下午，一位少女坐在窗边。苏珊自己的画作也常常表现少女情思。她给自己画的肖像比她本人忧郁、惆怅。不过，她有一个优点，就是但凡做事，总会全身心投入。你看，五分钟不到，她就把比彻牧师忘得一干二净了。

过了一会儿，房门开了，一阵喧嚣涌进屋内。苏珊没有抬头，只希望这位不速之客能够识趣地自动走开。直到听见房门被小心翼翼地关上后，她才慢慢抬起头来。来人是比彻的表兄弟，年纪很小。他叫什么名字来着？想起来了，是沃德先生。

"希望没有打扰你。"他说道。

"没有。一点儿也没有。"她把素描本合上，往旁边一推。

"你在忙什么？"

"瞎忙活。"

"在画画吗？我知道你是个艺术家。"

---

[1] 玛丽·柯蒂斯·理查森（Mary Curtis Richardson，1848—1931），美国肖像画家，主要作品有《年轻的母亲》等。

"你听谁说的？"

"艾玛。"

"艾玛尽挑好听的说。"

他的脸上一直没有笑容。"你太谦虚了。如果你想继续画，我就不打扰了。我真的没想打扰你，只是想找个清静的地方待一会儿。比彻的演讲听得我头昏脑涨。"他一只手抓着门把手，继续说道。

她忍不住出言讥讽道："有人非常钦佩你表兄比彻的口才。"

他眼神中满是困惑和惊讶，一只手仍然抓着门把手，嘴里说道："你还是继续画你的画吧，就当我不存在好了。"

他身上具有一种她很熟悉的味道。这种味道在与动物打交道的男人身上基本都有。她父亲就是这样。他不像一个敏感脆弱的人，话应该也不会太多，不会哗众取宠。"如果你确定能够不打扰我，"她回答说，"那你就待在这里吧。"

"听起来比较难，"他语气很严肃，"我尽力而为吧。"

说罢，他转过身去，研究起书架上的书来。她原以为两人同处一室，根本不可能做到不打扰对方。结果呢？每当她抬起头瞅他时，都只看见他站在那里，背对着她，低着头在看书。

她画的是三个女孩子在农场耙地。原型是她的妹妹贝茜和两个米尔顿女孩。她们都卷起袖子，带着头巾。通过敞开的房门还可以看到房屋内的水桶。苏珊想通过这些来暗示，女孩子们厌倦了家务活，一时兴起干起了农活。我有这幅画的印刷版，画的就是这个场景，洋溢着欢快、古旧的乡村风情。苏珊画画常用贝茜做原型，就像雅培·泰勒常常用凯蒂一样。她画贝茜可谓惟妙惟肖。

她专心致志画了好大一会儿，才发觉沃德先生不知什么时候已经站在了她的身后，正两眼盯着她的画在看。她非常不满，准备吼他几句。但不知什么原因，情绪酝酿了老半天，她不仅一个字也没有说出来，反而很想听他恭维自己几句。然而这位老兄只是轻描淡写地说道："做着自己喜欢的事情，还能有钱赚，嗯，多好的事啊！"

"为什么这么说？难道你自己不是这样吗？"

"我什么也没做，也没赚到什么钱。"

"你不是一直在工作嘛。在一个阳光明媚的地方。"

"我在佛罗里达种过橘子。"

"结果呢？"

"结果染上了疟疾，一会儿发冷，一会儿发热。"

"天哪，你染上了疟疾！"苏珊惊叫道，"我也得过，这病最讨厌了！烧得人晕乎乎的，打不起精神来。而且，一旦得上这种病，一时半会儿好不了。我非常同情你。"

"你人真好。"他夸赞她道。

她仔细看了他一眼。他肌肤呈古铜色，线条粗犷，五官端正，下巴饱满，一双湛蓝的大眼睛笑意荡漾。

她问他道："这么说，你橘子也没有种成。你还会继续种吗？"

他吹了个口哨，眼睛眯缝成月牙状。看来他也很风趣，并不像看上去那样一本正经。他回答说："那只是权宜之计罢了。好了，你接着画吧，我可是说过不打扰你的。我说话算数。"

她继续追问道："权宜之计？你喜欢干什么事情？"

"我原本想做个工程师。"

"后来放弃了？"

他一脸认真地说："我在耶鲁的谢菲尔德科学学院读书时，不知怎么回事，突然视力越来越差，我以为会瞎掉呢。"

苏珊听了很后悔，觉得自己不该继续追问。奥利弗掂了掂口袋里的零钱，发出"叮当"的声音，转身朝房门方向走了几步，然后又走了回来。他从外套口袋里掏出一副银框眼镜，戴在耳朵上，仿佛一下子长大了十岁。"其实是医生误诊了，"他继续说道，"前些日子我才意识到，我的视神经根本没有问题。我的确有近视、散光等一大堆毛病，但只要配副眼镜戴上，一切就都好了。"

他的言行举止很像一个小男孩，也许是这一点激发了苏珊的母爱。她安慰他说："你现在可以回耶鲁继续读书啊。"

"我已经离开耶鲁两年了，"年轻的奥利弗·沃德回答说，"班上的同学全都毕业了。我要去西部当一名工程师。"

苏珊"咯咯"笑了起来，她的反应让沃德一脸诧异。"真是不好意思，"苏珊解释说，"我只是觉得很好笑——一个流着比彻家族血液的人居然说要去荒凉的西部当工程师。"

他正要把眼镜摘下来，听了苏珊这话，便停下了，一只手放在耳边，眼镜挂在鼻梁上，带着愠怒的神色说："我的血管里可没有流淌比彻家族的血液。"

"我听说……"

苏珊·伯灵是一个漂亮的姑娘，身材娇小、眉清目秀。奥古斯塔曾在文章里写道："她精致优雅，而且恰到好处。在我看来，她才是真正的大家闺秀。"她面颊本来就白里透红，常常不由自主地脸红，更加妩媚动人。显然，奥利弗·沃德也会不由自主地臣服于她的个人魅力。

他耐心辩解道："我父亲的妹妹嫁给了莱曼·比彻。比彻家的孩子都是她生的——亨利·沃德、托马斯、凯瑟琳、斯托夫人和表姐玛丽·珀金斯。玛丽表姐是其中最厉害的一个。"他把眼镜摘下来，放回口袋，牙齿在胡须的比对下白得发亮。像他这种人调皮起来，杀伤力还真是不小呢。"有天晚上，她对我说，她这一生都活在别人的光环下。小时候是莱曼·比彻的女儿，后来是斯托夫人的妹妹，最后竟然'中了头彩'当上了爱德华·埃弗雷特·海尔[①]的

[①] 爱德华·埃弗雷特·海尔（Edward Everett Hale, 1822—1909），美国唯一神教派牧师和作家。主要作品有《十乘一是十》《以他的名义》等。

丈母娘。"

他说着哈哈大笑起来,原来这个严肃的小伙子也会笑啊。苏珊也跟着笑了起来。他们正笑得开怀,房门被人推开了,艾玛·比奇的脑袋探了进来。"苏珊?噢,沃德先生,原来你也在这里!天哪,你们这两个狡猾的家伙竟然躲在这里!你们俩在干什么呢,切磋艺术?"

"我们在讨论比彻家族的血统。"奥利弗回答说。

艾玛瞪着一双棕色的大眼睛,上下打量着他们俩,似乎察觉到了什么。就在此时,外面传来了钢琴声。艾玛急忙说道:"苏珊,迪基·德雷克马上就走。他请求说,走之前,一定要跟你跳一支方块舞。沃尔多也说,无论如何也要跟你跳上一曲。这两个家伙都喝得不少。"

苏珊立马从座位上站起身来,想找个地方放置她的素描本。祖父看她急着要走,并没有怪她,反而微笑着说(他居然也会微笑):"交给我好了。我来替你保管。"

她把素描本递给他,去和德雷克家的男孩们跳舞了。他们毕竟是奥古斯塔的亲弟弟。多年以后,或许只是出于好心,或许是为了苏珊,沃尔多为奥利弗谋了一份视察墨西哥银矿的肥差,真可谓雪中送炭。

奥古斯塔的丈夫一直在为苏珊的游记支付稿费,以便让她安心跟随奥利弗前行。我很惊讶,祖父一生中始终有贵人相助。人们常说,西部勇士仅仅凭借一把利斧、一支快枪就可以开疆扩土,看来所言并不符合事实。

当时,屋子里美女如云,苏珊也不是各方面都非常出众。倘若她个人不想跳舞,也没有很多人来勉强她。于是,德雷克兄弟离开后,她就没有再跳。许多年后,她在回忆录中提到了那个晚上。

她回望的是六十年前的事,我回望的是一个世纪前的事。事实上，我和她听到的与那个二十一岁的花季少女听到的是同一个声音。唯一不同的是，花季少女听到的是未来向她呼啸而来的声音；她，一个八十四岁的老妇人，听到的是过去离她逐渐远去的声音。前者愈发清晰，后者愈发模糊，这就是人们常说的"时间的多普勒效应"。

新年招待会上到处都是人。大家不停地四处走动，互相交换座位。这时，天色已经黑了下来。看到窗户跟前没有人，我急忙走过去，挨着硕大的玻璃窗坐下。窗户如同一面镜子，从中能够看到屋子里的每一个人。夜晚，灯火阑珊，朦胧神秘。夜幕将离我最近的那张脸映衬得格外清晰。我拿起随身携带的素描本，把正对我视线的那张脸画了下来——随着时间的流逝，玻璃窗中的人一个个都离我远去，现如今大多数都已经过世了。与我共度一生的，只有他一个。

那是谁的脸？除了奥利弗·沃德，不会再有其他人。她把他画得很像一个十字军战士，就只差头盔和锁链颈甲了。他年轻的脸庞透着一股刚毅——这大概就是当年他在祖母心目中的形象。

祖父为何坐在正对她视线的地方？原因不难推断，他一定是看上苏珊·伯灵了。他把素描本还给她后，再也没胆量和一个如此受欢迎的女孩子套近乎了，就此作罢又不甘心，所以，他坐在离她不近不远的地方，摆出一副深沉的模样，仿佛在畅想即将到来的西部冒险。他故意仰起下巴，希望看上去多几分英雄气概。

祖母为什么偏偏挑他的脸来画？依我看，绝对不是随手画画那么简单。最起码他已经成功地引起了她的注意。

就是靠这一面之缘，他俩定了终身，恰似两张纸被一滴胶水粘在一起。不到一周，他就动身前往加利福尼亚了。此后将近五年时间，二人再没有见过面。他是抱着"证明自己"这个想法去那里的——这就是祖父的性格——之所以一待就是好几年，也是因为时间短了，他不能完全证明自己。当然，在这期间他经常给祖母写信。祖母呢，见信必回。这一点可以从祖母的回忆录里找到蛛丝马迹。她曾明确提到，他们之间的"了解"逐渐加深了。

非常有意思的是，在保留下来的苏珊写给奥古斯塔·德雷克的一百多封书信中，她从来没有提起过奥利弗·沃德这个名字。似乎这个人根本不存在。一直等到沃德回来后一个多星期，一切才变得完全不同。

3

这三天，我的心情糟透了，除了发火，可以说无所事事。雇用那个女人，我一定是脑子进水了。她连装橘子这点儿小事都会出错。更糟糕的是，她对我也处处不满意。和我这样古怪的人天天在一起，她肯定也不舒服。

只要她在这里，我就没什么顺心事。清晨天气阴沉，屋子里也十分昏暗，我颈背冰凉，工作变得无趣而且毫无进展。我能够理解她那种浑身战栗的感觉：这个房子一直空荡荡的。几乎每个房间都上了锁，笼罩着哥特式[①]的恐怖气氛。一个怪人天天翻阅旧文件，还不停地对着麦克风说话，也许她会觉得我很可怕。我能感觉到她经常在背后盯着我看，甚至还能听得见她的呼吸声。有时候，我突然驱动轮椅，正好与她四目相对，她立刻受惊似的拼命把目光移开，装作在看其他东西。我时常在想，像她这个样子做啥啥不行——当秘书不行，人生一团糟——到底是她自己的原因，还是因为这个社会的原因。每当试图和这位莫洛小姐和平共处，我就会想，要是换成苏珊·伯灵帮我整理图片、归档文件、抄录模糊不清的文字就好了。她肯定能够做得井井有条。

莫洛小姐总是听错指令，录错文件，丢三落四，冒冒失失。她成天盯着时钟在看，一到休息时间就去厨房，每半个小时就去一次厕所，甚至还没开始工作就想着什么时候下班。比起她来，苏珊·伯灵截然不同。苏珊做事高质高效、干净利索、缜密周详。她

---

① 哥特式（Gothic），最早是文艺复兴时期用来区分中世纪时期（公元5—15世纪）的艺术风格，以恐怖、超自然、死亡、颓废、巫术、古堡、深渊、荆棘、黑夜、诅咒、吸血鬼等为标志性元素。

若看到这些画作，肯定会被深深打动，绝对不会像这个莫洛小姐一样，冷漠得就像是在收拾银质餐具：把刀叉、勺子分类摆好，再机械地放进抽屉里。倘若看到旧时代的衣物，苏珊肯定会喜出望外，莫洛小姐却对其不屑一顾。苏珊一定能够从这些衣物中，感受到那些被时光忘却的人曾经和我们一样鲜活地存在过。

吉尔福德①的沃德家中挂着一幅肖像画，祖母看到后，在信中是这样形容它的："这绝对是一张来自上个世纪的动人脸庞。"倘若有人看到她的肖像，估计也会这样说。你猜，莫洛小姐会怎么说呢？我家一面墙上挂着祖母不同时期的照片，张张精致优雅，轮廓分明，如同精美的浮雕一般。有的身穿迷你裙，有的弯着腰身。莫洛小姐看后，居然说她大腿粗壮，嘴唇苍白，眼睑淤青，头发如鸡窝一般。至于发型，她则评论说："天哪，她这辈子就这一个发型！"

是的，莫洛小姐，祖母一辈子几乎都是这个发型：刘海整齐梳起，发髻优雅端庄。任何事情，只要是好的，都应该坚持。苏珊不喜欢"露太多额头"。大致来说，她只喜欢两款发型，一款就是她现在梳的这种，非常适合她的脸型；另一款就是像奥古斯塔那样的鬈发类型，发尾有个大波浪。莫洛小姐喜欢的发型则是将头发一股脑儿盘在她那方方正正的脑袋上。不知道祖母看了会作何感想。

再见了，莫洛小姐，谢谢你的帮助。不过，你这样帮助我，我实在是承受不了，我得缓一缓。明天，我得花些工夫教教艾达的女儿雪莉，让她尽快上手。就算她和莫洛小姐一样出错，我也不能辞退她。无论如何都要等到他们小夫妻俩把矛盾解决的那一天。她丈夫一直缠着她不放。她把长发松散地披在身后。虽然时下很流行，但我不喜欢。我实在找不到什么理由让她把头发盘起来。再说，她

---

① 吉尔福德（Guilford），地名。美国康涅狄格州纽黑文县的一个小镇。

是艾达的女儿，应该不会让我过分操心。

昨天下午，她来面试，气氛有点儿古怪。当时刚刚雨过天晴，我第一次来到户外，在花园里透透气。花园里的苹果树开花了，"轰隆隆"的声音传来，我本以为是公路上车水马龙的声音，仔细一听，原来是成千上万只蜜蜂所发出的"嗡嗡"声。

松树葱葱郁郁，环抱着整个花园。我拄着拐杖在小径上来回走了八圈。路面很平坦，是我请人铺平的。尽管如此，对我来说，一次走这么多路仍然是一个巨大的挑战。事实上，走四圈我还能勉强应付，走到第六圈时就开始觉得有点儿力不从心了，走最后两圈时我手心不停地冒汗。走完八圈，我跌跌撞撞一屁股瘫进轮椅，浑身的血液似乎高达两百多摄氏度，燃烧着涌进我的残肢。我明白这样运动对我的身体很有好处。然而，每次运动完，我至少要花上一个小时休息，才能渐渐恢复元气。

昨天，雪莉来时，我刚走完第五圈。看到她来了，我心里一阵轻松。霍克斯家的小平房前面有一条小径直通我家的院子。她就是从那里进来的。我看到她来了，便坐回轮椅等她走过来。

她中等身材，不像艾达那样壮实，走起路来轻轻摆着手，长发披在脑后，不时地歪头甩一甩。看到这个姿势，我就恼火。在我家附近，经常见到留着长发的男男女女。他们也不嫌麻烦，要是换作我，早就把它们一刀剪掉了。梳个刘海或盘个发髻，既精神又利落。她走到低矮的苹果树前，停下脚步，抬起头来，闻了闻苹果花的香味。看到这一幕，我对她有了一些好感。绕屋紫藤的暗香中隐隐夹杂着苹果花的清香。我坐着轮椅来到一棵苹果树下，和她一样，抬起头来，闻了闻苹果花香。对能够察觉到类似这些事情的人，我还是很欣赏的。

她距离我不到一百英尺时，我看清楚了她的脸庞。她长着艾达的灰眼睛和埃德的方脸庞，不算美也不算丑，总的来说相貌平平。

一眼看上去,就像是穿着尼龙白袜和白色球鞋,在得梅因①的某个餐馆里帮助顾客点菜的服务员。为什么是得梅因呢?我也不知道。她给我的第一感觉就是这样。至少不是从沿海地区过来的。虽然头发有些新潮,但整个人看上去并不狡猾世故。

她的嗓音让我有些惊讶,听起来似乎是低沉的男中音。"你好,我是雪莉·拉斯穆森。"

"你好。听你母亲说过。"

她好像是在思考,她母亲到底跟我说了多少关于她的事情。我看得出来,她害怕和我的眼睛对视。我稍微转动一下轮椅,不再和她面对面,以便我们的目光能够错开。

"我妈妈说,你需要人帮助。之前的那个女孩儿,你不太满意。"

"不是我不满意,而是她根本不适合这个工作。你会打字吗?"

"打得不快,但不怎么出错。"

"你整理过磁带录音吗?"

"没有,但我可以学。"

"你做事细心吗?"

"你说什么?"

"你做事细心吗?"

我用余光瞥了她一眼,发现她笑了笑。"我自己觉得还可以吧。"

"我是个粗心大意的人,"我告诉她说,"目前,我正在通过录音这种方式,撰写一本关于祖母的书,但经常出问题,录着录着就成了祖母的自传,还总说一些得罪亲人的话,有时甚至还会说一些冒犯你的话。不过,事后回想起来,我自己都感到难为情。"

"听起来很不错,哈哈哈。"她粗声粗气地笑了起来。如果我隔

---

① 得梅因(Des Moines),地名。美国艾奥瓦州的首府,是该州最大的城市和政治、经济中心。

着墙壁听到这样的声音,肯定以为是个男人在笑。"

"我是认真的,"我补充道,"我说的'做事细心'是指像机器般精准,像一台只会打字而没有思想的机器一般精准。"

她似乎明白了我的意思,把头发撩到肩头,笑了笑。"优秀打字员都是边看文章边打字,根本不用思考。我不敢说我做得很好,但还可以。"

"很好。"说实话,我对她并不是很满意。刚才我还说她没有城府,现在倒觉得可能是我看错人了。我继续问她道:"你记忆力怎么样?我需要你熟悉所有文件。我需要哪一份,就递给我哪一份。从轮椅上一会儿站起,一会儿坐下,实在是不太方便。"

"文件很多吗?"

"确实不少。"

"我需要一点儿时间熟悉一下。"

"当然可以,你可以一边整理,一边熟悉。"

我的目光越过她的头顶,先是低矮的苹果树映入我的眼帘,然后便是松树的树头,最后是远处老矿场的废石堆。借助余光,我感觉她正侧着身子看我。让她看吧,毕竟她得习惯成天看我。突然,她这样说道:"刚才我好像看到你自己一个人在散步?"

"你没看错,的确如此。"

"虽然这不关我的事,但你这样做能行吗?"

"我不太明白你的意思。"

"应该有人陪着你才是。"

"绝大多数时间都有人陪着我,"我回答说,"有时候,我也需要有自己的空间。"

也许她已经听出来我的语气不太对劲,似乎觉得我在指责她,雪莉急忙辩解道:"我听妈妈说,你太要强了。"

"我就像六个月大的婴儿,的确需要你妈妈的照顾。但是,就算小孩子也会试着爬一爬的。"

"真是抱歉，"她继续解释道，"她丝毫没有责怪你的意思，只是想帮助你罢了。在关心你、尊重你方面，她不比任何人差。"

"告诉她，我也一样。"我回答道，但没有看她。我确实很惊讶，这个健壮如牛的老管家艾达竟然是这样想我的。原来她在这里为我工作，并不只是为了赚钱，也不只是尽世代相承的义务，而是为了我与她之间的友谊。她在咬牙坚持照顾我，我却费尽心思让自己变得铁石心肠。想到这里，我感到非常难为情。原来我不是一个令她讨嫌的木偶娃娃。对她来说，她的工作并非只是照顾一个瘫子而已。我想起她步履蹒跚走到橱柜旁取酒杯的场景，只有真正的朋友才会做到这个分上吧。

"我妈妈那里，你不用担心，"雪莉安慰我说，"她没有任何怨言。"

"我知道她没有。她人很好。"

"她要是知道你独自一个人走这么多路，一定会很担心的。"

"我觉得，应该给你一个考验你做事是否细心的机会。"

"哈哈哈，"她满面笑容，犹如圣诞老人，"我这是被雇用了吗？"

她胆子大得令我吃惊，而且掌控局势的能力非常强。尽管我年纪比她大，阅历比她深，家境比她优越，都不能让我在她面前占到丝毫上风。如果前些日子有姑娘来面试，她就得不到这份工作了。我急于招聘一个帮手。现在，我已经有了更好的选择，于是回答说："没错，你被雇用了，如果你愿意过来帮我的话。"

"你什么时候需要我的帮助，早上？"

"早上我想对着麦克风说话、录音，不想被打扰。下午吧。"

"好啊，反正我也没别的事情可做。"

"那就两点到五点？"

"没问题。"

我在轮椅上静静地坐着。今天我只走了五圈,残肢没有那么肿痛,肩膀也痛得没那么厉害。当然,痛苦不会平白无故消失——我感觉自己的腿还在——这感觉既陌生又熟悉。每当我动一下残肢,腿就像刚刚从外面回来一样,脚趾和脚踝生疼。我希望雪莉尽快离开。我想立刻回屋喝一杯餐前波旁威士忌,看看电视新闻,让疼痛的神经好好休息休息。

雪莉站在那里,丝毫没有要离开的意思。我看得出她脸庞的轮廓,但看不清她脸上的表情。"我们还没谈薪水呢,"我提议道,"二十五美元一小时怎么样?"

"比我预想的要多。"

"如果你足够能干的话,这也不算多。我是靠养老金生活的。再多,我也给不起了。"

"好的,我会好好工作的。"

我坐在轮椅上,一边挪动身子让我的残肢好受一点儿,一边用手按摩,希望这个呆子能够马上领会我的意思,赶紧离开。更要命的是,我的膀胱也受不了了。虽然我身边有"警察朋友",晚上不用担心尿床,但我做不到在距离我只有六英尺的一位年轻女士面前使用导管小便。就在这时,我突然想起了可怜的莫洛小姐,她把自己不能理解的事情,都归类为怪异的举动。我现在很想知道,雪莉是否也是这样。于是,我看着低矮的苹果树和远处的松树树头对她说道:"我跟你讲话时,眼睛不看你,你是否感觉我很奇怪?"

"不感到奇怪。你怎么会问我这个问题?"

"我跟你讲话时,眼睛看着你,你是否感觉我很奇怪?"

"也没有。"

于是,我转动轮椅,两眼直视着她。显然她在说谎。然而,尽管她不喜欢我一直盯着她看,但还是勉强与我目光相对。

"我看人经常这个样子,"我告诉她说,"我要么不看你,要么就两只眼睛盯着你。你会像石头一样僵住。①"

"我猜,你不能把活人变成石头。"

"通常六十秒,"我转动轮椅,把视线挪开,"你习惯了,就好了。"

她最好能够习惯。我不想把她变成石头,只希望她成为我的好帮手。要是她对此感兴趣,就好了。在她离开后,我回到屋子,突然意识到自己很想找个人分享一下祖父母的故事,谈谈他们的过去,以及他们是如何参与建设西部,又是怎样为不可预测的将来苦苦奋斗的。如果真有这样一个人,那就是罗德曼了。除我之外,也就他和这一切密切相关。雪莉·拉斯穆森,这个笑起来像圣诞老人、嗓音像船上大副的女人,和他们似乎也有点儿联系。让第四代特里维西克人协助我整理第一代沃德人的生活,也是一件不错的事情。

---

① 希腊神话中,凡看见蛇发女妖美杜莎的眼睛的人皆会被石化。

4

祖父母互相通信的信函一封也没有保留下来。祖母写给奥古斯塔的信函中也没有提到过奥利弗·沃德。非常有趣的是，他们仅仅凭借五年前的一面之缘结为夫妻，其中缘由只能从祖母晚年的回忆录中探寻一二。不过，我对其中有些内容心存疑惑。

她在回忆录中说，她不像西部的女孩子一样，男人在外追逐财富和刺激，自己却在漫长等待中空耗青春。她想让奥利弗·沃德知道，她的选择很多，自己不是没有人追。无论是在特哈查比环线挥汗如雨，还是在苏特罗坑道忍受严寒，他都能收到苏珊的来信。她在信中告诉他，自己又收到了稿酬，最近媒体对她的画作称赞有加，自己与某个知名风趣的大人物交谈，甚至还提到一个与她和奥古斯塔一样热爱艺术的年轻男性。她故意这么写，就是为了让他明白，没有他，她依然过得很好。

奥利弗·沃德费尽周折找来刊登她画作的杂志，逐一仔细揣摩。这些画作打消了他的疑虑：她没有变，仍旧是当初那个在比奇家让他为之倾心的公谊会信徒家的小姑娘。画面上要么是穿裙子的姑娘们趴在栏杆上，看谁在敲门；要么是小伙子们站在小船上，小心拨开柳枝，以免影响到女孩子们头上戴的软帽；要么是小孩子们在太阳落山后把心爱的小羊赶进家门，要么是年轻的女士坐在阁楼中安静地看书。当然，她的信件足以让他明白，她的生活丰富有趣，光鲜亮丽，远非一般人所能企及。

约翰·拉·法吉在奥古斯塔位于第十五大街的工作室待了一个下午，给她们朗读了《鲁拜集》中的一些诗歌。她在《斯克里布纳》①杂志社偶遇托马斯·莫兰②，后者对苏珊的画作赞赏有加，还说非常希望自己也能像她一样在石块上直接画画，这样一来，他就再也不用担心自己的作品被雕刻工毁了。《斯克里布纳》杂志社的一帮人一起野餐、划船、参加酒会，玩了一个周末，刚刚离开米尔顿。乔治·麦克唐纳③给大家朗读了他刚刚出版的新书；乔治·华盛顿·凯布尔④则在众人要求下朗读了一则他刚刚写完的关于克里奥尔人⑤的故事；演员艾拉·克莱默⑥演唱了一首歌曲，嗓音甜美，声情并茂；托马斯·哈德森，一位年轻的《斯克里布纳》杂志主编助理，不超过半小时，就能够写出一首绝妙的十四行诗。《斯克里布纳》杂志社的工作人员还没到达纽约，一位来自波士顿的编辑就把约翰·格林里夫·惠蒂埃请来了，想和她商量后者的长诗《大雪封门》中的插画。当时，苏珊正在打扫卫生，只好把他们请进客厅，自己一边拖地一边和他们进行交谈。

她把这些事情当作笑话讲给他听，奥利弗·沃德则在一个糊满防水纸的小屋里，坐在火药桶上阅读她的来信。他不会漏掉那些慕名而至的大人物，因为苏珊就像是在万圣节挂南瓜灯似的把他们大书特书。

《大雪封门》的插画合同没有谈成。不过，没关系。她很快就忙着给朗费罗的诗作做插画了。不到一年半，她的画作就在圣诞节集市上走俏。她在信中还说，奥斯古德出版社邀请她去波士顿，这

---

① 《斯克里布纳》（Scribner)，1870年至1881年间出版的美国文学期刊，后该杂志改版为《世纪》杂志。
② 托马斯·莫兰（Thomas Moran, 1837—1926)，美国风景画家、蚀刻画家，主要作品有《黄石大峡谷》《科罗拉多大峡谷》等。
③ 乔治·麦克唐纳（George MacDonald, 1824—1905)，英国作家、诗人和基督教牧师。主要作品有《莉莉斯》《幻想家》《公主与哥布林》等。
④ 乔治·华盛顿·凯布尔（George Washington Cable, 1844—1925)，美国小说家，主要作品有《克里奥尔人和过去的年代》《格兰迪姆的一家》等。
⑤ 克里奥尔人（Creole)，在16—18世纪时指出生于美洲而双亲是西班牙或者葡萄牙人的白种人，以区别于生于西班牙而迁往美洲的移民。
⑥ 艾拉·克莱默（Ella Clymer, 1847—1920)，美国戏剧艺术家和作家，主要作品有《爱的胜利》《时间的胜利》等。

让她有些猜不透原因。她到达波士顿后，第一次参加聚会，便发现与会者几乎全部都是新英格兰的精英人物，这令她惊讶不已。惠蒂埃先生恰好也在，还拿拖地板那事打趣她；洛厄尔先生十分关注她，让她受宠若惊；霍姆斯先生风趣幽默；朗费罗先生久久握着她的手，赞扬她虽然年纪轻轻，却如此才华横溢、美丽迷人。他当即承诺，自己的作品《铠甲骷髅》由她负责其中的插画——这显然才是出版社邀请她来波士顿的原因。《大西洋月刊》的新任编辑豪威尔斯先生也很欣赏她的现实主义风格。她一直对内华达山脉很感兴趣，所以趁机向大名鼎鼎的加利福尼亚作家布勒特·哈特[1]先生讨教了一番。

这一切都发生在她刚满二十四岁那一年。后来，她自己坦白道，自己那时候确实"小小地"炫耀了一番。然而，那个身在西部的年轻小伙子却像木头一样无动于衷。他为她的成功而开心，但对于围绕在她身边的年轻男子，他既不嫉妒也不眼红。她与奥古斯塔的关系不同寻常，和托马斯·哈德森暧昧不清。这三人构成了亲密的三角关系，而他竟然能够接受。

苏珊暗示说，是他的开朗和自信赢得了她的芳心。两人从相识到相知，对彼此的了解日益加深。我很怀疑，他们是否真正了解对方？我很怀疑，祖父是否真的那么自信？他有什么好自信的？他一定非常明白，像自己这样一个没有学位的助理工程师，整天在坑道里摸爬滚打。即便熬过三个年头，来到地面工作，整天面对的也只是寸草不生、烈日炎炎的荒山野岭。仅仅凭借这一点，他是不可能娶到苏珊·伯灵的。

我个人觉得，她之所以这么做，是她一点儿也不担心自己会深陷其中，难以自拔。对她来说，他们之间还没有那么深的感情。虽

---

[1] 布勒特·哈特（Francis Brett Hart, 1836—1902），美国短篇小说作家和诗人，美国西部文学的代表作家。主要作品有《咆哮营的幸运儿》《啊罪恶》等。

说奥利弗一直写信给她，但她只是不忍心直接回绝他，让他死了这条心。奥利弗对于祖母而言，只是一个备选项，可有可无。她手上已经有了一副牌，而且自认为还不错，只不过目前还没有想好该怎么出牌。

正因为如此，她既无意再摸第五张牌，也没有兴趣翻看底牌。她有自己的事业，有知己奥古斯塔，有偶像托马斯——大概她希望这个铁三角能够永远保持下去。她虽然本质上不是一个离经叛道的人，但不按传统行事也是可能的，而且她很愿意试一试。尽管对奥古斯塔和托马斯情真意切，但苏珊对自己的艺术事业也是执着不倦、孜孜以求。她或许会选择终身不嫁，全身心投入到事业中去。

如果最后她发现自己手中的那副牌是把烂牌：奥古斯塔嫁人了或消失了，自己的艺术事业毫无建树，根本不尽如人意，那又如何是好？这样的打击的确非常残酷，光想一想就叫人不寒而栗。对于她这个年方二十四岁的年轻姑娘而言，情何以堪？倘若果真如此，她可以委身于托马斯·哈德森。无论如何，她也不会嫁给一个既不文雅又不浪漫，人还远在千里之外的荒山野岭的小工程师啊。

我想，她的确也会这么做的。

苏珊出身贫寒，一心想要出人头地——罗德曼称之为"跻身上流社会"。尽管如此，她喜欢艺术，喜欢有修养、有品位的人，而不是仅仅含着金汤匙出生的贵族子弟。她的这种喜欢非常执着。她的这种执着不亚于虔诚的教徒或野心勃勃的人。托马斯·哈德森像她一样家境普通，有上进心，在她眼里就是修养和品位的象征。

不到三十岁，托马斯·哈德森已经是一位响当当的人物了。他的才情倾倒了整个文坛，乃至整个社会。他诗词歌赋信手拈来，就像春风拂过伯灵家的苹果树一样轻松自然。他在《斯克里布纳》杂志开设了一个名为"旧橱柜"的专栏，月月连载，整个文坛都在翘首以盼，交口称赞。表面上看，他只是杂志主编霍兰德博士的助手，实际上他包揽了霍兰德所有的工作——帮他决策，发掘活跃的撰稿人。当然，功劳都是霍兰德一个人的。

他们是彼此的伯乐，两人惺惺相惜。苏珊的绝大多数朋友都是通过奥古斯塔认识的，但托马斯却是她介绍给奥古斯塔的。短短几个星期，他们三个人便形影不离了。他们结伴而行，好似身处伊迪丝·华顿①笔下的纽约上流社会一般，走遍了画廊、剧院和音乐会，享受着柏拉图式的精神恋爱。托马斯花钱很大方。我不知道，十九世纪七十年代，杂志主编助理的开支能否报销；我也不太清楚，托马斯到底是在追求苏珊，还是在追求奥古斯塔，或者两者兼而有之，又或者一个都不是。他们自己或许都不知道呢。不过，在上流社会，这种说不清、道不明的三角关系是可能存在的。

我对托马斯的评价也许不太全面。在我整个童年时期，他都像神一样高高在上，难以企及。我之前有个同事是研究美国文学的教授，称赞他为美国历史上最伟大的编辑。最近，我在整理关于《世纪》杂志的一些文件。《斯克里布纳》停刊后，托马斯开始担任这份新杂志的编辑。我在其一八八五年二月刊看到了祖母撰写的一个故事，这才注意到，这期杂志上竟然刊登了马克·吐温《汤姆·索亚历险记》的最后一期连载，威廉·迪恩·豪威尔斯《塞拉斯·拉帕姆的发迹》的第九、十两章，还有亨利·詹姆斯《波士顿人》的开篇。这样看来，说他颇具慧眼发现了四十年来三分之二脍炙人口的佳作并将其出版，真是一点儿都不为过。祖母丝毫没有夸张——托马斯慧眼识珠，睿智正直。他是改革派，关心百姓疾苦，对抗政治腐败。任何时代都需要他这样的人。要是托马斯还在世就好了，我绝不会再因为祖母老拿他做标准来要求我而厌恶他了。

托马斯温文尔雅、细致体贴、幽默风趣。他上过战场，负过重

---

① 伊迪丝·华顿（Edith Wharton, 1862—1937），美国女作家，主要作品有《快乐之家》《纯真年代》等。

伤，留下了严重的后遗症，所以一直病恹恹的。孱弱的躯壳遮掩不住熠熠生辉的灵魂。他双手苍白纤弱，但笑容甜蜜醉人。更重要的是，他乐于助人，理想远大，而且能力出众，做事以一当十。苏珊在一封写给奥利弗信中这样说他："他很像一位知性女性，说话句句中听，从不带刺。"她在许多信中都戏称他为"托马斯表哥"。在那段时间，他送给她很多小礼物——日本茶壶、圣母像，还有许多诗集。她全部悉心收藏，奥利弗的来信反倒丢掉了。诗集和圣母像现在仍然摆放在楼下的藏书室里，犹如苏珊的玫瑰花瓣，化为了一段尘封的记忆。

他是她的编辑，也是她最亲密的男性朋友，修养品位的代名词。苏珊一定考虑过嫁给托马斯。但是，她写给托马斯的信中只是用调侃的口吻旁敲侧击，从未直接捅破这层窗户纸。其中最明显的暗示莫过于她对友谊的探讨，但也仅仅停留在探讨层面："当朋友们不在身边，你会不会想起他们说过的话和他们不经意间流露出来的紧张神色？人的表情总是会泄露其心事的。是哪个残忍的男人曾经这样说过：撩动女人敏感的心弦，就能弹奏出最美妙的音乐？这种美妙的音乐，我不相信每个男人都能弹奏得出。即便有些男人能够弹奏得出，怎么可以拿出来炫耀呢？"

我非常好奇，她究竟想说什么？苏珊肯定不是在含沙射影，指责托马斯玩弄她的感情。她很可能是在暗示自己已经对他动心了。她是否害怕，当他站在自己面前，自己的表情会出卖她的内心所想？

那时候，祖母正值妙龄，我对她了解得越多，就越看不透她。屈指算来，她对奥古斯塔的喜欢和迷恋，已经有四五个年头了。与此同时，她又对托马斯·哈德森萌生好感。当时，还有几个年轻男子在追求她。奥古斯塔的两个兄弟名列其中。他们可以给她想要的社会地位。对于艺术事业，她依然兢兢业业。倘若她在回忆录中所言属实，她与奥利弗·沃德之间的了解也在加深，应该说开始互生情愫。这个年轻的工程师比她小两岁，而且双方只有一面之缘，所以她的朋友们应该不知道他的存在。

到了一八七三年的夏天，她终于在扑朔迷离中看清了现实——托马斯的心上人是奥古斯塔，而不是她。这虽然是我自己的猜测，但并非信口开河。她原先一直打算定居纽约，却突然回到了米尔顿，和奥古斯塔书信来往数量明显减少，篇幅大幅缩水，再也没有动辄长达六页的浓情蜜意——大多草草几句，言辞闪烁。奥古斯塔三番五次恳求她回纽约，苏珊回答说，朗费罗需要她的帮助，待在纽约感觉也不太舒服。而且，父母为她付出了这么多，希望能够多陪陪他们。更为重要的是，她资质平平。倘若她和奥古斯塔一样才华横溢，牺牲家庭也可以考虑。

一席话听来既孝顺又谦虚，却叫人心痛。可怜的姑娘伤痕累累，恰似经典苦情歌所唱的那样，她眼睁睁失去了爱人和朋友，就算怒斥他们的背叛，也不会让自己好受半分。她甚至责怪自己竟然想要和奥古斯塔争夺心上人。他们才是天生一对，神仙眷侣。自己则是个多余的人。她应该第一个祝贺他们。她猜测，是不是因为奥古斯塔出身豪门，可以为他提供发展事业的社会基础，他才选择了奥古斯塔？友情和爱情的逝去，肯定没少让她流眼泪。她在信中曾经提到过，那段时间，她常常彻夜无眠，以泪洗面。

后来不知什么原因，她挑起了一场争执。我至今没有搞明白，这场争执因何而起。我费了九牛二虎之力，也没有找到关于这场争执的一封信件。可能是在盛怒之下撕毁了，也可能是后来双方和解时，因过于激动而不慎遗失了。奥古斯塔曾经计划前来米尔顿看望她，苏珊对这场相聚也非常期待。也许她在信中又说了什么，惹恼了奥古斯塔。奥古斯塔取消了这个计划，只是写来一封短信，推诿说自己要陪父母去奥尔巴尼①,无法前来,并在信末署名"你的朋友"。

苏珊在给奥古斯塔的回信中对此事有记载。

菲什克尔② 码头
周二晚上

亲爱的:

今天下午,我和贝茜正在给你整理房间,准备床铺,收到了你的来信。我本来以为今晚我能够枕着你的手臂入睡。一想到这一刻,我就激动不已。这样的时刻,我这辈子没有经历过几次。我很想见到你,绝对不是为了"把话说开"。我已经不在乎那些事了。只要你爱我,就足够了。

吃完晚饭,我就赶紧收拾,换了条裙子,拉低了一下衣领。[天哪,祖母竟然如此开放?]我直奔花园,采摘了一大束玫瑰——这是四季玫瑰,为你盛开(为了让它们晚几天开放,迎接你的到来,我已经想尽了办法)。然后,我直奔河边的渡船。我好想和你并排躺在草地上,或者跑到西点军校,或者一起浪迹天涯。噢,真是讨厌!河面上渡船亮起灯光,渐行渐远,我的美梦醒了。我站在码头边,掩面哭泣。直到现在,两个小时过去了,我还没有振作起来。我蜷缩在一条长凳上,借着星光给你写下这些文字,希望你能原谅我。

这个世界上,女孩儿有千千万万,可我只想拥抱我心爱的女孩,告诉她不论我身在何处——搬去纽约或是留在家中,不管她怎样在信末署名——是"你的朋友"还是"属于你的女孩儿",我都会一样爱她,就像妻子爱自己的丈夫。你说爱情

---

① 奥尔巴尼(Albany),美国纽约州首府,位于该州中东部,哈德逊河西岸。
② 菲什克尔(Fishkill),美国纽约州达契斯县西南部的一个小镇。

有潮起潮落，那么，今年夏天，对我来说，就是潮落。看似千头万绪，我考虑来，考虑去，理由也好，原因也罢，只有一个——我太在乎你了。倘若我只是一条波浪不起的小溪流，你还会喜欢我吗？

请你不要再把自己说成是"我的朋友"了，我可以忍受任何争吵和责骂，但绝不希望我们只是普通的朋友！我不会再一次和你分离，与你遥遥相望！不管前方是黑暗还是光明，我依旧会一次次奔向你。请你原谅我的一时愚蠢。如果我不爱你，怎会如此愚蠢？怎会像个傻子一样在这里号啕大哭呢？就像刚刚经历了一场暴风雨，但一切都过去了。尽管你是天之娇女，我也不会放手！

苏

看这封信时，我觉得自己就是一个偷窥狂。阅读祖母的信函，我时常有这种感觉。一想到她拉低衣领，把一大束盛开的玫瑰捧在胸前，喘息，低语，因梦碎而崩溃时，我真的不知道是该笑还是该哭。而且，整个夏天，她都心神不宁。我敢说，即使是祖父或是托马斯，都不会让她这样疯狂，这样失态。

这个事件是一个转折点。两个妙龄女子口中所说的"爱的浪潮"从此再未高涨过。换句话说，她对奥古斯塔和托马斯断了念想。一个月后，奥古斯塔和托马斯将他们订婚的消息通知了她。她表现得非常淡定。这一次，她彻底死了心。这是她写给托马斯的信：

你知道吗？在你出现之前，我觉得她就像爱自己的丈夫一样爱我——因为我也这样爱她。你是不是担心我不能容忍你？这个世界上除了你之外，再也没有其他男人能够处理好这一切。你们命中注定让彼此完整。她可以让你锋芒毕露,才华尽显。她纤手所指之处,点石成金……

祖母的坚强由此可见一斑。祖母确实说得很好,很大度。或许这是她从书中学来的——即便认输,也要不卑不亢。而且,她从未向他人诉说过自己遭到了背叛,从未因此而表现得黯然神伤。这样做效果很好。从那以后,她就变成了托马斯乖巧的妹妹,奥古斯塔亲密的朋友。我猜想,祖母如此不失风度,很大程度上是因为她非常巧妙地运用了自己的"底牌"。具体来说,虽然她最终没能打成漂亮的"同花顺",大获全胜,但是靠着巧妙运用自己的"底牌",也没有输得一塌糊涂。

就在奥古斯塔和托马斯订婚后的第二天,奥利弗·沃德给她来信说,他要从西部回来了。

那天晚上,大雨滂沱。苏珊和姐夫约翰·格兰特站在码头的雨棚下面等候他的到来。渡轮上模糊的灯光从对岸的波基普西由远及近。约翰手中的提灯闪烁着淡黄色的光芒。码头尽头也有一盏提灯,它在湍急的河面上投下一道道波纹。河水每隔一两分钟就被狂风吹得波涛汹涌。此时此刻,苏珊心里在想什么呢?是世事的无常、脱轨的人生,还是对未来的期待?无论是什么,她一定心潮起伏难平。当然,她心里很清楚,奥利弗·沃德为何而来。

她在等待一个陌生人进入自己的生命。尽管她从来没有将他视作结婚对象认真交往,现在却下定决心要嫁给他。一八七三年,在这样的情景下,一位姑娘会是怎样一种心情?此次会面极具浪漫色彩,犹如她某幅画作中的一个场景:提灯的光亮照在船夫的油布衣裤上,一个高大的身影手提旅行袋一跃上岸。他身上穿的是什么?一件巨大的连帽大衣,让他看起来很像影视剧中的阴谋家。他高大的身影投射在码头上，苏珊不免感到有些尴尬。她几乎已经忘记他长什么样了。他走到他们面前，脱掉帽子，和祖母握手，并寒暄了几句，然后上气不接下气地解释说，这件大衣是他在野外穿的工作服，一身正装在旧金山被人偷走了。

他这身打扮确实像是从穷乡僻壤过来的，也难怪会遭别人白眼。然而，毕竟两人通信许久，也算是老相识了。再加上她也默许了他在信中的请求，所以也没有多说什么。三人坐进马车，她挤在两个大男人中间，几乎无法动弹。一路上他们彼此看不清对方的神色。她闻着他身上散发出的烟草和湿羊毛的味道，有一茬没一茬地找话说。姐夫沉默寡言，听得倒是很认真。姐夫总喜欢评论别人。最近四年来，他接触的大多是作家、画家和编辑。不知道他会怎么看这个来自西部的年轻人。

他们一到家，进入客厅，发现父母在等他们。父亲埋怨说，这鬼天气把人都给淋湿了。尽管他们的关系已经不言而喻，苏珊还是有些害羞。她把他向父母做了介绍，然后领他上楼，进了他的房间——后来，这里就成了祖母的房间。他放下旅行袋，脱掉厚重的大衣，拿出一个弯形烟斗和一把巨大的木柄手枪，往苏珊平时搁帽子和诗集的梳妆台上重重一放。

他这是在炫耀吗？我估计他是想炫耀一下。我的老天，居然会有男人带着手枪来求爱。他已经完全西部化了，而她的家庭高贵文雅，两者截然相反。他只有通过这种方式，以示抗衡。

这些我都不怎么在意，我也不知祖母此时是感到惊讶，还是觉得好笑。在我看来，最耐人寻味的是他们之间小心翼翼的试探——既羞于承认又急于表达。他们站在门口，四目相对，苏珊手中的提灯光亮与他们眼中的光芒交相辉映。这一幕酷似她的一幅画作——真实平凡又惹人遐想。

5

苏珊很快就打消了一切顾虑——其实仔细想一想，只要不考虑家庭出身，奥利弗并不比奥古斯塔差多少。他对她佩服得五体投地，尊重她的朋友们。他身材高大、做事稳重，和她在比奇家藏书室里对他的印象一样。他平时寡言少语，不露声色。一旦聊起在加州的生活，他立刻就像变了一个人，绘声绘色，她父母听得津津有味，迟迟不肯去睡觉。她纽约的朋友来家做客时，他们倒是早早就上床休息了。他身强力壮，勤快能干。划起双桨，小船快得好像在水面上飞起来。父亲夸赞说，他从来没见过这么快就能摘好一篮子苹果的人。除此之外，他还和家人下棋。所有这一切，显然都会增加苏珊对他的好感。

她有些犯愁，不知道该带他去哪里玩才合适。纽约来的游客偏爱长池和黑池，可他见识过约塞米蒂①山谷，又在山花烂漫的圣华金河谷②骑过马，一定不会稀罕这种地方。想来想去，她和姐姐、姐夫带他去了八英里外的大池，那里有一条飞泻而下的瀑布，飞流直入大池，池水顺势而下，汇入溪流，别有一番情趣。

这才是哈德逊河画派③笔下的美景：阳光灿烂，榆木参天，流水淙淙。他们闲散地坐在草地上，置身于大自然的怀抱。吃过午饭，他们在风景如画的树林中散步，就像多年之前的诗人和哲学家。他们捡了几片落叶，一些龙胆花。苏珊还在奥利弗欣赏美景之

---

① 约塞米蒂（Yosemite），地名，位于美国西部加利福尼亚州内华达山脉西麓。
② 圣华金河谷（San Joaquin Valley），位于加利福尼亚州贝克斯菲尔德和奥克兰两市之间。
③ 哈德逊河画派（Hudson River school），美国19世纪上半叶的风景画派，主要代表人物是托马斯·科尔。

时画了几幅素描。姐姐贝茜略施小计拉走了丈夫,成功制造出让这对小情侣独处的机会。遗憾的是,这两位年轻人没有经验,不知道该如何表达心中的情感,只是把注意力放在美丽的景色上。此时此刻,枫叶盛开,鲜红似火,她惊喜得说不出话来。他手中拿着帽子,站在她的身旁。美景与佳人令他深深陶醉。

下午晚些时候,他们回到瀑布顶部中午野餐的地方。飘落在脸上的水滴、瀑布、阳光、秋风、枫叶、树木,这一切都令苏珊欣喜若狂。她仰面躺下,脑袋向后倒挂在悬崖边缘,将瀑布尽收眼底。在同样的季节,约翰·缪尔[1]也在约塞米蒂的悬崖边缘,像她这般欣赏景色。约塞米蒂瀑布宛若一个碧帘,一泻千里,水花飞溅,声如雷鸣。约翰·缪尔看到的景色之壮观,自然是这山间小瀑布不能比拟的,但他显然不如她幸福、快乐——因为她身边有奥利弗·沃德。他一直紧紧地抓住她的脚踝,以免她失足坠落。

令人心动吗?或许你不那么想。现如今,轻拍着女友的翘臀哄她入睡是件再正常不过的事,所以现在很少有人能够体会到奥利弗当时的心情。他紧紧握住她纤细的脚踝,心想,就算是大火烧身,印第安人从灌木丛中突然蹿出来,举刀砍他的手背,他都不会松手。至于苏珊·伯灵,她倒挂在悬崖边缘,与其说在感受天旋地转,倒不如说在享受手抓其脚踝的那双手带给她的紧张与甜蜜。拥有这双手的那个男人让她充满了安全感。她在天旋地转中坠入了爱河。

在回家的路上,他们坐在车上,彼此靠得很近,但没有说话,默默感受着因为路面颠簸而造成的肌肤的碰撞。奥利弗提议说,约翰·格兰特没必要把他和苏珊一直送到家。苏珊表示同意。于是,他们在格兰特家附近下了车,然后自己走完剩下的半英里路程。昏暗的月色下,他们踏上一级级石阶,走过满是尘土的小径。小径两

---

[1] 约翰·缪尔(John Muir, 1838—1914),美国早期环保运动的领袖,帮助保护了约塞米蒂山谷等荒原,并创建了美国最重要的环保组织塞拉俱乐部。

侧是她曾祖父亲手垒砌的石墙。秋意渐浓，晚风中混杂着树叶特有的酸涩气味。这景象很像苏珊画的一幅画。

他们边走边聊，当即把婚事定了下来。两天后，奥利弗前往康涅狄格，探望了他的父母，然后返回西部工作，同时为她安排落脚的地方。

他两手空空来求爱，除了满腔热血，一无所有。然而，他来的正是时候，此时此刻，奥古斯塔和托马斯宣布订婚，铁三角不复存在（尽管他们曾发誓绝不会让这种事情发生），纽约自然成了苏珊的伤心之地，去西部探险无疑就是她的一根救命稻草。而且，奥古斯塔自食其言，放弃艺术，嫁做人妇，这恰恰说明婚姻才是女人的最终归宿。至于不得不放弃托马斯·哈德森，只能怪自己当初看走了眼。再说，奥利弗·沃德虽然与托马斯·哈德森截然不同，两者难以相提并论，但别有一番魅力，也是一个不错的选择。

她把准备结婚的消息告诉了奥古斯塔，顿时掀起了一场轩然大波。她们通信多年，情谊深厚。我多少能够猜得出奥古斯塔的反应。轩然大波很可能形成于十五大街奥古斯塔的工作室。四年来，她们在这里一起工作、形影不离，一心只为艺术梦想。每当苏珊伏案工作，偶尔抬头，总能看到奥古斯塔深色的眼眸注视着她，热烈而且温柔。

现如今，同样的地点，同样的人物，热烈而且温柔的眼眸踪迹全无。爱人跟猫一样，总有一天会露出锋利的爪子。奥古斯塔显然难以置信，气势汹汹地向苏珊讨要说法；苏珊则一意孤行，甚至有些耀武扬威：你看到了吗？我也不是一只任人捏的软柿子。她俩面对面坐着，都憋了一肚子的火，失去了往日的风度。

"奥利弗·沃德？这个人是打哪里冒出来的？我见过他吗？简直是胡闹！"

"我是认真的。你没见过他，他在加州待过。"

"你们是怎么认识的？"

"在艾玛家，新年招待会上。"

"之后他就走了？多久了？"

"四年，马上就五年了。"

"你一直给他写信？"

"对，我们一直有书信往来。"

"他向你求婚了，你也答应了，仅仅通过一纸书信？"

"他回来了，在米尔顿待了一个星期。"

奥古斯塔垂下脑袋，发现自己衣服上有根线头，就把它拔掉了，然后用手指把褶皱抚平。她深色的眼眸中充满了愤怒，看了苏珊一眼，随即把脸扭开了。"你不觉得这很奇怪吗——至少我是这样认为的——你居然从来没有向我提起过这个人？"

"我一直不知道他会对我如此重要。"

"他来到你身边仅仅待了一个星期，你就知道了？"

"嗯，是的。我爱他，我要嫁给他。"

奥古斯塔站起身来，在房间里走了几步，然后停了下来，双手扶住前额，十指抵着太阳穴。"我以为我们之间没有任何秘密。"

她没有想到苏珊会趁机打击报复。"所以我现在向你坦白，就像当初你对我说，你和托马斯之间有事要向我坦白一样。"

奥古斯塔一听，双手抱头，两只眼睛盯着她。"啊！原来如此！"

苏珊脸颊通红，却毫不动摇。"不，不是你想的那样！你能陷入爱情、走入婚姻，那我同样也可以有意中人。我从来没想过这一天真的会来临。也许是命中注定吧。"

奥古斯塔摇了摇头。"你竟然如此没有见过世面。看到一个容貌尚可的年轻人就非他不嫁了。你太让我失望了。"

"你变了，你怎么能讲这种话！"

"苏，是你变了。这个年轻人是做什么工作的？"

"工程师。"

"在加州？"

"是的。"

"他要把你带过去吗？"

"只要他在那边安定下来……"

"你就会跟他过去？"

"是的。"

奥古斯塔心烦意乱，又开始踱步，偶尔停下脚步，把挂在墙上的画摆正。过了一会儿，她口咬手指，偏着脑袋问苏珊道："你的艺术事业怎么办？我们的努力要付诸东流？"

"在我的生活中，艺术无足轻重。我只不过是靠插画谋生罢了。"

"你真是大错特错！"

"我想嫁给他，他在哪里发展，我就去哪里。他需要一些时间证明自己。估计这种状态只是暂时的，不会持续太久。我可以继续画画，他也很支持。"

"在矿井里画画？"

"嫁给他后，我不敢确定自己会身在何处。"

奥古斯塔气坏了。她双手握拳，身子不停地打颤。"苏珊啊苏珊，你简直是疯了！你这是自暴自弃！你去问问托马斯，他也不会同意。"

"在这件事情上，"苏珊好像是电影中的人物在念台词一般，"谁也不能替我做决定。"

"你这样做，会把事业全毁了。你一定会后悔的。"

"奥古斯塔，你还没见过他呢！"

"我没打算见他，甚至不想听到他的名字。我们以后怎么办？

他不能把你的生活搞得一团糟。"

她们看着彼此,最终还是相拥在了一起,甚至还相互打趣两人之间的分歧竟会如此之大。两个年轻女人尽管表面上言归于好,但内心依然固执己见。她们都是倔强的女人,奥古斯塔绝不退让,苏珊也无丝毫动摇。或许她只是一时冲动答应了奥利弗的求婚,但已骑虎难下。当然,奥利弗·沃德的阳刚之气,他在西部的冒险经历,沉稳坦荡的性格以及对苏珊不加掩饰的爱慕欣赏,确实令她心驰神往。这次是她第一次爱上一个男人,而不是柏拉图式的精神恋爱。实话说,我很欣赏她,敢想敢干,坚持己见。

"家"在何处真的无法确定。奥利弗一会儿在克里尔湖①附近的南太平洋城做研究,一会儿又在旧金山无所事事,没有前景的工作一概拒绝,一门心思寻找一个适合他的工作,以便大展拳脚。他在妹妹玛丽家住了几个星期,妹夫康拉德·普拉格是个优秀的采矿工程师。他通过普拉格的关系,终于找到了一个令他兴奋不已的工作。他在信中说,他即将成为新阿尔马登汞矿的驻段工程师。矿山在圣何塞②附近,一个很有名的老矿井,淘金热后期黄金开采量下降,这个汞矿补了缺口。几周后,他就会到东部来把她接过去。过了几天,他又来信说,他手上正在进行一项地下勘察的项目,他得干完了才能脱身。

她等啊等……等到番红花开,等到冰雪消融,等到老渡轮在高涨的春水中重新起航,等到紫丁香花香四溢,等到苹果树硕果累累。现在,距离去年奥利弗·沃德在大池瀑布抓住她的脚踝已经一年多了。奥古斯塔已经怀上了孩子,两人的关系也有所缓和,彼此逐渐适应了对方的新角色。他们常常写信探讨事业与家庭不能兼顾之苦。奥古斯塔态度依然强硬。她坚持认为,苏珊不应该让婚姻毁

---

① 克里尔湖(Clear Lake),美国加利福尼亚州莱克县的一个城镇。
② 圣何塞(San Jose),加州旧金山湾区南部城市。

掉她们的事业。她坚信，苏珊·伯灵绘画方面很有天赋，远非自己所能比。苏珊应当承担起这个光荣的使命。在她看来，苏珊决定与奥利弗结婚，就意味着她永远放弃了绘画。鉴于此，奥古斯塔无论如何都不愿意接受奥利弗·沃德。两人为了避免激化矛盾，尽可能不在信中提起他。

　　苏珊等待的日子也算不上漫长艰苦。她勤恳工作，孝敬父母，偶尔见见十五大街工作室的老朋友们。一八六八年的新年前夜，她第一次遇见奥利弗。自那时起，她就开始了漫长的等待，直到一八七六年二月才等到奥利弗回来，两人在她父母亲的住宅里举行了婚礼。《创世记》中，雅各等待爱妻拉结，等了整整七年。与之相比，她等待奥利弗的时间更长。

6

他们的婚礼没有主婚人。按照公谊会信徒须遵守的礼仪,奥利弗站在楼梯口迎接新娘,然后和她一起步入礼堂。四十四名证婚人在结婚证书上签字,见证新人宣誓。从此,她将改用夫姓。新锐艺术家苏珊·伯灵就这么嫁了出去。

这场婚礼没有伴娘。奥古斯塔给出的理由是,她生完孩子还不到一个月,身体尚未完全康复。"如果你不能来给我做伴娘,我就不用伴娘了。"苏珊在信中这样写道——彼此忠诚,友谊长存。就在这封信中,苏珊也提到了"我那位你不喜欢的朋友"。奥古斯塔不来的原因,其实她再清楚不过了。对此,她表示默许。

我敬佩苏珊·伯灵。当她年迈之时,我更是深深地爱着她。我多么希望能够走到年轻的苏珊·伯灵身旁,贴着她的耳朵和她说句悄悄话。我是坐在轮椅上的涅墨西斯,能够预见未来。我对她的预言是,新娘为她的丈夫感到愧疚,是个凶兆。

他们在布雷武特①度蜜月时,托马斯一个人过来登门拜访。苏珊仔细观察着他的神情,很想知道彬彬有礼的他心里究竟在想些什么。后来,她在奥利弗·吉尔福德的家中写信给奥古斯塔:

> 我非常担心,有朝一日你见到他,真的不喜欢他。他给我讲了许多他童年的趣事,好笑极了。他是个不错的小伙子——能吃苦、有进取心、为人真诚、慷慨大方。我知道,我这么说他,你会感到厌烦,但我确实想在你面前夸夸他,因为他真的

---

① 布雷武特(Brevoort),位于美国纽约布鲁克林地区。

是个心地善良的人……尽管如此，托马斯第一眼见到他时，可能会有些失望。估计你也是这样。

在另一封信中，她说了好多蜜月中发生的事情。对于和奥利弗的婚姻，她显得过于信心满满：

> 我过去一直顾虑重重，现在终于不担心了。奥利弗希望我无忧无虑、平安快乐，并且通过努力真的做到了这一切。我对他更有信心。我知道，他一定会尽一个丈夫应尽的职责，好好对待我，但我没想到他眼中的责任竟然如此之多。除了担心他工作太辛苦，我现在真的没什么好担心的了。他志向远大，工作起来不要命。有时候，他会跟我说起这些年他是怎么过来的——心无旁骛，为理想置身险境，历尽千辛万苦。我听了非常震撼，他自己却不以为然。我这么说他，肯定又会让你感觉无聊了。我也知道，我不应该在你面前讲这些。你从来没有见过他。但愿我对他的赞美，不会让你见他第一面时更加失望。

祖母，我想问问你，祖父到底做错了什么，你竟然这样对待他：挑剔他的衣着、语法甚至站姿？他有先天缺陷，言语粗鲁，还是吃相难看？看来奥古斯塔真的让你乱了方寸，如临大敌。

正如罗德曼所说，这是典型的维多利亚风格。一切都好像戴着面具。虽然两人新婚宴尔，却因过分注重文雅体面，丝毫看不到初尝云雨的喜悦。苏珊非常单纯，或许连这方面的词汇都不知道。换言之，即便她想说，也不会说。那时，她住在布雷武特，房间里漆黑一片，只有街上的路灯闪闪烁烁。当几乎近似陌生人的丈夫解开她的睡袍，用那双仿佛带着六千伏高压电的手抚摸她的胸部时，她是什么样的感觉。就连这一点，她都没向奥古斯塔说过，更谈不上将全过程公之于众了。

如果换作我撰写一本关于现代年轻女性的书，我一定会不吝笔墨，把她的新婚之夜描述得真真切切。当今时代，人们更喜欢用轻松随意的笔触描写性爱的整个过程：前戏、湿润、插入、高潮。即便考虑到维多利亚时代人们对性爱描写的态度，我至多省去高潮部分。尽管不清楚他们的新婚之夜究竟是怎样一种情况，我仍然对苏珊·伯灵和她的丈夫信心满满。他们的新婚之夜应该是甜蜜难忘的。

从她在吉尔福德写的信中，我多少可以了解到她当时的心情。她写道，他们沿着海岸散步，突然间疾风暴雨不期而至。于是，他们急忙找个地方避雨。幸运的时候，他们还能围着炉火，喝上热茶。受伤之后寻求庇护，似乎一直是祖母的情感需要，甚至可以说是她的生活方式。

她仔细观察奥利弗的家人，希望能够找到些许安慰。

奥利弗的父亲称呼我为"年轻的女士"。每次我向他道晚安时，他都会和我握握手。他的孩子们都比较顽皮爱闹，老是给他起一些稀奇古怪的昵称。有趣的是，他们虽然个个表面上玩世不恭，骨子里却都很尊敬自己的父亲，对他体贴入微。简言之，这个家庭的所有成员都不太善于表达自己内心深处的真实情感，"言行不一"。每当老父亲打出一张好牌或者赢下一局时，女儿凯蒂总会眨巴眨巴眼睛并狠狠地"骂"他一句"你这个老家伙"。奥利弗一口一个"老爹"，搬着椅子跟在他屁股后面，听他发表关于堤坝和水闸的高见。尽管这位"老爹"说的都是五十年前的老观点了，奥利弗仍然满是敬佩之情。

祖母这样说话，让人听起来舒服多了。这封信中不再有往日的小心翼翼、诚惶诚恐。她还给老两口画像，让奥利弗随身带到西部。她一直觉得这个家族不够体面。然而，一次偶然的机会让她改变了这个看法。有一天，她正在阅读关于沃德家族的一些材料。突然，她眼前一亮，原来是一封乔治·华盛顿写给沃德家族的先祖——沃德将军的一封信，还有一封他曾曾祖母收到的情书，开头为"尊敬的女士"。他的曾曾祖母拒绝了这位追求者，却保留下了这封信。他的曾曾祖母撕掉了追求者的姓名，却保留下了追求者的爱慕之情。看到这里，苏珊脸色露出了笑容。

奥利弗回来完婚，仅仅待了两周就离开了。他回新阿尔马登去准备他们的新房。在他离开前，奥古斯塔邀请他们俩到家中做客。尽管托马斯热情周到，奥古斯塔态度亦可，但奥利弗发现自己和他们实在是说不到一家去。他自始至终怯生生地、安安静静地坐在那里，听他们用文学艺术专业术语谈论文学艺术界的大人物。终于能和这个世界上自己最喜欢的两个同龄人又在一起，苏珊非常激动，一直说个不停，边说边逗弄奥古斯塔的小宝宝。在她看来，奥古斯塔的一切都是完美的。她的宝宝也不例外。倘若不相信，请看她自己是怎么说的：

> 我真的不应该跟你说这些，你的美貌让奥利弗大为惊叹，托马斯的好客让奥利弗印象深刻。当然，这正是我所希望的……奥利弗非常喜欢你和托马斯。当然，你现在很可能瞧不上他，不喜欢他是正常的，他不像你和托马斯那样完美。亲爱的奥古斯塔，你不要为了我逼迫自己欣赏他，不要为了我勉强自己喜欢他。如果今后我们能够经常聚一聚，你会慢慢喜欢上他的。对此，我充满信心。

她又来这一套了，老是改不掉。

苏珊是这样打算的：和奥利弗结婚后，先陪他在西部待上几年，等他事业有成再回到东部，然后慢慢磨平其粗犷的个性，逐步改掉其西部习气，融入哈德森上流圈子，开始觥筹交错的艺术生活。他们四个大人朝夕相处，孩子们亲密无间。当然，这需要时间。

奥利弗写信说，他已经租到了一间木屋，原先是矿山工头一家住的。经他改造后，现已变得更加宜居。房主同意他继续改造。他寄来一张楼层平面图。她在图上画了一个游廊，并在空无一人的房间里添加了角柜等她喜欢的家具。他们书信来往频繁，其中内容要么是如何改造房子，要么是添加哪些家具。

估计到可能会忙不过来，奥利弗坚持要她物色一个能干的女仆带过来，因为在西部干这行的全部都是男性，而且是中国人。于是，她托人找来一个长相不错的少妇。这位少妇老是耷拉着脸，似乎别人欠她钱似的，而且还带着一个七个月大的婴儿。她解释说，她之所以这个样子，完全是因为她实在是受不了丈夫的虐待。谁知道她说的是真的还是假的。也许她还没结过婚呢。好在她话不多，对人毕恭毕敬，而且愿意去西部，尽管心里不是很满意，等收到礼物版《红字》插画的报酬后，苏珊就把她雇了下来。这样一来，家中就多了个海丝特·白兰①，不过要给她准备个房间住才行。鉴于此，苏珊专门给奥利弗写了一封信，问他是否介意女仆带着一个婴儿，还问他能不能再多增加一个房间。他回信说，只要她不介意就好。他可以在厨房边上再盖间小屋，不过，需要数周时间。

到了七月份，他便写信来说，小屋快要盖好了，她和女仆可以过去了。她打开信封，拿出信纸，看看有没有夹带现金或支票，但看了半天，什么都没有。她猜想，他肯定是忘记把支票放进信

---

① 海丝特·白兰（Hester Prynne），霍桑小说《红字》中的女主人公，嫁给了医生奇灵渥斯，他们并不相爱。后来，白兰与牧师丁梅斯代尔相恋并生下女儿珠儿，因此戴上标志"通奸"的红色 A 字示众。白兰坚贞不屈，拒不说出孩子的父亲，独自把珠儿抚养长大。

封了，随后就会补寄过来。然而，她等了好几天，也不见有信来。她本打算立即给他去封电报问问他，但又担心被波基普西[①]电报站的桑德森先生看到后会笑话她，所以一直寄希望于他随后补寄过来。

等到第四天，她的忍耐已经达到了极限。若是继续等下去，势必会延迟他们的团聚时间，而且奥利弗在那边早已等得不耐烦了。于是，她决定，假定支票给寄丢了，自己先去买车票，等到了西部再问奥利弗。父母亲劝她耐心等候。事实上，她已经看出了他们眼中的疑问。又过了两个不眠之夜，她思前想后，决定不再等待。怀着气愤和羞耻的复杂心情，她乘坐摆渡船到达河对岸，用自己的积蓄给自己和女仆买了车票。一八七六年七月二十日，就在美利坚合众国成立一百周年之际，也是横贯北美大陆的铁路，即太平洋铁路建成通车的第七个年头，她踏上了西部之旅。

这次远行几经周折。近一个月前，卡斯特的骑兵团刚在小巨角战役[②]中被杀得片甲不留，这也是父母担心沿线的印第安人会伏击火车的主要原因。而且，尽管她没有对父母说火车票是她自己出钱买的，父母也没有问她，他们只字不提奥利弗，但她看得出父母眼中的忧虑，怕她遇人不淑。她只能竭力装出一副对这次旅行很期待的样子，尽量不让父母为她担心。

她是怎样狠下心来与奥古斯塔道别的，只有上帝知道。她们就像两张粘在一起的狗皮膏药，很难撕得开。我知道用"两个真心相爱的人分离"来形容她们不太合适，但有时难免会不由自主。毫无疑问，对苏珊而言，去找奥利弗，和奥利弗一起生活才是正途，什么车费不车费的，总比继续被浮华的上流社会腐蚀要好得多。

[①] 波基普西（Poughkeepsie），美国纽约州哈德逊河河畔的一个城市。
[②] 小巨角战役（Battle of Little Big Horn），美军和北美势力最庞大的苏族印第安人于1876年6月25日在蒙大拿州小巨角河附近进行的战斗，最终以印第安人的胜利而结束。

然而，千山万水都无法阻隔这"两个真心相爱的人"。火车还没有到达芝加哥，苏珊就给奥古斯塔写了第一封明信片。在奥马哈①，她充分利用火车延误间隙，写了整整五页信纸，通篇不提奥利弗·沃德一个字，对加利福尼亚既没表示其向往之情，也没述说其忧虑之意。目前，她心情非常复杂，这些都不可触碰。

她写的这段文字似乎已经预言了她的将来。她这样写道，奥马哈"实在是太荒凉、太落后了。唯一一幢像样点儿的建筑——奥马哈股票交易所，还被漆成了红白蓝格子状"。这里好似草皮房的国度，到处都是贫瘠丑陋的小镇。她继续写道："土地贫瘠荒芜、绵延无边，只有几处拓荒者的房子孤零零地伫立着。我非常同情居住在这个地方的妇女。当火车鸣着汽笛从其房屋前呼啸而过，她们倚门而立，是否感到自己像被流放一般绝望呢？"

---

① 奥马哈（Omaha），美国内布拉斯加州最大的工商业城市，临密苏里河岸。

7

今天是就诊日。埃德开车送我到内华达城①。其实我不需要看医生，我比那个一脸病态、乏味无趣的医生更了解自己的身体状况。我不需要他告诉我阿司匹林能够止痛，不需要他告诉我泡热水澡能够缓解我身体的疲劳，也不需要他告诉我适量的波旁酒对身心都好。我之所以每月都去，只不过想留个医疗记录，证明我能照顾好自己。这样，当罗德曼往电脑里输数据时，电脑就能照老样子告诉他——我积极就医了。只有这样才能让罗德曼感到放心。此行不到一个小时，也不怎么麻烦，还能让我换换环境。今天还有一个意外收获——我遇到了之前学校的老同事阿尔·萨顿。

埃德把我留在医生办公室后，就去轮胎店了。我跟他说，我做完检查后就去找他。我在医生办公室待了差不多二十分钟，医生终于同意，在秋天来临之前我不用再做X光检查了。我坐着轮椅进了电梯，来到大厅。时至中午，我的轮椅驶上大街，汇入人流。

现在的内华达城已与我儿时所见截然不同了。一座座城市就像不同的人，刚刚出生时，都差不多模样，越老越有特点。内华达城正由老变新，逐渐失去了自己的特点。在山头坡路那边，老式的三角墙房子和带阳台的两层楼令人感到非常亲切。就算在主街上，也时不时能够看到装有铁制百叶窗的老砖房，那都是十九世纪六七十年代的产物。主街的设计千篇一律。二流电影一定会这么拍：一幅画面一闪而过，游子尚且不知身在何方，却能油然而生

---

① 内华达城（Nevada City），位于美国加利福尼亚州东部内华达山脉，为内华达县的县治。

归家之感。然而，仔细一看就明白，都是些再熟悉不过的东西，有的还是淘金热时期的，比如雪佛龙、通用电气、伊莱克斯[1]、汉堡牛排。

只要石英矿一关，内华达城很快就会从人们的记忆中消逝，格拉斯瓦利也是如此。黄道带、帝王、北极星、爱达荷-马里兰、金山、温泉山，大批矿井（其中大多数矿井都是按照祖父的设计图纸建造的）关了抽水泵，任凭地下水上涌。

我父亲至死都是黄道带矿井的主管，可以说是和矿井一起变老的。遗憾的是，他没能看到小镇人气兴旺的场景。五六十年代，城里人纷纷来到小镇，植树造林，山上到处都是观景玻璃窗。小镇快速发展的那段时间，我不在这里。我回来后，也没去看它天翻地覆的变化，天天待在这占地十二英亩、始终保持原状的祖父母的老宅子里。说实话，我不太喜欢小镇现在的样子。尤其是从公路修好后，我都是坐轮椅直达老宅，沿途听而不闻、视而不见，似乎轮椅是在自动行驶，里面没有坐任何人。人们一边歪着脑袋看我，一边自动让道给我。我呢，就算脑袋转动自如，也懒得看他们一眼。罗德曼总说我执着于历史，厌恶当下。实际上，每次我去镇上，心中都有很多期待。然而，刚刚到达那里，我就立刻想回到老宅。一方面，我讨厌滚滚的烟尘和拥挤的人行道，另一方面，我不愿意碰到熟人。

尽管如此，我还是碰到了阿尔·萨顿，而且我坐的轮椅还差点儿把他给撞翻在地。

阿尔身材瘦小，微微有点儿啤酒肚，裤子松松垮垮，额头上而不是鼻梁上架着一副眼镜。当时，他正站在皮尔列斯自助洗衣店前，看向街对面，视线正好和我方向相反。他身后有个空压机，装

---

[1] 伊莱克斯（Electrolux），世界知名的电器设备制造公司，世界最大的厨房设备、清洁洗涤设备及户外电器制造商，同时也是世界最大的商用电器生产商。

在板条箱里，挡住了大半个墙面。从人行道那边走过来一个带小孩的女人。我急忙把轮椅停住。他听到轮椅的声音，立刻转过头来。果真是他。四十年了，他眼睛还是那么细长，硕大的鼻孔还是一样朝天开——我们以前经常和他开玩笑说，下雨天，他的鼻孔可以用来接水。他一看到我和轮椅，顿时满脸歉意，赶紧往后退了一步，以为挡了我的道。

"你好，阿尔，"我招呼他道，"你还记得我吗？我是莱曼·沃德。"

他皱着眉头，盯着我看了老半天。突然，他打了个响指，架在额头上的眼镜顺势滑落下来，正好卡在塌陷的鼻梁上。这副眼镜有些古怪，在阳光下，使他看上去很像一只马蝇。他舌根上长着一个肉瘤，不张口还好，藏在下牙后面，一张口就会露出来。

"狗娘养的！"他惊呼道，"莱曼！"

他紧紧握住我的手。我担心他会狠狠地拍打我的脊背。然而事实证明，是我多虑了。阿尔自己就是个怪人，对于其他怪人，他表现得非常宽容。他握住我的手久久没有松开，嘴巴咕哝道："见到你，我真是太高兴了！"他那双细长的眼睛滴溜溜直转，将我的轮椅、僵硬的脖子、拐杖、还有我裤腿下空荡荡的残肢来回看了好几遍。

"听人说，你又搬回老宅子住了，"他继续咕哝道，"我一直想找个机会去看看你，实在太忙了。不说这些了。你过得好吗？"

"一般般，"我回答说，"你呢？我发现你几乎没有变样。"

"也许这辈子就这个模样了。"阿尔边说边看我的残肢，声音温柔得像是在安慰一只吓坏了的狗。他很同情我。"你怎么坐上轮椅了？怎么回事？"

"我太不小心了，"我回答说，"那天我在剥玉米。"

"哈哈哈！"阿尔·萨顿最讨人喜欢的一点就是，无缘无故就能笑得直不起腰来。可以这样说，除了阿特穆斯·沃德[1]（我们不是亲戚），再也没人比他笑得更有杀伤力了。他经常笑得透不过气来，几乎要窒息过去。而且，不知是被他逗笑了还是别的什么，你也会情不自禁地跟他一起笑起来。阿尔没有去做喜剧演员，真的是太可惜了。直到今天中午，阿尔不仅模样和过去一样，一举一动仍然那么滑稽，令人发笑。然而，当时的富家子弟莱曼·沃德则坐上了轮椅，成了一个残疾人。

"我的上帝，可让你把我笑死了。到底发生了什么事？出了意外？"

"骨疾。"

他笑容收起，一脸同情。"真够惨的。"他摇摇头，叹了口气，或许这才发现我的脑袋活动困难，而且因为仰不起头，一直在抬眼看他，非常吃力。于是他一屁股坐在空压机上，视线与我齐平。很少有人像他这么体贴。

"你老婆呢？没回来？"

"我们离婚了。"

他犹豫了一会儿，好像在考虑是否继续这个话题，最后还是放弃了。他透过厚厚的镜片看着我的轮椅，硕大的鼻孔一张一翕。我知道他心里在想什么。

"你的轮椅不错啊，"他转移话题道，"去哪里都靠它走？"

"几乎是这样。外出时，走慢车道。"

"哈哈哈。"他又大笑起来。

"还在做教授？"

"退休了。我们周六一起喝喝啤酒，在电视上看看球赛。你觉得怎么样？"

---

[1] 阿特穆斯·沃德（Artemus Ward, 1834—1867），本名查尔斯·法拉尔·布朗尼，19世纪美国幽默作家。

"好啊，"阿尔回答道，"我很乐意。不过周六不行，店里很忙。"

"这家店是你的？"

"妈的！"阿尔说，"我是这家店的。"

他坐在空压机上，嘴巴微张，鼻毛浓黑，眼镜反射着太阳光线。

"你戴的是什么？"我问道，"什么眼镜？"

"眼镜？"他把眼镜摘下来，手捏着镜腿摇晃了两下，好像是刚刚才发现这副眼镜很奇怪。他一开口说话，那肉瘤马上又露了出来。这应该就是他说话含混不清的主要原因。整整五十年了，一直就是这个样子。其实，在他三岁之前，他父母就该带他去医院将其割掉。我们真是一对难兄难弟——身有残疾。

"是我工作时戴的。就像放大镜，"他回答说，"四焦镜片。"

我接过眼镜，仔细看了看，然后戴上试了试，眼前的房子至少比原来大了四倍，就像一枚太妃糖融化开来，显得阿尔就像一个小黑点。

"嗯，不错。"我继续问他道，"你戴这种眼镜做什么？"

阿尔咧开嘴巴，"哈哈哈"大笑起来。那个肉瘤又出现了。一碰到他的上嘴唇，马上又缩了回去。他用手挠了挠手肘，说道："当然，你大教授用不着这个东西，但我的工作是整天维修机器。你可以想象一下，把脑袋伸进空压机里看东西会是什么感觉。"

我能够想象那种感觉——空间狭小，视线模糊，脖子难以灵活运动。我不知道一个历史学家戴上四焦镜片的眼镜是什么感觉，也许会起反作用。不过，值得一试，说不定会有意想不到的好处。

谁的脑袋不像是塞在一台空压机里面呢？

第二章　新阿尔马登

1

对于苏珊·沃德来说,她这次去西部,既不是为了在那里长久定居,也从未打算在那里拓展交际,只当是去体验一下西部的生活和风土人情罢了。她期待着在新阿尔马登的生活,就如同她一直期待着乘坐火车横跨美国东、西部一样——虽然那必将是一场舟车劳顿的远行。到达旧金山后,她在奥利弗的姐姐玛丽·普拉格家中休息了一天。玛丽·普拉格女士美丽端庄,康拉德·普拉格先生优雅绅士。他们的房子充满了东方风韵,花园里满是蒲苇、棕榈和异域花卉,这一切都令苏珊艳羡神往。直到那时她才意识到,自己马上要离开东部,前往西部了。苏珊希望尽快把普拉格夫妇介绍给自己的闺中密友奥古斯塔,让她明白,自己并没有嫁错人,她的丈夫奥利弗是一位工程师,而且有一个富姐姐,应该算得上一个上得了台面的人。花园里的空气有些湿冷,她的行李还没到,只好借穿玛丽·普拉格的衣服。住着丈夫姐姐的房子,穿着丈夫姐姐的衣服,苏珊似乎直到今天才变成了那个人——奥利弗·沃德夫人,一位采矿工程师的妻子。苏珊心想,一旦丈夫奥利弗事业有成,自己迟早也能拥有一座这样的大房子。说不定,还会在康涅狄格州的吉尔福德镇或者纽约的米尔顿镇拥有这样一座大房子呢。

在去新阿尔马登的途中,沿途的一切都证实了她之前关于新阿尔马登的猜想——西部的生活条件非常艰苦,可谓酷暑难耐。透过火车的窗户可以看到山间道路上荡起的大量灰尘,似乎是被炎炎烈日煮沸了一般。莉齐怀中一直乖巧安静的婴儿也因炎热而啼哭不止，怎么哄也不行。到了圣何塞，一辆挂着黑色皮质窗帘的马车在等她们。奥利弗接上她们，立即踏上了回家的路。除了这辆马车，一路上空无一人。马车所到之处扬起大量尘土，几乎要将他们吞没。她赶紧让奥利弗拉上窗帘。然而，车内密不透风，异常炎热，他们坐在里面，就好像待在蒸笼里一样。仅仅过了几分钟，便感到热得透不过气来。她急忙又让奥利弗把窗帘拉开一半。在这之前，苏珊一直以为西部生活非常浪漫，就像布勒特·哈特小说所描绘的那样。当她亲眼看到这番景象，心中的憧憬便立即烟消云散了。

热浪和尘土几乎完全遮住了他们的视线。不过，苏珊这时也无暇观看车窗外的风景了。她一心只想赶快到家。每当奥利弗看她时，她总是报以一个勇敢的微笑。奥利弗不停地咒骂着这炎热的鬼天气。她看看自己不停流汗的双手，一句话也没说，只是偷偷做了一个鬼脸。马车不停地摇来晃去，满车的人和行李也随之摇晃个不停。莉齐面无表情，只是将婴儿紧紧地抱在怀中。苏珊抬头看了莉齐一眼，心中暗自佩服她的忍耐力。

窗外，烈日当空，散发出刺眼的光芒，照射着疾行的马车、飞扬的尘土。这种环境下，没有任何一个话题可以聊得下去。他们就这样一直干坐着，忍受着酷热、尘土与颠簸。这条路只有十二英里，但走起来却觉得格外漫长。过了很长时间——可能有两个小时吧——马车开始在沙地上平稳地行驶。苏珊觉得稍微凉爽了一点儿。这时，透过半开的窗帘，她无意中瞥见一棵梧桐树的树干和叶子一闪而过。

"那是树？"她问奥利弗道，"我还以为这个地方寸草不生呢。"

奥利弗双手撑在膝盖上，看起来精力很充沛，不像是因为劳累而不想说话的样子。他是怕苏珊旅途太劳累，才保持沉默的，绝对不是因为这条路漫长颠簸而且尘土飞扬。

"你是不是很失望?"他反问道。

"如果有树,应该也有小溪。我说得对吗?"

"有。不过,我们家附近没有。"

"我们平时都去哪里打水?"

"你怎么会想起问这个问题?我们家住的这个地方,家庭主妇们通常都是去打山泉水来饮用的,"他回答说,"泉水就在一座山丘上,距离我们家只有半英里。这里的生活没有你想象的那么蛮荒。"

莉齐怀中的婴儿这时已经睡着了。莉齐低头看着他,脸上露出一丝淡淡的微笑。奥利弗在她面前说这种玩笑话并非明智之举。尽管莉齐各方面都很不错——干净、能干、细心、做事周全,但毕竟是个仆人,主仆之间应该保持距离。苏珊默默地看着路边一闪而过的树木,树身上下虽然落满了尘土,毕竟是实实在在的植物啊!

马车仿佛驶入了平原地带或者一个地势比较平缓的山谷。苏珊放眼望去,映入眼帘的是一座高山,看上去很像中国画中有几个农夫在山脚下耕作的那种山脉。山坡上植被覆盖,郁郁葱葱,山顶上还长着针叶状的松柏。

"天呐!"她一把将窗帘全部拉开,惊呼道,"你把它叫作山丘!"

奥利弗朝她笑了笑,好像这座山脉是他为了吓唬她而一手造就的。

"你这个坏家伙,鬼话连篇,"她嗔骂道,"从现在开始,你说什么我都不相信了。我要自己看,自己判断。"

走着走着,马车终于告别了沙石路,驶上了一条整洁的街道。街道上有洒过水的痕迹。道路一边是一条掩映在橡树林和灌木丛中的小溪,另一边是一排其貌不扬、长相一样的房屋。每座房屋前都有一个草坪和一排红色的天竺葵,就像每件衬衫都搭配一条领带一样。街道的尽头有一座白色的房子,一个墨西哥人正站在宽大的阳台下面，用橡胶软管从路边的小溪中取水浇花。橡树高大修长，就像新英格兰村庄里栽种的枫树一样。她闻到了浓浓的植物味道。

"这里一定就是大庄园了！"她半信半疑道。

"你自己判断。"

"我觉得应该是。这里挺不错啊。"

"你愿意住在这里吗？"

听他这样问她，出于谨慎，她回答说："我还没看到我们的住处呢。"

"你喜欢这里，不是吗？"

她佯装考虑了一下，回答说："这里看起来绿树成荫，花草随处可见，空气中弥漫着浓浓的植物味道，但似乎是在蓄意伪装、故弄玄虚。景色过于别致，不是这个地方应该呈现的样子。我说的对不对？"

奥利弗一把抓住她的一只手，用力握了握。"我的好姑娘，这里景色别致是事实，是你亲眼所见，但是你不知道，这个地方人多事杂。"

"你说这话什么意思？难道这里的人不好？"

"倒也不是，只是我更喜欢杰克老兄和住在营地的墨西哥人。"

此时此刻，马车正穿过庄园。孩子们不再东奔西跑，全都停下脚步，转过身来，看着他们。一个女人也站在屋内向他们张望。

"我们在这里下车？"她问奥利弗道。

"我给尤金多塞了点钱，他会把你一直送到我们家门口。"

"哦，"苏珊听了很满意，"这再好不过了。"她靠在马车的窗户上，眼睛看着车轮碾压过一块躺在路面上的橡树干，脸上却是一副困惑不解的表情——眼看就要到家了。不难看出，为了让她旅途顺利、不至于过于劳累，奥利弗可谓全力以赴，花钱毫不吝惜。他怎么会忘记给她买车票呢？——如果说他忘记给莉齐买车票，还情有可原。可他无论如何都不应该忘记给自己的妻子买车票呀。从现在开始起,她就要在西部开始一段新的生活了,然而自己却对身边的这个男人并不了解。想到这里,她不由得心惊胆颤。事实上,从她不得不用自己的存款买车票那一刻起,她就开始心惊胆颤了。

祖母,我真想对她说,对你嫁的这个男人有点儿信心吧。他比你想象的要靠谱得多。

现在,马车拐上了一条山路,曲折蜿蜒,在一座光秃秃的山丘上蔓延。苏珊凝视前方,发现前面有五座山头,坐落于峡谷之中。它们高度相差不大,而且都谈不上险峻,只是颜色深浅不一。具体来说,第一个山头颜色最深,第二个稍浅一些,第三个模模糊糊,第四个朦朦胧胧,第五个如果不仔细看几乎看不见。苏珊抬头看了看天,天空一片蔚蓝。

拐弯处有棵橡树躺在地上。树干上有许多盒子。每个盒子上都有一个用油漆或粉笔写的名字:特伦戈夫,法尔,特雷哥宁,泰瑞尔。越过左边的峡谷,她看到了一排排房屋,听到了孩子们的喧闹声。

"是康沃尔营地吗?"

"你自己判断。"

"那些盒子是做什么用的?放报纸的?"

"哈哈,只有东部来的人才会这么想,"奥利弗笑道,"那是用来盛肉的盒子。每天早上,送肉的货车都从这里经过,给特里戈宁送来羊腿,给特伦戈夫送来熬汤用的大骨头,给福勒妈妈送来做馅饼用的五花肉。明天我也给你准备一个盒子,写上'沃德夫人'四个字。"

"我不想让别人知道,我们每天吃什么,"苏珊回答说,"把肉放在这个地方,不怕有人偷吗?"

"偷?这里可不是大庄园。"

"你不喜欢大庄园，对吗？"她问奥利弗道。

"怎么会呢？"他咕哝道。

"那倒也是。大庄园确实比这里漂亮。"

"完全正确，"他补充道，"而且比这里味道好闻。"

营地依山而建，街道随山势而倾斜。房子建造风格不一，而且颜色不一，有的漆成白色，有的因为没有上漆而显得破旧。晾晒的衣物挂得到处都是，地上散落着易拉罐和垃圾。猫狗四处乱跑，孩子们嬉笑打闹。这时，马车行驶的速度明显放慢了。奥利弗把脑袋从车里探出去，向人群中给他打招呼的人挥手致意，他们面色苍白，咧嘴傻笑，个个目不转睛地看着工程师和他的新婚妻子，以至于忘记停下自己在空中挥舞的那只手。这些人虽然言行粗鄙，不太讨人喜欢，但确实给她留下了深刻的印象。前面不远处，一个男孩子挑着两桶水，一步一摇晃，桶里的水都溅出来了；一个车夫正在给他的骡子解套；一头驴子耷拉着脑袋站在那里。看到它脸上的表情，苏珊不由得想起了刚才在马车上莉齐那非同凡响的忍耐力。两者看上去如出一辙，令人悲悯。

"那里就是福勒妈妈家，"奥利弗指着一栋白色房屋，告诉苏珊道，"我在那里住过。那是一栋两层楼，有一个庭院，院子里什么也没有，光秃秃的。"苏珊看着那座房子，心想，如果每扇窗户代表一个房间，那么其中有一扇窗曾经属于他。楼下很可能会有卷心菜和油脂的味道。别说住在那里了，光是想想这些就受不了。她安慰自己，一定要振作精神。她的到来，一定会彻底改善奥利弗的生活环境。

"记得你说过，她对你很好。"

"可不是嘛。她很能干。为了迎接你的到来，她一直在帮我干这干那，忙个不停。"

"抽时间，你带我去看看她。"

奥利弗看了她一眼，眼神怪怪的。"那还用说！如果我们明天不去她家吃晚饭，她肯定不会原谅我们的。"

马车继续前行，随后左转，沿着一条长长的、拱起的山脊向下，前面就是墨西哥营地了。墨西哥营地的房子是用柱子、木板和梯子搭建而成的。走廊蜿蜒曲折，上面摆满了鲜花。苏珊看到一位黑人妇女正站在门口抽烟。一位祖母正在给孩子编头发。虽然这里的房子没有一间使用白色油漆进行粉刷，苏珊却觉得这个营地比康沃尔营地更有吸引力——它让人更加有归属感，一切都是那么自然。不久，马车调转方向向右驶去，离开了墨西哥营地。她意犹未尽，恋恋不舍，不停地回头张望。

"有中国营地吗？"她问奥利弗道。

"有。他们就在这座山的周围，就在我们下面。从这里仅仅能够听到他们一点儿动静，但看不到。"

"矿山在哪里？"

奥利弗用食指向下指了指。"这个嘛，你也看不到。只能看到一个个竖井或者山谷中随处可见的废石堆。"

"我说你呀，"她说，"能不能跟我讲得清楚一点儿。"苏珊一只手拉着窗帘，试图透过满是灰尘的小橡树林看到更多的东西。

"你说了，你要自己判断的。"奥利弗一边回答，一边伸出一根手指逗弄莉齐怀抱中的婴儿。婴儿刚刚睡醒，打了个呵欠，目不转睛地盯着奥利弗看。就在这时，马车停了下来。

她想象中的家就坐落在一座小山上，掩映在一片橡树林中。小山四周全是丑陋的矿井。她跳下马车，拍打了几下衣服上的尘土。她一眼看到的就是阳台。该阳台是奥利弗应她的要求增建的，就连阳台的形状也是奥利弗应她的要求设计的。阳台栅栏上爬满了天竺葵。她还看到院子里的泥土已被耙平，心中不免窃喜。毫无疑问，为了她的到来,奥利弗做了非常精心的准备。这所房子给她的第一感觉,和她一踏上新阿尔马登的感觉一样——宽敞、开阔、空旷。房子后面便是陡峭的山脊,山上的云雾就像熟睡的小猫一样柔软。向下望去,山势十分陡峭,耸立的山峰仿佛直直插入峡谷,谷底就像凶猛的狮子栖身的洞穴一样深不可测,阴森可怖。紧挨着这个峡谷的便是老洛马·普列塔山。近一百年来,相对于加利福尼亚其他地方,就数它变化最小。苏珊举目远望来时的方向,数英里开外,便是那五个高度、险峻程度相似,只是颜色深浅不一的山峰,峰顶金灿灿的。不一会儿,眼前的这一切便隐身于愈来愈浓的云雾之中。穿过房子下面斜坡上的住宅区和葡萄园,只有一个水库和空军雷达站,其他什么也没有。

"今后有的是时间看,"奥利弗招呼她道,"我们进家吧。"

房子内部跟她看到设计图纸时所设想的一样,甚至更好一些。这座房子不仅外部美观,内部感觉也不错。室内墙壁都已刷了油漆,干干净净,而且味道已经散去。地板和壁板均为深深的红木色,墙壁是柔和的灰色。整体上讲,室内光线柔和、恬淡,一点儿也不刺眼,她很喜欢。这时,一阵风穿堂而过,带来植物的芬芳,香气袭人。富兰克林取暖炉擦得锃光瓦亮,自来水经过管道径直流到水槽里,厨房冰箱里塞满了瓶瓶罐罐和各种袋子,熏肉味非常浓郁。餐厅和客厅之间的拱形走廊里悬挂着奥利弗的马刺、博伊刀和六发式左轮手枪。

"这就是我们的家,"他说道,"噢,对了,有几件礼物,送给你。"

他从走廊上拿来一个包裹。苏珊打开包裹,取出一把草扇。

"这是斐济特产。"奥利弗介绍说。

还有一个同样材质的大草垫子,编织得如同亚麻布一样细密,带着一股干草的香味。"还有呢。"接下来是一把油布遮阳伞,打开后可以看到伞面上绣富士山的图案。"日本的富士山,"奥利弗介绍说,"记住,不要在屋子里面打伞——晦气。"包裹底部放着一个重重的东西,取出来打开一看,原来是一个斟酒壶,上面写着"Guadalajara"①。奥利弗介绍说:"你知道这在西班牙语里是什么意思吗?它的意思是'尽情享用吧,小托马萨'。"

九十多年过去了,斟酒壶还在(就在我的窗台上),连个缺口都没有。这几件礼物,就数扇子和遮阳伞最经不住岁月的磨蚀。那个大草垫子一直用到他们搬去莱德维尔。斟酒壶和马刺、博伊刀、六发式左轮手枪一样历经祖孙三代,保存至今。在他们新生活的伊始,生活用品齐备,绝对是既不缺这,也不少那。

奥利弗所准备的一切,比如,耙平的院子,整洁的房间,拱形走廊上男子汉气概的装饰,足以证明他是值得信任的。苏珊对此也很满意。然而,一个小小的疑问就像粗花呢大衣上起的毛球,在她脑海中总是挥之不去,令人心烦。

"你会宠坏我的。"她柔声说道。

"如果真能这样,我很荣幸。"奥利弗的回答很真诚。

话音刚落,莉齐一手拿着行李,一只手抱着婴儿进来了。

"厨房对面就是你的房间,"奥利弗告诉莉齐,"床已经铺好了。我给乔治找了一个小床,还有一个小枕头。我能做的就这么多了。"

"这已经足够了,非常感谢!"

奥利弗真是一个善良又能干的好男人。为了能让苏珊好好洗个热水澡,不一会儿,他就生起了火。然后,他告诉苏珊说,他去福勒妈妈家有点儿事。还没等苏珊来得及问是什么事,他已经走了。

苏珊脱下旅途中穿戴的衣服,走出屋子。她来到厨房门边的洗手盆处,开始洗漱。她朝莉齐的房间方向看了一眼,然后向不远处

---

① 西班牙语,其实是指瓜达拉哈拉,墨西哥西部的一个城市。

的山坡望去。山坡上稀疏地生长着奇异的红皮树和灌木丛。她还闻到了鼠尾草、月桂的气味。这个地方与她之前的生活环境迥然不同。她站在那里想了好大一会儿，才倒掉洗手盆里的脏水，转身进屋。一进屋，她看到莉齐正在用刀子切一个圆面包。这里的面包也和她之前见过的面包不一样。

"你感觉怎么样，莉齐？对你的房间还满意吗？"

"挺好的。"

"和你想象的一样吗？"

"我根本没有想过。怎样都行。"

"噢，我想过，"苏珊说道，"跟我想象的完全不一样"。

她看了看莉齐的房间，整洁但是空荡，就转身离开了。经过餐厅时，她拿起奥利弗放在桌子上的礼物，仔细看了看那只酒壶上面写的字："尽情享用吧，小托马萨"。苏珊坐在走廊的吊床上，望着绿油油、金灿灿的山峦，心想，这一切多么陌生啊！

这时，苏珊听到院子外面石子路上有脚步声响。奥利弗回来了，身后还跟着一只大黑狗。奥利弗命令那只狗卧在吊床前。"这条狗名字叫'陌生人'，一半拉布拉多、一半圣伯纳德犬血统。它只认我做它的主人。从现在开始起，你走到哪儿，它就会跟到哪儿。来，和新主人握个手，'陌生人'。"

大黑狗很听话，大大方方地向奥利弗伸出一只木柴般干瘦的爪子。奥利弗把它推到苏珊面前。这条狗特别喜欢有人摸它的脑袋。

"'陌生人'？"苏珊惊叫道，"你的名字叫'陌生人'？不对，你一直都住在这里的，我才是陌生人。"

奥利弗进了屋子，拿了一块抹了黄油的面包出来。"喂点儿东西给它吃。你要经常喂它东西吃，它才会喜欢你。"

"但它喜欢的人是你，"苏珊回答说，"它一直在留意你的一举一动。"

"它一定会喜欢上你的。我之所以喂养它,完全是为了让它保护你。如果它不认你,我就揍它。"

大黑狗似乎听懂了似的,白了奥利弗一眼,扭过头去,屁股紧紧地贴在木板上。"来,'陌生人'。"苏珊掰了一块面包。大黑狗盯着苏珊手中的面包,眼珠子滴溜溜转个不停。等了一会儿,苏珊才把这块面包扔给它。"陌生人"在空中接住面包,大口吃了起来,逗得他俩哈哈大笑。苏珊的目光越过"陌生人"宽阔的黑头顶,看着奥利弗的眼睛说道:"你会宠坏我的。"

"我愿意。"

苏珊不想把心中的顾虑隐瞒下去了。她要说出来。

"奥利弗……"

"嗯?"

"我有件事要问你。"

"你说。"

"我不是故意惹你生气。"

"生气?生你的气?"

"这其实是一件很小的事,几乎不值一提。我之所以说它,是希望我们之间不要存在任何隔阂。"

"天呐,我是不是做错什么事了?"奥利弗脸色陡然大变。他那饱经日晒的脸庞颜色有些发青,和苏珊的目光相对时,眼神闪烁不定。

苏珊望着他,心里很不是滋味。她想起了他母亲对她说过的一句话:当他被人误解时,他从来不为自己辩护,只是沉默不语。她不想让他就此保持缄默。她想让他把这件事情说清楚,不想让这件事情给他们造成困扰,影响他们的感情。

"我知道了,"他说道,"你不用告诉我了。"

"你太忙了,所以忘记了。"

"没有，我没忘。"

"那又是为什么呢？"

他的视线越过苏珊的头顶，投向山谷。他耸了耸肩，不想谈这个问题。

"这不是钱的问题，"她继续说道，"我有钱。对我来说，没什么能够比来这里找你，更值得让我花钱的事情了。你在信里只字不提车票的事。我想，也许……我不知道。这件事让我在我父母面前很难堪。他们本来就不太看好你。我不愿意让他们认为，我嫁给你是个错误。"

"这一点，"奥利弗几乎是在自嘲，"我很清楚。"

"那究竟是为什么？"

他有些不耐烦了，转过身来，两眼盯着她。"因为我没钱了。"

"你亲口对我说过，你有一些积蓄。"

"这不全在这里了。"

"这座房子吗？你不是说矿上出钱建吗？"

"肯德尔。那个经理。他改变主意了。"

"他之前答应得好好的！"

"是答应得好好的，"奥利弗解释说，"因为大庄园严重超支，肯德尔就改变主意了，说矿上永远不会再出钱给员工盖房子了。"

"这太不公平了！"她非常气愤，"你应该告诉普拉格先生。"

"找他也没用。"他摇了摇头。

"既然这样，你就应该停止施工，不必破费装修。"

"我什么样的房子都能住，"奥利弗回答说，"但你不行。我绝对不会让你住那个破房子的。"

"哦，我很抱歉！"苏珊低声说道，"原来是这么回事，我真的不知道这个情况。你是为了让我住得好一些，才不惜花光了所有积蓄。是我拖累了你。"

"你买车票，花了多少钱？"

"这事你别管了。我不会告诉你的。"

他们板着脸，看着对方。她已经原谅他了。如果他早跟她解释，她就不会有任何疑虑了。她肯定不会让奥利弗把车票钱还给自己的。困难不应该全部由他一个人扛，夫妻要共同携手面对。他看着她，眉头紧锁，脸色严肃。她双手晃动他的肩膀，嗔怪道："你……你为什么不早告诉我？"

奥利弗眉头松开了，眼睛笑成了弯弯的月牙状。尽管他还很年轻，眼角上已经有了几条深深的皱纹，看起来总是似笑非笑的。但现在，他真的在笑。他不再生气了。他们已经解开了这个误会。

"我一直担心你会多想，"他解释说，"我无法想象，我在这里为你准备好了一切，而你却不在这里，我受不了。"

晚餐吃的是面包、黄油、巧克力，喝的是使用奥古斯塔的俄式茶壶冲泡的茶水（看到这把茶壶，我就想起了奥古斯塔！我远在纽约的最好的朋友，你也在想我吗，就像我想你一样？你能否想象到，我现在有多么幸福吗？我已经踏上幸福的婚姻之路。你能否想象到，他多么疼爱我吗？）他们坐在阳台上，那条大黑狗就趴在他们脚下。山上起雾了。白色的浓雾笼罩着山顶，淡蓝色的天空已经变成了银灰色，然后再被夕阳慢慢染成熟透的蜜桃色。"山顶的红杉树，"奥利弗告诉她说，"沐浴着落日的余晖，瑰丽无比。"

沿着东边陡峭的山脊往下看，山谷中雾霭色彩不断变换。在夕阳映照下，先是红色，然后是绯色、紫色。太阳下山时，紫色变成银灰色，最后消失于夜色之中。莉齐过来收拾好餐具，道了一声"晚安"，便进屋去了。苏珊和奥利弗手牵着手依偎着，坐在吊床上。

"真不敢相信这是真的。"奥利弗感叹道。

"亲爱的，这一切都是真的。"

"你叫我'亲爱的'?"他感动极了,"实话说,我直到现在才真正认为我们俩结为夫妻了。"

苏珊突然间打了个寒颤。奥利弗关切地问道:"你冷吗?"

"可能是太高兴了吧。"

"我去给你拿条毯子,还是我们进屋去?"

"我不想进屋。我们在这里再待一会儿吧。"

他进屋拿了条毯子出来。苏珊裹上毯子,躺在吊床上,就像躺在轮船甲板上的躺椅上那样。他抽着烟斗,坐在她的身旁。山坡下面亮起了灯光,起初只有一盏,不一会儿便亮起了一大片,仿佛天上的星星倒映在地面上一样。

"看着灯一盏盏亮起来,就像听到放在暖炉中的玉米粒一颗颗爆开。"苏珊比喻道。

过了一会儿,她举起一只手,放在耳边。"你听!"从远处随风飘来了音乐声,隐隐约约,时断时续——是墨西哥营地有人坐在走廊或阳台上,在为他的心上人或家人弹奏吉他。苏珊屏住呼吸,仔细倾听,进而想起了艾拉·克莱默在米尔顿演唱的那些夜晚,思乡之情顿时涌上心头。然而,此时此刻,良辰美景,什么也无法影响这对小夫妻的柔情蜜意。苏珊把思乡的情愫埋在心底,伸手去抚摸奥利弗的头发、下颌和胡子。奥利弗顺势抓住她的手,紧紧贴在自己的面颊上。

他们望着满天的星斗,坐了好大一会儿。毫无疑问,他们上床睡觉时,一定会亲热一番。我说这话为何如此肯定呢?你们想想看,这两位年轻人相识已经八年了,结婚刚刚才两周,终于能够同床共枕,能不亲热一下吗?我还特意算了算日子。苏珊的第一个孩子,也就是我的父亲,出生于一八七七年四月底,几乎正好是在她抵达新阿尔马登的九个月后。没有我父亲,也就没有我。如果从这个角度讲,我的生命也起源于那个夜晚。无论如何,我父亲是我祖父母在西部生活的第一个重要收获。当然，对我祖父母来说，我父亲的出生在某种程度上也是一种束缚。这种束缚不可避免，就像我的出生对我父亲来说不可避免一样。

那天夜里，苏珊好像听到了风在屋檐下的叹息声，听到了后山上挺拔的橡树和马德兰树被风吹得吱呀作响的声音；听到了浣熊在走廊上走动的脚步声，听到了"陌生人"驱逐浣熊时所发出的低吼声和奔跑声。她在似醒非醒之间，心中隐隐感到有些不安，已经下定的决心有些动摇。她很可能会重新审视自己关于婚姻、女性顺从、肉体与灵魂结合的观点。这在朗费罗的诗歌中都很常见。她甚至可以将其生动形象地表达出来。她想到了奥古斯塔，就像奥古斯塔也可能会想起她一样，她会运用她们常去的文学花园采集到草药，来医治彼此被抛弃或已损坏的友谊：虽然她们分开了，但都以另一种更合理的方式找到了归宿。发现祖母竟然还有这种想法，我差点儿偷偷笑出声来，于是赶紧拉上身边的窗帘，以免被别人看到。边看别人的书信边发笑，这可不是我这样一位严肃、认真的历史学家应该干的事情。

苏珊突然睁开眼睛。灰色的日光，陌生的房间——她感觉不太对劲，于是抬起胳膊，揉了揉眼睛，才认出来这是自己的新卧室，里面堆满了东西，有些杂乱。此时此刻，她独自一个人躺在床上。奥利弗在哪儿？他干什么去了？外面怎么了？莉齐和她的儿子小乔治睡的房间里传来了哭闹声，紧接着又是一阵犬吠声和驴叫声。她听见奥利弗在大声叫喊："嘿，'陌生人'，赶快把它赶走！"随后，她又听到了狗狂叫着追出去的声音，驴的蹄子踏在石头上的声音，它们穿过灌木丛时发出的窸窣声，以及奥利弗在狗和驴子身后发出的一记响亮的口哨声。各种声音混杂在一起，汇成了一支特别的晨奏曲。

一个奇怪的嗓音尖声吆喝着:"卖鱼了!卖鱼了!"

奥利弗光着脚板"咚咚"走过门廊。"我们不买,约翰,走开!"

"这鱼可鲜了!"

"不要!"奥利弗回答说。

"好鲜的鱼啊!"那个人还在絮叨,最后很不情愿地离开了。这时,公鸡打鸣声此起彼伏。奥利弗的脚步声正穿过客厅。苏珊刚刚坐起身来,奥利弗便推门进来了。

"好吵啊!"她抱怨道。

奥利弗一听"哈哈"大笑起来。很可能是为了显得更加成熟稳重一点儿,他留着金黄色的胡髭。这让他看上去比实际年龄足足大了二十岁。"这是在欢迎你呀,"他回答说,"这里的每个人,包括卖鱼的中国人,都想见你一面。"

上午十点左右,小两口开始布置家具。关于家具的摆放位置和组合方式,她可没少让奥利弗吃苦头。她指挥着奥利弗将这些家具搬来挪去,几乎尝试了所有的摆放位置和组合方式。这些家具是福勒妈妈卖给奥利弗的。福勒妈妈又是从一位绝望矿长那里买来的。在他们住进来之前,这位绝望矿长和他年轻的妻子就住在这座房子里。这位绝望矿长倾其所有对其进行装修。他的妻子在这里为他孕育了一个新的生命。然而,没有任何预兆,这位绝望矿长突然被解雇了。这是一个不祥之兆,但是苏珊一点儿也没有意识到,她使用的是上一个不幸的家庭所留下的家具。她完全沉浸在新婚、新房、新地方所带来的新鲜感中。她屏住呼吸,环顾一下四周:阳台非常漂亮,房间暂住、家具暂时使用也还可以。阳台是她亲自设计的,画了三个不同角度的阳台设计图。奥利弗则不惜一切代价,仅仅为了满足她的这项要求,就花掉了大部分积蓄。她非常满意,对新生活充满了信心。只要睡醒睁开眼睛,看到房子里的任何一件东西,她都会感到愉悦。现在，她正在享受一个年轻家庭主妇穿着宽松的家居服在自己家中随意行走的感觉。她往窗外瞥了一眼，看到奥利弗正搬着一把椅子穿过房间。

"嘘！"他低声对她说道，"赶快穿好衣服。经理马上来拜访我们。"

她飞也似的跑回卧室，"砰"地一声关上房门，以最快的速度找出自己旅途中穿戴的那身衣服（这也是她的行李到来之前，唯一能穿得出去的一身衣服）。她本想衣冠楚楚、神采奕奕地出现在客人面前，而不是现在这副模样。她看着手中的衣服，口中嘟囔着公谊会教徒不该说出口的脏话。这时，走廊上响起了脚步声，还有男人、女人的说话声。

奥利弗把苏珊介绍给肯德尔夫妇认识，也就是矿上的经理和他的妻子。肯德尔先生目光敏锐，神情严肃，不苟言笑，彬彬有礼，显然是一个正人君子。这位经理拉起苏珊的手，仔细端详着她，直到她的脸都涨红了，才对奥利弗说道："好吧，沃德，我终于知道你为什么这么着急结婚了。"本来因为他不守承诺，苏珊非常讨厌他。现在，他本人就站在眼前，无论是从其面相来看，还是从其言行来看，都不像是一个坏人。他的妻子看上去性情温和，待人热情。他们夫妇两人皆因沃德夫妇没有选择住在大庄园而感到遗憾。他们认为，大庄园不但各个硬件比山上好一点儿，而且大家住在一起，更能彼此相互关照。肯德尔夫人问苏珊，自己能否单独来拜访她？能否带她乘坐马车去山间小道上兜兜风？她还邀请沃德夫妇下礼拜天去他们家共进晚餐。看得出来，她对苏珊的到来是非常欢迎的。新阿尔马登的社交圈从此又多了一位有魅力的女士。她听说苏珊是一位颇有造诣的艺术家，便表示希望有机会好好欣赏欣赏她的大作，同时希望新阿尔马登能够为她的创作提供更多的素材。经理夫妇俩来到在阳台上，边欣赏窗外的景色，边对奥利弗对这所老房子的改造称赞不已。他们离开时，双方都恋恋不舍。

看着他们的马车走远，消失在橡树林中，奥利弗感叹道："太好了。我从来没有享受过这样的待遇。"

"什么？你是说他们邀请我们去他们家做客吗？这只不过是出于基本的礼貌啊。"

"他们可是从来不邀请别人去他们家做客的。"

"可能是因为康拉德·普拉格先生吧。肯德尔肯定知道，他是你的亲戚。"

"如果真的是这样，他为什么不让我直接跑到东部去接你呢？"奥利弗反驳道，"他为什么连那点儿装修费都不给我报销呢？不，你一定是弄错了。他们是想讨好你。你是个艺术家。你的到来，让新阿尔马登看起来很有品位。"奥利弗上下打量着她，似乎在挑选一匹好的骑乘马。"说实话，"他继续说道，"你确实为新阿尔马登增添了不少光彩。"

下午，苏珊开始给奥古斯塔写信。在这里，她看到了许多文学著作里所描绘的山水景色。她在信中这样描写肯德尔夫人留给她的第一印象，"长相漂亮，举止淑女，迷人但无趣"。关于肯德尔先生，她这样写道："我很难相信奥利弗所说的，这个世界上最大的矿井——地下工程长达二十七英里，竟然完全由这个身材矮小、性情温和的人掌控，他甚至可以随心所欲地决定一个人的前程和命运。可喜的是，他似乎非常器重奥利弗。我可以很自豪地说，奥利弗在他的上司面前表现得很像一个男子汉，不卑不亢。尽管这个经理为人和蔼可亲，但我始终不能原谅他，因为他不守承诺。我们现在住的房子，是由一座破房子改造而成。奥利弗为此花光了所有积蓄。这笔改造费本来应该由矿上支付的，这个经理却拒不认账——他还称赞说，房子改建得很棒呢。"

那天晚上，他们与新阿尔马登的一些基层人员、助理工程师、大学生以及在福勒妈妈家食宿的"外来船长"共进晚餐。我想，对苏珊来说，这种三等寄宿公寓的气氛肯定不如肯德尔家，但这里一切都很真实。在这样的氛围中，奥利弗感觉很自在。大家的谈话内容大致可分为两部分，一部分是关于工程技术细节的讨论，另一部分是调侃奥利弗的好运气，娶到了这样一位令人羡慕的好妻子。苏珊非常同情他们。在她看来，他们既喧闹、夸张，又羞怯、孤独。但她并不认为自己能够和他们成为好朋友或者好玩伴。她告诉奥古斯塔，"和他们偶尔见见面还行。我之所以这样做，完全是为了奥利弗"。

祖母，尽管你是公谊会教徒，尽管你心肠很好，尽管你很有教养，尽管你竭尽全力去应付这些西部人，但你还是很势利。究其原因，小部分在于你艺术上很成功，大部分则在于受奥古斯塔和托马斯·哈德森的影响。势利就像眼中的一小块煤渣，要不断用手揉，揉到眼睛红肿，乃至发炎，才能取出来。

晚饭后，大家坐在寄宿公寓的走廊上聊天。苏珊坐在摇椅里，只是默默地听着。空气清冷，弥漫着康沃尔营地的气味。这时，两名年轻矿工走了过来，示意奥利弗走下台阶。其他人看了一眼苏珊，窃笑起来。

那两名矿工和奥利弗小声嘀咕了几句，和他握了握手，便快步离开了。奥利弗脸上带着微笑，走了回来。他来到苏珊身后，把摇椅往前轻轻一推，苏珊双脚着地，然后往后轻轻一拉，苏珊便双脚腾空。

"接下来，"福勒妈妈问他们道，"你们小两口打算干点儿什么？"

"好了。我们得走了。"他对苏珊说道。

福勒妈妈一脸茫然。苏珊站起身来，也不知道究竟发生了什么事。

"他俩要求闹我们的洞房，"奥利弗解释说，"我塞给他们一些钱，让他们去买几桶啤酒来，大伙儿喝一喝。现在，我要把我的苏珊带回去，把门关好。"

大家都对那两名年轻矿工的"无理"要求感到气愤。在这里，没有人敢拿驻地工程师的妻子开玩笑。他们都知道，万一惹怒了驻地工程师，就会把自己的工作给弄丢了，后果很严重。奥利弗心里很清楚，给他们几个钱买点儿酒喝，热闹热闹也未尝不可。但自己不能继续待在这里。否则的话，他们起哄得更厉害。说不定自己还会被他们灌醉。

"他们没有恶意，只是想热闹一下。"奥利弗解释说。他认为，苏珊没有必要继续待在这里，面对一群醉酒的仰慕者。

"我们走吧，苏珊？"

苏珊和他们一一握手，感谢他们为了欢迎她所做的一切。她和福勒妈妈拥抱时，一股淡淡的洋葱味扑面而来。是福勒妈妈衣服的味道。苏珊强忍着心中的厌恶，心中在想：这些人会不会因为她的高贵典雅而牢骚满腹？这些人会不会因为奥利弗运气太好而愤愤不平？如果这些人借着醉酒玩一些恶作剧呢？她曾经听说过一些骇人听闻的事情——绑架新娘，囚禁和羞辱新郎、新娘，就像在万圣节期间搞的恶作剧一样。

天已完全黑了下来。他们沿着小路往回走。奥利弗手中的提灯在他们面前投下一片灯光，照亮了路上的乱石、树根以及其他杂物。从外表上看，这条小路和其他乡间小路没什么两样，它可能是约翰·格兰特和她父亲曾走过的小路。但她听到身后有男人的说话声，仿佛再过半个小时，说话声就到跟前了。

"他们会跟来吗？"

奥利弗紧紧搂住她。"不会的。他们只是想找个借口让我们请客。"

"我们为什么要离开呢？"

"我想单独和你在一起啊。"

苏珊紧紧依偎在他的怀里。他们沿着小路慢慢向前走去。

2

  接下来的三四天，每天早晨，奥利弗都会走进卧室，在她胸前放上一朵野花，再把她吻醒。每天早晨，苏珊都会闻到空气中弥漫着奇怪的味道，听到外面传来奇怪的声音。比如，戴着铃铛的驴子走路时发出的声响（面包师傅牵着驴子走在小路上，驴子背上的驮筐里放满了面包），住在山脚下的中国人发出的奇怪的叫嚷声。每天早晨，他们的早餐都会被从附近通风井里传来的七点钟鸣哨声所打断，但他们不会因其而恼怒。准确地讲，他们都不予理会。

  除了向奥古斯塔通报他们的安顿情况，苏珊还在信中写了其他一些内容。祖母在日常生活中也不是一无所获。比如，她曾提到一个卖蔬菜的人：

    莉齐正在买菜，我则撑着一把日本遮阳伞站在她的旁边。每个人的买菜方式都是有差异的。我们喜欢卖菜人明确告诉我们蔬菜的名字。有个名叫科斯塔的意大利男人。即使他说的都是普通蔬菜的名字，也令我们感到很愉快。当他问我们要不要卷心菜时，我马上就想说"要"。听他算账也很有趣——"胡萝卜一比特①——西红柿两比特——土豆四比特——苹果三比特——黑莓两比特。"今天上午，莉齐一直在洗衣服。她的小宝宝坐在地板上一个人玩耍。

    事事都很舒心。这样下去，我担心会变得又懒又胖。我们每天能够听到三次汽笛声，到处都是升起的烟柱。一辆骡拉

---

① 比特（bit），北美地区非正式货币单位，1 比特合 12.5 美分。

的马车从远处蜿蜒的山路经过,但是没有任何东西从我们身边经过。我们住的这个地方就像一个军事哨所,每天都像星期天一样安静。从我们的门廊向远处望去……希望你有朝一日也来这里看看!在我的行李到达之前,我一直没有出去散过步。除了去年春天我寄来的棉衣外,既没有结实的鞋子,也没有合适的衣服。这里夜晚凉爽,我可以穿哔叽面料的裙子。白天,我经常身穿白色晨衣四处游荡。奥利弗取笑我说,这件晨衣前面有图案和褶边,后面什么都没有,看起来很像"一只背上羽毛全被拔光的小鸟"。在这里,我感觉自由自在。这种感觉是以前从来没有过的。我很喜欢这种感觉。奇怪的是,我觉得,我并没有远离从前的日子。我和你与在米尔顿一样亲近。

苏珊,这个来到矿上生活的白人妇女,在第五天早晨起床后,与即将去上班的丈夫一起用了咖啡,然后让丈夫去康沃尔营地的邮局寄信。厚厚一沓信,其中只有一封是寄给她父母的,其余的都是寄给奥古斯塔的。快到中午时,苏珊的行李终于被马车运来了。于是,她把那天剩余的时间全都花在整理行李上。把为《红字》作插图用的印刷木板、素描垫、铅笔、水彩在壁角柜堆放整齐后,苏珊已经为迎接西部新生活做好了充分的准备。

下午六点钟,听到汽笛开始鸣响,她立即换上莉齐刚刚熨烫完毕的夏装,让莉齐把水烧上,然后急忙跑到吊床前,躺在吊床上等候奥利弗下班回家。

我仿佛看到祖母就躺在我的眼前。从这个角度看,祖母仍旧与矿区的生活格格不入。她非常在意着装,"你的穿着映衬着你的脸庞,彰显着你的品位",我听她经常这样告诫姑姑贝琪。她的品位并不适合矿区——她生活在一个女人用缎子、哔叽、塔夫绸、棉缎等包裹自己的时代。裙撑、荷花边和泡泡袖，所有这些都是女性紧身束腰时代的审美。一个生活在矿区的现代女性，即便是驻地工程师的妻子，她的日常着装也应该是T恤衫和裤子。祖母没有因此而做改变。我有一张她的骑马照。从照片上看，她穿戴的是宫廷风格的服饰。还有一张照片是一八八〇年她在博伊西溪岸边的工程师营地拍摄的。从照片上看，她脚下是自制的划艇，身后是搭建的帐篷，怀里抱着的是她的第三个孩子。瞧瞧她身上穿的：一种高领、掐腰、三排扣、泡泡袖、曳地长裙，圆点点缀，应该是瑞士风格。头上戴着一顶野餐帽。在那片贫瘠、荒芜的土地上，在他们最贫困的时候，她仍然穿得像参加聚会一样。我想，在她真正开始持家生活的第一天，在家等候奥利弗从矿上下班回来时，可能除了没戴帽子，其他衣着打扮一定丝毫不差。

不一会儿，苏珊看见奥利弗穿过树林向家走来。"陌生人"急忙跑过去迎接他。苏珊向他挥手致意。他的工作服上沾满了红色矿石，脚上穿着满是泥泞的靴子。看到妻子在迎接他下班回家，他脸上满是爱意。他快步走上台阶，双手背在身后，倚在栏杆上，将脸伸出去，等待着妻子的亲吻。苏珊吻了吻奥利弗的面颊。他的双手仍然放在背后，身子则靠在门廊柱子上，表示幸福地晕了过去。

"这是驻地工程师的家吗？"他打趣她道，"你太美了！你这是要出门，还是家里要来重要客人？"

"非得要出门或者家里要来重要客人，我才能打扮得好看点儿？我的行李到了。我这是在迎接我的丈夫下班回家。"

"我喜欢你穿成这样。要不这样，我走回去，再做一次下班回家的丈夫。"

"不，不要。莉齐马上就会端茶过来。"

"茶已经沏好了？太好了！"

她喜欢他靠在门廊柱子上的样子。他身材高大魁梧，举止随性优雅。前面插着一截蜡烛的矿工帽被推到脑后，羊毛衫在脖颈处敞开着，男子汉魅力十足。苏珊觉得应该把此时此刻画下来，一个美丽的新娘和她顶天立地的丈夫。这幅画应该取名为《沐雨栉风归来者》或《戍卫之锋》等，诸如此类。她觉得自己快要被幸福的洪流给淹没了。只要有他在身边，即便一直住用油纸糊成的棚屋，天天啃腐烂的饼干和被老鼠糟蹋过的奶酪也无所谓。

他把手伸出来，递给她一封信。"这是给你的。"

一看信封，苏珊马上就知道是谁的来信了。她一时心急，一把夺过来，马上又觉得不妥，于是抬起头，看了他一眼，脸上露出歉意的表情，然后才把信封撕开。令她失望的是，里面只有一张信纸，而且没有写满。看过信后，她立刻心中不安起来。

那张薄薄的蓝色信笺现在就在我手里，折痕很重。折痕处字迹已经模糊。书写不再娟秀工整，洋洋洒洒——只是寥寥几笔，而且难以辨认，甚至连落款都没有留。

亲爱的苏：

　　其实这算不上一封信。我现在大脑已经停止运转，什么也写不出来。我必须告诉你，我的孩子昨晚因患白喉夭折了。天呐，你为何不在我身边？我实在是承受不了。我感觉世界已经崩坍。我不想活了。我想随他而去。

西部旅游带给她的快乐顿时烟消云散。从米尔顿到纽约大约三千英里，此时此刻却像是两个星球一样遥不可及。在这两地之间，一列载着苏珊信函的火车就像甲壳虫一样缓慢爬行。明天或者后天，她让奥利弗寄出的那封信就会送到奥古斯塔手中。如果可以的话，她愿意付出一切代价，把那封信要回来，把她从离开家乡来到这里以后所写的信件全都要回来。那个孩子至少是在她踏上西部旅程的第一天或者第二天就已经患病的，或者说是在她写下对奥马哈印象的时候。一路上，她穿越平原、沙漠，越过高山，在旧金山休息，在学习适应新阿尔马登的生活，奥古斯塔和托马斯夫妇却一直在遭受爱子患病的巨大折磨。尽管每过一个星期，或一个星期多一点儿，邮差就来到他们门前，然而，带来的不是来自他们最好的朋友的安慰与关心，而是一大堆关于中国鱼贩和意大利菜贩的胡言乱语。

奥利弗小心翼翼地从她手中接过来信读了起来。没等他看完，苏珊便从他手中夺回了那张蓝色信笺。看到他脸上的表情，苏珊应该能够想象到她自己现在是什么表情。刹那间，她的情绪就像一团熊熊燃烧的火焰，"噼里啪啦"迸发出来。她大声哭喊道："我要回去！你马上给我收拾行李！"然而，看着奥利弗那张严肃的脸庞，她知道不能这样做。他根本没有钱送她回去。她自己的积蓄还要用于他们今后的生活开销。他们真的没有多余的钱为她的好朋友破费。尽管她也知道，如果她坚持回去，他会毫不犹豫地答应她。

我猜想，此时此刻，祖母困在北美大陆另一边，会不会感觉自己陷入了复杂的感情窠臼？会不会感觉自己的自由自在囿于这段婚姻之中？如果她真的会这么想，我一点儿也不感到惊讶。一时间，噩耗传来，他们俩完全忘记了喝下午茶这回事。莉齐做好晚饭，大家围坐在餐桌旁。她什么也吃不下，而且对奥利弗这时还能吃得下饭感到很不可思议。吃完晚饭，莉齐收拾餐桌。苏珊坐在书桌旁写了一封情真意切、悲痛欲绝的信函，奥利弗则躲在另一个房间里抽烟斗，不时地偷偷看看她。突然，她站起身来，他也跟着站了起来。她朝他笑了笑说："你不用跟着我。你上了一天班，太累了。我出去摘朵花就回来。"

我没有花，但我有那封信。

这太残酷了！噢，亲爱的，我该说什么好呢？你们两个是我最要好的朋友，遭受丧子之痛，我却浑然不知。如果我知道你们如此悲痛，我这一路上看到任何风景都会感到索然无趣。当然，我也不会有心思去看任何风景。血红的落日和苍白的月色都是不祥之兆，我却没有意识到，完全不知道我最要好的朋友正在遭受巨大的身心煎熬。

当你收到这封信时，这朵娇嫩的小花可能已经枯萎，它生长在路边，却始终在尘土泥泞中保持洁白的脸庞……对你和托马斯心中的痛楚，我感同身受，痛彻肺腑。这件事，我没有和奥利弗细说，以免他过于自责，觉得我们分隔两地是他的过错儿。此时此刻，我多想陪伴在你的身边啊！

可怜的祖母啊！如果不是这件事情令她心如刀绞，她可能还在西部的蜜月小屋里过着田园般的诗意生活。祖父也同样可怜。不管是否真的为苏珊和奥古斯塔的分离感到内疚，他一定会觉得，奥古斯塔一定认为，是他的存在使得她在最痛苦的时候得不到苏珊的陪伴。奥古斯塔真心希望苏珊能够留在纽约，他们铁三角朝夕相伴，可是上帝却没有成全她，对奥利弗心怀不满在所难免。

谁知道呢！也许奥古斯塔的不幸就是他们婚姻失败的第一个伏笔吧。对苏珊来说，整个西部在她的眼里只有美丽的田园风光，而没有一个她可以看得上眼的人，一个也没有。她的丈夫是这里唯一的男人，她的住所是这里唯一的房子。虽然奥利弗不管去哪里都带着她，带她一起去夏克拉格街的办公室，去大庄园与肯德尔夫妇共进午餐，去邮局，去商店，去谢夫特家，可当奥利弗下矿工作时，她便形单影只一个人。莉齐虽说人不错，可总归"不能做伴"。前来拜访的康沃尔郡的太太们与她聊得并不投机。除了夸夸奥利弗，她们几乎没什么可说的——话不投机半句多——和她们聊天，还不如去厨房和莉齐一起喝杯茶，聊几句天呢。

在康沃尔，男男女女，这么多人，没有一个能够入她的法眼。在她看来，康沃尔人个个言行粗俗不堪。她永远记得他们威胁闹洞房，逼得奥利弗没办法，只好从他并不富裕的口袋里掏出两桶啤酒钱。她和"陌生人"在山间小路上散步时，经常会遇到棕色面孔的男男女女。他们向她致敬，给她让路，并目送她离开。虽然她很欣赏印第安人的画作，但并不想和他们交朋友。随着时间一天天过去，她见识了更多类型的面孔。在她看来，没有一个是人类的面孔。

她散步走的所有小路，都是奥利弗精心规划的。奥利弗称她散步为"原地踏步"。如果不去散步，她就为《红字》绘制版画。如果画累了，她就跑到阳台上看会儿书，主要是托马斯·哈德森送她的那些书。这些书深刻隽永，每次阅读总能引发她很多遐想。她经常站在小路旁边等候奥利弗下班回家。有时，为了在等候奥利弗的时候给自己找点儿乐子，她也会走到小路拐角处，俯视一下脚下的山谷。她还写了许多信。对她来说，斯克里布纳出版社发行的期刊，几乎和奥古斯塔或者她父母寄来的信件一样珍贵，期期都会登载她在米尔顿的老相识撰写的文章。这一切都会给她带来亲切感。

一群胸脯呈锈色、全身羽毛黑白相间的鸟儿在她身边的灌木丛中或散步，或觅食。偶尔会有一只飞到橡树上，"啾啾"鸣叫两声，便飞进寂静但飘浮着灰尘的树林里。除了夏天从米尔顿迁徙过来的知更鸟、本地的画眉和白喉鸟外，锈色黑鹂和喋喋不休的鹌鹑也是这里的林中常客。

奥利弗每周工作六天，每天早上七点前出门，下午六点后回家，只有晚上和星期天才能有时间陪伴苏珊。每天吃完晚饭，他们坐在吊床上，看着太阳从圣何塞山脉东边的山峰落下，山谷里满是灰尘的空气显得越发厚重，天色变暗，霞光燃起，然后慢慢褪去，诉说着对于彼此的钟情不渝。我猜想，她当时一定是觉得自己既被困在他的身边，又极度依赖他。

令人欣慰的是，这些大山并没有把我们困住。穿过山谷，我们还可以眺望远方，甚至我们来时的山路。

日暮时分，我常常会产生这样一种奇怪的感觉：你们就在我的身边，在我脚下的山谷里。黑暗笼罩着山谷，但到处星光闪烁。我能够感觉到你们的存在。米尔顿的亲友们，你和托马斯，所有我挂牵的人们，都在我的身边。

这个地方还可以，我们在这里过得很开心，很享受。尽管如此，这里不是我们真正的家，我们不属于这里，只是短暂居住而已。虽然我们俩谁都没有说出口，但心里都是这样认为的。

祖母，这显然是你自己的想法。祖父脑子里从来没有过。他很清楚，作为一名采矿工程师，他必须在西部工作和生活。他每天在闷热的矿井里一待就是十个小时，绝对不是闲逛；工作之余写写画画，也不是在绘制矿井迷宫图；在你上床睡觉后，他还要学习工程文件和政府报告。他这样做，绝对不是为了让你劝他放弃这一切，回到美国东部，那片除了石棉以外，没有任何矿物可以开采的贫瘠土地。你经常说他很有抱负，一直在努力弥补辍学造成的遗憾。在我看来，他之所以没有明确告诉你，你的未来生活可能会是什么样子，是因为他知道，你非常思念家乡。他完全理解你的思乡之情，但他没有意识到，由于他忙于工作不能陪伴你，你有多么沉闷、多么孤寂、多么不适应。

在这样一个没有社交、没有知心朋友的地方，我几乎已经失去自身存在感了。在这个地方，人们对我们的世界知之甚少。在这个地方，我经常觉得自己好像生活在梦里一样。

坦率地讲，奥利弗每天下班回家，和我一起度过的时光虽然短暂，但已成为我赖以生存的精神食粮。我从来没有和你详细讲述过关于他的事情。我现在已经接受了他在我生活中的存在。他的存在，就像我的生活中所必须拥有的其他东西一样自然。当然，像他打算在西部度过余生这种事情，在不久的将来一定会成为我们的一个严重分歧。但是，我暂时还不想考虑这事。我坚信，对家乡的思念是连接我和奥利弗的一个重要纽带。

就这样，苏珊把奥利弗对她思念家乡的同情，误解成对她想法的赞同。她以为奥利弗和她一样，只是把在西部生活当作一次旅行。而且，这里的生活每天都完全一样。阳光到来就像一只巨大的眼睛突然睁开。白色的光线一直监视着她的日常生活。直到夜幕降临，这只巨大的眼睛才会闭上。源源不断的阳光令她感到绝望。她的人生似乎是一个早已写好的剧本。

生活如同一潭死水，单调、乏味，似乎是静止不动的。她每天过着梦游般的生活。除了星期天，奥利弗可以暂时放下图纸和报告，带她去山里野餐，或者下班回来带给她一封或几封朝思暮想的来信。只有这个时候，苏珊的脸庞才会重新焕发出生机和活力。光阴好似一成不变，或者说和慢慢变红的橡树叶、逐渐褪色的金色山丘相比较，时光的流逝如同水滴渗透进石灰岩，速度如此缓慢，让人几乎察觉不到它的流逝。然而，每寸时光的流逝，尽管不易察觉，却始终给人留下一些感觉、一段经历、一缕思绪。三四十年以后，这些光阴累积在一起，就会把我那蕙质兰心、活泼健谈、钟灵毓秀而又自命不凡的祖母变成一个典型的西部女人。

也许是有意地,也许是无意地,她把在西部的这些经历、体会全部都写进书信里面,寄回了东部。也许她写得如此详细,是想借此帮助奥古斯塔转移一下痛苦抑郁,也许她只是借此放纵自己无处释放的诉说欲。

3

清晨，阳光洒满大地。巍然矗立的群山仿佛镀上了一层淡淡的金箔。山中层林尽染。峡谷里的橡木、鹃木和月桂等形状各异的枝叶形成了一圈圈波纹状的光晕。漂浮在山顶的云朵洁白无瑕，犹如一个童话世界。

她站在竖井入口外，只能看到料车中那些人的头部：奥利弗，他的两个年轻助手，两个井筒支架工和一个巡查工程师。炎炎烈日把奥利弗白净的脸膛晒成了古铜色，把常年在地下工作的井筒支架工的皮肤晒成了淡黄铜色。他们帽子上的蜡烛虽然在燃烧，但几乎看不见火焰。奥利弗比其他人都高，苏珊几乎可以看到他的肩膀。他就像马上要坐船或乘火车远行，和亲人告别一样，朝她笑了笑，挥了挥手。"陌生人"显然也看到他了，挣扎着要去找它的男主人，苏珊双手用力勒住它的项圈。

空气中充斥着汽笛发出的声音和木头燃烧的味道。突然，一声铃响，她看见升降机司机特里戈宁伸手去拉控制杆，顿时烟尘四起，她赶快向后退了一步。铃声再次响起，只见特里戈宁肩膀向前一倾，马达"隆隆"作响。随着一声沉闷声响，两个升到和竖井一样高的大轮子开始转动。这时，她已经看不到奥利弗的脑袋了，只看到他的一只手仍在向她挥舞。苏珊转眼看了看竖井入口外附近的一个棚屋，里面空荡荡的，地板上还破了一个洞。

她紧紧拉着"陌生人"的项圈，进了棚屋，靠着木制栅栏往下看。一团灰色的物体正随着升降机慢慢下降。她仅仅可以看到烛光照射到的地方。一开始，升降机越往下，蜡烛光亮越强。然而，随着深度慢慢增加，烛光慢慢变暗。直到它消失不见了，苏珊才走出棚屋。一股潮湿的热风扑面而来。

她转过身，整理了下仪容，冲着那个没有牙齿的升降机工人笑了笑，然后松开"陌生人"的项圈，让它在前面的小道上打滚。她的心却像晒干的果脯一样紧紧地揪在一起。她无法想象奥利弗在黑暗的矿井中，放下一千英尺①铅垂线，眼睛紧贴在经纬仪目镜上，他旁边的助手拿着蜡烛，还要确保减小蜡烛的晃动，他们在几百英尺以下的轨道上左右移动测量线的精确位置，真可谓差之毫厘，便失之千里。

奥利弗也不喜欢这种测量工作。它不但要求工程师在井下待很长时间，还会影响其他所有工作的进度。井下测量期间，矿上所有作业必须暂停。因为任何一次爆破，一辆矿车的经过，都可能会扰乱他的测量，并造成几英尺的误差。没活儿干时，矿上的男人们就会抱怨。奥利弗作为工程师不仅耽误他们干活，还要统计他们每周的工作量，来确定他们的工资，这让他腹背受敌。对苏珊来说，更糟糕的是，一旦他开始了测量工作，就得在井下待很长时间。上次，他就连续在井下待了近二十四个小时。

他埋头于黑暗中的测量，而苏珊在地面上漫长的日光中等待着。忍受长达十个小时的烈日烘烤，晚饭时分日头稍落，再熬过漫长的日暮、黄昏、晚间阅读，奥利弗才会回到家中。

她迎面碰到过一个中国人。他身穿一件蓝色短布衫，脚蹬一双便鞋，手拿一把斧头，背上扛着一大捆刷子，一路健步如飞，脑后的长辫子一步一甩。苏珊一看，急忙躲到路边。这个中国人从她身边经过时，黑得发亮的眼睛似乎还狠狠地瞪了她一下，吓得她双腿直打颤。这个鬼地方，人都长得怪怪的，好像来自另外一个星球。

---

① 英尺（foot），英制长度单位，1英尺约合0.3米。

而且，除了奥利弗，她谁都不认识。这背井离乡之苦，苏珊真的是受够了。她虽然人在这里，心却早已飞回东部老家了。

漫长的夏日。这个地方九月底比七月份更热。炎热对视觉造成的影响比对感觉更强烈。具体来说，除了给人带来不适感，它还给人造成一种错觉，把她认为真实的东西变得虚幻起来。从阳台向远处望去，她只能看到空旷的山谷——那曾经是一个云雾缭绕、风景如画的地方。现如今，苏珊凝视着这片山谷，寻找着它曾经的模样。然而，除了热浪，山谷空空的，一切仿佛海市蜃楼般虚无。一股热风吹来，花盆中平凡质朴的天竺葵花随风动，发出一丝窸窣声，仿佛人们发出的轻轻叹息。

她本打算去散步，但很快就打消了这个念头。这个时候外出一定热得很。"陌生人"正在大门旁边的阴凉处刨土，就像农场里的土狗。不管她如何想办法讨它欢心，"陌生人"仍然和奥利弗更亲。虽然也温顺、听话，但只有当奥利弗在家时，它才变得活泼起来。如果奥利弗不在家，它会一连好几个小时盯着他回家时经过的那条路。

苏珊透过热浪，看到一辆马车正在驶来，也许马车上载有她日夜翘首以盼的信件。如果她现在立刻出发，用不了五分钟就能到达康沃尔营地邮局，估计能够和这辆马车同时到达。邮局设在公司商店里，里面全是些不务正业的闲人——卡车司机、流浪汉、找工作的人——奥利弗不想让她和这些人见面。而且，她特别讨厌商店经理尤因，一个傲慢无礼的人。她只好再等两个小时，直到奥利弗回家才能知道是否有她的来信。事实上，这些天奥利弗一回家，苏珊总是先看看他手里有没有信件，然后才看他本人。

一点儿也没听错，铃声又响起来了。她绕过莉齐的房间，来到拐角处，向后面的山上望去。山上有条小路。小路蜿蜒曲折，消失在红色的鹃木林中。这条小路只有运木材的墨西哥包装工才会走。铃声越来越清晰可辨，他们越走越近。

拉货的骡子停下脚步，面无表情，耷拉着脑袋，竖着耳朵，鼻子嗅着尘土飞扬的地面。为首的骡子挺起胸膛，深深地吸了一口气，然后一呼气，又扬起了许多尘土。沉闷的铃声再次响起。一位年老的墨西哥人手里拿着帽子，棕色的脸膛朝着太阳，用西班牙语向她说了一通。苏珊跟着奥利弗的助理赫尔南德斯先生学习西班牙语，迄今为止已经上了四次课，但她只能听懂"leño"①这个词。也许是因为她看到骡子身上驮的东西是木材。

她指着自己的胸脯，小心翼翼地问道："给我的？"②

"是的，夫人。"③

"好的，一定是沃德先生让你们送来的。就放在门廊下面吧。"

"什么？"④

她借助手势，让他明白。他的手势很夸张——挥舞着墨西哥宽边帽，给手下桑丘下了一连串的命令，然后手搭在一匹骡子身上，开始解绳子。刹那间，他和手下忙活起来，为这个百无聊赖的午后注入了一些活力。苏珊急忙跑进屋，拿出速写板，把他们的工作场景画了下来。木材越堆越高，就像她父亲十月份在羊圈旁两个橡树间堆放的柴火，她不禁开始联想到，等这炎炎夏日过去，特别是风雪交加的时候，奥利弗·沃德夫人就可以和她的丈夫一起坐在家里锃光瓦亮的富兰克林铁壁炉旁，暖暖和和地度过漫漫长夜。一个女孩子能够想象到的关于温暖冬夜的美好景象，也不过如此吧。

他们卸货和堆货大概花了三刻钟时间。堆好木材，那位忠实的手下就骑上骡子走了。她想象着骡子身上磨破的疮口，背上和腿上

---

① 西班牙语：木材。
② 原文为西班牙语：¿Para me?
③ 原文为西班牙语：Si, señora.
④ 原文为西班牙语：¿Como?

条条勒痕，就像它的近亲斑马一样。

那个年老的墨西哥人再次脱下礼帽，嘴巴里在向她说着什么。她站在高高的门廊上看着他。她穿着高领连衣裙，领口别着一枚胸针，脸色红润，手里拿着素描本。当时，许多人都在小路上看到过她手拿素描本和绘画用具的样子，知道她是个画家。他在说什么？

"怎么了？"[1]她学着他用西班牙语问他道。

他叽里咕噜回答了一大串，可她一个字也没听懂。最后，通过打手势，她终于搞明白了：他在向她索要报酬。"多少钱？"[2]他边说边伸出五个指头：五个比索[3]。当她进去拿钱包出来时，她不知道该怎么把钞票递给他。他站在苏珊下方十英尺处，山势陡峭，又开始刮起了风。如果风把钞票吹进灌木丛，他可能就永远找不到了。老墨西哥人立刻明白了她的想法。他做了一个很夸张的手势，然后从脖子上解下方巾，把它卷成一个球，扔给她。

苏珊下意识地去接方巾，突然又收回伸出的手。手帕掉在走廊的地板上。她低下头，看了看这位老墨西哥人伸长的脖子。他解下方巾的脖子上，露出了棕色的皮肤、深深的颈纹以及汗水和污垢。

"莉齐！"苏珊喊道。

莉齐从厨房走出来。又来了一位漂亮的女士。老墨西哥人面部表情更加恭敬了。苏珊打开钱包说："莉齐，请你捡起他的方巾好吗？"

莉齐捡起方巾，苏珊把一张五美元钞票放在上面，莉齐把它叠起来包好，丢向老墨西哥人。"谢谢，非常感谢。"[4]他回答说，而且又说了些别的，然后满怀期待地看着她。

"你什么意思？"苏珊很纳闷，"你想要什么？奇怪……？"

---

[1] 原文为西班牙语：¿Como？
[2] 原文为西班牙语：¿Cuanto？
[3] 比索（peso），一种主要在前西班牙殖民地国家使用的货币单位。
[4] 原文为西班牙语：Gracias, much' grac.

他伸出手，在手掌上画着什么，然后用祈求的目光凝视着它。

"我猜，他想看你画的画。"莉齐猜测道。

苏珊不愿意让他的手触摸自己的画，于是翻开素描本朝向他。当然，他的胳膊也没有这么长。他伸长脖子，逆着太阳光线，眯缝着眼睛望着那幅画。苏珊很感动，把那张画从素描本上撕了下来，用手比画着说"送给他"，然后朝他扔了过去。那张画在风中翻飞，老墨西哥人紧紧追赶，终于在密密的灌木丛中抓住了它。他很喜欢这幅画，想亲吻它，又怕弄坏了，于是只好亲吻拿它的手指。画得真像！

"过奖了。"① 她非常清楚应该如何体面地回复他的再三感谢。老墨西哥人转身离开时，她用西班牙语和他说了声"再见"，目送他顺着来时的山间小路向回走。她看向这位老墨西哥人最后一眼时，发现他正小心翼翼地把画贴在自己胸前，好像是一件圣物一样。

她做了件善事，心里美滋滋的。她喜欢他的赞美，即便她对此仅仅报以礼貌的微笑，但是有种遇到知己的感觉。其实，她是被康沃尔郡一位太太的话给刺激到了。莉齐曾以戏谑的口吻学给她听："听说沃德先生的妻子会画画。然而，除了画画，她还会干什么呢？"想到这里，她对自己讲，墨西哥人比康沃尔人更有艺术细胞，更能明白她画作的价值。

如果莉齐没有将这句话学给她听，她又会怎么做呢？一想到老墨西哥人围在脖子里的那块方巾，她就浑身起鸡皮疙瘩。

"莉齐，我们休息一会儿。"苏珊边说边将身子靠在月桂树干上。莉齐则坐在一段隆起的月桂树根上。她身材标准，脸蛋俊俏，眉毛似剑，颧骨微凸，鼻梁高挺，神情天生冷峻。她今天长发垂

---

① 原文为西班牙语：Pornada。

肩，胸前佩戴着一条 A 字形红丝带，看上去很像海丝特·白兰，只是眼神中没有海丝特·白兰凝视年轻牧师阿瑟·丁梅斯代尔①时的内疚感。

莉齐也不像海丝特·白兰那样执着和无畏。苏珊看在眼里，急在心里，但始终没有明确指出，担心触及莉齐不愿回首的过去。苏珊对自己的这幅作品还是比较满意的。在她的画笔下，月桂树根如同霍桑《红字》中黝黑的树木一样富有情调，只是人物脸部表情有所不同。因为这个原因，在过去的两个小时中，莉齐的脸部表情已经换过四五次了，从原来本色的冷漠变成现在可怕的斜睨。

苏珊并不是很想画，但必须画。因为她已经签下了这份合同。她非常需要钱。她心里很清楚，必须让自己的双手和大脑活动起来。然而，此时此刻，她却宁愿呆呆地坐着，漫无目的地遐想。空气很沉闷，好像暴风雨马上就会来临，可是她知道，这个鬼地方经常一连几周，甚至几个月都不下一滴雨。她深深地吸了一口气，空气夹杂着灰尘，还有一股发霉的味道，以及橱柜发出的木头味道。对她来说，只要能呼吸到湿润的空气，尤其是带有春天时节池塘边绿色苔藓味的湿润空气，她愿意付出任何代价。这里连声音也是干燥、逆耳的，她渴望听到绿色苔藓吸收水分时的声音。想到这里，她更加心烦不已。

苏珊一边沉思，一边看着莉齐给她儿子小乔治换尿布。小乔治扭动着、翻滚着、咯咯地笑着，小手抓着他母亲胸前的丝带。莉齐一手抓住他的两个脚踝，使他的小屁股朝上悬在半空中，一手把一个干面粉袋做成的尿布垫在他身下。面粉袋上的字迹虽已褪色，但还能看得出写的是"精益求精"四个字。莉齐给小乔治换好尿布，然后朝他裸露的肚脐上挠了一下，但小乔治没有笑。莉齐把他放回

---

① 阿瑟·丁梅斯代尔（Arthur Dimmesdale），小说《红字》中的男主人公，作为牧师与有夫之妇海丝特·白兰生有一女，经历七年的挣扎与谴责后，最终以死获得精神救赎。

盒子里。没有父亲的孩子似乎特别听话。小乔治似乎已经学到了莉齐所信奉的斯多葛派的处世哲学。他接受命运的安排，不怎么抱怨。苏珊只听他哭过五六次。

莉齐一定有些难以言说的伤痛。是场灾难性的婚姻？还是一个小女生遭到了欺骗？莉齐是个好女孩儿——祖母很少说别人好。既然小乔治生来没有父亲，所以他的母亲一定有过不幸的遭遇。有一次，苏珊问莉齐，要不要敞开心扉谈谈她的过去，莉齐只是漠然回答说："还是不谈的好。"

莉齐跟她来到西部，远离亲友数千英里，也没有丈夫陪伴在身边，还带着一个婴儿。这就是她过的生活。她经常一边干活，一边给小乔治唱歌听。她的歌声听起来充满了愉悦之情。有一次，当她唱歌哄小乔治入睡时，唱到"再见，班廷宝贝"时突然停了下来，就好像听到有人在敲门而突然停下来那样。

显而易见，莉齐的脑海中有些她不愿回忆的画面。然而，她和前来拜访的康沃尔女人们却很聊得来，不像苏珊那么孤单。苏珊很想知道，她对目前生活不满的原因，究竟是她自己要求太高，还是目前的生活就是不适合她？像莉齐这种人对生活不像她这种人要求这么高、忍耐力更强？假如小乔治突然夭折，莉齐会不会也像奥古斯塔那样痛不欲生、万念俱灰？还是和以前一模一样，照样清晨起床、生火做饭，和前来拜访的康沃尔女人们谈笑风生？

苏珊很想知道，一个女人发现自己的丈夫是个畜生，是如何毅然决然离开他的？如果自己遇到一个玩弄女人感情的骗子该怎么办？一个女人为她所鄙视的男人怀了孩子会是什么感受？当然，她对怀孩子的感受已经略知一二。她现在已经两个月没有来月经了。她恶心想吐，却吐不出来，感觉就像云雾总是笼罩在山脊上，却从未越过山脊一样。

要是她也没有丈夫呢？在这个远离所有亲友、没有安全感的简陋营地，她一个人带着三个孩子该如何生存？一幅幅画面如同被放映机放大的图片一样，在她的脑海中接连闪过：奥利弗那张被烈日晒得发红的帅气面庞，随着升降机的"吱呀"声，缓慢沉入矿上的竖井中。万一他从此再也不会从矿下上来呢？一根突然断开的电缆，一次塌方，一次爆炸……，他每天不得不面对许多危险。倘若其中任何一个发生，都会使他丧命。我呢？回家，回娘家！立刻！可怜的苏珊，她和丈夫去了西部，不到三个月丈夫就死了。不，我不相信她会再婚——她结婚已经很晚了，而且她和死去的丈夫真心相爱。我认为，她余生将会与工作做伴，在米尔顿她父亲的房子里一个人带着三个孩子生活。像以前一样，她的老朋友们从纽约来看她。她的挚友奥古斯塔生活坎坷，孩子夭折。她的孩子比苏珊的第一个孩子大几个月。要是活着该有多好！她的姐姐贝茜有两个孩子。两家相距只有半英里。孩子们可以一起玩耍、成长。她要和她们经常来往，永不分离。

　　她被下意识的想法或幻想吓坏了。奥利弗对她来说太重要了，她可不能失去他。但是，如果回到老家，有了可以谈心的人——她的母亲、姐姐贝茜、挚友奥古斯塔——那就更好了。想到这里，她已经开始嫉妒莉齐和康沃尔女人们之间的粗鄙友谊了。

　　莉齐抬头看了她一眼。就在那一瞬间，苏珊从她脸上看到了她整个上午都在努力却一直没有摆出的表情——眼睛中满是疑问，以及无意散落下来的头发。"别动，"苏珊命令她道，"就这样。"她刚拿起铅笔和画板，莉齐看着窗外的树林说："沃德先生回来了。还有一个年轻人。"

　　"啊？"苏珊立即放下铅笔和画板，站起身来。

　　"天哪，我刚才在胡思乱想些什么，不会是……？"她本以为出了大事。奥利弗这个点儿通常都在矿上忙碌。于是，她急忙迎了出去，她来到大门口，看到奥利弗穿着工作服，神情轻松、愉悦，身上也不像平时下矿那样沾满泥巴。和他一起来的那个年轻人皮肤黝黑，是工程师斯塔林男爵，来自奥地利。奥利弗是带他回家来换工作服的。

"不要在卧室换，"走上台阶，苏珊给奥利弗使了个眼色，"带他去其他房间。"奥利弗似乎没有看到，直接把男爵带到卧室门口，推开门让他进去，然后关上了房门。

"你为什么让他进我们的卧室？"她低声责问奥利弗道。

奥利弗看上去很吃惊。"那你要我带他去哪里换？"

"那是我的卧室！"

奥利弗眉头紧皱，两只眼睛看着她。他脸上的表情越来越凝重，但苏珊当时太生气了，根本没有注意到。"对不起，"他说道，"我以为，这是我们俩共同的卧室。"

正在这时，男爵已换好工作服，从卧室里走了出来。苏珊站在卧室对面的阳台上，看到男爵穿着奥利弗的工作服，一点儿不合身，袖子和裤腿卷了起来，看上去就像一个身穿男人衣服的女孩子。他长得也像个女孩子。棕色头发，非常浓密，棕色眼睛，大大的。他冲着苏珊笑了笑。"我衣服换好了，"他感谢道，"给你添麻烦了。"

"不客气。"她眼睛看着奥利弗，身体靠在阳台栏杆上，正在为丈夫的过分热情好客而生气。在她看来，丈夫的这种做法就是在公开宣布，任何一位和他认识的工程师或地质学家都可以自由出入自己的卧室。这显然是对她隐私权的粗暴侵犯。

"你们下矿前，不吃点儿东西吗？"她问男爵道。

"我们餐盒里有饭。趁着工人休息吃午饭，我们进入矿井，"他看着苏珊的眼睛，笑着解释道，"等干完活回来，我们一起喝下午茶，可以吗？"

"当然可以。"

他们沿着小路向矿上的竖井走去。苏珊怒火中烧，走进屋子，提笔给奥古斯塔写信："你可能想象不到，奥利弗把一个陌生人带进我的卧室，我有多么的生气！为了避免类似事情再发生，我必须让奥利弗准备一间客房。"

下午晚些时候，奥利弗和男爵从矿上回来了。由于在闷热的矿井里待了那么长时间，而且又从矿上徒步走回来，两人汗流浃背。他们坐在阳台上，开始喝啤酒。苏珊也跟着喝了一杯，第一个原因是家中来了客人，女主人不出面陪同显得不礼貌。第二个原因是她听人说，喝啤酒有助于缓解妊娠反应。

喝酒期间，他们俩谈起了如何使用木材支撑不同类型岩石的技术问题。苏珊一直在听，一句话也插不上。后来，男爵想把她带进他们的话题中，于是话锋一转，先是称赞他们的房子和周围的风景，然后说他听闻苏珊是一个非常出色的艺术家，并表示因为自己从未亲眼看过她画作而感到非常遗憾。奥利弗一听，立刻拿来《盔甲中的骷髅》《工作中的升降机》以及几幅给斯克里布纳出版社画的插图，给斯塔林看。斯塔林被苏珊的画作深深吸引住了。他称赞道，她仅用一个姿势，或在人物的举手投足间就能传达出人物的思想情感。于是，苏珊拿出她正在为《红字》所画的木板插图给他看，斯塔林发现，画作中丁梅斯代尔和海丝特·白兰的形象在奥利弗和莉齐身上依稀可辨，这非常有趣。苏珊请他给提提建议，斯塔林便大胆地指出，其中某位人物的刻画似乎有些僵硬。对于这个建议，苏珊表示欣然接受。

现在轮到奥利弗插不上话了。苏珊和斯塔林兴致勃勃地讨论着杜塞尔多夫画派与哈得逊河画派的关系，探讨着在国外不同的但更加丰富的文化传统中研习艺术的利与弊。苏珊表示，她非常渴望出国学习，遗憾的是，至今没有获得这样的机会。男爵告诉她说，去国外学习，能学到的只是绘画技巧。事实上，对于一个画家来说，画什么和怎么画一样重要。对于苏珊来说，如果想在绘画领域有更大建树，最好多多关注一下新大陆这个创作素材，正如她已经在做的那样。这个题材的创作，美国本土画家最适合。他们对其理解更深刻，最有可能把其风土人情、服饰景观等传神再现。

眼看天色已晚，苏珊抬头看了奥利弗一眼，两人交换一个眼神，将对方心思了然于胸。"留下来吃晚饭吧？"她问男爵道。男爵欣然答应。苏珊去跟莉齐嘱咐了一下，便回到阳台，继续和男爵交谈。

晚餐就在他们二人发表各种观点、意见、感谢以及找到共同话题的喋喋不休中度过了。斯塔林不仅对美术略知一二，还读了很多文学作品。他喜欢亨利·詹姆斯和歌德。他认为，美国文学是一种本土文学，与德国文学大不相同。他很快就把话题从苏珊没有读过的狄奥多·施托姆[1]转移到她读过的屠格涅夫身上，试图向她解释德语术语"刺激"的确切含义。听着斯塔林的高谈阔论，看到奥利弗大拇指上黑乎乎的污渍（一定是晚饭前没洗手），苏珊感到脸上无光。

吃完晚饭，莉齐收拾餐桌，他们又回到阳台。插不上话的奥利弗发现夜里阳台太冷，便把壁炉点燃了。苏珊和男爵又聊了两个多小时，内容涉及奥匈帝国的土耳其-塞尔维亚困境，以及由此而引发的战争，还有瓦格纳的名声。斯塔林认为，瓦格纳被那些追捧潮流而不懂音乐的人给夸大了。

奥利弗坐在那里，只有听的份儿。男爵不得不起身离开时，奥利弗点上一盏灯笼，送他回福勒妈妈家。站在阳台的台阶上，斯塔林拉着苏珊的手轻轻吻了一下。"我从未想过，"他用地道的英语真诚地对她说，"做梦也没想到，我会在美国的采矿营地度过这样一

---

[1] 狄奥多·施托姆（Hans Theodor Woldsen Storm, 1817—1888），德国小说家和诗人，主要作品有《茵梦湖》《白马骑士》等。

个夜晚。"

奥利弗回来时,苏珊还坐在壁炉旁。她一直在想,奥利弗何时也能像男爵那样和她聊天?在奥古斯塔和托马斯工作室的那个晚上,他也是像今天这样默默不语。他在文学艺术这方面实在是一窍不通!相比之下,他的姐夫康拉德·普拉格比较适合今晚这样的场合。无论是谈文学,还是谈美术、音乐,他样样在行。如果今晚他在这里,一定会引用一些名人名言,比如狄奥多·施托姆的语录、歌德的名言,来回应男爵。想到这里,她突然又后悔了,觉得不该这样看待自己的丈夫。于是,苏珊决定跟自己的丈夫聊点儿什么,不能让他觉得自己被冷落了。奥利弗送走男爵,推门进来,打开灯笼的玻璃,吹灭烛火,在她身边坐下。她便开始张口说话。然而,她说了些什么?她说了一堆称赞男爵的话。

"他很有魅力,不是吗?"苏珊说道,"我发现,我和他很聊得来。"

奥利弗坐在炉火前,伸开双腿,双手抱在胸前,似乎在思考着什么。过了一会儿,他终于开口了:"肯德尔让他做我的助手。"

"哦,那太好了!"

他没有回答,只是眉毛向上翘起。苏珊继续说道:"他是个适合的人选,不是吗?"

"他适合参加晚餐聚会,但不适合在矿上工作。"

"为什么?"

"素质太差。"

"素质太差?他很有教养啊!"

"有教养和适合在矿上工作不是一回事儿。"奥利弗将抱在胸前的一只手放下,给苏珊看他的手背。吃晚饭时在烛光下,她误以为他的大拇指上那个黑乎乎的东西是没有清洗的污渍,原来是一块由于擦伤而肿胀变色的淤青。"你仔细看看。看清楚了吗?这是我们今天下矿时，因为救他而留下的伤痕。如果不是我出手救他，他已经是个死人了。"

他看上去非常困倦，一副无精打采的样子。她本想等他全部说完，但等了半天没有听到下文。于是，她开口说道："告诉我，具体是怎么回事？"

"说起来只是一个小状况。我们在干活——你懂的，在采矿场，他们在那里开采矿石，沿着矿脉有一个挖空的地段。那里有很多松动的岩石，无法用木材固定。你得瞪大双眼仔细观察。他侧身检查矿面时，我看到灰尘和碎石从上面落到他的肩膀上。他应该能够感觉到。我对他大喊了一声'退后！'，你猜他怎么做的？他转过身来，睁着那双小鹿般温柔的大眼睛问我：'你说要我退后？'在矿下工作，当有人突然对你大喊大叫，你照做就是，不要去问为什么。"他说到这里，眨了眨眼睛。

"然后呢？"苏珊问道，"你是怎么受伤的？ 对不起，我根本没注意到。"

"我一把把他推开。一块巨大的石板正好掉在他侧身的地方，把我的手给蹭伤了。"他把瘀伤放到嘴边，伸出舌头舔了舔。

"你不顾自己的安危，救了他的命！"

"没什么了不起的。问题是他不具备在矿上工作的基本素质。我也不可能一直这样保护他。他这个样子，早晚会送命的。"

苏珊没有再说话。她觉得奥利弗说得很有道理。她只是对他们目前的生活现状不太满意。她知道，奥利弗是个好人，心地善良，积极上进、英勇无畏。她非常希望奥利弗能够与她谈天说地、畅谈文学艺术。她非常希望奥利弗能够在人文修养、与人交谈方面有所提升。

奥利弗眉毛紧蹙，看着那只受伤的手，上下嘴唇翕动，赌气说道："也许你认为我不看好他，是因为他爱上了你。事实并非如此。"

"啊?你说他爱上了我?"

"他当然喜欢你。从见到你的第一眼起,他就从心底爱上了你,"他抬起那张困倦的脸,眼睛看着她继续说道,"这不是不可能。我当初也是这样对你一见倾心的。"

他这样说,很聪明。一方面表达了他的嫉妒,另一方面平息了她的不满,让她重新坚定了对他的信心。即使和托马斯·哈德森相比,她仍然会选择奥利弗·沃德。他们坐在壁炉旁——紧紧依偎在一起,直到炭火化为灰烬。一切都被重新定义,一切都重获新生。就是在那个夜晚,祖母重新找回了自己,也为那位男爵留下了一个值得一生回味的夜晚。他是苏珊在远离东部家乡之后,在西部这个贫瘠落后的采矿营地,所遇到的第一个来自上流社会并且受过高等教育的年轻人。当然,绝不会是最后一个,也绝不会是最后一个被她的如花容颜、高雅谈吐和渊博学识所打动的男人。

我想,她不会再把奥利弗带人进她卧室这件事揪着不放了。借着刚才夫妻二人将误会解开后重新萌生的绵绵爱意,苏珊此时此刻一定会矜持含蓄地告诉奥利弗自己已经有了身孕。这件事,奥古斯塔早在一个月前就已经知道了。

奥利弗知道后会说什么呢?我完全无法猜测。他是一个不太善于表达自己的人。得知妻子怀孕,他一定非常高兴,但也会因此更加担心无法保障妻子生活过得舒心,担心他们本来就不太富裕的生活会因孩子的到来而更加拮据。他实在是太爱她了。对于能够娶苏珊为妻,对于苏珊为他所做的一切,他内心无时无刻不充满着兴奋与感激。

一个身处一八七六年的年轻丈夫会说些什么呢?复杂的情绪很难用只言片语来描述。我想,不会是威廉·克拉克和梅里韦瑟·刘易斯带队远征时,在哥伦比亚看到太平洋时写在日记本上的那句

"啊，开心！"①，更不会是莉亚从妇产科打电话给我儿子罗德曼时，他回答的那句"妈的！"。

一八七六年十二月二日

新阿尔马登

亲爱的奥古斯塔：

在与奥利弗去旧金山过感恩节的途中，我收到了你的来信。虽然只有七十五英里，我们却花费了一整天才到达。我们坐在马车上，冒着大雾到达圣何塞。我倒很享受这种感觉。中午，我们在拉·莫埃利饭店用餐。令我开心的是，我们刚到饭店，车夫尤金就给我送来了新的信件，其中，一封是你写的，一封是家里人写的，还有一封是迪克写的。下午乘火车去旧金山时，我觉得你们仿佛在一路与我同行，就坐在我的身边。

普拉格先生乘马车去接我们——那些等在那里吆喝着拉客的车夫看见我们有人接时，一副要吃人的表情，我真是越看越觉得有趣。普拉格先生的名字与他本人不太相符。他应该和他的朋友阿什伯恩换换名字……普拉格先生在德国弗莱堡上过学。值得一提的是，他的几个同学——阿什伯恩、简宁等，现在也都在旧金山。他们都是睿智的自由主义者——不显山不露水，为人内敛不张扬，非常有魅力。他们去过很多国家——日本、墨西哥以及南美洲的几个国家，还有一些在地图上很难记住名字的奇怪岛屿。简宁先生是一个犬儒主义者，是他们三人中最难看透的，也是最迷人的。普拉格先生非常英俊，而且性

---

① 指刘易斯与克拉克远征（Lewis and Clark Expedition），于 1804 年由时任美国总统杰斐逊发起，是美国国内首次横越美洲大陆、西抵太平洋沿岸的往返考察活动。该活动的领队为美国陆军军官梅里韦瑟·刘易斯上尉和威廉·克拉克少尉。

格温和,从不动怒。

我们并没有去旧金山最负盛名的地方。在我看来,和矿山相比,旧金山的任何一个地方都是美景。我们骑着马,穿过公园,走在沙滩上。海水没过马蹄,马蹄激起串串水花。天气一直很好,水天相接处都是湛蓝色。夜色可人,月色朦胧。我们在海边沐浴阳光,经常外出参加聚会、晚宴等。普拉格先生等人对于旧金山的美食了如指掌——在他们看来稀松平常的饮食,对于我们来说如同山珍海味,非常奢侈。我和奥利弗很快就把钱给花光了。我们之所以草草结束这次旅程,主要原因是我们的钱所剩无几。尽管如此,我还是非常享受这次旅行。

请代我向你的母亲问好。她时常惦念我。我还以为她早就不记得我了。你一定想象不到我和在旧金山遇到的女士们有什么共同点——我们都是跟随丈夫来到这里的,都对故土有着深深的眷恋。大家经历相同,乡愁相同,渴望相同,来到这里后所遭遇的种种不适和冲击也相同。"我们永远不会忘记故乡,"她们都这样说,"可是,当我们回到故乡时,却发现那里已经没有了我们的位置。我们必须学会让现在、将来与过去和解。我们在东部生活的旧时光已经逝去,我们必须在这里创造新的生活。"听到她们聊起这些,我禁不住潸然泪下。她们个个性格温和、品质优良,很有魅力,可以很好地适应生活的变化。她们可以跟随自己的丈夫去世界上任何一个地方,并在那里为他打造一个温馨的家庭。我想,她们内心深处一定还保存着对故乡挥之不去的情感和面对新生活时难以融入的疏离感。

我知道,你和托马斯一直在不断向更广的领域、更高的层次发展,而我却没有任何长进。我害怕你们走得太快,把我远远落在后边。我害怕当我们再次相见时,你会看到一个贫穷而且平庸的我。

一八七六年十二月十一日

新阿尔马登

亲爱的奥古斯塔：

请你亲自阅读这封信，除非你的眼睛已经看不见了。

关于乳头变硬这件事，你建议我未雨绸缪，提前治疗，以免病情严重，疼痛加剧。我听从你的建议。可是，我不明白如何抹油治疗？是把油抹在腹部吗？我现在已经感觉到腹部开始疼痛了，一种拉伸感——抹油能缓解这种疼痛吗？

我以前和你提起过，普拉格夫人就孕期注意事项给了我一些建议。当然，我对怀孕这件事一无所知。她给我的建议听起来很可怕——但我知道，所有有用的方法听起来都有点儿可怕。

普拉格夫人建议奥利弗去找医生做些防护措施。防护用品在药店就可以买到。虽然这种方式听起来令人非常不适，为了避免造成不可挽回的后果，人有时候必须直面问题，做出干预。再说，这么做也不会有什么伤害。普拉格夫人是一个非常不愿将就的女人，我认为她几乎不会对任何她讨厌的事作出妥协——然而，老天啊，她还是做些妥协为好。虽然她看上去气色很好，身体健康，但实际上底子却非常虚弱。这种东西叫作"避孕套"，是用橡胶或者类似皮肤的东西做成的。

我能跟你讲讲我在旧金山旅行时发生的一件怪事吗？感恩节那天上午，我和普拉格先生、阿什伯恩先生去了教堂——奥利弗去镇上办事，普拉格夫人不太舒服，不能和我们一同前去。那是一个温和、舒适的上午，教堂附近山峰矗立，空气怡人，海风阵阵，开春时节的气息扑面而来。开始做礼拜了。普拉格先生和我坐在一侧，阿什伯恩先生坐在另一侧。前半部分，我一直端坐着。突然，我肚子里的小生命开始活动四肢，我紧张极了，心脏跳动速度陡然加快，感觉快要窒息了。大约有一分钟时间，我觉得一切都渐渐变暗，似乎失去了意识——不知道过了多久，我发现自己嘴唇上、额头上都是汗珠。阿什伯恩先生不太放心，特意靠近我看了看我的脸色。

普拉格先生和阿什伯恩先生都没有再提及此事。我们回去时，遇到了霍尔先生。他大声问我道："你在教堂时感觉不太舒服，对吗？你看上去快要晕倒了。普拉格先生，你没注意到吗？"普拉格先生回答说："她脸色是不太好，可能是教堂里太闷了。"之后，便立刻转移了话题。

和你谈了这么多女人都会有的经历，听起来似乎很可笑——在我看来，最奇妙的是，我能感受到身体内有两颗心在同时跳动：我在孕育一个小生命……

4

接下来就是祖母的幸福时光了。这段时光是由许多因素促成的,其中最重要的因素就是她所说的"身体内有两颗心在同时跳动"。她经常静静地倾听腹中传来的孩子的心跳声。除此之外,她还有别的事情要做。

随着雨季的来临,苏珊重新感知到了时间的缓慢。不过,不再像以前那样漫长、枯燥了。她的生活开始有了变化,有了趣味。几个月来,太阳天天跑来打卡,现在却连续一周都不见踪影,任凭狂风暴雨击打他们的房屋,阳台上到处都是狂风裹挟来的树枝和叶子。群山在这狂风暴雨中时隐时现。连续一周的风雨过后,太阳又跑来了。连绵的群山在阳光猛烈照射下呈现出神奇的新绿。正如奥利弗所说,漫长而干燥的冬季已经过去。小路上尘土不再扬起,经常从营地那边飘来的垃圾气味也被木材燃烧的气味所取代。树林中、小径两旁奇迹般地长出了许多花草,比如孔雀草。树林中空气潮湿、花香扑鼻,就像苏珊家中的长塘树林一样。

暴风雨来袭时,他们的房子就是苏珊心中的避难所。那段时间,奥利弗下午四点半后就不在自己那黑漆漆的小办公室里继续工作了。苏珊不再坐在面朝群山的阳台上,而是坐在客厅里,生着炉火。她最大的安全感就是,听到奥利弗打开门闩的"咔哒"声,以及门廊上传来的奥利弗的脚步声。有时候,他们俩在晚饭前,花费整整一个小时:一起大声朗读《斯克里布纳》杂志、屠格涅夫或《丹尼尔·德隆达》[1],一起修补东西、东拉西扯。

---

[1] 《丹尼尔·德隆达》(Daniel Deronda),英国著名维多利亚时代女作家乔治·艾略特的最后一部小说。

一月份，奥古斯塔的第二个孩子顺利降生了。这个新降生的孩子慢慢取代了她夭折的孩子。她的来信似乎不再那么忧郁沮丧了。因此，苏珊不再为奥古斯塔而担心，开始把注意力更多地放在丈夫身上。她在奥利弗身上发现了很多以前没有注意到的优点：他几乎能够制作或修理任何东西，从断裂的雕刻刀柄到阳台下沉的支柱。他们还没有商量，他就给那个备用房间打了一张床、一条长凳和一张桌子。现在，他正在制作一个可以挂在门廊天花板上摇摆的摇篮。他从墨西哥营地带回来一些山狗皮和野猫皮，把它们晒干，然后缝合在一起，铺在床边的地板上，供婴儿在上面打滚玩耍用。

作为一名工程师，奥利弗不仅动手能力强——尽管这可能是工程师必备的素质——而且感知能力佳。令苏珊意想不到的是，他关于房子装修方面的建议基本都是正确的。对他来说，好像没有什么难事。就连他随手采摘的一束野花，都让苏珊自叹不如。他对植物也有研究——他从外面树林里带回来的所有植物，在他们的院子里都长得很好，就好像这些植物本来就属于这个院子，只是一直等待着被他带回来种植似的。

事实上，即便是文学，奥利弗也能聊上几句。苏珊和他谈论过丹尼尔·德隆达。苏珊和奥古斯塔通信时，经常谈论这个话题，但不是很热烈。苏珊和他谈论过乔治·艾略特，还有屠格涅夫。相比之下，奥利弗对艾略特的评价不太高。他认为，艾略特既想成为作家，又想成为读者——如果不用回应或评价某个角色这种方式，她几乎没法创造角色。相比之下，屠格涅夫做得最好，能止步于作品本身，对读者的反应不加干预。读者读他的作品，可以仁者见仁，智者见智。几次这种交谈过后，苏珊在写给奥古斯塔的一封信中明确表示，自己改变了以前对奥利弗不好的看法。

有时候，也会有客人来家中做客。汉密尔顿·史密斯先生就是其中一位，史密斯是康拉德·普拉格的同事，也是矿上的顾问工程师。有一次，他同意留下来吃晚饭。早在旧金山游玩时，苏珊就已经知道，这位史密斯先生饮食方面比较挑剔，于是特意跑到墨西哥营地为他买了一些牛排。这一天，刚好是"富裕日"——也就是发工资的日子——整个营地的人几乎都会改善伙食，大吃一顿。卖给她牛排的是屠夫的助手，刚刚从矿工饭店参加完狂欢回来。他喝得醉醺醺的，坚持说，今天是"富裕日"，任何人买牛排都不要钱。奥利弗得知，苏珊因为史密斯先生挑食，亲自跑到墨西哥营地为他买牛排吃，心里很不高兴。晚餐很丰盛，史密斯很满意。他让奥利弗拿出工作记录，地图和泵站的图纸，两人仔细研究了大半天。而且，史密斯先生建议奥利弗说："你应该把你的工作成果拿给拉·法戈先生看看。也许他会在薪酬方面对你更加仁慈慷慨一些。"苏珊心想，如果矿上经理不是肯德尔先生，而是史密斯先生，她和奥利弗一定会经常去大庄园走走。

二月下旬，山坡上满是羽扇豆、罂粟和蓝眼草。玛丽·普拉格来到这里住了一阵子。祖母在回忆录中是这样写的："她觉得这个地方很漂亮。山谷时时刻刻都在发生变化，团团云雾沿着山谷底部慢慢升起。它们时而聚成一团，时而分散开来，化成片片云朵和长长飘带在天空中漂浮，宛如白驹苍狗。日落时分，山顶呈现出妙不可言的色彩，近处山丘则像变幻莫测的天鹅绒，流光溢彩。她面带微笑经过走廊，帮我料理家务。我觉得，她在这里生活，虽然饮食起居比较简单俭朴，但随意轻松，不用努力扮演一个为丈夫尽心尽力的贤妻。毕竟在嫁给普拉格先生之前，她只是一个农民的女儿。我敢说，在她自己家里吃晚餐，她需要精心准备，需要先问问自己的丈夫喝什么酒、吃什么菜……在这里，她可以和奥利弗以他们沃德家的方式互相调侃。当她发现，我这位艺术家妻子在这里比在城市里被无数的晚宴和晚礼服占据时更显真实时，我想，她在这里少了许多顾忌。她知道，用她父亲读公谊会婚姻契约时的话来说，'婚姻需要经营'。"

离开时，玛丽·普拉格握着他们的手，希望他们能够摆脱这种浮萍般的生活，早日安定下来。苏珊心想，我们为什么要离开新阿尔马登？说不定奥利弗有一天会成为这里的经理。这还是很有希望的。如果真的能够这样，她就可以过上安稳的生活了。

住在福勒妈妈家的年轻小伙子们，都会在春日的夜晚溜达到沃德家的阳台上。他们一致认为，奥利弗·沃德的三叶草栽培技术很高超。身为男人，他们都喜欢苏珊，尽管她已身为人妇而且身怀六甲。其中，有一个毕业于加利福尼亚大学的大男孩，有着年轻人独有的天真和莽撞。一天晚上，他喝醉了酒，跌跌撞撞来到沃德家的门廊，口无遮拦，毫不避讳自己对苏珊的爱慕。他亲口对奥利弗说道，沃德夫人简直像天使一样完美。

"我们俩都被他的话给逗乐了，"苏珊写道，"同时也让奥利弗觉得很有危机感。"

很显然，她有些洋洋得意。当时，她三十岁，奥利弗二十八岁。苏珊有时叫他小宝贝，还会命令他做这做那。他们两人在一起，总是欢声笑语不断。尽管苏珊依然保持每周给纽约写信的习惯，但她在信中语气变得随和、活泼、有趣，丝毫没有之前思乡心切或者对未来感到绝望的迹象了。通过与住在东部的家人以及好友不间断的联系，她也逐渐意识到，短短不到半年时间，自己身上已经发生了太多的变化。

一个来自米尔顿的大男孩——豪伊·德鲁，决定来西部碰碰运气。他花了一个周末考察新阿尔马登。奥利弗建议他继续四处走走。奥利弗工作很忙，苏珊带着豪伊四处察看。一天早上，他们沿着一条中国劳工正在修建的路朝圣伊莎贝尔坑道走去。中国劳工个个拖着长辫子。他们生火烧水的地方黑得像炭。河对岸无名野花红得似火。信号铃在竖井中"叮当"作响。伴随一阵"隆隆"声，一辆有轨电车开了过来。不远处有个站台。豪伊·德鲁刚到这里时，就是从这个站台下车的。豪伊·德鲁是费里曼的儿子。她十五岁那年就认识他了。可以说,她是看着他长大的。现如今,她已经成为奥利弗·沃德夫人,一个身怀六甲、形似木桶的已婚妇女,不再是苏珊·伯灵了。记忆中的小孩子豪伊已经长大成人,能够独自一人跑出来闯荡世界。在苏珊看来,豪伊一是老朋友的儿子,二是来自老家,就像家人一样亲切。和他走在不熟悉的路上,边走边聊,这种既陌生又熟悉的感觉怪怪的。当她看到自己少女时代记忆中豪伊·德鲁的脸庞真真切切地出现在她现在的生活中时,感觉就像做梦一样。一阵迷茫就像冷风一样拂过她汗津津的皮肤。豪伊现在不是在与苏珊·伯灵交谈,而是在和奥利弗·沃德夫人交谈。无论是他自己主动提出的问题,还是对她所问问题的回答,都已迥然不同。她的身份变了,名字变了。她到底是谁?她自己也糊涂了。

还有一位老相识,即艾略特夫人,莎拉姨妈的朋友,是从圣克鲁斯县不请自来的,在他们家接连住了四天。她以前叫乔治亚娜·布鲁斯,是布鲁克农场[①]的超验主义者。她就是为拯救这个世界而生的。她整天都在为废奴、女权、唯心论哲学等而奔走。她拥有惠特曼《草叶集》的手稿——祖母认为,该手稿是当时整个加州唯一的一份。

艾略特夫人头发灰白、形容枯槁,眼神狡黠。她特别喜欢坐在苏珊家的客厅里,谈论布拉德福德、柯蒂斯、玛格丽特·富勒[②]、霍桑、惠特曼等。这些都是令苏珊景仰的名人大家。比如,惠特曼。一提起惠特曼,苏珊就会感到心潮澎湃。她认为,她的性格更像无忧无虑的海岸,而不像新英格兰的知识分子。值得一提的是,几个月来,苏珊一直在为霍桑的大作《红字》做插图。就在距离艾略特夫人大约十英尺远的角落里有个柜子,柜子里面放的几个画板就是。艾略特夫人时而评论他们的著作,时而聊聊他们的轶事,如

[①] 布鲁克农场(Brook Farm),1841—1847 年在美国马萨诸塞州由作家和学者建立的实验性的合作公社。
[②] 玛格丽特·富勒(Margaret Fuller,1810—1850),美国作家、评论家,美国早期女权运动的领袖。

数家珍,滔滔不绝。自从离开布鲁克公社以后,艾略特夫人就再也没有买过一双新鞋。即使是健谈、博知如苏珊,对艾略特夫人"卡桑德拉"①式的古怪言论也表示难以接受,认为她完全是胡言乱语。奥利弗倒是很喜欢她的胡言乱语,觉得她这个人很有趣。奥利弗之所以会这样认为,完全是因为她全身上下有一种不同寻常的古怪。

一天晚上,艾略特夫人给苏珊夫妇俩看了看颅相。她说,从颅相来看,苏珊拥有敏锐的洞察力和感知能力,奥利弗的大脑袋——借用苏珊的话来说,却是充满智慧的象征。她还说,奥利弗拥有头痛的毛病,并且告诉苏珊,奥利弗感觉头疼的时候,就用冷水从他头顶的某个地方(她用手指了指——就在这里)慢慢浇下去。奥利弗一听,大喊道,这样太遭罪了。如果非要这么做,还不如一枪打死他痛快。

艾略特夫人虽然言语古怪,但并不愚蠢。她的到来使得苏珊和奥利弗安静的生活泛起了丝丝涟漪。虽然她这个人本身没什么幽默感可言,但其奇谈怪论却时常令他们捧腹大笑。明明就是个不修边幅的隐逸者,却经常在着装方面给苏珊提供建议。明明自己就是个粗心大意的母亲,却对生儿育女喋喋不休,好像很懂的样子,惹得苏珊有些不快。随后,她把视线转向被称为"破坏者"的小乔治。之所以叫他"破坏者",是因为凡是他能够到手的东西,都被他破坏掉了。莉齐为此非常烦心。艾略特夫人向她支招说,小乔治之所以具有破坏性,是因为他内心深处潜在的柔软还没有被唤醒。男孩子应该多玩一玩布娃娃。这样可以教会他关爱他人,激发他类似父母的责任感,这样一来,他自然而然就会摘掉"破坏者"的帽子。

然后,她问苏珊和莉齐,家里有没有废弃不用的布料,转眼间一个布娃娃就做成了,然后以充满超验主义者爱意的声音,把它放

---

① 卡桑德拉(Cassandra),希腊神话中的一位受神诅咒的女子,她拥有预言的能力,但在别人看来她的预言却是无稽之谈,永远不会被人相信。

在"破坏者"的怀里。小乔治拿起那个布娃娃看了看,一脸茫然。突然,他转身向阳台走去,从阳台上把它扔进了阳台下面的草丛中。"他会喜欢它的,"艾略特夫人非常自信,"我们要给他一些时间,他在错误的道路上走得太远了。"到了第四天,艾略特夫人就要离开了,"破坏者"仍然没有去把布娃娃从草丛里捡回来。这足以证明,小乔治就是一个彻头彻尾的淘气包。莉齐请求苏珊千万不要介意。

"欢迎你们来圣克鲁斯!"艾略特夫人离开时,特意这样说道,"当苏珊生产完了,身体也养好了,想要找个好的环境一心抚养孩子,最好的做法就是带着孩子去圣克鲁斯。在那里,大海的声音天天伴随她和孩子入睡、醒来。如果是个男孩,大海会缓解他的粗暴;如果是个女孩,大海会增添她的温柔。"

苏珊虽然并不喜欢从她家门前经过的各色人等组成的社交圈子,可她现在既不孤独,也不心烦了。虽然她不喜欢玛丽·普拉格提出的让他们留在新阿尔马登生活的建议,但她对奥利弗目前的工作情况还是比较满意的。奥利弗通过勘测已将圣伊莎贝尔坑道的位置确定,误差不足一英尺,得到了史密斯先生的认可。史密斯先生夸赞说,奥利弗工作能力强,非常有发展前途。苏珊根本没有仔细了解清楚,就向奥古斯塔夸口说,仅仅用了不到一年时间,奥利弗就把北美大陆规模最大、最难勘测的矿山给搞定了。这让奥利弗非常感动。而且,奥利弗利用晚上和星期天的时间去工作,苏珊也不再抱怨。奥利弗眼睛累了或者大脑不转了,苏珊会主动给他朗读他想了解的东西——关于建造拱门的论文、关于科罗拉多州矿区的研究报告、晦涩难懂的技术期刊。等他听累了的时候,她就会给他读托马斯·哈德森发表在"旧橱柜"专栏里的最新诗歌。她在写给奥古斯塔的信中总是提到,这些诗让奥利弗深为感动。

眼看约定的交稿时间越来越近,尽管怀有身孕,在椅子上几乎连十分钟都坐不了,她也得拼命努力工作。再加上,她一向爱干净,所以,家务劳动、事业发展和契约精神,在她身上共存。她就像介于蜂鸟和土拨鼠之间的一个异类。三月份,苏珊终于完成了《红字》的插图工作。

不可否认,苏珊是一位成功的画家。尽管大部分插图是在旅途中,尤其是怀孕期间完成的,这恰恰是她成功的一个原因所在。当时,所有图书中的插图都是人工手绘的,费时费力。现在呢,随着相关技术的进步,至少用时少了许多,但是,艺术价值显然远远不如从前。当然,祖母以祖父为模特来描绘牧师阿瑟·丁梅斯代尔,以莉齐为模特来描绘海丝特·白兰,以至于在插图中的丁梅斯代尔内疚和悔恨程度不足,海丝特·白兰坚韧有余而激情不是太足。

插图终于完成并寄给出版社了。履行完合同,钱就有了。在让奥利弗把这些插图包装好,交给车夫尤金去寄出之前,祖母收到了托马斯·哈德森寄来的一封信。他在信中说,他和奥古斯塔发现她从新阿尔马登写来的信,读起来既丰富多彩又十分有趣。他认为,《斯克里布纳》杂志的读者应该也会这样认为。托马斯·哈德森问她,愿不愿意把这些零散的信件组成一本书?如果她没有时间来做(他在暗示,做这件事要花些时间),奥古斯塔很乐意帮忙。但是,书中的插图需要她亲力亲为。

"天哪,"她告诉奥利弗说,"大名鼎鼎的斯克里布纳出版社,竟然会向我这个西部无名作者约稿。他们应该和哈特或者马克·吐温先生这样的大人物合作才是啊。"

"一方面,哈特和马克·吐温不住在新阿尔马登,否则的话,他们也许不会找你谈,"奥利弗分析说,"另一方面,他们想抓紧做成这件事,否则的话,完全可以等你休息一段时间后,再和你谈。"

"但我不是作家啊!"

"他们认为,你完全能够胜任。"

她陷入了沉思。那天晚上，她把刚刚写好的一段书稿拿给奥利弗看。"挺好的，"他赞许道，"但我会把那些关于奥林匹亚山和矿井中的幽暗洞穴的描写去掉，我觉得那些没什么用。"

她看着自己写的东西，惊讶不已。她一字一句地仔细阅读，认真修改，时而删除，时而增补。她改写了有关福勒妈妈以及她的中国厨师山姆的部分。在她笔下，中国厨师山姆杀死了一个竞争对手，却因其厨艺精湛而免于绞刑。他在这里生活，娶了一个和他一起偷渡过来的十四岁女子为妻。据说，他在中国老家还有一位妻子。山姆让她和他一起偷渡过来，但她拒绝了。她不想冒这个险。他这位十四岁的小老婆能歌善舞，天生一块搞艺术的料。她参加过康沃尔矿工的圣诞晚会，接连唱了好几首歌给那些"粗鲁没教养的人"听。她把所有托马斯可能喜欢的，和新阿尔马登有关的奇事怪谈都写了进去。说实话，她不太相信自己的写作水平，认为托马斯是出于友情，而不是为她的文采所打动，才找她约稿的。

尽管我没证据，但我觉得祖母早就为写那篇东西做好了准备。首先，以写作的方式记叙自己的人生是件很有趣的事。第二，这完全可以证明，婚姻不但没有使她的事业就此止步，反而有所发展。祖母事业心很强，非常上进。她觉得，托马斯和奥古斯塔都在不断地发展自己的事业，奥利弗也在以自己的方式发展。毋庸讳言，在写作方面，她不太自信，担心与凯布尔、纳达尔等人相比，她的作品显得蹩脚拙劣。

她非常想知道，她和其他作家相比，究竟有多大差距？差距在什么地方？因此，她足足花了两个晚上，写了一篇与九月份墨西哥独立日有关的小说，里面两个女主角的原型就是埃尔南德斯先生那两个漂亮慵懒的妹妹。她把它寄给了《大西洋》杂志的豪威尔斯先生，一个比托马斯先生更加公正、客观的人。这让她有三封回信可以期待。

5

　　一个傍晚，春风和煦，山峦显得更加葱郁柔美。眼前的这番景象使得苏珊直想从其山顶滚到山脚，就像小时候和贝茜一起，从米尔顿绿茸茸的山丘上滚下去一样。现在，她不太经常坐在靠近山谷那边的椅子上，而是挪到了靠近小路这边的长凳上。从几周前开始，她就决定不再坐吊床了。人大多贪图安逸，一旦坐进去，就一时半会儿不愿意站起来。厨房那边传来一阵嘈杂声，可能是那个小"破坏者"在柴火堆里玩耍，也可能是莉齐在厨房里忙碌。门廊下传来一股潮湿而且略微发霉的味道。这都是她所熟悉的家庭气息，仿佛离她不足十步远。两只佩戴着马鞍的白色骡子在长满蓝色羽扇豆的土地上低头吃草，三两朵白云在春日的晴空中悠然飘荡。

　　"陌生人"从门廊下站起身来，径直奔上门口那条小路。一定是奥利弗回来了。果不其然，不一会儿，他就穿着灯芯绒裤子和蓝色衬衫出现了。这身打扮像极了刚刚下地干活回来的农夫，酷似苏珊的父亲和姐夫。上个周日，他在家中干了一整天活，前额和鼻子晒得发红。他挠了挠"陌生人"的耳朵，"陌生人"便围着他撒起娇来，好似一匹正在撒欢的小马驹。苏珊看到奥利弗口袋里装着一封信。苏珊坐在长凳上，等他走上台阶后才站起身，迎上前去，吻了吻他。

　　"噢，"她面带笑魇，"你可回来了。一想到你还在井下工作，我就会坐立不安。"

　　"今天没有一直待在井下。我中午就骑着骡子去瓜达卢普了。"

　　"是吗？那太好了！你去那里干什么？"

"肯德尔经理打算在'圣伊莎贝尔'引进一台升降设备。就是他在'塞拉利昂'看中的那台。我不赞成。"

"我记不起来了。"

"你应该记得的。我提出质疑时,肯德尔很不高兴。我跟你讲过的。"

"那一定是我当时没在意。"

"按说你应该记得。好吧,记得不记得都没什么,都不重要。他可能自己也知道引进那台机器不是很明智。我和史密斯先生已经开始着手理论论证,等史密斯先生完成最后部分,我就把论证报告拿给他看。与此同时,我们在瓜达卢普进行试用。如果试用成功,效果不错,再把它引到圣伊莎贝尔。"苏珊认为,奥利弗的这番话,简直就像一个成功人士在宣讲他的成功之道,寥寥数语就让她搞明白了这件事的来龙去脉。他绝对是个人才,卓越工程师。在她看来,奥利弗在她面前不断展现各种能力,他的诸多优点就像雨后春笋一样,一个接一个不断破土而出。她为奥利弗感到自豪的同时,非常希望他的能力能够得到上司的赏识。苏珊问道:"如果这事成功了,你是否会受到公司嘉奖?这个可以申请专利吗?"听了苏珊的话,奥利弗哈哈大笑:"这话可不像是从一个公谊会教徒口中说出来的呀。这是我的职责,应该做的。"

"包括周末加班吗?我敢打赌,史密斯先生肯定不会这么说。"

"他也许不会这么说,但肯德尔一直是这么说的。哦,对了,他今天找我谈话了。他不喜欢我反驳他,不过,他倒是提到要给我涨三百元的薪水。"

"你为公司创造的利润可远远不止这些。成千上万都有。真是个傻子,谁都能占你便宜!你不打算把信给我了?"

他摸了摸口袋。"这个?不是给你的。"

"哦。谁寄来的?"

"我母亲。"

"我可以看看吗?"

"这可是私人信件。"

"好吧,搞得神神秘秘的。"她有些失望。突然间,她看到奥利弗脸上闪过一丝狡黠,便问他道:"你在想什么鬼点子?"

"一个男人就不能收到母亲的来信吗?你还收到过一个叫迪基德雷克的老男人的来信呢。"

"奥利弗,那些信你可以随便看!这个人莫名其妙。听说,他爱上了一个名叫艾玛·阿扎勒斯的犹太女诗人。"

"太好了!也许这个女诗人能够让他枯木逢春。到那个时候,我再看他给你写的信。好了,说正经的。其实我刚才在想,等孩子生下来,我们需要雇个人专门照顾你和孩子。"

"啊?"她一听很惊讶,"你想雇个什么人照顾我们?听说肯德尔太太雇了个中国女仆,又笨又懒。最关键的问题是,你猜,她花了多少钱?"

"我也没说一定要雇个中国仆人啊。"

"说得也是。我还听说,中国女仆算是最好的了。其实,你不必另请一个仆人来照顾我和孩子。莉齐一个人就行。"

"莉齐还有很多杂事要做,包括做饭、打扫屋子,还要照顾'破坏者'。我们需要请一个人来专门照顾你和宝宝。"

"这样太浪费了吧。我们的积蓄也不多,不能乱花……"奥利弗坐在台阶上挠着"陌生人"的耳朵,很不以为然,"这可不是乱花钱。这绝对是正经事。我说过,我把你带到西部来,不是让你来受罪的。我没有出钱给你买车票,完全是因为我当时实在是拿不出这么多钱。我本来的计划是,带你离开这里以后再生孩子的。既然事已至此,最起码我要尽全力好好照顾你。我母亲已经替我物色到了一个愿意过来照顾你和孩子的人。"

"奥利弗……"

"你听我说完。她本来不是做女佣的,也是一位体面的女士。这方面,我母亲可以为她担保。她先生出了点儿事,也许她根本就没有结过婚。她现在一个人在纽黑文生活,日子过得很艰难。如果你同意让她过来,我们只需付她来这里的车费和工钱就可以。"

"奥利弗……"

苏珊动了动脚,有点儿吃力。奥利弗把母亲的来信递给她。"我们能够负担得起,"他继续说道,"只要你需要的东西,我们都能负担得起。肯德尔先生没给我加工资前,我们就能负担得起,现在就更不用说了。"她恨自己太没用,还要人照顾,想着想着,泪水不由得夺眶而出。她伸开双臂,勾住丈夫的脖子,把身子靠了过去。他笨手笨脚地站起身来,把她抱在怀里。她哭着把头埋进他汗津津的羊毛衫里。"奥利弗·沃德,你都把我给宠坏了!"

苏珊的家人以及奥古斯塔都在焦急地等待着她分娩的消息。她之前的来信不免会让他们联想到,此时此刻,她正一个人可怜巴巴地躺在一间小木屋脏兮兮的地板上。一八七七年,我父亲的降生可谓是多方期待,得到了妥善的安排和周到的照顾。

玛丽安·普劳斯小姐是四月二十二日那天抵达新阿尔马登的。短短一天,她就把自己乖巧、温柔、理智而且实用的一面充分地展现出来。四月二十三日,托马斯·哈德森来信说,要买苏珊关于新阿尔马登的画稿,还说哪张都可以,欣赏之情溢于言表。三天后,威廉·豪威尔斯先生来信说,要买苏珊写的那个关于墨西哥庆典的小说,并且想请她画两幅插画。她可以自定主题进行创作,只是希望能够尽快完成寄给他。在信中,威廉·豪威尔斯先生回忆起几年前他们一次愉快的会面,并提到希望这将是她为《大西洋》杂志供稿的一个美好开端。这封信至今还在墙上挂着呢,上面写着:祖母文学生涯的开端。

突然收到这么多的肯定和赞誉，苏珊坐下来，给托马斯·哈德森写了一封致歉信，告诉他自己写的第一篇小说以及第一幅关于新阿尔马登的插画，即将刊登在《大西洋》杂志而非《斯克里布纳》杂志上，并把事情的来龙去脉详细介绍了一番。虽然一直希望自己的作品能够得到大家的肯定，等到这一天真的来了，她却有些不知所措。不过，有一点可以肯定，凭借自己的实力，而不是别人的同情，加上奥古斯塔的帮助，她真的非常有信心为《斯克里布纳》写点儿东西了。

她刚封好信封，便感到腹部一阵剧痛。奥利弗赶忙解开已经在外面拴了三天的骡子，跑到瓜达卢普，把麦克弗森医生请来。麦克弗森医生不是矿上的，而是奥利弗在康斯托克认识的，非常信得过。麦克弗森医生忙了一天一夜，直到次日夜间，才顺利迎来一个重达九斤的大胖小子。

这一大沓往来信函有的述说这个孩子的出生、成长过程，有的述说他的到来为这个家庭带来的影响，有的述说苏珊初为人母的苦恼及喜悦。数量太多，即便是我——非常崇拜她的孙子，都懒得一一仔细阅读。其中一个重要原因便是，苏珊是闭着眼睛写的，因为她听别人讲，产后用眼过度会伤害视力。另一个重要原因是，信函的作者是生活在旧时代、神秘而且捉摸不透的女性。她们想要表达的情感很复杂，再加上祖母书写潦草，让我无从猜测。值得一提的是，她们谈及这个孩子时，都管他叫"博伊金斯"（呃，好吧），而且一连叫了好几年。

所以，我决定还是看一封祖父当时写的信：

一八七七年四月二十九日

亲爱的托马斯和奥古斯塔：

小奥利弗·伯灵·沃德今天早上向你们问好。不知你们是否还记得，他最近一次问你们好，就在几天前。现在，他正静静地躺在母亲身边，睡得正香呢。苏珊说，她感觉很好，好得有点儿令人难以置信，"从来没有这样好过"。

苏珊的分娩过程有些漫长，中间遇到了一点儿小麻烦，麦克弗森医生做了一些必要的缝合，因此，她的恢复期会稍微长一些。孩子虽然出生在矿上，各种条件都不是很好，但他就像小牛犊一样茁壮地成长。整个营地的人们纷纷用他们自己的方式表达着对于这个孩子的关爱。中国人山姆拿出真丝面料做的旗子来包裹这个胖小子。一个康沃尔妇女送来一床小被子，是她丈夫休班时缝制的，样子不太好看。苏珊看到后，表示哭笑不得。尽管不太喜欢，但是没有扔掉，而是束之高阁而已。从情谊着眼，我想，她一辈子都会留着它的，只是一直放在这座房子里的某个衣柜里。在福勒妈妈家租住的年轻人开了好多瓶香槟酒来庆祝这个孩子的诞生。然后，他们把软木瓶塞收集起来，上面遮盖上一束野花，作为礼物，献给了苏珊。恶作剧过后，他们立即又献给她一大束玫瑰花。

苏珊选择家中最暖和、密封度最高的起居室度过生育后的恢复期。穿过挂着马刺、博伊刀和六发式左轮手枪的拱形走廊，苏珊打量着家里的情形：普劳斯小姐忙得几乎脚不沾地，像个热心肠的小妹妹；莉齐也是忙进忙出；奥利弗负责指挥调度。普劳斯小姐给博伊金斯（呃，好吧）洗澡更衣时，动作熟练而轻柔，对苏珊态度恭顺有加，贴心如同姐妹。奥利弗一心二用，既要照顾家庭，还要惦记新升降机的试用情况。苏珊非常心疼他，索性让他去上班。到了晚上，她还是希望他能够待在自己身边，和她说说话，甚至连他躺在床上抽烟斗，她都不再计较了。他看着襁褓中的婴儿，眼神中充满了惊奇。触碰他时，他非常小心翼翼，生怕会弄伤儿子。

整整三个星期，博伊金斯一直躺在阳台天花板下的摇篮里荡来荡去——大家都觉得，这种长时间的晃动是自然的，不是人为的，是地球引力所为。艾略特太太一定会赞成的。苏珊为了照顾好孩子，付出了极多的心血和极大的努力。在她的精心呵护下，小家伙连感冒都没有得过。鉴于此，她还向她母亲和奥古斯塔吹嘘说，他从两周大就开始一个人在自己的小床上睡。（这是一个西部风格的吹嘘吧，祖母？）看着这个小家伙，她得出这样一个结论，他小脸轮廓分明，但并不英俊（"英俊"一词留着形容奥古斯塔的孩子）。虽然她不愿意承认，但显而易见，这孩子的眼眸和奥古斯塔一样，湛蓝、深邃、令人羡慕。

关心她的人纷纷寄来信函，送来礼物。在大家真挚的祝福声中，苏珊的身体渐渐恢复。托马斯·哈德森恰好在这个时候邀请她为挪威裔诗人阿马·博耶森的诗歌配三幅插图。他开玩笑说，从她为朗费罗作品画海盗的经验来看，她画这些东西应该不需要模特。哈德森先生对苏珊说，在照顾孩子的同时，抽出些时间作画，一定非常惬意。她可以暂时从身为人母的责任中解脱出来，做做自己喜欢的事情。苏珊非常赞同他的说法。他显然是在提醒她，苏珊不仅是一个女人，还是一位画家。所以，她坐在画布前，一边在画新阿尔马登的毛驴和一位女士，一边肩负照顾孩子的重任。只好如此了，她自嘲道。

等她身体恢复得差不多了，可以到户外，到墨西哥营、康沃尔营以及矿上采风时，她就更加开心了。外出采风时，苏珊常常身穿毛哔叽套装，头戴一顶硕大的帽子。这身打扮似乎与这个地方不太相容。无论是矿工，还是其婆娘见了，大都直蹙眉头。普劳斯小姐绝对是位淑女。她用婴儿车推着博伊金斯①，紧紧跟在祖母的身后。普劳斯小姐后面还跟着一位小哥，但不知是康沃尔人，还是墨西哥

---

① 博伊金斯年纪太小，还不会走路，带他出门，经常用小车推着他。

人。他具体负责携带绘画材料、一把凳子和一把阳伞。这一小队人马过后,尘灰四起。然而,等他们走远,有些人难免也会冷嘲热讽几句。当然,并不是所有人都是这个样子。总体而言,大家对她还是很尊重的。这种尊重并非出自对她艺术成就的认同,更大程度上是出于对其气质与美貌的欣赏。

人们对美国西部最初的认识只是两种模糊的猜测。一种猜测认为,这里一开始土地管理基本上处于无政府状态。事实上,大部分资源,比如土地、矿产以及其他资源都已经被强势的管理者和外国资本所掌控。另一种猜测则认为,这里的居民穿着邋遢而且民风粗俗,对于穿着整洁的人往往不屑一顾,甚至讽刺打击。事实上,绅士淑女在这里比其他任何地方、任何时候都更受人尊敬。尤其是高贵的女性,在这里尤其受人尊敬。在整个新阿尔马登,任何一位男性倘若见到苏珊·沃德,都会脱帽致礼,仿佛她是一位来自城堡的贵妇人,而不是一位从农舍里走出来的普通人。

6

作为矿区领导层成员,康拉德·普拉格和肯德尔经理今天专程来调研升降设备引进情况。他们先是四周看了看,然后来到升降机前。开升降机的司机是个男性,名字叫特里戈宁,一个大烟鬼。因为抽烟太多,连牙齿都变成黑色的了。每次对人微笑致意,好似滚滚黑烟要从他牙齿间喷涌而出似的。他从驾驶室的窗户里冲他们笑了笑。作为驻地工程师,奥利弗陪同两位领导来视察。他在向特里戈宁询问机器的性能和优缺点。他胳膊搭在栏杆上,显得非常从容自信。

普劳斯小姐看起来很兴奋。尽管婴儿车推起来并不轻松,但普劳斯小姐一点儿也不觉得吃力。她把车子从尘土飞扬的烈日下,推到最近处的橡树荫里。看到苏珊来了,康拉德·普拉格微笑着问苏珊道:"苏珊,你去井下看过吗?"

"从来没有。"苏珊回答道。她看了看肯德尔先生,心想,就是因为他,她才没有机会去井下看看。肯德尔先生一直认为,井下是工作场所,满是矿石,非常危险,可不是女人该来的地方。肯德尔先生正在听奥利弗和特里戈宁交谈。突然,他转过头来,苏珊立马把目光收了回来。

"这对你绘画有何帮助?"

看来肯德尔先生态度没有丝毫变化。苏珊看了看奥利弗。他和特里戈宁的交谈已经结束了。他没有说话。如果肯德尔经理和他姐夫意见不统一,奥利弗就保持中立,不发表意见。这她完全能够理解。

"我今天没带画具,不作画,"苏珊说道,"你们聊工作,我去其他地方看看。"

"你文笔如何?"普拉格先生问道。

"你的意思是?"

"我的意思是说,即便你带了绘画用具,在井下也画不成,井下太黑了。如果文笔好,今后作画时,你可以在画稿上写点儿东西。"他今天穿了一件帆布外套,口袋很大,就好像要去井下捡东西,而不是下去视察。他停顿片刻,继续说道:"奥利弗,难道你不认为,一个工程师的妻子应该去井下看一看吗?哪怕是为了让她更加理解你的工作。"

奥利弗仔细观察着他们三个人脸上的表情,微微一笑,说道:"如果肯德尔先生不反对,我也不反对。"

"那就行了。"普拉格转脸看着肯德尔先生,问他道:"普通百姓对于我们采矿工作的了解,非常需要苏珊这种人下井看一看。我这么说对吧,肯德尔?"

"对。"肯德尔先生立马回答说,这次听起来好像是发自肺腑。

普拉格先生开始着手给苏珊戴安全帽。看到普拉格如此心直口快,而且很绅士,苏珊对他很有好感。不过,她真的不喜欢戴安全帽,不仅样子怪怪的,而且把她的发型都搞坏了。然而,她转念一想,普拉格先生不仅是一位优秀的矿业专家,而且是肯德尔先生的上司,如果她坚持不戴,普拉格先生一定会觉得在肯德尔先生和奥利弗面前丢了面子。毕竟,这次机会是普拉格先生为她争取来的。

如果给她这次机会的人是肯德尔先生,那该多好啊!一方面,他的夫人对他们夫妻俩非常友好,另一方面,他本人在工作上也很关照奥利弗,给了奥利弗很多表现机会。上周,肯德尔没让奥利弗参加令人厌倦的调查,而是让他去建设工地,以便更好地展示他的工作能力。尽管如此,她还是不怎么喜欢他。至于具体原因,她也说不上来。

普拉格先生帮她把头发塞在帽子里。"戴上这顶帽子，你会更加安全，至少不会让蜡烛烧了你的头发。不然的话，你就会变成一个光头美女了。"

她用手摸了摸蜡烛，感到十分不安。"亲爱的，我们要在下面待多长时间？"

"接近一个小时吧，"奥利弗回答说，"除非我们在看过四百英尺这个工作面以后，还要看其他地方。"

"看那一处就够了。"普拉格先生补充说。肯德尔先生只是点了点头，没有说话。"你先带博伊金斯回家吧。"苏珊盼咐玛丽安·普劳斯道。升降机在她脚下移动，就像一只悬挂在空中的鸟笼子，快速垂直上下，钻入地下深处。这个矿井特别深，足足有六百英尺，大约是同类矿井的两倍深。

肯德尔先生点燃蜡烛，戴上帽子，大喊了一声："可以了，特里戈宁。"铃声响起，蒸汽排出，升降机开始下降了。苏珊紧紧抓住奥利弗的胳膊，顺着缆绳方向，仰头向上看去。头顶本来就不大的那片天更加狭小，只有手掌那样大小。光线非常暗淡，足以令人错以为夜晚已经降临。苏珊一度尝试着寻找星星（无可否认，有时白天也能看到天上的星星）。她仔细看了大半天，一个也没有找到。因为那根本不是天空，而是矿井的顶部。

升降机里光线昏暗、空间狭小，空气潮湿，还有股杂酚油味。她发现自己开始用嘴呼吸，鼻子已经不够用了。肯德尔先生安全帽上的烛光跳跃、闪烁，速度非常缓慢。如果发生坍塌或倒塌事故，他们一个也跑不掉，葬身于乱石之中，就像被发现的生物化石一样。

"你没事吧？"奥利弗问她道。她看到一个壮实的身影正低头看着她。不知什么原因，她觉得他在对她微笑。

"她很棒,"普拉格先生夸赞说,"很勇敢,一声都没叫。"

"我不敢叫,"苏珊回答说,"我怕一叫就停不下来。"

他们一听都笑了。笑声让她感到安心了许多。他们继续下行,感觉就像进了阴曹地府一般。

头顶上的烛光左右摇摆,他们的影子在岩石上滑动。过了一会儿,岩石变成了木板。突然,他们的缆绳卡住了,苏珊心里"咯噔"一下,不过很快又恢复正常了,"嘎吱嘎吱"穿过各种障碍物。黑暗中透出微弱光线,原来是一个大洞。洞里有辆满载矿石的矿车,旁边站着一个男矿工。"你好,汤米!"奥利弗和他打招呼道,"我们要去四百英尺工作面,你稍等一会儿。"

洞口关上了,他们继续下行,与他渐行渐远。看不清的脸,白色的眼睛,淡黄色的口袋,模糊的身体,腿和矿石车,这些都不见了。木板又变成了潮湿的岩石。"这里值得被你画下来。"康拉德·普拉格建议道。

"还是请伦勃朗来画吧。"她回答道。

只要脚下一颤,她就吓得心"怦怦"乱跳。她的脑海仿佛一架按下快门的相机:一张张模糊的人脸,然后是无尽的黑暗……一想到矿井中有许多张模糊的人脸,她的手臂上就不禁起了一层鸡皮疙瘩。她想象着:她在阳光下散步时,他们很可能正在坐着升降机进入幽深不见天日的矿井;她坐在广场上写生时,他们很可能正在幽深不见天日的矿井中钻孔打洞、开采矿石;她坐在摇篮边逗弄儿子玩耍时,他们很可能正在幽深不见天日的矿井中将一块块矿石搬上矿石车。

他们眼前出现了另一个木板墙,另一条坑道。但这条坑道空荡荡的,只有一条轨道深入其中,光线被黑暗切断,还没照到坑道中心位置就消失了。出口关上了,他们下沉得更深,升降机发出"吱吱呀呀"的响动。潮湿的岩石刚才还是黄色,现在又映出淡黑色的光芒。"我们进入弯道了。"奥利弗对普拉格说。

向下，再向下，空气更加压抑。闻着周围挥之不去的杂酚油味，她这才想起拿出熏气壶，吸了几口安息香酊。

"下一层就到了，你没事吧？"奥利弗问她道。

"没事，没事。"她回答说。升降机即将抵达另一个坑道，她很高兴。肯德尔先生看着地面越来越近，猛地拉铃铛线，升降机颤抖着，摇摇晃晃停了下来。升降机的声音消失了，只剩下孤独的滴水声。她跟随他们走出升降机，来到坑坑洼洼的坑道地面上，奥利弗划燃了一支火柴，点燃了她、普拉格先生以及他自己的蜡烛。借助蜡烛的微弱光线，她可以看到不远处有些木头。他们朝着那些木头走去。肯德尔先生走在最前面，她用手紧紧抓着奥利弗的胳膊跟在后面。眼前的场景让她不禁想到但丁、维吉尔、比阿特丽斯[①]以及待在上面的特里戈宁——这条垂直冥河的渡神。虽然她心里这样想，但没有说出口。否则奥利弗可能会误认为她太累了，开始胡言乱语了。

他们的影子爬上了墙壁，在木材上弯曲、延展、折叠、消失又出现。肯德尔和奥利弗的影子遮住了前方的坑道。她脚上穿的鞋子已经完全湿透了，感觉难以跟上他们的脚步。突然，她脚下一滑，扑倒在潮湿的木材上。更加糟糕的是，她把脚给崴了。

"我们还要走多远？"她大声叫了起来。奥利弗鼓励她说："马上就到。你仔细听听，也许现在就能听到他们的声音。"

他们三个停了下来，肯德尔还在继续走。很快，他也停下了脚步，转身问他们道："你们怎么了？"

"快了……"普拉格先生说，"我已经听见了。"

烛火还在燃烧。他们站在那里一动不动，仔细倾听着。奥利弗

[①] 维吉尔和比阿特丽斯均为但丁作品《神曲》中的人物。

问她说:"你听见了吗?"

"什么也没听见。"

"把耳朵贴在墙上。"

苏珊把安全帽歪向一边,脸紧贴在潮湿的坑道壁上。"我……哦,是的,是的,我听见了!""嘚……嘚……嘚……"她屏住呼吸,再次仔细听了听,耳朵中再次传来了"嘚……嘚……嘚"的声音。

"听得懂吗?"普拉格先生问她道。

"那是说话声吗?我觉得更像是心跳声,是矿山的心脏在跳动。"

肯德尔先生一听,顿时笑了起来。普拉格先生解释说:"这可是金钱,是财富,把它画下来吧。其实你知道的,这是汤米诺克斯的声音。"

"谁?"

"汤米诺克斯。在矿山里敲击木支架的小人儿,他们以敲击声是否正常来判断是否安全。每个康沃尔人都知道的。"

"你骗我,到底是什么?"

奥利弗走上前来,她感受到了他温暖的呼吸。"是钻机的锤子发出的声音。他们正在打孔钻探。"他回答说。

一个新的声音在坑道里越来越大,是遥远的"隆隆"声。透过肯德尔先生交叠的双腿,她看到轨道被照亮了,好像有火在燃烧。一条双倍宽的红色条纹向她这边闪烁着,她好像要被吸干了。此时有声音传来,肯德尔先生转过身,奥利弗和普拉格把苏珊拉到一边。"车来了,"奥利弗说,"靠墙站。"

声音更大了,从墙壁反弹到墙壁,从屋顶投射到她的身上。她感到恐慌,因为只是在轨道上轮子的振动就可能把木材晃下来。她立即完全理解了为什么一个生活在矿山的男人必须发明像汤米诺克斯这样的东西。一滴水掉在她裸露的胳膊上,她猛地跳起来,就像被什么东西咬了一口。"空间很大的。"奥利弗说。他显然误解了她这个动作的意思。

有噪声和光亮在向他们靠近,空心山发出"嗡嗡"声。光亮来自矿工帽子以及方形矿车上的蜡烛。矿车靠近了,轰隆隆驶过,那个推着它的人转过身来,她认出了他,一个她见过无数次的墨西哥男孩,是残疾木匠罗德里格兹的弟弟。"隆隆"声中短暂一瞥,矿车又走了,那束昏暗的光沿着屋顶的横梁移动,声音渐渐消失了。

"好了。"奥利弗拉住她的胳膊。她踌躇片刻,把耳朵贴在墙壁上,不太确信她有没有听到这个孤独的男孩和推车发出的声音,她开动脑筋想象着这个忙碌的男孩推着矿车在黑暗中穿行的样子。她因男孩紧张的样子而心里感到压抑,又有种奇怪的恐惧。她是看见了他的脸才认出他来,她不确定是否听到了钻探机发出的仿佛莫尔斯电码的声音,抑或她希望听到的只有石头那让人心安的沉默。

"嘚……"矿山对她说,"嘚……嘚……嘚。"

她循着这个声音前行。前方的黑暗被微弱的烛光劈开。微弱的烛光很快被黑暗所吞没。带着动摇、不舍、近乎绝望的心情,她一边跌跌撞撞向前走,一边看着几个月来奥利弗一直忙于勘测的这个人间地狱。这条坑道只是这个矿井众多坑道中的一条。她所走的只是二十七英里中的几百英尺。奥利弗呢?他在微弱烛光的映照下走过的地方,应该是二十七英里的若干倍。在这样的恶劣环境下,他经常一待就是十五个小时、二十个小时,甚至二十四个小时。她整天坐在比这里不知舒适多少倍的家中,还天天觉得自己孤独。此时此刻,她对今天一直紧紧拉着她的那双温暖的大手,对那个拥有这双温暖大手的男人满怀感激之情。她今天才知道,他所做的工作是多么辛苦!他所从事的事业是多么令人骄傲!

他们又向前走了一小会儿,前面出现了一个拱顶状的房间,里面传出锤子敲击岩石的声音。一进去，首先映入眼帘的是一群人。他们全都头戴安全帽，低着头，弯着腰，好像是被什么东西深深吸引住了一样。

他们在工作，他们在仔细研究队长精心挑选出来的岩石样本。他们一边认真查看，一边讨论。在苏珊看来，这群人的认真专注程度，绝对不亚于主持神圣仪式的牧师。她没有试图去理解他们在说些什么。实际上，他们是在说，岩脉没有沿着它应该的走向走，或者说岩脉的走向与原来的估计严重不符。肯德尔先生一听，大发雷霆。但她没有听明白，他是在责备奥利弗，还是在责备其他人。她太痴迷于呈现在她面前的这个画面了：烛光以及来自机器和岩面的反光，阴影吞噬整个工作面的边边角角，以至于她根本没时间为肯德尔先生到底在责备谁这种问题而忧心。

那些或站或坐着等老板们过去的矿工的脸多么的生动，他们的姿势多么令人印象深刻。黑暗中闪烁的光线使他们看到了苏珊——他们的访客，苏珊也看到了他们棕色的脸、胡子，他们的牙齿、眼睛。她从来没有画过这种场景，这里也没有苹果榨汁机、安静的小巷、羊圈、农舍和沉思的少女，眼前这一幕让她感到惊喜。这就是一幅美妙绝伦的岩洞圣徒画。说它是一幅荷兰地窖酒鬼图亦可。铁铲的曲线堪比一个大啤酒杯，就连他们工装裤上的扣子都个个生机盎然。

她尝试着把那群墨西哥人看作疲惫的死尸，围着他们这几个刚刚带来人间烟火的访客。奇怪的是，这群墨西哥人并不会让人联想起鬼魂。如果他们是脸色苍白的康沃尔人，那就基本符合尸体的特点了。这些深色皮肤的人甚至在地下工作也不会变得脸色苍白，他们可能被活埋，但他们依然坚强地活着。她站在那儿努力记住他们的样子，希望以后能把他们画下来。

"嗯？你为什么不这样做呢？"她听到肯德尔先生在斥责那个队

长,"你应该一开始有疑虑时,就来问我或者沃德,而不是自己愚蠢地去猜测。现在,我们只有打开这些东西,才能知道究竟是什么情况。赶快开始吧。"

那群矿工开始忙碌起来,坐着的急忙站起身来,站着的立即伸手去拿各自的工具。

苏珊的出现就像突然间闯进来一只独角兽,矿工们一边竖着耳朵听上司训话,一边目光在苏珊身上徘徊。苏珊能够感受到,他们面对肯德尔先生时,似乎个个心里有些不安。她相信,如果是奥利弗给他们下达类似内容的命令,他们就不会立即行动,至少不会如此不安。他们也许会开句玩笑,甚至抱怨几句。康拉德·普拉格从上衣口袋里掏出一个东西,建议说:"也许,我们每个人都应该喝上一口,求个好运气。"

他手上是一个酒瓶。矿工们一阵大笑。"肯德尔?"普拉格先生首先把酒瓶递给了他。

"我不喝,谢谢!"肯德尔摆手拒绝道。普拉格又递给奥利弗,奥利弗接过酒瓶,喝了一大口,然后递给了队长。

队长手拿酒瓶,在开始喝之前,把黑黑的长满胡子的那张脸转向苏珊,点了点头,神情很严肃。"祝您健康,女士!"说完,他喝了一口,然后把酒瓶递给下一个人。所有人都效仿队长,做了同样的事。就这样,苏珊得到了在场所有矿工的欢迎和祝福。当酒瓶再次回到奥利弗手里,他微笑着,仿照他们的做法,向妻子敬酒。然后是普拉格。他先是像王子一样向苏珊鞠躬,然后嘴巴对着所有嘴巴都碰过的地方——他怎么能这样做?奥利弗怎么能这样做?当然,即便这样,也比肯德尔先生的做法得体——喝光了瓶子里剩余的酒,把瓶口塞好,放在一个角落里,然后用西班牙语说了句什么,男人们都笑了起来。

奥利弗和队长对了一下表。"就这样吧,"他对工人们说道,"明天早上告诉我们结果。"紧接着,他和普拉格先生一人搀扶着苏珊的一条胳膊离开了。在回升降机的路上,她停了一下,把耳朵贴在坑道的墙壁上,似乎听到了锤子和山体的交谈,听到了在地下深处采掘矿石的这群墨西哥男人们发出的呼救声。

进入升降机后,肯德尔先生使劲拉了两次信号绳,然后开始等待。

"苏珊,"普拉格先生问道,"这次下矿,你印象如何?"

"应该怎么说呢?"苏珊回答道,"如果绘画水平高超,根据这次所见,一定能够创作出优秀的作品。尽管我水平有限,仍然想尽力而为。什么也不为,只是为了那些借助微弱烛光,在深深的地下艰辛劳作的人们。他们个个就像刚刚被活埋,一边试图将压在身上的乱石推开,一边拼命发出求救信号!也许我不应该这样说话。太可怕了,不是吗?他们看起来很像囚犯。"

"囚犯?"肯德尔先生反问道,"他们可是有工资的,多劳才能多得,而且工资每周六都发,从不拖欠。"他笑了笑,"不过,他们把辛辛苦苦挣来的钱都用来买醉了。很多人当天就把一周的工资全部花完。"

肯德尔的反应让她感到有点儿恐惧。也许,她刚才的说辞会对奥利弗产生不利影响。"我的意思不是说,他们遭到了奴役,"她解释道,"只是说……他们在地下工作……四周那么黑……"

"矿上有些人,往上数四代都在地下工作。"肯德尔先生回答说,"你丈夫大部分时间也在地下,我们都是如此。你可不要舍不得他,整天把他拴在你家走廊上,不让他下矿啊!"

苏珊感觉和他话不投机,不再说话了。奥利弗也没吭声。这时,升降机开始启动了。她提醒自己,不论怎么说,这次下矿还是要感谢肯德尔先生。没有他的建议,她是绝对不会获得这个机会的。当然,她还是会在关于新阿尔马登的画作中展现出地下采矿的恐怖与艰辛。她还是想不明白,既然从康沃尔的矿山到加利福尼亚的矿山,大人只能下矿,别无他法谋生,而且孩子们也只能和他们的父辈一样,十岁开始给矿上送水,十五岁开始去矿上推车,循环往复,这样的人生有何意义?

随着升降机逐渐上升,苏珊开始觉得心里有些厌烦。她头往后仰,感觉皮肤凉飕飕的,四周清一色土黄色的墙壁。眼前再次出现了特里戈宁那满嘴黑色牙齿的笑容。她发现自己在流汗。到了井口,冷风一吹,皮肤上的毛孔迅速收缩。升降机在颤抖,像是一匹马在不停地晃动身体来摆脱苍蝇,她几乎没法站稳。又颤动了一次,又一次,再一次。暂停片刻之后,又颤动了两次。

"山又在跟你说话了。"普拉格先生说。

"引爆完了?"

"还没呢,要等这一组爆破结束,"奥利弗回答,"应该是在布什坑道。"

"那里有一些'囚犯'在'铲钱'。"肯德尔先生说。

7

"你画了多少啦?"奥利弗问道。

"不想再画了。我们出去走走吧。"苏珊回答说。

整座山坡雾蒙蒙的,山中小路时隐时现。"陌生人"走在最前面,时而放缓脚步等等他们,时而消失不见踪影。走着走着,前方传来了"叮叮当当"的响铃声。不一会儿,水贩子出现了,戴着大草帽,穿着羊皮裤,骑着斑点马,带着三头骡子,每头骡子左右两侧都悬挂着一大桶水。水贩子登山的速度非比寻常,马刺有规律地刺入马腹的两侧,随后他笑容满面地向他们挥手致意——苏珊前几天为他画了一幅画,这让他远近闻名。一头、两头、三头,三头骡子鱼贯从他们身边经过,空气中弥漫着骡马粪便的味道。

水池边没有人,几只空空的塑料桶歪歪扭扭地挂在树上。水池对面,康沃尔营地的屋顶、烟囱、山墙、拐角都依稀可辨,好一幅大自然的素描图。

"继续走吗?"奥利弗问道。

"继续。"

他们继续往前走。对面的斜坡上隐约可以看到邮局、商店、工作介绍所和杂乱的村舍。街道上空无一人,只有几缕炊烟。去年冬天,雨水偏少,街道两边的水沟早已干涸。一只狗拖着一块长毛象骨头,看到"陌生人""汪汪"直叫,唯恐"陌生人"和它抢夺。一丝风都没有,地上的干草、干蓟、秸秆乃至纸屑都纹丝不动。

"这里又干又热,生活条件太艰苦了,"奥利弗感叹道,"与真实的新阿尔马登相比,我更喜欢你画中的它。"

"自从开始画它，我就不太介意了。"

"你的意思是说，你听从玛丽的建议，准备在这里长期定居了？"

"这倒没有，"她笑了笑，"不过，如果你继续在这里工作，我当然也要继续待在这里。"

"没人和你聊天，你会感到寂寞的。"

"可以和博伊金斯聊天呀。"她挽着他的胳膊，在薄雾中沿着崎岖不平的街道向前走，装有绘画用具的小包在不停地晃动。走到头后，她侧过身子，两只眼睛看着他。"再说，我手上有约稿要做，"她继续说道，"总之，这里的生活没有你想得那么乏味，我能行。"

他听了，面无表情，只是看了她一眼说道："恐怕待不几天了。"

"你什么意思？"

"我不是说了嘛。"

"你要换工作？"

"不。"

"那你想说什么？"

"我又不是矿山老板，"奥利弗回答说，"我只是在这儿工作。"

他们走在沙克劳格大街上，沿着山丘的山脊向前行走（苏珊在其画作中将其描绘得有声有色）。奥利弗的办公室孤零零地坐落在一个杂草堆中。他一打开房门，一股难闻的气味扑鼻而来，其中有烟草味、鞋油味、墨汁味、木材味、垃圾味等。苏珊把房门敞开到最大限度，站在房门一侧，期待这股气味尽快散去。

奥利弗站在长长的制图桌前，注视着桌子上的地图。他把烟斗灌满烟丝，探身向前，伸出一根手指在地图上比画了一番，然后又挺直身子，用大拇指把烟斗里的烟草压实。他一进办公室，就像变了一个人，心思全在工作上，好像她根本不存在似的。这个时候，他既顾不上她，也顾不上孩子。她也有如此专心致志的时候。她尊重他这种专注，但是一想到自己完全被他抛到脑后也会感到恼火。她曾经多次尝试让他仔细给她讲讲他的工作，他每次都是敷衍了事。

他嘴巴吸着烟斗，眼睛盯着地图。苏珊看到墙上贴着标识——根据经理的指示，办公室禁止吸烟。

"奥利弗！"

她用手指了指墙上的标识。他抬眼看了一眼，点了点头，便又低头看起了地图。"我知道。前几天，肯德尔刚刚派人来贴上。"

"那你为什么还抽？"

"嗯……"

"他为何突然这样做？担心失火？"

"不是，"奥利弗回答说，"他才不担心失火呢。"

"那他为何突然这样做……"

"看我会有什么反应，我猜。"奥利弗回答说。

"你的意思是……奥利弗，他这样做是故意整你？"

他耸了耸肩。

"看来我说得没错。"

"你做错了什么？我一直以为你们关系很好。"

"唉。"

"告诉我。"

"你问我做错了什么？"

"是的。他为什么要整你？"

"我也不知道究竟做错了什么。"他一边用烟斗轻轻敲打牙齿，一边苦思冥想。"我帮他做了这个矿有史以来最准确的测绘，他在升降机问题上险些酿出大祸，我帮他设计方案，使机器正常运转。我还帮他改进了布什坑道的水泵站……"

"既然你这样帮他,"她打断他道,"那他为何突然视你为敌呢?他一向对人很友善。前几天,他还用马车拉着我们到处跑呢。"

"我猜,一定是他太太在使坏。"

"我倒不这样认为。"

"你自己已经够忙了。不要为我担心,我自己能够处理好。"

"我怎能不担心呢!天哪,你的工资是我们的主要生活来源啊!"

"你在担心我会失去工作?没有这么严重。只要史密斯认可我,他就不能解雇我。也许他认为,给我制造一些小麻烦,我就会主动辞职。"

"也许他在嫉妒我,"奥利弗继续说道,"一方面,史密斯和康拉德对我比较赏识。另一方面,我们选择住在山上,而不是住在下面的大庄园。他误认为我们自以为了不起。我一直有种感觉,在商店上班的尤因是肯德尔的头号眼线和哈巴狗。也许这就是我一直拿不到改造房屋资金的原因。你现在是否有些明白了?"

"原来是这样啊!"苏珊恍然大悟道,"完全是以小人之心,度君子之腹。"

"这是我的猜测。我拒绝了他推荐的斯塔林,就是你说的那个很有教养的朋友。我认为,肯德尔太太期待能有一个男爵伴他左右,就像她拥有你这样一个艺术家朋友一样,即便彼此并非志同道合,不能做到推心置腹。还有,就是前段时间,我不仅质疑肯德尔对升降机问题的判断,而且证明了他的判断是错误的。"

"但他给你加薪了。"

"那是史密斯让他这样做的。"

"原来如此,"她点头同意道,"我一直没有看出来,他原来是个小肚鸡肠的人啊!"

"我完全赞同。"

"我上周是不是不应该下矿？他本来是不同意的。"

"他肯定不喜欢听你说'那些人是囚犯'之类的话。"

"可他们就是嘛！"

"依我看，这正是他不想让富有同情心的女人下矿的主要原因，尤其是像你这样为杂志写稿子的女人。"

"你也是这样的人啊。"

"当然了。这一点，他心里很清楚。他认为，我和矿友们关系过于亲近，和他们站在一起。他想要我做的是，每当我听到有矿友抱怨或发牢骚时，我就会跑去向他报告。他马上就会铲除这些不安定因素。他知道，私底下矿友们怨声载道。"

"你可从来没给我提起过，真的是怨声载道吗？"

"一直都是。"

"他们只告诉你一个人。"

"可以这么说吧。他们绝对不会当着肯德尔的面说这个的。"

"哦，原来是这样。"

"他们也知道谁是不安定因素。肯德尔解决问题的方式就是杀鸡儆猴。不论是谁，只要胆敢胡言乱语，哪怕稍微触碰红线，一律解雇。上周，他刚刚解雇了两名墨西哥人。理由是：他们俩把午餐饭盒挂在阴凉处，暂时离开工作地点一百英尺。前天，他还把特里戈宁开除了，就是那天你下矿时，给我们开升降机的那个人。"

"特里戈宁？牙齿黑黑的那个？我以为，他会在这里一直干下去的。"

"所有人都这样认为。他已经在这里工作了十四个年头。或许他自己也认为会一直干下去。然而，这里每个人的去留都是肯德尔一个人说了算。如果他想开除谁，不管营地里有没有合适的替代者，他都毫不在乎。事实上，目前根本没有人能够替代特里戈宁。特里戈宁人很好，工作也不错。只是前几天，他从圣何塞回来时，买了几个长烟斗带回来，被尤因看到了。这里有个规定，所有东西，包括生活用品，只能在矿上开的商店购买。肯德尔借此理由将他开除，并限他四十八个小时内离开矿山。今天下午就是最后期限。"

"天呐，"苏珊非常气愤，"他太卑鄙了！"

"你说得对。他就是这种人。"

就在这时，开饭铃声响了，声音急促而且刺耳，就像肯德尔在发飙。铃声尚未停止，工人们手拿饭盒涌了出来。透过微微敞开的房门，苏珊不仅能够看到他们，而且能够听到他们"叽叽咕咕"像鹅叫一样的交谈声。

"你没有去为特里戈宁打抱不平吧？"她问奥利弗道。

"我去找过肯德尔。我反对他这样做，"奥利弗回答说，"他告诉我，我的工作是确保圣伊莎贝尔坑道正常运转，他的工作是管理这些工人。也许正是他知道特里戈宁和我关系好，所以才把他整得这么惨。"

"奥利弗，你一定要让普拉格和史密斯先生知道这个人的真面目！"

"什么？"奥利弗瞥了她一眼，"他们沆瀣一气。"

"他们不会同意肯德尔这样做事的。"

"肯德尔是位经理，"奥利弗解释道，"经理的职责是，确保各个部门运转正常，生产经营秩序良好，为股东带来丰厚的收益。他这样做事，完全符合他们的利益。从股东角度来看，他非常称职。"

"你刚才说，他还想解雇你呢，显然对公司不利啊。你不仅为公司创造了新的财富，还为公司挽回了很多不该有的损失。"

"他不敢解雇我的，"奥利弗安慰她道，"他只是想逼我主动提出辞职。我去找他理论特里戈宁那件事的第二天，他就派埃尔南德斯来我办公室贴了这个禁烟告示。他的目的不是真正要我'禁止吸烟',而是警告我'小子,你最好给我当心点儿,不要多事!'"

"你还是照吸不误啊!"

"没错。"

"他发现了怎么办?"

"他迟早会发现的。"

"那你怎么办?"

"我立刻辞职。"

"奥利弗,"她感到非常困惑,"那你为什么不现在就辞职呢?"

"我之所以想再待一段时间,"他回答说,"一方面,我需要积累经验。一个工程师的资本就是他的经验。而且,我还没找到更好的去处。另一方面,你刚刚开始喜欢这里,而且还有一些画作要完成。"

"要是早知道是这个样子,我才不会喜欢上这里呢。我发誓,再也不会了。"

"唉,一直都是这样的,也不是一天两天的事了。"

"我们决不妥协。"

"妥协?"他看着她的眼睛说道,"怎么可能?"

钟声响彻整个山谷。七点整。伴随着钟鸣声,埃尔南德斯先生走了进来。苏珊看到大街上站着一两个女人,没有一个男人,也没有零零散散,匆忙赶往坑道、矿井或缆车的矿工。今天早上,大家都很准时。她猜想,一定是特里戈宁和两个墨西哥人被开除这件事吓坏了其他工友。她刚刚来到这里时,看到处处井然有序,还以为是来到了军事哨所。现在,她全都明白了。

"早安。"[1] 她用西班牙语回应埃尔南德斯的问候。他俩之间有个私下约定,只用西班牙语交流,结果是谈话内容至今只有问好和道别。

---

[1] 原文为西班牙语:Buenos dias。

"查皮，快走，最好不要来我这里晃荡。"奥利弗提醒他道。

埃尔南德斯用舌头抵住牙齿，低声问道："你听说了吗？谁买特里戈宁的家当，他就开除谁。"

奥利弗一听，顿时愣住了。他看着埃尔南德斯，问他道："特里戈宁打算怎么办？"

"还能怎么办？"埃尔南德斯回答说，"只好卷铺盖走人。"

奥利弗站在那里，透过脏兮兮的窗户，望着沙克劳格街，沉思了一会儿。"你来这里工作多长时间了，查皮？"他问埃尔南德斯道。

"六年了。"

"从来没和矿友们发生过争吵？"

"从来没有。"埃尔南德斯笑着回答说。

"很好，"奥利弗说道，"继续恪尽职守。再过八年，你也会是特里戈宁同样的下场。"

"我会小心的，"埃尔南德斯回答说，"我有一位母亲和两个妹妹要养活。"

苏珊无意中目睹了营地中的矛盾和积怨，她感觉自己就像一个正在家中打理家务的家庭主妇，突然从窗户里看见一群男人在街头打斗。她有一种被蒙在鼓里的感觉。这两个男人的眼神里也有不想让她知道的内容。她见到的只是矿井之外的他们，就连自己的丈夫，她只知道他是伴侣、是爱人、是倾听者、是修理家具的能手，却不知道他作为工程师的一面……

"你回去吧，苏珊，"奥利弗安慰她说，"没必要因为这个而不开心。所有矿山、公司都一样。"

"好吧。"她把一只手搭在奥利弗胳膊上，把目光转向埃尔南德斯，笑着对他说："你还好吧？"[①]埃尔南德斯挑了挑眉毛，对她的语

---

① 原文为西班牙语：¿Con permiso？

言天赋表示钦佩。

苏珊走到门口，转过身来，对奥利弗说道，"不要担心我和孩子，坚持自己的原则。"

"你想好了？"

"当然。"

"好的，我们看看吧。也许他还会继续向我示威。"

尽管此时薄雾已开始慢慢散去，她没有在康沃尔营地继续逗留，也没有心思画画。她径直向家中走去。经过卡车司机和工友们聚集的水池旁，她还碰到了一个从山上下来，正在往桶里装水的水贩子。每次路过这里，她总是心有余悸，即便有"陌生人"陪在身边，也会感到害怕。她觉得，他们就像是一堆烂绳子一样绑在一起，错综复杂，令人焦头烂额，原来生活竟然是如此糟糕。她是带着友好而且同情的微笑离开奥利弗的办公室的。回到家后，她感觉整张脸都变得僵硬了。

如果向任何一个二十世纪的美国人讲述这样一个故事，他都明白，傲慢自大只会葬送权威。这些人为什么不举行罢工？试想一下，如果现在有矿厂做出这种勾当，矿工联合会会把所有的矿工都团结起来。我记得有一次，他们把黄道带矿井的矿工都团结了起来，当时我父亲是主管，而事件的起因是：矿区为防止矿工偷窃高品位矿石，出台了检查矿工饭盒的政策。"更衣室内间谍禁入。"当时他们喊出了类似这样的口号。相比不公，这些琐碎小事更能引发众怒。这足以说明，我们需要一种历史感：我们需要知道真正的不公是什么样子。但肯德尔监管新阿尔马登时，矿工联合会还要半个世纪才能成立，西部矿工联合会也要下一代人才能建立起来，就连世界产业工人组织也是到了一九○五年才成立的。

我反复提醒自己和其他人，祖父母待的西部才是真正的西部。当时，人们的维权意识不够强，生而自由的美国人还没有出生，只有没有家庭负担的人才敢主动提出辞职。像特里戈宁这种人是万万不敢的,只有被辞退的分儿。然而,一旦被辞退,就等于上了黑名单。从此以后,他再也不能开升降机了。至少在加利福尼亚,再也没有人会雇用他。他只能去某个山谷农场做些农活,做些和开升降机无关的工作,每月挣上几个美元,勉强度日而已。

就因为他在公司外的商店里买烟斗,就要被开除?有人问。

是的,这是大忌。他知道这里的规矩的。

正午未到,奥利弗就回家来了。从他脸上的表情,苏珊就知道他大概可能会说些什么。她站起身来,去迎接他,步伐有些沉重。还没等她走下台阶,他就开始说话了,结结巴巴的。

"嗯,你……你……我想我们……我们……你准备好搬家了吗?"

"你辞职了。"

"我不想干了。向他提出辞职,那就太给他面子了。我不揍他,已经是很客气了。"

"奥利弗,我支持你!"

她就像是在做梦。她情绪很激动,仿佛是遭受了极大的侮辱,又像是面对一个严峻的挑战。她甚至想马上抱起孩子往山下走,除了身上穿的衣服,什么也不带——他们没有错,也不愿妥协,甚至无视肯德尔的存在。

"如果你不这样做,我就会看不起你,"她抓住他的胳膊,"告诉我。到底是怎么回事?"

"你问怎么回事?"他环顾了一下四周,神情有些古怪,好像要找吐痰的地方。"肯德尔来我办公室,要我带人去白昼坑道,把特里戈宁的房子拆了。"

"你说什么?"

"你无法相信吧？他真能做得出来。现在一伙人正在拆呢。总指挥是可怜的查皮。"

"拆他的房子？为什么？这有什么意义呢……不是说他已被解雇了？"

"是啊！"他回答说，"他确实已经被解雇了。肯德尔不允许他变卖任何家产。特里戈宁现在住的房子是肯德尔的前任给他盖的，建在公司的土地上，一年只收一美元租金，目的是为了留住对公司非常有用的人。现在呢，肯德尔下令拆房，三十个人正在干这事，一群康沃尔女人站在一边看热闹。她们没有一个人敢吭声，像是在观看绞刑。没有一个人敢同情他。肯德尔没有把特里戈宁一家人都绞死，或者放狗把他们轰出矿山，已经是高抬贵手了。"

"你能勇敢地去和特里戈宁说声再见吗？"

"我当然敢。"他看了她一眼，眼神带些歉意，又有点儿不耐烦。她从来没见过他如此心烦意乱。他人很单纯，自控力很强。此时此刻，他因为愤怒而有些不知所措，因为气愤而浑身打颤。

她把他的头靠在自己胸前，轻轻摇晃着，告诉他，这不是你的错。你已经尽力了。

"有件事，我必须告诉你，希望你不要介意，"奥利弗告诉她说，"我把我身上带的钱全都掏给特里戈宁了，大约有二十美元。"

"奥利弗，你这样做就对了！"她紧紧抓住他的胳膊，身子贴在他僵硬的身体上。他身体不停地抽搐。眼睛睁得很大，就像一个试图在黑暗中看清楚一切的人，嘴巴里断断续续发出一些响声。

"我希望我早点儿知道，"他继续说道，"见鬼，我确实知道的。如果肯德尔只是以公司的规定为借口，吓唬吓唬爱发牢骚的人，他是不会这样做的。他如果没有十足的把握，也绝对不敢要我去做那些见不得人的勾当。都是因为我，可怜的特里戈宁才会走到今天这一步。我恨我自己。"

"我希望你去揍他一顿。"

"啊？你说什么？"

"至少你应该把真实情况告诉史密斯和普拉格。"

"还是让肯德尔去说吧。"他一脸的不悦。

"他绝对不会这样做的！"

"我能猜得到。他会告我不听指挥、煽风点火、脾气暴躁，还威胁他说要辞掉工作。随他怎么说吧，我不在乎。"

"你就任凭他颠倒黑白？"

"即便是这样，我也不想搭理他。"他眯缝着眼睛，看着阳台的顶部。"他会不会派人来把我们的房子也拆掉？也许我应该抢先一步。我一个下午就可以把这个门廊拆掉。这是我们自己找人盖的。钱是我们付的。"

她知道奥利弗说的是气话，但是搬家的问题已经摆在他们面前。多久？跟特里戈宁一样，四十八个小时？她也不敢多问。等到奥利弗稍稍冷静下来，她继续安慰他道："完全是小人得志。反正该我们做的工作都做了，不该我们做的工作也做了，而且都做得很好！此处不留人，自有留人处。我们走！"

这就是我的祖母。什么都可以不要，尊严不能丢！

这时，普劳斯小姐走了过来，怀里抱着孩子。看见他们神色凝重，好像在商量什么重要的事情，便立刻走开了。看到普劳斯，苏珊心情变得复杂起来。"玛丽怎么办？我们没钱继续雇她了。"

他脸色忧郁，一言不发。

"还有莉齐。莉齐怎么办？"

"还有'陌生人'，"奥利弗补充道，"'陌生人'好安排，它可以回到福勒妈妈那里。"

"噢，奥利弗，对不起，对不起！"她不禁泪流满面。

奥利弗亲吻着苏珊的额头。

"该说对不起的人是我，"他安慰苏珊道，"都是我不好，把我们的生活搞得一团糟。"

她摇了摇头，把脸贴在他的胸口说："根本不是你的错。"

"如果我像查皮那样，这一切都不会发生。"

她向后退了一步，两眼看着他，神情非常严肃。"不，我们不能那样！我们要还特里戈宁一个公道。再说，我们还没穷到像查皮那样。"

奥利弗听了，感到有些羞愧。他把她紧紧搂在怀里。"你真好，苏珊！你正直、勇敢，而且善解人意。"

苏珊看着他的眼睛，问他道："我们还能在这里待多久？他会赶我们走吗？"

"不，他绝对不敢。我们想什么时候离开，就什么时候离开。你还有几幅画要画，我至少还需要两个星期才能把勘探图做完。"

"你说什么？给他们把图弄完？"

"对，我必须弄完。"

"何苦呢？毕竟他……"

"我是想给自己一个交代。"奥利弗非常坚定。她知道，关于这件事，无论她怎么和他理论，他都不会动摇的。他之所以决定要把勘探图做完，不是因为他觉得亏欠他们，而是想积累一些资本，更容易找到新的工作单位。他们离开新阿尔马登那天，他也许会把勘探图放在肯德尔的办公桌上，但寄给史密斯先生或者普拉格先生的可能性更大一些。他这个人工作上非常固执。就是因为这一点，他吃了很多亏。但总的来说，他为人做事堂堂正正，男子汉大丈夫气概十足，她很欣赏，而且引以为傲。

"我们去哪儿？"她问道，"旧金山？"

"去投奔我姐姐和姐夫？不，我可不想让他们同情我。"

"我没说要和他们住在一起。"

"即便我们自己租房子住,他们也会觉得,我们是来投奔他的。再说,旧金山房租很贵。"

"那我们去哪儿?"

"我必须尽快找到一份工作,"他回答说,"我们暂时分开一段时间。我让艾略特太太在圣克鲁斯给你们租个小房子,既便宜又安静,而且在海边。我在工作单位住。这样可以节省一笔开支。"

"我不想和你分开。"

"周末,我就从单位回来看你们。"

"奥利弗,"她央求他道,"我不同意!我们还有点儿钱。我为《红字》做插图赚了六百美元,豪威尔斯先生和托马斯马上就会付给我们的。"

"那笔钱,你挣得也不轻松。"

"至少我们不用分开啊!"

"绝对不行。"

苏珊一把推开他,自己也向后退了两步,这样便于同他争论。"你宁愿我们分开住,也不愿意花那笔钱吗?"

"那是你辛辛苦苦挣来的,"他回答说,"不能花在我身上。"

她盯着他的眼睛,大声喊叫道:"既然钱是我挣的,我想花在谁身上,就花在谁身上。再说,我这是花在孩子身上,根本不是你身上。"

他摇了摇头,神情沮丧痛苦。"是的,这你说了算。如果你非要这样做不可,我会感到很羞愧。我不愿意吃软饭。"

他们相互怒目而视,就像仇敌似的。她脸色苍白,嘴唇直打颤,泪水模糊了视线。为了不伤他的自尊,她只好做出让步。"好吧,"她深吸了一大口气,低声说道,"就按你说的办吧。"

她低着头,轻轻咬着手指,在门廊里走来走去,一个来回,两个来回,三个来回……他只是站在那里看着她,沉默不语。她一边踱步,一边四处环顾,吊床,富兰克林炉……她居然又舍不得离开这里了。在这里,她和奥利弗开启了新的人生旅程。在这里,她和奥利弗迎来了可爱的小宝宝。在这里,她和奥利弗分享了许多快乐、幸福的时光。令她自己感到好笑的是,就在一年前,她还紧紧拉着奥利弗的手,因为思念家乡和奥古斯塔而泪流满面呢。路过门口的时候,她瞥见了富兰克林炉的黑色前端部分。

  哦,幸福,哦,快乐的日子
  一对新婚夫妇找到了他们的位置
  在大地上无数的家园中间

  转眼间,这一切都已成为过去!痛苦吗?当然。如同遭遇婴儿胎死腹中。不管怎样,我能够理解她当时的心情。无可否认,只有无家可归,背井离乡的人才能真正理解、体会到家的含义……我绝对不会取笑九十年前,那个在门廊里低着头、轻轻咬着手指,走来走去的祖母。她和奥利弗当时非常像被逐出伊甸园的亚当和夏娃,不,比亚当夏娃还要痛苦。亚当和夏娃是因为偷吃了上帝明令禁吃的智慧树上的果子,她和奥利弗呢?她和奥利弗是因为同情矿友,为矿友打抱不平,是因为不屑与肯德尔这种小人为伍。她把痛苦化作对肯德尔的愤怒。当然,她早晚也会明白,她和奥利弗过于清高、固执,这也是他们遭受痛苦的一个原因。

  她双手紧紧抓住奥利弗的衬衫,用力晃动着他的身体道:"我都听你的。不过,我很想知道,你还需要多长时间才能画完勘探图?必须两周吗?奥利弗,我实在是不想在这里继续住下去了。你就不能去圣克鲁斯做吗?我可以去那里画画。我还有三块画板,草图我已做好了。我们上午工作,下午去海边玩耍。明天你就去艾略特太太那里找个住的地方。求你了,不要再等两周了!"

  他似乎有些心不在焉,低下头,对着她的刘海吹了口气,然后亲吻了一下她的前额。"当然可以，"他回答说，"如果这样做，我们无法保证日常开销。"

"暂时应该没问题。"

"嗯嗯，我懂你的意思。等手头的钱花完后，我们该怎么办？"

"我可以继续画画挣钱。"

"不行。"

"可以的。"

"听着，"他解释说，"对于一个家庭而言，这样做未免太鲁莽了。"

"不，你听着。艾略特太太或许可以帮莉齐找份新的工作。她这么优秀，整个西海岸都找不到她这么好的。玛丽安可以留下，帮我分担家务，我好有更多的时间工作。"

"不行。"

"可以。"

"不可以。"

"反正我不想继续待在这里了，"苏珊哭了起来说，"我想马上离开。今天走最好！"

他再一次吹了一下她的刘海，并亲吻了一下她的额头。"好的好的，不要哭了。再待两周，我们就走。"

他低头看了一眼"陌生人"。"陌生人"静静地趴在地板上，小脑袋放在它的两条前腿上。

"嘿，小家伙！"他扯着嗓子喊了一声，宛如一个无奈的康沃尔工人。

第三章　圣克鲁斯

1

昨天下午,雪莉·拉斯穆森的男朋友在我家门口上演的那场闹剧把我气得够呛。说实话,我真想立刻把她解雇。我可不想当麻烦垃圾桶,但考虑到艾达和埃德,只好作罢。

若论雪莉当秘书这件事,说她干得好确实有点儿言过其实,但也不差。她脑袋还算灵光,整理文件又快又好,而且边干边学,上手很快。她时常还提醒我忽略掉或忘记的东西,辨认字迹不清的手写文字更是她的拿手好戏。祖父母的手稿中有很多手写文字,龙飞凤舞,字迹不清很难辨认,令我头疼不已。雪莉虽然眼睛近视,但这根本难不倒她。这让我节省了很多时间,减轻了伏案工作之苦。唯一美中不足的是,她打字速度太慢,跟不上我的口述速度。不过现在也没关系了。我已经决定把口述内容用录音机录下来——她不必再打字记录,只需要把录音带送到伯克利或市中心即可。

总的来说,论综合能力,雪莉要比我的前任秘书莫洛小姐强很多,但她有个别行为让我实在无法忍受。她这一代人,生性自由放纵。我这个人绝非因循守旧之辈,但还是对他们这种嘲弄一切的心态充满了不解。我发现雪莉经常偷偷打量我,似乎觉得我是个怪物,我非常有自知之明,知道自己是一个可怜而怪诞的残疾人。但她的行为举止,还是让我颇为震惊。

我们整理文件的时候,她总是兴致勃勃,对于文件内容很感兴趣。她很喜欢祖母身上散发的维多利亚式沉默和多愁善感的性情。那封记录祖母发现"卑鄙小人"的信揭示了高尚和卑鄙之间的差异,她对此津津乐道。在此之前,我一直认为那封信只是对上流社会女性生活的真实写照。还有，一想到她上下打量我的那副模样，我就感到浑身不舒服——一个二十岁左右的雇员怎么能和她五十八岁的雇主开这样的玩笑呢？况且我这个人既严肃又古板。

我从祖母的人生和个性中看到了许多动人的品质，可这些东西到了雪莉眼里竟变成了笑话。很多东西，就算是从传记作家的角度来看，我都主张秘而不宣，而她非要一探究竟，美其名曰"再现真实"，实在叫我头痛不已。

了解了雪莉在伯克利的遭遇后，我觉得艾达的护犊之心过重了。据艾达说，拉里·拉斯穆森初遇雪莉时，还是一个纯真善良的男孩。他从纽约北部来伯克利学习人类学，不料却误入歧途，没拿到学位就辍学了，靠街头卖艺和在合作社卖菜维持生计。他就像以前的世界工人产业联盟的成员，想要在旧社会夹缝中创造一个新时代。我对艾达讲的是别的世界工人产业联盟成员，比如矿工沃比拉的女儿，显然她听不出我的弦外之音。艾达的意思是说，拉里到处惹是生非，还拉着雪莉和他一起过放荡的日子，甚至还为了金钱要雪莉做妓女，或者做买妻市场的诱饵。我在伯克利的时候就曾耳闻有女孩子为了毕业把两个孩子卖到收养中心，对类似的事情我已经司空见惯了，所以听完艾达的话，我觉得没啥可大惊小怪的。

对艾达所言我半信半疑。雪莉的品行比她丈夫强不了多少。说不定他寻花问柳之时，她也在寻欢作乐。她目光炯炯，能说会道，婀娜多姿，哪个男人不为之心神荡漾？我甚至觉得，雪莉在放荡下流的嬉皮士面前也不会吃亏。我小时候曾耳闻欲拒还迎、积极配合之类的词，我很清楚雪莉属于哪一种。有时间我挺为艾达和埃德感到遗憾的，作为小城市的中产阶级，他们接受不了年轻人的这些改变。雪莉可能是厌倦了与她丈夫一起生活，也可能是因为其他原因才选择了离开。

昨天下午四点多，我坐在窗边读托马斯·哈德森的女儿为他写的传记，想看看里面有没有提到祖母。雪莉把所有可能用到的关于圣克鲁斯的文献都找了出来，其中有一篇题为《太平洋海港》的插图文章，还有一些地图和地方史。舒适惬意的午后，洒水车沿埃德铺的路一路向前。洒水喷头是埃德从轮胎店回来的时候放在草坪上的，喷头上还带有喷射条和脉冲器，水声"呼呼"作响，听上去像一条狂奔过后的小狗的喘息声。洒水车经过，凉爽之意夹杂着草地的清香扑面而来。之后，它沿松树林前进，每隔三四分钟喷一下水，听声音像是要原路返回。我听见越来越近的洒水声，紫藤上也响起"哗啦啦"的水声。

楼下房门开了，随后又关上了。艾达比平时早到了一点儿，但她没像往常一样直接去厨房，而是上了楼。她步履匆匆，没乘电梯，听起来很急的样子。没等她走到楼上，我便摇着轮椅走到了门边。文件夹旁的雪莉也转过身来，我俩都朝门口望去。艾达出现了，只见她一手捂着胸口，一副上气不接下气的样子。

"拉里来了。"她说。

雪莉透过散乱的头发看着艾达，似乎觉得很好笑，然后她抬手把头发撩到肩膀上。"在哪儿？"

"在楼下，正在和你爸爸说话。"

"他知道我在这儿？"

"他好像知道。我们发誓说你不在。"

"现在还在？"

"没走。他说他把伯克利和整座城市都找遍了也没找到你。"艾达依旧手捂胸口，张着嘴大口呼气。她平时不爱运动，身体肥胖又爱抽烟，现在看起来既沮丧又愤怒，扎着的头发也散了一半。"最后，你爸对拉里说，你在哪里和他无关。你再也不想见他了。"

"说得对。"雪莉说，她依旧站在文件夹旁。书房里静悄悄的，像是老师在教室里问了一道难解的题一般寂静无声。外面是驶近的洒水车，发出"呲呲"的声音，水花在地上溅开。艾达转身望向窗外，把弯曲的手指放在唇边，然后又拿开。洒水车渐渐远去了。

"拉里都说了些什么？"雪莉问道。

"你觉得他能说啥！这个人鬼着呢。他说，你俩之间有误会，你还没听他解释就离开了，你要给他个机会，让他把这件事解释清楚。他还说他知道我看不惯他，但他告诉我，他爱你，还说什么要帮助你。他居然说想帮助你！帮你花你的钱吗？就凭他头上缠的带子，身上穿的皮鞋和紫裤子吗？他以为自己头上插根羽毛就是印第安人了。说真的，你怎么就……"

"妈妈，别说了，"雪莉打断艾达道，"他情况怎么样？喝多了吗？看着醉不醉？还是疯疯癫癫的？"

"我怎么知道？但我觉得他既没疯也没醉，说话还是那么圆滑，像个推销员一样嘴巴呱啦个不停，只是头发和衣服看起来怪了点儿。他居然恐吓我，雪莉，我真觉得他有病。像他这种人，早就该进疯人院了。"

"你不了解他，"雪莉说，"他还是挺绅士的。他有没有胡言乱语？他说话清楚吗？"

"我没觉得他胡言乱语。"艾达回答说。

"他还说什么了？他说要怎么解释了吗？"

艾达摇摇头。

"他有没有提到我离开的那天晚上发生的事？"

"拉里心里肯定明白，向我和你爸爸解释也是白费力气。"

雪莉关上了放文件的抽屉，神情略显忧郁。她问妈妈的声音低了几度，现在完全像是男低音："天啊，我还是亲自下去见见他吧。"

艾达迅速移动身子把门堵上。"雪莉，你不能去！这个男人太危险了。"

"没事的，妈妈，"雪莉说得挺温顺的，还对我露齿一笑，"妈妈之所以说他很危险，是因为有一次他威胁我，说要割我的喉咙。"

"我以为他很绅士的。"

"的确。他只要不碰兴奋剂一切都好。"

"看看他都对你做了什么！"艾达非常愤怒，"我真的不想再插手管你这破事了。"

雪莉看了看妈妈，耸耸肩对我说："我根本没把他的威胁当回事。他的生活作息毫无规律，我怀疑他已经三天三夜没睡觉了，说不定一回到家，他就会把自己说过的话全抛在脑后了。"

我坐在那里，根本不想听这件事。"如果需要帮忙，我可以报警。"

雪莉非常震惊。"为什么要报警？他不过是来打听一下我的去向。"

"我觉得，你离开他肯定还有别的原因，不单单是因为他威胁你。"

"我都说了我压根没把这些当回事。"

艾达说："你当初要是听我的，也不至于弄成现在这个样子。"

"那可不一定！"雪莉强烈反驳道，"或许我根本就不应该离开他，都是中产阶级思想把我害惨了，我才……我真希望他已经走了。说不定我下去一趟，他立马就滚蛋了，不会像现在这样一直拖着不走。"

"你真这么认为吗？"

"我不知道，"我觉得雪莉的这句话并不是说给她妈妈听的。"拉里看到你来这儿了？"

"他看到我出门了。我刚好从他旁边经过，除非他眼睛瞎了才看不到我。我对他说，我要来照顾沃德先生。我希望他能明白你已经离开他了，他就不要再制造麻烦了。"

"他还在那里待着吗?"

"除非你爸爸把他赶走了。"

"爸爸不该这样对他。他万一采取什么报复行为怎么办?"

"真让我说中了,他果然是个危险的家伙。"

"他不会袭击别人的,只是他觉得有意思的事情在我们看来都比较疯狂,头破血流在他眼里就是儿戏。他还没有所有权意识,觉得大地不该是属于谁的。如果他知道我在这儿,他肯定不会走,说不定会突然从哪片灌木丛里跳出来,可能还会留些食人族痕迹给我们看,或是突然出现在我们身后吓我们一跳。他害得我都不敢走那条小路了。"

我伸手拿包,从药瓶里倒出两片阿司匹林,就着窗台上放着的一点儿可乐咽了下去。"我同意艾达的说法,"我说,"你不该下去见他。"

"他和我刚才讲的不完全一样,"雪莉怒视着我说道,"他挺好的,脑袋灵光,知道什么是更好的制度,也愿意亲自实践。他还是挺喜欢我的,不然他也不会来找我了。"

"他要真在附近瞎溜达,或是留下什么食人族痕迹,肯定会吓到你的,"我说,"如果他擅自踏入这片区域,我就报警。我可没时间花在食人族痕迹上,或许你愿意尝试一下。"

"这些小事就不让您费心了,"艾达说,"我们自己想办法。"

"要是这男的还是不走,今晚就让雪莉住在我这儿吧。"

"这会给您添麻烦的。"

"怎么会呢?有空余房间。如果她真的想远离他的话,可以选择一间先住下。"

我是看在艾达的面子上才出此下策。小鸟一啄橡树,我们就赶紧跑到百叶窗后面看有没有什么动静;房子一旦吱吱作响,我就立马去拿祖父的猎枪。即使那家伙徘徊在周围树林里偷窥我们,我也不害怕,倒是今晚家里多了一个人,让我有些许的不高兴。我喜欢安静,有艾达一个人陪我就行了。我其实就是随便说说,希望她们也别当真,但愿雪莉今晚不会住在我家。

不料雪莉语出惊人。"哇,我巴不得他在附近闲逛呢。如果他发现我和老板在这幢大房子里共度一宿,岂不是会更困扰吗?"

"你说话注意点儿!"艾达生气地说。

"好的,妈妈。我就是开个玩笑。"

"和他的玩笑一样无聊。"

我想起昨晚发生的一件小事。不知道这个玩笑怎么样。这是属于我的食人族痕迹,是一件听起来有点粗俗的事情。

昨晚雪莉究竟有何想法?当时艾达正伺候我上床休息,她给我脱了衣服,把我从轮椅上抱了起来。就在我脚上挂着内裤,双手还抱着艾达的脖子的时候,我听见雪莉趿拉着懒人拖鞋从书房走了过来。她问:"妈妈,需要帮忙吗?"

帮忙?

艾达立刻背对着门紧紧抱着我,声音夹杂着怒火掠过了我的耳朵。"不准进来!"

艾达一转身,我也跟着转身:我直直地从她的肩膀上望过去,穿过卫生间的门,我一眼看到了书房。雪莉穿着高领套头羊毛衫,正挽着袖子,倚在门柱上。我看得清清楚楚,她也看得明明白白。我看出了她的风姿绰约,与此同时,她看到自己的妈妈身穿白色护士服,紧抱着一个赤身裸体的残疾人。

"抱歉。"雪莉看着我眨了眨眼睛,古怪地一笑,然后转身离开了。

艾达一言未发。不过等她给我擦洗完身子,扶我上床休息时,我俩还是像平时一样,相互鼓励式地咕哝了几句。然后,她把我们睡前喝的酒拿出来,我看得出她在征求我的意见:能否让雪莉进来一起喝一杯。晚饭后,雪莉把我的收音机拿走了,此刻我听见她住的东厢房里传出像漏气轮胎一样的摇滚音乐声。我和艾达斟着小酒又聊了些其他事情，竟把之前发生的一切都忘了。

最后，艾达站起身，拿起杯子，问我有无其他需求。然后她带着浓重的鼻音说道："我想就这样逆来顺受吧。"

"我也这样认为。"

"做个好梦。"

"谢谢，你也做个好梦。不要再为这些事烦心了。或许他已经走了。"

"我不是因为他才感慨的。晚安。"

"晚安。"

她走了，步履沉重且情绪低落。我听到了电梯的运转声，电梯门打开，随后又关上。耳边还响着收音机里传来的吉他重击声，我心想，或许只有开着收音机雪莉才能有些许的安全感，也可能今晚住在这里她真有点儿害怕，说不定她就是因为害怕才会在我洗澡的时候突然闯进来的。

收音机响了许久，搞得我半夜还没睡着。雪莉真是一点儿也不考虑别人的感受，我真的要气昏过去了。我强迫自己不再去想她，想她的坏蛋前夫。我不想再理会关于他俩的任何事，他若真闯进我家，我就立刻报警。我想回到祖母生活的十九世纪，或许那个年代根本不会出现这么乱糟糟的事。

我决定要做并且今天早上一起来就付诸实践的一件事是，我把爱达荷相关文件都浏览了一遍，还翻出了一些信件。雪莉还没翻到这些，不过也快了，但是没必要让祖母接受雪莉的审视。

2

第二天下午，在雪莉给我准备的文件中，有一本刊发于一八七九年二月的《世纪》杂志，里面刊登着祖母写的一篇文章，是关于圣克鲁斯的。她还为这篇文章创作了十幅木板画插图。有了这些插图，想象他们刚从新阿尔马登来到这里时的情景就容易多了。我的眼前顿时浮现出其中的某个早晨：黄色悬崖的山洞里，她和祖父背靠一根浮木坐着，洞里阳光充足又避风，是个好地方。沙子暗淡且干燥，掺杂着沙滩上的炭火，和开着紫色花朵的藤蔓纠缠在一起。在他们下方，潮水的最高处留下很多海藻、泛白的木板、羽毛全湿透的海鸟和各种垃圾；再往下，是模糊、平稳而坚实的海岸。玛丽安推着摇篮车沿海岸前行，留下一道弯曲的车轮痕迹。

左右的海岬因布满贻贝显得黑黝黝的，从这里到金雀花丛的顶部又是一片黄色。这之间是来自两个方向的海水，海水不停地冲刷着海岸，浪花飞得比悬崖还高。南边，面向蒙特利和太阳的方向，大海由白色的泡沫变成起伏的绿色玻璃状，再到像镜子一般闪着光的漂浮的海藻。远处的海湾像披了一层青釉一样。

退潮了，透过右手边海岬上的开口，他俩看见太阳照在粼粼水波上泛出点点金光，连黑乎乎的暗礁都亮得发白。万里碧空下，整个世界都明媚了起来。玛丽安走在坚实的沙地上，时而逗弄矶鹞，时而把婴儿车推到回落的细浪边，时而冲着扑来的浪头扬起一把沙。苏珊看到她笑容满面，露出洁白的牙齿，推车里的宝宝也是手舞足蹈，兴奋不已。

"知道我在想什么吗？"她说。

"在想什么？"

"我希望圣克鲁斯有矿场正急需像你这样有资格的工程师。"

奥利弗盘腿席地而坐，抓起一把沙子，在两个手掌间不停地倒腾。他瞥了她一眼，觉得她的话里带着讽刺，便问道："我有什么资格？"

苏珊则觉得奥利弗说话的语气带着挑衅。在新阿尔马登失败的经历让他感觉颜面尽失，所以她不会再说什么刺激他的话了。"你诚实？"她说，"有创造力有干劲？还有十年的工作经验？康拉德和亚宁不是在电报里说你'完全胜任'吗？"

"如果他们说的是对的，那就再好不过了。"

"他们说的当然是对的。他们很了解你，就算你不去澄清和肯德尔之间的事到底是怎么回事。"

"好吧，"奥利弗一边倒腾沙子，一边说，"完全胜任，这两个家伙碰到谁都会这么说的。如果我把玻利维亚的活儿给推了，我不知道他们还会不会这么说。"

"你怎么能同意那个活儿呢？"苏珊拔高了嗓门，"波托西[①]，究竟是在波托西的哪里？那地方那么远，是安第斯山脉海拔最高的城镇，还有那矿山，出了城还要再骑一天的骡子！"

奥利弗完全沉浸在自己手中的那堆沙子里。流沙停住又继续，沙流完了，他又抓了一把。

"那儿有医生吗？"

"按理说应该是有的。我可以先去了解一下。"

海滩上除了他俩，还有一对年轻夫妇，年轻夫妇拖沓着脚步，无礼地盯着他俩走了过来。她一直等到那对夫妇走远，估摸着他俩听不见她说话时，才开口道："你怎么会对这份工作感兴趣呢？"

[①] 波托西（Potosí），地名，位于玻利维亚南部。

奥利弗耸耸肩，蓝色的眼眸匆匆一瞥。"实践经验。每个采矿工程师都需要一个展示自己能力的机会。康拉德做到了，还有亚宁、阿什伯纳、史密斯，他们都做到了。"

一片倔强的沉默中，她寻思着如何使他俩现有的目标产生交集。在奥古斯塔的一生中，她根本不需要做这样的选择。托马斯很快就会成为《世纪》杂志的主编，多年来创造的一切终将伴他左右，广阔的人脉、大批的投稿者、良好的声誉、持久的影响力、贤惠的妻子和美满的家庭都将纷至沓来。他的事业蒸蒸日上，没有什么牵绊，也不会因为失败而从头开始。他不必要求奥古斯塔陪他去安第斯山脉，也不用冒险在艰苦的条件下抚养自己的孩子。奥古斯塔和托马斯在文明人的生活方式里如鱼得水，他们有金钱有地位，生活中充满艺术、文学、戏剧、音乐等高尚的气息。圣·高登斯[1]和约瑟夫·杰斐逊[2]是他们的密友，惠特曼还曾参观过他们的工作室。反观她自己，为什么她不但不能扭转自己的人生，反而被生活牵着鼻子到处走呢？现在可好，背井离乡，居无定所，不断把自己发配到穷乡僻壤，被迫和那些她尝试着去喜欢却始终对其提不起兴趣的人打交道。她还是忘不了奥古斯塔一直以来对奥利弗的质疑。

但是，当她终于开口时，却只是说："难道康拉德去那儿的时候，也带上了玛丽和孩子们？"

"他们那时候还没有结婚，是他回来后才结的。"

"那亚宁呢？"

"亚宁的妻子在特拉华州精神病院。"

"也许她是因为他没带她去才疯的吧？"她脱口而出，但又马上为自己的口不择言后悔了，"很抱歉，我们成了拖累你的包袱！"

"我没觉得你们是包袱。"

---

[1] 圣·高登斯（Saint-Gaudens, 1848—1907），美国雕塑家，被视为19世纪美国最伟大的雕塑家。
[2] 约瑟夫·杰斐逊（Joseph Jefferson, 1829—1905），美国喜剧演员。

"你不去还不是为了我们。也许你应该去的。以前你刚起步的时候,我不是一样没有在你身边。我可以带着儿子回米尔顿。"她心中充满了挫败感,奥古斯塔的所有怀疑都被证实了。

"这也不是个办法。"

"你应该知道,要不是为了孩子,我肯定会去波托西的,说不定我还能爱上那个地方呢。你也知道的,即便是风餐露宿我都不会怕的。问题是,我们怎么能带孩子去那样的地方呢?据说辛迪加①的弗内斯大夫医术高超,他把塌方时断了三根肋骨的矿工的肝病都治好了。但即便你去的地方有像他这样技术精湛的医生,我也不会答应的。"

"奥利怎么会那么容易断肋骨、得肝病呢。你一直说他是世界上最健康的孩子。"

"那是因为我照顾得好!"

奥利弗从沙子中筛分出较大的鹅卵石,心不在焉地往堤坝的漂浮物和海藻中投掷,同时眼睛漫无目的地盯着海边嬉闹的婴儿车。"我没打算让你过苦日子,你不必这样。我想你可以住在拉巴斯,那儿的生活惬意点儿。我隔几周就会抽空过来看你。"

"像我们现在这样吗?"她痛苦地说着,"我两周才能见你一次。你很喜欢这种分开的感觉吗?"

奥利弗垂下眼帘,许久没有抬眼看她。"怎么可能。我每时每刻都想和你在一起。可问题在于,我干的这一行不利于家庭生活。生活安定下来之前,我们不知道该怎么办。"他终于睁大眼睛,与她相对而视。"我原本以为你过得很开心,很喜欢这个地方的。"

"你在身边的时候,我才喜欢这个地方。看看这里,谁会不喜欢呢?对奥利来说,这也是个好地方。但是你不在的时候,那种孤

---

① 辛迪加(syndicate),此处指水利工程辛迪加。辛迪加作为垄断组织的主要形式之一,发展程度高,比较稳定,目的是通过少数大企业的联合,攫取高额利润。

独和无聊实在让我抓狂。"

奥利弗把最后一颗卵石扔了出去,拍干净手上的沙子,朝海滩尽头望去。他们身后潟湖里流出的涓涓细流,穿过堤坝,跨过迂回流动的细沙,汇入泛着泡沫的海水。紧贴着海岬的水面显得很不平静,正在下沉。苏珊越过丈夫望向悬崖的开口处,远处的大海波涛汹涌,眼前的景象仿佛是用望远镜看到的一样,纯净而又明亮。就在她注视着的时候,海水涨了上来,绿色的巨浪淹没了山洞,拍打着岩石。从金雀花丛顶上看过去,许多翻石鹬在飞溅的浪花上方挤作一团。它们就像海边的风笛手,住在离水几英寸的地方,脚却从未被打湿过。

浪花翻滚,鸟群消失在视线之外,中空的海岸轰隆隆作响,碧绿的海水仿佛被吸进了悬崖,洞口和岩石上的水倾泻而下。透过眼前的景象,苏珊再次看到了一望无际的白色大海,远处还有一条深蓝色的地平线。

过了一会儿,奥利弗将目光从激荡的海天一线处收了回来,投向苏珊,然后抿嘴一笑,略显僵硬。微笑的表情似乎让他真的快乐起来了,他紧接着摇摇头,耸耸肩,两手一拍大腿,然后猛地伸向空中。他说:"好吧。我去告诉康拉德,我不去波托西了。"

他的慷慨大度差点儿让苏珊崩溃。一阵哽咽后,她好不容易挤出声来:"对不起,我知道你为我们牺牲太多了。"

"我也没损失什么。真要去波托西的话,最多让我激动一阵罢了。把我俩分开我也不会开心。我需要有人提醒我,你和奥利不能去那样的地方。"

"一定还会有别的机会的。"

"我想是吧。不过一个月来只等到这么一个机会。旧金山所有的采矿工程师,全都闲坐在办公室里玩单人纸牌呢。"

"我们可以再耐心等等。"

"如果找不到活干，我们大概只能撑三个星期。"

"我的钱还没动呢。为博伊森民谣画插图的钱我也拿到了，我一直在画圣克鲁斯。我还会给托马斯再寄一篇文章……"

"那很好呀，"奥利弗说，"我为你感到骄傲。可我现在担心的不是你的事业，养家糊口是我的事。下一次搬家的时候，火车票我来买。"

"你就不能不提车票的事吗？"苏珊面带微笑，噘着嘴唇。当他面色阴沉时，是不会主动张口说话的。她只能怪自己。于是她舒了口气，假装轻松自在，身体倚在身后的浮木上，仰起脸来对着海风吹拂的天空。

"你不要担心，"她说，"机会总会来的。我说这个地方把我逼疯了，只是随口发发牢骚罢了，这里很美的。我就是太想你了才这么说。现在你回来了，奥利弗又健康又快乐，多好呀。"奥利弗没有回应。她只好僵硬地躺在那里，直到感觉背部有点儿痛了，才挺直身子，又找了个新话题说："我还不知道你的水泥实验进行得怎么样了呢。"

"我已经试验好多次了，石灰石仍旧是石灰石，黏土仍旧是黏土，甚至都没变成水泥熟料。"

"不能再试试吗？"

"当然要试啦。明天我再多弄点儿样本。我得找些事做做，不能老在办公室窜来窜去，把腿跷在人家的办公桌上。但这只是实验，算不上工作。"

"你不是说如果水凝水泥能研制成功的话，国内的需求量会很大吗？"

"需求当然大啦。目前我们用的水泥全是从英国运过来的。"

"这也许是笔赚钱的买卖。"

"你在说梦话么？"奥利弗说，"就算我真能研制成功，为了盈利，就要从零开始建个工厂——土地、建筑、机器、制桶、运输……天知道还需要些什么。赚钱！赚大钱！你以为天上真会掉馅饼吗？"

"你可以找人一起投资啊。"

现在奥利弗的注意力完全放在了苏珊身上。他斜眼打量着她，满腹狐疑，似乎忍不住要笑出来。"你这是建议我改行做水泥买卖吗？我是工程师，不是资本家。"

"如果你找到了愿意一起投资的人，你不就可以设计机械，按照自己的想法建造厂房了么？说不定还能当个经理或主管什么的。"

"你计划得倒挺不错。"

"为什么不可以呢？"

"无米不成炊啊。"

"奥利弗，我坚信你可以的！"

"既要筹集资金，又要想办法养家。"

"养家的事不用你管。"

"我是一家之主，只要我还活着，养家就是我的事，"奥利弗说，"我再找找勘测之类的工作吧。"

"但我还是希望你继续做水泥试验。"

"哦，"他笑着说，"你希望是吧？"

"是的。你知道吗？我希望你能研制出水泥，然后筹到第一桶金，盖好工厂、装好机器，然后销遍全国。我们还能买下这小湖和海岬，建一座日式房屋。我们可以把莉齐从她工作的牧场接过来，把'陌生人'也带过来。'陌生人'一定会在海滩上追着矶鹬到处跑，把腿弄得湿淋淋的。奥利长大了，没事就爱去户外玩，健康得不得了。兴许他还会立志当个科学家，或是博物学家，像阿加西那样研究潮池。他会去东部一流的学校念书，然后上耶鲁、麻省理工，这样他就不会因为在偏僻的地方长大而受苦。奥利弗，你一定要潜心研制水泥啊！"

奥利弗微笑着，眯着眼睛望着海上的明月，说道："我是这么打算来着，不过是利用我的业余时间。我可没想着赚大钱，所以你也别一心指望着立即就有豪宅住。"

"但还是有可能的，不是吗？"

"我没说不可能啊。"

"那你就应该朝着这个目标努力。要是没有活干的话，你就把心思都花在这上头，这样我们就不用分居两地了。"

海浪拍打过来，各种海鸟的鸣叫声不绝于耳，空气中弥漫着海水的咸味。苏珊用双手捂住了因日照、海风和兴奋而发烫的脸颊。奥利弗仔细地端详着她。

"万一水泥研制不成功怎么办？"

"你去哪儿，我就跟着去哪儿。实在不行的话，让妈妈或者贝茜照顾奥利，等他大一点儿了再让他跟着我们。但你一定要尽力去做，我对你很有信心。那样我们就可以在这儿建大房子，每天还能看鲸鱼出没呢。"

奥利弗睡眼惺忪，但还是满含溺爱地看着她。"我还以为你一心想去东部呢。"

"终究要回去的，但是奥利弗，如果你研制成功的话，在这儿待十年我也愿意，或者待到奥利上学。我只求偶尔回家探探亲，我们还能邀请家人和朋友来灯塔做客呢。"

奥利弗伸出手抓住苏珊的脚踝，用力一捏，然后摇了摇。他笑容满面，她知道此刻的自己很让他着迷。

或许他忽然想起了那次在瀑布上方时，他就是这样握着她的脚踝。还想起了向她求婚的那个野餐日，他就是这样陷入了逃不出的陷阱——虽然我不相信他会这么想。

3

在这出十九世纪的舞台剧中,玛丽安·普劳斯客串了把龙套。她推着一辆挂着"两个月后"告示牌的婴儿车在台上转了一圈,将观众带入了一八七七年十一月。

苏珊醒了过来,仿佛感受到了肉体发出的信号,说不上是发痒还是疼痛。她静静躺了一会儿,终于想起来自己身处何处,确定身边躺着的人就是奥利弗,但是睡在别人的床上,还是让她感觉有些陌生。奥利弗在她身边均匀地呼吸着,嘴边的小胡须随着呼吸轻轻地晃动。看到这些她心中不禁温柔了许多,所以她都没敢触碰他,生怕打扰了他的美梦。

苏珊脑海里闪回着这三个半月以来发生的种种情形。她想起了埃利奥特太太家里的洗脸台、梳妆台、波士顿摇椅、刚镶好的窗框,这一切虽不再陌生却依旧冰冷。空气柔和,但有一种陈腐味。埃利奥特太太常说,晚上湿气重,开窗户睡觉对身体不好,奥利弗可能认为那只是老妇人的一面之词,仍旧开窗睡觉。苏珊希望奥利弗不要听埃利奥特太太的。她希望奥利弗能够有理有据地去压制埃利奥特太太认为自己一贯正确的作风。经过了三个半月寄人篱下的生活,她现在只想拥有属于自己的房子,这种想法比她目前所能想到的任何事情都重要。她希望丈夫能在家多陪伴她,而不是累死累活地在别人的办公室,为了别人的勘探项目每晚只顾着试验,换来的却是一次又一次的失败。

她耳朵里又一次传来了孩子微弱的啼哭声。她从床上溜下来,模糊的影子在梳妆台镜子里来回移动。她摸索着找到了门把手。四周黑压压一片，弥漫着尿布的酸味，床也在吱吱作响。"怎么了？"玛丽安问道。

"我把小奥利抱走吧，"苏珊说，"我把灯点亮，真抱歉，他搞得一团糟。"经历了太多这样的早晨，她早已习惯了在昏暗中摸索灯和火柴。灯亮了，她看到小奥利张开大大的蓝眼睛，微笑着，牙齿还没长出来，两条小腿一直动弹个不停。她一边给他清洗、换尿布，一边拧着他的脚趾、吻着他的手指。即便对孩子有些许的不满，她还是那样的温和。哦，你这个小孩呀！真是个坏宝宝！全身裸露着还搞得一团糟！讨厌！一点儿都不乖！

换完尿布的宝宝清清爽爽，小身子滑溜溜的，被包裹得严严实实，伏在妈妈的肩膀上，焦躁不安地动来动去。她手托着孩子温暖的小脑袋，俯身把灯吹灭。屋内还留有灯火的一丝残影，月光照射进来，稀稀疏疏，她又摸索着回到自己的房间，找到摇椅坐下来，敞开睡衣开始喂奶。黑暗渐渐消退，窗外灰蒙蒙一片，家具显现出了形状，隐隐约约可以看到墙纸的图案。奥利弗的脸藏在枕头下面，露着一只耳朵、一只眼睛和半边胡须。

从孩子吃奶的声音听起来他是如此饥饿，这不禁让她想到"久旱逢甘霖"的画面，而乳房由于孩子的吸吮已变得丝滑柔腻。十月怀胎，瓜熟蒂落，如今小家伙已经长大了，小腿胖乎乎的，身上的肉也结实，咧着没有牙齿的嘴微笑着。他从出生到现在没生过病，连一次小感冒都没有。她下决心想把孩子照顾好，永远不让他生病。他出生的时候体重差一点到十一磅，就这还是因为麦克弗森医生称得不够准确。在此之前，奥利弗按照正常的婴儿生长速度推算，还说他的体重不会超过八磅呢。她弯下身抚摸他柔滑的头发，对他说，照这样吃下去，你会和埃利奥特太太的马一样重的。

她抬眼看到奥利弗，他已经睡醒了，正侧卧在昏暗的光线里看着他们母子俩。她一下子羞涩起来，赶紧侧了侧身子。奥利弗眼里充满爱意,说:"就刚刚那样不要动嘛。"

于是她顺从地将身子转回来,但动作有些踌躇。他的目光仿佛要把她和孩子吞噬掉。小家伙吮吸着她的乳房,吧唧着嘴,发出像动物进食的声音。她说:"你昨天回来得晚,不再多睡会儿吗?"

"我已经比平时睡得多了。"

"你最近工作太卖力了,有什么新进展吗?"

"奇了怪了,好像没地方要人似的,就是找不到工作。"

"哦,我倒要告诉你一件事,"她说,"托马斯和我约好了,让我写关于圣克鲁斯的文章。我每天都在画画,甚至还画了埃利奥特太太长相可怕的女儿,我把她画得有模有样呢。"

"很好呀,你成他们的外援啦。"他深情地看着她,把她盯得都有些不好意思了,只能转过肩膀来掩饰她被揉捏吸吮的乳房。"我也有一件事。"他说。

"怎么了?"

"我研制出水泥了。"

"什么!"苏珊一激动,乳头从婴儿嘴里滑了出来。她又赶紧把乳头塞进孩子嘴里。要不是因为在喂奶,她早就立马飞奔到床上,去亲吻他那张睡眼惺忪的笑脸了。"哦,我就知道你能成功的,我一直都对你充满信心!"

奥利弗把枕头抛到空中,然后抓住。"我又试验了三次,连老阿什伯纳都认可了。他可是一向谨小慎微,要亲自把指头伸进火里才说是热的。"

"现在我们可以买下这个海岛了。"

"我们还得静观其变。我只是研制出水泥罢了。你想想看,如果一个二十九岁还没啥文凭的新手工程师来到你办公室,说他可以制造水泥,还需要大约十万英镑开一个工厂,你会怎么办?"

"我会立马把钱给他。"

"那是当然,毕竟你是工程师的妻子嘛。旧金山的银行家可不会这么草率的。可要我去游说那些银行家,就凭我的口才,怕是也说不动人家。"

"你可以的。哦,你真是太棒了,我真为你感到骄傲。我一直都相信你可以成功。还好我们没去波托西,你现在高兴吗?"奥利哼哼唧唧的,口水淌在了苏珊的乳房上。"等一下,"她轻声说,"我先管管孩子。"

奥利像熟透待落的水果一样挂在她的乳房上,眼睛张开又闭上。苏珊一与他分开,乳汁就淌到他的下巴上,她帮他擦拭着,还说他是小猪崽。他很容易呕吐,但又不像大人那样干呕或者浑身冒冷汗。他不是生病,吐完很快就没事了。就像海水冲刷在岩石上以给海葵食物一样,他似乎仍然习惯于吃妈妈体内流淌的血液带给他的食物。孩子的身体里依旧流淌着母亲的血液,也许今天早晨唤醒她的是孩子的饥饿,而不是哭泣。

她展开一块干尿布搭在肩上,把奥利提起来递给奥利弗,脸上洋溢着胜利的喜悦。人往高处走!小家伙拼命地朝她眨巴着眼睛,脸上的表情显然是有些不耐烦了。饥饿再一次得到了满足。她心头一阵惊愕,食色性也,我们是怎样一种奇异的生物。她光着脚抱着小东西走来走去,睡衣下没有胸罩,胸部自然下垂着,而奥利弗的注视像针一样刺痛了她。她宁愿在他面前继续拗着造型,摆出展现母性光辉的完美姿态。

奥利扭动了一下,她将身子向后靠了靠,注视着他的眼睛。这双深蓝色的眼睛认得她吗?当然认得,他笑了。他是哪里痛吗?摇摇晃晃地抬起头,试图回到妈妈肩膀上。然后他突然打了个嗝,头摇晃着一哆嗦。"看!"苏珊轻笑着,"现在舒服些了吧。"她把他带到窗前,一起目睹清晨的模样,想拖延她转身之后要发生的事情。

像往常一样,一打开窗户就仿佛置身在云雾中。湿漉漉的鹅卵石被长长的玫瑰藤蔓覆盖着,对于窗外的一切,她完全没有形状、体积、方向或距离的认知。她眼睛能及的范围大约只有十五英尺,还都是湿答答的感觉;她呼吸着的,不知是轻薄的水汽还是潮湿的空气。天竺葵叶贴在因风化而有些凸起来的窗台上,谷粒凝结成一个像水银般明亮的小透镜,她动了动身子,通过透镜,看到自己的脸像草籽一样小。旁边出现了另一张脸,一只胳膊搂住了她的腰。她猛地哆嗦了一下。

"你好呀,老大。"奥利弗对孩子说,他俯身望向窗外。"好浓的雾。"

"我喜欢这种感觉,"苏珊说,"虽然它让我心里没底,但是每天早上醒来都是崭新的一天。生活仍在继续,万物都有无限可能。就好比面前有一块白板,你要全力以赴完成这幅画作。我不断审视我们的生活,一如既往地让人捉摸不透。但此刻,似乎水泥改变了一切。"

"没想到水泥比迷雾更能让人看透一切。"

她实在太高兴了,完全没在意奥利弗话中的嘲讽之意。她认为,此刻眼前的景象虽含糊不清但却充满希望。在她眼里,他们眼前的这扇窗,仿佛充满了魔力。难道她没听见远处的惊涛骇浪吗?和奥古斯塔终日沉浸在诗情画意中的苏珊,该如何应对现实世界的残酷?

一滴水珠重重砸在湿湿的海滨岩石上。幽灵般的屋顶边缘外,只有模糊的、炭灰色的玫瑰藤线条,杂乱无章地堆在下面,高而昏暗的影子像是一棵树。她放在窗台的手感到一股震颤从四面八方而来,她听到了圣克鲁斯的声音,这声音里有威胁也有安抚,却无法听真切,像夏天变成闪电的闷雷。"听到海浪声了吗?"她说。

"如果埃利奥特太太说得没错的话,这声音对你的精神有好处。"

"埃利奥特太太永远都是对的,所以她才很麻烦。"

奥利弗听了颇感惊讶。"怎么啦,你们不是相处得很融洽吗?"

"哦,当然了。她慷慨大方又体贴周到,可就是老爱多管闲事。不管我需不需要帮忙,她都要插上一脚。说得好听点儿,她是在出主意,说得不客气点儿就是在指手画脚。"

"你别理会她不就行了。说到底你是她的房客。"

"不去理会,你说得轻巧!她讲起大道理来,一套一套。我一不留意,她就塞块生牛排给你儿子吸吮。"

"他还真吮吗?"

"对呀,要不然我怎么会这么生气。他还吮得不亦乐乎。"

她没听到笑声,但能感觉到他在笑。

"你尽管笑吧,"她说,"毕竟她没有整天在你跟前唠叨。她碰到个认识的女人,就唠叨怎么养小孩,怎么给孩子断奶,怎么管教他们,大谈心得体会。在人群中她总是高谈阔论——谈论关于两性的东西,还说她正在节育,她想解放女性,提高女性的社会地位,还说她从来不会片面地看待事物,等等等等。千万别说你正喜欢这样的人,什么善良无私、什么敢于抗争而不逆来顺受。"

"我发现她真的挺讨人厌的。"奥利弗边说边笑个不停。

"一个女人蔑视她的丈夫,你觉得这样做合适吗?"

"天理不容,对吗?"

"哦,她刻薄着呢!她和我说她刚到这儿的时候,屁股后面有很多的追求者,真是难以置信,就凭她,既懒散又愚钝。但她所言也许是真的,毕竟这地方女人稀缺得很。她对我说:'于是我挑了那个制革的。'你听听那口气,轻佻得像是选了口锅。"

"埃利奥特哪里不好了?我还挺欣赏他的。"

"她嫌他不是一个新英格兰的知识分子,"苏珊说,"他不像乔治·威廉·柯蒂斯①那样。他从来不和玛格丽特·福勒②一起洗碗。她和埃利奥特订了协议,她原话就是这么说的。她做饭,他洗碗。这个可怜的男人,白天忙活皮革匠桶,晚上忙活洗锅洗碗,而他那几个女儿只顾着弹琴玩乐。"

奥利弗抚摸着她的肚子说:"可怜的埃利奥特是什么感受,我再清楚不过了。谁让我也娶了一个比自己聪明的女人呢。"

"哦,你怎么能这么说呢?水泥是谁研制成功的呀?"苏珊拉着他的手臂将自己圈得更紧些,然后有点儿绝望地说,"我们应该好好计划一下了。"

"不论怎样计划,恐怕我们还得在埃利奥特太太这儿住一段时间。我找赞助还需要几个月。"

"现在我已经不在乎了,我们可以等。"

"你愿不愿意和我一起去城里?"

"哦,亲爱的,我不知道……那会很不错,但是我担心奥利。"

"要不我们再换一个寄宿的地方,如果你实在容忍不了埃利奥特太太的话。"

"这不就等于扇了她一巴掌嘛,她对人还是挺不错的。"

"那就还是住在这儿不动了。"

她听到了埃利奥特在厨房里忙活的声音,随后是缓缓的滴水声和远处海鸟的叫声划破了大海的寂静。"但我们不能总待在这里啊,"她说,"现在终于盼来了出头之日。我们可以透过浓雾看到外面的世界,而且肯定会云开雾散的。我们能听到粗重的叫声,它们一出声,我们就知道那是鸟。"

"与此同时,我们一家也会冻死在窗前。我们还是回床上去吧。奥

---

① 乔治·威廉·柯蒂斯(George William Curtis, 1824—1892),美国作家,频频发表游记和政治演说,晚年曾任纽约大学校长。
② 玛格丽特·福勒(Margaret Fuller, 1810—1850),美国作家,女权运动领袖。她的作品《19世纪的美国妇女》被视为美国女权运动史上的一部里程碑之作。

奥利弗一把将她拥入怀中。婴儿夹在两人中间，发出阵阵轻微的鼾声。"不要，"她低声道，"你会弄醒他的。"

"把他放回婴儿床吧。"

"把玛丽安吵醒了怎么办？"

"让她先看着孩子。"

"那她要是来敲门呢？"

"管她呢，把门锁上。"

"那她会多想的……"

"随她怎么想。"他捧着她垂下来的乳房，亲吻着她的额头。

"但是天就要亮了啊！"

"那不是挺好吗？把孩子放回婴儿床，还省得点灯呢，"奥利弗说，"之后嘛，你乖乖闭上眼睛就好了。"

4

"苏珊，"埃利奥特太太说，"我必须给你一个忠告。"

埃利奥特太太拍打着拴牲口的绳索，嘴里说着："走起来，老不死的畜生。"即便是欢庆圣诞、朋友之间相互拜访时，她也不会换掉脚上那双破得不成样的鞋子。她扯绳索的手像玉米饼一样布满斑点。她没戴帽子，头发上就围了一个发箍，发箍下面还露出生锈的金属丝。她的脸就像棕色的皮革。在咬紧牙关克制着自己的头痛并迫不及待想要回家的苏珊看来，埃利奥特太太就像是农具室里组装出来的东西，又像是她即兴做出来的某个玩偶。

即使是刚刚收到埃利奥特太太送的圣诞节礼物，众人也会在她走后嘲笑她，包括一个洗衣工，还有一个带着一群孩子的卡车农夫——这群孩子在圣诞节之后的天气里还被晒得个个肤色黝黑，仿佛是在四月的大热天晒的一样，还有两个渔民家庭。埃利奥特太太赠送礼物的方式相当奇怪，粗暴而有攻击性。她会直接说，这是给你的礼物。这样的送礼方式简直让人无奈，她一点儿耐心都没有，根本不等你说"谢谢"就转身离开，哪怕是一句带有讽刺意味的"谢谢"。这就是她在小镇上的行为作风。她不给苏珊询问建议的机会，就直接开了口。

"不要让你的男人搞水泥行业了。让他找一份能造出点儿啥的工作，那才是他想要的。"

苏珊琢磨着如何回答她才好。两个人沿着教堂围墙一路走去。她给托马斯·哈德森画过这个破败的教堂——爬升的玫瑰与刺梨树那带刺的枝叶纠缠在一起，如同老歌中唱到的"红色玫瑰痴缠荆棘"。门开了,盛装打扮的孩子们像断了线的明亮珠子一样涌到街上,两名修女笑着从拱门走出来,马车缓缓驶过。

"你这么想就错了,埃利奥特太太,"苏珊尽量表现出和颜悦色的样子,"他对水泥兴趣浓厚。否则我们为什么要把自己的未来押在这上头?我们只是时运不济罢了,谁都不愿在没把握的情况下拿钱冒险。不管怎么说,要不要继续,还是得让奥利弗自己做决定。我不会替他拿主意。"

"哦,得了吧,到最后还不是你说了算。"埃利奥特太太说。

"埃利奥特太太,我说真的!"

"他对你言听计从。都是你在规划你们的生活,如果不是你说了算,你现在应该待在安第斯山脉呢。"

"那你觉得我们应该怎么样?"

埃利奥特太太笑起来像乌鸦叫一般。"你们肯定在一起呀,你一直都这么说的。"

"但是,对奥利来说危险的地方我们绝对不会去的。"

"这不得了,"埃利奥特太太说,"所以还是你说了算。我和你说啊,无论在哪儿都会有危险的。你有没有听说退潮时,一个男孩和他爸爸溺死在鸽子岬海滩这件事?我还听说有小孩因食用碱水而丢了性命,还有掉在井里的,被火车轧死的,感染红猩热的。如果你想要面面俱到地保护儿子,你就会成为孩子他爸的绊脚石,弄得他一事无成。"

苏珊尽量克制着怒火。这个女人本是好意,只是有些古怪,她不止对苏珊一个人这样指东指西。她对待自己的丈夫像对待雇工一样。她控制不住自己对别人指手画脚,就像奥利伸手却抓不到拨浪鼓或红绸带一样。她也没法把自己的意见藏在心里,就像盘旋的海鸥没法为摆脱被食用的命运就停止冲她们鸣叫。虽然苏珊心里明白,此刻对埃利奥特太太最好的回复就是轻轻一笑或置之不理,但是她实在太生气了，压根笑不出来，也做不到置之不理。埃利奥特太太终于停下话头，赶着马冷漠地走到前面去了。

一阵尴尬的沉默之后，苏珊说："水泥的事情搞不定的话，奥利弗就回去采矿了。"

"他现在就应该回去了，"埃利奥特太太说，"他讨厌这样候着有钱人出资，像个骗子推销商一样。"

苏珊觉得脸开始发烫。"不好意思，埃利奥特太太，我想奥利弗知道自己要做什么，也知道自己在做些什么。"

"我看他只知道你想让他做什么。"埃利奥特太太说道。

"可他赞成我的想法！"

"他是说服自己不得不这样做。"

"那好，"苏珊被彻底激怒了，"既然讨论到了这个有趣的私人话题，你觉得作为妻子，我应该怎么办？"

埃利奥特太太睁着她那双褪色的、略微肿胀的蓝眼睛，它们被风吹得浸满了泪水，但是眼神中的犀利却丝毫不减。"你应该带上孩子，去你丈夫工作的地方，让他觉得任何他有能力做的事情都是值得去做的。带上你的孩子，让孩子亲吻他爸爸那沾满灰尘的脸。孩子会过得更好，还会有一段有趣的生活体验，你也可以的。你不能一直像一个娇小姐一样，虽然这么着也无妨。你可以帮助你男人，让他成为了不起的人物，在此过程中也可以让自己不断进步。他应该放弃眼下的水泥生意，别再去游说那些像埃利奥特一样没有魄力尝试新事物的人了。"

她那双令人难以忍受的眼睛直盯着苏珊。随后她用手揉了揉眼睛，手指拿开后眼睛更红了，但目光依然尖锐。

"谢谢你，"苏珊没好气地说，"我会考虑一下的。"

她把注意力转向院子，一群年轻人正在玩门球，这游戏眼下正时兴。很显然这群人是在试玩圣诞节刚收到的礼物。他们打球的草坪一边是盛开的玫瑰花丛,一边是十英尺高的松树,树上挂着纸链、成串的蔓越莓和爆米花,小鸟在不停地啄食。苏珊忽然感到一阵头痛,疼痛贯穿于两个太阳穴之间。她觉得这是她有生以来过得最糟糕的一个圣诞节。和一群陌生人一起吃晚饭时,她和奥利、玛丽安都很安静,不言不语,埃利奥特的三个嬉闹的女儿却欢腾得不可开交。奥利弗也不在场,他本来说要回来的,却在最后一刻接到了没法拒绝的任务。她一整天都在回忆米尔顿的圣诞节是如何度过的,还有在纽约时,圣诞节和新年之间那一整周的欢迎会和家庭聚会。她回想着距离第一次遇见奥利弗,已经过去整整十年了,当时她坐在一张硬邦邦的镀金椅子上,比奇太太还一直盯着她,听奥利弗那不讨人喜欢的表兄的长篇大论演讲。

"你不要生我的气,"浓重的新英格兰鼻音在她耳边响起,"你的莎拉阿姨是我的好朋友,所以我觉得我有义务照顾你。"

"我没有生气。"

"我感觉你有些愤怒。我很肯定地告诉你,听我的准没错。你丈夫讨厌向人推销水泥,他感兴趣的只是解决研制上的问题。他有做大事情的头脑。"

"我相信我比你更了解他。"

"我可不这么觉得,"埃利奥特太太的嚣张气焰丝毫不减,"像他这种类型的人,你是不懂的。"

马扬起尾巴,将一个包裹倾倒在双驾横木上。苏珊很生气,有那么一瞬间,甚至觉得连马都认同埃利奥特太太是对的。

埃利奥特太太将一只布满斑点的手搭在她的胳膊上。"既然我已经让你生气了,那我索性就恶人做到底吧。"苏珊动了动肩膀,直直看向前方。"你是一个艺术家、一位小姐,"埃利奥特太太说,"可有时候我会想,你是不是高傲得有点儿过头了。我的想法可能是有些怪,不过这丝毫不影响我喜欢你。我真的很欣赏你,尽管你现在不会相信。我困扰的是奥利弗认为你比他好，你比他层次高，你做的事比他做的事重要得多。我不否认你很特别，你和奥利弗都很特别。但是，你总打击他，我实在是看不顺眼，你总是不让他做自己擅长的事。你明白我的意思吧？"

苏珊听得目瞪口呆，斜眼看向她。"我明白你的意思，"她说，"但我不敢说我懂你。以前你大谈特谈女性被奴役，今天你又是别的说法。你站在我丈夫的立场说我的不是，我不介意。不过，埃利奥特太太，我不认为我们的婚姻是一种奴役，对我们夫妻俩来说，这种情况是不存在的。我们凡事都是有商有量地做决定。你想当然地认为他被逼着在城里做着自己不喜欢的工作，是为了让我们舒舒服服地住在这儿。但我告诉你，我也工作。这里的食宿开销，用的可都是我的钱。"

"是吗？"埃利奥特太太说，"那可比我想的还要糟。"

5

一八七八年一月四日

亲爱的奥古斯塔:

圣诞节对我们来说实在是太糟糕了,简直让我对未来失去了希望,以前我们还壮志满怀,计划在这里再待十年就回家。十年是否遥遥无期?那时我们会不会都变了,甚至去世了?我们会不会变成"西部人",大夸这里的"光辉荣耀"?就是那种不太文明的社会对文明社会常有的优越感。

听起来很痛苦。这儿的人很好,但我就是没法喜欢他们!我还担心我已经老了,经不起来回折腾了。被友情关爱、被社会需要的那部分我必须等待着,或者在等待中腐烂。

这就是奥利弗在旧金山时我的感受。他回来的时候,就好像大浪滔天拍打着河岸——所有的潮湿泥泞之地都闪动着生机。我意识到自己的内心并不平静。我充满恐惧,感觉像是在哪儿潜伏着或是飘荡着。或许我该找一处休息的地方,但这个小城对我来说处处都是荒漠。我像行尸走肉一样,对人们发出不由衷的微笑……

再见了,我亲爱的姑娘。值得庆幸的是我们两个都结婚了。我们手牵手一起养育孩子,一起经历一切。此刻若能见到你该多好啊!

一八七八年二月六日

亲爱的奥古斯塔：

　　普劳斯小姐刚把小奥利带了进来，他带着小围嘴，小胖手里还握着一块生牛排。看到这里你会怎么想，你同意这样做吗？埃利奥特太太第一次这样做的时候我很反对，但是小奥利似乎很喜欢——他什么都吃。他前面的四颗牙刚长出来，上颌的两颗也快要冒出来了，上面的黏膜很快就要被撑破了。小奥利一切都好，真是感谢上天。万一他生病了我该怎么办——我能做点儿什么？这里可没有我信得过的医生啊。

　　今年旧金山的冬天真是难熬，奥利弗的谈判还是没着落。现在资金收紧，资本家要等到情况更好的时候才会行动。奥利弗原以为上周一切都搞定了，谁知道还需要等待，真是气人。他的耐性真是超出了我的想象。我说我为他在建筑方面的天赋感到骄傲，他却说他没什么天赋可言，也不知道什么时候就会受到迎面一击。如果他真的失败了，我就回家，因为他肯定会到偏远的矿井里工作。我会试着安慰自己，这样虽不公平，但至少可以见到你。

一八七八年二月十五日

亲爱的托马斯：

　　我昨天把关于圣克鲁斯的文章和插画寄给你了，剩下的也会很快寄出的。我最近竭尽全力在忙活这个，因为未来变得越发不确定了。这里的情况很糟糕——疯子丹尼斯·卡尼大声疾呼，这里的中国人必须离开，很多工人脸色阴沉，面临失业。因此，有钱人开始担心起来，如果爆发大规模反华骚乱，他们现有的工厂会遭遇灭顶之灾，所以他们也就不愿意再建新的工厂。当然了，任何新项目的建设都需要廉价的中国劳动力。

你工作太卖力了。奥古斯塔写道,在把我们亲爱的老《斯克里布纳》转变为新的《世纪》杂志、供职于编委会对抗其他杂志期间,你很少在两三点之前睡觉。你千万不能这样。你自身的价值远超任何事业,你千万不能牺牲自己的健康。

一八七八年三月四日

亲爱的奥古斯塔:

如果没什么意外的话,苹果花开的时候我就会在米尔顿了。我整个夏天也都会在那里,至少到秋天为止没法再见到奥利弗。

我们不得不推迟水泥事业了,还要告别那个灯塔。这是如此艰辛的一年,他们都说奥利弗太年轻——当他们问他生产水泥要花多少钱时,他根本不好意思拿出写有惊人利润的资产负债表,只是简单地说他不知道。但有其他人大言不惭地说自己的计划明年就能有成效。我们必须生活下去,所以奥利弗拿起了铲子和锄头,私下还告诉我没有虚度时光就已经让他很高兴了。他喜欢和岩石、泥土打交道,最终把它们融合在一起会让他异常喜悦,但他非常讨厌那些冗长又丢脸的等待,讨厌对那些有钱人的游说。

普拉格先生被任命为巴黎博览会的专员之一,我可能和他们一起东行。要是奥利弗愿意绕路和我们同行一段路程,一切也不会那么艰难。他现在在谈去枯木镇的事宜,那里是一片不毛之地,我肯定不能带奥利过去。但是如果他能和我们一起到夏延①,我们还能一起待四天。我从来没有想过,当我要回到你身边看望你时还会犹豫不决,但请你原谅我,因为不能和

---

① 夏延(Cheyenne),位于怀俄明州东南部近科罗拉多州界,于1867年始建,当时为修筑横越大陆铁路的工程基地。1890年成为怀俄明州首府。

奥利弗一起回去，实在让我心烦意乱。然后我又想到终于要和你见面了，我们还可以彻夜长谈。我此刻异常地焦躁不安，信都写不好了。我现在也不敢散步，不敢向窗外看，怕想起那个俯瞰太平洋的大风角。谁能想到，离开这里时我会掉眼泪呢！尽管奥利弗工作艰辛、情绪低落，但是他的心态比我好太多了。

6

　　一场好梦才做了短短六个月就破灭了。那一切都是她梦寐以求的。后来,某些会花言巧语的人从奥利弗那里骗走了水泥配方——以他的性格,他肯定没去申请专利,也不懂私藏。他们根据这个配方,从山里和悬崖采来石灰石和黏土,细磨煅烧后制成料球,再加入石膏,磨细制成水泥,用于建造桥梁、码头、水坝、高速公路,还有罗马和美洲的许多大工程。我祖父那一代人为当时社会的进步做出了卓越的贡献。西部地区得到了极好的建设,一些人认为水泥毁掉了原有的一切,一些人却因此大发横财。几十年以后,在距离新阿尔马登不太远的珀曼内特山上,亨利·凯泽确实利用一八七七年冬天奥利弗·沃德研制水泥的成果干出了一番事业。

　　我对此百感交集。如果奥利弗当时找到了赞助,他和苏珊的人生一定与此不同。说不定他会成为小镇上的百万富翁,苏珊会更加光彩照人,会比埃利奥特太太更加高傲。当地的知识分子还想起了她与玛格丽特·福勒交往的日子。

　　还有一件事让我烦躁不安:奥利弗·沃德前往的枯木镇是黑岗的一个原生态峡谷,是美国从苏族[①]人手里抢来的。他动身时,卡斯特的骑兵已经是两年前的事了,苏族人要么被囚禁在隔离区,要么被流放到加拿大沿线的伍德山和赛普利斯山。我不怕他受皮肉之苦,只怕他灵魂受难。他的雇主是乔治·赫斯特,如果我的祖父不是老实苦干型的人,很可能会像他一样打下自己的江山。据克拉伦

[①] 苏族(Sioux),北美印第安人中的一支。

斯·金说，乔治·赫斯特曾被蝎子咬过，结果蝎子当场死亡。"

克拉伦斯·金是康拉德·普拉格的朋友，也是前线调查的长官，后来还成为了我祖父母的朋友。事实证明，他后来也被乔治·赫斯特收买了。这一切都是由奥利弗的性格造成的。他是一个老实本分的人。他的志向不在赚钱，也不懂什么一本万利。他是来建设的，不是来掠夺的。他信任别人（苏珊更是这样认为），大人小孩都喜欢他。他的志向很简单，就是通过自己的努力让世界变得更美好，至于如何使之更美好，他的做法就是开发资源为人类所用。我特别想制止他去枯木镇，枯木镇这种地方根本就不适合他这样的人。

但他别无选择，谁让他娶了个才貌双全的小姐，而且他始终无法让她过上那种他认为配得上她的生活。现在的情况再明了不过了，苏珊虽然嘴上安慰他，但还是失望地拎着行李回了娘家。她这次回东部，比来西部时还要可怜，也不知何时才能安定下来。回乡的路费还是她自己掏的腰包，这让他觉得非常过意不去。

然而，对于苏珊来说，能够带孩子回去，给了自己些许安慰。或许她心里还有些得意——尽管已经结婚生子，经济状况不佳，但好在自己仍旧是个艺术家。

她这一走，把莉齐和玛丽安·普劳斯撇在了半文明世界的边缘。不过，她大可不必为此愧疚，她已经为她们做得够多了。一八七八年的西部是青年采矿工程师的天下，对于未婚妇女而言，也是遍地机遇。莉齐不久就嫁给了一个牧场主，然后给"破坏者"生了五个弟弟妹妹。而玛丽安·普劳斯，那个体形巨大、脾气温和却充满冒险精神的年轻女子，去了更西边的桑威奇群岛[①]，嫁给一个

[①] 桑威奇群岛（Sandwich Islands），即夏威夷群岛，"桑威奇"是英国航海家詹姆斯·库克于1778年发现夏威夷时为其所取的名称，以纪念时任英国第一海军大臣、他的上司兼赞助者第四世桑威奇伯爵。

甘蔗种植园主,从此生活在海边——那是一片位于茂宜岛①的银色沙滩,就在拉海纳②的上方,椰树成林,掩映着奥奥海峡对岸的拉纳岛。真是比苏珊在圣克鲁斯渴望的生活还要有情调。

我坐在祖母的书房想象,如果某天我在拉纳岛的海滩上散步,遇见了玛丽安的孙辈,他们可能也看见了我,但是只把我当成友好的"陌生人",这种感觉多奇怪啊。有时我也没来由地想,因为他们的祖母曾和我祖父母有过交集,我们之间不应该只有礼貌性的问候。

回东部的路上,看不出苏珊有任何的失落,因为康拉德·普拉格一路上热情款待——美食、红酒、雪茄、头等车厢服务员,一应俱全。普拉格夫妇还带着一名苏格兰护士专职照顾他们的两个孩子,再加个小奥利也不会多费什么手脚。和有钱的朋友一起旅行就是不一样,不用吃剩饭,顿顿都是丰盛大餐。苏珊品着专家精选的红酒,聊着自己期待已久的话题。大家还在观景台上打发了几个小时,男士们抽着雪茄,女士们欣赏风景。

火车徐徐驶出夏延站,把奥利弗留在月台上。他把旅行袋和卷起的帐篷搁在脚边,手中捏着帽子,眼睛闪着光,像春天的阳光。苏珊突然陷于无边的恐慌之中,无尽的绝望甚至险些让她丧失理智。他的脸上似乎荡漾着笑意,也许只是阳光太耀眼,他才眯起了眼。他先是走着,然后在列车旁快步小跑起来。苏珊的脸紧紧贴在玻璃上,不断地朝他挥动着手帕。月台到了头,他猛然收住了脚步,开始往回走。苏珊从摇篮里抱起奥利,将他举在窗前,让他看父亲远去的身影。小东西被她弄得哭闹起来。她只好将他抱在怀里,奋力朝后瞥上最后一眼,接着便泪如决堤。奥利弗终于消失在她的视线中,轨道边的水沟里满是泥浆,僵立着一根根电线杆。她

---

① 茂宜岛(Maui),位于美国夏威夷州茂伊县的火山岛。
② 拉海纳(Lahaina),城市名,位于茂宜岛最西端。

的泪眼模糊了一切。她感到保姆抱起了孩子,她听见玛丽·普拉格说了一句什么显而易见的话,她还听见康拉德嘟囔着自己要回月台抽根烟。

后来开始下雨了。在普拉格夫妇的悉心照料下,她独自坐着开始沉思,想着那个只有冬天、没有春天的空旷平原。绵延数英里的棕色草地,原始的灌木丛,小溪流入普拉特河被洪水淹没的河床,裸露的棉树林从泥沼中生长出来。冲积平原内的突起部分就是河流的河床,雨水敲打着车窗,透过窗户,湖岸愈显沉闷。偶尔会看到荒凉泥泞的居住地,但它们都没有枯木镇荒凉。眼前不时闪过一间棚屋,里面有畜栏和牲畜,挤在被洪水围困的高地上——但是都比奥利弗住的帐篷好得多。

火车开了整整一天才开出了普拉特山谷,来到奥马哈。两年之前,奥马哈还因为荒凉让她印象深刻,她还记得她对料场建筑的嘲弄。"亲爱的,这些建筑竟然用红、白、蓝色装饰!"这里的邮差把明信片送到挂着绉布的门前,也让她备感震惊。而今天是回乡旅程的第六天。她带着为丈夫找好的托词,带着她无家可归的儿子,即将迈入东部的世界。与此同时,奥利弗却朝着了无边际的荒原越走越远。

她精心编好了故事。去枯木镇是个千载难逢的机遇,奥利弗不能放弃,于是呢,她正好借着这个机会回家探亲。她精心措辞,让他四天的旅行、漏水的帐篷以及他同乔治·赫斯特的工作听起来像是一次冒险。就在她想着为西部和丈夫编造好话的时候,她已经离他们越来越远了。

她日夜兼程地赶着路。当她经过奥马哈的时候,奥利弗正一路西进,越走越远,而米尔顿和奥古斯塔却离她越来越近。家比以往任何时候都显得珍贵,她归心似箭。她没让康拉德从芝加哥发电报说她要回家,因为她不想因为自己搭乘的晚班火车而让父亲或约翰·格兰特在波基普西站等她一夜。后半夜她会暂住旅馆，早上再搭乘轮渡回去。

一切都像一首熟悉的小诗，破旧的候车厅、熟悉的马车夫、简陋的旅馆，她和孩子已经一周没洗澡了。她还轻声和奥利说话，在去轮渡的路上给他看苹果花，并把他介绍给船夫，也就是豪伊德鲁的父亲。到了新帕尔茨她就可以把行李交给约翰，然后他们会沿着她童年走过的小路一路走去，那是她学走路时就已经熟悉的地方。奥利会闻到山谷中露水浓重的铁杉树，看到树上飞来飞去的鸟儿和石墙上的花栗鼠。他们会停下来看山茱萸是如何从树林中斜斜插出的，好像是为了给过路人一个惊喜。

人算不如天算。水灾延误了火车，结果他们在早上四点钟才到达波基普西。苏珊一再劝同行的人去睡觉，康拉德却一夜未眠地陪着她。康拉德劝她和他们一起去纽约，弄个房间先休息一下，第二天再回来，可她不愿意。她叫了搬运工卸下她的行李，告别了恋恋不舍的康拉德，抱着奥利下了火车。火车站管理室的门上燃着一盏提灯，候车室也亮着，她心中的希望之光却是昏暗的。康拉德与她道别时也显得闷闷不乐。苏珊大声喊道："谢谢你！谢谢你们一路上对我的照顾，我真是感激不尽！不要担心我，我没事的，这地方我很熟的，像回到自己家一样。"

火车制动员的提灯照亮了暗夜中的车尾。搬运工等待着。康拉德跳上火车，她从没见他这么疲惫过。搬运工也上了车，火车慢慢启动了。她站在行李中间向他们挥手，感受着背上孩子的重量，转身的时候才发现自己已是孤身一人。

车站管理室漆黑一团，月台上一辆马车都看不到。候车室倒是还开着，室内灯光昏暗，空落落的，火炉早已冷却。苏珊把奥利放在长凳上，披好包裹他用的毯子，以防他从凳子上滚落下来。然后，她提着大包小包、跌跌撞撞走回候车室，在奥利身边坐下。看看时钟,四时十四分。她本打算躺下来,可惜长凳每隔两英尺就凸出两只铁扶手。她两眼发酸,思维迟钝,双脚冰冷。她坐在椅子上不停地发抖,还打起了瞌睡,心里想着马上就到家了。

六点钟,开餐厅门的女服务员看到她,向她投来同情的目光。她点了火,泡了茶,还为孩子热了牛奶。七点钟,瑞德沃先生来到了车站,准备接她去旅馆。自苏珊成为波基普西女子学院的学生以来,他就一直驾着这辆出租马车。但时间太紧张了,她已经来不及再找个旅馆休息一下了。她随便吃了点儿东西,喂了奥利一些燕麦片和软吐司,然后把他擦拭干净,自己也洗了洗手和脸。八点半,他们出发前往渡口。九点一刻上了船。有个坏消息,朱尔先生已经去世了。她原本打算同他聊聊豪伊和西部的事情呢。她有一种被欺骗的感觉。她本来已经准备好向这些最好的听众谈她的西部之行了。

盈盈春水上的一番颠簸后,新帕尔茨码头就在眼前,正巧碰上了来码头卖鸡蛋的农夫邻居。九点三十分,邻居将她送到了娘家的门口。

就像所有传统的美国农舍画一样,一缕缕炊烟像欢迎她回来似的从烟囱里升起来。藏红花和麝香兰已经蔓延到了门廊下,喇叭藤也长出了新叶子,翠绿欲滴。曾经有多少个夏季的夜晚,她就和斯克里布纳人坐在这里畅聊通宵。里面都是她熟悉的房间,家人把房内的木制品都用得发光锃亮。

她疲惫不堪、双腿无力,两眼噙满了泪水,奥利躺在她的臂弯里。小家伙沉甸甸的,抱得她腰酸背痛。她爬上两节台阶。门开了,她母亲探身望出来。

想谈一些关于祖母父母的事实在很难,他们的年代离我太远了,我也不知道他们的生活是什么样的。他们是教友派信徒,仁慈善良,上了年纪,普普通通,但头脑聪慧。他们很可能会觉得自己的女儿有他人所不及的才华和胆识。我没法把他们看成独立的个体，只能给他们一个大而化之的形象，白发苍苍，戴着一副老花镜。他们紧紧拥抱，含泪亲吻，惊呼尖叫，这就是典型的欢迎场面。曾祖母头发里散发出淡淡的鸢尾草味道，贝茜蹦蹦跳跳地从厨房跑了出来——她也在这儿！她去叫在谷仓里干活的父亲，苏珊回来了。

四月的阳光透过窗帘照进来，苏珊哭堵了的鼻子都能闻到苹果花的味道。他们一家人欢声笑语，夸赞她的孩子，饶有兴趣地看奥利和贝茜的两个孩子相互玩闹，不知不觉一个小时过去了。他们围坐在厨房桌子旁，感到疲惫，面前的水杯也空了。苏珊忽然说道："哦，忘记喊奥古斯塔一起过来了！妈妈，我可以邀请她来吗？我们还有多余的房间吗？"

"你还不知道呀？她没在信里给你说吗？"

"说什么？"

"我想她可能是没来得及，或许当时你已经离开圣克鲁斯了。楼上她写给你的那封信里应该会提到的。"

"到底发生什么了？她去哪儿啦？"

"托马斯病倒了，"她妈妈说，"病得很严重，至少要休息一年才能恢复过来。奥古斯塔上周带他去国外了。"

7

五月二十八日，我看过日历了。丘陵一带短暂而喧闹的春天悄悄离去了，夏天也在不知不觉中悄然来到。篱笆边的野花干枯了，野燕麦是金色而非绿色，菠萝的开口也不是血腥的紫色，果园里有水果树和豆荚，但都还没有开花。从现在开始到十一月的雨季，每天都会这样一成不变，如果不是周六有棒球比赛，我都不知道现在是周几。谁想这样呢？我小的时候，就觉得夏天给人一种昏昏沉沉的感觉。我希望以后的夏天都是这样。

我有一些坚持不变的老习惯。比如明明是一栋无人居住的房子，却不可思议地亮了整夜的灯，窃贼透过窗户看出这是一栋空空如也的房子，可能也会困惑不已。但其实灯下有个人一动不动地工作着。只要我还能工作，我就不会进什么疗养院或者骨灰盒，我多年不变的习惯和交替流转的四季一直支撑着我。我不喜欢突如其来的问题和麻烦扰乱我平淡的生活节奏。

习惯像我的妻子一样一直伴我左右。每天早上我在剧痛中伸展开身体，服下第一片阿司匹林，支撑着床板慢慢爬起来——我实在是害怕磕碰到哪里，然后小心翼翼地坐到轮椅上，摇着轮椅坐电梯下楼。打开收音机，新闻里说有个小孩在圣何塞被疯狗咬死了，北海岸缴获了几百磅的大麻，戴利城的校董事会议被黑人搅黄了，奥克兰某个酒吧里妻子在和丈夫争吵后被后者枪杀，还有最近的校园暴乱事件、越南问题……交通警报直升机播报着沃尔多、海湾大桥、翠湾园、阿勒玛尼立交桥的交通情况。气象播报员说今天又是一个好天气，早上近海岸处有雾，西北风速度每小时五到十五英里，旧金山气温十八到二十一摄氏度，圣罗莎二十七到二十九摄氏度，圣何塞二十九到三十二摄氏度。这也就意味着我这里是三十二到三十五摄氏度。我在狭小漆黑的厨房里边吃饭边看天气预报，这里夜间是十九度，我把艾达一直挂在我椅背上的毛衣搭在肩上。

早餐是恒久不变的——家乐氏麦片和牛奶，比烤面包制作起来更简单的丹麦卷，一杯咖啡，最后还有一杯橙汁。橙汁放在最后是因为我不能空腹吃酸性食物。

早上七点钟，房间里、院子里和松树林里都很安静。高速公路上传来的声音和数百万根松针在微风中发出的嗡嗡声差不多。我摇着轮椅到门口，来到祖母称之为走廊的地方。玫瑰园是埃德围建出来的，虽然和我祖父那时代的玫瑰园截然不同。玫瑰园，修剪过的草坪和远处的松树，像瞬间拍下的一张老照片一样凝视着我。这一切看起来都和我童年时一样，那时我刚从学校回来过暑假。我的想法一直没变，曾经的圣保罗男孩还是如此。我为他感到难过，他因为残疾一直被困在轮椅上，像是被囚禁了近六十年。刹那间，熟悉的地面闪出耀眼的光芒，还不停地颤动着，但很快又平静下来。

有时我会有这种想法。我什么都不做，就看着它们自顾自生长，没有任何情绪上的变化，只需要忍耐。我还发现，学会适应无法改变的东西就能从中获得快乐。我既生来如此，我也能忍受如此。

太阳光在松树后面来回移动，让人头晕目眩。阳光透过树缝照在湿润的草地上，闪闪发光。金冠麻雀在玫瑰丛中跳跃啄食，知更鸟听到草坪上虫子发出的声音立马抬起了头，猛然跳动的松鸡搞得松树顶一阵颤动。我听见从远处的高速公路驶来一辆柴油车，爬陡坡时减了挡，每个齿轮装置都发出低沉的声音，显得很费力。多普勒效应吗？但我更喜欢听到车辆加挡提速的声音，因为速度慢下来总会让我联想到自己。

空气清新，我点燃了今天的第一支雪茄，扔掉火柴之前我把它折断了。我的椅子上满是布料和纸张,非常易燃。随后我摇着轮椅回到屋内,给埃德留了门,坐电梯回到了更加宽敞明亮、通风又好的上方门厅。我慢慢转过身,看到书房的门和窗户并成了一条直线,窗外的松树在风中摇曳,书桌子上堆满了书籍、文件夹和照片——这样的家,这样的生活,这样的意志。

当狼人在拂晓时分潜伏进借来的躯壳时,会感受到这同样的安全感吗?

早晨是我一个人的独处时光,宁静又安详,除非艾达来给我铺床、洗碗、做饭之类的,我们才会交谈一会儿。如果巨人队有比赛,我会坐在走廊上吃饭,听着收音机里的比赛状况。饭后我会小憩半个小时,不单单是休息,我更需要换个位置缓解一下自己疼痛的身体。一点到一点半之间雪莉会过来——她一般没有固定的时间点,我们会花上一两个小时研究我早上遇到的问题。三点是她打字的时间,她还会把我第二天早上要用的资料准备好。这个时候,我会拄着拐杖到花园练习走路,因为这是我强加给自己的任务。即便这样,我也能从中获得乐趣。

这里的一切都是安全的,一成不变。唯一扰乱此地的就是我雇用的秘书雪莉,她竟带来了一大堆麻烦事。感谢上帝,拉里已经走了,我就见过他一次,他在外面向内张望,但没对我造成什么威胁。他为什么对我感兴趣呢?他就在附近徘徊,想办法留下一些食人族的痕迹来吓唬雪莉,就像我猜想的那样,我对他来说什么都不是,只不过是一个拥有这个地方的老瘸子罢了。我蹒跚走路时看到他正穿过栅栏,留着稀疏的苦行僧式的胡子,戴着串珠和头带,穿着紫色的裤子和及膝的皮鞋。他不是偷偷摸摸的,而是手背在身后优哉游哉地沿着栅栏走。我继续逼迫自己摇摇晃晃地走着,不知道是第五、第六还是第七圈,我已经不记得多少圈了,我们像普通的路人一样擦肩而过。他满脸兴奋地看着我,禁不住摇头晃脑。"天气真好,"他说,"小镇也不错。"然后他就穿过松树林走了。我在想,这是谁的树林呢?反正不是他的。

那时雪莉已经回自己家了。也许雪莉会认为拉里已经走了,所以我警告她,拉里还在附近转悠呢。"我知道,"她说,"我见过他了。"

"你已经见过他了?"

"是的,见过两次。"

"你的意思是你还和他说话了?"

"没错。"

"没什么麻烦?"

"没有。我不会回去的,但他也挺好的。"

"你告诉家人了吗?"

"告诉他们有什么用?只会让他们紧张兮兮的,说不定还会想办法把他抓起来呢。"

"那他为什么还不走?试图说服你跟他走吗?"

"他喜欢这里,"她笑了笑,还把头发甩到后面,"他喜欢这个小镇。他还问我为什么不告诉他有这么个草谷镇,他说这儿才是真正适合生活的地方。他可能还会定居在此地。是不是很棒?"

"他要在这儿定居吗?"

"不会的,"她说,"他是故意这样说来烦我的。你知道,如果他无法让山走进自己,他就会走向大山,就像穆罕默德一样。他会厌倦这一切的,然后就会回到原来的地方,这里本来就不适合他。"

她很懂他,他确实走了。不过,他没留下什么食人族痕迹。

我刚刚午睡完在走廊上坐着,这时一辆快递卡车驶了进来。司机手里拿着一个笔记板跳下车,走上台阶。刚要按门铃的时候他看见了我。

"拉斯穆森在这里吗?霍克斯的看护。"他说。

"你应该在下一条私人车道转弯,"我对他说,"是什么东西?拉斯穆森夫人在这儿工作,她一会儿就过来了。"

"是金丝雀。"司机说。

"金丝雀?"

"二十四只金丝雀。"

这时,雪莉出现在他的后面,她已经走到拐角处了。"你好,"她说,"这是什么?"

"二十四只金丝雀,一个男的给你的。"

"什么?"

"不要这样盯着我,"司机说,"我只不过是来送货的。这是从市中心的百货商场弄来的金丝雀。要把这些放在哪里?"

"我一点儿都不想要,"雪莉说,"这肯定是一个恶作剧。"她向卡车走去,朝车里看了看。司机打开后门,拿出一个五英尺高、三英尺长并用纸包着的简装包裹。他撕开纸,里面是金丝雀。我从坡道的顶部往下看,是一个柳条编的笼子,看上去里面不止二十四只鸟。

"谁寄来的?"雪莉问。

"商场。"

"让我看一下单子。"

他把笔记板递给她。阳光照进了笼子里,金丝雀开始叽叽喳喳叫个不停。

"哦,狗娘养的,"雪莉说着把笔记板递了回来,"把这些带回去吧,这是个恶作剧。"

"天哪,我不知道。"

"你把这些带回去,"她又说了一遍,"我会给商场打电话解释清楚的。"

司机耸耸肩,把笼子放回卡车,然后开车走了。雪莉来到走廊，我正坐着笑个不停。我说："你这样做多遗憾，要不然一个房间放一只金丝雀，这样一来，每个房间都充满了活力呢。"

"哦，老兄！"她坐在坡道旁的台阶上，嘴里叼着一缕头发，怒视着玫瑰花，随后又把头发吐了出来。"我没告诉过你吗？他的笑话真是让人讨厌。一份礼物，一份爱人送来的礼物，还要我自己来买单。我把钱包给他让他去买烟时，那个狗娘养的还把我的信用卡偷走了。他还会送来许多东西的！从现在起到圣诞节，我都要为这个该死的人的各种把戏买单。"

我想，或许她真的要面对那个男人的种种恶作剧。我收回了脸上的笑容，建议她赶紧给商场打电话，然后我们就可以回去工作了。有那么一瞬间，她看我的表情，就像我的建议是让她带上打字机去参加某人的葬礼，好赶在祷告开始前工作一会儿似的。

我在想，如果祖母的丈夫也像拉里一样，她该怎么办？答案应该是，她一开始就不会和这样的人纠缠不清。我觉得在某种程度上，你是什么样的人，你就会嫁给什么样的人，正所谓：物以类聚，人以群分。

第四章　莱德维尔

1

今天，罗德曼要来看我。一听说他要来，我的第一感觉便是有人在拿枪对着我。

不到九点，罗德曼便打来电话说莉亚带着杰基去了她的营地。如果我在家，他就顺道过来看看我。我心里很清楚，他明明知道我哪里也去不了，只是客套一下而已。我回答说，能够见到他，我很高兴。这句话发自内心。放下电话，我和艾达便开始精心准备午餐：牛油果沙拉、舒芙蕾、蒜蓉面包、一瓶绿匈牙利人白葡萄酒。我不想让他误以为，我天天只吃汤品罐头和花生酱三明治度日。没有别的意思。

中午时分，我听见他的车子声响，不一会儿门铃响了。艾达跑去开门，罗德曼走了进来。两人站在门厅聊了起来。为了通风，门窗全都敞开着，所以他俩的谈话我听得一清二楚。

罗德曼傻得可爱——在我看来，他是这个世界上最糟糕的阴谋家和侦探。因为，他拥有这个世界上最大的嗓门。倘若他想透露什么秘密给你，你最好让他后退两英里。这让我想起我在加州大学教书时的那个校长——鲍勃·斯普罗尔。他也是个大嗓门。关于鲍勃有这样一个故事：有一天，一位客人前来拜访他，老远就听到他浑厚响亮的声音从办公室的里间屋里传来。

"您先坐会儿，请稍等片刻，"鲍勃的秘书告诉客人道，"校长正在和纽约方面谈工作，几分钟就好。"

"和纽约方面谈工作？"这位客人感到非常困惑，"那他为何不使用电话呢？"

在这方面，罗德曼绝对不亚于鲍勃。尽管他在和艾达"密谈"，却依然声如洪钟，震得窗户嘎吱作响。

"嗨，艾达。天气太热了，一切都好吧？老爸情况怎么样？"

"挺好的。"

"他的腿还疼吗？好点儿没有？"

"这我不太清楚！他疼的时候也不告诉我，就知道服用阿司匹林。我偷偷数了数，他一天竟然吃掉二十四片。不听人劝，迟早会后悔的。"

"他睡眠挺好，对吧？"

"嗯，还行。晚上十点左右，我扶他上床休息，早晨六点起床。"

"你一天的工作时间可不短啊。"

"还好，我不用管他起床。他自己能够乘电梯上下楼，每天下午都去院子里散步。我想，你听了一定会大吃一惊的。"

"不，我一点儿也不感到吃惊，"罗德曼回答说，"我倒是很惊讶，他还没去打高尔夫球。"他的声音突然压低了几分贝，桌子上插有雏菊的花瓶马上停止了晃动。"有衰颓的迹象吗？一切都正常？"

"哎呀，好着呢！不必担心！"（艾达是个好姑娘）

"哦，没有出现祖父那样的状况啊。"

我没有听清艾达接下来说了什么。她心里很明白，罗德曼是故意抬高声音让我听见，想必违心地说我精神状况良好让她挺为难的。我知晓艾达对我父亲的看法。她不止一次说过，我父亲是个郁郁寡欢的男人。他经常目光呆滞地坐着，一坐就是好几个小时。有时你还在跟他讲话，他忽然站起身，默默走开了，完全活在自己的世界里。后来，他的状态每况愈下，生活也十分俭省——他会把残羹剩饭统统收进冰箱里。倘若没有艾达照看，父亲会整天就靠吃这些东西过活。我可不是这样，对吧，艾达？我时不时地会开个玩笑,对吧?还感恩你所为我做的一切。父亲可不会在睡前和你小酌一杯吧?也从未和你以及埃德一起坐在门廊上喝着啤酒看过球赛吧?

"那很好,"我听见罗德曼说,"棒极了!只要他能控制住自己,我们希望他可以保持现状。他现在在哪儿呢,楼上书房里吗?"

"还能在哪儿?"艾达说,"他整日趴在书桌前。你先上去吧,让他把眼睛从书上挪开一会儿,那对他没有坏处。午饭准备好了我叫你们。"

单薄的俾路支地毯和木地板上接连响起了咚咚的皮鞋声。他穿的必定是带跟的皮鞋,可能还钉了鞋掌。我很好奇,是不是只有听到自己的声音,他才不会怀疑自己的存在。他站在楼梯下问:"这电梯怎么用?我没买票能乘吗?"

"站上去,按下开关就行,"艾达回答道,"我每次上下楼都乘电梯,相当省劲。"

电梯运行发出"嗡嗡"的声响,同时传来的还有电梯间里的朗朗笑声。"咔嗒"一声,电梯突然停住了,皮鞋声在光溜溜的地板上响起。"老爸?嘿,老爸,你在吗?我是罗德。"

我正忙着研究十九世纪七十年代弗兰克·杰伊·海恩斯[①]拍摄的戴德伍德[②]的照片,听到呼喊,我离开桌子,转过身来。"罗德曼!"我喊道,"打什么主意呢,这么鬼鬼祟祟的?"

罗德曼神情冷峻,身材高大魁梧,有些胡子拉碴,朝我笑嘻嘻地伸出手来。"傻孩子,轻点儿呀,我的手可经不起这么折腾……我的天啊。"

他满是愧疚地放开我。"哎呀,真是抱歉,弄疼你了?"

"没有,没有。"我将手随意地搭在轮椅的扶手上,趁他望向别

[①] 弗兰克·杰伊·海恩斯(F. Jay Haynes, 1853—1921),美国西部风光和铁路摄影代表人物。
[②] 戴德伍德(Deadwood),地名,位于南达科他州。

处时,赶紧轻轻地活动一下手指。这样,骨头就能很快恢复如常。
"学校里的事情忙得怎么样了?"我问道,"课程都结束了吗?"

"已经结课了,分数也都统计出来了,我现在是无事一身轻。你的书进展如何?"

"这我可不敢有丝毫怠慢。"

"我敢打赌,祖母的九十载漫长人生,足以让你兢兢业业忙到二十一世纪。你写到哪儿了?"

"已经写到她返回纽约米尔顿,那时,我的祖父还在戴德伍德。"

"戴德伍德?是那个狂野的小镇吗?有著名牛仔人物狂野比尔和野姑娘杰恩[①]?"

"罗德曼,你也读历史啊?"我惊讶地问道。

"您对我的看法一直有失公允。对于有趣的历史,我又不排斥。"他咧嘴一笑,探过身来,盯着桌子上摊放的立体幻灯片。"这就是戴德伍德?看起来跟电影里的场景一样。"

"曾经有很多电影在这个地方取景。"

"也不知道你祖父有没有参与过这些事情?"他拿起立体镜,往插槽里塞入一张照片,看完取出来,又放入另一张。"简直跟电影里的场景如出一辙。瞧瞧这些家伙身上的枪。他在那儿有没有遇到过什么刺激的事情?"

"你别想多了,他可从来没有和狂野比尔开枪决斗过。"

他拿起观察器,满心好奇地问我:"好吧,老爸,好吧。他在那儿做什么呢?"

"为乔治·赫斯特经营的霍姆斯特克金矿修筑选矿排水沟。你听说过这个金矿吗?"

[①] 狂野比尔(Wild Bill Hickok, 1837—1876),美国西部拓荒史上最著名的快枪手。野姑娘杰恩(Calamity Jane, 1852—1903)是狂野比尔的朋友,美国女性拓荒者和职业侦查员。

"我倒是听说过赫斯特,但对霍姆斯特克金矿并不了解。"

"上次我看报道说,这处矿场已经开采出价值五亿美金的黄金了。"

"那里的排水沟是曾祖父修筑的,"罗德曼说,"他可真牛。"

我感到非常恼火,他总是这样,对任何事情都漫不经心,非得让我像他那样大喊大叫。我问他道:"你可曾尝试过在达科他寒风凛冽的严冬时节住在帐篷里?这对任何人来说都是相当刺激的事。你可曾见过'水牛比尔'①和杰克·克劳福德上尉②骑马登上贝拉联盟剧院的舞台,再现'水牛比尔'单枪匹马杀死奥格拉拉部落酋长黄手,并剥下他头皮的场景?"

他再次望向观察器。"这真是水牛比尔?"

"这难不成还有假?后来,杰克上尉的马被他的盔甲惊吓到,变得不受控制,导致他朝自己的腿开了一枪,终止了表演,真是可惜。"

"您的意思是他们这是真刀真枪地在表演?"

我戏谑地回答道:"拓荒者在西部,用空包弹可不顶用。"

"不错,确实是这样。接下来呢?"罗德曼问。

"祖父住在黑尾峡谷的帐篷里,为乔治·赫斯特修筑选矿排水沟。后来,乔治相中他,想让他上庭成为自己的证明人之一。这是要有人在法庭上作伪证,好让赫斯特获得另一处采矿地。祖父不愿与他狼狈为奸,于是对他说:'乔治,我想我在这儿也没什么用了。'便启程去了夏延。接着,他又踏上了去往丹佛的列车。在途中,他遇见了一个相貌平平无奇、农场主模样的男人。这个男人说他在莱德维尔有一处矿产,有人试图非法侵占它。他需要聘请一位采矿专家,负责研究勘探;如果矿产被侵占了,他需要专家为他在

---

① "水牛比尔"(Buffalo Bill Cody, 1846—1917),美国南北战争军人、马戏表演者,西部开拓时期最具传奇色彩的人物之一。
② 杰克·克劳福德上尉(Captain Jack Crawford, 1847—1917),19世纪晚期美国最受欢迎的马戏团表演者之一。

法庭上作证。这个平平无奇的男人就是贺拉斯·泰伯①，你可曾听说过他？"

罗德曼放下立体镜，微笑着凝望着我。一张张照片背后的往事变得斑驳起来。"您这都是信口胡诌吧？"

"你说的'这'指的是？"

他仰首大笑，脖子青筋毕露，下颌胡须稀疏，全都清晰可见。"那好吧，老爸，我不是要打击您的热情。我觉得，能有事情让您如此痴迷，是件好事。曾祖父也去了戴德伍德，真叫人开心。这些故事会让您的书变得精彩有趣。"

"我不准备将我刚说的那些写进书里。"我说。

"您不写？为什么不写呢？那些往事您都谙熟于心。您写的可是一本关于西部历史的书，为何要撇去这些鲜活的素材？"

"我写的不是讲述西部历史的书，"我告诉他，"我写过很多历史书，所以很清楚，这本不同以往，是其他方面的——大概是有关一段婚姻。戴德伍德和这段婚姻又没有交集，何必在它上面浪费时间呢？"

罗德曼颇感诧异。事实上，我也是——我从来没明确表述过我在做什么，但在我脱口而出的那一刻，我知道，我没有说错。在这些资料中，我真正感兴趣的不是小说家兼插画家苏珊·伯灵·沃德，不是工程师奥利弗·沃德，不是他们生活的西部，而是两个如此迥然不同的粒子是如何粘连在一起，又在怎样的压力下，滑落至他们的未来，达到我知道他们时的那个安息角。这才更加耐人寻味。若我想探寻些什么，这才是值得挖掘的。

透过眼角的余光，我觉察到罗德曼在目不转睛地盯着我看，然而我并未转身看他。桌子上方有祖母悬挂的枪支、博伊刀和马刺，

---

① 贺拉斯·泰伯（Horace Tabor, 1830—1899），美国西部矿主、商人，被称为"莱德维尔矿业之王"。

我看了一会儿，然后将轮椅转了半圈，注视着画像中愁眉不展、忧心忡忡的祖母。书房里，我们父子俩聊得热火朝天。

"一段婚姻，"我说，"一个阳刚，一个娇柔；一个敦厚老实，一个富于幻想。一个是男人中的男人，一个是女人中的淑女。我不关心他有没有亲眼见过狂野比尔。无论如何，这都是不可能的。因为在祖父去戴德伍德之前，狂野比尔已被杀害至少一年之久。那些大多数人注意不到的非比寻常的小事，才更让我为之着迷。比如，为什么他会将一捆刚剥下不久的海狸毛皮和一个似一间柴房那么大的麋鹿头作为圣诞礼物，大老远地从戴德伍德寄过来？他这么做有什么缘由吗？这就和雪莉·拉斯穆森的丈夫神经兮兮地送她二十四只金丝雀一样，让人捉摸不透。"

"他真这样做了？"罗德曼捧腹大笑，然后问道。

"没错。但我现在要讲的不是这些。我要讲述的祖父，不是一个怪人，但他仿佛有某种执念，会不停地送些稀奇古怪的玩意儿给祖母。比如墙上那把马枪，是他在追求祖母时带来的，放在她公谊会风格的梳妆台上。他想和她反着来。而祖母是一个十足的养尊处优的东部大小姐，她真正爱慕的是托马斯·哈德森那样感性的男人。"

"他是谁？"

"是谁不重要。他是奥古斯塔的丈夫，你知道的，看起来弱柳扶风，性格有些许阴柔，举止温文尔雅。而祖父和他截然相反。所以是什么让他和祖母能够组建家庭，携手走过六十余载春秋？是爱情的引力？正直？文化？习俗？婚约的神圣不可侵犯？还是占有欲？按照某些标准，他们这都不算结婚，空有一纸见证人签过字的婚书。他们认识的头十二年里，聚少离多。在如今，这样的婚姻可不会比在家里举办婚礼的嬉皮士们的婚姻更长久。性格迥异的两个人，究竟是靠什么在维系着他们的婚姻？"

过了很久，我才后知后觉，意识到自己的情绪有些激动。罗德曼早已默不作声地将立体镜放回了桌上。在轮椅上一连坐了四五个小时，我的残肢开始出现阵阵抽搐，屁股也已发麻。我拿出阿司匹林，倒了两片在手上。

"需要水吗？"罗德曼问。

"不用，我可以直接吞服。"

"经过水的稀释和溶解，药效会更好。"

"行吧。"

他去盥洗室，取来一杯水递给我。气氛变得微妙起来，他似乎有些局促不安。一只红雀落在窗台，注视着房间里的我们。我转动轮椅面向罗德曼，霎时间，小鸟"忒儿"一声就飞走了，只看见一个黑影消失在我眼角的余光里。

"老爸，我想我还是告诉您吧，"罗德曼说，"老妈她昨天过来了。"

做个铁石心肠的人还是有好处的。我正襟危坐，十分冷静地说："是吗？"

"她问我您在哪儿，都在做些什么，身体怎么样，还有谁在照顾您。"

"你把我老底都揭了？"

罗德曼神色有些慌张。看见我不为所动，他也束手无策。很显然，他此时此刻很是尴尬——至于是因为他自己，还是因为我，这我无从分辨。片刻之后，他直视着我的眼睛回答道："是的。"

"好吧。"

"她的状态看起来挺糟糕的，"他说，"走起路来跟跟跄跄，过得很不好。"

"我为她感到难过。"

"她在核桃溪租了一套公寓。"

"我并不想知道。"

"老爸……"

我抬起那只被他握到快散架的手,用另一只手活动了一下这只手的指关节。我能感觉到自己的骨头硬邦邦的,有些肿大。罗德曼站在书桌旁,我得仰起头才能看见他的脸。天啊,真想和矮个子、或是像阿尔·萨顿那样体贴的人待在一起。

"我觉得老妈想见您,"罗德曼说,"我想她觉得很对不起您。"

我缄默不语。手指一直在隐隐作疼,渐渐蔓延到手腕和胳膊,我感觉到自己的肩膀和脊柱变得僵硬起来。内脏、腺体、血管、器官、骨骼,我身体里的一切都在渐渐凝结。每当我心烦意乱的时候,残肢就像上钩的鱼儿发出阵阵抽搐。我把疼痛的手搭在腿上,默不作声地坐着,浑身不舒服。

"您觉不觉得,也许……"罗德曼支支吾吾地开口道。

"她这是自作自受。"

他低头看着我,我避开了他的目光。

"要喝一杯吗?"我问,"酒在那边的橱柜里。书桌底下的冰箱里有冰块。"

罗德曼从我身边走过。我呆坐在轮椅里,对他和她对这件事以及我自己都充满了厌恶。他不声不响地拿来酒水,然后递给我一杯。我仰起头举起酒杯,脖颈处无比僵硬。"干杯。"

"干杯!"[①]

他欲言又止,站在那儿,一反常态地俯身望着我,胡子拉碴的脸上神情有些痛苦,似乎有什么话难以启齿。

"要是我把老妈带来,您愿意见她吗?"他问我。

一瞬间,我的心理防线差点儿崩溃,几乎变回原来那个优茹寡

[①] 原文为德语: Prosit。

断的男人。我知道我又心软了。我心甘情愿，朝思暮想，即便粉身碎骨，也想重拾往日的温暖，哪怕只是一丁点儿。我就像一个偷了东西的小孩，害怕被人发现，想要找个安全的地方检查战利品。不过，我很快清醒了过来，仍旧正襟危坐。我有太多地方像祖父了。

"不瞒你说，"我回答道，"我不恨她，也不怪她。我能够理解她无法抵挡诱惑。对于她的不幸和所遭受的一切，我感到惋惜。但我和她实在没什么可说的了，请代我转告她吧。"

2

　　破晓时分，苏珊拉开窗帘，远处雪山绵延起伏，一抹红霞浸染了整片天空。她坐在餐车的左侧享用早餐，看着群山越来越近。列车"哐当哐当"地穿行在空旷的平原地带，她已经迫不及待地开始整理行李。过了许久，列车行驶到两列货运火车中间，沿着侧线缓慢前进，然后伴随着"嘶嘶"的刹车声，停靠在了丹佛站。她心急如焚，紧紧跟在列车员身后，准备下车。车门打开了，只见外面人头攒动、人声鼎沸：有戴帽子的人，胡子拉碴的人，叫嚷声此伏彼起，报纸漫天飞舞。放眼望去，墨西哥人、印第安人，熙熙攘攘，有身穿长礼服的，也有穿着鹿皮装的。一条十英尺长的横幅上写着"前往矿区的旅客请注意，午餐盒供应，只要二十五美分"。苏珊饥肠辘辘，但被眼前乌烟瘴气的景象吓到了，便向后退了退，让别的旅客先下。她四处张望，在人群中寻觅奥利弗的身影。

　　她一眼就看见了奥利弗。他一副居高临下的姿态，倚靠在车站墙壁上，也不挤上前来迎接她。她觉得再叫他"小伙子"已经不合适了，因为他脸部瘦削，皮肤黝黑，上面沟壑纵横，看起来饱经沧桑。只有在他转过头时，才能看到他脖颈处理过头发的位置还有些白里透红。旅客遵照列车员的指示迅速移动着，蜂拥至飞沙走砾的月台，奥利弗面无表情地扫视着他们，像是在等待货物，而不是他一年多未见的妻子。

　　他是不是习惯了长时间一个人，才对她的到来这般淡漠？苏珊感到自责，他也和自己一样心存不满吗？奥利弗刚在莱德维尔站稳脚跟，还没准备好让苏珊过来，她就风尘仆仆地委屈自己来这儿跟他一起生活，他会不会觉得她太不理智了？苏珊觉得他看起来心事重重，如临深渊，还有些无可奈何。

经过一番寻找，奥利弗看到了苏珊，不苟言笑的他神情突然有了变化。她按捺不住内心的喜悦，奋力挥舞着戴黑色手套的手。月台上人声鼎沸，相隔甚远的两个人傻傻地相视而笑，然后奔向彼此。奥利弗抱起苏珊，说道："呀，苏西，你可算是来了！我还担心会不会又是空欢喜一场。"

"我总不能三番五次地出尔反尔。你瘦了许多！一切都好吗？"

"很好。这里的海拔就和克拉伦登小旅馆的食物一样，没法让人长胖。"他把苏珊放下来，仔细地打量了一番。"你也有点儿消瘦。一路上顺利吗？奥利怎么样？"

"很好，"苏珊气喘吁吁地回答说，"旅途非常顺利。列车长还邀请我去车头坐坐，但我谢绝了他。奥利好多了，马上就能完全康复，但我现在却离他而去。我真不是一个称职的妈妈。"

"快别这样想。"

"哎呀，我确实不称职！"她的情绪变得失控起来。车站尘土飞扬，南来北往的人熙熙攘攘、摩肩接踵。站在这里，苏珊想要承认自己过去的错误，然后重新开始。她决心不再傻乎乎地守护在奥利身边，不再畏缩和丈夫一起生活，也不会再上演月台上的相会与别离。"我一直守在奥利身旁，"她说，"看见他变得神志不清，可把我吓坏了，我不敢让我那可怜的孩子睡着，他一直在打寒颤和发汗，简直和发高烧一样吓人。后来，还是母亲和贝茜把我从房间里赶了出来。就在那时，我下定决心，就算奥利没有痊愈，我也要来这儿找你。我保证不会妨碍你工作。"

"我想你不会的。"奥利弗笑了起来，回答道。

"是不是挺讽刺的？"苏珊哇哇大哭起来，"我没有带他去戴德伍德，是因为我害怕营地环境恶劣。他要是生病了，人生地不熟的我找谁去？所以我带他回了米尔顿。结果他却感染了疟疾，我从来没有那么无助过。上个月的事情我很抱歉，我原本一切都已准备妥当，很快就要启程来这儿，但奥利突然病倒，让我心烦意乱。于是我便托韦尔先生代我发封电报给你，告知行程有变。我想着他为人忠厚老实，而且他也是乘坐我那趟车来西部。"

"你确定他靠谱？"奥利弗说，"他一心想着为我省一美元的电报钱，到了芝加哥才去给我发电报。但那时我已经从莱德维尔出发来接你了。他是好心替我省了一美元，但我去接你来回花了两百美元，还害得我在月台上气得咬牙切齿。我在车站苦苦等待了三天，后来弗兰克给我捎来口信，我才没有继续等下去。回去的路上，我还埋怨了韦尔先生几句。"

"哎呀，你看现在，"苏珊在奥利弗的怀里摇来晃去，欣喜地说道，"现在我俩可以一起开启精彩的旅程啦。应该和第一次去新阿尔马登的情形差不多吧。"

奥利弗看着苏珊，像父亲般慈爱。她知道，自己的一言一行都令他神魂颠倒。"还是有差别的，"他说，"这一路可不会像你想象中那么美好，我倒是没什么，但你恐怕难以适应。"

"此话怎讲？怎么你就能忍受得了？"

"因为你一去，我立马就会成为莱德维尔最令人歆羡的两个男人之一——贺拉斯·泰伯是最富裕的，而我是唯一一个有妻子的人。"

"这是真的吗？那儿一个女人都没有？"

"女人倒是有几个，但是没有人妻。她们有的自称寡妇，有的是旅店老板娘，还有的是矿工，穿着长裤在探井里没日没夜地挖掘。呃……也算有一个妻子。不过她的德国丈夫把她赶去了蚊子隘口[①]，身上还背着六十磅重的东西呢。"

[①] 蚊子隘口（Mosquito Pass），地名，位于莱德维尔，是旧矿区的采矿道路。

"真可怜啊!"苏珊故作惊愕地感叹道,"听起来好可怕啊!"

"在这儿只有我能陪你说说话。"

"真是难为你了。"

"这有什么。"奥利弗抓住苏珊胳膊,轻轻摇晃着她的肩膀。她好久没见过奥利弗笑了,都记不起那是怎样的一种温暖感觉了。奥利弗面部瘦削,笑起来眼角的鱼尾纹显得更深了。人群渐渐疏散,月台上尘土飞扬,报纸刮得漫天都是,他们两个人依然沉浸在对彼此的凝望中。

乘务员拿起苏珊的行李,放到他们近旁。奥利弗放开她,掏出一美元放在乘务员手中。"快跟我讲讲蚊子隘口吧,"她说,"是不是和《莱斯利画报》上展示的一样可怕?僵死的马匹、失事的马车、骇人的悬崖?"

"的确很可怕,"他回答道,"你会被吓惨的,但总不至于吓成那位德国人的妻子和《莱斯利画报》的记者那样。"

"为什么不会呢?"

"首先,我不会让你去背四五十磅重的东西。其次,你那么冰雪聪明,怎么会不知道那些人平时会故意拍些妖魔化西部的照片,去吓吓东部的公子哥们呢。"

苏珊本以为他们会在丹佛住上一晚。即使是贤淑高贵的公谊会女信徒,经过一年的分离,也会想要和伴侣来个二次蜜月,关键是她来之前还下定决心,准备成为一位模范妻子。结果,连饱餐一顿的时间都没有。他们将搭乘丹佛、南方公园[①]和太平洋铁路线上的小火车前往费尔普莱[②],距离发车已不足一小时,他们差点儿因为等餐而延误。待他们气喘吁吁地上了车,却发现只剩一个空座位了,

---

[①] 南方公园(South Park),地名,位于美国科罗拉多州,靠近丹佛。
[②] 费尔普莱(Fairplay),地名,位于美国科罗拉多州。

而且还是坏的。奥利弗将自己的工服铺在座椅上面,又将苏珊的毡制手提包放在下面作为支撑。她坐在上面,狼吞虎咽地吃下了一大块夹了硬牛肉和许多芥末的三明治。小火车向大山深处挺进,旁边有一条水流湍急的河流,奥利弗说这就是南普拉特河。山路崎岖,火车颠簸得厉害,把她晃得东倒西歪,没法继续享用三明治。

"这旅程有些刺激呀。"她说。

"没错。"

"这火车也太小了,和圣菲①形成鲜明对比。如果要画下此刻的我们,我会选择从后视角和俯视角着笔,把我们刻画成消失在崇山峻岭之间的小玩意儿。"

"你别着急,"奥利弗说,"等到达斯莱克斯,取了马车之后,我们会变成更小的小点,消失在更高的群山之中。"

"越来越深入西部。他们是不是称莱德维尔为云上之城?"

"是吗?"

"《莱斯利画报》上是这么叫的。"

"他们可真行。"

"你可真没劲,"她说道,"简直聊不下去。给我讲讲我们在沟渠边的小木屋吧。真的是用原木造的吗?"

"真真正正的原木,一根一美元呢。"

"是很长的原木吗?有多大啊?"

"短的。你也太看得起一美元了。"

"视野怎么样?"

"那儿只有去矿井里才会视野不好。"

"我们有邻居吗?"

奥利弗笑了起来,掸了掸掉在胡子、外套还有大腿上的面包

---

① 圣菲(Santa Fe),地名,位于美国新墨西哥州。

屑。他看着苏珊，有些欣喜，又有些匪夷所思，仿佛她总是语出惊人。车厢里的其他男人都在盯着他俩看，附近的几个听得津津有味。苏珊每次抬头，都会撞见旁观者慌乱避开的眼神。整个车厢的乘客都被他们吸引了，并投来仰慕的神情，这令她兴奋不已。她心想，对于那些身边没有女人陪伴的男人来说，在这辆不大可能有女性出没的小火车上，突然出现了一个女人，确实是件让人高兴的事情，而且这辆火车要前往的地方不曾有女人敢去冒险。火车行驶到平稳的地方，苏珊的谈话声传得更远了，这时她才明白，即便是超出了他们的听力范围，那些人也会竖起耳朵偷听她的讲话。

"非法侵占了我第一块地的家伙，从上周开始建房子了。除了他，没有别的邻居了。"奥利弗回答道。

"竟敢占你的地！"

"他拿着把猎枪逼我让出地。"

"那你怎么办？"

"我去办公室，重新挑了一块地。"

"你就这么随便把地让给他了？"

"为这种小事大动干戈，不值得。而且我第二次选的这块地比之前的更好。"

"我还以为你会很恼火。"

"我当然恼火啦！"

"我以为你会报警，让警察把他抓起来呢。"

"在莱德维尔？呃，以什么理由呢？"

"偷盗呀。现在倒好，他竟然成了我们的邻居。"

"我觉得你的想法在这儿是行不通的。现在他又去侵占其他人的地和采矿权了。他在这方面很在行，你拿他没办法的。"

她盯着他，感到匪夷所思。"你知道吗？你可真奇怪。别人将你的土地占为己有，你却满不在乎。"

"我不想惹麻烦,更不要说这种芝麻粒大的小事。我脾气很臭的,所以就控制着自己不生气。"

"你的脾气真的不好吗?我怎么不相信呢。"

"这你得问问我母亲。"

"她说过你很固执。别人要是冤枉你了,你都不愿意为自己辩护。"

"我会心怀怨恨,但不会说出来。"

"我觉得你该对贺拉斯·泰伯心怀怨恨。"

奥利弗听完笑了起来,俯身将歪斜的座椅下的毡制手提包重新摆放好。"这真是营地里天大的笑话。"

"笑话?你竟然觉得这是笑话?你和他达成了所谓的君子之约,但听起来他似乎并不知道'君子之约'这四个字是什么意思。你为了挣几个辛苦钱,帮他探矿,并在法庭上给他作证。为了研究那个矿,你花了整整三个月的时间,还为矿脉做了一个玻璃模型,丹佛无人不对此大加赞叹。除此之外,你还为他赢得了诉讼。就连他的律师都认为你的证词功不可没,难道不是吗?结果他才给了你一百美元!你去餐馆洗盘子都比这挣得多!"

"你可真会说笑。人人都知道贺拉斯。他身家五六百万美元,但出手却很吝啬,大家都见怪不怪了。"

"付给你比这高五倍的薪酬都太少,十倍还差不多。康拉德和阿什伯纳先生就是这么要价的。"

"行吧,下次我也这么做。贺拉斯给的酬劳竟然还让我出名了。"

"当别人欺骗了你或是强占了你的土地时,你却想着息事宁人,我不希望你因此而出名。"

"这都没什么了不起,"奥利弗神色淡然,伸出一只手放在苏珊十指紧扣的手上,"我们俩不会因此而分开。而且在莱德维尔挣钱又不是什么难事。有一说一，我现在可是财运亨通。"

斯莱克斯峡谷位于铁轨的尽头，宛如疤痕一般丑陋不堪。谷底散落着棚屋、帐篷和脱轨的车厢。一条街道，一处排泥孔，泥渣不断涌流。枕木、钢轨、原木、生锈的弗雷斯诺[①]刮刀、拖车、备用轮胎、木桶、板材和煤炭，乱糟糟地堆满了每一寸平地。畜栏里，高矮不齐的骡子和马匹无精打采地站在深及膝盖的粪便中。峡谷两侧的石壁上光秃秃的，树木都已被伐光。树桩间沟壑纵横，清晰可见。三辆大型矿车满载从莱德维尔冶炼厂运来的精矿，一伙工人正忙着将它们装上平板车。

奥利弗抱起苏珊穿过泥泞的路段，将她放在一堆枕木上，然后继续蹚过更深的泥泞，去街上取他前一天寄放在那儿的马车。装运工人，还有列车员、卡车司机、中国工人，以及很多无所事事的人都饶有兴趣地看着他们。实际上，斯莱克斯所有人的目光都被吸引了过来。奥利弗不停地回头看她。苏珊发现他不止一次从马厩向外张望，看她一个人孤零零地站在枕木上。过了一会儿，奥利弗驾驶着一辆由两匹马拉拽的轻便马车回来了。他把苏珊的行李放进车里，将她抱上车，脚下还铺了一块野牛皮制的地毯，又在她的腿上盖了块灰色毛毯，然后载着她向基诺沙道疾驰而去。整个过程中，众人都目不转睛地盯着她。

"这里没有公共马车吗？"她问道，"我们乘坐公共马车多便宜省事？"

"倒是有一辆公共马车，但我不想委屈你。"

虽然接近下午五点，阳光依然十分耀眼。这一路泥泞不堪，崎岖不平，还有污雪覆盖。走着走着，马车忽然侧歪向一旁的小溪，

[①] 弗雷斯诺（Fresno），地名，位于美国加利福尼亚州。

马车后辔紧紧勒住马匹,奥利弗连忙握稳手刹。由于山体遮挡住了日光,他们开始感到一阵寒意。溪水凉气逼人,苏珊的鼻腔有些灼痛。车轮碾压过岩石,水流冲刷着辐条,发出哗啦啦的声响。眼前一片黑暗,仿佛进入了坑道一般,如此突然的明暗转换让她有些不适。回正之后,他们马不停蹄地继续前行,湿漉漉的车轮上沾满了红泥,被甩得到处都是。阳光像探照灯一样,又重新照射在他们脸上。

他们继续走了许久,从有阳光的地方走到了背阴处,空气变得寒冷起来,太阳的余晖洒落在峡谷左边的岩壁上。他们不时碰到各种各样、大小不一的矿车,有的是由两头骡子拉拽的农场马车,有的则是由六头、八头、十头或十二头牲口牵引的大船,一个人骑在领头的牲口身上,指挥着拉运。一艘船搁浅在排泥坑里,路上有两个男人正在忙着休整拥有六匹马的运输队伍。他们碰巧经过此处,一侧是马车,一侧是五十英尺高的山崖,马车稍有不慎就会掉下去,几乎没法通过。

奥利弗以迅雷不及掩耳之势,猛地从马车上站起身来,大声吆喝道:"抓稳喽!"苏珊急忙抓住挡泥板,并将双脚紧紧抵在前面。当他们从路中间穿过时,边缘的石头哗啦哗啦作响,她对旁边这张长满了胡须的脸凝视了好久。奥利弗喘着粗气,风把他的脸吹得有些变形。从他铆足了力气站起到恢复平静,苏珊一直都满怀纯真、好奇和痴迷地望着他。他的脸像一盏南瓜灯,在山间的暮色中闪闪发亮,为车里坐着的这位东部来的"稀客"指引方向。她仔细打量着他的脸,看见了她想要画下来的表情。她看见旁边运输队伍里领头的一匹马前腿弯曲,躺在地上,已经奄奄一息,仿佛正在双驾横木上沉思。真是好险,最终他们顺利地通过了。

"我们要不要停下来帮帮忙?"她问。

"你又不清楚这是谁家的。"

"有危险吗？"

"我可不愿多管闲事。"

"可怜的马儿！"

"你得习惯。在这个海拔，马匹很容易得肺炎。从发病到死亡只要三个小时。我估计那匹马就是得了肺炎，因为你看它都站不起来了，还怎么去拉车。"

黄昏时分，天气渐冷。刚才的一幕幕——泥沼中的绝望、不堪重负的马车、病恹恹的马儿，在苏珊的脑海中挥之不去。奥利弗默不作声，专心致志地驾着马车。苏珊觉得自己何其渺小，心里充满了畏惧，需要有人依靠。她拉过身上的毯子，往奥利弗身边靠了靠，但没有妨碍他控制缰绳。他左手握着缰绳，右手搂着苏珊，两个人像亲密的恋人般驾车而行。

"累了吗？"

"我好像坐了很久了。"

"确实。要不要再吃个香喷喷的三明治？"

天色渐暗，马车在幽深的峡谷里缓慢爬升。他们吃了点儿东西，环顾四周，山尖上点点淡橙色，峡谷几乎被阴影吞没。她感觉不远处是片黑暗的冷杉林——其实是她的错觉。行至斜坡处，她才发现那是山杨林，白色的树干和光秃秃的嫩枝映照出一片惨白。V形山谷上方，一颗星星在闪闪发亮。苏珊疲惫不堪，几乎快要睡着了。

恍惚中她又清醒了过来。"再次抓紧喽！"奥利弗说，"前边有辆公共马车。"

暮色中，公共马车吃力地爬着坡，看起来就像《鹅妈妈童谣》中的场景。上面挤满了男人，至少有七八个。"总是能再多挤一个，"奥利弗说，"我们走喽。"

他扬起鞭子抽打马匹，追赶了上去，在路面宽阔处和公共马车并驾齐驱。两车之间相隔不超过十英尺,那些男人俯身注视着苏珊,车厢里和空气中弥漫的都是威士忌酒的味道。车上的男人目不转睛地盯着她,似乎在怀疑自己是不是在绯红的暮色中看花了眼。他们说了一两句话,但苏珊假装没听见,并没有理会他们。

公共马车车夫手握缰绳,脚蹬在挡泥板上,瞅见同一水平线上的苏珊和奥利弗时,乐呵呵地向他们点头示意。有一瞬间,她想知道车夫是不是觉得她似曾相识。如果凑巧的话,这个人可能是她的老乡,或来自阿尔马登。奥利弗收紧缰绳,和公共马车并排行驶在崎岖不平的山谷中。车夫兴高采烈地喊道:"你好呀!沃德先生!今晚去老妪岔口游泳吗?"

"丹尼斯!"奥利弗说,"原来是你呀!你往莱德维尔方向去做什么呀?你迷路了吧?"

"还能做什么呀!"丹尼斯回答道,"你怎么在这儿呢?"

"接我妻子回家。"

"嗯哼?"丹尼斯透过昏暗的光线看向苏珊,苏珊莞尔一笑。他竟一时说不上话来。全车乘客都很好奇,都在观望和聆听。此时,山峦间天空蔚蓝,幽深的峡谷沾染了淡淡的炭黑色。马车摇摇晃晃,苏珊紧紧抓住挡泥板。奥利弗一边道别,一边扬起皮鞭,落在马屁股上,马车一骑绝尘,翻过山去。他们铆足劲儿走了一刻钟,把公共马车远远地甩在了身后。

"他是谁?"苏珊见奥利弗不打算解释,便问道。

"丹尼斯·麦奎尔。去年春天,他驾驶公共马车从夏延到戴德伍德。本来是四天的路程,他却走了十三天,轰动一时呢。"

"他刚才说的去老妪岔口游泳是什么意思?"

"当时我们被洪水困住了。我不是写信跟你讲过吗?"

"你可从没有提过这件事。你只说过路上花了很长时间,但没说为什么。"

"那次我们遇到洪水,等了两天,水位也没有下降。由于一直在下雨,河水越变越深。最后,一个名叫蒙塔纳的伙计和我爬上右侧的横木,骑上最近的马匹,拉着马车过河。但凡有其他办法,我们也不会出此下策。十秒之内,六匹马全都掉进了水里。哪里还管得上冷不冷呀!我的天啊。我回头一看,那辆老旧的马车已被水淹没,人们像老鼠从着火的筒仓里蜂拥而出一样,爬向车顶。当时的场面有趣极了。"

"结果你成功渡过了河。"

"没有,"他打趣道,"我溺死在老妪岔口,享年二十九岁。尸首下落不明。"

此时此刻,天空变成了灰蓝色,一座座山峰绵延起伏,山顶白雪皑皑。苏珊看不见他的脸,但能听见他似乎在笑。"这事你没在信里提到是对的,"她说,"不然我会吓死的。"

"我可不信你这么容易被吓到。"

夜幕低垂,星光点点,苏珊不再瞪大眼睛观望四周。她精疲力尽,背部有些酸痛,整个人松垮垮地蜷缩在毛毯中,脚上围着野牛皮制的地毯,在马车里颠来簸去。马车行驶到一塌方处,此时苏珊昏昏沉沉,被冻得瑟瑟发抖。奥利弗点亮了提灯,前去查看路况。在他的指挥下,苏珊乖乖地下了车,跟跟跄跄地跟在马车后面,奥利弗则走在前面,引着马车穿了过去。"真是万幸。天太黑了,不容易看见,"他说,"这里就是《莱斯利画报》上刊载的那种地方。曾有两辆货车在这里失事,还有三匹马摔下悬崖。"

"还有多久能到呀?"

"离费尔普莱还有不到一小时的路程。"

奥利弗单手驾驶着马车,用另一只手将苏珊紧紧地拥在怀里。寒风呜咽,发出飒飒的声响,如泣如诉。云杉高耸入云,黑压压的一片,遮住了满天星斗。两匹马步履沉重地穿行在悬崖峭壁间,任劳任怨，一刻也不停蹄。

"你还记得'老出殡'吗？"她突然问道。

"谁？"

"埃利奥特太太的马。"

奥利弗哈哈大笑起来。"这两匹马虽然很糟糕，但还没到你说的那个地步。再坚持一下，就快到了。"

前一秒，他们还在黑黢黢的山谷中跋山涉水，下一秒，穿过树篱，只见灯火通明，人声鼎沸。街上看起来人还挺多，似乎每隔三户就有一家酒馆，门前泥地上铺设了木板人行道，梯形灯光投射在上面。在一片嘈杂声中，她听见了钢琴的声音。大门敞开的屋子里，传来了男人们低沉、粗粝的声音。

奥利弗吆喝道："吁……"马车停了下来，悬挂在马车上的提灯照在一堵圆形木墙上靠近干草屋顶的地方。奥利弗把缰绳交到苏珊手中，吩咐说："在这里等我一会儿。"然后猛地跳下车。苏珊坐在高高的马车上，听着身后小镇街道上的喧闹声，还有牲畜在漆黑一片的畜栏里的踱步声。她仰起头，注视着星辰闪耀的深蓝色苍穹，此时的星星比以往任何时候都要大，也更明亮。山风拂面，苏珊感到了那古老骇人的寒冷。

灯光下，一扇门打开了，有人拎着提灯上下探照着她。透过影子，她看见有人走了过来。一匹马发出叹息声，仿佛苏珊长吁了一口气。

马夫解开绳索，把马牵走了。奥利弗将苏珊扶下车，拖着行李跟在她后面。他把提灯递给她，问："你能拿着它吗？"

"当然可以。"

"这里离旅馆很近了。"

街道泥泞不堪，车辙纵横交错，奥利弗让苏珊往马路中央走，她明白他是不想和人行道上的男人寒暄客套，心里不禁有些暗喜。

他们来到一处挂着"旅店"招牌的房屋前,门口的木板上投下盆栽棕榈的影子,屋子里坐着一堆戴帽子的男人。奥利弗领着苏珊走了进去。房间里烟雾缭绕,墙壁上挂着一面美国国旗,六个男人正坐在椅子上吞云吐雾,还有六个则坐在隔壁的酒吧里,一旁的黄铜痰盂擦得锃亮。苏珊筋疲力尽,晕乎乎地躲在奥利弗身后,她实在太困了,不停地眨巴着眼睛。屋子里突然间鸦雀无声,她觉察到自己正处在众目睽睽之下。她拽了拽奥利弗,让他接过提灯。

对面角落的柜台后面有一个系着袖箍的年轻男人,看见有客人来了,他便起身放下了手中的报纸。他目不转睛地看着苏珊,说道:"抱歉啊,二位。小店已经满房了。"

"我预订过了。"奥利弗说。

接待员低垂着眼睑,和奥利弗面面相觑,然后他露出一脸标准的职业微笑,先看了看奥利弗,又看了看苏珊,接着又回头看向奥利弗,摊开双手说:"我也希望能有空房间给你们,但两个小时前就已经住满了。"

苏珊如坐针毡,感到心力交瘁。在这个满是粗野男人的蛮荒之地,让人睡在哪里呀?难不成睡在马厩里吗?又或是干草棚和马槽里?说不定,马和人一样,也露宿街头?她紧紧抓住正在据理力争的奥利弗。

奥利弗说:"这么说,两天前我为我妻子和我预订的房间,被你让给了别人?预订人的名字是沃德。我还付了五美元订金呢。"

说到"妻子"这两个字时,苏珊又一次感觉到接待员在看她,就像飞蛾的翅膀扑打在她的脸上,这让她很不自在。她这才意识到接待员把她当成了什么,于是声色俱厉地说道:"这里没有别的旅馆了吗?如果有的话,我想我会更喜欢别家的旅馆。"

"先等一下,"奥利弗放慢语速,耐心跟接待员解释道,"我是前天来的,订了一间双人房,接待我的是一个面肌抽搐的男人。你认识他吗？"

"认识，他是雷姆普尔。不过……"

"我付了五美元订金，并做了登记。登记簿在你这儿吗？让我看看。"

"没问题，"接待员回答说，"不过，沃德先生，我们真的没有空房了。您肯定搞错了。"

"肯定是搞错了。"

奥利弗拿起登记簿，往前翻了一页。苏珊目光越过奥利弗的胳膊肘跟他一起看。突然，她看见了奥利弗的签名，不过被人用铅笔划掉了。"你瞧，在这儿呢！"奥利弗说，"谁把我划掉的？"

"这我就不知道了，"接待员回答道，"我只知道一张空床都没有了。我能做的也就是帮你们在大厅里腾个铺睡袋的地方。"

"那也行啊！"奥利弗说。苏珊看见他突然变得怒气冲冲，真担心他会探过身子扇接待员一巴掌。接待员自己也惶恐得不行，两眼瞪得又大又圆。她急忙打圆场道："奥利弗，这里也许还有别的旅馆。"

"没有了。"

"实在不好意思。"接待员连连道歉。苏珊认为他说的可能是实话。尽管如此，她也不会原谅他，因为他竟敢那样想她，哪怕这句抱歉可能真是发自内心。"离这里不远处有一家招待所，"接待员说，"我可以让孩子去看看那儿还有没有房间。"

"不劳烦你了，"奥利弗说，"在哪儿？"

"下一个街区，左拐。沃德先生，让孩子去跑一趟吧，你们二位在这里稍坐片刻。"

"你把我的五美元退给我，我就当此事没有发生过。"

接待员立马打开抽屉，拿出一枚五美元硬币，放入奥利弗的手中，并再次说道："我很抱歉。"他的动作干脆利索，让苏珊感到难以置信。

　　走出旅馆后,奥利弗脸色铁青,粗鲁地将苏珊推搡到旁边的角落里。苏珊跌跌撞撞,被绊了一跤,笨拙地举着提灯,不让它碰到裙子。"你觉得这中间发生了什么?"她号啕大哭起来,"要是没地方住,我们可怎么办呐?"

　　"你说发生了什么?还不是有人拿钱占走了我们的房间,"奥利弗说,"有人需要一间房,接待员收了贿赂,就帮他搞定啦。如果不是有你,我肯定就被忽悠到大厅里睡了。"

　　"所以我们要去哪儿住一晚呢?能直接出发去莱德维尔吗?"

　　"不能。"

　　他们走到街角,向左拐,找到了招待所。一个穿着汗衫的男人正坐在椅子上喝着咖啡。经过问询,得知还有空房,但仅仅是用帘子隔开,女士睡的话可能不大方便。奥利弗看了苏珊一眼,表示能够接受。汗衫男拿起手灯,带着他俩爬上没有护栏的楼梯,穿过一条挂着蓝色薄纱窗帘的走廊。他们从中走过时,窗帘随风轻轻摆动。那是一个没有锁的房间。苏珊走了进去,跌坐在床上。房间里没有墙,仅仅用走廊上挂的那种蓝色薄纱窗帘,也就是低支纱方格布隔断,钉在离地六英尺高的框架上。一个个长八英尺、宽十英尺的小隔间,四处透风,在灯光的照射下,泛着沉闷的蓝色。房间里鼾声四起,寒气逼人,苏珊都能看见自己呼出的白气。

　　奥利弗跪在床边,将她揽在怀里,嘴唇紧紧贴在她冰凉的脸颊上。"实在对不起,"他喃喃道,好像接待员附体,"我很抱歉。我很抱歉。我很抱歉。"

　　"没关系啦,我在哪儿睡都行。"

　　"真希望我们已经到家了。"

　　"我也是这么希望的。"

　　"在这里,我俩也没法说悄悄话。"

"明天晚上再聊吧。"

苏珊疲惫不堪,泪眼婆娑,紧紧依偎在奥利弗身上。他吻了吻她。近处,有位男子清了清嗓子。奥利弗这才放开苏珊,吹熄了提灯。

对于这种地方都能被叫作客房,苏珊并没有很吃惊,也不觉得好笑,因为她太过疲惫,无心在意。她脱掉裙子,钻进了被窝。就算她真的背着六十磅重的东西,被人用棍子赶着从丹佛走到这里,也不见得会像现在这样遭罪。奥利弗睡在她旁边,让她有所依靠,给她取暖。两人抱在一起窃窃私语,不一会儿,奥利弗就进入了梦乡。

苏珊却辗转反侧,难以入睡。她滚到一边,平躺在床上,发痒的眼睛睁得大大的。奥利弗在她身旁平稳地呼吸着。其他隔间里传来阵阵梦话和叹息声。有人不断地在咳嗽,持续了好一会儿,似乎很痛苦。咳到没有力气时,他消停一会儿,又继续咳个不停。与之相伴的还有此起彼伏的鼾声。一会儿,附近又传来一个男人可怕的磨牙声。没过多久,一个声音惊叫起来,凶神恶煞地嚷道:"弗雷德!去你娘的!"她呆住了,料想接下来会响起枪声抑或厮打声。不过,在一声叹息和床垫弹簧的嘎吱声中,危机得以解除。之后,苏珊又听见些难以分辨的声响,像是狗抓挠不到痒处,哼唧个不停。

她屏息凝神,躺在床上静静地听着、琢磨着,尽管不想这样绷紧神经,只听见一波未平,一波又起。她似乎觉得自己逐渐适应了这刺激的旅途。

距离她在火车上醒来,拉开窗帘,看着黎明时分的山峦,恍若已过去一周之久。拥抱父母和贝茜,还有亲吻熟睡中的儿子,似乎都是一个月前的事情了。想到这些,苏珊一股情绪涌上心头,突然有种怅然若失的感觉。她的思绪一路飘回到了奥利的房间，担忧他此时是不是又在发烧。她想象着待在这蛮荒之地的是奥古斯塔和托马斯，想象着苛求完美的他们和这里粗蛮的人们朝夕相处，但她绞尽脑汁也想象不出那是怎样一幅画面，这让她忍俊不禁。她躺在床上，在脑海中记录着一天的经历，仿佛是要为《世纪》杂志供稿一般。她差点儿说服自己，落基山脉这蛮荒之地，虽然环境恶劣，让人难以接受，但还是有让人为之振奋且充满希望的事物，还是富有独特的诗意，那是西部从蛮荒走向文明时发出的"咚咚"心跳。

苏珊不再过于紧张。她开始明白，无论这里是什么样的，都是她要生活的地方，这是自己深思熟虑后的选择。等到经济变得宽裕起来，她再把奥利接来一起生活。带着憧憬，她又躺回到熟睡的奥利弗身边。

从午夜到临近清晨，苏珊一直没有合眼，仔细听着外面的风吹草动——狗吠声、街上醉汉的嘟囔声，还有走廊里的脚步声。那脚步声似乎停在了她门前，吓得她胆战心惊，久久不敢放松。

接着，旁边隔间有人坐了起来，大声打着哈欠，弄得床铺"嘎吱"作响。那人将灯点亮，泛蓝的灯光透过帘子照射进来，在屋顶上投下巨大的风车影子。苏珊听见他穿好了靴子，接着拿起灯，走出房间，消失在走廊里。屋外，远处传来公鸡的啼叫，楼下有人正"砰砰砰"劈着柴火。她疲惫不堪，睡意全无，在床上翻了个身，拽些被子盖在身上。奥利弗也醒了，眼睛睁得很大。他总是这个样子，醒来一声也不吭，一副醒了好久的模样。

"我们不起床吗？"她轻声问道。

七点前，他们已经出发前往蚊子隘口了。头一个小时，她一直蜷缩在毛毯里，呼出的白气凝结在面前的毯子上。寒风凛冽，从缝隙中钻了进来，她的脚在野牛皮地毯下冻得冰凉。路上，马匹拉下的粪便正冒着热气。他们穿过一片烧焦的云杉林，头顶乌云密布。

所有背阴的地方,都有积雪覆盖。

他们走了好一会儿,才重新见到太阳。苏珊回过头,只见南方公园黑云压城,连绵起伏的山峦直插云霄。拉车的两匹马,一黑一红,瘦骨嶙峋,吃力地拖着俩人沿着峡谷爬升,每走几百米就停下来,喘着粗气。他们上了高原,穿过光秃秃的山杨林,林间满地枯枝落叶。走着走着,又经过一片稀稀落落、低矮多节的冷杉林,那里长满了枯草,只有阳面的山坡上隐约露出些许绿色,朝北的一面则被厚厚的积雪覆盖。整个高原闪闪发亮。

在窄道上,如果碰到运输精矿和冰铜的矿车迎面而来,他们便停在一边,让对方先过。站在这片神奇的高原上,无论从什么方位看,天际线都像是鲨鱼的下颌,犬牙交错。道路蜿蜒曲折,一直延伸到悬谷,成群的蚊子从湿草丛中蜂拥而出。马车继续上行,在只有光秃秃的石头的角落里,蚊群立刻就被风吹散了。寒风呼啸,冻得苏珊牙齿有些生疼,料峭的寒风和刺眼的强光让她的眼中噙满泪水。

"你还觉得这和乘坐公共马车去新阿尔马登时的情形一样吗?"奥利弗问。

"我收回我之前说过的话。不过,这里虽属蛮荒之地,但也很美丽,我更加喜欢这里了。"

"我也一样。其实,我可以选择不去费尔普莱。"

"我们熬过来了。"

"你说得对,苏西,"奥利弗说,"你知道吗?大多数女人如果经过昨晚那样的折腾,肯定要卧床休息一周。"

"床在哪儿呢?"她咯咯地笑起来。那笑声尖利的像是稀薄空气中的冰,让她自己也吓了一跳。"如果有床,我说不定也会睡上一周呢。"

"我可不相信你说的。你的状态看起来很好。"

"我彻夜未眠,一直在想昨晚的经历,准备给《世纪》杂志投篇稿子,"她说,"我想成为他们在西部的驻地记者。实在不行的话,我可以写成信,寄给奥古斯塔。"想到这儿,她忍不住笑了起来。她用戴着黑色手套的手捂住脸颊,由于风吹日晒,脸被触碰的时候有些刺痛。她想,自己应该和溜冰场上的孩子一样,看起来很健康。说来奇怪,她也能切身感受到这种健康。"不行,"她说,"我不能告诉他们。你能想象奥古斯塔在莱蒙湖①湖畔某家豪华旅馆的餐厅或什么地方吃早餐时,打开一封描写我们昨晚经历的信,然后大声地读给托马斯听吗?旁边还有那么多的欧洲上流社会人士。"

"最好不要告诉她,"奥利弗劝说道,"她已经觉得你是一个十足的拓荒者了。"说完,他抽出鞭子,拍打着马匹。"快点儿,小家伙们,可别睡着喽。"

稀薄的空气中弥漫着石头和积雪的味道,阳光照着苏珊的手和脸,暖暖的,但空气依然冷冰冰的。马车沿着小道不停地向上走,但似乎没有尽头。奥利弗说这座山至少有一万三千英尺高。他们早已走过所有的树林,甚至是低矮的植被,四下里一座座山峰紧紧环绕,远处岩石山脊、针叶林、金字塔形角峰连绵起伏。在冰斗的背阴处,积雪绵亘蜿蜒。马匹停了下来,用力呼吸着氧气。这时,苏珊看见凹陷的雪堆下面闪耀着融雪的光芒,边缘处有一丛米白色的花正凌寒开放。

"我想下来走走。可以吗?"

"你不会想走太远的,我们现在所处的高度大约是一万两千英尺。"

"就走一小段路。我能跟上你。"

活动活动双腿,苏珊感觉很舒服。她手里拿着一把高山小花,

---

① 莱蒙湖(Lake Leman),又名日内瓦湖,位于瑞士西南端的日内瓦近郊。

俯瞰着这片崎岖的土地，气喘吁吁地跟在马车后面。突然，马车停了下来，似乎在等她，她喜出望外地赶过去才发现，奥利弗正站在那儿，注视着红棕色的马儿。透过他的神情，苏珊意识到事情有些糟糕。那匹马四腿叉开，目光呆滞，肋骨上下起伏，鼻孔张得大大的，喘着粗气。

"它是生病了吗？"

"我还以为它是走得慢。说实话，也没有拉太重的东西，怎么就累成这样了呢？"

此时的画面：两个小小的人儿站在长长的、缓慢隆起的山鞍脚下，南北山峰耸立，白雪皑皑，巍峨的山脉纵贯西部。道路蜿蜒曲折，一直延伸到这里，再往上便是浩瀚的天穹。大风呼呼而过，混杂着雪花，打在苏珊的脸上。白雪晶莹剔透，无法掩盖空气中刺骨的寒冷。一辆矿车正从顶上沿山道驶下，在这充满生机的、半开发过的景色中，好似一个小小的玩具，除此之外，再无人迹。

苏珊有些害怕，她努力压抑住颤抖的声音，问道："我们该怎么办？能步行吗？"

奥利弗眉头紧锁，看着马儿，然后摇了摇头，也不看苏珊。"你不觉得这个海拔太高了吗？"

"是挺高，但是……"

"如果我们步行，你的行李和马车怎么处理呢？等我们回来取的时候，它们就不会在这儿了，这是肯定的。也许我们可以把病马留下，你骑上另外一匹……这样也行不通呀，我们又没有马鞍什么的，还是得留着它，说不定能撑到英吉利·乔治驿站。"

苏珊抬头看向岩架，矿车正小心翼翼地行驶着。"反正我现在还走得动。我可不想让那可怜的家伙拉着我。"

"我走路，你上车坐着吧。无论如何，它都会在晚饭前死掉。"

苏珊很不情愿地上了车，奥利弗拿着鞭子走在车右侧。他不时地抽打着黑色的那匹马，让它带着病马一起前行。病马趔趔趄趄，耷拉着脑袋，车轭快把它勒得喘不过气来，它大口喘着粗气。他们每走几百米，便要停下歇息片刻。

"那辆矿车也许能帮助我们。"苏珊突然说道。

"还是算了吧，天助自助者。"

他们一路走走停停，艰难地往前跋涉，在攀爬岩架途中，矿车迎面而来。奥利弗连忙爬上车，让出通道。看到红棕色马儿驮着两百磅重的他们，累得气喘吁吁，苏珊感到心情很沉重，都没有注意到矿车车夫长什么模样。

"说真的，我想下来走一会儿。"矿车过去之后，她说。她下了车，但铆足了劲儿才往上走了几百米，就休息了好多次。高山空气稀薄，她感到肺部呼吸困难，双腿像木头般沉重。不管她是不是坐在马车上，那匹病马都是一个样。马儿摇摇晃晃地朝上走了一会儿，然后停了下来，在奥利弗的鞭打和拖拽下，走了几步之后，又再次停下。它呼哧呼哧地喘着粗气，那声音就像是在锯木头。

"好啦！"过了一会儿，奥利弗说道，"别再走啦。当心累坏身子。"他扶苏珊回马车休息。他也累得气喘吁吁，在瑟瑟山风中，脸上挂着晶莹的汗珠。他们走在陡峭狭窄的岩架上，由于缺氧，不停地喘着粗气。再往上走，道路蜿蜒曲折，然后盘旋不见。岩架是用黑火药从山里炸出来的。除了弯弯曲曲的山路，什么都看不见。他们一定离山顶不远了，或者此刻就在山顶上面，积雪沿着山崖和大块碎石绵延起伏。崖壁陡立，苏珊不敢朝下看。

"离驿站还有多远？"她问，"你觉得它能坚持到吗？"

"没问题。就剩上面一点儿路了，它的任务马上就能完成。到了驿站，我们就把它松开，让那匹黑马负责拉车。"

奥利弗无奈地长吁了一口气。苏珊看见他眼神突然变了，只听他说："等一下。你听。"

他把手放在耳朵后，抬起头，仔细听着。很快，苏珊也听见了声响，但她无法辨别那是什么声音，也许是天空中传来的轰鸣。奥利弗把手放了下来，左看看，右看看，然后跳上踏板。这时马车突然下陷，车轮往后滚了半圈。就在同一瞬间，一对马从上面的弯道疾驰而来，接着又出现两对，后面拽着一辆公共马车，摇摇晃晃地跛行着。车轮摩擦岩石，激起火花。看起来像是脱缰的野马，不受控制，苏珊感到惊恐万分。

奥利弗扬起鞭子抽打着黑马的屁股，然后是红棕马，轮番交替着。苏珊紧紧地抓住马车挡泥板。在一堆乱石间，他们猛地向悬崖一侧冲去。苏珊确定，他们正紧贴着悬崖，她吓得失魂落魄。

病马走在内侧，在乱石和厚厚的积雪中磕磕绊绊地走着。奥利弗不停地鞭打着它——天呐，他怎么能这样？苏珊尖叫着，抓住了他挥鞭的手，但他连看都没看她一眼，就甩开了她的手。左边的车轮立了起来，沿着山墙爬了一段距离，重重地回落到地面，然后继续往上行。马车倾斜得厉害，她心惊胆战，紧紧地抓着挡泥板，害怕自己会直接滑到马蹄和车轮底下。奥利弗伸出手，一把抓住了她。她尖叫起来，空气中充斥着狂风一般的声音。马匹呼出的气息，在空气中化作散开的白雾，一场紧张激烈的、无声的冲刺，与他们近在咫尺。公共马车紧挨着苏珊隆隆地驶过，她若是将胳膊伸出去，可能已经被撕扯了下去。她生气地瞪着呼啸而过的马车，瞥见了车夫瘦削的、长着鹰钩鼻的脸。那人脚蹬挡泥板，手里握着如钢铁一般紧绷的缰绳，龇牙咧嘴地笑着，笑容有些怪异。

奥利弗仍紧紧地抓着苏珊的胳膊。马车忽然歪向悬崖一侧，他就像是勇立潮头的水手，引导着马车越过最后一块岩石，颠簸地落向地面。空气中还弥漫着马匹的热气和轮胎摩擦石头激起的火花味。公共马车朝山下驶去，轰隆声渐行渐远。两人心有余悸地回头望去。

"万能的主啊!"奥利弗跌坐回苏珊旁边,问道,"你还好吗?"

"还好。"

"太险了!"

苏珊疼惜地凝望着那匹病马。它走起路来摇摇晃晃,从骸骨到膝盖都在剧烈地颤抖着,鼻子几乎垂到地面,颤颤巍巍地快要倒下去了。奥利弗连忙挥起鞭子,狠狠地抽打着它和它的同伴。见它没有反应,他又跳下车去,继续不停地抽打着它们。病马跌跌撞撞,被强拉硬拽着往前走,马车吃力地向上爬。苏珊坐在马车里,气得脸色苍白,浑身发抖。她讨厌奥利弗的冷酷无情,讨厌病马遭受此般折磨,讨厌冷漠无情的大山,还有这茹毛饮血的西部。

关于这段往事,祖母在她的回忆录中言过其实地写道:

> 人们总是认为林木线以上常年冰雪覆盖,大分水岭的山脉并非如此。两个人跋山涉水,穿过古老的森林,挺进河道纵横的峡谷,在宝石般的小山谷中驻足停留,在狂风呼啸的高原上艰难簸行。当他们历尽千辛万苦即将登上山顶时,一路上遇到的种种艰难困苦全都被抛在了脑后:他们就像旧时的圣人,踽踽独行,历经磨难,然后实现蜕变。

我不忍将其仅仅读作一种文学矫饰,我想把它解读为一种对西部必然性的感知,去挖掘比景色更深层次的东西。当他们越过高山,朝英吉利·乔治驿站前进时,她一定是受到了某种指引,领悟到人和山都必须付出代价,才能直上云霄。她一定明白,托马斯·哈德森虽然温文尔雅,为人正直,待人体贴,但仅凭他不可能使那匹垂死的马迅速行动起来,将他们带离死亡边缘,也不可能使它越过峰顶,挺到驿站。想到这儿,苏珊感到羞愧难当,便停止尖叫,松开了奥利弗挥鞭的结实臂膀。他的强健体魄,还有他在危急状况下有条不紊的处事方式,令苏珊最为敬重。在这一点上,奥利弗不同于她所认识的那些男人。多年后,在回忆这段往事时,她委婉含蓄地承认,尽管自己当时心怀不满、闷闷不乐,但还是相当佩服他。

此外,苏珊的散文中也曾提及这段过往,她用几行文字回忆了前往莱德维尔时余下的旅程:

> 我很开心,我已经记不大清楚,我在丈夫将我们从死亡边缘拉回来时说了什么,希望他也早已忘记。我们抵达英吉利·乔治驿站后,那匹病马就一命呜呼了。然后,我们又雇了一匹,或者说是又雇了一具残骸。这匹马在我们到达莱德维尔的第二天就死了。奥利弗为这两匹病死的马花了大价钱,至于这次旅程来来回回花了他多少钱,我无从知晓。这就是浪漫的代价。若是现实主义者,会让他的妻子与醉汉和粗鄙之人一起,乘坐公共马车前往莱德维尔。

这些文字是苏珊在多年之后提笔写下的,受到多普勒效应的影响。一八七九年六月的那一天,他们从蚊子隘口下来,彼此默不作声,气氛有些尴尬。苏珊内心充满了恐惧和愠怒,奥利弗也忧心忡忡,并因为自己在她眼里成了一个冷酷无情的人而严重受挫。然而,这只是我的猜测。事实上,我并不知道他是怎么想的。奥利弗性格隐忍,当他觉得自己被误解时,常常默不作声,也没有留下任何小说、故事、插画或者回忆录,来为自己辩解。我只能透过我所了解的那个年迈的奥利弗,来揣测他当时的心理活动。他总是尽其所能做到最好,如果这还不够,当感受到指责时,他便会戴上他的帽子,默默地走开。

3

莱德维尔就隐匿于一条悠长的峡谷中,即埃文斯山峡谷,谷底遍布残骸、棚屋,还有尾矿。这片土地车辙纵横,植被破坏严重,满目荒凉。一路上,冶炼厂和碳窑烟尘滚滚,浸染了湛蓝澄澈的天空。他们经过一排畜栏,来到堆放着上百辆残破马车的修理厂。眼前的人渐渐多了起来,有步行者、骑马者,还有驾驶着马车的车夫。一座小木屋挂着简陋的招牌,上面写着"酒吧"二字。它看起来离任何地方都有半英里远。再远点儿有处棚屋,门上用木炭潦草地书写着"没有鸡,没有蛋,大坝上的活就没人干"。棚屋越来越密集,道路成了街市的模样。还有一处棚屋,挂羊头卖狗肉,竟打着"鉴定所"的旗号。

前方似乎出了什么事。人们正匆匆忙忙地赶过去,其他人则站在门口,探着脑袋,向小镇中心张望。一个穿马甲的男人,脸上泛着高原红,风风火火地从他们身边经过,吭哧吭哧地朝前面跑去。苏珊和奥利弗彼此仍旧心怀怨气,一路上几乎没怎么讲话。听见前面有人大声叫喊,苏珊忍不住问道:"什么情况?这里总是这个样子吗?"

"也不尽然。"奥利弗站起来瞧了瞧,耸耸肩膀,又坐了下来。喧闹声戛然而止,那些人仿佛被扼住了喉咙。接着,苏珊站了起来。她看见街道上密密麻麻挤满了人,男人从四面八方蜂拥而来。"究竟是怎么了?一定发生了什么激动人心的事。"

马车一阵颠簸,她被甩回座位,然后奥利弗站了起来。他俩一个站起来,一个坐下,就像在做开合跳。奥利弗嘴巴咕哝了一声,但苏珊没有听清他说了什么。突然,他对着新雇马匹的腰腿部重重地抽打过去。这匹马和他们留下的那匹病马一样,行动慢吞吞地,不停地喘着粗气。在奥利弗的指挥下,马儿摇摇晃晃地拖着他们左拐,上了一个坑坑洼洼的山坡。

"我的天呐!"苏珊说,"这是去我们家的路吗?"

"这只是其中的一条路。"

"你能看见下面发生了什么吗?"

"一些骚动而已。没什么可看的。"

"你对我保护过头了。"苏珊有些沮丧,抗议道。

"我可没有。"

"在新阿尔马登的时候,我与外面的世界脱节。后来,你我都意识到了这不对。"

"这里并不是新阿尔马登呀。"

他们爬上了低矮的山坡。在山坡上,苏珊能够看到右下方拥挤的房舍,还有不远处冶炼厂排出的滚滚烟尘。她知道盘亘西部的山峰是沙瓦蚩岭①。人群已经消失在苍茫的山色中,但她依然能听见持续不断的喧闹声。一阵寂静过后,又传来惊人刺耳的呼喊。"肯定是发生了什么事。"她说。

奥利弗低垂着脑袋,看着步履沉重的病马。苏珊觉得,他的脸就像一块木头,冷血无情。初到新家,就这么不愉快,这让苏珊心怀怨念。奥利弗用鞭子指着下面说道:"那儿就是你的家喽。"

她忘记了还在山下时的那股兴奋劲,也将峡谷中导致两个人一路沉默的不快抛诸脑后。眼前,她想要在西部缔造的第二个家,就坐落在那儿:一座低矮的小木屋,木头连树皮都未剥,烟囱里冒出缕缕炊烟。"看起来弗兰克已经为你生好了火,"奥利弗说,"这孩子准讨你喜欢。"

---

① 沙瓦蚩岭(Sawatch Range),地名,位于落基山脉。

"弗兰克？是你的助手吗？"

"他是萨金特将军家的老三，来西部做工程师。"

"那和你一样啊。"

"是的，和我一样。"

苏珊露出想要冰释前嫌的神情，仰头嫣然一笑，然后问道："他和你一样优秀吗？"

"这个标准有些高啊。"

他俩哈哈大笑起来，关系已经缓和了许多。在沟堤边，苏珊抓着奥利弗的手，左摇右晃，然后优美地跳了下去。这水沟和她想象的不一样，沟水清澈见底，奔流而去。她欣喜地弯腰去玩水，手指瞬间被冻僵了。

沟上架着用两块木板拼成的桥，奥利弗先将马匹拴在一个树桩上，接着小心翼翼地领着苏珊过了桥，仿佛在走钢丝一般。到了家门口，他驻足了一会儿，眉头紧锁，细细听着下面传来的吵嚷声。少顷，他冷不丁地耸了耸肩膀，带着怒火，猛地拉开了鹿皮拴锁带。

"我们应该有个好的开始，"他一边说，一边抱起苏珊，跨过门槛，"为了避免你觉得自己住得很寒碜，落魄于此，我还是先告诉你吧，在莱德维尔，没有比这更气派的房子了。"

木屋只有一间房，约莫三十多平方米，有两个窗户，但没有挂窗帘。房间里摆放着五把椅子，一把已经坏掉，还有一把摇椅。富兰克林炉里的柴火快要燃尽了。两张帆布床上铺着灰色的毯子。有一张桌子，还是用三块宽木板和两个锯木架拼凑而成。

"厨房和卧室你不用找了，这儿没有。"奥利弗说。

可能苏珊一直想着他们在新阿尔马登住的那个称心如意的小屋，所以对这里的住所也满怀期待。结果相比起来，这里却黯然失色。她竭力掩饰自己的失望，环顾四周，不得不承认这是一间风景优美的木屋。壁炉生起炉火，欢迎远方来客，让人为之动容。她脑海中勾勒出外面起伏的山峦,情不自禁地说道:"真不错!我可以在床周围挂上帘子,这样我们就能有一间温暖舒适的小卧室啦。但是我们怎么做饭呢?"

"早餐可以用富兰克林炉解决,午餐吃沙丁鱼罐头,晚餐去克拉伦登小旅馆买着吃。不过,我恐怕不会常在家吃午餐。"

"我很欢迎你回来吃,"她说,"但我可能没时间做饭,你最好别挑我忙的时候回来。我带了一些印版过来,要为路易莎·奥尔科特①的一本小说创作插画。"

奥利弗认真地说:"若不想被打扰,旅店是个清净地方。"

苏珊摘下帽子,丝毫没有拘束和不自在的感觉。随着状态渐渐转好,她开始在小木屋里边走边瞧。她晃了晃桌子,只见锯木架左右摇摆。然后,她俯身检查了其中一张小床。当她抬起头发现奥利弗正严肃地盯着她看时,便冲他笑脸盈盈、满眼爱慕地说道:"我想睡在这儿会很舒服。"

"这个夏天你可能会感到孤单寂寞。"

"别担心,我一个人能行。"苏珊说。奥利弗看起来非常郑重其事,负责体贴。她不禁蹦到他跟前,搂着他的胳膊。

"我们这里只缺女人。一表人才的男人不胜枚举,更不用提其他类型的。来访者也是纷至沓来。康拉德和亚林过两天应该会来。干采矿这一行的肯定得来莱德维尔看看。"

一想到奥利弗那斯斯文文的姐夫要出现在这间小木屋里,苏珊就忍不住咯咯地笑了起来。"你能想象在这儿款待康拉德吗?难道要用富兰克林炉给他煎一块牛排?然后围着那张桌子走来走去,手里拿着一瓶餐巾纸裹着的葡萄酒?"

"这样挺好的呀。他平日里跟个女人似的,太娇气了。"

---

① 路易莎·奥尔科特(Louisa Alcott,1832—1888),美国著名女作家,主要作品是《小妇人》。

"不管怎样,等他来的时候,我们肯定已经将小屋修缮妥当了。我能去买些印花布做帘子吗?"

"明天我带你到丹尼尔和费舍尔家的商店去买吧。"

苏珊望向窗外。一个男人沿着沟堤,吭哧吭哧地一路小跑过来。他从马儿们站立的下方,纵身一跃,跳过水沟,灯芯绒上衣的后摆随风飘扬。"有人正急急忙忙地赶过来。"她话音刚落,转过身来就看见门口站着一个人高马大的年轻人,气喘吁吁,似乎有消息要传达给他们。

"弗兰克,"奥利弗开口说道,"你来得正好,见见沃德夫人,我们的文明标杆。"

苏珊从未见过比这更富有朝气的面孔。一双棕色的眼睛滴溜溜打转,目光炯炯有神,额头渗满了细密的汗珠。弗兰克停止大喘粗气,也不去提任何消息,微笑地看着苏珊,露出一口整齐的大白牙。"呀,欢迎来到莱德维尔!"他说,"旅途如何?你觉得蚊子隘口怎么样?"

"我还是更喜欢这里,"苏珊说,"想必就是你为我们提前生起了炉火。这让我感受到了家的温馨舒适。"

"我到处去找鲜花,"弗兰克说,"我想给你留下一个好印象,但是现实却给人当头一棒。外面什么都没有。我本来打算来这儿迎接你们的,不过,那些人开始……你们知道吗,你们差点儿就撞见了。对了,你们是从镇上过来的吗?"

苏珊看见,或者说瞥见奥利弗使了下眼色,制止他继续说下去。她说:"我们听见一堆人在叫嚣,这是怎么回事?"

"像这样的小镇,到处都是醉鬼。"奥利弗插话说。

"不要这样!"苏珊气得跺脚,"你不要总是让我两耳不闻窗外事!跟我们讲讲吧,萨金特先生。"

"呃,也……也没什么,就是……小事而已。"

弗兰克喘着粗气,看着奥利弗。奥利弗也看着他,面无表情,无奈地耸耸肩膀。

"你就告诉我们吧。"她说。

弗兰克又看了奥利弗一眼,确定他同意,才开口道:"哎呀,他们在监狱门口绞死了几个人。"

听到此事,苏珊竟一点儿也不觉得惊讶。透过布勒特·哈特的作品,还有《莱斯利画报》,她或多或少能料到采矿营地会发生诸如此类的事情。她发现自己既不害怕,也不厌恶。对于来到这儿和奥利弗一起生活,她觉得心满意足,而且这事情也证实了她对作为采矿工程师妻子要面临的事情的猜想。"是谁被绞死了?"她问道,"因为什么呀?"

弗兰克直视着奥利弗说:"其中一个是杰夫·奥茨。"

听到这个名字,奥利弗不露声色,沉思了一会儿。他抿紧双唇,抬起他蓝色的眼睛,沉着地看着苏珊。"这人就是我们那个喜欢强取豪夺的邻居。他确实有点儿疯狂,挺像一条狗,看到另一条狗有骨头嚼,就心里痒痒,但也不至于被处以绞刑。"

"按我说,"萨金特说,"他这是罪有应得。你也不能到处……"

"另外一个是谁?"奥利弗接着问道。

"一个拦路强盗,昨天在斜坡上持枪袭击了一辆公共马车。还没逃到英吉利·乔治驿站,就被抓住了。"

"太阳还没下山,他就被处死了。"

"就得这样!"弗兰克一脸认真,"必须杀鸡儆猴。如果不加制止,他们会越来越变本加厉。"

苏珊看着她的丈夫。"这你都知道,对吧?而且你也看见了。所以我们才拐上山坡,换了一条道,避开了行刑现场。"

"我当时真不知道那里到底发生了什么,看起来不像是好事,"奥利弗撇了撇嘴,眯着眼向苏珊解释道,"这并不是常态。据我所知,迄今为止,莱德维尔是头一回发生这种事。如果以前发生过这种事,我也不会让你过来。这孩子头脑发热,觉得应该提倡这种做法,这样想是不对的。如果私刑真的成了家常便饭,我也不会让你继续待在这里。所以,弗兰克,你冷静冷静,听见没有?私刑一日存在,我们就不可能拥有真正的法律。"

"你说得有道理。"苏珊稀里糊涂地应和道。听完奥利弗的一番指责,弗兰克畏畏缩缩地用胳膊护住头,好像要挨打似的,模样有些夸张。

奥利弗说:"你现在该明白了吧,当公共马车车夫赶着投胎似的沿着山道飞驰而来时,如果我们不给他让道,就会葬身在他的铁蹄下。你也该明白我为什么不停下来帮助矿车陷入泥沼的小伙子们了吧?这里的生存法则就是置身事外。"

弗兰克帮他们将马车送还给车马出租所,临走时,他坐在马车上,生龙活虎地朝站在门口的小两口挥手示意。"多棒的一个小伙子呀!"苏珊感叹道,"一表人才。他看起来就像昆丁·达沃德[①]。你说他愿意给我做人像模特吗?"

"他肯定会欣然应允的。弗兰克是一个不错的小伙子,从不花天酒地,办事可靠,工作也很努力,值得信赖。但有一点儿不好,这孩子太激进了,像个斗士。对他来说,最糟糕的事情莫过于没能上战场。他很喜欢寻求刺激,却从不会碰别人的东西。"

"这可不行。但在莱德维尔,肯定没人能比得过他。"

"谁说不是呢,"奥利弗不动声色说,"我现在去给你打一桶水来,你先洗个澡,待会儿我带你去克拉伦登小旅馆用晚餐。你进去时,乱哄哄的餐馆肯定会变得鸦雀无声,我已经迫不及待地想要感受那寂静了。"

---

① 昆丁·达沃德(Quentin Durward),英国著名历史小说家和诗人沃特·司各特小说《昆丁·达沃德》中的主人公。

苏珊突然产生了一个可怕的想法,她问奥利弗:"我们吃饭的地方离监狱近吗?他们已经……"

"清理完现场了?"奥利弗哈哈大笑起来,"奥茨是共济会会员,大家会在小木屋里帮他举办葬礼,到吃晚饭时应该已经安排妥当了。"

苏珊和奥利弗一起去水沟取水。她好奇地问:"为什么你是顺着水流,而不是逆着水流舀水呢?"

"为了少舀些垃圾进来。"

"你可真机灵。"

奥利弗自顾自地舀水,没有理睬她。下面传来乐队刺耳的和弦声。"是不是挺厉害的?"他说,"离绞刑结束才半个小时,他们就搬出那老掉牙的乐队,四处晃悠,好像什么都没发生过一样。"

苏珊站在沟堤上,俯瞰着光秃秃的峡谷,小镇上空烟雾缭绕,西部巍峨的山脉就耸立在她眼前。傍晚的阳光,透过朵朵白云,层层洒落。乐队渐渐走远,音乐声听起来柔和悦耳许多,这是属于这群人的秩序、优雅和文明,是他们周日下午的模样。过了一会儿,音乐声停止了,沟水汩汩地流淌,接着从更深、更远的地方传来一片杂音,有靴子踩在空心板上的哒哒声、捣碎机的轰鸣声、人群的吵嚷声,还有矿车驶过的隆隆声,彰显出了莱德维尔的激情澎湃、不知疲倦。苏珊意识到,奥利弗也是其中的一分子,她自己如今也成了这激昂音乐的听众,两个人一起安身于这充满朝气的新环境中。

奥利弗手里拎着水桶,微笑着看着她说:"你跟我说实话。住在这里你能行吗?要不然带你去克拉伦登旅馆住?"

"哎呀,住在这里挺好的呀!"

"这里地处偏僻,你会不会感到孤单?"

"我有工作要忙。而且,你说过,我最好不要和这里的人过多接触。"

"我们可以在莱德维尔广袤的土地上策马奔腾。如果我没时间，弗兰克和佩尔西可以带你去骑。"

"谁是佩尔西？"

"我的手下，来自牛津。你不知道吗？一个又穷又没能力的英国人。"

"听起来你的社交生活还挺繁忙，我们能共度美好的夜晚吗？"

迎着夕阳，奥利弗眯起双眼看着苏珊，他眼角的皱纹像皮革一样柔软。他在偷笑，但笑容被胡子遮掩住了。"择日不如撞日，撞日不如今日？"

听到这话，也许苏珊的脸上泛起了红晕，两个人站在沟堤上，深情对视良久。也许她责怪了他的不正经；也许她有些陶醉，但由于害羞而跑开了，奥利弗则追了上去，两人在那广阔的露天舞台上尽情缠绵。具体情况，我无从知晓。高海拔似乎有种魔力，我只知道，他们那天早上在蚊子隘口发生的误会已经烟消云散，他们快乐地开启了在莱德维尔的生活。

4

苏珊在莱德维尔住得虽然简陋,但备受宠溺。

初来乍到的那些日子,早晨冷飕飕的。她醒来后便躺在床上,睡眼惺忪地看奥利弗穿着背心和松垮垮的背带裤,蹲在富兰克林炉边上,抓一把刨花引燃煤火。那动作敏捷娴熟,心无旁骛。奥利弗除了前臂和脖子被晒黑了,其他地方的皮肤还是相当白皙。他把门打开,呼出的浓浓白气清晰可见。一股冷气吹了进来,苏珊下意识地往毛毯里钻了钻。奥利弗站在门口,手里拎着水桶准备出门打水。屋外,天空呈青铜色。眼前这个彪形大汉虽不是苏珊的理想爱人,但此刻她很满足,因为这是一个值得托付的男人,一个在西部摸爬滚打了十几年的拓荒者。

门"砰"的一声关上了,她听见奥利弗一路小跑至水沟边。没过几分钟,他重重地推开门,拎着水花四溅的水桶回了屋。苏珊这才准备起床。

她醒来时是什么模样呢?由于我见到的祖母都是仪态端庄的模样,所以我无法想象她蓬头垢面、眼睛浮肿的样子,尤其是当她还很年轻的时候。一八七九年,卷发夹应该还未时兴。如果她要卷刘海,估计得用烙铁之类的东西,在炉子或油灯上加热了再卷。她会不会戴着睡帽睡觉?这也说不定。我可能会去翻一翻《歌迪女士手册》[①],窥探一些闺房秘密。当然,这也只是可能。希尔斯·罗巴克百货公司的宣传册,很快也能让我这个历史学家了解到一位女士在

[①] 《歌迪女士手册》(*Godey's Lady's Book*),19世纪中前期美国最流行的女性杂志,每期会有大量精彩版画,提供各种时尚装束和设计,引领美国时尚潮流。

新的一天睡醒时的样子。在新阿尔马登那个被她迷得如痴如醉的小伙子的眼里，她哪里是什么妇女，简直就是天使。更不用问她丈夫的感受了，他还见到了她早上六点半将要睡醒的样子。在奥利弗看来，她就像壁龛里的圣徒，背靠木墙，闪烁着耀眼的光芒。我想，她白里透红的肤色，经过一夜酣睡，变得更加红润了。她即便睡着了也不老实，而且一醒来就"叽叽喳喳"说个不停。奥利弗做饭时，她一直在旁边唠叨。

早饭由奥利弗负责。他说苏珊没必要冒着严寒从温暖的被窝里起来，并且他的厨艺也更胜一筹。她承认确实是这样。烤牛排、煎培根、煎鸡蛋、烙饼、炸土豆、熬粥、煮咖啡，这些奥利弗全都不在话下。和苏珊比起来，他只用花一半的时间和精力就能做出这些美味的食物。他有个诀窍，就是拿空发酵粉罐去切炸薯饼。为了不让昆虫和灰尘进入打开的炼乳罐头，他用火柴塞住两个小孔。他还能让煎饼凌空翻转，再完美地落回锅中。

莱德维尔真是太冷了。这里的夏天只有一个月的时间，来去匆匆，让人寻不到踪迹。直到现在，夏天尚未开始。苏珊倚靠在木墙上，整理着奥古斯塔在她怀着奥利时寄给她的那些贴心信件。她饶有兴趣地看着丈夫忙碌的身影，后者动作很是娴熟。在她看来，这个早上是他们一起度过的最美好的几个小时。

"你还没告诉我康拉德什么时候过来呢。"她说。

"是的，我忘记说了。他下周过来。"

"我们应该请他留下来。"

奥利弗环视了一下小木屋，然后将身子歪向一边。锅里雾气升腾，他不得不眯着眼睛，卷起焦黄的土豆饼。"那我们让他待在哪儿呢？"

"我不知道呀。这里应该不行。但如果去克拉伦登的话，肯定不如家里温馨。"

"说不定他反而觉得在家里有点儿太随便了。"

"可我喜欢啊,"她说道,"我真的很喜欢这里的一切,只是做饭、用餐、睡觉、穿衣打扮、洗漱和娱乐全都要挤在一间屋子里,我难以忍受。我们能在奥利来之前,再建一间耳房吗?"

咖啡煮沸了,奥利弗用指尖拨开壶盖。"你还想着带他过来?"

"我心意已定,我才不要我们三个人又分开那么久。"

木屋里充满了咖啡和培根的香味,苏珊抖了抖身上的毯子,散散上面的油烟味。她看见奥利弗一只手叉起培根放在锡盘上,另一只手将鸡蛋打入油锅里。他单手在锅边敲破鸡蛋,然后用他修长灵活的手指将蛋壳叩开,让蛋液流出。苏珊看着它在锅里渐渐凝固,形状好似镶边的金黄心花朵。

"你今天能带我骑马吗?"

"今天恐怕不行,我得去大埃文斯。"

"我可以和你一起去吗?"

他蹲在地上,想了想,说道:"你还是别去了吧。我让弗兰克和佩尔西陪你。"

"能别叫佩尔西吗?那个傻子,我总担心他会跌下马,这样我就得骑得慢悠悠的。一跑起来,他肯定会被弹得飞起来。"

"不让佩尔西陪着,这还不简单?但是不管怎么样,在这个海拔,你可不能骑马疾行。"

"知道啦,这位先生,"苏珊桀骜不驯,"你前天一鼓作气跑了六十英里,这是怎么做到的呀?你的马一定是科罗拉多州步伐最矫健的。"

"我快马加鞭,是想早点儿赶回来。"

苏珊喜欢奥利弗看着她的样子,她觉得奥利弗长着一张健康、阳刚、痴情的脸。他看起来是个懂得知足的男人,苏珊也感到满足,等她将奥利接来,就别无它虑了。

七点半，奥利弗已经走了。苏珊一个人窝在床上，等待炉火和阳光驱散屋里的寒气。一个小时过后，她才起床，身穿睡衣收拾凌乱的房间：整理床铺、清洗餐具等。倘若不把房间收拾干净，她一整天都会感到乱糟糟的。她将门窗全都敞开，让晨间的空气扫去屋子里的油烟味。待房间全都清扫干净、焕然一新之后，她才能安心画画、阅读、做针线活，还有写信。

这是一封写给奥古斯塔和托马斯的信。它循着春天的足迹，一路向北，寄到了阿尔卑斯山。

实在是太巧了！你还记得史丹顿岛的萨金特家族吗？蒂莫西·萨金特将军你知道吗？他的儿子现在是奥利弗的助手。听他讲，你们两家应该算是旧识。你可以想象一下，我们初见面时围在炉火旁相谈甚欢的场面。

弗兰克是个很不错的小伙子。他十分钦佩奥利弗，称赞他是"科罗拉多最好的上司"。每当奥利弗在办公室忙得不可开交或外出勘探时，他就成了我在这里的依靠。他帮我劈柴、搬运柴禾，替我生火（早上六点就来了！）、烧垃圾，去镇上取包裹，还给我跑腿，带我骑马。毫无疑问，要不是他帮我，我就得独自一人应付这些事。

他帮我处理这些杂事，真的很有绅士风度。什么事情放到他那儿都得心应手。他身高近一米九，整个人就和黑蛇一般灵活。他对西部有股狂热，爱这里的刺激冒险，喜欢与陌生人和奇奇怪怪的事打交道。不过，他受过良好的教育，并不会在这大山之中随波逐流、自甘堕落。每个月，他都会将三分之一的薪水寄给他的寡母。我问他，在莱德维尔平时都有些什么娱乐项目，本来还担心会听到不好的回答，结果他告诉我，都不怎么感兴趣。弗兰克和佩尔西住在一个屋檐下，俩人都有阅读的习惯。有天晚上,我们促膝长谈了一番。他有意识地让自己在这里保持一身正气,既不对遇见的可怕女人动心思,也不酗酒,因为他亲眼看见了他的几个朋友被酒搞垮。对于那些妻子不在身边的孤单男人,或是难以实现成功的不得志男人来说,酒精极具诱惑。这里竟然还有弗兰克这样高风亮节的人,我感到很兴奋。此外,奥利弗告诉我,他是一条真汉子。就在不久前,有个恶霸嚣张地嘲弄佩尔西的英国口音,弗兰克将那人狠狠地教训了一通,恶霸下巴都被打骨折了,至今都不能说话。你能想象我竟然结识了一位喜欢用拳头说话的人吗?并且我还很喜欢他。在这里,动武这档子事,哪怕是君子也在所难免。

  我把他当作弟弟,也会和他打情骂俏(不过只有一点点啦),这让平淡的生活增加了几分乐趣,但也无伤大雅,因为我比他年长九岁呢。他有一双和你一样亮闪闪的深棕色眼睛,真叫人为之倾倒。他对我的关爱从不遮遮掩掩,奥利弗想必已经有所察觉,但他能理解,就像他理解你和我之间的关系一样。至于他是怎么想明白的,我就无从知晓了。我的好丈夫,按他的年龄来说,真是够睿智。其实,他和弗兰克很相像。俩人都对在西部历练充满热忱,都一样沉着冷静,并用同样崇拜的眼光看着你这位轻浮的朋友——我。相比之下,弗兰克更健谈些,能说会道。我已经将他画进奥尔科特小姐的小说插图里了。

  是不是很反常?我都这个年纪了,还身处高海拔地区,竟开始去探索支配男人的意义!我以前从未见过选择行使这种支配权的女人,现在的我似乎能够理解她们了。我身边有三个男人,我能见到的人只有他们,他们仨为了我任劳任怨。你不觉得我是一个挺惨的女冒险家吗?既做妻子,又做姐姐和母亲,不过我可是清清白白，也乐在其中，而且不会伤害谁。

我把他当成自己孩子的那个男人是伊恩·普莱斯，他是奥利弗的手下，我们都叫他佩尔西。奥利弗说他是一个笨蛋，尽管如此，他还是继续用他，因为他一个人无依无靠、孤苦伶仃。我不明白他为什么会选择到莱德维尔来，估计他在以前生活的地方过得很糟糕。他一点儿都不像是一个西部淘金者，瘦骨嶙峋，说起话来结结巴巴，脸涨得通红，走路还能被自己的脚给绊倒。当有人嘲弄他，或觉得什么事情很有意思时，他会拉长了声音，"哈——哈——"地大笑！声音像杀猪一样。在某种程度上，他是一个好伙伴。他比弗兰克的阅读量还大。我们独处时，他高谈阔论，完全不见平日里的扭扭捏捏。他喜欢坐在我们家炉火前的摇椅里读书，不怎么插话，竟还从中获得了慰藉，一副很满足的样子。看他这般模样，我不禁想，如果我们不在这里，他会选择去哪里寻求宾至如归的感觉呢？去克拉伦登旅馆吵嚷的前厅？还是他和弗兰克居住的棚屋？在棚屋里，他只能躺在床铺上，借着挂在钉子上的油灯的光亮读书……

品品莱德维尔的夜晚吧。

屋内光线轻柔，有炉火光，还有两盏带调节装置的油灯散发出的柔光。油灯是从丹尼尔和菲舍尔那儿买的，价格贵得惊人。小床用帘子围了起来，桌子紧挨着墙壁，上面挂着地质勘探队绘制的地质图。这些都是苏珊挂上去的，目的不是为了学习研究，而是想装点房间。弗兰克坐在地上，下巴抵着膝盖，眼睛里闪烁着炉火的光芒。佩尔西坐在炉子和墙壁之间的摇椅里阅读，晃晃悠悠，弄得摇椅嘎吱响，在他们谈话的间隙，就像是有一只蟋蟀，吵闹个不停。

"佩尔西，你看什么看得那么入迷？"苏珊问。

佩尔西看得太入迷了,没有听见。他穿着笨重的靴子,脚尖轻轻点地,碰到地面,又再次抬起,鼻子离书页大概只有十英寸。他翻动书页,脚忙着放下、触地又抬起。地面发出"吱吱"的响声。他们几个在一旁注视着,笑得合不拢嘴。

"他一点儿都不自负,"奥利弗说,"所有人听到他的名字都会报以仰视的目光,这让他有些烦躁。抛开他是佩尔西也不要注意他在读书,瞧瞧他,多像骑在木马上的孩子啊。"

"有一天,我瞅见他骑着一头老态龙钟的母骡子沿路而行,手里拿着书,都快贴到脸上去了,"弗兰克说,"就算骡子摔倒,将他甩到矿井里,他还是照读不误。说不定,他还纳闷,怎么天突然黑了。"

奥利弗稍微抬高了嗓音说:"我不能让他再到我这里来了。这地板上的钉子可经不起他这么摇。"

他们和佩尔西开玩笑,但后者却沉迷于书籍的海洋,全然不知。咯吱咯吱!咯吱咯吱!小皮靴不停地敲打着地板,佩尔西又翻了一页。苏珊强忍着笑,对着弗兰克和奥利弗摇了摇头,示意他俩不要取笑他。

奥利弗说:"这个木讷的佩尔西,有一件事他肯定没有注意到:摇椅在缓慢移动呢。再过五分钟,他可能就要葬身火海了。"

"他肯定注意不到的。"弗兰克说。

佩尔西的皮靴有节奏地敲击着木板,滑稽中带着些许的优美。咯吱咯吱!咯吱咯吱!他用口水浸湿手指,又翻了一页。

"我发誓,"奥利弗边说边站了起来,"这可不是儿戏。"

他沿着墙,走到了佩尔西身后的书橱前。佩尔西肩膀耸向一边,给奥利弗让路,鼻子里还发出疑问的哼哼声,但自始至终他都没有抬头。摇椅晃晃悠悠,奥利弗站在他身后紧挨着他,两只手各拿一册四开本、六磅重的矿产统计报告,里面汇集了金、普拉格、埃蒙斯、海格兄弟等人的智慧结晶。他们是奥利弗职业道路上的引路人和榜样。

苏珊曾有一瞬间很是担心，害怕他会把书砸在佩尔西的那颗榆木脑袋上，还示意他不要那么做。结果发现，奥利弗只是站在那儿，待瞅准时机，迅速弯下腰，将书塞到椅腿下面。

佩尔西抬起脑袋，紧抿嘴唇，看着痴笑的众人，一脸茫然。突然，他回过神来，脸色变得绯红，眼睛暗淡无光，四下寻找焦点。"抱——抱——抱——抱歉！"他说，"怎么了？"接着，他发出大家习以为常的笑声"哈——哈——"，仿佛是一阵呻吟。

才过了一两天，苏珊又发现了佩尔西与莱德维尔格格不入的一面。他受命带苏珊骑马，两个人沿着阿肯色河流域的福克湖飞奔。他们来到一个水位很高的地方，水流湍急，九曲回肠。"快点儿，佩尔西！"苏珊边喊边骑马蹚进水里。

河水冲刷着佩尔西的膝盖，水花四溅，他小心翼翼地朝前骑着，吓得缩头缩脑。他的马走在河底光溜溜的石头上，显得颤颤巍巍。苏珊全然不顾危险，把脚从马镫里抽出来，欣喜地享受着冰冷的水流带给她的刺激感。在浅水区，马儿一个箭步冲了出去，抖了抖身上的水。苏珊摸索着马镫，转头看了看佩尔西，只见他在河中央双手紧紧地扼住马鞍，投来可爱又绝望的微笑。

苏珊骑着马穿过柳树林、桤木林和低矮的桦木林，直至走完迂回曲折的灌木丛，视线才变得开阔起来。前方是一片绵延数英里的草地。她停在草地边缘，那里除了标示福克湖河道的弯弯曲曲的指示线，看不见一棵树。青草深及马镫，随风舞动，草丛中点点繁花时隐时现，有铁锈色的火焰草、蓝色的钓钟柳、黄色的毛茛、猩红色的吉利花，还有蓝白相间的猫爪花。四周山峦耸立，山峰积雪覆盖，林木线呈扇状曲线伸展开来。

苏珊几乎屏住呼吸，冲进青青草地。马腿淹没在草丛中，只看得见马背，马镫和裙子在花草丛中勾勾绊绊。这一切让她目眩，就像水中激流带给她的感觉一样。天空是高山才有的蓝色，苏珊感到肺部"嘶嘶"作响。她站起身，尽情地呼吸，像是在对着天际线喝彩。草叶上，密密麻麻的露珠晶莹剔透，在阳光的照射下闪闪发光。

佩尔西终于赶了上来，他的马累得直喘粗气。苏珊没有回头，尽情享受着眼前的美景。接着，她听见佩尔西在身后用一口纯正的牛津腔流利地吟道：

啊！蛮荒之地也能感受到时光温柔。
这蓝色苍穹恰似一口大瓮，燃烧着熊熊烈火。

除了佩尔西，还有谁会这么做？除了莱德维尔，还有哪儿会发生这种事？

老鼠啃咬了祖母在莱德维尔时期的信件，导致那段历史出现空白。她在新阿尔马登和圣克鲁斯时期留存了一大捆书信，但这一阶段信件不多，只有三十封。

回忆录对我来说助益不多，三本有关莱德维尔经历的小说也没有太大的参考价值，毕竟这些故事并不是对当时场景的真实再现。不过，也许能从中寻到些真人真事的蛛丝马迹。其中，柔弱女子心存顾虑的桥段屡见不鲜，事实上，祖母在莱德维尔从未遇见过这种女子。男主人公都是奥利弗这样年轻的工程师，他们被刻画得弱不禁风。反派人物有强取豪夺的恶霸和黑心经理。如果女主人公是恶霸的女儿，在她嫁给正直的工程师之前，她的恶霸父亲一定会在忏悔中死去，这是祖母一贯的写作手法。

祖母太过讲究，祖父将她紧紧地护在身旁，两耳不闻窗外事。如果她写有关墓碑镇或戴德伍德的小说，情节也会是大同小异，只有对景色的描写有些不同罢了。这些故事中穿插的一些真实成分无非是为了画龙点睛。

一个真实的莱德维尔,埋藏于老鼠咬碎的书信中。正是这个莱德维尔让她提笔记录了下来。

有个营地在一片洼地中央发现了丰富的矿藏,他们急需用人,而且对经验没有要求。在莱德维尔,哈佛毕业生在探井里工作的大有人在。麻省理工学院和耶鲁大学谢菲尔德科学学院的毕业生也屡见不鲜。他们做出纳员、书记员,甚至保安。拿着一纸文凭、衣冠楚楚的年轻工程师络绎不绝,前往办公室应聘。克拉伦登小旅馆南来北往的"淘金者"口音各异,有波士顿腔、纽约腔、伦敦腔,而蚊子隘口是采矿专家和资本家来此的必经之路。

莱德维尔像一辆失控的列车,呼啸着朝文明驶去。在谈论一处歌剧院时,三位矿区经理,包括奥利弗的远房表亲威廉·斯坦利·沃德在内,都表示他们计划在沟渠步道边建房,希望在来年夏天到来之前,能够娶个老婆回来。主要的寄宿公寓在举办年轻男子舞会时,会和新港①一样,划定苛严僵化的社会等级。最好的酒馆用核桃木、水晶和威廉·莫里斯②设计的壁纸装饰,富丽堂皇。苏珊栖身在沟渠边的小木屋里,一切才刚安定下来。这里的生活就像是万花筒里的彩色玻璃碎片,逐渐变得五彩斑斓。

一天清晨,外面响起敲门声,苏珊打开门一看,一个又矮又胖的女人站在门口,神采奕奕,看起来十分自信。来访者是海伦·亨特·杰克逊,她们共同的朋友奥古斯塔请她来见祖母。这对祖母来说就像是收到了一份情人节礼物。杰克逊夫人和祖母的境况一样,两个人都搞文学,她们的丈夫都是采矿工程师,也都住在西

---

① 新港(Newport),或译"纽波特",位于美国罗得岛州南部。
② 威廉·莫里斯(William Morris,1834—1896),英国设计师、诗人。他设计、监制或亲手制造的家具、纺织品、花窗玻璃、壁纸以及其他各类装饰品引发了工艺美术运动,一改维多利亚时代以来的流行品位。

部,她的出现让祖母感到无比宽慰。如果马萨诸塞州阿默斯特市的海伦·亨特,在她成为丹佛市的海伦·亨特·杰克逊之后,仍能保持自我,为什么纽约州米尔顿市的苏珊·伯灵,在成为莱德维尔的苏珊·伯灵·沃德之后,却丧失了自我呢?片刻之后,她们变得亲密无间,无话不谈。

一天,来了几辆马车,许多骡子,还有六个男人,他们在水渠上方的山杨林边缘扎营。这是一支新成立的美国地质勘探队,里面都是负责北纬四十度线地质勘探的老将。不一会儿,一个又高又瘦的男人赶了过来。他下巴很短,整个人没精打采的,穿着一身雪白的鹿皮装,优雅地下了马,然后自报家门。他叫塞缪尔·埃蒙斯,是个大人物,人称"莱德维尔的荷马",是奥利弗的偶像,也是普拉格、克拉伦斯·金和亨利·亚当斯的老搭档。他写过一本书,被奥利弗视作《圣经》。木墙上挂的那幅装饰用的地质地图就是他帮助绘制的。此时此刻,他瞧见有人将它钉在墙上,顿时心花怒放。他说,只有女人才能看出志留纪[①]的美学价值。

没过几天,普拉格和亨利·亚宁也来了。不到一个星期,克拉伦斯·金这位大名鼎鼎的人物竟也大驾光临。金是地质调查项目的负责人,《内华达山脉登山记》的作者,他曾成功登顶惠特尼山,还向世人揭露了大钻石骗局。苏珊并没有把他看作"他那一代最杰出、最耀眼的男人",因为当时约翰·海伊还未给出这么高的赞誉。她知道金是一位文人,还知道奥利弗十分敬重他,因为他是一位了不起的科学家。他讲起话来妙趣横生,讲故事也绘声绘色,这苏珊早已有所耳闻。她用一种介于敬畏和戏谑之间的语气,给奥古斯塔写信道:"金住在营地帐篷里,有一位黑人仆从为他服务。他有取之不尽、用之不竭的美酒佳酿和雪茄。他的骑装和埃蒙斯一样,都

[①] 志留纪(Silurian),地质年代名,是古生代的第三个纪,约开始于4.4亿年前,结束于4.1亿年前。

是由伦敦的裁缝用雪白的鹿皮制作而成，居住在内华达州卡森谷的派尤特族女子披的就是这种鹿皮。"祖母的信中只讲述了那天晚上发生的事情，对于金的侃侃而谈并未详叙。这部分也许是被老鼠啃咬了。

和金一起来的男士叫托马斯·唐纳森。他身材高大，性格温和，是公共土地管理委员会的主席。他们在莱德维尔安营扎寨的两个月里，吸引了一大批名流巨子。他们在哪儿度过美好的夜晚呢？自然是在祖母的小木屋里。她就像是一盏油灯，引来无数飞蛾。面积不到十五平方英尺的房间里，每晚都挤满了人。他们来自各行各业，各有所长，有墨客骚人，有政界精英，有饱学之士，有天资聪颖者，有能言善辩者。空间太小，帘子后面的两张小床总是被征作沙发。我想，祖母绝不会因为自己的卧室被侵占而感到心情不悦，她一生中从未像当时那样满怀热情。她准备好在环境恶劣的异乡做一个尽职尽责的妻子，也准备好躺在西部简陋的床上，却没料到自己还能在这里主持沙龙，论排场和光鲜程度，奥古斯塔的工作室也难与之媲美（苏珊不止一次这样想）。

如果你不相信我们在莱德维尔过得很快乐，那我就和你讲讲独立日那天我们是如何度过的吧。阿巴迪夫人和杰克逊夫人来我这里了，她们的丈夫外出勘探还未归来。沃德先生突然大驾光临，手里还拿着一捧野花。弗兰克·萨金特出门垂钓去了。奥利弗的腿被硝酸灼伤，没法弯腰用富兰克林炉做饭，所以弗兰克替我找来了午餐。我们有波士顿的鱼杂烩汤罐头、加利福尼亚的罐装白麝香葡萄和沃德先生提供的英式早茶。地质勘探队的厨师见我们在庆祝独立日，送来了莱德维尔式葡萄干西米布丁。此外，弗兰克还为我们烤了面包片。我们的餐桌服务有些随便。弗兰克坐在包装箱上，沃德先生躺在摇椅里，晃晃悠悠，佯装自己是一个淘气的坏孩子，执意把食物弄得到处都是。他总是聚会时活跃气氛的那位，且自得其乐。奥利弗坐在一把老旧的办公转椅上，吃着上次野餐留下的装在百威啤酒杯里的葡萄。午餐后，一个卖冰激凌的小贩沿着沟渠吆喝，叫卖声有些凄惨。奥利弗和沃德先生冲出家门，事实上只有沃德先生算冲出去，而奥利弗是一瘸一拐地走出去的。沃德先生回来的时候还带了一些橘子回来。那天晚上，我们去下面的餐馆吃晚饭时，碰见竞走比赛正进行得如火如荼，一旁还有铜管乐队在吹吹打打。在这里，无论是走钢丝表演，还是穿着短裙的女郎在西部露天大舞台上的演出，都离不开乐队的助兴。吃过晚饭，沃德先生带我们去奇滕登那儿挑选地毯和印花棉布，为自己置办家当。他正在我们家附近建造一所房子，明年打算讨个老婆回来。你肯定想象不到，这里能够买到很多高雅的物什，只要你肯花钱。

　　说来也奇怪，我们的朋友圈在不断地扩大。当我们回到家中，小屋里高朋满座。杰克逊先生和阿巴迪先生回来了，房间里一下子有了三对平淡的小夫妻。来客里还有刚来此地不久的勘探队的金先生、埃蒙斯先生、威尔逊先生，以及康拉德·普拉格和亨利·亚宁，还有公共土地管理委员会的唐纳森先生。奥利弗的手下佩尔西躲在椅子下面，沉浸在自己的世界中。弗兰克也回来了，钓了两条鱼，全都慷慨地赠予了我。他还帮我把中午吃饭用的餐盘收拾干净。金先生回到他的营地拿了一瓶白兰地过来，我们围绕炉火为美利坚干杯，唱着战歌和节日的欢歌。

　　大部分人对我们决定将奥利带来持怀疑态度，也对我决定留在这里感到诧异。金先生和杰克逊先生，站着说话不腰疼，直言长期、频繁的分隔两地，是婚姻稳固的唯一基石。这言论可让杰克逊夫人像小猎犬一样叫了起来,因为她和我一样,跟随丈夫来到了西部,可就连她都不赞成我们在莱德维尔安家。她劝我们去丹佛定居。她说,莱德维尔海拔太高,寸草不生,鸡不下蛋,牛不产奶,就连猫都难以在这儿活下去。毋庸讳言,他们没人能说服我们。奥利弗一般通过骑行百英里来检测自己的身体状况。他自我感觉良好,而我必须承认,我也很兴奋。

我拿出刚收到的罗希特·雷蒙德教授给我的便条。他刚结束勘探,与我们分别不久。在读这封小信时,美好的夜晚也随之落下帷幕。他说他很享受炉火旁的夜晚,却没想到一出山,就染上了严重的风寒,谨以这封小信聊表感谢。

> 让王子咳嗽流涕
> 在无忧无虑的宫殿里
> 让风寒杂症袭扰富人哩;
> 而我只祈盼
> 身体能康健
> 在那沟渠边的小木屋里。

你不觉得我们在这里过得很愉快吗?唯一艰苦的地方就是奥利弗必须经常外出巡视矿井,正如这里的人所说,这里的矿井"旱的旱死、涝的涝死"。他很羡慕勘探队的那些人,早上骑马出门,带着一块三明治和一把地质锤,一整天都是寻找化石,或者通过经纬仪观察放大后的山脉。

5

"有个问题我想和您探讨一下,"海伦·亨特·杰克逊说,"这个问题的点不在于印第安人。当美国人的利益和印第安人的权利产生冲突时,我知道美国人会作何反应。他们素来手段卑劣。而现在,我想问的是:倘若政府部门的科学家发现自己掌握了对资本家来说价值数百万美元的信息,而他的那些最要好的矿业专家朋友此时碰巧也都在寻找这类信息,他会如何抉择呢?"

说这话时,她躺在摇椅里纹丝不动,双手交叉放在胸前,脚离地有两英寸,似吊锤般耷拉着。面对大家的微笑、低语,抑或是虚张声势的呼天喊地,她显得泰然自若。只要她想,就能轻而易举地让所有人的目光转移到自己身上,嘈杂的房间会霎时安静下来。杰克逊先生是个例外,他自顾自地盯着天花板,一只手不停地轻拍着脑门。

克拉伦斯·金抬起表情生动的胖脸,乐呵呵地说道:"你该不会是在暗示我们中有人在政府利益和私人利益之间拎不清吧?"

"我可没有这个意思,"杰克逊夫人轻描淡写地说道,"我只是突然想到了这个问题。负责勘探公共领域资源的地质学家刚好在场,在座的还有你们的朋友,他们的全部工作就是掌握这些信息,而且最好是在公布之前掌握。这对我而言,似乎是一个很不错的伦理问题。"

"现在,"她的丈夫接过话茬,"你们可算瞧见男人在谈事的时候,让女人掺和进来是什么后果了吧。她能给你整出一场国会调查来。"

"金先生，发表下您的看法吧，"杰克逊夫人追问道，"作为刚成立不久的了不起的地调局的局长，你就从未泄露过内部消息帮自己的朋友发财？"

屋里响起一片抗议声。金先生摊开双手，说："这你可问错人了，我只是一个当官的。埃蒙斯才是掌握信息的人，我还要遵从他的意见呢。"

"这可是个老江湖，他被国会议员盘问过不知道多少回了。"康拉德·普拉格搭腔说。

"如果埃蒙斯拒绝回答你，我去给他下命令。"金说。

"为什么我要拒绝回答呢？"埃蒙斯连忙反驳道。众人围坐成月牙形，埃蒙斯坐在右边角落，他那张下巴很短的脸笑呵呵地转向像佛陀般端坐在人群中央的杰克逊夫人。"获得信息的目的不就是为了告知大家吗？还有比友谊更高尚的情谊纽带吗？又有哪种品质能够超越忠诚？我当然会透露些内部消息。敢问在场的每个人，谁不是靠着和我的关系挣得盆钵满盈？我可是个厚道的朋友，认识我对你们没有坏处。"

威廉·斯坦利·沃德平时就喜好开玩笑，他大喝一声："叛徒[①]！"还假装从钱包里掏出所谓的"罪证"，扔进炉火中。奥利弗倚靠在墙上，抽着雪茄，透过烟雾，睥睨着一切。弗兰克和佩尔西则被挤到了角落里的小床上。

"你们竟然把这当作玩笑，"杰克逊夫人说，"如果国会议员盘问你们，你们通常作何回答呢？这是常有之事吧？"

"可是海伦，"坐在近处那张小床上的亨利·亚宁说，"你要知道，在座的所有地质学家，没有一个能给你丈夫和我提供哪怕只价

[①] 原文为犹大（Judas），《圣经》中耶稣基督的十二门徒之一。耶稣传布新道受到了百姓的拥护，却引起犹太教长老司祭们的仇恨。他们用三十个银币收买了犹大，要他帮助辨认出耶稣。随后他们到客马尼园抓耶稣时，犹大假装请安，拥抱和亲吻耶稣。耶稣随即被捕，后被钉死在十字架上。

值三十美分的信息。我盘问过他们,所以我了解情况。本次地质勘探的目的是为了完善人们已知的旧版地图,然后再行发布。"

"还包括产钻地层的信息。"埃蒙斯对着他的空酒杯说。

在苏珊看来,那一刻所有人都屏住了呼吸。她不禁感到郁闷,这简直是一场舌战!亚宁挪了挪屁股,黝黑的克里奥尔人[①]脸上露出了痛不欲生的表情。他把手放在心口,尖声说道:"不公平!这简直太可恶了!"

"可怜的亨利,"金说,"他被无耻之徒欺骗了,为劣质钻石矿做了担保。当时,有一位政府部门的研究员不得不挺身而出,揭露了这场骗局。低调一点,我就不提他姓甚名谁了。这能清楚地解释你所询问的问题,即在私人利益和政府原则之间该如何抉择。"

康拉德·普拉格看着自己修长漂亮的双手。"如果说这不是设计好的,我倒对这件事挺好奇的。私人专家和政府部门的研究员本可以串通一气,雇用同伙给矿井造假。亚宁过去做做样子,检查一番,等到同伙远走高飞后,金再像一位白马骑士一样半路杀出,揭穿骗局。亚宁虽然损失了声誉,但换来了大把的钞票——你也许会说,有钱赚,还管声誉做什么。要知道,金可是名利双收。这就好比放任盗贼进入英国央行的金库,等他们偷走一切之后才大喊抓贼,呼喊抓贼的一方还能因此加官晋爵。"

"怎么偏偏我这么倒霉?"亚宁抱怨说。

众人捧腹大笑,唯有苏珊笑不出来。她在想,这些男人个个能力超群,在大事中往往独当一面,竟公然拿自己的成就开玩笑,还用自己的专长轻浮地嘲笑亚宁先生的错误,并且承认他们是同类人这一事实,他们真的与众不同。奥利弗一直对这些人的生活充满向往,而苏珊期盼他能过上真正优雅的生活,去接触一流的思想。

---

① 克里奥尔人(Creole),在这里指定居在美国南部诸州的法国人和西班牙人的后裔。

她暂停思考，看着身穿衬衫坐在地板上的奥利弗。他正忙着将白兰地酒瓶递给埃蒙斯。她说："金先生，我到现在才知道你是这般不讲原则。"

金回答道："各位请评评理，现在妄加揣测已经上升为主观臆断，然后直接确定臆想，实施起控告来了。从灵光一闪到宣誓证明，再到获得报酬，只需短短几分钟，专家头脑运转的整个过程简直就是教科书般的操作。虽然专家极具权威，但其口中所言未必可靠。"

"我只是说这有可能会发生在政府部门的科研活动中。"普拉格说。

"既然你已经弃明投暗，那不妨私下跟大家专业地讲讲罗希特·雷蒙德出了什么事情。"

普拉格哈哈大笑，手往大腿上一拍，感叹道："唉！"

"你叹什么气呀？"杰克逊问。

"我感叹他的矿场已经被采空了，基本可以关门大吉了。"

"你听谁说的？"

"从政府部门的一位研究员那儿得知的。这是一个耿直的伙计，估计是某个私人专家透露给他的消息。大家没能及时出现阻止他犯错，结果让某人损失了一大笔钱。"

"好吧，可真是太遗憾了。"苏珊说。她对罗希特·雷蒙德的印象不错。莱德维尔的海拔、矿场的前景，还有小木屋里的聚首都曾让他斗志昂扬。"他是个相当不错的朋友。"她接着说道。

"他在这里的时候头脑还很清楚呀，"普拉格补充说，"要不是他糊涂到回丹佛去见了他的委托人，他本可以像亨利一样弥补自己的错误。要是那样的话，他才是真正的头脑清楚。"

"你们说了这么多，还是没有回答我的问题，"杰克逊夫人静静地躺在摇椅里，慢条斯理地说，"我知道采矿专家难免会犯错——

天啊，怎么我偏偏就嫁了一个这样的丈夫？亚宁先生认为投资者付钱给各位就是想让你们说些他们想听的话。按照这个逻辑，雷蒙德先生何错之有？无论如何也不能说他不诚实呀。可问题是，政府部门的研究员究竟应该如何保证廉洁？我看到报纸上的社论说，金先生、唐纳森先生、鲍威尔少校和舒尔茨部长正忙着在内政部搞什么廉政建设。可是眼下诱惑重重，如何杜绝狼狈为奸的行为呢？"

金噘着嘴巴，一双明亮的蓝眼睛立刻露出几分愉悦和机警。他们迅速转动脑筋，思考着该如何回答。金话到嘴边又咽了下去。他一脸狐疑地看着唐纳森，但是唐纳森却用他熊掌一样的手将金的无声暗示给挡了回去。

"好吧，"金说道，"这对舒尔茨来说不是什么难事。他是一个积极上进的荷兰人，凭借一身正气走到今天，所以，他没有理由冒险做出改变。他觉得身居官位者要像杰克逊夫人一样诚实正直，是件非常自然的事情。这也难不倒唐纳森。他写的关于公共土地的报告在国内绝无仅有，比那些已有报告的品质要高很多。西部地区的国会议员利用了里面的信息，却无视甚至掩盖他给的建议，这让这份报告被埋没了，没人想去贿赂可怜的唐纳森。这对鲍威尔来说也不是难事。他只有一只手，又有那么多的事情要忙，分身乏术。我才是个可怜鬼。我很想做个诚实正直的人，但我又很想发财。这个位置朝不保夕。"

"我现在相信《论坛报》上的消息都是满纸胡诌了。"杰克逊夫人笑着说。

"金先生，"靠墙而坐的奥利弗出其不意地开口道，"我还挺想听听你如何**回答**杰克逊夫人的问题。"

场面突然变得尴尬起来。在大家谈笑风生、其乐融融的时候，奥利弗这个傻子突然插了这么一嘴。他的弦外之音是指责金先生油腔滑调。殊不知，金的幽默风趣是他很有魅力的一面。根本不会有人质疑金的正直——他的所作所为已经证明了没人比他更正直吧？隔着众人，苏珊向奥利弗使了使眼色，但是话已出口，覆水难收。金、普拉格、亚宁及埃蒙斯这些人有着无可挑剔的社交意识，懂得察言观色，苏珊能感觉到他们的态度和表情出现了微妙的变化。

"难不成你们还当真了？"金说。

"当然了。"杰克逊夫人说。

"我也一样。"奥利弗连忙附和道。

小屋里很热，但是苏珊希望奥利弗没有脱下外套。他青筋暴起的前臂和前额晒得黝黑，整个人看起来只适合做体力劳动。他像是受雇于人，而不是一个足智多谋、能够指导他人行动的人。苏珊发现奥利弗身上欠缺优雅与从容，也不具备敏锐的洞察力，这些特质在座的其他人都有，对此她感到悲伤和无奈。在苏珊看来，奥利弗和他们比起来还显得稚嫩青涩，为人真诚却笨头笨脑。

"如何保证政府部门的科研项目不会弄虚作假？"金重复了一遍。

"没错，是这个问题。"

金低着头检查手指，然后抬起头望向奥利弗。那眼神让苏珊琢磨不透，似乎算是友好，但她还觉察出几分审慎。她突然意识到房间里很是闷热，便悄悄起身，打开桌子上方的窗户，然后又坐了下来。众人缄默不语，窗外传来夜风扫过屋檐的哀鸣。

金迟迟不予作答。苏珊怀着批判性评价的态度，不禁思索：此人在比奥利弗年轻的时候——还不到二十五岁——就已经能够提出对北纬四十度线进行地质勘探。他自己身无分文，也没有任何影响力，仅凭一腔热情，竟然能让国会信服他，还得到了资金援助。他给总统留下了深刻的印象，成了大人物的亲信，名扬海内外。而奥利弗想找人投资生产他研制的水硬水泥，却搞不定旧金山那边的任何人。

她透过眼角的余光看着金,瞥见他在微笑。"这很好办,"金对着杰克逊夫人说,"用人不疑、疑人不用,你要对他们不会以权谋私有信心。"

大家低声附和着金的观点。弗兰克坐在苏珊的小床上,朝奥利弗热情地挥舞着拳头。苏珊也情不自禁鼓起掌来,她这么做既是因为金的回答,也是因为奥利弗的坚持。他打破砂锅问到底,不仅没有破坏谈话,反而提升了谈话的高度。

海伦·杰克逊躺在摇椅里晃晃悠悠,她松开交叉在胸前的双臂,问道:"说得可真好,但愿你真的能找到你说的这种值得信赖的人。能否说说,你是如何管理私人专家的呢?你是怎么保证你手下的人不和他们狼狈为奸,不为少数人谋私利,而是一心为公呢?你怎么保证他们能做到守口如瓶呢?"

"要想封住他们的嘴巴,这没法做到,"金说,"但是,我可以当着大家的面告诉夫人,我为本次勘探项目挑选的人,无论是在公有领域还是在对待私人关系上面,都是让人信得过的。而且,这屋子里干采矿这一行的,包括惧内的杰克逊先生在内,根本不会想着借勘探项目之便牟利,我们也不会乐意这样的情况发生。"

杰克逊夫人笑容满面地坐在摇椅里摇来摇去,在摇椅前倾的时候,她站了起来。"我一直致力于研究印第安人,那段悲惨的历史让我变得愤世嫉俗。我原本是想试探你的,现在结果我很满意。杰克逊先生,我们该告辞了。"

苏珊觉得大家都在尽力将谈话推向高潮,希望聚会赶紧结束,这不失为一个明智之举。所有人都站起身来,奥利弗的两个助手机灵地溜出了门,避免在屋子里碍手碍脚。多么可爱的一群人啊,很懂察言观色。苏珊一边和威廉·斯坦利·沃德握手,一边亲切地看向佩尔西和弗兰克,他们小声地说了些场面上的客套话,然后不见了踪影。接着,沃德走了。海伦·杰克逊抱了抱苏珊,她丰满的乳房紧贴着苏珊的前胸，中间还夹着一块怀表。

"我亲爱的苏珊啊，幸亏有你这间小木屋，这在莱德维尔就像绿洲之于沙漠呢。"

杰克逊夫妇离开了。微风习习，异乎寻常地温暖。苏珊站在门口，目送他们借着皎洁的月光沿沟渠离开。月色中，纵贯西部的群山闪烁着耀眼的光芒，显得诗意浪漫。

埃蒙斯和她握手道别。相貌丑陋、没有下巴的亚宁，面部扭曲的克里奥尔人也一一向苏珊辞别，他们都是很有魅力的人。然后是康拉德·普拉格。他的穿着和那两个其貌不扬的人一样讲究，外套像是一件旧的貂皮狩猎服。克拉伦斯·金是最后一个离开的。他拉着苏珊的手，充满深情地看着她。苏珊说："要不是康拉德那样说，我会一直相信您是个大公无私的人。同样，要不是您的一番话，我也不会知道您有多高尚。我们大家都应该感谢您。"

"你言重了，"金回答说，"我只是一个平凡的人，没你说得那么伟大。只要我清清白白，就可以自吹自擂。是我们应该感谢你。"他那双明亮的蓝色大眼睛亲切地注视着苏珊，让她受宠若惊。他在门口拉着苏珊的手久久不肯松开。"杰克逊夫人跟你比起来，还是稍逊一筹。这间小屋子里的有些事情让我咬牙切齿，其中一件就是你的丈夫哪里来的福气，能够拥有这一切？你听到了吗，奥利弗？你可要心怀感恩。你在莱德维尔有老婆陪着已经很让人羡慕了，居然还是一位这么优秀的妻子。"他对着苏珊说，"要我原谅他也行，条件是你家的大门要永远向我敞开。"

说完，他微笑着看向奥利弗，仿佛他们俩要就某个问题达成共识。奥利弗说："就算我反对，她也会给您开门的。"

他们停止了短暂的眼神交流。苏珊站在一旁暗自琢磨：金的言行是不是有些狂妄自大？这些人对奥利弗了解多少？康拉德又告诉了他们多少事情？她突然意识到，在金眼里，奥利弗·沃德不如他的妻子。苏珊默默为奥利弗打抱不平。世界太不公平了。金先生的廉洁奉公让他成为国家英雄,而奥利弗却因为忠厚老实丢了工作。为什么她没想到把话题转移到创造性上来呢?这样她就能讲讲奥利弗研制水泥的事了。这样的话,他们就不会认为他很逊色,然后带着这样的想法离去,也不会用一副屈尊纡贵的样子和他握手。

显然,奥利弗一点儿也没觉察到异样。他说:"再次感谢您带来的白兰地。"

"不足挂齿,"金说,"亨利的声誉比酒重要多了。你千万不要告诉杰克逊夫人,这是我让仆从从白宫的酒窖里顺来的。这是为政府部门工作的一项特权。"

他笑盈盈地与众人告别,那笑容笼络了人心,收获了信任,让大家迫切想要追随他。很久以后,亨利·亚当斯提到金,说他身上有希腊人的特质,有点像亚西比得①和亚历山大②,苏珊也持同样的观点。她站在门口,双手环抱,和众宾客互道晚安,看着他们斑驳的背影,伴着微风,迎着月色,走向沟渠。直到看不见人影,只能听见石子路上的脚步声后,她才怅然若失地关上门,转身进了屋。

"呃,"她说,"杰克逊夫人临散场时提的问题可不简单。"

"但金先生给出了一个漂亮的答案。"

"他是个很有魅力的人。"

"很了不起。"

"是的,"苏珊有些惊讶,"我也觉得他了不起。"她将两扇窗户打开,又去把门敞开。

"是该把门窗开开,"奥利弗说,"屋子里一股烟味。"

苏珊觉得,关灯时奥利弗看她的神情有些异样。他们在黑暗中脱去衣服,轻轻吻了一下对方,便在各自的小床上躺下了。风吹进

---

① 亚西比得(Alcibiades,前450—前404),古雅典将军、政治家。
② 亚历山大(Alexander,前356—前323),古马其顿国王,世界古代史上著名的军事家和政治家。

房间，吹鼓了挂在金属丝上的床帘，吹醒了炉子里的火苗。渐渐地，屋内变成了灰蓝色。透过房门向外看去，月色如洗，映照着山坡，一团银灰色云朵的边缘闪烁着耀眼的光芒，仿佛经过了熔炉的锻造。清新凉爽的山风让她感受到了莱德维尔的海拔。夜已深了。月光透过窗户洒落进来，苏珊躺在床上把玩着手影，她难以控制自己不去想奥利弗的短处，还有他无可救药的不经世故。她按捺住心头的不满，说："要不是你，他还不会认真地回答。"

"我想听听他真实的想法。"

"和大家在一起时，你应该再健谈一些。"

"你说过很多遍啦。"

"我说的是实话，如果你不这样，大家会觉得你没话说。"

"我不想讲。"

"哎！奥利弗，你别口是心非了！你心里都明白，但就是不去行动。"

"真没劲！"奥利弗低声咆哮道。他粗鲁地发泄之后，是不是就会识趣地闭嘴，让苏珊继续念叨，任她越来越纠结、越来越郁闷，然后将心中的失望、不满一股脑儿地吐露出来呢？一直以来都是这样。她对他的要求比他对自己的要求要高。

然而，奥利弗并没有闭嘴。过了一会儿，他好像感受到了火药味。为了避免发生冲突，他说："通过聆听他们的讲话，我能够学到不少东西。要是听我讲的话，不会有任何收获的。"

"其他人听了，也许会有收获呢。"

"这不可能的。"

"你的意思是他们学习能力很差？"

"我的意思是我能讲的那些东西，他们早就知道了。"

"当他们在谈'正直'这个话题的时候，你本可以跟他们讲讲你的经历。还有什么比你跟肯德尔、赫斯特之间的那些事更切合这个话题的呢？"

奥利弗一听这话，满腹狐疑地吼了起来。他移到床边，面对着苏珊说："你要我怎么跟他们讲呢？难道说'说到正直，我给你们讲讲我让乔治·赫斯特做了什么'？"

"这才对啊。我应该替你说的。"

"要是你这么做了，我肯定完了。"

"你应该让他们多了解你一点儿！你坐在那里缄默不语，大家会认为你无足轻重，然而事实不是这样的。你也不想让自己成为另一个佩尔西吧？"

奥利弗声音粗鲁地抗辩道："我又不会像他那样整天坐在摇椅里晃来晃去，你不会分不清我和他的。"

"哎呀！奥利弗！"苏珊无可奈何地说，"你能严肃点儿吗？那些人可是干你这行的、在世界上都首屈一指的大人物。你应该给他们留下个好印象。"

"我有冒犯到谁吗？"

"并没有，你什么都不说怎么会冒犯别人？你这样做，金先生和埃蒙斯先生对你的长处和能力就一无所知。"

奥利弗把头埋在枕头里嘟囔了几句。

苏珊问："你说什么？"

"我说，他们知道我能做些什么。"

"怎么可能？"

"如果他们不知道，也不会邀请我参加这次勘探工作。"

苏珊一时语塞，转头看着昏暗中的奥利弗。屋内光影斑驳，似雪花飘落。"是吗？什么时候的事情？"

"今天下午。"

"你竟只字未提！"

"是的，"奥利弗笑了笑，"我是没提。不过，我也没机会说啊。

其他人一直在说个不停。"

"但是为什么今晚他们也没人提起呢？"

"我猜想他们是等我自己告诉你。"

"但你倒头就睡！"

"我不想让你整晚都想着这事，再因此失眠。"

"奥利弗，"苏珊说，"他们一定很器重你。如果金先生的话信得过，这意味着他也会毫无保留地信任你呀。"

"金这个人说得是好听。他只会信任我在公有领域的行事，或者只是相信我能处理好某一项工作。"

苏珊滑下床，坐到奥利弗的床边。他伸出胳膊搂住她的腰。她俯身贴在他耳后，加快了语速说："你会原谅我吗？"

"当然。可是我要原谅你什么呢？"

"原谅我自作主张地想要改变你。我真是太蠢了，你说我那么在意聊天和聊天的人干吗呢？聊天并不是那么重要，你才是最重要的。你是我的挚爱。"

"听到你这么说，我真的很开心，"奥利弗说，"快进被窝里来吧，你都冻得直打哆嗦。"

苏珊温顺地溜进被窝，躺到他身边。小床被压得陷了下去，两人紧紧地拥在一起。

"你会接受邀请吗？"她问。

"这取决于你。"

"加入他们的项目，你会更快乐的。"

"也许吧。我讨厌参与各种诉讼，帮人侵占他人采矿权，也不喜欢帮他们做伪证。说实在的，原告、被告都不是什么好人。现在能有一份可以增长见识的工作，是一件很不错的事情。"

"你可以的，我知道你可以，"苏珊静静地躺着，回应道，"你见到我时说的第一句话大概就是这样的。"

"你在说什么呀？"

"你还记得吗？我在比奇家的藏书室画画，你说做自己喜欢的事情，还能因此获得报酬，是件美事。"

"好吧，我现在仍是这么觉得的。瞧瞧埃蒙斯，他在莱德维尔过得优哉游哉的，好像根本不关心这里发生了什么，也不在乎谁拥有什么东西，但实际上，他已经成功地实现了自己的价值。在这里，就连在巷道末端做挖掘工作的工人，都会查阅他写的书。这挺让人感到自豪的。"

"那弗兰克和佩尔西怎么办？"

"办公室让他们接手。弗兰克可是麻省理工学院的高才生，比我的学历还高。他现在就能胜任。"

"我不想看到他们被撤下，这俩孩子对你可是崇拜得五体投地。"

"我会看看能不能带上他俩一起过去。"

奥利弗的手在苏珊身上不安分地游走。通常情况下，她会予以制止，但现在她却放任他的手在睡衣下摸索，抚遍她全身。床铺太过窄小，奥利弗连个放胳膊肘的地方都没有，两个人就好像睡在涵洞中一样，想到这儿苏珊轻声笑了起来。"我爱你，"她说，然后在奥利弗的脸上一阵狂吻，"你还在介意吗？即使你不善言辞，我也依然爱你。"

"我一点儿都没往心里去。"

"我们现在可以把奥利接来了吗？我们明天就开始建造耳房怎么样？"

"先办正事吧。"奥利弗从牙缝里挤出了这几个字。他将她扶坐起来，褪去她的睡衣，让她整个人光溜溜地沐浴在蓝色的幽光中。他小心翼翼地轻抚着她。

"金说得一点儿没错，"奥利弗把嘴唇贴在她的两个乳房之间，喃喃道,"我能娶到你真是三生有幸。"

"你值得拥有一切,甚至更多。"苏珊无法抑制内心的渴望,但又害怕他会被自己的狂野吓到。她将天性完全释放,深情地吻着奥利弗。"我爱你,"她喃喃道,"哦,亲爱的,我真的很爱你,我爱你,我爱你!"

6

　　雪莉作为我的房客留了下来。也许是因为我了解她的私人生活，又或许因为她见过自己的母亲像对待婴孩一样照顾我，所以跟我讲起话来一点儿也不生分，这甚得我喜欢。她在我这儿工作，担任了多种角色，包括私人顾问、看护人、批评家、助教，甚至是非专业精神科医生。我看得出她在"研究"我，并且试图得出某些结论。我的日常生活太过枯燥乏味，她锻炼自己解读我的能力，这一点也不奇怪。不过她没有理由跟我畅谈她那些虎头蛇尾的解读。我一时失策，竟把所有不涉及私事的录音带都交给她整理成文。怎么就没有人建议我不要让雪莉看到这本书？

　　一天下午，她在打完莱德维尔的一些章节后，竟问我有没有觉得自己在描写祖父母性生活的时候太过拘谨。"你写的可是一本小说啊！"她说，"它不是一本历史书。书里有一半的内容都是你虚构的，既然已经这样做了，为何不大胆一点儿呢？我的意思是说，你这样很吊人胃口。每当要描写他们的性爱时，你总是关了灯，让故事情节戛然而止。已经有两三次这样的状况了。一次是在写他们度蜜月时，一次是在圣克鲁斯那一章，还有一次就是现在。"

　　"在你看来，我也许像个小说家，但我骨子里仍旧是一个历史学家，"我说，"我坚持从实际出发。他们那时候确实是会关上灯。"

　　"我知道，他们不想看见自己的妻子赤身裸体嘛。那时候的人对身体太过保守，对思想是一种禁锢。略过这些，你就写不出一本合乎逻辑的书了吗？现代读者可能会觉得探究维多利亚时代的性生活很滑稽有趣。"

我很想问她，如果当代人的性观念远比祖母那时候健康，那祖母这维持了六十余载的婚姻又该作何解释呢？雪莉·拉斯穆森都二十多岁了，还不是躲在父母家，逃避爱人狂热的纠缠。但我并没有这样说，而是问道："怎么有趣？哪里滑稽了？"

也许是因为她在学生时代大部分时间穿的都是裤子，所以才无拘无束地摊开四肢躺着，她那双穿着拖鞋的脚都伸到了房屋中间。我坐在天窗下，看到她正透过头发丝四下打量着我，似乎已经做好准备和我来一场敞开心扉、无所不谈的研讨会。研讨会这种形式是年轻人根据大卫·苏斯金德的节目改编出来的，他们把这叫作"教育"。一场研讨会能够持续数个小时，可以暴露出所有的问题，再结合讨论技巧，参与者往往能让自己才思枯竭，心灵得到涤荡，像我这样年龄大的人，可经不起这么折腾。午后的阳光照在她方形的脸上，她眯着眼睛，看起来有些狡黠，笑得嗓音都变得嘶哑了，嘟嘟嚷嚷地回答道："好吧，这种事情能够有多高雅？他们在黑灯瞎火的环境里闭着眼睛性交，假装一切都很高尚。这种伪善的人难道不滑稽有趣吗？"

我恰好很厌恶"性交"这种表达方式，机械又无趣。我不会觉得别人的性生活很滑稽可笑，对祖母也是一样，除非你是说他们与众不同得有些滑稽，但雪莉显然不是这个意思。她的意思是可笑的滑稽，虚伪的滑稽，荒谬的滑稽。我想象过莱德维尔的那次性事，那虽然不是我这个历史学家该操心的事，但我这么做是因为我觉得祖母当时在和自己与生俱来的高雅和自命不凡做斗争。她为自己嫌奥利弗丢脸而感到羞愧，她很后悔，在做出爱的补偿。我本想将它描写得柔情似水，扫除（至少是暂时扫除）所有的陈腐套路。就像是在春天洒扫除尘一样，我也想创造一段浪漫情事。我又不是不知道美好的性事是什么样的。

所以我严厉地回答说："我不清楚。维多利亚时代的性生活很有意思,做爱在当时是件私密的事情。我想祖父母不会对当时的场景反复回想,也不会对其做出粉饰,在这种事情上做文章。他们没有想将这事表达出来的冲动,言语似乎并不能给他们带来两性关系上的兴奋。其实,我一点儿也想象不出祖母躺在床上的样子,我想象不出来。不过,也能想象出一点儿,但不是根据祖母说过或者写过的她对口交以及其他性爱方式的看法。你想看的是这个吗?"

我令她感到震惊。她刚才问我的时候就像是一条狗没事找事,去招惹草坪上的一只石狗,竟未料到这只石狗也会叫。尽管她有着低沉的嗓音和可笑的自信,但说到底也是个不折不扣的女人。在一些情况下,她也许会百依百顺,就像你们看到的那些无聊的女孩,模仿嬉皮士穿着莫卡辛软皮鞋在大街上游走。雪莉也曾是其中的一员吗?对于这个问题,我思考了一小会儿。

她眨了眨眼睛,很快又恢复了讽刺的笑容和目光。然后她耸耸肩膀,显然对这没完没了的讨论乐在其中。"我并不是说要把她从所有束缚中解放出来,这样做也不合乎历史呀,对吧?我的意思仅仅是想让你多描写点儿他们做爱时的场景,然后我们可以从中一窥那些人为的束缚到底是什么。"

"是什么束缚呢?"

"还能是什么呢?无非是习俗、克制、压抑,还有烦恼。"

"这些她当然摆脱不了。在她身上能看到,她所处的社会也避免不了。"

"但是你可以不管这些啊!"雪莉急切地说。她坐姿前倾,想要为我指点迷津。"信件中有一些蛛丝马迹可寻。你祖母曾经告诉奥古斯塔'那无可救药的羞涩已经离我远去',还有一次她说,'我和我丈夫之间一切都很好',这句话还加了下划线。你可以根据这样的话推断一下嘛。"

"拜托!"我说道,"你一直在学习我儿子教授的伪科学行话。

如果我按照你的建议去推断那些场景,写出来的估计都是我的性爱场景,而非祖母的。她很注重隐私,一辈子都不会这样推断,我也不会去胡乱推断她。我不会在公共场合做推断,就像我不会在客厅的地毯上如厕一样。"

听我这么说,她"吼吼"地笑了起来,把头往前晃了晃,头发散落在胸前,然后往后一甩,这动作很让人讨厌。她达到目的了,打破砂锅问到底,揭露了所有羞耻的伪装。

"我跟你讲,看来是你太过压抑克制,而不是因为你祖母。我认为她确实被这些东西所束缚,可是你没理由也被束缚呀,现在可是二十世纪七十年代。我们已经学会了接受这些事情,并能够用语言将它们表达出来,也学会了坦诚地面对自己。那些讲究过头了的文化习俗对我们而言,早就没必要了。你听见你刚才说了什么吗?'如厕'。为什么要用这个词呢?"

"因为我还不习惯当着一位女士的面说'拉屎'!"我十分生气,回答道,"我可不信你所说的什么进步。你是这样想,但祖母并不会苟同。你觉得我该冲破那些文化习俗的桎梏,然而,它们恰恰是文明的组成部分。比起野蛮粗鲁,我更想做个文明的人。"

雪莉并非头脑迟钝得无可救药。她歪着脑袋,一脸沮丧地对我说:"我惹你生气啦。"

"并不是因为你,"我说,"只是文化观念不同罢了。"

我歪坐在轮椅上,注视着墙上祖母的画像。清冷的灯光打在上面,她一副郁郁寡欢的样子。墙上挂满了她钦佩的人和钦佩她的人寄来的书信。"你看看她的照片,"我说,"你能在她的脸上看出什么?虚伪、不诚实、拘谨、胆怯?还是自律、自制、端庄贤淑?二十世纪七十年代的人甚至都不能理解'端庄贤淑'这四个字的意义。我想展示的是一个在采矿营地的小床上尴尬做爱的女人吗?你想听到她的吁吁娇喘吗?难道因为她是个讲究的女子,就要对她暗暗嘲笑吗?"

"我不是这个意思。我只是从现代读者的角度出发。他们也许会觉得你在回避一些重要的东西。"

"那可真是太遗憾了。现代读者难道都没有一点儿想象力吗?"

"你要知道,现在的人可不好糊弄。如果有人试图掩盖一些东西,任由他们想象,不诚实的伎俩很容易被他们识破。如果每部现代小说都像《保罗和弗朗西斯卡》[1]这幅画一样隐晦地处理这些场景——'那一天他们停止了阅读',会变成什么样子呢?"

"好了,我可没用不诚实的伎俩糊弄你们,"我说,"你就把我和那个虚伪的但丁老头子放在一起吧。"

"啊!你知道我的意思!"雪莉从椅子上滑下来,盘腿坐在地板上,"时代不同了!人们对那些隐晦的处理已经厌倦了。他们就像那些脱去衣服的孩子,想要打破世俗的禁锢,回归本我。这屡见不鲜,是……开放。就像……"她一本正经,得意自信,在这个话题上当仁不让,滔滔不绝。她坐在地板上,使出浑身解数要把我带入二十世纪。她双手撑地往后靠,用讽刺、傲慢、粗俗的眼神打量着我。"我不知道该不该告诉你这个。"

"我也不知道。"

"好吧……"她说这话的时候其实已经决定要告诉我了。就像你不能制止一些孩子脱掉衣服,去清除这个世界的伪善一样,你更没法让雪莉停止对这个话题的讨论。她把头埋在膝间,让头发跌落在地板上,微微抬起头,透过发丝注视着我,脸上带着一丝勉强的微笑。"如果碰到这类事情,你会说什么?"她问,"假设你在参加一个派对,来的人彼此都认识,就是朋友间的那种派对,你知道

---

[1] 《保罗和弗朗西斯卡》(Paolo and Francesca),但丁·加百利·罗塞蒂于1867年画的一幅作品。保罗和弗朗西斯卡是但丁《神曲》中的人物,罗塞蒂画中描绘了他们接吻的场景,两人膝头有一本摊开的书。这个细节是想描写两人一起阅读小说,然后暗生情愫,发生了叔嫂之间的不伦之恋。

吗？然后大家都喝得烂醉如泥，聚会现场变成了淫乱现场。假设四五个男的和一个女孩上床，其他人都在旁边看着，你会觉得这粗鲁、肮脏、伤风败俗吗？还是说，你有其他感受？"

"我不得不说，祖母她们那个年代已经和我们相去甚远。"

雪莉简直是个传教士，听罢我的话哈哈大笑起来。"你说得没错。但对这种事情你的接受度如何？它不一定就是粗鲁邪恶的，对吧？他们只是在做他们想做的事情。他们一个愿打一个愿挨，一拍即合。这让你很震惊，对吧？"

"一些事情虽然令我作呕，但也不是那么轻易就能惊吓到我。"

"你为什么会感到恶心呢？"她俯身抱住膝盖，灰色的大眼睛滴溜溜地看着我，收起笑容，看起来其实有些紧张。"是过时的道德准则让你觉得这伤风败俗的吧？一旦抛开那些准则，这不就和两个人在黑暗的房间里睡觉一样，是一种自然而然的事情吗？观看这种场面不就和观看舞台剧或是其他表演一样吗？有谁损失了什么吗？"

"听起来在场的那些人好像没有人损失什么，"我回答说，"这事不是空穴来风，对吧？"

她摇摇头，下巴抵在膝盖上。"是的，以前发生过这样的事情。"

"所以没人损失什么，或许还能从中得到些什么，比如：性病。在现代规则下，性病会再度猖獗起来。"

短短两分钟内，雪莉的情绪就由晴转阴，整个人闷闷不乐的，还有些生气。她几乎不耐烦地回怼道："所以你觉得这不是一件很自然的事情，就好比一场表演或一种室内游戏？"

我不禁怀疑她口中的那个女孩是不是她自己，这个念头一直困扰着我。我问道："你会带上你的父母吗？"

"哎呀，哇！"

"你会和他们谈论这个吗？"

"你觉得呢?"

"不过你并不介意和我谈论。我可是和你的父母年龄相仿。"

"你和他们不一样,你受过教育,见多识广,没有被黑暗的时代所埋没。我觉得我可以跟你聊聊。我做错什么了吗?"

"我希望你没做错,"我说,"但是刚才你却在批评我在描写祖母的性生活时不够坦诚。"

"哎呀……我都是乱说的。"雪莉说。显然她有些畏惧,没能说实话。"其实我也不懂。你怎么看待那样的场景?"

"我觉得你描述得太可怕了,简直是地狱般的场景,"我说,"你说的那些人已经变成了低等人、低等动物,或是低等蠕虫。我想知道,一生中无时无刻不在交配的血吸虫,是否也会旁观它们同类的交配?我想我们已经病得太久了,到现在都还不能断定这是病态的。"

"嗯,"雪莉说,"我就知道不该告诉你吧。我不懂,可能是病态的吧。但是……性难道不是人们自己的事吗?拉里就是这么说的。如果他们就爱这样,难道还不能在公共场合做自己喜欢的事情吗?不乐意看的人可以走开。"她有些生气,眉头紧皱,头发往后一甩,双手撑地,身子向后靠了靠,看着我。过了一会儿,她眉头舒展开来。"不过,这和你的书完全是两码事。我觉得,一本书不应该刻意去回避'性'这个话题。"

我把轮椅斜向一边。我不喜欢她的直言不讳和传教士般的鼓吹。"啊,"我问她道,"性跟其他东西能一样吗?"

嘀嘀嘀,很好,我们终于停止了直白的讨论。"好吧,"她说,"这是你的书。假设你收到一封署名为'现代读者'的粉丝来信,信里说'我很喜欢你的书,但你为何要对性爱场景遮遮掩掩呢',你会如何作答?"

"我记得我只是让他们关了灯。"

"有什么不一样吗？"她盘腿坐着，身体前倾，头发垂落到地板上，笑着对我说。

如果我没有变成现在这个样子，没有成为她母亲手里的残破玩偶，没有变成一个年龄比她大两倍的怪人，我会觉得她在自嗨、忏悔、热烈鼓吹自己的观点，诸如此类。她眼睛里泪光闪烁，若是一个健全的人肯定会当机立断做些什么。我想，她的兴奋点并不在于谈话的内容，因为她和平日里交往的那些朋友也会经常聊起这些，而是在于让我这个顽固的怪老头张嘴谈论这些话题。

我说："你继续往下整理录音带，就会发现我并没有遮遮掩掩。如果你想成为一个文学评论家，就要学会接受作者给你的内容。而你刚刚整理成文字的那一幕，月光洒满整个房间，大门敞开，床帘也没拉上，夜晚的山风轻轻吹拂。对于维多利亚时代的人来说，他们做得不算很糟糕。唯一遗憾的是他们还没完成你想看到的那些，性事场景就已经结束了。"

"为什么呢？打扫房间没用多少时间吧？"

"大概半个小时吧。然后祖母意识到，如果祖父加入了这个勘探项目，他就会在冬天被派往加利福尼亚进行实地考察，而第二年夏天，指不定又会被派到西部的什么地方。这样的话，祖母就得一路跟随，在附近的村镇暂住，否则，就只能回到米尔顿。"

"所以我觉得她不会让他接受这份工作。"

"可她没有那么说。她担心奥利，害怕他不能够在一个安稳的家庭环境中成长。我认为，她也迷茫，担心身边没有博学多才的人和自己交谈，所以他们盘算了好些天。碰巧，阿德莱德矿场想聘请祖父去当经理，他就选择了这份工作。如此一来，祖母可以继续谋划扩建小屋的事，为迎接奥利还有来年夏天宾客们的到来做准备。在我看来，这并没有很戏剧化，她的生活就是这样。"

雪莉抬起灰色的大眼睛看着我，吮吸着弯曲的拇指指节，还发出"啧啧"的响声。她接着说道："我以为她不会再做给他的事业添乱的决定了。"

"她也是这么以为的，但在紧要关头，她控制不住自己啊。"

"他任由她牵着鼻子走，是不是有点儿软弱啊？"

"他虽不善言辞，"我说，"但他爱他的妻子和孩子。作为一个维多利亚时代的人，他也受到了特别的爱戴。这个决定可不好做，两边他都有可能会选择。"

"我想，"雪莉说，"我想我也不能理解她的家务事。她不仅是一个文化追逐者，还有着可怕的财产意识。四处奔走怎么了？我和拉里在外面旅行搭便车的时候，我就很喜欢吉卜赛流浪汉般的生活。我认识一对夫妇，他们从新加坡一路搭乘便车去了伦敦，我也想这样。我就不挖苦那些把房子看得比什么都重要的人了。"

"时代不同呀！"我不无讽刺地说道，"要是漂泊、流浪真有你说得那么好，为什么你和你丈夫不天天住在路上呢？"

她又开始"啧啧"地吮吸着指节，斜着眼睛回答说："请注意，他不是我的丈夫，成家了才能这么叫。"

"好吧，"我说，"那就说和你一起旅行的那个男人。你们为什么不继续旅行了呢？"

她将手举在半空中，胸部向上隆起。她竟又没有穿胸罩。"嗬！"她说，"下雨的时候，睡在加拿大公园的洗手间里还是有点儿令人胆战心惊。我还想再干一回。我的意思是，那是你从未体验过的自由。"她站起来，拍了拍屁股，仿佛她刚才是坐在脏兮兮的马路边似的。"不管怎样，我收回我对于性爱场景描写的观点。即使你将它的每个细节都描述得淋漓尽致，我想这也不会是什么高潮。"

"它曾经成为过高潮吗？"我说，"没有，性和其他东西并没有什么不同。"

7

　　祖母希望她的儿子像她一样成长，哪怕是在环境糟糕的鼹鼠洞里，也能发现某些可爱的地方。对她来说，乡村的美不仅仅在于艺术形式，更在于一种狂热的信念。她已经摆脱了对浪漫主义诗人和哈德逊河画派的迷恋。迄今为止，西部教给了她更多：比威廉·卡伦·布莱恩特[1]更厉害的是华金·米勒[2]，除了托马斯·科尔，还有捕捉美国宏伟西部的阿尔伯特·比尔施塔特[3]笔下的山峦。苏珊从未抗拒过西部的景色，只是难以忍受那里的无常和粗蛮。她也许能带来改变。

　　苏珊是一个像鸟一样兢兢业业的筑巢者。她心血来潮想要修筑小屋，没人能够阻止得了她。九月，他们开始了小屋的扩建工作，加设了厨房、卧室，还设计了石质壁炉，这不是出于家庭舒适的目的，主要是为了夜晚的社交聚会。"这间房子会充满无尽的欢乐。"爱尔兰泥瓦匠放下石头，勉强说道。这句带着爱尔兰口音的吉祥话令她欣喜万分。

　　被康拉德·普拉格戏称为"楼上"的卧室一角，原有的窗帘已经被拆掉，现在被命名为"佩尔西之角"，摆放着书柜、摇椅以及一张小桌。桌子上有一台立体投影仪和两百多张边疆风景照，还有托马斯·唐纳森赠予的面包和黄油。大部分的照片现在都在我这

---

[1] 威廉·卡伦·布莱恩特（William Cullen Bryant，1794—1878），美国诗人和新闻记者。他是美国最早期的自然主义诗人之一，被称为"美国的华兹华斯"。
[2] 华金·米勒（Joaquin Miller，1837—1913），19世纪美国西部著名的诗人和冒险家。
[3] 阿尔伯特·比尔施塔特（Albert Bierstadt，1830—1902），美国画家，因其美丽而庞大的新式美国西部画作而享誉国际。他最著名的作品是落基山脉的全景式风景画。

里，这些斜切的、镶有金边的棕色照片被安放在硬纸板上，是用双镜头拍摄的，里面的景象有点儿呈弧形，就像是轻微内斜视的人看东西的那种状态。奥沙利文、希勒斯、萨维奇、海恩斯和杰克逊这些摄影家镜头中捕捉到的早期西部，随着时间的流逝，已经霉迹斑斑，但当我随便拿取一张放到双筒观测镜下细看时，仍会对这片新开拓的土地惊叹不已，充满激情。和照片一起放在箱子里的还有唐纳森做的关于公有领域的冗长报告。正如金所预测的那样，把这项工作委托给他的国会对此根本就不在意。无论如何，它都是国家理解自身的一个基准。我的祖父也期盼能够为不涉及私利的知识做出贡献，这些东西见证了他们在莱德维尔度过的岁月。

十一月初的一天，灰蒙蒙的天空中飘着雪花，一辆莱德维尔特有的轻便马车载得满满当当驶过山道，同行的还有六位骑马的年轻男子。他们出身良好、训练有素，到莱德维尔来是为了给三一教堂文顿博士的儿子文顿将军送葬。他们一共来了二十七个人，都是顶尖理工学院的毕业生。马车上除了奥利弗夫妻俩，还有奥利弗的远房表亲威廉·斯坦利·沃德和这位表亲的大哥菲德·沃德，人称"华尔街奇才"，以及小尤利西斯·辛普森·格兰特。对我来说，最后这位不具备历史价值。不过，在他身上发生过一件可怕的事情。他十二岁左右的时候，竟被自己的父亲派到山上去看夏伊洛战役的血腥屠杀。

如果格兰特能够听到时间的多普勒效应，那和菲德·沃德同乘一辆马车可能会让他像被逼着坐看一场鏖战一样局促不安。其他人同样会感到不舒服。不久之后，作为格兰特将军的理财顾问，菲德·沃德彻底毁掉了这位昔日的英雄，败尽了他最后的尊严和名誉。菲德还是掌控阿德莱德矿场的人之一，与我祖父母的生活相缠结。和他打交道不是特别安全，但天真无邪的祖母却觉得能和他们一起翻山越岭简直好极了，而且他们俩还会同乘一趟火车前往芝加哥。菲德见证了祖父母的飞黄腾达，并在圈里放话说，奥利弗是凭借自己的专业技能才得到现在这个职位的。这次，苏珊在车站月台与奥利弗告别时，是不带失败感地回到东部，因为奥利弗在这里已经站稳了脚跟。

从各方面来看，这次返乡都不同于上次。尽管他们可能一整个冬天都要分隔两地，但是并没有因离别而流泪伤心。在芝加哥，菲德·沃德和格兰特先生带苏珊参加了为格兰特将军举办的宴会，她和这位战功赫赫的将军握了手，近距离看到了他那双布满皱纹的忧伤眼睛。至此，她的社交季算是画上了句号。她还见到了谢尔曼将军和田纳西军队的其他六位将领，并与主讲人塞缪尔·克莱门斯先生愉快地交谈了十分钟。这些都是无足轻重的小事，然而，对我这个历史学家来说，却是很好的佐证：证明了我的祖母在历史上确有其人。

秋日的末尾，苏珊回到了米尔顿。奥利已经不认得她了，这让她足足难过了一整天。她整理行李、洗洗涮涮、谈天说地、准备工作，忙活了数日，之后终于可以抽开身，开启冬日的工作。奥古斯塔和托马斯仍在国外，不会有人来打扰。路易莎·奥尔科特的版画也已完工，手里暂时没有其他合约。不知不觉中，她竟开始写起了关于她祖父的小说，这个公谊会传教士凭借自己的废奴主义平息了米尔顿骚乱。

撰写关于祖父母的书似乎是这个家族的传统。

有了父母的庇护，莱德维尔离苏珊似乎很遥远，似真非真。雪橇沿路滑下，她给脸颊红润的儿子脱去厚重的外衣后，突然感到有些恍惚，难以相信自己曾离开过这里。

她觉得自己默默无闻的努力是在农场上生活过的六代人的真实写照。现在之于过去与其说是延续，不如说是复现。她不必像我一样,坐上时光机回到过去,一窥自己祖父母的生活。她和她笔下的祖父母的生活,在同一片土地上展现出了惊人的相似性。她在磨坊水坝那儿学会了溜冰,现在她正拉着坐在雪橇上面的奥利故地重游。他们瞅见一只通体雪白的黄鼠狼,摇晃着黑黑的尾巴尖,在木材堆里窜来窜去。这样的场景,她的祖父或许也曾见过。

看着冬日的天空消失在一片黑压压的榆树林尽头,苏珊脑海里怎么也想不起她在小屋门口看到的沙瓦蚩岭日落景象,甚至也记不大清楚小木屋的样子,还有烟雾缭绕的莱德维尔。奥利弗,以及他们的朋友,也都变得形象模糊。那些出色的人是谁?他们跑到西部是为了赚钱还是科研?穿梭于两个截然不同的世界,如梦似幻。她极力设想,如果塞缪尔·埃蒙斯穿着白色的鹿皮装出现在她米尔顿的家门口,她会相信这是真的吗?她忙着清扫她称之为"祖母房间"的那间屋子,时而停下来歇歇,她惊愕地想起奥利弗的左轮手枪还放在梳妆台上。

平和的生活氛围,使得米尔顿看起来暗淡无光、波澜不惊。这里的变化悄无声息,就像是缓慢渗出沼泽的水流。旧金山的那些女人认为自己重回故土不会受到欢迎,苏珊不止一次觉得这个想法很是荒谬。去年的她还会持同样的观点,可是今时不同往日,未来有了保障,舒适的过去也一如往常。尽管时不时会显露出变化的迹象,冲击着她的内心——如母亲开始有了白发,贝茜的脸上没了耐心,姐夫变得闷闷不乐。附近的女人见他愁眉苦脸,在背后小声议论着——但这些并不足以撼动她内心的踏实和平静。

她对丈夫的需要和牵挂渐渐淡了。奥古斯塔还在国外,苏珊只是偶尔会惦念她。她们已经快四年没见过面了。她把全部心思都放在了照顾孩子和写书上,沉浸在对家庭的热爱中,可以一整天不提、不想奥古斯塔的名字。

我不知道,美国人是否还会有那种重回故土的经历,即回到一个自己无比熟悉、由衷喜爱、切实归属的地方。不能再次回来的说法着实非常荒谬。我就回来过，现在再次归来。不过，这种机会变少了。现如今，离婚的人比比皆是，大家乘坐交通工具四处奔波，在很多地方匆匆走过。恐怕罗德曼这一代人无法理解苏珊·沃德这样的人对于故土的情感。尽管她不愿与丈夫两地分居，但是她可能会一直待在米尔顿，远在天边的丈夫只会偶尔回来看看她。也许，她会把旧房子整理翻新一下。要知道，她很抗拒两件事，一是成为一个失败者的妻子，二是成为一个居无定所的女人。

　　边疆历史学家对在西部定居的那些背井离乡、横行无忌、身无分文以及与社会脱节的人进行理论分析时，并没有提及我祖母这类人。她们珍爱的东西太多，有时候不得不做出取舍；然而，舍弃的越多，背负的就越多。这个过程就像电离：从一极失去的物质会加到另一极。对于这类拓荒者来说，西部不是一个新创造出来的世界，而是接受改造的旧世界。在这种意义上，女性拓荒者要比男性拓荒者更实事求是。现代人大都没有背负雪莉口中的那种文化包袱，他们连呼吸的空气都不是过去的传统空气，而是从太空头盔里吸入的一种利用科技手段合成的气体（并被它污染），他们才是真正的开拓者。他们脑袋里似乎没有原始的故土情怀，交感神经仿佛已被切除了，他们的字典里也没有"家""甜蜜的家"这样的字眼。这是一群多么自由的人！他们身上传统文化的缺失，真是让人一言难尽！

　　奥利弗写来的信里不会讲太多家长里短的消息——苏珊常常纳闷，怎么自己就嫁了个少言寡语的男人。信中零零碎碎地讲了一些他那里发生的事情。菲德·沃德的儿子被派到阿德莱德工作，但他整日醉心于牌桌，疏于工作。他向奥利弗借了两百美元，还找弗兰克借了一些。上个发薪日，佩尔西发现钱箱里少了一百多美元，查问到小沃德时，这小子竟然承认是自己"借用"了。然后，奥利弗给他父亲写了一封信。此外他没有再说什么，只说 DR&G 铁路公司的项目在阿肯色山谷取得了进展，她来的时候不必再经过蚊子隘口。弗兰克和佩尔西还托奥利弗代他们向苏珊问好。

祖母对祖父的忍气吞声感到恼火，但她也想不出什么好办法，能让祖父谢绝借钱给菲德·沃德的败家子。她写信让祖父赶紧找老沃德把钱要回来，因为报纸上曾有传言说"华尔街奇才"不可靠。她告诉他，奥利一切都好，小说进展也很顺利，还提到了些奥古斯塔在西西里旅行的情况。她步行去邮局寄了信，回来后一整个下午都在写作。看着手稿日渐厚实起来，她感受到一种守财奴式的快乐。她祖父的生活深深吸引着她。

过了很久，书稿才完成，苏珊把它们卖给了《世纪》杂志，作为连载小说分五次刊载。等到果园里树木开始吐露新芽时，奥利弗终于来信说，她可以乘火车过去了。平静如水的生活就像是打开了水闸，变得奔腾热闹起来。

在苏珊看来，这次不是去野餐，也不是去探亲，而是要在那儿久住。她费了九牛二虎之力将自己与过去斩断联系，把东西扔的扔，送的送，只带走很少的一部分。她眼含着泪水，把放在父亲阁楼上的物品清理掉。她觉得自己既然要离开，就不能再占用那里的空间。与此同时，她也相信搬去西部是一个明智的决定。

行李没有多少。为了不被住在沟渠步道边的新妇们比下去，她精心挑选了一些衣服、亚麻织物、银器，以及一些嫁妆带着。一箱子书，一部分是给奥利学习用的，另一部分供弗兰克和佩尔西阅读用。还有见证了她童年、家庭、友谊和婚姻的几件珍贵物品，包括托马斯送的日式茶壶和圣母马利亚小雕像，奥古斯塔寄来的所有信件，奥利弗欢迎她来新阿尔马登时买的斐济垫子和斟酒壶。它们在时光的冲刷下，犹如海滩上的琥珀，熠熠生辉。再加上奥利学步时爬行用的野猫皮地毯，装了满满的两大箱。

奥利弗以前从戴德伍德寄来的海狸皮，到现在还是一大麻烦。他竟会把这当成礼物寄过来，既让苏珊困惑，又让她觉得很难处理。她不认识能够加工生毛皮的人。天真的奥利弗建议用它做一件外套，这就好比用埃蒙斯的白鹿皮做一条裙子，她觉得穿上去就像印第安公主波卡·洪塔斯。把它们带回西部，很可能会造成一些不必要的误会。最后，她和贝茜想办法将其中的三块做成了防寒用的暖手筒和一顶帽子，余下的则都给了贝茜。

还有麋鹿头。它和海狸皮一样，在这个温顺化了的地方，一点儿也派不上用场。苏珊一直搞不懂奥利弗为什么会送这样的东西给她，也许是因为他想在苏珊的心目中留下一些特别之处。当然，这只是我的猜想，与祖母无关。该怎么处置它呢？不管放在哪里都显得格格不入，硕大无比，气氛诡异。生活中突然多出这么一件东西，也不合常理。他们最终决定将它挂在谷仓的横梁上，足以说明它是多么的无足轻重。放在那儿，至少不会碍事。苏珊觉得父亲的男性朋友对这个麋鹿头饶有兴趣。有一次，她看见约翰·格兰特站在谷仓门口盯着它看，阴沉的脸上露出一副质疑的表情，好像不大相信这是真的。

麋鹿头有一个用途：苏珊用它来塑造奥利对于爸爸的记忆。他对奥利弗已经完全没有印象了。也许在某种程度上，身为一个心智未成熟的孩子，他会觉得这就是他的父亲。所以，苏珊在他们出发去西部的前一天下午带他去看了麋鹿头。

鹿角硕大无比，结满了蜘蛛网，隐身于幽暗的暮色中。鹿头上堆积了厚厚的一层灰，悬在空中，蒙尘的眼珠注视着黑漆漆的草堆。它对谷仓里豢养动物的气味不屑一顾，一副蔑视这些动物以干草为生的神气。苏珊揽着奥利，让他靠在自己的腿上，她觉得这个麋鹿头对她视而不见。收到它时，是她的父亲和约翰帮忙拆开了那个大得能装下一架钢琴的板条箱，结果看到这么一个滑稽的玩意，这令她感到羞愧不已。这件东西作为礼物虽有不妥，但是不管怎样，见证了奥利弗在布莱克山脉的生活。苏珊最后总结道，就像他在求爱时带了一把马枪一样，这只不过是一个懵懂大男孩的突发奇想罢了。

她觉察到身旁的儿子对眼前的麋鹿头流露出敬仰之情。

于是，她柔声细语地说："儿子，我们得跟爸爸的麋鹿说再见了。你跟它说：'再见啦，爸爸的麋鹿，明天我们就要乘火车去和爸爸一起生活啦。爸爸会在终点站迎接我们。我们一家三口会穿过崇山峻岭，去我们木头造的房子里。等我再长大一些，就可以拥有一匹小马驹，然后和爸爸、弗兰克、佩尔西一起骑马啦。我们可以走得远些，去一个花团锦簇的地方，那里的花长得很高，深及马镫，我们有时会停下来歇息，说不定能看见像你一样的麋鹿顶着鹿角进入森林，还能听见远处山林里传来和你一样的叫声。'你可以告诉它这些吗？"

"这要说的也太多了吧。"

"那就只说'再见啦，爸爸的麋鹿'好了。"

"再见啦，爸爸的麋鹿。"

"马上能再次见到爸爸了，你开心吗？"

"当然啊。"奥利一脸狐疑地回答道。

苏珊明白儿子并没有理解她的问题，就连她自己也不知道自己究竟想要问什么。她给了奥利一个大大的拥抱，然后将提灯高举起来，让他再看一眼横梁上的庞然大物。

经过处理的麋鹿头，放在那里有一年多了，上面落满了尘埃，在灯光的照射下闪闪发亮，仿佛涂在上面的清漆还未完全晾干。它的眼球里好似闪烁着一团火焰，说不定随时会吹响号角。

"你们说这奇不奇怪？"这天晚上，入夜已深，她和贝茜还有约翰围坐在炉火旁时说,"我们要去大山里的言论似乎将它从沉睡中唤醒了,它对着我们闪闪发光。一听到'莱德维尔',这麋鹿头便立刻充满了生命的活力。啊,我现在竟也有种恢复生气的感觉!我迫不及待地想要回到西部,我要在那风景如画的地方打造一个温暖的家!"

约翰·格兰特一直弯着身子研究他的鞋尖。他的下巴抵在胸脯上,眼睛都快眯成了一条线。听完苏珊的话,他突然睁大眼睛,向她投来锐利的目光,脸上写满了怨恨。这些年他愈发变得吹毛求疵,很少发言,对什么事都是轻蔑、厌恶的态度。他脑子里似乎有什么事情一直转不过弯来。

他黑色的眼睛盯着苏珊看了一会儿,便眯成了缝。过了一会儿,他又看着晃动的鞋尖做出沉思的样子。然后,他放下翘起的二郎腿,起身离开了房间。门廊上传来他的脚步声,他沿着小径朝马路走去,回了自己的家。

贝茜手握着放在腿上的绣绷,静静地坐着,不耐烦地摇了摇头,两行清泪顺着脸颊流了下来。

"我说错什么了吗?"苏珊一脸迷茫地问道,"贝茜,我很抱歉!"

"该说抱歉的是他,"贝茜回答说,"他是嫉妒奥利弗。他一直对奥利弗赞不绝口,我从来没见过他对其他人这样。他也想和奥利弗一样只身前往西部。这里让他快要喘不过气来了。"

苏珊不知道该如何回答是好。这个温婉的姐姐总是很有耐心,从来都是她照顾别人。在婚姻中卑微的一方是贝茜;嫁作农妇的是贝茜;在父母有需要时,伸出援助之手的是贝茜;苏珊的城里朋友来玩耍时,辛苦做果酱让她们欢欣鼓舞地带回家的人还是贝茜。她曾坐了好几个小时给苏珊当模特,让她作画。苏珊在纽约读书时,在她来往于东西部时,都是贝茜在照看家里。她没法抚养孩子时,贝茜就替她抚养。有时候,她也羡慕姐姐平静闲适的生活。

她轻声细语地问道:"你愿意跟着他一起去吗?"

"如果这样做能帮到他,如果这能让他变回从前的样子,我愿意。"

"有办法了!"苏珊慷慨激昂道,"我可以让奥利弗帮忙四处看看呀!他或许能帮约翰在阿德莱德找一份工作。你们可以在我们旁边建造一所房子!"

贝茜差点儿被逗笑了,她抬起眼睛看向天花板。"他们怎么办呢?"

"可以一起过去呀。"

这个幻想只持续了五秒就被现实击破了。苏珊就像勃鲁盖尔[①]附体,在脑海中迅速勾勒出一副这样的景象:摩肩接踵的男人走在木板人行道上,上上下下,靴底敲击木板发出沉闷的声响,俨若走在桥上;穿得花里胡哨的女人在鉴定所和律师事务所门口四处晃悠,里面的男人都衣冠楚楚,或高谈阔论,或吞云吐雾,或注视街道;马儿们横冲直撞,车夫们扬起皮鞭抽打着颤抖的马屁股;乐队演奏着音乐;冶炼厂的大烟囱里冒出滚滚浓烟;大地跟着捣矿机一起颤动。一切都是倾斜的,好像是被强风吹成了这样。每一个角落里、每一家门口、每一扇窗前都挤满了人,对财富的狂热追逐,让他们每个人的脸都变得扭曲,他们虎视眈眈地盯着外面,生怕错过发家致富的大好机会。在画面边缘,有对白发苍苍的老夫妻站在楼上,他们游走在狂热的人群和冷漠的山峦之间,既胆怯又迷茫。他们把文雅搁在一边,被粗俗浸染,他们的习惯也受到了影响,生活一地鸡毛。

还是别想了。树木移栽过去都无法存活,更别说贝茜和约翰

[①] 勃鲁盖尔(Breughel,1525—1569),16 世纪尼德兰地区最伟大的画家,主要以农村生活作为艺术创作题材。

了。她和奥利能接受西部的生活环境,但她父母和姐姐肯定接受不了。在苏珊看来,她已经和生养她的这片宁静土地渐行渐远。这所房子是她高祖父建造的,然后传到她父亲手里,他会在此终老。那种一脉相承在苏珊这里戛然而止。在写她祖父的书中,她起笔就是饱含深情的回忆,从某种程度上来讲,就像是墓志铭。

8

　　风雪交加，横扫皇家峡谷，车窗外山色模糊。奥利的头枕在苏珊的腿上，睡得正香。两个人身上裹着一条羽绒被。苏珊时不时地看看外面的名山大川，但只瞧见一块块覆盖着皑皑白雪的山石，暴风雪掩盖了山的高度、宏伟和优美。河水乌黑，卷起泡沫，岸上还结了冰，这与早期的阿肯色河大相径庭，苏珊不敢相信这是她曾经骑马蹚过的那条河。她对着窗玻璃呵气，擦出一个个圆圈，悄无声息中，车窗上竟结出了蕨状霜花。

　　她不知道会在什么样的环境中见到奥利弗，也不知道他会穿什么衣服，所以很难想象出他的样子。苏珊知道自己有一大缺陷，就是她的想象力总被困囿于各种事物。在画画时，如果没有具体的家庭或建筑物做背景，她通常很难画出人物或脸孔的表现力和个性，比如有扇形窗的门口、雕花楼梯的扶手、壁炉，只要人物倚靠在这些东西上，苏珊就能形象细致地画出他们的穿着打扮。此刻，她眼前不断浮现过去与奥利弗相逢、别离时他的样子——他穿着连帽工服，在大雨滂沱中走下渡船的样子；列车驶出夏延站东去时他眯着眼睛看太阳的样子；还有在丹佛站他在拥挤的人潮中四下寻觅她的样子。她在心底暗暗发誓，从今以后，她和奥利会一直陪在他身边，他们再也不用靠想象他的样子过日子了。

　　列车猛地晃动了一下，惊醒了沉睡的奥利。他爬起来，睡眼惺忪地问道："我们到了吗？"

　　"再睡一会儿，很快就要到了。"

　　奥利不想再睡了，他躺在铺位上，哼唧个不停，苏珊只好讲故事来转移他的注意力。故事是这样的:她祖父的羊群被卷进水沟里淹死了,但有一只被她和贝茜救了下来,她们用奶瓶将它喂养长大,小羊羔成了姐妹俩的宠物,不管去哪儿都跟着她们,就像《玛丽有只小羊羔》这首歌描述的故事一样。

(这位朴素的女士把每一段微小的经历都看得十分重要。多年以后,她又围绕被巴斯克牧民遗弃的病羊写了一个故事,并以她的两个孩子为原型,给故事配了插图。这个故事被卖给了《圣尼古拉斯》杂志。我记得小时候听过这个故事,这本书现在就放在书桌上,图中的人物清晰可辨。不得不说,祖母在画人物肖像方面确实有天赋。这个十岁左右、表情有些严肃的男孩,旁边蹲着的是他的妹妹,两个人在用奶瓶给小羊喂奶。毫无疑问,小男孩就是我的父亲。看着这张图,我感受到了岁月的流逝,不禁有些黯然神伤。

一件微不足道的小事竟留在了几代人的记忆中!至少有三代。我想,罗德曼的神话集里应该不会有救小羊的情节。我还记得这个故事,是因为它对祖母来说意义非凡。当时,她坐在门廊的秋千上给我讲了这个故事。讲完后,她耷拉着小巧秀气的脑袋,噘起嘴唇,陷入了沉思。然后,一颗泪珠从她的眼睛里滚落下来,像是在压力下被挤了出来。泪珠没有顺着她的脸颊流下,而是直接掉落在了书页上。"哎呀,天呐!"她气恼地叫道,连忙用手掌根部擦了擦被泪水浸湿的书页。这不知何故、突然而至的哭泣,令我一头雾水,大气都不敢出。过了一会儿,我突然明白过来,她哭泣不是因为见到了我父亲小时候的样子,当然也不是因为那只活了不到一天就死去的小羊羔,而是因为照片中的小女孩,艾格尼丝。她早年夭折,是祖母心中永远的刺。)

故事讲完后,苏珊陪着奥利在结霜的窗玻璃上找各种图案。蕨类形状的霜花形成了一片森林,从窗框的底部向上蔓延生长,她用指甲在上面画出鹿和狐狸若隐若现的脸,还画了一张胡子拉碴的面孔，那人带着惊讶的表情，正躲在密林后面，目不转睛地看着他们。"这是爸爸，"她说，"他在找我们呢，他以为我们迷路了。"说罢，母子俩咯咯笑了起来。

到达布埃纳维斯塔①时，她并没有像在玻璃上画的那样看到奥利弗。列车还未到站，她已经提前把自己和奥利包裹得严严实实。车门一打开，她第一个冲下火车，投身到蒸汽腾腾、寒风呼啸、大雪纷飞的西部世界。风雪吹得她几乎睁不开眼，她把奥利扶下了车，在转身的时候，一个熟悉的身影进入了她的视线。那人戴着裘皮帽和羊皮围脖，只露出一双闪亮的眼睛和一口雪白的牙齿。她尖叫着扑向那人的怀抱，结果却发现自己亲吻的人竟是弗兰克·萨金特。

"啊，我的天呐！"她惊讶不已，被自己的行为逗得捧腹大笑。她退回去抓住奥利的手，以防他被大风刮走。弗兰克当时也回以苏珊热烈的拥抱，他比她笑得更厉害。他的胡子过去可不是这样，明显是新剃过的，胡茬刺痛了苏珊的嘴唇。"哎呀，弗兰克，很高兴见到你！我把你当成奥利弗了，嗯……他人呢？他没来吗？出什么事了？"

"你可真说对了，的确出事了，"在苏珊身后，寒风呼啸中传来了奥利弗的声音，"丈夫来接自己的妻子，结果发现她和自己的手下亲上了。"

奥利弗将苏珊抱在怀里，亲了亲。她再次被胡茬刺痛了嘴唇。两个人牢牢握住彼此的手，四目相对。奥利弗比去年更瘦了。尽管脸上洋溢着喜悦的神情，但在苏珊看来，穿着连帽外套的他就像是埃尔·格列柯②笔下的修士。她知道自己为什么会认错人了。弗兰

---

① 布埃纳维斯塔（Buena Vista），地名，位于美国科罗拉多州。
② 埃尔·格列柯（El Greco，1541—1614），中世纪西班牙的伟大画家，西班牙绘画的开拓者。他特别擅长宗教画，代表作品有《圣母升天》《剥去基督的外衣》等。

克的穿衣打扮、言谈举止、走路姿势，还有络腮胡，一切的一切，都完全模仿奥利弗。俩人看起来简直就是孪生兄弟，只不过一个白一点儿，一个黑一点儿。

奥利弗捏了捏妻子的手，然后蹑手蹑脚地跪到儿子身旁，顾不上满地煤渣和积雪。他的动作小心翼翼，唯恐吓到儿子，还体贴入微地缩小自己与儿子身高的距离，这些苏珊都看在眼里。奥利弗脸上洋溢着浓浓的爱意。他对待孩子一直是这么充满柔情。奥利还在襁褓里的时候，每当看见奥利弗在房间走过，他能高兴得手舞足蹈。这让苏珊有些嫉妒——亲生的儿子对她这个当妈的一副理所当然的态度，但对待爸爸却爱得热烈。想想去年十一月份她回到米尔顿的家，费了好大工夫才和孩子拉近关系，此刻，看着两个人在风雪中父子情深的样子，苏珊明白，奥利弗不必经历一个这样的适应期。经过两年的别离，奥利可能已经记不得自己的父亲了，但他很快就对奥利弗产生了信任。

"哇！"奥利弗蹲下身子，说道，"我朝思暮想的小家伙总算来了。你是叫奥利·沃德吗？"

小家伙不是很确定自己此时的立场——毕竟，他的母亲首先亲吻的是另外一个男人——于是他带着疑惑，回答说："是的……"

"你知道吗？我的名字叫奥利弗·沃德哎。你觉得你是我的孩子吗？我在一个地方，也有个儿子。他叫奥利·沃德。你觉得这个孩子就是你吗？"

奥利咧嘴大笑，将目光转移到父亲的脸上。"你知道的！"他回答道。

奥利弗哈哈大笑起来，用一只胳膊将他抱起。奥利依偎在父亲怀里，得意扬扬地说："我和麋鹿说了'再见'，我告诉它我们要乘火车来这儿。"

"是吗？我来告诉你，接下来要做些什么事情。你将会坐上一辆马车,裹着水牛皮制的袍子,脚踩一块热烙铁。弗兰克已经在车站的炉子上加热了两块,弄了一个小时呢。"

"弗兰克,你还是这么细心周到,"苏珊说,"上次来莱德维尔,你提前给我生好了炉火。"

"我可不能被佩尔西给比下去,"弗兰克说,"他在家搞后勤工作,负责燃起炉火,这样你们到家时,屋子里会有足够的暖气。"

奥利弗和弗兰克这两个车夫驾起车来心急火燎,一刻也不肯停歇。他们说,天气多变,随时都有可能变得更糟,所以想争取一口气回到莱德维尔。只要一有机会,他们便快马加鞭。一路上,他们马鞭几乎没怎么离手。每隔半小时左右,两个人就越过苏珊交换缰绳,休息的一方会把手坐在屁股下,攫取点儿温暖。苏珊坐在他俩中间,不管风从哪边吹来,总有人替她遮挡,也就不觉得有多冷。她脚踩在热乎乎的烙铁上,双手放在暖手筒里。奥利蜷缩在座位后面两个箱子中间,身上裹着长袍和被子,只有鼻子露在外面,仿佛是在冰窟窿口探出脑袋的海豹。

此情此景,好似数月前她离开时的样子。寒风凛冽,雪花飘洒,山谷里黑白分明,没有一丝春天的气息,一座座山峰,被积雪覆盖。米尔顿和盛开的苹果花和这里形成了强烈的反差,它们是造物主温柔的创造。

她问了奥利弗一些问题,都得到了简短的回答。

这个冬天很糟糕,暴风雪一场接着一场。

还没有女人回来过。

小镇不如去年繁荣——表面上风平浪静,实则暗流汹涌,银价跌至一点一五美元每盎司。一些矿场为了抬高股价,不断抛售高品质矿石。作为噱头,罗伯特·李在一天十七个小时内生产出了价值十一万八千美元的白银。小匹兹堡的主要股东们半年来每个月分红高达十万美元,他们刚刚高价抛售了八万五千股。新股东们只落得一口采空的矿井。克利斯莱特矿存在劳工问题,他们把矿工赶了出来,并安排武装警卫二十四小时值守,以防有人炸掉矿井。

"菲德·沃德把他儿子偷的钱还回来了吗?"

"他拿的钱箱里的钱已经从他的工资里扣掉了。从弗兰克和我这里借的钱还没有还。"

"你也没去要?"

"我提过两次。"

"但他就是不还给你们?"

"不是不还,是还没有还。"

"他永远也不可能还的!"苏珊迎风喊道,"奥利弗,为什么吃亏上当的总是你呢?"

奥利弗似乎还挺开心。"我也不知道啊。弗兰克,你有何高见?"

"我想不出什么。"

"你和他一样坏。"苏珊说。

"他更坏好吧,"奥利弗反驳道,"鬼鬼祟祟,连老板的老婆都亲上了。"

"我觉得挺好的呀,"苏珊说,"行啦!至少他不会欠钱不还,也不会偷拿公款。"

"我只是没逮着机会罢了。"弗兰克搭腔说。

"有一说一,"奥利弗说,"要不是斯塔滕岛这孩子,我们的矿就没了。"

"谁?"

"不就是这个家伙么。"

"哇!弗兰克,你干了什么?"

"就像戴蒙德·迪克一样,挫败矿霸。"

"不要嘛,跟我好好讲讲嘛。"

"我们和两家矿发生了纠纷,这我不是和你说过吗?"奥利弗说,"一个是阿根廷,另一个是高地酋长。"

"你从来没跟我讲过这些。说实在的,我要是只能靠你的信获取消息,那我会……什么都不知道的。"

"好吧,怎么可能。"奥利弗身子向后靠,扯得衣服发出"嘶啦"声,然后掀开袍子,朝里望去。"睡着了,"他说,"里面太热了,我们得看着点儿,别让小家伙在里面闷坏了。你够暖和吗?"

苏珊没有应答,抬起套着暖手筒的手。奥利弗隔着手套,用手指摸了摸。"海狸皮?"

"没错,是你从戴德伍德给我寄的那些。"

"不错,"他很满意,然后将视线越过苏珊,看着正在执掌缰绳的弗兰克说,"你不跟她讲讲吗?"

"没什么好说的,无非就是他们想进来,我们严防死守,把他们拒之门外。"

"他可真是太谦虚了。"奥利弗冻得直流鼻涕,冰蓝色的眼睛也被风雪沾湿了。他用手背蹭了蹭鼻子,接着说:"那些人已经闹了好几个月了,非说我们越界。当时是我做的测量,我很清楚,我们没有越界。不过,我们最好的矿体确实紧挨着阿根廷矿。几周前,我去了丹佛,他们打算乘虚而入,占领我们的巷道。他们原本在我们附近已经挖掘了一条巷道,一个星期天,竟然通到了我们的地盘。"

"可是怎么……"

"不是说'现实占有,败一胜九'嘛。倘若要诉诸法律,准备工作都要耗费一年的时间。我们还没等到判决结果,估计他们就已经把矿给采光了。弗兰克这孩子事前听见了风声,于是他和杰克·希尔拿着步枪等待他们上门。现在,他们的巷道上有一道门,不过被我们这边给锁死了,所以,所有权仍然在我们手里。"

他们说话的腔调让苏珊不知道是震惊还是好笑,简直像是扮演强盗游戏的小男孩。弗兰克还有些难为情，他扬起马鞭，抽打着马屁股。"哎呀，弗兰克，"她说，"听起来很威风啊，对方来了几个人呢？"

"五个。"

"他们有枪吗？"

"都被我们收入囊中了。"

"哎哟！"苏珊吓得直打哆嗦，她问道，"难道你不害怕吗？"

"怕死了呀！不过就像杰克说的，步枪[①]在手，所向披靡。"

"我不喜欢枪，"她说，"听着好可怕，一副要打仗的样子。他们现在在干吗呢？会善罢甘休吗？"

"他们强占不成，只能诉诸法庭，"奥利弗说，"现在，那些人只能坐在高地酋长宿舍的门廊上，每当我们驾车经过，便朝我们投来恶狠狠的目光。以防万一，我们随身带着六发左轮手枪和卡宾枪防身。他们对弗兰克这孩子还是相当忌惮，不敢轻举妄动。"

"你别信他，"弗兰克说，"头儿才是大家真正忌惮的人。你知道吗？他是一个相当不错的射手。你别看他表面上是个好好先生，实则铮铮铁汉。几乎每天下午我们都会在井楼外练习打靶，头儿可以在五十码开外打中好多罐子呢。这事无人不晓。"

奥利弗笑得合不拢嘴，他把手往大腿上一拍。"来吧，"他边说边伸手，"你歇会儿吧。"

苏珊好奇地打量着丈夫的脸，怎么看他都不像一个铮铮铁汉，也不像一个卑鄙性急的男人。苏珊觉得，一直保持戒备状态是一件极具压力的事情，现在的他看起来疲惫不堪。这一切令她毛骨悚然。不过，也说不定这是西部的老套路，跟初来乍到者讲讲可怕的故事吓一吓他们。"天哪！"她轻声说道，"一直以来，我都以为自

[①] 原文中的 "a Winchester" 指的是温彻斯特步枪（Winchester Rifle），是 19 世纪 80 年代美国温彻斯特连发武器公司研制及生产的一系列步枪。

己嫁的是个矿场经理，不曾想，竟是个枪手。"

戴着兜帽的奥利弗将头微微转过来，眼神瞟向苏珊，一双蓝眼睛被风吹得通红，眼泪汪汪。在奥利弗浓密的胡茬下，藏匿着一丝奇怪和让人讨厌的微笑。他注视着苏珊的眼睛说："好吧，这就是莱德维尔，我们选择的地方。"

苏珊感到震惊。她迎上奥利弗的目光，并在脑海中思考他说的话的言外之意。他是在责怪自己吗？他意识到话有不妥，赶忙回身去看奥利。为了缓解尴尬，他把奥利身上的袍子理了理，回过头时顺势用右手抱了一下苏珊。"嗨，朝上喽！"他一边吆喝，一边抽出马鞭拍打着马屁股，左一下，右一下。

苏珊缩成一团，纹丝不动地坐在车里。雪已经停了。他们穿过一片草场，满目荒凉，如隆冬时节般萧瑟，那里被风雪侵蚀的宛若一幅用灰色和黑色树木刻出的版画。他们涉过水流湍急的小溪，溪水黝深，岸边的巨石被冰所覆盖。寒风从缝隙里钻进来，冻得苏珊不想说话。严寒冻僵了她的四肢，也麻痹了她的思想。一旦变得暖和起来，她会忍不住烦恼，不过，天寒地冻的，这种情况不会发生。也许，奥利弗那责怪的表情，还有令人不舒服的微笑，都是苏珊的误读。过了一会儿，她把头蒙到毯子里，让黑暗遮掩住自己的沮丧。

偶有只言片语在她头顶飘过，但都消失在无声的沉默中。有好几次，马车行驶到崎岖不平的地方，奥利弗每次都伸出胳膊，搂紧苏珊的肩膀。她不禁感到怀疑，不知他是不是因为一时口快，才对自己呵护备至。气氛很安静，他不时回身看看奥利，苏珊知道儿子还在酣睡中。

他们在冰天雪地里走了好久。厚厚的毛毯，在寒风的侵袭下，和裹着一块薄棉布没什么区别。她蜷起身子，咬紧牙关，忍受着刺骨的严寒。

后知后觉,她发现马车已经停了下来。奥利弗从弹簧坐垫上站起身,跳下马车,嘴里还咕哝了几句。外面天色已晚,灰蒙蒙的,她探出脑袋看着外面,将手从毯子里拿出来捂紧冻僵的脸颊。她看见了阔别已久的木屋,往上是威廉·斯坦利·沃德的家,再往上是另外一户人家,房子才刚建了一半。门前沟渠里的水奔腾而过,沟边的枯草被冰给压弯了腰。天空呈沉闷的青灰色,冶炼厂排出的滚滚烟尘污染了南边的天空。一阵风吹来,冻得苏珊直打哆嗦,她听见了莱德维尔永不停歇的声音,而后又消散在风中。

她长吁一口气,动了动僵硬的肩膀和冰冷的手,接着,又看了看木屋,说道:"佩尔西肯定已经替我们生好了炉火,估计家里现在热气满满。但是,怎么看不见烟呢?"

"这小子最好给我们生火了,"奥利弗说,"否则我会掀掉他的头皮。说不定他正躺在摇椅里晃悠呢。"

"你能别拿佩尔西开玩笑了吗?"她把手递给奥利弗,让他扶自己下来,"他不会言而无信的,肯定会说到做到。"

苏珊两腿发软,几乎站不住,奥利弗见状用胳膊揽住她,这让苏珊觉得他格外贴心。他对弗兰克说:"放着那些箱子,别逞强,我马上回来帮你一起搬。"

弗兰克将熟睡中的奥利抱给他。"这天气有点儿四月的味道。"他说,然后领着苏珊朝门口走去。闩锁带露在外面,她替奥利弗拉住,方便他一脚踹开。"佩尔西?"

房间里空空如也。苏珊没有变暖的感觉,冻僵的皮肤也没有出现遇热的刺痛和烧灼感,她只感觉到世界变安静了,听不见呼呼的风声。小木屋冷冰冰的。奥利弗抱着奥利看了看卧室,又看了看厨房。"佩尔西?"还是无人应答。

他看了一眼苏珊,将奥利放入摇椅里,跟他说:"尊贵的宝贝,你先待在被子里。屋里太冷了,我得赶快生火。"

苏珊站在旁边，冷得直跺脚。奥利弗忙着将报纸揉皱，又把引火柴堆成金字塔状。外门打开了，弗兰克用大腿顶着一个箱子走了进来，他十分惊讶地说："他不在吗？"

"好像没来过，"奥利弗说，"炉子里一点儿火星都没有。"

他划着一根火柴，火苗立刻向上窜起，一阵风从烟囱吹下，满屋子都是刨花燃烧的烟味。随后他把劈过的松木斜靠在火焰上，引火柴开始噼啪作响。听见这令人欣慰的声音，苏珊忍不住走近了些，可惜只有火光，还感受不到热气。她说："这不像是佩尔西的做派。"

"是的。"

"我去看看他在不在办公室吧，"弗兰克说，"我先去把另外一个箱子搬进来，你待在这里暖和暖和。"

奥利弗站起来，说道："我去给你搭把手吧。"

他们出去了好一会儿，久久不见人影。奥利开始铆足劲儿蹬掉被子，不过苏珊又给他盖了回去。"你最好还是在被子里多待一会儿，外面冷。"

可是奥利就是想凑凑热闹。他露出漂亮的卷毛头，好奇地环顾四周，看着他的父亲和弗兰克把第二个箱子搬进来，放在了卧室里。他的父亲出来时腰上别着枪弹带和六发式手枪。苏珊也瞧见了。"哦，亲爱的！"她问，"你们这是要去哪里？"

"别担心，我们只是去看看佩尔西。说不定他突然遇到什么事情，所以没能抽开身。"

"那带枪干什么呢！"

奥利弗笑了起来，但是笑容很僵硬。他打趣地说："我摆摆样子的。"

他低下头，往火炉里添了些柴火。苏珊感到腿周围的热气越来越足。在奥利弗走动的时候，她闻到了他衣服上沾染的室外的寒气。当他再次站起身时，苏珊直勾勾地看着他。她内心有种针扎的感觉，但只能痛苦地告诉自己："这里是莱德维尔，这是我自己的选择。"

"我们一会儿就回来了，"奥利弗说，"你把闩锁带拉进来吧。"

"奥利弗……"

"你别担心。"说罢，他便关上门离开了。苏珊顺从地将闩锁带拉了进来。

火光映照在奥利的脸上，他看起来就像是一个落入凡间的小天使。苏珊以前画过一幅描绘贝茜孩子睡觉时的样子的作品，此情此景像极了那幅画，她不禁感到有些可笑。

"爸爸和那个人去哪儿了？"

"那个人是萨金特先生。他们很快就会回来。"

"爸爸为什么还拿上了他的枪呢？"

"他可能担心佩尔西出了什么事情。"

"谁是佩尔西呀？"

"是你爸爸的一个朋友，也是我的朋友。"

"这里是莱德维尔吗？"

"是呀，这里是莱德维尔。你觉得怎么样？"

奥利没有眉毛，睫毛是白色的，一双圆圆的眼睛滴溜溜地转着。"莱德维尔的墙上有好多木头呀。"

苏珊哈哈大笑起来，忍不住抱了抱他。她觉得自己渐入佳境。奥利扒着壁炉取暖的时候，苏珊也忙得不可开交。她去厨房里生火、烧水，把卧室门打开，让冷得像冰窖一样的房间获取点儿热气，又准备好供五人用餐的餐桌，还找了些汤品罐头、饼干、奶酪和桃子罐头。过了很久，水壶才开始唱起沸腾的歌。她泡上茶，又给奥利的杯子加了糖和罐装牛奶，然后母子俩坐在壁炉旁，享用着茶水和罐子里的英国饼干。木墙外，寂静无声。她走到窗边，发现夜幕已经降临。她时不时地看看挂在胸前的怀表。他们已经走了一个多小时了,很快,有一个半小时了。她往壁炉里又添了些柴。

屋子变得足够暖和,他们可以不用离炉火那么近了。苏珊让奥利去试试奥利弗挂在角落里的吊床。她告诉他,在新阿尔马登的时候,她常常把小小的他放在吊床里晃来晃去。奥利很想躺进去,她应允了。吊床激起了苏珊的思乡之情。时间在一分一秒地流逝,令她焦躁不安。她打开其中一个箱子,翻箱倒柜地找出一些家用物什。她把带来的斟酒壶放在了壁炉架上,至于斐济草垫,和樟脑丸放在一起有两年了,已经闻不到干草的味道,苏珊便把它铺在桌子上,又将餐盘重新摆放了一遍。野猫皮制的地毯被铺在了壁炉前,奥利在上面滚来滚去。

"我们看看爸爸会不会发现,"她说,"我们不告诉他,看他能否自己注意到这个毯子是多么的舒服。"

突然,重重的敲门声把苏珊吓了一大跳。不是敲门,而是踹门——声音是从下方传来的。"坐着别动!"她对奥利说道,然后迅速走到离粗厚门板有一英尺的地方站着,一颗心扑扑直跳。来人还在不断地踢踹大门,动作粗鲁,声音响亮。"怎么了?"她问,"谁呀?"

"快点儿,苏,快把门打开。"

她刚把木门闩推上去,门一下子就被撞开了,她被推到一边。奥利弗后退着进了屋,弗兰克跟着朝前走。他们抬着一个男人。苏珊瞥见了那人的脸,失声尖叫起来。

9

那几个月发生的事情，祖母避而不谈。她几乎停止了与外界的书信往来，在回忆录中，对那段时光也是一笔带过。

几周来，佩尔西都由她来照顾，待他伤势好转之后，她又成了他的看护。佩尔西嘴巴、鼻子、颧骨和头上的伤口虽然已经痊愈，但他的精神状态还是很差，眼神总是躲躲闪闪。天气依然不见好转，矿井的麻烦也悬而未决。祖母整日忧心忡忡，担心奥利弗、奥利、弗兰克，以及她自己再有什么闪失。那些人胆敢闯入办公室盗窃、销毁文件，对老实巴交的佩尔西都能下得去手，应该没什么他们干不出来的事。她很讨厌莱德维尔恶劣的天气，奥利每天只能待在屋子里，呼吸的都是消毒水的气味，整日和佩尔西抬头不见低头见。孩子来的时候肯定满怀期待！想想她带奥利进山和父亲团聚时她所承诺的一切，是多么可笑啊！

无拘无束的社交生活，犹如飘零的落叶归于尘埃，热闹不再。偶有一些专家经过莱德维尔，他们做完调查，写了报告，拿到报酬后就离开了。即使有像去年那样的贵客到访，她也不可能无拘无束地欢迎他们来家里围炉话谈。佩尔西就像是家里的智障儿，总是躲在他的专属角落里，窝在摇椅上，沉迷于阅读。若有客人来家里，他会抓起立体幻灯机，躲在后面窥视着他们。他是害怕所有的"陌生人"吗？还是因为容貌被毁而有些敏感？抑或他需要不时地看些西部的三维照片，使自己对曾经追逐过的西部永葆激情？看到佩尔西身心都受到了创伤，她心里很不是滋味，为他的遭遇垂泪。她久久不能释怀，他因为是他们的一分子而挨了打。不过，有时她又觉得他像是套在他们脖子上的枷锁。一想到他可能会影响到奥利的成长,她就变得狂躁起来。

因为雇佣关系,他们成了一家人。这就像海拔和气候之间的关系,是命运的安排让他们联结在一起。女人在莱德维尔很稀缺,带莉齐和玛丽安·普劳斯这样的人来西部是另一回事。而佩尔西这样的人在西部,或是其他任何地方,比比皆是。他远在英国的家人得知了他的状况后,给苏珊写了回信,字里行间尽显刻薄,一味推卸责任。信中说双亲身体抱恙,家里一贫如洗,无法漂洋过海来看望他;两个兄弟都成家了,被工作和家庭牵绊,也没法抽开身。他们觉得,如果伊恩的状况没有好转的迹象,最好找个想要挣些家用的好女人来照顾他,就算是寡妇也行,或者找个孩子长大了不在身边的女人。至于雇人的费用,他们会想办法来出。他们也不想把他送进疗养院。

"好女人还能有谁?"苏珊说,"不就是我吗!喜欢归喜欢,我总不能一直让他跟我们搅和在一起吧。这会给奥利带来很可怕的影响。他们应该想办法把他接回家。"

"那怎么办呢?"奥利弗说。

"要是有哪个熟人正好要出国就好了。他是个安静温和的孩子,不会给人家添麻烦的。"

"我们认识的人中没有谁要出国啊。更何况,如果没有你或者我陪着,他哪儿也不敢去呀。"

"不管怎样,不能再这样下去了!"

奥利弗的表情看着有些痛苦,他眉头紧锁,小心翼翼地走着,仿佛很小的一步都会扯得全身疼。苏珊知道,他的头痛病又犯了。平日里,天黑之前,他会躺在黑黢黢的卧室里,用一块湿布盖住眼睛。这会儿,疼痛让他变得粗声粗气。

"用不用我在他身上贴个标签,像运箱子一样把他运走?"

"当然不是，他会没命的。"

"那我看也没有别的法子了，只能让他继续和我们待在一起，这至少还得持续一段时间。"

在苏珊面前，疼痛和沮丧令奥利弗摊开双手，浑身紧绷。她嗅到了危险的气息。他皱着眉头看着她，声音颤抖，两个人一样疲惫不堪。"我很抱歉，苏，我也没办法。"

"我知道，这里是莱德维尔，这是我自己的选择。"

他们夫妻俩像敌人般对视了一会儿。然后，她缓过劲儿来，懊悔地抓起奥利弗的手放在她的脸上。"你别往心里去，我不该有抛弃佩尔西的想法。我只是因为看见奥利面色变得苍白，整日无精打采，也没有以前活泼开朗了，所以我……"

"嗯，"奥利弗看向别处，说道，"如果我们能摆平和阿根廷矿之间的纠纷，或者胜诉了，菲德他们会给我们钱进行大规模生产，问题会迎刃而解的。我在吉尔福德有些表妹，年龄在十八岁左右。也许，我们可以带一个过来。"

"来了住哪儿呢？"

"是啊。"

"那个矿井对你来说就是牢笼！"苏珊说，"奥利弗，我不得不承认这是一个错误的决定！我难辞其咎，是我让你做出了这个错误的决定。现在加入地质勘探还来得及吗？"

"恐怕不能了，一切都变了。"

"怎么变了？"

"鲍威尔不太可能需要我这样的人。他现在雇用的都是些地形学家和地质学家，金以前用的只是矿工。我有没有和你说过，金不再负责这个项目了？"

她敲着桌面的手停了下来。"不再负责了？为什么呀？"

奥利弗脸上露出轻蔑、嘲笑的神情，令她感到厌恶。在苏珊看来，这些表情不应该出现在他的脸上。

"去做矿井专家，发财去了。"他说。

"哦，我的天呀！"

"你没听错，"奥利弗接着说，"你有没有被惊吓到？"

六月末的一个下午，晨雨初晴，天空中飘浮着朵朵白云。仲夏的阳光温暖明媚，洒在蓝色的池塘里，地面水汽蒸腾。苏珊站在门口，呼吸着清新空气，沐浴着明媚的阳光，一扫身体里的霉气和阴郁。她朝屋里喊道："奥利，佩尔西，我们一起沿着沟边走走吧，采摘些野花回来。"

室外强烈的光线，让佩尔西被毁的容貌比在黑暗小屋里时看着更严重。他的鼻子本来就凹凸不平，看着让人挺心疼的，现在被打得像职业拳击手一样扁平；左侧颧骨上永久性地留下了一块青肿；一只眼睛上方的骨头凹了一个洞，就好像是被锤子打的。还真有这个可能。不过，佩尔西到底经历了什么，祖父母他们无从知晓，因为他什么都不记得了。那件事之后，他对"陌生人"充满了恐惧。散步时，他紧紧地跟在祖母旁边。他的门牙全没了，嘴里黑洞洞的。

"去吧，去四处转转吧，"她说，"看看我们能找到多少种花。"

佩尔西歪着脑袋，露出半信半疑的神情。他怯怯地离开小路没走多远，一本正经地弯下腰采摘起来，每采几朵，就回过头来看看苏珊，举起手中的收获。他咧嘴笑着，那孩子气的笑容让人心疼。"不错呀！"她说，"再多采些吧，多多益善。这样，吃晚饭的时候，我们的餐桌上可以有一大瓶花。"

奥利汗渍渍的小手上握着一小捧花，它们大多没了花茎，他把花递给苏珊之后又跑开了。佩尔西专心致志地采着花，走得更远了些，这是他自受伤以来，第一次离苏珊这么远。他回来的时候，手里拿着一大束花，那张伤痕累累的脸上洋溢着对苏珊的信任，他迫切希望得到赞扬。于是，她像抱孩子一样抱了抱他，对他的赞美溢于言表。无论那群恶人做了什么，他还是和以前一样，羞怯地想要取悦别人。苏珊接过他手中的花，权当这是对她两个月操劳的补偿。

她在检查花的种类的时候，佩尔西就站在她身旁，探着脑袋静静地看着。"没错，这是橘黄山柳菊，粉色的是樱草花，蓝色的是钓钟柳，五彩缤纷，可真好看。白色的是楼斗菜，好漂亮呀。这个有五片花瓣的乳白色花朵像是委陵菜，我在纽约的家中见过和这个很相似的。不过，这个长着灰色叶子的小黄花，我不清楚是什么品种。"

"紫——紫——紫草属植物！"佩尔西结结巴巴地说，"紫草科。"

"什么？"苏珊吃惊地看着他，放声大笑，"你是怎么知道的？"

佩尔西被问懵了。他支支吾吾，耸了耸肩膀，看着苏珊，好像能在她脸上找到答案似的。

"不要紧，"她拍了拍他的胳膊，"佩尔西，你知道吗？你在逐渐好转！你能记得东西可真是太好了。"

一片乌云携着冷气沿山坡飞快飘过，速度堪比疾驰的骏马。天空像一只大眼睛眨了眨，再眨一下，他们又重新沐浴在温暖里。旁边沟渠里的水晶莹剔透，奔腾而过，为碾磨机带去动力，并将莱德维尔的垃圾汇聚一处。厚厚的云层外，天空是如此的湛蓝，她不禁问："佩尔西，还记得去年夏天我们在福克湖骑马吗？'啊！蛮荒之地也能感受到时光温柔。这蓝色苍穹恰似一口大瓮，燃烧着熊熊烈火。'"

"哈——"佩尔西满腹狐疑，眯起眼睛仔细回想，却怎么也想不起来，神情有些沮丧，一双长着浅棕色睫毛的淡蓝色眼睛盯着苏珊。他的舌头夹在双唇中间，嘴唇一会儿抿紧，一会儿噘起，看起来很有弹性。苏珊出于怜惜，再次拍了拍他的胳膊，让他放松下来。她拿起他采的花束放到鼻子下，吸入野花淡淡的芬芳。她对他的感觉好多了。当他嘴里蹦出植物学家林奈书中的词汇时，她一时间觉得柳暗花明。奥利和佩尔西一左一右地聚在她身旁，三人并排走着。苏珊思绪万千。

如果佩尔西康复了，他就可以回去和弗兰克一起住了——顶多晚上过来玩一玩，窝在他的专属角落里，或阅读，或听他们聊天。果真如此的话，她和奥利弗就能时不时地去克拉伦登享用一顿美餐，过过二人世界。这似乎是最令人愉悦的事情。这里的夏天姗姗来迟，会有更多的女人陆陆续续来到这儿——她们可能会在双子湖湖畔举办一次野餐，来庆祝独立日。她又能骑马了，奥利弗或者弗兰克估计会放下矿井的工作陪着她——他们不可能让她独自一人骑行。她又可以睡上安稳觉了，不用总是紧张兮兮，随时面临崩溃，不用穿着睡袍在黑暗中辗转于奥利的吊床和佩尔西的简易床之间，也不用看着窗外寥寥星辰独自惆怅。一切皆有可能。奥利弗一直坚信自己的判断，或许最终真能在阿德莱德矿井发现丰富的碳酸盐。纽约那边的吝啬鬼老板说不定肯给他一些支持（让人啼笑皆非的是，沃尔多·德雷克竟是其中之一！），法庭可能会驳回阿根廷和高地酋长那帮窃贼无赖的上诉，奥利弗也就不用带着可恶的手枪和卡宾枪去上班。或许她的小木屋从此以后就变成她憧憬的家了，不再是医院和牢笼。

想到这些，苏珊有种美梦成真的感觉。在天气由雨转晴的间隙，事情就已经出现了变化。她把奥利和佩尔西留在院子里玩游戏——此时在苏珊眼里，佩尔西就是令她头大的二儿子——采回的野花被她插进有水的玻璃瓶中，然后她拿出画具，搬来板凳，漫不经心地画下儿子掘土的快乐场景。此时的她，内心充满了幸福感，一身轻松。

似乎是为变化作证，佩尔西从沟里拎了几桶水回来。他刚踉踉踉踉地把第二桶水拎进厨房，苏珊就看见奥利弗将外套搭在肩膀上，正沿着沟堤走来。她惊慌地站了起来。"出什么事情了吗？"

"没有，"他说，"我只是受够了。我把办公室丢给了弗兰克，回家虚度光阴来了。"

他坐在地上，花了一个多小时用一个卷轴、一些木瓦钉和一个芝士盒给奥利做了一台小小的脱粒机。两人用这台小机器打出五汤匙早熟的杂草种子。他们用晚餐时，将大门敞开，让阳光斜射进来。饭后，一家人坐在毯子上，倚靠着温暖的西墙，看着夕阳没入镶有金边的云层里。弗兰克带着一把曼陀林①从镇上过来了，他说琴是花了三美元从一个破产的矿工手里买来的。他还说，百鸟鸣唱的时候已经来到，当他活动好了手指，找到弹奏的感觉时，这只乌龟就会发出响彻大地的歌声。

"乌龟可不会唱歌。"奥利说。小家伙在太阳下玩了一个下午，显然有些倦了，奥利弗懒懒地抱着他。他靠在奥利弗的双腿之间，拨弄着他手上那只硕大的金婚戒。短短一下午，阳光把他晒得红扑扑的。

"此乌龟非彼乌龟，"弗兰克说，"你等着。"

他低下晒得黝黑的头为曼陀林调音。对苏珊而言，他就像是密友、弟弟，一个英俊潇洒、无忧无虑的大男孩，而不是拿着温彻斯特步枪击退矿霸的助理工程师。他望她的眼神，他微笑时的样子，令她变得温柔。这一天，一切都变得平静美好，不像之前那么令人难以忍受了。奥利弗抱着奥利靠墙坐着，好一幅温馨的画面，都可以画下来投给《家园》杂志了。佩尔西坐在他身旁，抱着膝盖。他喜欢尽量靠得近一些，但却一言不发，像个透明人似的。就连小镇的屋顶、凋敝的山峦和丑陋的井楼，在这光线下也变得如诗

---

① 曼陀林（mandolin），一种小型的弦乐器，演奏时一般采用塑料拨片拨动琴弦发声。

如画。夜晚街道上的喧闹声也只不过是空气中的一阵颤动罢了。弗兰克一直在调音,曲不成调,几乎不能称之为音乐,像是蟋蟀的叫声。

准备就绪后,弗兰克弹奏了一首黑人小曲,技艺还挺精湛。苏珊兴高采烈地称赞他是大师。"乌龟能唱成这样已经不错了,"她说,"我们唱些什么呢?你来点歌吧,奥利。"

奥利靠在他父亲的身上,吮吸着大拇指,毫无头绪。

"快点儿嘛,奥利,"苏珊催促道,"快把大拇指从嘴里拿出来,这才是好孩子嘛。你想唱什么?你喜欢什么歌呀?"

奥利依然没有任何想法。奥利弗刚把他的手指拔出来,他又塞进嘴里。"他这是累了,"奥利弗说,"想不想玩吊床,宝贝儿子?"

奥利一边吮吸着手指,一边小声地拒绝了,有点儿不耐烦。

"说不定是太阳晒的,"苏珊说,"他最好赶紧离开这儿,不过,让他听听美妙的琴声再走吧。弗兰克,弹点儿什么吧。"

弗兰克弹了首《塞沃尼河》,在弹了一两个八分音节后,他信心大振,自弹自唱起来。他有一副男中音的好嗓子,曼陀林的琴音和着他的歌声,就像是身穿一袭白衣的妙龄女子倚靠在黑乎乎的树干上。苏珊用女中音跟着唱和,而奥利弗发出浑厚的低音。在苏珊听来,他们的歌声优美极了。接着,传来了嘹亮悦耳的树蛙声,这是佩尔西的高音加入了进来,所有声音浑然一体。他们瞪大眼睛,看着彼此,喜悦之情溢于言表;他们靠在一起,唱着欢乐的歌谣。五月的这个星期天,他们一扫过去两个月的阴霾,像嘲鸫鸟一样放声歌唱,每一个声音都深得他们的喜爱。曲终时,他们拉长了声音,然后,在一片欢笑声、掌声和对自己的夸赞声中散开了。

"我们是不是太厉害了!"苏珊尖声叫道,"这绝对是专业水准!凭我们的能力完全可以去酒吧驻唱,或者去西部举办音乐会了。佩尔西,你唱得真好!我都不知道你还会唱歌。弗兰克,你也是。你一副天生的好嗓子！简直太棒了！"

在其乐融融的欢声笑语中，弗兰克和苏珊的眼神碰撞到了一起。她看见他想要从多方面来解读她说的话，其实她本意并没有那么复杂。有何不可呢？他确实很棒，不管她还是奥利弗都离不开他。苏珊知道，在他转瞬即逝的笑容里，还蕴藏着某些深意。他的爱慕，给生活增添了一丝情调，令她感到兴奋不已。通常，只有令人愉悦的同伴和美丽的华服才能带给她这种感觉。她觉察到自己脸上泛起了红晕。

"再来几首吧！"她说，"佩尔西，你能记得哪些歌的歌词？圣歌行吗？《与主同行》？《上帝是我们坚固的堡垒》？《你们要转向我》？《你用秋波向我敬酒》？我们把这些都唱一遍吧，一直唱到天亮！"

日落西山，夜幕降临了，蝙蝠开始飞来飞去，院子里一片欢歌笑语。这仿佛是一个感恩摆脱困境的时刻。佩尔西坐在那儿，也跟着一起歌唱。他一点儿也不结巴，歌词记得清清楚楚，就连苏珊嘴里说出的地道的美国歌曲，他也会唱。这一天，他像花儿一样绽放。现如今，他们已经度过了最糟糕的时期。在西边山脉的上空，巨大的金星，一如既往，闪闪发亮。

"唱呀，奥利，"她鼓励道，"这里面有些歌你是知道的，快点儿大声唱出来吧。不然，你还要继续吮吸手指吗？"

"他好像有点儿冷，"奥利弗说，"他在发抖。"

"你为什么不给他盖一条毯子呢？"

"把歌声打断吗？"奥利弗冷笑道，然后俯身看着奥利，"你冷吗，儿子？要盖毯子吗，或者想上床睡觉了？"奥利没有回答。"嘿，"奥利弗接着说，"你发抖的厉害，可也没那么冷啊。"

苏珊有种不祥的预感，她跪在地上。"说不定是在阳光下晒得太久了，他的脸好红呀。"

"我想他肯定是在逗我们玩呢,快点儿,我的宝贝,你别搞得像这里有零下三十度似的。"

奥利弗扶起儿子,将他转过身来,在幽暗中仔细地看着他。他还是在不停地颤抖,牙齿咔嚓咔嚓作响。苏珊还没来得及爬过去摸奥利冰冷的脸,也还没来得及把他弄进屋里,把灯点着看他泛白的手指和青紫的指甲,她就已经猜到了。是疟疾发作,米尔顿的诅咒回来了。过几个小时,他会发高烧,再过几个小时,会大汗淋漓。这种情况会持续数周,发抖、发烧、发汗,中间会有几天看着像康复了,不过很快又会再度发作。每次发作后,不是病情减轻,就是病人变得更加虚弱,就看谁能抗得过谁。而且,在莱德维尔,除了那位救了佩尔西一条命的酒鬼医生,也找不到其他大夫了。

10

我记得，小时候我要是生病了，祖母会寸步不离地守在我的房间，否则，她会心神不定。"别管孩子了，"祖父会吼她离开，"让他睡一觉就好了。"祖父通常会面对着墙，不吃不喝，直到听见里屋的孩子恢复过来、能自己起床为止，而祖母对待疾病的方式就像她对待失眠一样。她不可能静下心来躺着，更不可能安心睡去。总有没完没了的调整和放松安排——比如喝一杯水，里面加点儿小苏打帮助消化；换一个新枕套；拉下百叶窗挡住光线；检查大门有没有锁好，或者炉火有没有熄灭。等到她忙完所有的事情，也就到了该起床的时间。

遇到孩子生病，她那冰冷的手总是一直放在他们滚烫的额头上。她会叫醒你，问你需不需要什么东西，好让你舒服一点儿；她会去听你的呼吸，研究你浑浊的眼睛和厚厚的舌苔；她会唉声叹气、咕咕哝哝、自言自语，刚不情愿地离开，将你一个人留在那儿，你还没闭上眼睛，她就又回来了。祖母能比中国那位揠苗助长的农夫还焦虑。我的父亲得了麻疹和水痘，还能活下来，已经很不可思议，更不用说疟疾了。很难相信，祖母她做到了。经过一周的折腾，祖母瘦得只剩骨头架子，犹如一个用金属丝做出的雕塑。她厌恶地看着镜中的自己，说一双眼睛像是毯子上烧了两个洞。

奥利这次的疟疾发作得厉害，他一直在打颤，看起来很痛苦，而且高烧不退，挥汗如雨。祖母几乎不眠不休，她一直等到奥利病情好转，能交给奥利弗和弗兰克照料的时候，才去椅子上睡了一会儿，断断续续，睡得也不安稳。她不放心把奥利交给他俩，不相信他们会及时觉察到危险的迹象。他们唯一能做的就是在她筋疲力尽、晕晕乎乎的时候,将她叫醒,让她去照顾床上的奥利。

她一心扑在奥利身上,几乎没有注意到家里发生的点点滴滴。有人包揽了大部分的做饭工作,但她却说不清是她,还是奥利弗或者弗兰克做的。不知是谁偷偷送走了佩尔西,她头脑清楚的时候注意到佩尔西不见了,但还没来得及问他们是怎么安排他的,就又忘得一干二净。也不知是谁请了一个德国女人,每两三天过来洗洗衣物,包括因发烧出汗而湿的床单、擦汗用的毛巾,还有每天换下的睡衣。由于洗换得太过频繁,衣物都供不应求了。苏珊却没有注意到家里多了一个女人,就连炉子上的铜壶水沸了,她都留意不到。如果需要什么,风一吹干,她便直接从晾衣绳上取了就用。

她聚精会神地看着儿子,可怜的小家伙脸色苍白,瘦得只剩骨头,静静地躺在床上。她守在奥利床边,一坐就是几个小时。看到奥利醒来,如果不发抖、不发烧,也不流汗,她就说服奥利弗把他抱到吊床上去躺着,让他在一旁看着他们,重新融入大家,这样她就可以安慰自己说儿子已经度过了危险期。但不出几个小时或一天,她又得将下巴冻得冰凉、手指青紫的奥利抱回卧室。

一连六个星期都是这样。照料生病的儿子成了她生活的全部。在那段时间里,她没怎么见朋友——有人来拜访时,她待在奥利房里不出来——围炉夜话停止了,弗兰克和佩尔西也不在了。这期间,她只给奥斯古德出版社写过一封短笺,回绝了为豪威尔斯先生的小说做插图的工作。奥利弗提议发电报给他在吉尔福德的表妹,请她们来一个人帮忙,但是被苏珊拒绝了。她来了住在哪里呢?只会碍手碍脚。就连苏珊自己都是睡在吊床上,而奥利睡在佩尔西的小床上。

别无他法,她只能硬着头皮往前走。她不曾想过询问矿井里的事进展如何,也忘记了奥利弗每次武装得像土匪和治安官一样去工作时，她是多么忐忑不安。现在，她只关心他什么时候回来，接替她看着孩子，或者在病房里帮她搭把手。

过了八月，她才确定，奥利的身体已无大碍。他连续三天没有出现任何症状，能够坐起来了，也不再对什么事情都提不起兴趣了，还吃了苏珊喂给他的蛋奶糕和燕麦粥，他的身体一天天壮实起来。然而，苏珊仍然不能够放心地睡去。她害怕自己睡得太沉，儿子又开始发冷怎么办？如果没人注意到，及时给他盖上在炉火前烘热的毯子和野猫皮制的毯子，会有什么后果？

一天下午，奥利弗带回来一瓶安眠药水，是那位客气的酒鬼医生给的，苏珊曾经还拒绝过他的帮助。她不愿意服用。在她的观念中，服用安眠药是堕落的表现。若是沾染成瘾怎么办？她宁可夜不成眠，也不愿服用不良药物。如果奥利弗能保证四个小时后叫醒她，她愿意立马躺下睡觉，而且是真真正正地睡觉。醒来后，如果发现一切都好，她就接着再睡四个小时。叫醒服务才是她所需要的。苏珊并不放心让他一次性照看奥利超过四个小时。他睡得太沉了，这可不是什么好事。

奥利弗对她说："别再啰唆了，赶紧把这个喝了。奥利好着呢，现在睡得正香。你这样不知轻重，连个四岁小孩都不如。"

在奥利弗的威逼利诱、再三劝说下，苏珊最终服下了安眠药。她边喝边瞪着他，仿佛服毒似的。她一副要出门远行的样子，亲了亲奥利熟睡的小脸，为他盖好被子，摸了摸他冰凉的额头，然后才不情不愿地去床上躺下。没过几分钟，她又起来了，为奥利准备好他醒来时要喝的掺入白兰地的蛋奶酒，这酒能够助他增强体魄。她对奥利弗叮嘱了一番，得到了他的承诺。他半开玩笑半生气地数落了她一通，又给了她一个吻。她这才回去躺下，还把头发编成辫子。似乎安眠药开始起作用了，她感到一阵无力感，然后她挤出一滴眼泪，和坐在床边看着她的奥利弗聊了一会儿，聊着聊着，就进入了梦乡。

　　醒来时，奥利弗依然坐在原处，她不由得觉得自己只是打了一个盹儿，嘴里黏糊糊的，头脑也不清楚。当奥利弗把百叶窗拉上去并打开窗户时，她才发现外面竟是大白天。她入睡的时候还是傍晚。那么，现在是第二天早上了。哦，真是厉害！一只大黄蜂飞了进来，在花布窗帘上爬来爬去，不一会儿，又嗡嗡地飞了出去。奥利弗含情脉脉地看着苏珊，一副心满意足的神情。她知道，他一直在看着自己睡觉。她从床上坐了起来，一上来就问："儿子怎么样了？"

　　"还在睡着。"

　　"你摸过他的额头吗？"

　　"都快把他的脑门给摸破了，不发热，他好得很呢。"

　　"你给他喝蛋奶酒了吗？"

　　"喝了三次。"

　　"三次！现在几点了？"

　　"刚过两点。"

　　"噢，我的天呐！我睡了多久？"

　　奥利弗看了看他的手表。"大概十六个小时。"

　　她被惊得瞠目结舌。"那个酒鬼医生给我吃的到底是什么药？"

　　"是你需要的。每次你紧张成那样的时候，就该给你吃一点儿。"

　　"哦，不行！"她坚决拒绝道，"不要，不可以吃。"她头昏脑涨，朝窗外望去，外面阳光明媚，褐色山坡上的山杨林如水波般随风泛起阵阵涟漪。"你应该叫醒我的，我耽误了你去矿上。"

　　"弗兰克在那儿。除了等待，也没别的事情要做。"

　　"哎呀，"她体恤地说道，"我对我丈夫的关心真是不够，所以麻烦事解决了吗？"

"还没呢。"

"我一直希望你能遇到一处富矿。"

"他们不给我们启动资金，我们就没法进行勘探工作。"

"但官司不打完，他们也不会给我们资金。"

"等到尘埃落定，都要到一八八三年左右了吧。"

她伸出一只手，说道："你真是不容易。弗兰克怎么样？他真的很贴心，帮助我们摆脱困境，可我几乎没跟他说声早安、晚安。我们得请他来吃顿晚餐，就定今晚吧。把沃德一家也叫来，再叫些其他人，一起度过一个美好的夜晚吧，我们好久都没有这样了。"

"可以，弗兰克会喜欢的。"

"对了，佩尔西呢？他怎么样？"

奥利弗此时正用小刀刮着掌上粗硬的老茧。他抬起眼睛，脑袋一动不动，看着苏珊，眼神里充满了歉意、羞愧、愤怒和窘迫，这令她感到害怕。他开口说道："佩尔西走了。"

"走了？"

"去哪儿了？"

"英格兰。"

"他们将他送回去的吗？"

"不是，是我送的。"

苏珊的眼泪夺眶而出，眼前的一切变得模糊起来，隐隐约约还能看见奥利弗褪色的蓝布衬衫和牛仔裤。"奥利弗，你为什么要送走他呢？"

"为什么？"他气鼓鼓地坐在椅子上。小刀"咔哒"一声合上了，他伸直腿把小刀塞进牛仔裤紧绷的口袋里。"为什么？"他一边思索着，一边又重复了一遍，然后再次看向苏珊。他神情冷峻，眼里带着怒火，往日的温和全然不见。"你说为什么！"他吼道，"因为我们没有能力照顾他，因为他在这里碍手碍脚。"

苏珊的反应似乎激怒了他，他勃然变色。她泪眼婆娑地看着他。"如果你要问，为什么我们不带着他去矿上，"他说道，"那我现在就告诉你，我们带他去过。之前那件事情给他留下了很深的阴影，他一去就抖个不停，害怕得不得了。我试过去哪儿都带着他，但是他很影响我做事。弗兰克想了一个法子，将他安置在他们的棚屋里，还借来一大堆书。你肯定觉得这正合佩尔西的意，然而事实是，弗兰克经常回家后找不到他，每次找他都要把莱德维尔翻个底朝天。有一次，我们还是在监狱里找到的他——一个生活不能自理的人，在莱德维尔哪有容身之所呢？他一直想到我们这里来。我告诉他奥利生病了，你忙得焦头烂额，根本没有工夫照顾他，而且这里也住不下，他只能和弗兰克一起住。不是一次，大概有三四次的样子，你知道我在哪儿找到他的吗？他躲在沃德表弟家的厕所后面，望着这儿，就像是丧家之犬般落魄不堪。"他煞有介事地掸了掸大腿紧绷的牛仔裤，什么都没掸下来。"你以为我想送他回去吗？"

"不，当然不是，"苏珊控制不住自己的情绪，潸然泪下，泪水浸湿了她的双颊，"只是——他该多么的无助呀，就好像是被装进袋子带到河边的小猫。他独自一人怎么能找到回家的路？"

"弗兰克一直把他送到丹佛，将他送上了圣菲开往纽约的火车，并塞了些钱给列车员，让他一路上帮忙照看。我给辛迪加发了电报，让他们派人在车站接他，把他送上船。我还给他父亲去了封电报，让他到南安普顿接佩尔西。"

"你送他走的时候应该告诉我的，至少我可以跟他说声再见。"

奥利弗没好气地怒视了她片刻，扭头看向窗外。"我觉得你已经够忧心了。"

"我知道，你是为我着想。他……弗兰克将佩尔西一个人留在丹佛时，他是什么反应？他说什么了吗？"

"他哭了。"奥利弗回答说。

他不再看她，一直注视着窗外，她泪眼蒙眬地顺着他的视线望去。干燥的山坡闪耀着夏日的光芒，山杨树叶也在闪闪发光，蚱蜢嗡嗡作响，飞来飞去。一只哀鸠在林间不停地啼叫。泪水涌出苏珊的眼眶。她错过了一整个春天和半个夏天，他们信誓旦旦要在林边建造的那个家如今也变得一团糟。

哀鸠悲恸的咕咕声，是对失败者和失望者、无辜者和无能者的哀歌，也是为他们来到这片贫瘠的土地所遭受的摧残而发出的悲鸣。

奥利弗似乎能看出她在想些什么，于是说："他从未属于过这里。就算他没有受伤，也不可能融入进来。"

"你跟他们真是一丘之貉，"她骂道，"一丘之貉！如果辛迪加有点儿良心的话，就会为他做些什么。然而，并没有，不是吗？谁给他出的旅费？"

"是我。"

"他不会回来了，这钱你也要不回来了。"

"你在乎这个？"

"当然不。但我讨厌这个无情的矿场，还有那些舒舒服服待在纽约的老板们。员工在这里是死是伤，他们概不过问，只管自己拿到分红。"

"他们还没拿到分红呢。"

"这帮人冷酷无情，不配得到任何东西。极其胆小，极其冷漠。要不，我们走吧？"

奥利弗听完挤出一丝微笑。他先看向窗外，接着看看自己的双手，仿佛在寻找些什么。"首先，弗兰克会很难过。就算没有工资，他也愿意在这儿待上十年，每天下午和那些恶霸火拼，直到把他们打败。"

"你这是在说弗兰克,还是说你自己?"

"好吧,"他说,"我一点儿也看不惯他们。而且,我也不喜欢输。"

"你需要给自己放个假。"

"你也是。"

"还有奥利。我们都需要一个假期。奥利弗,这里确实不好。海伦说得很对。这里寸草不生、鸡不下蛋、牛不产奶,就连猫都难以在这儿活下去。我们竟异想天开,打算在这荒山野岭安家。还是赶紧离开这儿吧。"

奥利弗又拿出小刀刮弄着掌心的老茧,苏珊看见他的拇指和食指间生出了又厚又黄的茧子。由于没钱雇人,他和弗兰克,还有杰克·希尔像普通矿工一样,整日在矿井里忙活。他们希望能够发现些什么,好说服纽约办公室那边给予人力、财力的支持。突然,他问道:"墨西哥在你的考虑范围之内吗?"

"墨西哥?"她疑惑地说,"为什么这么问我?有人请你过去吗?"

"这倒不是。我觉得,我去那里能找到工作。"

"去墨西哥哪儿呢?又是莱德维尔、波托西这样的山巅城镇吗?"

奥利弗皱起眉头,将视线从屋外收回,镇定地看着苏珊。"苏,"他说,"这就是我的职业。"

她有些懊悔,她没想讥讽他。"我知道,跟我说说吧。"

"大约一个星期前——到底是十天还是两周前,我记不清了,我收到了纽约那边的来信。辛迪加已经放弃了阿德莱德矿场,除非官司解决,这事才有转机,我们这些人成天只能干坐着。他们可能会拿下墨西哥米却肯一处矿场的采矿权。问题是,事成后,我有没有兴趣过去勘探。"

"然后呢?"

"然后我们再回到这里,说不定到那时阿德莱德已经赢了官司。"

"那奥利怎么办?"

"这次勘探之旅,他不能去。"

"那把他送回米尔顿吗?"

"米尔顿和吉尔福德都行。不过,米尔顿才是他真真正正的家。"

"要多久?"

"要多久?"

"你说你去探矿,这一去得多久?"

"我也说不清楚。估计两个月吧,也许更久。"

"我能一起去吗?"

"如果你不去,我也不会去的。"

苏珊伸出手,放在奥利弗头顶上。他小心翼翼地不去干扰她,只是讲出了各种可能性。"我都不愿去想奥利,"她说,"他才刚刚好,如果他是……"

奥利弗沉默不语,静静地看着她。

"我在想,能不能让托马斯约篇稿子给我写写,"她说,"墨西哥画起来应该很不错吧。"

他坐在那儿一动不动。

"要是我们不过去,再在这里待下去,人都要发霉了,"她接着说,"你觉得这个案子什么时候开庭审理?"

"冬天之前是不可能了,也许是在来年春天。"

"我们要是走了,弗兰克一个人能行吗?"

"当然没问题。"

"如果托马斯跟我约稿,我们去墨西哥估计能比在这儿挣得更多。奥利可以交给母亲和贝茜,我知道她们比我对他还好。"

"你的意思是你可以挣更多吧。"奥利弗直直地看着她说道。

"哦,奥利弗,拜托不要这样!"

"我就两个问题:你愿意离开他吗?你想去吗?如果这两个问题的答案都是肯定的,我就给菲德写信。不管在这儿还是去那儿,他都得付我工资。我想他是乐意用我的。"

哀鸠又咕咕地叫了起来,声音遥远而悲伤,更远处,另一只哀鸠跟它此唱彼和。她颤声笑着,哭僵的脸颊得到了舒展。"奥利弗,我们去吧!我一直觉得现在是早上。我们算是否极泰来了。我真想跳下床,我要充满活力、快乐地生活。"

"好吧,"奥利弗说,"你从床上跳下来,充满活力、快乐地生活吧。我要去趟办公室,看看弗兰克怎么样了,可能再把信写了。"

"我要不要也给沃尔多·德雷克写一封信呢?这样会不会有所助益?"

"我不知道。会有帮助吗?"

"也许吧。我跟他算是老熟人了。"

奥利弗看了看苏珊,耸耸肩膀说:"行啊,你想写就写吧。"

"你觉得这……算不算搞裙带关系?"

"我觉得算吧。"

"就算是,"她说,"我也不在乎!"

第五章 米却肯

1

我两岁那年，母亲就去世了。父亲沉默寡言，很少和我说笑。我是祖父母一手带大的。身为黄道带矿井主管之子、总经理之孙，在格拉斯瓦利镇，可以说我一直高人一等，任何事情都是如此。和我一起玩耍的小伙伴们，他们的父母都是为我们家打工的。

祖母待人十分热情，从不严厉苛刻。对待父亲更是有求必应，呵护备至。无论大事、小事，全都顺着父亲，好像害怕他似的。也许是祖母觉得没有把父亲培养好，才下决心在我身上花费这么多心血的。显然，她非常珍惜这次机会。对她来说，这绝对是唯一的一次机会。祖母年轻时吃过很多苦，她曾经去西部碰过运气，在废弃的矿井里淘过金，也曾一个人长途跋涉过，这些艰苦的经历使她坚信，诚实正直、礼貌待人、行为端正、言语文明、热爱自然是每个人都应该具有的品德。当然，她也是这样培养我的。我从小到大，她为我操碎了心，似乎她亏欠我什么似的。我发现，尽管我身上有很多坏毛病，但最令她讨厌的是撒谎。

家里偶尔也会有祖母喜欢的客人来访，比如康拉德·普拉格，上了年纪，步履蹒跚，他们在走廊上或者花架下聊天。（该花架由祖父负责打理，上面爬满了蔷薇，枝繁叶茂，花香扑鼻。祖父去世后，没有人像祖父那样用心打理，它就渐渐变得荒芜了）祖母不时开怀大笑，笑声就像银铃般清脆，恰似豆蔻年华的少女遇见初恋情人时那样开心。我感到非常困惑：为何祖母和祖父、父亲，甚至我在一起时，都很少露出笑颜呢？为了引导我提高道德修养，她轻轻摇动我的双肩，紧紧盯着我的双眼，眼神恳切，充满期待，就像大卫·克洛科特①引导小浣熊乖乖地从树上爬下来似的。说来奇怪，从那以后，我真的不敢再犯同样的错误了。祖母非常郑重告诫我，要学会自尊自爱，否则下场会很悲惨，任何人都应该而且值得花大时间、下大力气培养这种品德。这是我们这个民族，乃至全人类都应该恪守的准则。

托马斯·哈德森的形象一直铭刻在祖母心头。和父亲一样，祖母对我们的培养深受他的影响。为了让自己的孩子成为一位东部绅士，我那可怜的父亲十二岁那年就被祖母带离博伊西，跑到圣保罗中学读书。时隔多年，她至今不认为这样做有什么不妥。等我长到十二岁，同样被祖母送到圣保罗中学读书时，父亲对此也没有异议。祖母对于子女教养的重视，就如同一个人得了血友病，无医能治。

格拉斯瓦利小镇那些下等阶层人家的孩子日子都不好过，除非他们能够做到两件事：一、爱戴我的祖父；二、尊重我的父亲，不管是出于规定还是原则，或者两者兼而有之。当然，如果有人胆敢欺负我，一定会吃不了兜着走。为了让我们开阔眼界，祖父有时候会亲自带我们去矿上走走，有时让埃德·霍克斯的父亲开着霍普莫比尔②带我们去兜风，或者让我们去果园帮忙。果园里种植的杂交果树，既有伯班克③培育的，也有祖父自己培育的。果实成熟后，他总是与别人分享。格拉斯瓦利市和内华达市的人吃了六十年油腻腻的薯条、番茄酱、波旁威士忌，都吃怕了，他们肯定和我一样，还记得在结束果园的劳作后，品尝被太阳烤热的油桃和萨摩梅子的味道。此时此刻，我正拄着拐杖，绕着果园艰难地行走着，走了八圈。

---

① 大卫·克洛科特（Davy Crockett, 1786—1836），美国政治家，战斗英雄。曾当选代表田纳西州西部的众议员，因参与得克萨斯独立运动中的阿拉莫战役而战死。
② 霍普莫比尔（Hupmobile），当时 Hupp 汽车公司出产的一种非常流行的中等价位小轿车。
③ 卢瑟·伯班克（LutherBurbank，1873—1926），美国植物学家，被誉为"美国观赏育种之父"。

同样，小镇上很多肥胖、身体虚弱、生病或衰老的男人女人肯定记得那些美好的午后时光：有钱人的孩子莱曼·沃德邀请他们来家里玩。大家聚在一起，要么在祖父三英亩草坪的松树林里玩"羊羊快跑"的游戏，要么躲在仆人身后玩捉迷藏。记得那时候家里很多东西都未曾使用，十二个壁橱和食橱颜色漆黑，楼梯弯弯扭扭，大厅十分狭窄，透过地板的反光可以一清二楚地看到玩游戏的人。中国厨师会准备三明治、柠檬水、冰淇淋和蛋糕等茶水点心，让爱尔兰女佣端给孩子们。玩得满头大汗的孩子立马就安静下来了，一个个都像淑女和绅士一样坐着，转过头看向莱曼的祖母，后者刘海稀疏，发髻梳成希腊式，戴着项链，遮掩脖子上"岁月的痕迹"。她穿着长袍走过亮堂堂的大厅，踏过图书馆的熊皮地毯，站在门口，与他们握手，轻声说"谢谢""再见"，这是在教他们要懂礼貌呢。

尽管父亲已经跟来自爱达荷州的一位女家庭教师学习了一段时间，做了入学准备，但是到了圣保罗中学，他仍然跟不上，属于基础薄弱的学生。由此不难看出，西部和东部的教育水平差异之大。很可能就是这个原因，让祖母下定决心不让我再像父亲那样，所以等她退休闲下来了，就开始亲自监督我学习。她给我读了司各特、吉卜林和库珀的诗，爱默生的文集，托马斯·哈德森的小说。她听我背诵文章，教我写文章，还帮我做数学题。我的家庭作业用清爽的蓝色封皮装订，封面大部分是由我祖母画的。她还在文章和数学卷子的边缘画了小装饰画，看上去就像是用小鸟的翅膀做笔刷画成的。我的老师们都喜欢极了，还把我的卷子钉在黑板上，告诉全班同学，我有这一个祖母实在是太幸运了。

被人夸这夸那，我当然很乐意让祖母帮我了，但我并不是很清楚她是做什么的。藏书间里有她的著作，不过封面并不怎么吸引人，我也记不清小时候到底有没有读过她写的书。除了一些儿童读物外，我并不了解她写的书，等到我有所了解，已是她去世多年以后的事情了。我对祖母的画作也了解甚少，因为很多都刊登在杂志上。因此年少时常常听到有人说我祖母很有名，我其实挺吃惊的。

记得有一天，学校要求写一份关于墨西哥的报告，主要内容可以是墨西哥人如何生活，也可以是墨西哥英雄，或者是科尔特斯和蒙特祖马事件①，又或是墨西哥战争。

我告诉祖母后，她马上把正在写的信放在一边，转过椅子说："墨西哥！你们在学墨西哥历史吗？"

我说："是的，所以我得写这份报告。我想着要不写查普特佩克的故事②？当时不是所有墨西哥军校学员都奋力抵挡美国军队嘛。哦，对了，以前那些《国家地理》杂志到哪儿去了？"

"我让爱丽丝把它们拿到阁楼上去了。"祖母伸手把眼睛摘了下来，把缠着的头发丝捋顺。

我感觉她好像眼含泪水。她和蔼地笑着说："你知道你本来可能是个墨西哥人吗？"

好像不太可能吧。祖母说这话是什么意思？

"很久以前，我们曾打算在墨西哥的米却肯州定居。如果计划成真，你父亲很可能长大后会娶一位墨西哥姑娘，那你就是个墨西哥人了，或者至少是墨西哥混血。"

我看不懂她的笑容，但看得出她想说点儿什么。但她不再看我，转而看向大厅，灯光洒在暗色地板上闪闪发亮。

"如果是那样的话会有多不一样啊！"她的眼睛对光线颇为敏感，说着说着便合上了眼睛，随后又睁开，脸上仍旧带着微笑。"我

---

① 埃尔南·科尔特斯（Hernando Cortes，1485—1547），西班牙航海家、军事家、探险家，阿兹特克帝国的征服者。他听说阿兹特克帝国（即今墨西哥）的一些城市拥有巨大的财富，充满了黄金和珠宝。在这类传闻的驱使下，他于1519年率领一支探险队征服了阿兹特克帝国。蒙特祖马二世（Montezumall，约1475—1520）是阿兹特克帝国当时的君主，他曾一度称霸中美洲，最后被科尔特斯击败，阿兹特克文明就此灭亡。
② 指查普特佩克之战，即美国-墨西哥战争期间美国军队攻克墨西哥城的屏障查普特佩克时的一次战斗。

本来想留在那里的。我爱那个地方,疯了一样想留在那里。那个时候我已经结婚五年了,虽然大部分时间都在采矿营地里度过。墨西哥就是我心中的梦想之地。"

我问祖母,为什么她没有待在那里,她的回答模棱两可,说是事情没按计划发展。然后她一直盯着我,好像对我有了很大的兴趣。"既然你正在学习墨西哥的历史,你想看看我研究墨西哥文化时写的东西、画的图画吗?我刚开始只想写一篇文章,结果写着写着就写成三篇了。"

祖母把我带到了这个房间,从老旧的木头文件架上找出了一八八一年《世纪》杂志里的三篇文章。它们此刻就放在书桌上。我现在还在重温这些内容。

以前我还小,但我总是带着敬畏的心情走进这里,因为这些东西对于祖母而言都是古老、珍贵并且私密的物品。她在房间里放了玫瑰花瓣香囊包,整个房间闻起来就和她的手帕一个味道。直到现在,房间也没有多大改变。左轮手枪、靴刺和博伊刀很早就挂在现在的位置上了。阳光透过老虎窗照射进来,在松树和紫藤的遮挡下斑驳摇曳。画布上面夹着水彩夹子,我从藏书室搬来的油画自画像一点儿都没把祖母灵动的神情刻画出来,但是今早阅读她的文章,却让我回到了大约十二岁的时候。当时我和她商量,想共同写一篇名为《一八八〇年祖母的墨西哥之旅》的文章,然后用从《世纪》杂志旧刊上剪下来的她的木版画做插画。

她写的游记比我想象中的更生动活泼,而且观点明确、画面感强。版画也同样精致。我们剪了文章又剪了插图,我能从中感受到她做这些事情时的兴奋之情。

在我们重温四十年前的画作时,她激动的神情、斜靠的身影、苍老而不失精致的双手,我至今都清楚地记得。她十分兴奋,不停地向我解释这解释那,甚至记起了已几十年不用的西班牙语。她笑得太开心了，这种笑声我通常只能在她和老朋友相处时听见。她激动得近乎歇斯底里，还流露出了些许痛苦。一开始，她开心地咯咯大笑，末了，却声泪俱下。

她的梦想之地，那段最美好的时光以及错失的良机，可谓她一生中最大的遗憾。可惜她永远也不会承认，甚至还会激动地反驳。祖母穷其一生都假装奥古斯塔比她更聪明，但是她其实比她的朋友更有艺术家气息。她会嫉妒奥古斯塔有旅行和学习的机会，如果她也有这么好的机会，肯定能从中受益良多。可能她暗自确信，嫁给奥利弗·沃德是不值得的，因为她因此放弃了除插画师以外更多的可能。她的能力越增长，这种感觉也就愈发强烈。

由于出生在女性解放运动之前，她的观念还没有完全得到解放。许多女性本可以成为她文学生涯的模范，但现在只有一个玛丽·卡萨特为她以后的艺术道路指明方向，即使她们素未谋面。祖母有冲劲、有天赋，但没人指点，也没有展示的机会。她身上有几分伊萨贝·阿切尔[①]的影子，头脑清醒，独立自主，酷爱冒险，文雅而不拘谨。虽然碍于贵格会教徒的身份，她需要为人异常谦逊，遵守上流社会的规定，但还是雄心勃勃，脚步轻快，眼神闪亮，虽具有温婉的女性气质，却不会屈服于安逸的家庭生活。

我想，当时当地的繁文缛节从未束缚住她，因为她不曾想过要违背它们。上流社会的女性所承受的刑罚，如神经衰弱、精神崩溃，她都从未感受过。她有野心往目标奋进，靠才华得以谋生，但从未实现梦想。她曾经拒绝了为 F. 马里昂·克劳福德的书籍做插画的邀请。她解释说，故事的发生地在欧洲，自己都不了解住宅与宫殿中人坐的是什么样的椅子，怎么画得出来？她虽然可以将自身情感注入任何画作，但可惜的是，她只能画亲眼见过之物。她一生都

[①] 亨利·詹姆斯长篇小说《一位女士的画像》的女主人公。

居住在北美大陆,从未离开,这在很大程度上阻碍了她的发展。

墨西哥的确是她的梦想之地,是她教育旅行①所去之地,这让涉世不深的她有机会一窥古老的异域文明。她当时如此渴望知晓这些文明,现在总算可以近距离地了解了。多亏了辛迪加急于展示雄厚财力,让她体验了一回头等舱。行李里面有二十四个活页本,是在《世纪》杂志办公室里匆忙准备好的。旅行皮箱内有身在日内瓦的托马斯发给她的电报——一封任命书,还有两打长柄玫瑰。

在祖母眼中,他们停靠的码头风景如画。那里的景色带着浪漫主义时期的气息,堡垒保卫着通往美国的道路,而在哈德逊河的家人只顾着跳野兽之舞。看着这么好的景色,她一直强撑到很晚,不愿入睡。她注视着灯光,聆听岸边海浪的声音,后来又眼见月亮躲在棕榈树后。她赶在破晓前起床,欣赏第一缕阳光穿过广阔的大海。她和祖父就像在共度蜜月一样,浓情共舞,在船长的桌上一起用餐、喝香槟,欣赏从统舱②过来的古巴人唱的西班牙情歌。他们还遇到了年纪轻轻、正要去修建墨西哥铁路的瑞典工程师,在晚上聆听他讲述《法里西奥夫传说》③。

工程师让她想起了他们自己。她很喜欢他这种做法,去哪儿都不忘记自己的文化传统,以应对其他文化带来的陌生感。她认为,自己是一个特别善解人意的听众。因为她曾为托马斯、朗费罗和博伊森绘制过维京人,那晚他们进入她的梦中,让她重新认识了自己身上的特质,并决定自己可不能被墨西哥的文化所影响。十九世纪美国最吸引人的事物之一是其文化爱国主义——不是沙文主义,仅仅是爱国主义,这是一种感觉。其他的国家,就算变得再多姿多彩、异域风情、举止文雅,都没有地方能像美国一样公义正直、道

---

① 教育旅行(Grand Tour),指流行于欧洲贵族子弟中的一种旨在遍访欧陆、增长见识的旅行,或译"壮游"。
② 统舱(steerage),旧时客轮的大舱,可以容纳许多乘客,有时也用来装载货物。
③ 《法里西奥夫传说》(Frithjof's Saga),一部根据14世纪同名冰岛传奇故事改编的浪漫史诗。

德高尚，未来充满希望。

五天后的一天早上，他们在甲板上看见覆盖着雪的玫瑰色山顶浮现于云床之上，非常显眼，那就是奥里萨巴①。很快他们就到了韦拉克鲁斯②的港口，墨西哥如同台灯缓缓亮起一般出现在苏珊·沃德面前，跟莱德维尔虚假的表象、牛仔靴、飘动的马甲以及令人失望的景象完全不同。就如同看书时前面读到的章节不喜欢，后面的内容还未翻开，对他们而言，墨西哥就是这个承上启下的转折点。

祖父觉得女士是需要人保护的，因此他与瑞典工程师密谋，让女士们坐头等马车抵达了墨西哥城，但是从墨西哥城到莫雷利亚③路途遥远，要想保护女士便着实不容易。四天的时间里，他们和六个游客挤在一辆老旧的康科德小型四轮马车上，其他人都不说英语，但是所有人都格外礼貌。祖母曾在第一篇文章中打趣说，他们经常挤在一起，所以很快熟络起来。他们的车夫是当代墨西哥公共马车夫的鼻祖，只要开过城镇、目的地、出发站、转弯、陡峭的台阶以及难走的路，就会加速前进。在他旁边的箱子上坐着一位男仆，他拿着装满果核的皮袋，骡子累了就拿点儿果核给它们吃。为了抵御强盗，马车前后左右都是穿着灰色制服的国民警卫队士兵，他们有的佩戴卡宾枪，有的拿着利剑。赶路时，他们就像猎犬见到猎枪或闻到火药味一样机敏，等到中途休息时，他们要么在马鞍上打瞌睡，要么盯着车里的女士，要么向着一望无际的土地唱歌，歌曲的内容来自童谣、新闻以及美好的愿望。

如果警卫们偷瞄车里的女士，肯定也会发现有女士在看着他们呢。祖母目睹了这一切，并将其悉数画了出来。她的素描本如果现在还在就好了，我肯定珍爱有加。据我所知，托马斯·哈德森、温

---

① 奥里萨巴（Orizaba），墨西哥城市，是一个度假胜地。
② 韦拉克鲁斯（Veracruz），墨西哥三十一个州之一，位于该国中部偏东，面向墨西哥湾。
③ 莫雷利亚（Morelia），墨西哥中西部城市，米却肯州首府。

斯·洛霍纳和约瑟夫·彭内尔都对她的画作赞赏有加,即使是两打源自素描的版画也是内容丰富多彩:一幅画的是十六世纪的托卢卡①,画有钟楼、阶梯式屋顶、平顶屋顶和柏树;一幅是印第安人的棚屋,妇女们在铺满石头的布上摆上烤饼、玉米饼和水果。有一幅画的是驮骡和驴,新阿尔马登的老臣民;还有一幅画的是实心木轮的牛车;还有的画着穿凉鞋的印第安人在重达数百磅的鹿角石和用绳子捆着的一摞摞陶器下弯着腰。赶着成群的黑猪、披着用干玉米叶做成的斗篷的猪倌,发出的声音听起来像行走着的玉米垛。天黑后,他们总算是找到了一家小旅馆,她走进一间空房间里,花了好长时间终于勾画出了拱廊和庭院。为了作画,她凌晨三点就起床了,站在围栏里,周围一片漆黑,这是男人拴骡子的地方。拴骡子的绳子用龙舌兰编成并被涂上了涂料。

心里所想与眼睛所看并不相同。那些裹着头巾抱着婴儿的印第安妇女,那些被沉重包袱压弯了腰的男人,望着她就像在等待自己的灵魂。一座大教堂耸立在一堆茅舍中,大农场里的石制装置可与塞维利亚媲美,她欣赏着眼前美景,油然而生的喜爱使她顿生羞愧之感。她在马拉维修观赏了一场斗牛,虽然感到不适,但还是把一些场景描绘了下来。

凌晨两点钟,他们已经在路上奔波了二十三个小时。他们穿过莫雷利亚寂静的街道,经过圣佩德罗公园,来到米却肯旅馆的院子里。睡眼惺忪的男仆走出来把骡子牵走了,女仆也同样睡眼蒙眬地在门口朝他们微笑。一位穿着美国商务服装的高个子男人在大厅里迎接他们,并递上自己的名片:唐古斯塔沃·瓦尔肯霍斯特。他眼睛苍白,眼球突出,说英语带着德国口音,还夹杂着西班牙短语,喋喋不休地说着自己是如何与来自各个国家的人周旋的。他说自己

---

① 托卢卡(Toluca),墨西哥中南部工商业城市,墨西哥州首府。

特意等在这里迎接他们，希望自己的陪伴不会打扰两位（可以看出夫人已经很累了）。他已经冒昧地为他们订了房间，并安排了烛光晚餐。他请求明天他们休息的时候，去看望他们。他和挚爱亡妻的妹妹，也就是他家的管事，想邀请沃德夫妇到瓦尔肯霍斯特大宅做客。他表示这将是自己莫大的荣幸。如果没有什么事，他就先退下了，明天再见，祝他们睡个好觉。他希望自己的安排能令沃德夫妇满意，还客气地表示，他俩的到来令旅馆蓬荜生辉。

他把帽子戴在油光发亮的头上就离开了。苏珊头晕目眩，疲惫不堪，女仆领着他们来到一间宽敞的房间，房间里铺着瓷砖，有张四柱床，床上雕刻着祭坛圣物。男仆带来了他们的行李，女仆带来了唐古斯塔沃的烛光晚餐，里面有冷鸡肉、冷火腿、面包、奶酪、草莓、墨西哥卷饼、橘子、小香蕉、普埃布拉啤酒和一瓶冰的格拉夫白葡萄酒。他们饥肠辘辘地坐下，一边傻乎乎地看着对方的脸微笑，一边狼吞虎咽地吃着，同时也不忘伸长脖子扫视这间大屋子的各个角落。夜晚，阳台上的法式双开门敞开着，阵阵微风吹向他们。

"好吧，沃德太太，"奥利弗说，"你看上去累坏了。"

"我快累死了。"苏珊脱了鞋，穿着袜子在冰凉的瓷砖上欢快地滑着。温馨的房间，美味的食物，从阳台上吹来的柔和空气，都是如此美妙。他们一路颠簸，辛苦折腾了一天，而现在她幸福得都想哭了，一杯酒已经把她弄得晕晕乎乎。她半裸着身子躺在床上，把一对枕头垫在身下，让奥利弗给她剥片橘子放在杯子里。她的手指像稻草一样脆弱，烛光在酒中闪烁。"莱德维尔和这儿真是不能比！"她说。

"嗯，这儿还行吧。你是想留在这里呢，还是接受我们的朋友唐古斯塔沃的邀请？他为人可是很傲气呐。"

"我们怎么能拒绝呢？他可能是很傲气，但他也很有礼貌，不是吗？他们都是，连那个印第安女人用手掌给玉米饼的方式都像跳舞一样。他们的声音是如此的温柔，似乎生来就这么有礼貌。"

过了一会儿，他们来到阳台上，俯瞰着寂静的城市。两盏柠檬黄路灯的光影洒在凹凸不平的石子路上。黑暗的树林里隐约有钟楼的影子。沉重的钟声响起，就像从一片压得过重的叶子上掉下一滴水的声音一样。一声又一声，共响了三下。

苏珊哆嗦着爬进奥利弗的怀里。"亲爱的，"她说，"你的怀抱才是我的归宿。"

2

苏珊做了一个梦。梦中她的周围全是拿着横幅和圣人画像游行的人群，街上传来青铜钟的阵阵敲击。随后她惊醒了，从烈士广场教堂塔楼传来的最后一丝震动回响在房间里，继而变成轻柔的冲击波冲击着沃肯霍斯特大宅的内院。院子里两条幼小的猎犬仿佛受到了召唤，立马惊醒吠叫，这叫声直击她的耳膜。几乎是在同一时间，唐古斯塔沃家的斗鸡开始在后院上方的走廊上打鸣，声音刺耳难听。等到打鸣结束了，她又听见从高高的窗台上传来忽轻忽重的鸽子叫声。百叶窗外，广场上各种声音此起彼伏，新的一天就这样开始了。

奥利弗睡在她身旁，脸埋在粗布枕套中。她小心翼翼地起了床，穿上睡衣，轻手轻脚地走到走廊，看着沃肯霍斯特宅院慢慢变得人声鼎沸起来。

走廊有一层楼高，是一个开放的拱廊，围绕着庭院四周，上面还有一层。走廊上有二十个房间，只有她的房门是开的。穿过藤蔓缠绕的拱门后，她看到一个像教堂地下室一样满是柱子的院子，在晨曦中显得整洁空旷，只有猎犬扯着链子疯狂地朝着苏珊所处的马厩吠叫。通往后院的小路围住了阳光照耀下的畜栏和石制水箱，路面竹影斑驳。阳光照进后院形成了一个锐利的三角形，三角形位于院子中间，长度为四五英寸。

马车夫伊萨贝用绳子牵着两头白骡和三匹马。马蹄拍打在方石板上，猎犬被项圈扯着脖子，只能依靠后腿站立，狗耳朵垂在两旁，显得很委屈，疯狂摇动着尾巴。伊萨贝领着马匹穿过大门，走到耀眼的阳光下,马儿们争着去水槽喝水。这时,他转身回来把猎犬的项圈解开,狗得到自由后时不时地嗅嗅地上,闻闻柱子和角落。伊萨贝坐在水槽的顶板上抽了一支烟,竹叶的阴影在他身上摇曳,但是等苏珊拿起速写本时,他已经牵着马和骡子走出后院看不见踪影了。

这时天空中飞舞着各种羽毛,鸽子从阳光明媚的天空中飞了下来,如同无数画作中那些降落凡间的天使一般。她看见老阿松森穿着黑裤子、白夹克,系着猩红色的腰带,把谷物撒在院子的厨房角落里,身边围满了啄食的鸽子。随后,他肩上扛着一个沉甸甸的水罐,吃力地爬上楼梯,沿着围栏走去,拖鞋踢踏作响。他往每个花盆里倒了一两夸脱①的水。当走到苏珊对面的拐角处时,他把鹦鹉笼的盖子掀开,鹦鹉像是受到电击一般尖叫道:"恩里克,亲爱的!恩里克,亲爱的!"阿松森浇完最后一个花盆,放下水罐,从角落里拿起一把像一捆小树枝一样的扫帚,回到对面的围栏扫起了地。

在院子里,一条白色的卷毛狗和猎犬玩在了一起。女仆索莱达从厨房里走出来,把水泼在石头上。小狗舔着小水坑里的水,把爪子都弄湿了。唐·古斯塔沃十岁的女儿恩里克塔从另一扇门里冲了出来,抱起卷毛狗叫道:"恩里克,亲爱的!"鹦鹉又重复了一次她说的话,声音就像她一样低沉:"恩里克,亲爱的!恩里克,亲爱的!"接着,鹦鹉狡黠地低语道:"早上好,早上好。"

苏珊站在拱门处,楼下没人会注意到她。她看着后院慢慢变得生机勃勃起来——猎犬、卷毛狗、索莱达、恩里克塔、老头阿松森,还有一个瘦骨嶙峋的厨师,眼神凶狠,态度蛮横。苏珊对面的一扇门打开了,唐古斯塔沃的妻妹兼管家埃米丽塔走了出来,弄了

---

① 夸脱(quart),容量单位,主要在英国、美国及爱尔兰使用,1 夸脱 =0.946 升。

弄身上还没有搞好的披肩,猛拍了两下。恩里克塔跑出了院子。年轻的索莱达也不再逗狗玩了,双手向上舒展伸了伸懒腰,温柔地说着西班牙语,然后点了点头,走进了房间。埃米丽塔转身回自己的房间时,看到了站在藤蔓下的苏珊。她脸上浮现出甜美又吃惊的微笑,看起来很羞涩,然后她动动手指向苏珊打了招呼,很有墨西哥的感觉。苏珊以前曾见过这个问候手势。随后埃米丽塔便走开了。有条猎犬冲向正在寻找美味的鸽子群,惊得它们扑腾着翅膀飞回天空。苏珊回到卧室,百叶窗遮挡了光线,屋子里一片昏暗,奥利弗正舒舒服服地躺在宽大的床上。

"我喜欢沃肯霍斯特宅院慢慢热闹起来的样子。"她说。

"是普鲁士式的高效率,还是西班牙式的有秩序?"奥利弗说道,"他们俩谁说了算,唐古斯塔沃还是埃米丽塔?"

"哦,是埃米丽塔!她这个管家啥事都做得完美无缺。为什么她甘愿伺候那个德国人,就是因为他在妻子死后发了誓。他可能觉得,自己能够坚守誓言可厉害了,可他能坚持下来完全是因为埃米丽塔。"

"我还以为你觉得他很有礼貌呢。"

"他觉得自己彬彬有礼,很崇拜自己的样子。"

"你不喜欢的话我可以带你回旅馆。"

"随便吧!我爱埃米丽塔。只有把自己完全奉献出来,你才能得到她的那张脸。她还让我想起贝茜。总之她是个好管家!她昨天给我看了放亚麻布料的房间。本来亚麻布料粗糙得像帆布,但经她多次清洗以后却像天鹅绒一样顺滑,几十张亚麻床单、枕套、靠垫都是这样,所有东西都叠得整整齐齐。如果我是个家庭主妇,肯定会对她顶礼膜拜,她太厉害了。"

"那你应该去马鞍房看看。里面都是古董文物,足金足银,可以在五英里内把驮东西的马匹压垮。"

"我不喜欢那地方,"苏珊说着坐到了床上,"太显摆了。还有马嚼子和那些巨大的靴刺。但整幢房子就不一样了,文明优雅。他们每天早晨一听到钟声就都起来了。"

奥利弗打了个哈欠,放纵地笑着。"一旦辛迪加掌握了控制权,我们就能改变这一切。会有许多哨兵来看管这里,并且用拉里·肯德尔的那一套方法来管理。到时候人会很多,大家会没时间午睡,也没工夫遛到商店去买龙舌兰酒。"

"你这样说,我倒希望这个矿一文不值。它到底怎么样啊?你们怎么谈得那么晚?你和谁在谈?"

"我一个个慢慢说。第一,报告和矿样品看起来不错。一个叫克雷普斯的人六个月前来到这里研究断层,他认为自己找到了矿脉的走向。沃肯霍斯特和古铁雷斯根据他的地图挖了一条竖井。我打算告诉他们,他们找到了自己想要的东西。第二,我们就是在谈论关于矿的问题。第三,谈话的人是唐古斯塔沃、唐佩德罗·古铁雷斯,还有我们的死敌辛普森。"

"为什么是和他谈啊?"

"他的委托人派他来写一份独立的报告以确定矿脉的情况。"

"这太侮辱人了。"

奥利弗被逗乐了。"为什么这么说?我是辛迪加的人。按道理我是要做一份报告给辛迪加的,所以辛普森的人派他来探探真实情况。"

"你这话说得就和亨利·贾宁一模一样。他们都希望这个矿脉矿产丰富,对吧?"

"当然了。但毋庸置疑的是,沃肯霍斯特和古铁雷斯希望现在就能确定,这样辛迪加就会开始支付土地使用费。其实不管矿脉矿产丰富与否都不重要,辛迪加只希望它看起来丰富点儿就好,这样就可以把它一部分的选择权卖给辛普森的人。如果矿脉真的那么丰富,菲德会选择自己开矿。辛普森的人更希望能够挖掘沃肯霍斯特、古铁雷斯和我们尚未发现的矿藏,这样一来,他们就能买到便宜货,之后再赚大钱。"

"那你要汇报什么?"

"我还没见过矿脉呢。"

"辛普森又是怎么想的?"

"你觉得他会告诉我吗?"

"那你会告诉他你怎么想的吗?"

"我可不会这么做。"

她站起来走到窗前,透过百叶窗俯视烈士广场。整天都坐在莫雷洛斯[①]纪念碑壁龛里的乞丐已经在那里了。妇女们正急急忙忙地赶往大教堂,这时教堂的钟声又在阳光明媚的广场上响了起来。一个女孩头上顶着一个宽大的扁平花篮,穿过街道,少女自己就是一朵娇艳欲滴的向日葵,身体是优美的花茎,花篮是盛放的花瓣,摇曳生姿。有人要买花了她就停下来,垂下花篮,让顾客挑选。

当苏珊转过身来时,她发现奥利弗用他那愉快放松的表情看着她,好像在思考什么。他双手交叉放在脑后,胸口一直到汗衫领口都长满了毛。在莱德维尔期间掉的几斤肉又长回来了,奥利弗现在看上去很安逸闲适、自信满满。自从来了墨西哥,苏珊不停地惊叹他头发的颜色变得越来越金黄。和唐古斯塔沃相比,他看起来更加黑瘦,更像是一位极具侵略性的北欧资本家。

"我们是不是要闹到法庭上去?"她问。

"为什么这么说?"他惊讶地说,"我只管负责探矿和写报告啊。"

"听起来好像会有纷争,要闹到法庭上去。"

[①] 莫雷洛斯(Morelos,1765—1815),墨西哥独立战争的领袖,民族英雄。

"是我误导你了，一切都是可以商量的。"

"我很高兴。我讨厌这些乱七八糟的事情，挺让人害怕的。"她听到阿松森用扫帚刮蹭着围栏，从他们门前走过。"还有这些追名逐利、明争暗斗的事。我希望这次旅行别出什么幺蛾子。"

"会顺顺利利的。"

"是的。你觉不觉得，到目前为止，一切都很顺利？"

"好像是的。"

"什么好像？你难道还不清楚？"

"好像清楚。"

当苏珊走过时，奥利弗抓住了她的裙摆，把她拉近身边，亲了亲她后背束腰蕾丝边上方裸露的皮肤。"如果勘探结果证明这个矿储量丰富，我们回来管理这个矿如何？"

苏珊用双手理了理头发，转过身来。"有可能吗？"

"辛普森昨晚提出来的。"

"那个死敌？"

"他可不是敌人。我们差不多想的一样。他说过会推荐我的。"

"如果真是如此，你会接受吗？"

"你会吗？"

"哦，天哪，这我可从来没想过。"

"你可以一直住在像沃肯豪斯特这样的豪宅里。"

"我得想想。那奥利怎么办？"

"他长大后会成为一个优秀的骑手。我想他得有个像恩里克塔那样的家庭教师。我想他也会喜欢这里的。"

"你想要这么做？"

"我不知道。可能这样根本不奏效。但如果真是如此，这将是一个离开莱德维尔的方法。可是这里离外面的世界还很远，几乎和走出波托西一样远。"

"但是会有铁路啊。"

"至少还得等两年。与此同时,唯一陪伴你的是唐古斯塔沃,他会一直背诵名为《哟》的西班牙诗歌,还有一些像古铁雷斯这样的家庭,有时候会来几个美国、苏格兰或瑞典的工程师。还记得新阿尔马登的情况吗?"

"但在这里是你说了算,不会有肯德尔挡你的路。你可以用人性化、讲道理的方式经营矿场。在新阿尔马登又没有像埃米丽塔那样的人。"

苏珊又走到窗前。这一次,她看到伊萨贝驾着一辆白色骡子拉的马车出了大门,前往大教堂。透过紧闭的窗户,她依稀辨认出有两个人在你一言我一语地说话,那一定是埃米丽塔和恩里克塔。她浑身上下有种奇怪的感觉,不禁想:如果我也……?

"只是有可能,"奥利弗转过身,告诉她说,"谁也不能打包票。如果那里有矿脉,辛普森的人一定会买下它,说不定辛迪加也会决定进行开采。无论如何,我都会得到这份工作。可能性很大——或者说轻而易举。所以你再仔细想想,到底要不要住在这里。"

3

古铁雷斯大宅的摩尔式拱门用石头砌成，歪歪扭扭，如绳索般柔软。这里的楼梯在莫雷利亚无出其右。女士们站在台阶上迎接苏珊，黑色的肌肤映衬着粉色系宝石，显得格外耀眼。她们温顺可爱，笑脸盈盈，皮肤有些苍白，但不失柔滑，宛如修女一般。当男仆把一大群马和骡子带进院子里时，这位艺术家合上速写本和其他人一同倚在栏杆上凑热闹。

她感叹道：这里与莱德维尔太不一样了！在莱德维尔，奥利弗和弗兰克探矿时，通常穿着鹿皮或者灯芯绒外套，戴着破旧的毡帽。他们会穿着五十美元的破旧惠特曼鞍脊鞋，拉着用引绳牵着的一匹驮马，驮着一对铺盖卷、几罐豆子、一块培根、一个煎锅、一两块厚厚的面包、一把镐、一把铲子以及一把地质学家用的锤子。此外还有一张防水布，白天用来遮盖货物，晚上就用来铺床了。

此时此刻，在她面前，唯一熟悉的人只有奥利弗。他穿着在科罗拉多州时常穿的那身衣服，着实显得有些寒酸。唐佩德罗·古铁雷斯为探险队配备了骡子、马匹和仆人。他一心维护家族威望，想给辛迪加的两名工程师留下好印象。他站在门口，眼前是一片喧哗：二十五头骡子、六匹配备好马鞍的马匹、八个仆人，他得管好秩序。

唐·佩德罗穿的不是灯芯绒，也不是脏兮兮的鹿皮装。他穿着紧身的皮裤，下摆呈喇叭状，边缘绣着花样。皮夹克也很华丽，上面有青蛙图案的刺绣，就连纽扣都是银的。他的白色海狸帽有一个像光环的帽檐，帽檐上缠着一根银线。他的靴子看起来像手套一样柔软，配着银制的靴刺。价格不菲的披肩被叠成窄窄的一条，挂在肩头。这身穿着看起来很可笑，但不得不说十分华丽。苏珊前天早上吃早饭时看见他，以为他是那种五十岁的小黑鬼，像在第六大道上卖干货的那种人，但当她从走廊上看到他时，她改变了主意。他的家族财富无数，还坐拥大牧场和历史悠久的矿场，都不屑数拥有土地的面积。他站在门口，眉毛一扬，微微晃动脑袋，命令汗流浃背的仆人走开。

苏珊速写里的唐佩德罗身形矮小、为人稳重、衣着华丽、非同凡响，掌控着一切，不给别人冒头捣乱的机会，但看着还是比生活中的他高大一些。奥利弗、辛普森、唐古斯塔沃，都是有决策能力、有权威的成年人，他们靠墙站着，抽着雪茄，把一切事情都留给唐佩德罗。苏珊试图从表情或者姿态中画出他的威严感，她想到自己在其他男人身上观察到的，是不一样的感觉——菲德·沃德因为有财富而自信十足，托马斯·哈德森是感性和正直的结合，劳伦斯·肯德尔沉默寡言、极为严谨，康拉德·普拉格处世圆滑，奥利弗随机应变。唐佩德罗穿着花哨，在吵闹的院子里统领全局，最吸引众人的眼光。

他就像一尊业已成形的石像、一座造型完整的建筑或一个持家严谨的当家人一样，代表了一种无法被切断的文明纽带，即使到了异国也无法抹去。他制定了一系列规矩，使米尔顿完全服从他，变得更为成熟，更有修养，更有能力通过改变个体来提升整个家族的形象。宗教法庭通过他与征服者费迪南德和伊莎贝拉进行谈话。阳台上的女人身着黑衣、面色温和，对佩德罗百般顺从，可以从中看出他的厉害之处。当他提高嗓门或抬起手时，那效果便如同其他男人的盛怒。

怎么才能画出如此精妙的作品呢？她观察唐佩德罗好久了，认真揣摩各个细节，想通过他来了解莫雷利亚生活中的某些方面：在这样一个男人身边，生活趋于传统。就算这样，她的作品仍不能让自己满意。唐佩德罗是如此完美无瑕，这让唐古斯塔沃在他面前看起来像个冒牌货，辛普森显得像外地人，奥利弗就像是个粗人。她不愿意接受画作带给人的暗示，于是她停止作画，静静观察。

他们要到山里去住三个星期，要爬上像梯子一样陡峭的小路，在离城镇几十英里的乡下野营——她觉得带上生活必需品就够了，不必带奢侈品。但她发现那二十五头骡子竟驮着铁锅和荷兰锅，还有一捆捆的银刀叉和用柔软鹿皮包着的勺子，她认出走廊里的瓷器来自利摩日①。还有成箱的鸡肉，成箱的新鲜水果和蔬菜，成箱的罐装食品和葡萄酒，这些东西有的从欧洲远渡重洋而来，有的从韦拉克鲁斯和墨西哥城用火车、驮畜运来。他们还带了丝质枕套的羽毛枕头，和公爵夫人当时做嫁妆用的亚麻布。她看到古铁雷斯·萨拉扎诺女士口中所说的行军床——一张坚硬的黄铜床，他们把床拆成弹簧和床垫两部分，分别绑在两头骡子上。

他们把东西装在一头头骡子上后，唐佩德罗就挨个检查，并向苏珊示意。男仆把它们一头接一头地带到街上。院子里东西渐渐变少，成堆的箱子、篮子和皮革都被驮走了，只留下佩戴着巨大银色马鞍的马匹，还有他们的马缰和镶有金银丝和玫瑰花图案的马鞭。马儿站在院子里，嘴里叼着马嚼子，用鼻子蹭蹭粉色的柱子，每匹马都被男仆用红色皮带牵着。唐佩德罗缓缓环顾后院，目光落在了三个倚墙而立的男子身上。那三个人连忙扔掉了手里的雪茄，像奉迎神父的辅祭一般毕恭毕敬地走到他跟前。

女人们在楼梯上排成一列，男人们上楼时挨个鞠躬问候，女士们则在他们耳边低声回应道"愿上帝与你同在"，整个场面宛如一场宫廷仪式。唐佩德罗先鞠了个躬，唐古斯塔沃也跟着他做，长着

---

① 利摩日（Limoges），法国中南部城市。

一头淡茶色头发的辛普森也举止滑稽地模仿着他们俩。在队伍最后的奥利弗作出了一个固执的决定，苏珊从他的面部表情和行为举止就知道他要这么做。他没去亲吻对方的手，只是握了握她们的手，依次向每一位女士友好地点头。

苏珊为他感到尴尬。在这种事情上，他可是一点儿风度也没有。当唐佩德罗毕恭毕敬地站在她面前时，她伸出手来，但是看到自己的双手肤色那么深，便不太镇定了。"实在不好意思让你亲吻这样的手，"她用英语说道，"在阳光下晒得太久了。"

唐佩德罗的鞠躬被打断了。他把目光转向唐古斯塔沃，想让他帮自己翻译一下。古斯塔沃翻译完，唐佩德罗把目光转回到苏珊身上，轻轻摇了摇头，脸上带着微笑，温和中略带责备，用他的嘴唇摩擦或者说是轻拂着她的指关节。

唐古斯塔沃紧随其后，他已经准备好了一句奉承的话："能向一只如此匀称美丽的手致敬，真是一种荣幸啊。"说着便亲了上去，留下湿湿的口水，弄得苏珊想马上伸手去擦，但又怕自己的表现会有点儿伤人，所以她笑得格外温柔。

唐古斯塔沃说："我们走后，鄙人的寒舍就是你的家。需要什么，尽管吩咐下去。"他眼睛苍白暗淡，又圆又突，像鼻涕虫一样在他脸上蠕动。她闻到了他头发上的发蜡味。

"谢谢你，"她说，"你真是太好了。"随后便把目光转向走上前来的辛普森。

辛普森咧开嘴笑了笑，俯下身子亲吻她的手。她觉得自己的手就像一只受伤的爪子，又或者像柱子上雕像的手一样悬在那里。"失礼了，"辛普森说，"但我很开心能够亲吻到你的手，希望你不要见怪。"

"你比奥利弗开心多了。"她盯着他那双又亮又精明的眼睛看了一会儿。她喜欢他，也许有一天他会和奥利弗合作。如果他来家里商量事情，或者定期来视察的话，她可得好好招待他。总有一天，他们都会穿着墨西哥服装，尽数学会墨西哥礼节，就像唐古斯塔沃那样。他已经在墨西哥待了二十年，但他恨不得已经在这里住了两百年。她十分明白，唐古斯塔沃很在意血统问题。他像墨西哥人一样自命不凡，为了表明他的妻子、女儿和埃米丽塔的蓝眼睛都来自他自己，血统更为高贵，他真是煞费苦心。他们可能有西班牙血统，但本质上是西哥特人，他用这种方法为自己迎娶一个下等民族女子的行为开脱。

"但吻我的手可能会变成一个坏习惯，"苏珊冷冷地说，"再见，辛普森先生。我希望你找到了自己需要的东西。"

"我希望，我们都有收获，"辛普森说道，"下次我在阳台上吻你的手时，我会像唐佩德罗的马一样，全身上下都挂满了银饰。"

现在轮到奥利弗了。他不但没有感到尴尬，而且还被前面的事情逗乐了。他一本正经地握着她的手上下摇晃着，好像他们俩刚认识似的。他小声说道："我还以为我们要去露营呢。"

"你穿得好像不太正式。"她忍不住说道。

奥利弗十分惊讶，低头看看自己：灯芯绒裤子、皮衣、左轮手枪、博伊刀、大铁靴刺。"怎么不正式了，这是正宗的科罗拉多装扮。这个靴刺可真的来自奇瓦瓦。"

"可惜是铁的，不是银的。"

他笑了出来，用一只胳膊搂着她的肩膀，这让她觉得有点儿难为情。"有其他材质做的东西，这不是很好吗？你想让我看起来像唐佩德罗一样？他让克拉伦斯·金恩看起来像个花花公子，是不是？"当着他们的面，他俯下身来，轻轻地吻了吻她，她皱着眉头往后退。他看着她，嘴角挂着微笑，仿佛刚才只是在开玩笑。"做自己就好，"他轻声说，"不要被这个花花世界蒙蔽双眼。"

他是如此理智，让她摆脱了一直试图建立起来的压抑和伪装。

她看看他，又望望唐古斯塔沃，这才明白自己是多么地愚蠢。她不想让奥利弗成为一个伪装者，她也不想让自己变成这样。

"我会试试看的。"

"多画点儿速写。"

"数量是原来的三倍。不知道托马斯能不能多刊登一些。"

"写信给他，让他都刊登了。这能赚好大一笔呢。"

"等你找到一个比小匹兹堡更富有的矿脉，也会赚得盆满钵满的。"

"比阿德莱德矿场富有也行，"奥利费的嘴角耷拉了下来，"你就等着瞧吧，情况比米却肯州更糟也说不定。"

"你回来的时候我就知道了。我相信你。"

"再见。"

"再见，亲爱的。路上小心。"

奥利弗再次笑了出来。"最危险的事情估计就是从床上滚下来吧。"

"你睡得惯吗？"

"我不知道，但我很想知道。那行军床当然不是给唐佩德罗的。他可不愿让客人躺在地上，自己却睡在华丽的床上。那是给谁的呢？唐古斯塔沃？辛普森？还是我？我们得协商好。"

大家按照性别各排一队，等着他俩。苏珊顾不上是否失礼，很快地吻了他一下。男士们叮叮当当地走下楼梯，上了马，排成一列朝大门走去。唐佩德罗向门口的男仆看了一眼，门立马就开了。女士们在手扶栏杆边挥动着手绢跟他们告别。唐佩德罗跟着从马上鞠了一躬，唐古斯塔沃也从马上鞠了一躬，见他俩这样，辛普森也鞠了一躬，把他自己都逗笑了。奥利弗摸了摸帽檐，抬头注视着苏珊。

他身材高大，皮肤白皙，神色严肃，穿着破旧的野外工作服，无精打采地坐在马背上。他素来不苟言笑,学不来古斯塔沃先生浮夸的样子。由于太过普通,毫无亮点,他只能做自己。在写给奥古斯塔的信中,苏珊不止一次说过奥利弗很平凡,好在他还有非凡的专业能力和敏锐的判断力。虽然在这一小时盛大的告别仪式中有所抱怨,但是看着他即将远去,苏珊还是生发出一种自豪感和浓浓的爱意,那感觉虽短暂却强烈。

4

沃肯豪斯特

莫雷利亚，米却肯州

一八八〇年九月十二日

亲爱的奥古斯塔：

奥利弗同矿主、潜在买主、随行工程师一起去勘测矿脉，到现在已经走了有一个多星期了。他们就像十字军东征一样浩浩荡荡地离开了，具体情况等我见到你的时候再和你说吧。这封信要能寄到老工作室的地址，那可真是万幸了。下个月我们回来时，你和托马斯就会回到纽约了。有多少年了？我们已经有四年没见了吧！亲爱的，我们要谈的可不只奥利弗的工作。

我在沃肯霍斯特宅院安顿下来，就像在苹果里安家的虫子一样快活。宅院的主人是来自普鲁士的莫雷利亚银行家唐古斯塔沃，他遗孀的妹妹埃米丽塔帮他打理这个家。像我这样来自北美洲的人，对于埃米丽塔而言，可能就像贝茜笑嘻嘻地说的那样，就算不是一个也是大半个蛀虫。但她是那么和蔼可亲，那么会体贴人，无论我怎样打扰她，她都不会让我觉得自己在叨扰她。我可以踩着高跷，戴着黑熊皮帽四处走动，而她脸上还是一贯的温柔甜美，觉得可能这些就是美国女艺术家的奇思妙想或者怪癖，又或者是当地的风俗习惯吧。至于艺术家的名声，也是因为他们觉得我的作品高深莫测，所以就传开了吧。有一天，我开始自己铺床（从小到大我都是妈妈的好助手，之前住在小水沟旁的木屋,我就干了很多活),才听到她责骂女佣做事不利索,因此尽管我并不情愿安于奢侈、懒散、每日画画的生活,后来也慢慢习惯了。

还有一个理由让自己沉浸在这种封闭的、安稳的家庭生活中,就是我可以画许多速写,而这样的生活也给了我一个未来家庭生活的范本。奥利弗在离开之前告诉我,若勘探顺利,他很有可能会被邀请回来经营该矿场。到那时,我就会面临怎么在这里安家的问题,我们可以按照自己的习惯生活,只要不与墨西哥的习俗相悖就好。

我没有任何整理房子的天赋,但是你想象得出来吗,埃米丽塔把房子打理得井井有条,待在里面简直舒服极了,以至于我也很想亲自做点儿家务。这里曾经是一所牧师学院,现在仍然保持着那种与世隔绝的氛围,我很喜欢这种宁静的感觉。一大早女人们就开始忙活了,这种感觉真好,房间里"嗡嗡"的说话声,高台上鸽子的"咕咕"叫声,老阿松森拿着扫帚打扫走廊的声音,还有清洗衣服的拍打声,几阵炊烟带来了混合着浓烈的肥皂和蒸汽的味道。有一天早晨,我从厨房的工作间经过,闻到了一阵味道,立马就停下了我的脚步,那一刻我真想成为一名家庭主妇。我让埃米丽塔把吃的每一道菜的菜谱都写给我,不管我去哪里,这些东西都是无价之宝。

在这里,我就像住在姐妹的家里一样,既有私密空间,又像客人一样享有特权。埃米丽塔在晨间巡视时,我就拿着素描本,搬着小凳子,跟在她身后。大厅里的装饰太过夸张,到处都是水晶和笨重的家具,我一点儿也不喜欢。我喜欢这里的厨房,在我心里那儿简直是个宝藏。熊熊燃烧的炭火上方悬挂着铜盆,一位身材瘦削、脾气暴躁的厨师在里面忙来忙去。她如果做不出令人垂涎的食物,分分钟就会被解雇。所以我们都鼓励安抚她，结果她听了我们的赞美，做出来的饭愈发难吃。我把她的表情画了下来，你和托马斯肯定都喜欢。

我什么都画：浇花的老阿松森，铺床的索莱达，拿着短柄扫帚弯腰扫地的老康塞普西，还有后院里的印第安浣衣女。她们把衣服浸泡在石炉上的铜盆里。这些浣衣女干活的地方有喷泉、竹林、石马，令我羡慕，但是我也心疼她们。我跟埃米丽塔提过，如果浣衣女能用搓衣板洗衣服，就不会那么辛苦，要是康塞普西能有一把长一点儿的扫把，干起活来就会轻松许多。结果艾米丽塔说："哦，那可行不通，何必徒增烦恼呢？她们都习惯了老方法。"

我还得学习大量的西班牙语，你知道我有多喜欢和别人用相同的语言交流啊。现在除了我以外家里没有讲英语的，只有小恩里克塔的奥地利女教师，但她很孤僻，很少离开房间，大部分时间都与恩里克塔的贵宾犬恩里克待在一起。现在，我的速写本的一边是图片，另一边记着西班牙语的动词和名词。我不只学语言，我还会向墨西哥人学习如何当家呢。

有一天，我问埃米丽塔："如果三户人家住在大房子里需要多少仆人？"

她说："前提是你得有一个大房子，才能显示你家世显赫，丈夫地位高贵！"

"我管不了太大的房子，"我说道，"我不像你。最多一个中等大小的房子。那样需要多少仆人？"

她掰开手指算了算："一个车夫、一个厨师、一个女仆、一个护士或家庭教师、一个做打扫和看门的男仆，至少五个吧。"

我告诉她，我的上一个仆人莉齐很厉害，集厨师、洗衣妇、女仆、男仆、保姆于一体，甚至还会当我的模特，虽然她从来没有被人真正欣赏过。

她告诉我，这里根本找不到这样的人。

我说，我或许可以找到。

但她说不可能。看看埃伯尔小姐，她孤身一人，不和家里人来往，也不愿和仆人说话，莫雷利亚找不出比她更孤僻的人了。

唐古斯塔沃曾发誓绝不再结婚，这让他引以为傲。如果不是这样的话，我想埃米丽塔早就和他结婚了。我不确定他们结婚了我会高兴还是难过。她至少有权享受女主人头衔。看到如此完美的女性就像仆人一样服侍着骄傲自大的普鲁士人，我内心的共和主义和妇女参政主义就会涌上心头。除了有一双深蓝色的美眸，她长得并不漂亮，而且和莫雷利亚其他受人尊敬的女性一样，穿着华丽，却毫无品位。但我在不到两周的时间里就喜欢上了她，因为她让我住在这里感到十分舒适安逸。

你知道我心里在想什么。午睡时分，一切归于安静，连整个城市都关了大门，钟声停止。可我在这里没有以前睡得好。我躺在床上想东想西，有时睡不着了，索性就给你写封信。

等到下午家里才开始有动静，出去"放风"的时间到了，这一小时内（我）非常自由，但是连打开马车尽享微风拂面都是不可以的。我才意识到墨西哥妇女的生活是多么接近于坐牢。我从埃米丽塔身上学会了谨慎。她是一家之主，而我已经结婚了，我们可以接受先生们的鞠躬致意，但仅仅限于某些绅士。年轻人骑着英国纯种马，非常自豪地在索卡罗周边转来转去，眼睛盯着所有的女士，但女士们不可以回看男士，也不可以鞠躬。女士们到了适婚年龄，她们既要眼睛不看，又要心里不想，甚至要对亲属中可能的追求者视若无睹。毫无疑问。每天下午我们绕着公园，既不运动也不呼吸新鲜空气，只是在阳台和车厢里抖动手指;在凉爽的下午,周围的绅士们步行或骑马,想让血液流动起来;印第安女孩儿不穿长裙,只穿绣花睡衣,也不用拿长围巾遮住自己的脸,只要提到眼睛那里就可以,因此她们格外开心。她们"咯咯"欢笑,互相拥抱,歪头看着路过的男孩。体面是一种负担,也许比我想承受的还要重。我无法容忍惯有的自由被剥夺,因此我很难成为莫雷利亚家族的女人。

今天下午,我会了解更多关于家务的事情。埃米丽塔告诉我,当地有一位律师(应该就只有一位律师),在德国为他的痛风寻求医治。他的房子很小,只有十二个房间!她会让伊萨贝在"放风"的时候驾车送我们去。

如果你问我,我是否适应这里的生活,是否想留下来,我都说不出来。应该是想的吧。我想念我的小奥利,自从我们出航以来就没有听到过他的消息。我知道他跟妈妈和贝茜在一起要比跟我在一起安全得多,但我还是希望他跟我在一起。他在莱德维尔生了那么多病,那么小就要跟着我们四处漂泊,他理应得到一个安定的家。

先不说了,我听见伊萨贝把骡子放出来了。

现在是第二天。我看到那幢房子了——白色灰泥围绕着中央的天井,周围全是白色的墙壁,墙上爬满了九重葛。当然,房间都挺好,布局方方正正,院子外面是房子,房子周围是墙,让我们可以活得很自在,而且离公园很近,假如不扰民,我们三个人可以一起骑马去那里。我知道,奥利弗不会介意的。他特立独行,有自己的一套处世哲学,人们也都见怪不怪了。

之前他在矿上的时候(肯定占了他一半时间),奥利和我也会在卢比奥或博尼法西奥的陪同下骑马出去,人们肯定也已经习惯了我们不守规矩。想到这一点,我就有一种恶作剧般的快乐，虽然我在家里是不会这样不顾礼节的。

　　我想会的，有一天真的会的。你和托马斯可以来这里拜访我们，这可不像我曾经自信地邀请你去太平洋看灯塔一样。莫雷利亚虽不像巴黎那么美丽，但还是风景如画。在某些光线下，整个城市看上去都是浅粉色的石头建造而成，阵雨过后，会发出玫瑰色的光芒。我想你会在每一个角落找到可以绘画的地方，这里就没有我不能速写的地方。

　　今天，我们看完房子回来的路上，经过了一个从未见过的市场。那里挤满了印第安人，男人穿着白色睡衣，女人头上裹着头巾，婴儿也用头巾包着，孩子们就穿了一件小衬衫。橙子、柠檬、西瓜、小香蕉、甘薯、玉米穗，奇怪的蔬菜瓜果都散落在地面铺的席子上，腿被捆住倒挂着的鸡就像阁楼上挂着的一束束干花。还有卖火鸡、猪、豆子、洋葱，大堆的陶土和篮子，卖玉米饼、肉馅饼、神秘的糖果和碎玉米般粗糖的货摊。东西摆得乱糟糟的，颜色倒挺好看，生活气息很浓，手工棉纱和绣花衬衫颜色真是太鲜艳了！市场的一边是引水渠的拱门，中间有一个喷泉，姑娘们从里面取水嬉戏，宛若鲜艳花朵。（在这个地方，穷人生机勃勃，富人死气沉沉，至少女人是这样）

　　太阳西落，到达水渠的另一边，环状光影照进市场，看到这一情景我立马叫了出来，我要在早上把它画下来，在热闹人群活动的基础上加些建筑物。我问埃米丽塔是否可以让索莱达或康塞普西陪我一起待上几个小时。她向来是没有犹豫的："当然可以。为什么不行呢？"

　　对她而言，我敢肯定这是野蛮无理的要求，因为在这座迷人的城市，就算有女仆的陪伴，地位尊贵的女人也不能上街。我的高跷和黑熊皮帽太显眼了，但从埃米丽塔的脸上，谁也看不出我提出来的是不可思议的请求。

现在是新的一天。今天是周几？我都把时间忘记了。我一直留着这封给明天去墨西哥城的邮差的信。每一天都和前一天一样，但每一天对我来说又都是新的一天。

上次和你说过，我要去市场画画。我也真的去了。第二天早上，埃米丽塔穿着黑色丝绸衣服来找我，那时我正在给帮恩里克塔上课的埃伯尔小姐画肖像画。她说只要我准备好了，索莱达就可以和我一起去。我可不想错过合适的光线，所以很快就收拾好了。走进院子以后，我发现了一支整装待发的队伍，可以和奥利弗的"十字军"相媲美。伊萨贝驾着马车和白色骡子；索莱达准备了一把法国镀金椅子，还有一把黑雨伞；埃米丽塔穿着黑色丝绸衣服。我是穿着普通礼服下楼来的。尽管埃米丽塔并未指出我着装的不妥之处，可从她的表情可以看出，我让她难堪了。因此我找了个借口，回去换了衣服。可就算衣着得体，你还是无法想象我有多惶恐——我坐在镀金椅子上，拿着画板和铅笔，索莱达为我撑着伞，埃米丽塔跟在马车后面不远处，好像每一分每一秒都是不可饶恕的罪孽，需要受到惩罚。而伊萨贝能做的就是抑制自己的好奇心。

埃米丽塔在太阳下暴晒，她的裙摆都要从灰尘中掀起来。在那里待二十分钟我就忍受不了，随便涂了几笔就走了。我从中学到了两件事：一，虽然做大多数人眼中不得体的事情是可行的；二，但是我不会再拉着墨西哥朋友和我做一样的事情，从而使他们感到难堪。

今天，一个男仆从奥利弗他们探矿的旅途中折回，报告说一切都很好，他们将如期返回。他则是来取新酿的酒的，因为一头骡子倒在地上，把他的酒桶碾碎了。这可真是唐佩德罗的作风，好生招待客人，就算要让一个仆人往返两百英里也在所不惜。

　　这样的话再过一个星期，我就要见到奥利弗了，我们要规划美好未来。亲爱的，我希望现在就告诉你，但我在等奥利弗的消息。我们回纽约再聊吧，虽然过去的日子不怎么样，但是我们对于未来充满期许。

　　晚安，亲爱的奥古斯塔。我现在正在走廊里徘徊。整栋房子漆黑一片，寂静无声。星光没有穿透拱廊下的阴影，只照亮了低洼的庭院。这一切似乎非常静谧、安宁，既陌生又熟悉。我想起了在米尔顿的夏夜，所有人都在睡觉，而我们经常穿着睡衣光着脚在潮湿的草地上奔跑。我恐怕是个很奇怪的人，最爱的两个人性格大相径庭。当奥利弗离开我的时候，我很想念他，直到他回来我内心才能安定下来，但奇怪的是，他的离开让我对你更加思念了。

　　你愿意到米却肯州，这所开满叶子花的白房子来拜访我们吗？我会用小糖果诱惑你，直到你把持不住，然后全部吃掉。我想先在那间可爱的画室里见到你，仿佛这都是早在八百年前的事了，那时我们还是学艺术的小女孩呢。即使我们要待在这里——我现在也真心希望我们能待在这里——我们也会回到纽约准备好一段时间的。

　　晚安，晚安。教堂那庄严的钟声响彻整个烈士广场。我感到压抑、孤独、内心又充满渴望，有点儿迷茫。未来就像外面的走廊一样黑暗，但一旦照进一线光明，就会异常迷人。但我知道的是，无论怎样，不管在什么地方，我的未来一定有你相伴。

你的好朋友
苏

5

苏珊靠着垫子和枕头,身穿直筒式连衣裙,光着脚,没穿胸衣,没穿袜子,躺在雕花大床上睡着了。她一直在翻阅自己的日记,把遇到的事情以及自己观察到的现象写成连贯的文章。写着写着就到了午睡时分,百叶窗里透出微暗光线,城市万籁俱寂,整栋房子乃至房间里都那么安静,她困得毫无力气,把笔记本随意往肚子上一摊,手里的笔滑落下去,掉到了地上。

她在梦里陷入了窘境,她一直期待见到的客人——诗人兼编辑托马斯·哈德森和他的太太来了,令人震惊的是,还来了其他十几位客人。她的家就像举办某个大型会谈的酒店大堂一样,美国大使和妻子以及几名助手都到场了。她看见菲德·沃德手里拿着一顶圆顶礼帽,克拉伦斯·金恩穿着白鹿皮衣服,姐姐贝茜想让金恩的女儿萨拉·伯尼平复一下情绪,不要再哭闹了。她看见一位有名的将军,他的眼神黯淡,忧郁不安,她虽然认出了他,但想不起来是谁。佩尔西和弗兰克满怀期待,微笑着站在门口。他们都等人接自己到房间里去,但房间已经不够了,只有一间了,就是她为哈德森夫妇准备的那间。正如埃米丽塔警告过她的那样,房子太小了,小得要命。她看到每个人脸上都流露出恼怒和不耐烦的表情。奥古斯塔像往常一样,一生气,表情就严肃冷酷。

就在眉头不展之时,她突然睁开眼。梦醒了,不知道是谁在拍打她的房门。

"是谁?"

是一个男仆的声音。"请让我进来。"没等应允,那人便直接推门而入。

"不，不！"她尖叫着抓住那张拖地的毯子想遮住自己。门开了，奥利弗把头伸了进去。

"啊哈。抓到你在打盹。"

"哦，奥利弗，你个白痴！吓死我了。"她跳下床，他紧紧地抱住她，把身后的门踢上了。奥利弗的身上混合着马骚味、皮革味、汗臭味和尘土的气息。她问："你刚回来吗？"

"这问题太蠢了。你以为我是昨天来的，在旅馆住了下来吗？"

"我没听到任何声音。"

"我们把大篷车停在唐佩德罗家，然后走回来的。"

"我刚才做了一个梦，"苏珊说，"一个很可怕的梦。梦中家里来了十二位客人，可是只有一个房间。我想可能是行军床暗示了什么。你们此行谁睡的行军床？"

"没人睡。大家都很客气。"

"这是不是挺荒谬的？我的噩梦也是这样，因为我找到了一所房子，有五间漂亮的大卧室，却没有一间是空余的。有一个封闭的院子，有马厩可以喂养六匹马……"她看到他脸上的表情，吓住了，"怎么了？出什么事了？这个矿不好吗？"

他不再是刚才进来时打闹嬉戏的样子。现在她看到的他疲惫不堪，郁郁寡欢。他耸了耸肩，好像一只虫子粘在身上，他要把它甩掉。

"说不上是好是坏，不好的成分更多。不过此行好歹让我知道了克雷普斯的判断是不对的。他以为自己找到了遗失的矿脉，其实根本不是。那个矿可以开采，但是想靠它挣大钱是不可能了。"

此刻，她所有的失望都变成无言的沉默，于是她漫不经心地说："你要在报告中如实陈述吗？"

"不然呢？实际情况摆在那儿。我也想把报告写得漂漂亮亮，但这不是为难我吗?"

刚才她还能平静地接受,现在觉得像有一记耳光打在她脸上似的。她两腿发软、嘴巴肌肉僵硬,不是因为消息本身,而是因为他这种确凿的态度。她的眼睛睁得大大的,怒视着他,泪如泉涌,压根无法控制自己的呼吸。她的喉咙哽住了。"哦……该死!"她叫道,一头扑进他的怀里。

他笑了起来。她能感觉到他胸腔中的笑声,她被弄得怒不可遏。"什么?"他若无其事地问,"你怎么也在骂人?"

她背靠在他的胳膊上,用指节抹着自己湿湿的眼睛。"我不在乎,这就是我的感受!你把我当作一个泼妇吧。"

"苏,我很抱歉。我不知道你对它这么上心。"

"我从没想过要更多的东西。"

他皱着眉头看着她的脸,仿佛她脸上写着什么无法识别的文字。"我震惊了。为什么?"

"为什么!理由太多了。我在这里工作得很好。因为风景如此美丽。因为我们可以一起住在一个舒适的房子里。因为你有个机会来展示自己的能力。"

"我想在某种程度上,这可能是挺好的,"他说,"可是你看,这并不完全是你所说的天堂,一旦你了解得更深入一点儿……"

她对着他大叫,不想得到酸溜溜的安慰,于是用力地坐到床上。"辛普森会同意你的看法吗?"

"多多少少吧。他更乐观一点儿。他甚至可能建议手下抓住机会,要是他们能够以足够低的价格获得转让权的话。他知道他们还未找到古老富裕的矿脉,但他倾向于认为这条矿脉不赔不赚,然后他们再去挖掘其他古老的矿脉。"

"这不就是你在阿德莱德一直做的事情嘛。"

"差不多吧。"

"为什么你之前在那里做,到了这里又不行了呢?"

"辛迪加派我到这里来,并不是要找到阿德莱德二号。"

"但是辛普森先生愿意啊!这不正是他的人所希望的吗?这种情况对于他们来说不是更有利吗?可以用便宜的价格拿下这个矿。"

"我不知道他是不是真的愿意,我也是猜测。"他皱起了眉头,脸上慢慢流露出一种鄙夷的神情。"你什么意思?要我把报告写得好看一点儿,吸引人一点儿,说一些他们想听的内容?"

他们彼此生气地注视对方,直到她站起来碰了碰他的胳膊。"我知道你做不到。但是,如果辛普森先生觉得汇报很精彩,他们就会想买,不是吗?"

"这取决于辛迪加想花多少钱买下它的经营权。"

"如果他们买下来了,不是让你来管理吗?"

他阴沉着脸,对她的暗示十分抵触,咕哝道:"我已经说了,这个矿没前途。"

"但是他们为什么一定要看你的报告呢?你又不用向他们汇报。为什么辛普森先生的人要知道你说了些什么?"

"我告诉辛普森的。"

"你就这么……和盘托出了?"

他微微转过头看着她,心不在焉地解开腰带,把它扔到床上,上面挂着左轮手枪和博伊刀,沉甸甸的。他聚精会神地看着她。"我就随口告诉他了,"他开口说道,"我笨嘴拙舌的,可不会耍滑头。姜还是老的辣,跟他们在一起,我是有一说一。甚至有时候,我都不知道哪些该说,哪些不该说。"

"奥利弗,我没说……"

他弯下腰,解开靴刺,把东西一件一件放在左轮手枪皮带旁。他把鹿皮衬衫从头顶扯下,露出脸庞和乱蓬蓬的头发,空气里顿时散发出一股浓烈的汗味和尘味。他连看都不看她一眼。她不想再看到他脸上那种阴沉的表情了。

她接着说:"如果辛迪加的工程师提交了一份情况不怎么好的报告,而其他工程师给出的结果却是有利的,这不是很奇怪吗?"

他的眼睛湛蓝,眼神冷酷,看了她一眼,又漠不关心地移开了。她感到因为这件事,他在责怪她,他不想再谈论这件事,宁愿沉默着。"是的,"他回答说,"我想菲德可能会觉得这有点儿奇怪。"

"所以可以肯定的是,他至少不会再要求你在墨西哥干活了。"

"你说对了。"

他坐在床上,从床底下拿出脱靴器,塞进一只脚后跟,用力一掰,就把靴子脱掉了。他扭动着穿着袜子的脚趾。他的一切,从他阴沉的脸到他身上的动物气味,都使她感到厌恶。他低着头,眼睛往上瞅着苏珊,心不在焉地摸索着把另一只脚塞进脱靴器。"再告诉你一件事。如果阿德莱德与阿根廷和高地酋长之间的问题解决了,矿厂重新正常运转,他们也不太可能让我去管了。"

她一怔。"你的意思是我们不仅不能留在这里,也不能回莱德维尔了?"

"我想是这样。"

"那我们要去哪里啊?"

"亲爱的,我不知道。"

奥利弗扯开缠在脖子上的手帕。他把注意力都放在脱靴器上了,另一只靴子也被脱了下来。苏珊光着脚,静静地在房间里走来走去。她用指尖碰了碰踏板上冰凉的雕花木板,衣柜上压纹的皮革,百叶窗的边缘,壁炉台上冰冷的石头。"我想知道。"她说。

她转过身来,看见他坐在床上,好像还是认为自己受到了非难。他也不愿服软,这让她格外气愤。他不为自己辩护,也不为自己正名。她问他事情,很想站在他那一边,想为两个人创造美好未来，他却表现得好像她是在指责他因为某种愚蠢的诚实而放弃了大好的机会。他的诚实并不是愚蠢，那根本不是她的意思，只是……

"我觉得就是命吧？"她苦涩地说，"不然难道只是运气不好吗？到底是为什么？为什么你总是这样，伤害我们，自己又丢了工作？诚实难道永远得不到回报吗？"

她知道自己之前说话的口气是比较温和的，通常会用贵格会教徒惯用的"您"作为尊称，但她刚才叫他"你"。也许他注意到了，又或者根本没什么感觉。

他耸了耸肩，穿着汗衫和袜子呆坐着。（苏珊穿着直筒连衣裙。在她看来，他们就像一对吵架的小商贩）

"我必须做我该做的事。"他说。

她站在壁炉台前，过了一会儿说："是啊，我们俩都必须承担后果。"

这句话触动了他。他抬起头，眼睛里充满了怀疑和怨恨。他听见了、注意到也承认了她说的话，但他不愿回答。就算被恶语中伤，他也无动于衷。整晚两个人都在痛苦的沉默中度过，偶尔才有简短的对话。

我知道，他比她更沮丧，更痛苦，而且主要是为了她。但她显然不知道，还觉得他是这般冷漠无情。

6

沃肯霍斯特宅院的气氛一夜之间全变了,有剑拔弩张之感。唐古斯塔沃的表情充满了难以抑制的厌恶,好像奥利弗关于矿脉的结论辜负了他的盛情。苏珊在走廊目睹了院子里的一个小插曲:唐古斯塔沃在用马鞭抽打男仆。每次苏珊想和埃米丽塔说话时,她总是怯生生地一笑,然后匆匆离开,好似在寻求她的理解。尊严所剩无几,他们确实该走了。

唐佩德罗还是那样,自始至终都非常体面。就在他们要离开的时候,他给沃德太太送来一匹私用的马——一种长着浅色鬃毛和枣红色尾巴的罗西略马。他希望这匹马会比他们租的任何一匹野马都更好驾驭。

礼尚往来,苏珊回送了自己画的古铁雷斯·萨拉扎诺夫人的画像,背景为华丽的楼梯。这是她最好的作品之一,她曾打算让《世纪》杂志出版的,但她也没犹豫,虽然对唐古斯塔沃并无好感,但是念在他曾对他们示意友好,她还是会加倍回报他的好意。为了补偿他的盛情款待,她给埃米丽塔、恩里克塔、宠物狗恩里克和鹦鹉帕贾利托都分别画了画像。

在离开的前一天晚上,他们早早回到了自己的房间。奥利弗在整理他的野外笔记,查看修正了克雷普斯绘制的地形图,苏珊则拿出他们的包准备打点行装,把衣服全摊在床上。提包的最底下放着她在科罗拉多时穿的骑马服,她在莱德维尔把它们包得好好的,在那之后她就再也没穿过它们。她把衣服抖了抖,褶皱里散发出马匹和柴火的气味、云杉和苦杨木的止血药气味,还有柳枝的金缕梅气味。她把那件开衩的裙子举到鼻子边闻了闻,回忆涌入脑海,带来的痛苦剧烈又清晰。

她特别喜欢骑马。记得有一次,骑马飞奔,闻到了各种各样的味道——周围都是山山水水,天空中光线刺眼。佩尔西也在,并不是被人打得鼻青脸肿的样子,而是那个身材矮小又喜欢音乐的佩尔西,是埋头读书的佩尔西,是坐在马鞍上虽然很不舒服但是仍然笑得很开心的佩尔西。啊,佩尔西,这傲慢的日子多么温柔!富兰克林火炉边围着一圈人,有海伦·杰克逊、金、杰宁、普拉格和埃蒙斯,小木屋里一片欢声笑语。在蛮荒之地,他们竟生出唯我主宰的感觉,还有无尽的希望和激情。弗兰克·萨金特也在其中,他的铁汉柔情拨动着苏珊的心弦,一双棕色的眼睛炯炯有神,像忠犬般扫视着房间。

离开的那天早上,在小木屋里,她和弗兰克站在一堆箱子和提包中间。木屋的门敞开,莱德维尔和沙瓦岜岭烟雾弥漫。奥利弗带着奥利去了镇上,赶着办事。在一片凌乱中,两个人四目相对。苏珊眉头紧锁,露出痛苦悔恨的表情。她快要哭了。

"你这一走,就不会回来了,"弗兰克忧伤地说,"我有预感。"

"应该吧。我也希望如此。谁能说得准呢?"

"我想,你离开这儿一定很高兴。"

"某种程度上可以这样说,但也不完全是这个样子,"她把手放在他的手腕上,"我们会想你的,弗兰克。你一直都是我的挚友。"

弗兰克站在那里,一动不动,就像一只蝴蝶落在他的手腕上,一有动静就会把它吓跑。她很清楚是什么让他一动不动。他看着她的脸,微笑得很勉强,弄得她很想抱抱他,把他的头靠在自己胸前。

"你知道我对你的感觉,"他说,"一直都知道,从我进来看见你戴着你那顶小旅行帽的那一刻起,我对你的感觉就从未变过。记得那天他们绞死了杰夫·奥茨。"

"我知道,"她说,"但你不能这样。"

"说起来容易做起来难。你也知道我对奥利弗的感觉。"

"他跟你有同样的感觉。你是他最信任的人。"

他闻言笑了起来,那笑声使她感到很不愉快。"他应该读读阿特穆斯·沃德。相信每一个人,但是不可随便相信。"

"我不明白。"她非常不安,想把手拿开,但他却用右手抓住了她的手,把它放在自己的左手腕上。

"没什么,不要在意。我只是……"他笑了笑,上下打量着她,然后摇了摇头,"知道吗,你非常漂亮,而且亲切、聪明。待人亲切、才华横溢、冰雪聪明。"

"弗兰克……"

"我所能想象的女人的一切优点你都有了。"

苏珊使劲拉回自己被他抓着的那只手,说道:"你是不是忘了什么?"

"我可什么也没忘,"弗兰克说道,"我知道你是什么样的人,我是什么样的人,奥利弗又是什么样的人,我知道一个绅士在这种情况下该怎么做。我全都知道,也思考了很多。但是我也不能过于激动吧。"

除了给他一个深情的、颤抖的微笑,她还能做什么呢?

"有一次,你错把我当成了奥利弗,吻了我,"他说道,"现在你会和我吻别吗?不是因为吻错了人。"

她只犹豫了一秒钟。"你觉得……好啊。嗯,我会的。"

她噘起嘴唇,踮起脚尖,用嘴唇轻轻碰了一下他的脸颊。突然,她从他的眼睛里看出了什么,随即就被紧紧抱住。他在吻她,不是在吻她的脸颊,而是在吻她紧闭又渴望亲吻的唇瓣。过了好长一段时间,他才让她把自己推开。

"这不……公平。"她说。

"足够公平了，我也不是木头做的。"他不敢正视她的眼睛。他开始把行李搬到外面，准备装车。

此刻她望着奥利弗，脸还贴着那条裙子。他的金色头发乱成一团，脖子和胳膊晒得黑黝黝的，正伏在放有华丽油灯的桌旁干活。她觉着自己亏欠了他点儿什么，想说点话来增进感情。她走到他身后，一只手蒙住他的眼睛，用另一只手把裙子放在他鼻子底下。"闻闻看是什么味道？"

他乖乖嗅了嗅。"霉味？"

"什么，霉味？"她猛地把它拿走了，"闻起来是莱德维尔，莱德维尔的味道！想象得出来吗？这味道让我想家了。无论如何，我都想回去。"

奥利弗坐在椅子上，半转过身来，开始凝神思考苏珊说的话。虽然他皮肤晒得黝黑，眼睛的颜色还是如同绿松石一般。"苏，希望实在是渺茫。"

她最后一次闻了闻裙子，不知道有没有闻到那令人陶醉的山川的气息。她放下裙子，说道："不会吧。这味道就像一阵风一样向我袭来。有那么一秒钟，我突然意识到：我是来自沃克渠的沃德太太。看样子，我得做好准备像那个永世流浪的犹太人一样颠沛流离了。"

"可他是不朽的，不是吗？"奥利弗说，"他永远都无法安定下来。可是我们迟早会的。"

"估计得去了天堂才能安定下来吧。"

"哦，你太没信心了。来吧，苏，我们会成功的。我们会找到工作，找到房子、院子和阁楼。真的可以。"

"不知道怎么做到，又何时才能做到。"

"很快。"① 奥利弗说道。他轻轻拍了一下她的屁股，然后转身看

---

① 原文为西班牙语：mañana。

他的笔记和地图。"你赶快收拾行李吧，我们明天要赶四十英里的路呢。"

她苦涩地笑了。刚说到安家落户这个话题，就又要去别的地方了。

第三个梦结束了，就像圣克鲁斯的梦一样，更多是属于她的，而不是奥利弗的梦境。这个梦虽然短暂，但是给人的感觉很强烈，让这位艺术家，同时也是人妻的苏珊陶醉其中。她暂且忘记一切，也不沮丧，开始在回程时好好创作。她的作品不仅记录了她在前往两百五十里外的墨西哥城的五天多旅程中的所见所闻，也有对优雅女性的刻画。一路上，她都在马鞍上写写画画，为第三篇《世纪》杂志的投稿增添注释、配上插画。

她像个活泼的小猎犬，对一切移动的事物充满好奇。墨西哥的阳光太强烈，她戴着埃米丽塔赠送的黑色丝绸面罩，一双眼睛骨碌碌地转着，注视着周遭的一切，把它们忙不迭地记录下来。

因为旅途中总会有许多像他这样身份并不高贵的人，她、奥利弗、辛普森同意与一位看上去凶神恶煞的骑兵上校同行。这个上校来自迪亚兹，骑着一匹叫作拿破仑·特塞罗的马，要不是他表明了身份，他们还以为他是强盗呢。

跟在他们身后的有两头领头的骡子、两头驮东西的骡子，还有两头骡子在马的旁边，六个仆人照看着它们。骑着骡子走在队伍最后的伙计，什么也不用做，就根据太阳光线调整调整草帽的角度就行了。

他们还没到达，古铁雷斯家的一位可靠的仆从就已经早早地候着了。他骑马将他们带至大庄园。下午他们会在此小憩，或者夜晚留宿在那儿。这些房子把祖母的中世纪浪漫主义情怀完全激发出来。他们像游侠骑士一样到来，总管打开大门，主人在内门迎接他们。仆人牵走女士的坐骑,解开骑士的靴刺,少女们把夫人领到各自的房间里。他们在饭厅吃饭,许多仆人伺候着他们,外面的院子用火把点亮,吟游诗人弹着吉他。

这是一个童话般的国度,古老的礼仪之邦,有着等级森严的封建制度,以及苏珊·沃德所钟爱的如画风景。她恋恋不舍地离开每一个房间。一行人跋山涉水,日晒雨淋,默契到肩膀都保持着相同的律动姿势,男士卡宾枪里的子弹也发出相同的声音。她认为这一切都是唐佩德罗·古铁雷斯的问题,如果奥利弗没有如实上报,他们仍然可能生活在这里。我看到她沉浸在回忆中,伤感地思索这些大庄园到底有没有在火车汽笛声中生存下来,如果还有像克伦达罗、特佩通戈、特佩蒂特兰那样的房子,他们十个人、十二匹马和四头骡子组成的车队,只要提前一小时通知就能进去,只会受到友好的招待,不会引发任何麻烦。

在祖母为《世纪》杂志写的第三篇文章中,只有一段话表明她有时会忘记沿途所见的浪漫色彩。她认识到:这条风景如画的道路只能带她回去,但问题是回到哪儿呢?甚至连回到莱德维尔的安稳日子都不行。她写道:

> 我们遇到的全是印第安人。有一次,一个年轻人把自己的草帽给了身后的女人,自己倒没帽子戴了,粗糙的头发在阳光下闪闪发光,就像抹了鞋油一样。女人的长围巾里裹着一个熟睡的孩子,左左右右地摇晃着。她一只手抓着围巾的末端包着脸(同时还拎着一双浅色羊皮鞋),另一只手拿着一把粗糙的吉他。透过蒙住脸的蓝色棉布,她那双又大又黑的眼睛盯着我们看。
>
> 我惊讶地看着她,在想她的表情为什么那样充满敬畏和好奇,直到我意识到,我戴着埃米丽塔给我的黑丝绸面罩,骑着

马,双手背在身后。我之所以这样做,是为了放松双手,不被我的马牵着,而奥利弗牵着我的缰绳,领着我往前走。对那个印度女人来说,我一定像个俘虏,戴着面具,绑着双手要被人带到山里去了。

我明白你的意思了,祖母。我明白了。

第六章　在家乡

1

"苏珊,"托马斯·哈德森坐在威廉·莫里斯设计的椅子上,两手交叠,微微向上拱起,看着苏珊说,"你知道你有多了不起吗?"

"我的天哪!"苏珊回答说,"太好了,今晚这里只有我们仨。可别净说些有的没的,把气氛给破坏了。"

"看看她,奥古斯塔,"托马斯说,"她是不是很漂亮?像她父亲种的苹果一样红润。你绝对让戈德金着了迷。詹姆斯先生错过你真是他的遗憾,他上哪儿再找这么标致的美国女孩。"

"女孩儿!不管怎样,我不确定自己能否像詹姆斯先生要求的那样苗条。他没有出现,我倒挺高兴的,这是不是不太好啊?如果我发现自己在和他说话,我会很害怕的,而且他会分散我对你们俩的注意力。"

炉火很旺。她感到身子暖暖的,慵懒惬意,舒服极了。在这样的晚上,她愉快地眨巴着眼睛,脸色绯红,话也多了起来。第一顿晚餐是在《国家》杂志主编 E. L. 戈德金家,只为见到客人亨利·詹姆斯,但詹姆斯并未出席晚宴,他让人传达了歉意,说自己喝咖啡喝坏了肚子,所以她不得不忍受坐在戈德金先生和约瑟夫·杰弗逊之间。而佩兴斯坐在戈德金和托马斯中间,三人聊得火热。接着他们八个人去了工作室品尝牡蛎和香槟,欣赏她在墨西哥创作的写生绘本。众人围着微弱的火苗,享受着这温馨的最后半小时,她眼睛微闭真是惬意得不行。回到米尔顿之后,她恐怕得努力工作一周才能慢慢平复情绪。

托马斯脸形狭长,坐在昏暗中的椅子上,微笑地看着苏珊。周围的一切，墙壁、壁炉架、高脚抽屉柜等诸如此类的东西都彰显了哈德森家富裕的生活，她体验了一整晚，所见之物有名人的照片、荷马所作的奥古斯塔画像、一对瓷狮子——是拉斐尔·庞培里送的礼物、一整面墙的日本版画、一把马来西亚波状刃短剑、一个澳大利亚的"回旋镖"、一座来自勃艮第教堂的神情哀伤的木质圣像。他们不仅收藏各种宝贝，还不忘广交朋友，积累的财富是其慷慨捐赠的指标。他们把最不协调的东西变和谐。他们亲自撮合，让来自乡下的表姐苏珊·沃德和杰弗逊·戈德金相处，如果亨利·詹姆斯出现的话，他们甚至可以让他们俩共处一室。现在他们坐下来，用充满爱和赞赏的眼光看着她，她温暖的脸颊变得更烫了。他们的赞美令她无比快乐，无法抗拒。

"那好，"她说，"你说说，我哪里了不起了？"

奥古斯塔表情温和、头发乌黑，一双棕色眼睛闪闪亮亮。她说道："你难道不知道吗？"

托马斯往椅子后部坐了坐，胳膊肘搁在椅子上，以手托腮，看着苏珊身后饱经风霜的圣像开口道：

"哪里了不起？让我想想，那可太多了。比如，她已经在荒芜的西部生活了近五年，那边远离任何文化中心。那么她在做什么呢？她把一切写成历史，用艺术来表现、照亮了粗俗的社会。她不仅要操持家务，还要抚养孩子。我们之中许多人虽然有大把空闲时间，都不及她做得多、做得好。她去了墨西哥两个月，带了上百幅精美的作品回来，还有一本篇幅较短的书，她的文章堪比加布，画得比莫兰还好。她坐着轻便马车穿过蚊子隘口，坐着公共马车和有鞍的马匹穿过墨西哥，她下过矿井，近距离接触过强盗，这些地方以前从未有女人去过，而她并未受到艰苦环境的影响。她头发整洁。更重要的是，她是如此活泼和迷人，她让戈德金那样的老政客向她撒娇，还为我们带来了上百个访客。"

"你可别说笑了,"苏珊说,"他们可都是冲着奥古斯塔来的。"

托马斯不理睬她,微笑着偷偷看了妻子一眼,继续说:"丈夫不在身边,她必须处理生活中的所有日常琐事。她在做什么呢?据我所知,她至少有三份画画的工作,我敢拿一年的薪水打赌,她还在写作。"

苏珊说:"这可能已经超出了她的能力范围吧。"

"你在做什么呀?"奥古斯塔说,"快和我们说说。"

"啊!"苏珊说,"你怎么在意起我做什么啦?你们做的事情才更好、更重要吧。"

"我们做的当然很重要,"托马斯说,"我决不否认。但我要提醒你注意一下我们所说的这位年轻女士近乎病态的谦逊。她口中的自己,是一个笨拙的插画家和业余素描作家。事实上,这个国家的任何一位编辑都争着抢着要出版她的作品。我每天都过得心惊胆战,担心她会被金钱和赞誉引诱而跳槽了呢。"

"你在写什么呀?"奥古斯塔问。她坐在火炉旁,火光照在她一侧的脸上,黑暗中仍洋溢着温暖。她的皮肤像蜜饯一样完美无瑕,这可让苏珊感到羡慕不已。"你得告诉我们,我们是你的第一批读者。你知道吗,自从你去了新阿尔马登以后,你寄来的每一封信我都好好地保存着。"

"我的第一稿就是源自这些内容。如果我有什么成就的话,也要归功于你们俩。"

"除了你自己,没有人能造就你,"托马斯说,"也说不定你背后有上帝的赐福,不然你哪里来的自信。现在趁其他人在睡觉,告诉我们你在写什么。"

他就如同一位亲密朋友,能使她相信自己。作为曾经的追求者和美国最受尊敬的编辑,为他供稿就能让人声名鹊起。她说:"一些比较难的内容。很多知识我不了解,写起来有点儿困难。我总是以受保护的女性的角度，从外人的角度出发，其实我本该发自内心地创造。我正在写一本关于莱德维尔的小说。"

"会成书吗？不管啦。我们肯定会出版这本书。我肯定比其他人出的价钱更高。"

"不会有其他人出价的。只有你们这样的朋友才会想把它发表出来。"

"如果这是詹姆斯先生写的，我不保证自己能接受。但是我觉得你肯定会火，莱德维尔肯定会火。豪威尔斯会咬牙切齿的。"

苏珊露出了美丽动人、令人安心的微笑！"啊，有你们这两个朋友可真好！"她说道，"是的，故事是关于莱德维尔以及阿德莱德人与高地酋长和阿根廷人之间的麻烦。我写到了佩尔西，你还记得他吗？信里我肯定和你提到过关于他的事：这个矮小的英国人站在马镫上，在阿肯色河岸上对我说了爱默生的名言。后来高地酋长的打手们进来偷东西，破坏奥利弗办公室里的记录时，刚好遇到佩尔西，就把他狠狠打了一顿。书中还有个女孩，是恶棍的女儿，有个年轻工程师爱上她，但是后来和她父亲对着干。"

"听上去好像是我认识的人。"托马斯颓丧而专注地说。

苏珊笑了，发现自己的脸都变红了。"哦，这个角色比作者更有吸引力，而且主人公不是奥利弗·沃德。其实更像你在斯塔滕岛的老邻居弗兰克·萨金特。他是个非常帅气的年轻人。"

奥古斯塔说："而且和其他人一样都爱上了你。"

虽然苏珊很想让自己的脸不那么发烫，但她无法让红晕褪去。她又笑了。"弗兰克？你为什么这么说？嗯，是的，我想他是爱我，以一种默默无闻的方式。我以姐姐的身份照顾他。他崇拜的是奥利弗，因为佩尔西，他讨厌高地酋长的员工，他在那里守了这么多年，就是为了替佩尔西讨回公道。可是等奥利弗打赢阿德莱德的官司后，这个可恶的辛迪加就让他俩都卷铺盖走人了。上次我听说，弗兰克在墓碑镇。"

"西部的地名，我至今都搞不清楚，"奥古斯塔说道，"墓碑，这算什么名字啊！奥利弗也在那里？"

奥古斯塔对这个可不感兴趣，她根本不在乎奥利弗身处何地。苏珊从她那半是轻浮的声音里，读出了各种轻蔑的态度：凡是跟西部有关系的人，尤其是跟奥里弗·沃德有关系的人，奥古斯塔都会带上其他语气，她用那种语气对付讨厌的商人、乏味的女人和无聊的男人。她的哥哥沃尔多就是辛迪加成员，奥利弗曾向辛迪加做了一份令人失望的报告：满篇丧气话。苏珊明白为何她丈夫的名字虽然被提及但只是一笔带过，不需多说，他像过街老鼠，人们避之不及。

她狠狠瞪了奥古斯塔一眼。"不在墓碑镇。他卖掉莱德维尔的小屋后，去爱达荷科达伦地区寻找金矿。现在冬天停工了，他就去了地方首府博伊西。"

"亲爱的……"奥古斯塔犀利的目光瞥向苏珊，面露好奇，似笑非笑，意味深长。有那么一瞬间，她似乎忘了她刚想说的话。"科达伦，"过了一会儿她说，"他去科达伦而不是墓碑镇，也算机智了。科达伦是个不错的地方。"

"他感兴趣的矿叫狼牙矿。"苏珊说。

她俩像一对恋人，互相僵持着，逼视着对方。"我的朋友，你却不喜欢"的这种感觉硬生生地阻隔着她们，就像奥利弗正站在奥古斯塔的炉火旁取暖一样。苏珊从奥古斯塔的脸上看出了她对那些淘金者的看法，这些人最后都在各领地首府肮脏的政治斗争中过冬。她的束胸绷得太紧，透不过气来。有那么一瞬间她想站起来，走出房间，或者飞到奥古斯塔身边，搂着她的胳膊哭着说，不管她的生活朝哪个方向发展，不管她嫁给了谁，奥古斯塔永远在她心中占有一席之地。他不是你想的那样，根本不是！她很想这么说。为什么你总是连他的名字都不提?你为什么又要装得好像我嫁了一个麻风病人,一个无赖、游手好闲的人呢?

太安静了,气氛变得紧张起来,她把目光从奥古斯塔的身上移开,看着托马斯。托马斯睡眼惺忪,依旧保持着托腮的姿势,说道:"故事结局怎么样?"

"跟我们的不一样,"苏珊做了个鬼脸,笑了起来,"坏蛋必须死。他让手下在男主人公工作的水平巷道里安放了炸药,想要炸毁那个矿井的入口,不让其他人进去。不巧,佩尔西撞见他们在设置开关,那些人就把他揍了一顿。然后男主人公发现了被打得鼻青脸肿的佩尔西,拿上温彻斯特步枪找他们算账。他发现了炸药,并在爆炸前把它放到了对方的坑道,那些恶棍刚好下来检查装置,然后就被炸药炸死了。"

她又做了个鬼脸,看了托马斯一眼,又看了奥古斯塔一眼,然后就低头看着自己的手。她感到很尴尬,晚上所有的乐趣消失得无影无踪。在这个充满文化底蕴的房间里,她的故事听起来既夸张又粗鄙。她觉得自己像个印第安女人一样,向人讲述如何把血淋淋的鹿皮制成柔软的革。奥古斯塔低着头坐着,皱着眉头望着腿上那双戴满宝石戒指的手。

"我对炸药一无所知,"苏珊说道,"我不知道那些罪犯、醉汉、野蛮人的动机,不懂开矿的事,更不知道挨打的滋味,也不知道用温彻斯特步枪打退一帮暴徒的滋味。奥利弗都不跟我说这些,他觉得我不应该知道。"

她又很快看了一眼奥古斯塔。奥古斯塔紧闭着嘴,扬起眉毛,仿佛在问一个问题。你看到了吧?苏珊就是说给她听的。我会为奥利弗辩护,他有这个权利。

"佩尔西太可怜了,当时是我照顾他的,"她对托马斯说,"他们打烂了他的鼻子和颧骨,踹断了他的门牙,弄破了他的脑袋,他再也没能完全恢复。"

"我相信你的描述，"托马斯浅浅一笑，"那工程师和那位年轻女士呢？步入婚礼殿堂了吗？"

"我……不知道。我可不这么想。她是在东部长大的，比她父亲更优秀。虽然他曾经是个绅士，但是我想，一个感情细腻的姑娘是不可能嫁给一个间接害死她父亲的人的，不管她有多爱他。难道你不这样认为吗？"

"所以是个悲剧？"奥古斯塔说，"哦，苏，为什么要这样啊？"

苏珊压力越来越大，觉得自己快要被压垮了。她的故事一开始很野蛮，即使奥古斯塔未说出口，她也能感受到她的嘲笑。从女性角度讲是很愚蠢，她也想明白了。就好像詹姆斯先生写了一部垃圾小说。托马斯的冷静体贴都无法驱散此刻她身上的阵阵寒意。她知道，如果奥利弗在纽约，那这样的夜晚根本不会出现。有一次他们一起去吃饭，餐厅光线很暗，安静得让两个人感到不适。

"难道不应该这样结束吗？"她说。她把话题像石头一样抛给奥古斯塔。

托马斯又一次救了他们。他非常有洞察力。"不管结局如何，我们一定要得到它。"他说着打了个哈欠，坐直了身子。他的微笑让人心安，带来一种无与伦比的甜蜜感。苏珊很多次都想描绘出来，因为这是她所见过的最友好、最温柔、最善解人意的表情。"你们都不累吗？已经两点了。"

"我累了，"苏珊说，"突然就觉得好累。"

奥古斯塔站了起来，身体掠过塔夫绸质地的坐垫，发出优雅的沙沙声。刹那间，好似一切又恢复了正常，之前她俩之间还是冷漠的氛围，现在又爱意满满，真是天差地别。

"我们耽误你休息了，"奥古斯塔说，"我们真是太蠢了。不应该让你这么劳累。"

苏珊感动得要流泪了,她颤抖着嘴唇说:"你们俩怎么可能会考虑不周呢?这怎么能怪到你们头上?"

他们手挽手陪苏珊走到卧室门口。奥古斯塔比苏珊高几英寸,她的优雅举止使她看上去比实际身高更高。她深色的眉毛微微皱着,头发在前额蜷成黑色的波浪。她呼吸时仿佛唤醒了脖颈上的钻石,后者如一只蓝绿色的萤火虫在她的脖颈处闪光。她问道:"苏,你幸福吗?"

"幸福?这是我一生中最幸福的一个夜晚了。"

"我不是说今晚。"

"当然,"苏珊坚定地说,"我很幸福。"

"那个年轻人弗兰克·萨金特,他和你有什么关系吗?"

"他是我的朋友,"苏珊感到一丝惊讶,她盯着奥古斯塔的脸回答道,"比我小十岁。反正我可能再也见不到他了。"

"你想要肚子里的这个孩子吗?"

"是的。"

"奥利弗知道这件事吗?"

"我还没告诉他。"

奥古斯塔望向苏珊,眯起深邃的双眼,脸上闪过一丝疑惑。她脖颈上的珠宝闪闪发光。"为什么不说呢?"

"为什么要说呢?首先,他在丹佛和莱德维尔两地来回奔波,太忙了,我不想说这些打扰他。然后他去了山区,不一定能收到信件,我也不希望信落在别人手里。有时候,在那样的地方,人们对任何消息都如饥似渴,甚至会去读别人的信。"

奥古斯塔坚定地注视着她。"这是真正的理由吗?"

"不是。"

"那么真正的理由是什么?"

"你问这个干什么?"苏珊说着,心中又闪过一丝怨恨,"你对他又不是真的感兴趣。"

"我对他感兴趣是因为我关心你。你为什么还不告诉他?"

"因为我怕他会为了两个孩子随便凑合,什么都做。我希望他能找到一个合适的职位,不仅干得开心,还有机会证明自己的能力。"

"孩子出生那天他会回来吗?"

"我不希望他来,除非他已经找到了想要的东西。"

"等他找到了,他叫你过去找他,你就得走。"

苏珊深吸了一口气,她发现自己难以承受奥古斯塔的凝视。"奥古斯塔,如果你丈夫工作的地方距离你很远,他派人叫你过去,你会不去吗?"

"带着四岁的孩子和刚出生的婴儿去蛮荒之地吗?"

"我希望你能喜欢他。"

奥古斯塔看了一会儿天花板,她的手在苏珊肩头颤抖。"我当然喜欢他!我不可能不喜欢和你这么亲近的人。但我爱你,亲爱的,你明白吗?他把你带走五年了,他让你远离了温暖的家乡。托马斯是对的,你很了不起,比以前更了不起。"

"那他更不可能对我不好了,"苏珊耸了耸肩,奥古斯塔低着头皱着眉头望着她。"不用担心,最近他不会派人来找我。他的情况不太好,太可怜了。狼牙矿似乎不太适合开采,天知道他能在博伊西找到什么。"

"在东部,工程师就不能做别的事了吗?"

"除非他已经站稳脚跟,而且颇受器重,就像普拉格先生一样。我其实也不知道他的想法,他似乎对西部很着迷,他在那里更快乐。"

"但是你不快乐。"

"你不喜欢他,"苏珊说,"他很有能力,你从来没见过他在哪一方面有这么好的表现。当他找到他想做的事情时，我肯定会去找他，不管身边有没有孩子。"

她的头越来越痛，她使劲地拧着眼皮。她打开房门，一片漆黑。今晚她将难以入眠。

"但我知道这不会很快，"她说，"哦，奥古斯塔，我并不感到特别抱歉！"

她伸出双臂，扑向奥古斯塔，把脸埋在她粗硬的丝绸衣服里。过了一会儿，她把头往后一仰，盯着奥古斯塔脖颈间闪烁的钻石项链说道："你总认为我和弗兰克·萨金特之间有什么关系。我们之间什么也没有，但我还是觉得很难受。怎么会有妻子希望自己的丈夫一直倒霉下去，就为了在别人身边多待一会儿呢？难道你会这样吗？"

2

在去厨房的路上,苏珊突然看见奥利弗从小路上走过来,手里拎着提包,肩上挂着外套。他扫视着门廊,弯腰从厨房的窗户往里看。她打开了门,来到门廊上,他跳上几级台阶,将她揽入怀中,把她摇来摇去,嘴唇贴着她的耳朵。最后,他离她一尺远,仔细打量着她,观察她有没有生病。

"苏茜,你一切都好吗?"

"我很好,什么麻烦都没有。你呢?你去好长时间了!"

"以后可不能再这样了。"他说。

"我不想让你担心。"

"担心死我了,担心死我了!她在哪里?我能看看她吗?"

"她在楼上,睡着了。"

"其他人在哪儿?奥利在哪儿?"

"和爸爸在下面的果园里。妈妈和贝茜带着孩子们到波基普西买东西去了。"

"只有我们了。挺好的。"奥利弗摸着她的手,抓住她的颈背,那只温暖的大手几乎绕着她的肩膀和脖子转了一圈。"啊,苏茜,告诉我,你真的好吗?"

"我很好,真的很好。我已经下来走动好几天了。我还重新装饰了厨房。"

"你疯了!你应该躺在床上休息的。"

"快躺了三个星期了!我好极了。"但是她走楼梯十分缓慢,扶着栏杆,一只脚迈上一步,另一只脚才能跟上。他走在她身后,没有被她回头时灿烂的笑容所说服。

"你能爬楼梯吗?"

"只要我慢慢来就行。"

"我来背你吧。"

"我的天啊,你真是要把我送回床上去了!"

"你根本没有好好照顾自己。"

"别人的话比你的更管用,沃德先生。如果我应该躺在床上,妈妈和贝茜就不会让我下来的。"

两人来到了楼上的房间。他站在婴儿篮前,掀起粉红色毯子的一角朝里看去,静静地端详着他的女儿。苏珊深信,如果孩子醒来,发现有陌生的脸在盯着她看,也绝不会哭。

"你给她起名叫伊丽莎白?"

"和奶奶、贝茜的名字一样。但如果你喜欢别的名字也可以改,还没定下来。"

"伊丽莎白这个名字就很好。不过,我们得叫她莉齐或贝琪,或者别的什么,让她和别人不一样。"他轻轻地放下毯子,用湛蓝的双眼看着女儿的眼睛。"墨西哥制造。"他说。

"是的。我们从那里得到的唯一一件礼物就是她了。"

外面的枫木被风刮得咯吱作响,窗帘被风鼓起,挂在了篮子上。苏珊拨开窗帘,把窗户关小了些。当她再次抬起头时,奥利弗仍在注视着她。"苏茜,难道我没权利知道吗?"

"知道了你又能怎么做呢? 只会让你心烦意乱。"

"你觉得一个男人收到一封信,说自己的妻子怀了一个孩子,而什么时候怀上的连他自己都不知道,这难道不会让他心烦意乱吗?"

"我很抱歉。我想我错了。我只是……"

苏珊脑子有点儿乱,心里有点儿堵。她知道他有权责备她,可又对他这样做表示不满。她明明知道自己为什么不止一次地想给他写信，然后又放下。他阻碍了他们在米尔顿平静的家庭生活，阻碍了她重新与奥古斯塔、托马斯建立亲密关系，阻碍她成为公众熟知的艺术家和作家。他对她的要求完全是强人所难。几个月来，她爱的他只是一张照片，虽不在身边，但让她时常想念；难过时她可以把相片拿出来，对着它痛哭流涕，哭完了就把它放回去。她本来可以把这件事告诉他的，她本来打算及时告诉他，等他快回家的时候再告诉他，可是她却收到了他的信，带来了他自己的消息。她张开嘴准备道歉，却因怨恨和愤怒而不知道说什么；她不再是温顺可人的样子，而是结结巴巴地指责他。

"是的，都是我的错。我应该写信。你有权利难过。我不难过吗？我这个妻子待在家里不仅要工作，还要把事情都安……安排好，结果听说她丈……丈夫做的事情她根本不了解，难……难道这不让人心烦意乱吗？他做这个有人同意？要把水引到二三十万英亩的沙漠，实在是太荒谬了，难道我不应该知道吗？"

"那完全不是一回事。"

"但这也关系到我们所有人。"

"苏，我得先确定一下。"

"确定！"她哭了起来，"你说说确定什么？我没有写信告诉你孩子的事，是因为我认为你正在寻找一个合适的地方，一个有未来的地方，一个我们都能生活的地方。我不想让你分心。而你一直……"

"我觉得没有这样的地方，"奥利弗说道，"你和孩子们不可能住在我住过的任何一个营地里，那样会断送我们每个人的未来。"

"那你应该写信告诉我。你搞这个灌溉计划已经多久了？几个月不止吧？对我一个字也不说。你是害怕了，还是羞愧了，还是因为别的？"

"我告诉过你。我必须确定一些事情。"

苏珊生气地瞪着他。他站在她面前,痴痴傻傻却胸有成竹,就像来自乡下的摩西,卷起袖子,准备去砸那块岩石。如果他还是和那些愚蠢的部下混在一起,放弃实实在在的梦想,只能给他们蒙羞,从侧面证明奥古斯塔的猜想的确没错。

"一旦确定能办成这件事我就给你写信了。"他说。

她无奈地摇了摇头,冷冷地笑道:"你怎么能这样说呢?如你所说,你怎么能确定你能成功呢?这可能会花费数百万美元。"

"不是一次性付清。我们是分阶段做的。"

"每个阶段只需要五十万。"

"听着。"他说着抓住她的手腕,怒视着她。然后他平息了怒气,露出了笑容,和颜悦色地望着她柔声说:"过来。"他把她领到摇篮边。窗外微风吹拂着孩子柔软稀松的头发,苏珊伸手把窗户关上。已是八月,外面艳阳高照,酷热难耐。她瞥见了河那边的雷雨云,远处闪过一道闪电,可听不到雷声。奥利弗抓住她的手腕,低头看着熟睡中的孩子。

"你认为你能把她带大吗?"他说,"你能把这个孩子抚养成人吗?"

"如果我不能,还算什么母亲呢?"

"你倒挺自信。"

"我希望如此。我想我能够做到。可你为什么这么说?"

"如果我告诉你我有信心把水带到沙漠,你会相信吗?"

她从他的脸上看出他已经对西部中毒了。他的视线已落到雪峰上,他要去那里,拖着她和孩子们,举步维艰地走向未来,直到他们都筋疲力尽为止。"我知道你很自信,"她说,"但我没那么自信。"

他把她领到床前,让她坐下,然后从大衣口袋里掏出一本绿皮小册子,挂在床柱上。我这里就有一本,上面写着"爱达荷矿业灌溉公司"字样。扉页上印着一个裹着腰布的农夫,用扁担挑着水,在图画下面是一段引语,我费了好大的力气才从《圣经·诗篇》中找到:"我使你的肩得脱重担,使你的手放下筐子。"

"我把这个拿给克拉伦斯·金看了,"奥利弗说,"我告诉过你我是在从东部来的火车上遇见他的吧?他说,单凭这句话就能确定我们会成功。"

她震惊了,他也未免太天真了。"金先生是个爱开玩笑的人。"

"也许吧,但他不是在开玩笑。我也不开玩笑。去吧,读读看吧。"

她笑得花枝乱颤。"我以为我是这个家里唯一的小说家。"

"小说是吧?"他翻了一页,"看看这个公司的总裁是谁?汤普金斯将军也是美国钻石开采协会的主席。他可不是什么小说人物。看看这些数字。看看这些事实。"

她不情愿地阅读了有关大坝、天气、降雨、储水能力、地形、土壤分析和蛇河砂矿生产的资料。她看了两篇关于拓荒者的专访,那些人从博伊西河引水灌溉,可见他们也跟他丈夫一样偏执狂热。他想得太简单了,要做到他想做的那些事,就要跟一些放高利贷的人拉扯不清,比如古尔德或范德比尔特。

他用拇指在她面前的地图上划出一道凹痕,在等高线密集、一条小河的波纹消失的地方划出了一道深深的折痕。"这是主水坝。我们现在还不会对它进行任何处理。首先,我们要在下游的小溪上建一个导流堤,把小溪变成我们的运河系统。仅这一项就能把水带到数千英亩的土地上。"

"我不觉得这样你就能赚钱,"她无可奈何地说,"你又不能卖了这块地。"

"我们不卖土地,卖的是水资源的使用权。定居者越多,需求也就越大。到了那时,我们就修水坝,把运河延长,直至蛇河。这里会建运河,沿着山的边缘,穿过排水系统。整个山谷都能用上水。"

"等高线地图我向来都看不懂。"她说。

"没关系,"他从她腿上拿起小册子,"你能想象出一片一望无际的鼠尾草平原吗?落在绵延一两英里近乎水平的高原上,降水量高达五十五英尺,不同的位置可能有所差别。你想象一下!这条运河最终将长达七十五英里,不会穿过任何人的土地。你知道这有什么意义吗?"

"我知道你是什么意思了。"

他等着她说。

"听起来就像一个没人生活、没人住、没学校,什么都没有的地方。"

"对我来说,听起来像是一个有未来的地方。"

"别说未来了,现在也没有人会去。"

她让他感到很不耐烦,这使她不安。然而,她不得不冷静对待他所表现的热情。为了她自己,为了孩子们,也为了他,她必须理智些。但是她微笑着,试图表达她的爱,即使她把他的路给堵住了;她觉得自己在乞求,如果她表明对未来的前景感到多么惊讶,他就不会再坚持下去了。

他把小册子往指关节上一拍,思考着。"博伊西不是一个村庄,它是一个小城市,是地区首府。俄勒冈州的铁路支线将穿过它,和俄勒冈主干线相连接。有个骑兵岗哨,甚至还有舞会。群山耸立在城镇的正后方,骑马的感觉棒极了。你可以养匹马,奥利也可以。"

她双手放在膝盖上坐着,不想抬头看他。"他可以去一所只有一个教室的学校。你知道,今年秋天他要开始上学了。"

"你以前愿意带一个家庭教师到莫雷利亚去,为什么不愿带一个去博伊西呢?"但她没有吱声。他有些恼怒,大声吼叫道:"你不明白?什么都不知道吗?你不觉得这很有挑战性吗?你看到这条跨度长达七十五英里的运河的重要性了吗?"

"我好像不知道。"

"没有通行权问题。没有傻子会让你绕开他的地盘。不需要上法庭。只是一个简单的工程问题。"

"还有很大的资金问题。"

"这不是问题。"

"你说什么?"她抬起头来。

"汤普金斯将军已经得到了波普和科尔的支持。我们明天会在纽约和他们谈这件事。"

她慢慢地站起来,肩膀抽动了一下,累到有点儿虚弱。他不让她睡觉,却不停地跟她说话,激惹她抗拒他,这使她感到愤愤不平。"你的意思是你已经决定了,却都不告诉我?"

窗外的枫叶纹丝不动,好似他面无表情的脸。空气中弥散着一股躁动不安。"一切都进行得太快了,"他说,"我也希望我能说服你。"

"可是我怎么能这么突然地决定呢!这和我预料的完全不同。我身子又虚弱,你真的不能期望我……"

她觉得这很不公平,要解决这个问题必须用女人的方法。她看到自己说的话起作用了。他闷闷不乐,把眼睛转向窗外。

"不光是我,"她继续说道,"孩子太小了。冬天就要来了,我可不敢这样。"

"那里冬天比这里暖和很多,更有利于孩子们的健康。"

"但没有绝对安稳的工作。这些只是……设想而已。"

"你认为管理一个矿井就很安全?"他苦笑着说。苏珊都要哭了,只听他继续说道:"你没有从新阿尔马登和阿德莱德学到什么吗？"

"学到了，"她低下了头，回答道，"墨西哥那边也是如此，总是出问题。"

"苏，这个计划我都搞清楚了。是我做的决定，我在进行了调查之后，也制定了计划。可以行得通的。"

她疲惫地抬起头，撞上他固执的蓝色眼眸。"好吧，明天你去开会，看看他们怎么说。我们不能此时就做出决定。"

"如果你不愿意的话，我与波普和科尔谈是没有意义的。"

他们看了看对方，随后又看向别处。"假如我不愿意，"她说，"你会怎么做？"

他思索了片刻，然后坚定地回答："那我就待在这儿吧。找份工作。摘苹果怎么样，我可以去给约翰打工。"

艾略特太太的话在她耳边回响。她如鲠在喉。"你知道我不会妨碍你，也不会逼你……放弃你想要的。要不你就来回跑吧，就像康拉德和玛丽那样。"

"我们谈到波托西的时候，你不是不喜欢这种安排吗？"

"在家里就不一样啊。"

又是一阵沉默，孩子叹了口气，翻了个身。"不，"奥利弗忍不住说道，"现在我不想这样。离得太远了，我受够了。"

"噢，奥利弗！"苏珊哭喊道，"我爱你！你不能和我们分开住！只是我在这里才感到安定，你要求我放弃我几乎和你一样深爱的东西。自从有了这个小家伙以后，我不会再像以前那样莽撞了。让我想想。你去开会吧，让我考虑一下。"

他抱着她，屋子里一片寂静。过了一会儿，他带着她走到窗前，外面的风拍打着枫树，窗户没关严，风吹得窗帘微微摆动。她依偎在他怀里，看着楼下路边的羊齿草在狂风中摇曳。她听见他说："看看她，还在睡觉呢。"他搂着她，摇了摇，又松开了。"好吧。好吧，你要习惯我的想法，我也会习惯你的，也许会合得来的。"

"可能吧。"

其实，她已经让步了。她知道迟早有一天，不管是今年秋天，还是明年春天，她会带着孩子和费心收集的家庭用品去西部——不是去游玩冒险，也并非跟随丈夫在异地安家落户，而是去漂泊流浪。

第七章　峡谷

1

博伊西市

一八八二年六月十六日

亲爱的奥古斯塔：

此时此刻，我正躺在一张破旧的吊床上。我们在新阿尔马登居住时曾把它放置在阳台上，搬到莱德维尔后给小奥利当床用，现在呢，我把它绑在院子里的两棵白杨树之间。感觉累了想休息时，我就在上面躺一会儿。如果说在这个不毛之地，还有一个我比较喜欢待的地方，那就是它了。我们现在住的这座房子据说是一个耶稣会传教士建造的，他现在跑去其他地方传教了。这个鬼地方除了仆人，女士们都互称"夫人"。来自爱尔兰的矿工们天天在为那些百万富翁修建带门廊和石台的大房子。他们的双手被铁镐和铁锹磨得满是老茧。奥利弗这周大部分时间都待在峡谷的工程营地，几乎不着家。在一个笨手笨脚但性情温和的本地姑娘的帮助下，我的作息已经变得比较有规律了。我正在写另一部关于莱德维尔的小说，由于素材有限，只能凑合着写。午后，等孩子吃饱、睡着后，奥利上楼睡午觉，我呢，就跑到这张吊床上，或读书、或写信、或倾听微风吹过时白杨树叶发出的"沙沙"声。

日子过得平淡无奇。我们在家就能听见骑兵哨所的军号声，它们就像新阿尔马登的汽笛声和莫雷利亚教堂的钟声一样，无情地把一整天割裂开。听到起床号响起来，我便睁开眼晴；集合号响起来，我就开始起床；早餐号响起来，我就喂孩子吃饭。我伏案工作时，操场上传来的冲锋号声时时刻刻在鞭策着我。每当听到《致军旗》响起时，就知道该降旗了，我也该吃晚饭了。熄灯号响起来，我就上床睡觉，悠长的号声从东边传来，我迷迷糊糊进入梦乡，那号声渐行渐远，就像哀鸠甜而忧伤的悲鸣。

这房子舒适无比，孩子们也都很好，奥利弗的工作稳步向前，我也忙于自己的事而顾不上多想。我没有理由看不起这个地方，毕竟，在奥利弗放弃现场工程师这份工作之前，我们还要一直生活在这里。有一两个从东部来的军嫂很好相处。关于城里的太太，我就不多说了。她们从不注重衣着打扮和行为举止，当然也没什么坏心眼。她们一直热衷于跟我联系，但我大多数情况下并不会回访，这可能让她们觉得我很势利。

奥利弗还指望我在总督和他夫人面前，多拍拍他们的马屁。几天前，我们一起吃过饭。哎，那个总督自命不凡，住的房子毫无品位，他的妻子也很平庸。看在奥利弗的分上我没直说，因为总督是他的项目的支持者，在减少烦琐程序方面很有用处。

发现自己是有头有脸的人，这感觉挺奇怪的。我的"老男孩"一心追寻他的梦想。我敢说公司的那些股东——就是我前面提到的爱尔兰百万富翁，都希望奥利弗能成为他们的摇钱树，不说一夜暴富，但至少能让他们变得比现在更有钱。这里已经出现了相当高的土地热潮，土地局万商云集，我刚刚才意识到"土地局"这个词的来源。哦，对了，难道你和托马斯还没有进行宅基地申请，给你们到西部来打个基础吗？说真的，这件事确实有利可图。但这里环境恶劣，并不宜居。宅基地这件事，你只需要按照他们的要求做出微小的"改进"，然后等待批准就行了。难道你不想和我们一起建设一个新城吗？你不想来看看蛇河两岸的风光吗？还是哪个可怕的西部名字把你吓住了？

　　村庄里的基础设施在不断完善，当地人都很勤劳，这里景色很美，一片广袤的鼠尾草遍布群山，在蛇河峡谷陡然下落，渐渐布满山的另一侧。这是给拓荒者的补偿，你可以看到这片荒原最野性、最原始的样子。之后我们必须离开位于怀俄明州格兰杰的联合太平洋公司，接着搭乘俄勒冈州的一列施工列车去库那，这条短途铁路线尚未竣工，目前只修到库那。奥利弗驾着一辆农村轻型马车在那里接我们。

　　希望我的描述能够让你有身临其境的感觉。在那里，喧嚣的火车驶过后，周围一片寂静，柔和干燥的风穿过电话线从远处吹来，一头是公路，另一头是新建的铁路。这里没有一棵树，只有鼠尾草。随着日月更替，鼠尾草荒原变成一片绿色。风也充满魔力，漫天的飞鸟叽叽喳喳唱个不停。草地鹨和鹌鸫在我们四周尖声鸣叫，还有百灵鸟那动听的声音像一串串甜美的音符从天而降。老鹰在蓝天展翅翱翔，喜鹊像排好队的小狗一样来回盘旋，确保自己不会掉队。这里没有一间房子，没有一架风车，没有一座山丘，只有那片翠绿的平原和远处地平线上长满丁香花的群山。泥土路渐渐被甩在身后，山脉仿佛与你一路同行。平原像一张巨大的旋转餐桌一般沉沉地转动着，映入眼帘的是沙地上盛开的报春花，还有像木槿一样的仙人掌，开着艳丽的花，有红的，有黄的。

　　我们走了几英里之后，贝琪在车上睡着了，奥利坐在他父亲的两腿中间带领着队伍向前行驶。看到他对这片荒无人烟的土地的反应，我很感动，同时也有点儿震惊。一想到他可能成长为一个西部孩子，被束缚在这个有限的混沌世界里，我就无法心安。

这是多么美丽的地方啊！我第一次理解了奥利弗一心想来这里的原因。我们轻轻地踩在鼠尾草之间的那条沙地小径上，干燥而充满魔力的西风从我们身上吹过，我们坐在河谷上方的石质长椅上，身后的群山被白雪和森林点缀着。在我们的右边，一条小溪从峡谷中奔流而出，在山脚下的艾树林间流淌。我们的左边是一座桥，穿过这座桥，博伊西城随着海岸线的上升逐渐映入眼帘。小镇下面，博伊西河两岸的白杨树弯弯曲曲穿过平原，远处树木和河流沉没在海岸线下方，渐渐与平原融为一体。只有从一两英里远的高处，才能看到完整的博伊西城和蛇河，否则就只能看到它们隐没在峡谷中。

峡谷口、小溪和城市看起来不过是一张巨大白纸上的潦草字迹。奥利弗希望在这张白纸上书写人类历史。他让车队停下，我们在那里仔细看了好一会儿。我很高兴看到眼前的一切，就像奥利弗第一次从科达伦来到这里的时候，自己的雄心壮志一下子就被激发了，奥利弗确信，如果我看到这里一定也会和他有同样的感觉。他的宏伟蓝图虽然难以实现，但并非完全不可能。我半信半疑，尽管我不能完全接受它所带来的生活，不过我也不再害怕失败。

现在我们一家人团聚，工作也顺利开展，种种迹象表明：西部可以轻易、残忍地把人们分开，也可以再一次使人们相聚。果不其然，文明和人类凝聚力的强大与西部的伟大和客观一样。我指的是奥利弗几经辗转设法找到了他的老助手弗兰克·萨金特，并安排他过来和我们一起生活。这消息让我很高兴，但不像你几次开玩笑时说的那样，弗兰克对一个比他大十岁的女人暗生情愫。他出身书香门第，是个知书达理的东部青年，在过去几年时间里，他竟然在简陋营地里和一群粗人一起工作，这难免会引起我的注意。过去在莱德维尔时，他常常跟我谈起他的母亲和姐妹,谈起西部对年轻人的诱惑,以及他抵制诱惑的决心。如果传闻属实,那么在西部最可怕的营地——墓碑镇,他也没能坚守自己的底线。奥利弗告诉我,弗兰克曾在亚利桑那州为朋友聚众寻仇,他们在墨西哥境内抓住了杀害他朋友的凶手,并把那人吊死在树上。真是令人难以置信,我眼里那个坦率、温和的绅士弗兰克,曾经竟是一个疾恶如仇的战士。佩尔西在莱德维尔被打后,要不是奥利弗拦着,弗兰克早就拿着枪去找人家算账了。

他不仅与我们情同手足,而且玉树临风、不厌其烦,是个当模特的好材料。只要我开口,说我要把他画成"仙王"奥伯龙[1],他就能纹丝不动地在伞菌上站一整天。他一定会给我们在博伊西的生活增添很多乐趣。他下星期到。

这听起来就像你、我、凯蒂还有艾玛在库珀的大厅里聊八卦时一样!

奥利弗的另一位年轻的助手叫威利,是波士顿理工学校毕业的小伙子,他阳光和善,像一只快活的小鸟。你知道,我一直坚信能看着自己的丈夫完全享受他的工作,是件多么幸福的事啊!奥利弗工作一直认真负责,但我觉得直到现在他也没有全身心地投入他的工作。他白天工作,晚上埋头研究灌溉史,为波斯、印度、中国各地的灌溉系统作报告。有一天晚上,他头痛的时候,我给他念了一段孔子的话,惹得我们都笑了,这句话很好地表达了奥利弗·沃德的状态。孔子说:"禹,吾无间然矣!……卑宫室而尽力乎沟洫。"[2] 奥利弗立刻在一块木板

---

[1] 奥伯龙(Oberon),中世纪传说中的仙王,仙后泰坦尼亚之夫。
[2] 语出《论语》。原文为:"子曰:'禹,吾无间然矣!菲饮食,而致孝乎鬼神;恶衣服,而致美乎黻冕;卑宫室,而尽力乎沟洫。'"意为:"孔子说:'禹,我对他没有意见了。他自己的饮食吃得很差,却用丰盛的祭品孝敬鬼神;他自己平时穿得很差,却把祭祀的服饰和冠冕做得华美;他自己居住的房屋很差,却把力量完全用于沟渠水利上。'"

上写下了这句话，钉在峡谷小屋的门上，就像一个篇章开头的题记。

我只能先说到这儿了。奥利刚才回来，问他能不能去哨所，那里有个追捕过约瑟夫酋长的中士，答应教他们几个小朋友像骑兵一样骑马。我想这应该是很安全的，但至少我得去看一眼这个中士。五点了，像个骑兵似的骑马去了！

再见了，亲爱的奥古斯塔。用书信的方式跟你聊了大半天，让我备感轻松。我想，在我们把这个峡谷带进文明世界之前，我恐怕还会啰嗦很多，到时候还要劳烦你来辨认我潦草的字迹。

爱你的

苏珊·伯灵·沃德

2

我曾听出版商哀叹他们生活艰辛，只能喝掺了苏打水的威士忌度日，抱怨他们必须阅读一百份糟糕的手稿才能从中挑出一份好的。跟他们多次打交道后，我对他们毫无同情可言。我这个历史学家也是浏览一千份文件，才能找到一个有用的史实。如果他们像我祖母一样经常写信，并且是与一位女士通信，他们将需要从一堆鸡毛蒜皮的小事（食谱、家务细节、儿童疾病、访客、一天的流水账）中提取有效信息，仿佛要经过迪斯莫尔大沼泽才能到达他的信息小岛。

苏珊·沃德一生热衷于写信，她是一个幽默风趣的人，但也是凡夫俗子，难免在信中絮叨些无聊的生活琐事。她也有她的无奈和骄傲：既然已经下定决心跟随丈夫进入那片原始荒野去开启新的生活，除了开开玩笑，她不会再多抱怨什么，只能以游客的心态来欣赏眼前的风景。结果是，刚到博伊西的第一年里，她常喋喋不休地向人倾诉。她为数不多的伙伴是那些永远不会再回到她生活中的军嫂，也不知是她们的丈夫调离跟着走了，还是被她遗忘了。

发生在那里的一切，我都不想知道。我必须用很长时间不停地翻看那些空谈的信件，才能找到值得留意的地方。第一封信是十一个月前寄来的，一次是谈及她写的小说，一次是关于流产，几次是写的麻疹和百日咳的急症，还有在我刚才引用的那句话后面，是她那潦草得难以辨认的字迹。

三百一十一号信箱

博伊西市

一八八三年五月十七日

亲爱的奥古斯塔：

请注意地址的变动，这是上周才换的。今年夏天，我们只有在有人驾车十英里进城时才能收到信。我们没有住在梅斯皮牧师的房子里，而是把所有的东西都搬到了峡谷。我们的东部朋友波普和科尔遇到了些变故，他们告诉汤普金斯将军不能和我们同行了。

奥利弗对此淡定自若，但我不行。他说，他从来没有期待过整个行程没有任何拖延和麻烦，但我相信，不得已暂停工作一定让他发狂。他自己很难驾车完成整个冬天的地形勘测工作，并且最近才安排承包商挖通前八英里沟渠，这段沟渠我们称之为苏珊运河（刻意的自夸让我想笑，坏运气又让我想哭）。现在我们在汤普金斯将军找到新的赞助商之前，必须推迟一切工作。最有希望拉到的赞助商似乎是巴尔的摩的凯瑟尔，他可是修建连通巴尔的摩和俄亥俄州铁路的人。

这种情况下，峡谷营地简直是洞天福地。奥利弗不开工也有底薪。弗兰克和威利只能坚持和我们待在一起。除了能跟我们一起吃饭，他们没有任何收入。还有一个叫约翰的勤杂工，我们让他做最少的工作以确保所有要求都能保质保量完成，还有一个中国厨师，名叫查理·万，你会不会一听就觉得他很瘦弱？[①] 其实一点儿也不。他像是旧象牙制的露齿小玩偶，酷爱打扮。上周六，他骑马去博伊西城过夜，回来时剪了头发，身

[①] 此处姓氏"万"的原文 wan 在英语中有"苍白无力的、憔悴的"之意。

上散发着润肤露的气味。当时正好是星期天的早饭时间,贝琪叫他"时髦的中国人"。

钱不够花让我忧心忡忡,这也是我一直都在操心的事。夏天,我更喜欢峡谷,而不是博伊西。我宁愿待在住得不那么舒服但风景如画的地方,也不愿住得舒舒服服却百无聊赖。营地有间棚屋,一顶厨师用的帐篷,帐篷里的桌子上时不时还有苍蝇飞过。威利和弗兰克在河滩上搭了一顶帐篷,还有一个在河流下游废弃的矿工小屋,约翰就睡在那里。棚屋被用作办公室,但正如奥利弗所说,我不需要一间办公室来消磨时间,所以现在我们一家四口和内莉·林顿住在这里。"卑宫室",等等等等——我们难道不想把所有的力气都花在修沟渠和水道上吗?

等到这里建成平原,我们一定要搬走。住在这里,我担心的不是我自己,而是内莉。你还记得我在之前的信中提到过她——她是我以前老师的女儿,曾表示有兴趣来西部。但是,我的天啊,到西部来,不是住进一个到处充满文明气息的大房子,而是住到一个峡谷中的简陋棚屋!而我也来不及阻止她,她当时已经在从伦敦来的路上了,她在伦敦给一个美国外交官的孩子当老师。因此,奥利弗和他的工友就匆匆忙忙地用光秃秃的松木板盖了一间房。我坚信,作为一个温文尔雅、体面讲究的女人,她只要看一眼就会转身往回走。

内莉·林顿是个吃苦耐劳、善解人意的好姑娘。前天,奥利弗在半道上停下队伍,杀了路上的一条响尾蛇。内莉目睹了整个过程却没有表现出厌恶,也没有歇斯底里地尖叫,只是撇了撇嘴。她非常欣赏华兹华斯式的美景,还用照片、小块的佩斯利印花和母亲的镶嵌针线把房间布置得很漂亮。她的梳妆台是一个盒子,上面蒙了一层薄纱,床是我们纯手工打造的。这是给一个在英国乡间别墅（那别墅现在属于罗斯金①）中长大的女孩准备的，她的父亲是一位著名的艺术家，她的继母最近出版了一本书，名为《那个时代的女孩》。

我在爱达荷从未见过像她这样的人。她来之前，我承认，我想过她可能会和一个年龄相仿的青年（比如威利）有一场浪漫的爱情故事，但她其实比较居家，身材瘦小，长着洁白的牙齿、短短的下巴，因此我担心所有适合她的"礼物"，不管多好，最后都会变成"姐妹式"的情感。

先说到这里吧，以后再细聊，正如你想的那样，我们忙着建设我们的营地呢。

爱你的
苏

---

① 指约翰·罗斯金（John Ruskin，1819—1900），英国作家和美术评论家。

3

在祖父为数不多的几篇论文中，有几篇是他在《灌溉新闻》和《美国土木工程学会学报》上发表的文章，此外还有一本关于阿罗罗克坝的政府出版物，该水坝建成时是世界第一大坝。书中不仅特别鸣谢了支持大坝建设的政客，还感谢了参与建设的工程师。奥利弗·沃德不在其中，但 A. J. 威利却榜上有名。威利在垦荒圈子里是大名鼎鼎的人物，他把这本书寄给祖父，扉页上写着："老大，无论书里怎么说，这是您的大坝，是我们二十年前在河滩上谈论过的那个。"

我知道，祖父作为一个后知后觉的人，曾试图凭借一己之力和一个经营不善的小公司力挽狂澜，虽然后来事实证明，只有在获得联邦政府的巨大财力支持的情况下才能行得通，但这并不意味着他是愚蠢或错误的。他当时并不成熟。他是一个先锋，期待着尚未到站的火车等候在还没有建成的站台上，而旁边是永远不会铺设的铁轨。像许多其他的西部先驱者一样，他听到了历史的钟声，却算错了时间。希望总是比现实来得早，而又往往遮蔽了现实的轮廓。比如说，当他们搬到峡谷营地时，他们计划只待一个夏天，然而一转眼就是五年。

当然，我从未见过博伊西峡谷的营地。我还没到能听说这个故事的年龄，它就已经沉没在三百英尺的水下了。这样也好。它被遗弃在沟壑中，花园里杂草丛生，篱笆倒了，水沟满了，窗户也掉了，桥上只剩下断掉的绳索，每一根钉子和篱笆柱上都缠满了羊毛，看上去就像一切失败的发源地。但是，当他们住在那里的时候，他们心怀希望而不是失败，曾几何时，那里像是伊甸园的缩影。

这个伊甸园有三层。上面的那层，从峡谷边缘高高的鼠尾草山坡，一直蔓延到白杨林、松树、山地草甸、高山地区的冰冷湖泊和溪流。中间一层上的沟壑基本是平的，那里有泉水喷涌，他们的房屋和花园就在那儿。最低的一层是河滩。

峡谷口下方的悬崖峭壁紧贴着一面墙，顶峰叫箭石，据说印第安人就是把箭从那里射进去安抚或制服亡灵的。岩崩在一定程度上堵塞了河流，在下方形成了一个急流，上面是一个水池，水面光滑；房屋的前院有个砾石滩。根据规划，有一天他们会在那里建一个更大的天然水库。在那里，如果他们需要篱笆桩或木材，就可以让它们顺着春天的径流流下来，伐木工乘着尖头的木船跟在后面。他们可以驾着自己的"牧师号"黑船出海，用鱼叉把想要的鱼抓起来，拖到岸上。早餐就吃池塘里捕来的鱼，孩子们蹚过池边，在池塘的石头下捉小龙虾，在母亲起床前或睡觉后跑到池塘里游泳。五年来的每一个夜晚，他们的营火在熔岩峭壁上投射出红色的光，在流动的河流上投射出短暂的神秘，帐篷的三角形映衬在黑暗中，表明了人类的意志。即使在水位很低的时候，下面急流也在不停地奔涌，发出咕咚咕咚的声音。

他们还没散伙那会儿，一到晚上，大家就聚集在海滩上开会、唱歌、聊天。许多工作计划都是在营火边诞生的，破碎的希望也随着流水反复重生。祖父就是在这里得到了他来到西部想要获得的一切：自由、野外生活和雄心壮志。

在祖母的老相册里，封面是黄石国家公园的熊，里面有一张照片，上面有祖父、两个年轻人以及凯瑟尔先生的儿子霍普，后者代表家人出来考察计划投资的灌溉工程。他们站在沙滩上，驮马耷拉着脑袋站在他们后面，河岸和箭石的黑色柱子成了背景。照片的底部，祖母用白色油墨写着"一八八三年八月，霍普"。字迹工整，与她以往的潦草字迹截然不同。

霍普看上去很年轻，似乎不靠谱，没有凯瑟尔家的其他人那么稳重。他长着一张尖嘴猴腮的脸，奥利弗他们的未来全凭他那张嘴。威利更年轻，只有二十三岁，但他却是一个举足轻重的人物。他和霍普是圣保罗学校的同学，在西部山区的这段时间他们已经成了朋友。萨金特留着黑色的鬓角和小胡子，看上去就像一个故意打扮老的年轻演员，他俯身对着镜头，也就是拿着相机的祖母，微笑着，就像看着自己心爱的孩子在玩耍一样。总工程师戴着一顶太阳帽，这一定是他为了给来访的资本家留下深刻印象而特意打扮的。他看上去几乎和其他人一样年轻，以至于我很难认出那是我的祖父。他晒得黝黑，双眼炯炯有神，也冲着镜头微笑，像个四肢发达、头脑简单的年轻运动员。同时，还有好人萨图斯一家，他努力向精打细算的资本家们证明施工计划的合理性和创造性，尽管他看上去很年轻，做起工作来却得心应手。

看到他们这么年轻，这么有决心，八十多年前就准备大步迈向未来，我感到很难过。

我先不讲那个夏天了吧，除了时间的流逝，什么也没发生。我跳到一八八三年九月的一个寒冷的夜晚。他们四个人围坐在沙滩上一堆篝火旁。浩瀚夜空下，一条宽阔的河流，河水飞溅，淹没了岩石，漫过海滩和堆起来的石子，潮湿的空气中夹杂着火焰，向上喷出火花，和漫天的星星交相辉映。苏珊穿着奥利弗那件羊皮大衣，突然感到脖子后面凉飕飕的，便把领子立了起来，用长围巾把头发裹得更紧了。

杂草被火光映得通红，投下了黑色的阴影，他们的路从山沟一直延伸到厨师万的帐篷，帐篷也映上了橘色。在篝火的另一边，由于潮湿，海滩上的鹅卵石像鱼鳞一样闪闪发光。峡谷下方吹来的风让人毛骨悚然，水流发出咕咕咚咚的响声。他们抱膝坐着，情绪低落，皱着眉头盯着火焰。

我对此感同身受，因为不久之后，祖母在一个名为《遥远的西部生活》的系列中画出了那三个男人当时的坐姿——我相信这是她最好的画作，甚至比在墨西哥时画的画还要好。我曾在一本艺术史上看到过这样的描述："来自木刻插画黄金时代的美丽范例。"她把这幅画命名为《勘探者》，并配上了布勒特·哈特的一首诗："熊火燃烈焰/映照残人面/憔悴忽尽现。"

那一张张垂头丧气、毫无血色的面庞千真万确。他们一直努力工作，满怀希望，但期望多大，失望就有多大。淘金热的时代配不上他们的雄心壮志。祖父对采矿业很反感，因为他们不是财富追求者，只是创造者和实干家，他们想把这片荒野变成文明的家园。可惜，他们生错了时代，但他们站在吝啬和贪婪的对立面。如果让他们在腰缠万贯和事业有成面前做选择，他们中的任何一个人都会选择后者。正是这样一种感觉，使苏珊的声音压过了寂寞的夜火和风的声音。她提高音量说："好啦！有钱的又不是只有凯瑟尔一家。"

"就是！"他们说，"有钱人多了去了！"

"汤普金斯将军不是还在努力筹措资金吗？明天也许就会收到电报。"

"就算有人肯投资，今年也动不了工，"奥利弗说，"施工季已经过去了。"

"冬天你们就只能闲着吗？"

弗兰克·萨金特拍了拍他满是灰尘的靴子，声音洪亮而不耐烦。"我们为什么不自己动手挖那条沟呢？就我们四个人干！"

"因为不想成为别人的笑柄，"奥利弗说，"如果之前如期开工，可以一直干到圣诞节。现在才开始，已经来不及了，况且只有我们四个人，外加一部弗雷斯诺铲土机。"

"那就干脆趁这个冬天再好好计划计划。"苏珊说。

奥利弗隔着火堆冲她眯眼一笑。"我们的计划已经够周密了。不过有一件事我们整个冬天都可以做。"

"什么？"

"耐心等待。"

他们都笑了，继续往火堆里扔棍子和小石子。苏珊蜷缩在大衣里，袖子比她的指尖长出四英寸，她听着河水神秘的声音，看着弗兰克·萨金特身后的悬崖上火光摇曳。她品味着"火光摇曳"这个词，却并不喜欢。等待。自从奥利弗到东部说服苏珊接受他的计划后，除了等待，其他的什么也没做。苏珊记得，奥利弗站在他只有三周大的女儿的摇篮边，宣称自己对工程建设充满信心，孩子也可以在峡谷顺利长大成人。现在贝琪已经两周岁多了。他们的家就是这片荒凉的峡谷，他们的壁炉就是这片河滩，他们的希望永远遥不可及。再往前走，曾经的支持者波普和科尔，现在也不在这里了。

"不过，干等也不是办法。"奥利弗说。

"我们会习惯的。"威利说着又笑了起来。

奥利弗没有笑。他看了看苏珊，然后把目光转向篝火说："我们不能回城里去，负担不起了。厨师万也不能再请下去了，一来没钱，二来也没地方住。弗兰克和威利也不能再继续白干了，他们从五月一日起到现在一分钱也没到手。"

威利迅速抬头看了一眼，然后开始用棍子在地上的粗沙里画起来，弗兰克懒洋洋地靠着一根圆木。苏珊突发奇想：虽然她画过各种姿态的弗兰克，但从来没有试着把他看作一个印第安人。他高高的鼻梁，带着一种傲慢、易怒的表情。她想象他肩上围着一条毯子，头发编成辫子，插着几根羽毛和几根骨头，简直和印第安人一模一样。

她听见弗兰克打趣地说:"你这是要打发我们走?"

"我只是不想让你们继续干耗着。"

"要是我们乐意呢?"

奥利弗往火里扔了一根棍子,他把周围的地面清理得只剩下砾石了,手仍然心不在焉地摸索着,想找点儿别的东西捡起来扔。"这几年,你们应该去追求自己的理想,而不是被一个停滞不前的项目拖死。"

"切!"威利说,"你不相信这个项目能成功吗?反正我信。"

"我也信。"弗兰克接着说。

奥利弗耐心地解释道:"弗兰克,这里没有你住的地方。即使你们俩头脑发热到继续白干下去,我也不能留下你们。"

"头脑发热?"苏珊说,"哦,不,是忠心耿耿!"

此话一出,弗兰克和威利都觉得很尴尬,便微笑着对她摇了摇头。

"住帐篷哪里不好?"弗兰克说。

"你打算在帐篷里过冬?"

"别以为你住在棚屋里就会比我们好得多。你觉得呢,艺术家?"

"我们给沃德太太把小屋翻新一下吧。"威利说。

"我们得把棚屋修好,弄一些防水布之类的。"

"听着,"弗兰克笔直地坐在木头上,"我觉得不管我们怎么整修这间小屋,沃德太太都不会满意的。这对她、孩子们和内莉小姐来说还是不够好。我们为什么不给她盖个房子呢?反正我们现在也无所事事。"

奥利弗被逗乐了,问道:"用什么盖呢?"

"木头不行吗?"

"当然可以。"威利说。

"现在砍木头太迟了,"奥利弗说,"没有水让它们顺流漂下来。"

"石头呢？石头倒是有不少。"

"屋顶、地板、门框、窗户这些东西从哪儿来呢？实话告诉你，不只公司破产了，我也破产了。你们最好另谋高就，一旦我们复工，你们想回来，我一定高薪聘请你们。"

在苏珊看来，奥利弗对于他们的忠诚和信仰表现得冷酷无情。他们在一起相处了那么久，说散就散，他冷漠得像火车上萍水相逢的散客一样。她任性地说："可是奥利弗，我们马上就会有钱的。我将从托马斯那里拿到支票，是《见证》的稿费。"

真是哪壶不开提哪壶。她看到他立马变了脸色，伸手去捡地上的东西，摸到了一根树枝，于是心不在焉地将它在手里折成几段。"这笔钱不是用来盖房子的。"他一边说，一边用犀利的眼神警告她。

苏珊把羊皮毛领往后一甩，身体前倾，迎着篝火的热气，把长围巾在头上裹得更紧了。扎头巾可以衬托出她漂亮的脸蛋，这是她在墨西哥学到的。我想象中的她，明亮的眼睛里充满热情，犹如牟利罗① 笔下的人物。

她轻声地说："听我说呀。我出钱盖房子，房屋所有权归我。等时机成熟，我再把它卖给公司当设计总部。到那时，我要收你双倍的钱。"

她逗得奥利弗哈哈大笑，也不再继续固执。他对他的助手说："伙计们，等你们结婚的时候，一定要娶一个贵格会教徒。她们可是很有生意头脑呢！"

"成交了？"苏珊说，"这样我们就可以不用分开了。我们必须待在一起！你们难道不是这么想的吗，弗兰克？威利先生？"

苏珊看到自己的热情点燃了他们，但他们嘴笨，尴尬得像乡巴

---

① 牟利罗（Murillo，1617—1682年），17世纪巴洛克时期西班牙画家。

佬一样支支吾吾，眼睛怯怯地看着奥利弗，寻思着人家夫妻之间的争论还轮不上自己插嘴。"成交了吗？"她又说了一遍，"快给个痛快话啊！"

奥利弗望着炉火，思考了一会儿。他什么也没说，斜着身子凑近提灯，掀起玻璃罩，在灯芯上"噼里啪啦"打着火石和钢片，等待着火花点燃灯芯。风叹息着，蹑手蹑脚地沿着悬崖退去。上游厨师万的帐篷已经暗了下来，即使棚屋里有灯光，她也看不见，因为山丘隆起的部分把光遮住了。她注视着丈夫的脸，而他专注于提灯的火焰。难道他强迫他们离开，仅仅是为了满足他那男子汉气概，觉得男人不能花女人的钱吗？

奥利弗把提灯拿得很近，然后将它放在地上。他的眉毛翘了起来，眼角的皱纹更深了。

"公事公办，对吧？弗兰克，你意下如何？"

"我没意见，"弗兰克说，"只要能留下来就行。"

"威利呢？"

"我也是。"

"好吧。"奥利弗说。他抿着嘴，眼睛望着炉火，坐了一会儿。"弗兰克和威利留下来，总有一天我会补偿他们。苏珊想借此机会大捞一笔。既然如此，我们所有人都要同舟共济。索性把厨师万也留下吧。这不就是我们想要的吗？好吧，我们要建造爱达荷州最好的房子。我来担任建筑师和总工程师。"他站起来，把提灯举过头顶。他们一起欢呼着。

峡谷
一八八四年一月八日

亲爱的托马斯：

我寄给你的是《遥远的西部生活》系列的前两幅画作，每一幅都附有一篇一千字的速写。如果这些速写没有达到你的标准,请务必让一些有能力的作家再写一次。至少,我保证这些画是真实的。我有幸见到了"最后一程",一辆由十头骡子拉着的大货车,它正从我们上方的小路去一个山区牧场,去年夏天我们在那儿钓了两天鱼。你可能认识我们这个小团体的成员:弗兰克·萨金特,就是穿着长筒橡胶靴踩在马镫上做"引体向上"的男人。我已经画过他很多次了。实际上,如果不是因为我要养活一家人和几个挖沟工,我应该负担得起找模特的钱。弗兰克是一个很固执虚伪的人,他很骄傲,也很残忍。我希望这不会被视为一个弱点,在之前的《世纪》一文中,我把他描述为一个莱德维尔的工程师、没用的人、马夫、矿井里的混混,奥斯古德出版社已经知道他是路易莎·奥尔科特长篇小说里的那种隔壁的年轻人。

我觉得威利很难画,尽管他很配合。他总是乐呵呵的,平易近人,还按时给孩子们朗读文章。我的三个工程师都心灵手巧,只要我开口,他们有求必应。

正如我信中告诉你的,我现在坐在我们最新完工的船头上。这其实是一所房子,但从远处的岩石上往这儿看几乎看不出来。这个房子凝聚了我们的勤劳、智慧和热情。奥利弗担任设计和监督的工作,我从家庭主妇的角度提了一些建议,我们所有人都出了力,甚至连厨师万、教师内莉和孩子们都参与了进来。岩石是用船从我们身后的岩石滑道上拖下来的,奥利弗用我们脚下的泥土做的水泥把岩石粘在一起,实践证明,在圣克鲁兹这种水泥是有用的。在岩石构造中使用这种水泥还省了锤子。况且泥巴和人工便宜,耗时也短。

你曾经亲手用大自然中的材料建造过房子吗?每个人都应该有一次这样的体验。这是我此生最满意的经历。我们就像建造城堡或雪屋的孩子一样着迷,这让我们成为整个西部最紧密的小团体。我们不是那种聚集在你和奥古斯塔的工作室里的理想主义团体，但我们也不是没有理想。一个大熔炉般的布鲁克农场，一个中国厨师，一个瑞典杂工，一个英国家庭教师，三个美国东部工程师，两个孩子和一个女艺术家。我钦佩你们两个，竟然能够在纽约为自己开拓一片天地，生活在一个充满艺术和思想的世界里。让我来告诉你在原始的爱达荷这些是怎么实现的。

奥利弗跟我说：你的神庙的比例应为二十一英尺乘三十五英尺，都是七的倍数，也就是帕特农神庙的比例。至于选址，我们一致选定厨房后面的小山丘，在山周围挖一条三英尺深、宽到能包围四周的地基。之后把手推车里的水泥倒进去，用奥利弗的话说是"泥浆"，还有成吨成吨的石头。当墙壁达到四五英尺高时，让顶部向内倾斜，宽度为十八英寸。然后，你站在台子上，推着手推车在木板上跑上跑下，往里面倒入更多的泥土和岩石，边倒边搅。我忘了说，你要把门窗的开口处用框子隔开。

这是最吸引人的活动，奥利弗、弗兰克和约翰推着小车，威利搅拌水泥，我们所有人都把能拿得动的石头扔进去，甚至连蹒跚学步的贝琪都在贡献她的小石子，厨师万忙着搅拌。奥利过得很愉快，像个搬运工一样，努力向大家"证明"自己是个小男子汉。这方面他像他的父亲。我试着把这些都画出来，但找不到侧重点，就像在画一群蚂蚁一样。

墙"砌好了"，他们从城里运来木材、窗户等，还把房子内部都挖好了，一直挖到墙脚，尽可能地用约翰带来的铲子，必要时用铁锹和镐头。然后他们建起了一个"宏伟"的建筑，屋子中央有一个壁炉，四个角上有四个烟囱，一个低矮的屋顶，有几个窗户和一扇木门。像我们在莱德维尔小屋的门一样,是用鹿皮做的闩锁带,我们发誓永远不会把它拉进去。哦,就是那天你和奥古斯塔拉的那条闩锁带!门框很低,奥利弗和弗兰克都必须弯腰进去。他们说这教会了他们谦逊。

经过坚持不懈的努力,我们终于可以在圣诞夜前夕搬进去了。啊,尽管一切都还没有完工,但还是很舒适的,孩子们可以把袜子挂在烟囱上!透过我们的大窗户可以看到地面上被践踏的积雪,但屋里却像熊窝一样舒适。我很喜爱这种深深的窗台,就连靠近墙头的地方都有两英尺厚。木制品没有油漆,墙壁是天然的泥土暖色调。烟囱把热量向四面八方扩散,就连旁边的三间小卧室也很温暖。内莉的房间在一头,我们的在另一头;孩子们的房间在我们中间,有座自己的壁炉。烟囱把又长又窄的主房隔开了,这样,只要我们愿意,我们就可以分开住。我的工作区、男人们的读书室、内莉的教室都有了。我们可以经常在公共区域聚集,只可惜没有厨房,厨房还是那顶帐篷。

他们三个异口同声地向我保证,这屋子冬暖夏凉。你一定没见过这么有默契的三重唱。他们努力工作,享受着这一切。他们每完成一项工作或解决一个问题都像鹅一样咯咯地笑。他们发挥着自己的聪明才智,为弗兰克、威利先生和厨师万建了大量的小橱柜、储藏间和座位,并把小屋改造成供他们过冬的住所。阁楼已经被指定为绘图室了。

冬季的停工并没有使我们感到沮丧。他们早就存了书、报告、期刊和许多其他东西。奥利弗想到了几个小发明,他已经开始着手建造一个被他称为"垃圾场"的自动废物储藏室。感谢你和奥古斯塔送的圣诞礼物,在我们的峡谷里,这一整箱的书籍就是一笔巨大的财富!它们已经在我们这个小小的圣徒社区里手手相传。而且,内莉适应我们粗野边境生活的方式经常令我感到震惊,原来她在她父亲的指导下学习过装订,还把她的印刷机、邮票和工具都带来了。她主动提出教我们大家,弗兰克和威利先生已经把她的机器安装在绘图室里了。奥利弗懂得制革工艺,孩子们床边铺的毯子是他用晒好的野猫皮在新阿尔马登缝制的,有很多牛皮和羊皮可以低价买到,他保证到春天的时候我们整个绘图室都会用上皮革。

你有没有见过软皮贴金的工程报告?我相信你会见到的。我的工程师们会洗砂淘金,如果有必要,还能自己制作金箔。

好像这些东西也不够他们忙的,随着不断砍木头、水运木头、饲养牲畜、去小镇游玩,还有农场杂活越来越多,他们计划在河上架设一座缆索人行桥,架设在悬崖峭壁之间,我们希望有一天能在那里筑起一座水坝。悬崖这边,只能过一匹马的小道沿着悬崖的底部向上游延伸,但是去往山区的马车必须绕道,绕过"最后一程"走过的悬崖。我们必须把补给品绕道运输,带到陡峭的峡谷,由牧师从一条小路把它们拖过河去。河上太难掌握平衡了,船在平静的水面上很难划动,在汛期或枯水期更是如此。现在试着把缆绳系在悬崖上太冷太危险了,但春天一到,我就会看到他们几个像蜘蛛一样在悬崖上爬来爬去。

生活不是处处充满惊喜吗?它把我们带到哪里?正如你们所知,我并不是完全自愿来到这里的,我对我们现在所面临的停工只能感到焦虑。然而,我们的这间屋子,是我们所见过的全部"鸟巢"中,最狂野、最甜蜜的一个,也是最夸张、最不协调的一个。

在我们的火山岩壁炉架上,挂着一幅令人惊叹的提香的圣母画像,她独自一人站在云端。除了我的一两幅水彩画之外,墙上还挂着六幅内莉的水彩画和她父亲画满英国野花的石版画，多到她自己墙上都挂不下。她用她父亲精致的艺术品丰富了我们大家的生活，每一幅画都令人印象深刻，很有大自然的气息。此时，我书桌上的灯光逐渐变暗，我可以看到房间的另一端，看到孩子们正围坐在桌边大声地跟读内莉念给他们的东西。内莉的声音甜美温柔，却能在读到严肃的段落时荡气回肠。她的英国形象与我对欧洲人的刻板印象大相径庭。从这三个人背后的长窗可以看到整个峡谷，就像早期的意大利画家喜欢在圣人和处女后面画的风景一样。在这些短暂的冬日里，有这样一个瞬间——眼前的光突然亮了，变得像日食的光线一样，稍作停顿后，随后到来的是夕阳的余晖。

厨师万准备好了孩子们的茶之后，又到外面的帐篷里准备晚餐，鼻子里哼着一些古怪的中国曲调。当我第一次来到新阿尔马登时，一看到中国人就不寒而栗，但我想我们都喜欢他，他就像一个爱笑的玩偶似的。他是我们中的一员，我相信他把我们当作他的家人。当所有的幻想都破灭时，一个人却能在愈合过程中重新建立起新的希望，这难道不神奇吗？

今年冬天，这些男人依旧活跃，我也依旧安静。奥古斯塔一定告诉过你，我又在期待了——这是小凯瑟尔先生把华丽的勘测报告带往东部时，我们大家洋溢的乐观情绪。去年冬天，我在博伊西时恰逢时运不济，医生说，这个孩子要么让我脱胎换骨，要么会要了我的命。医生禁止我做任何剧烈运动，禁止乘坐任何交通工具，就连马车或长距离步行都不可以。你可以想象这房子对我有多重要。我们把它称之为"《世纪》造就的房子"，是你给我们寄来的《见证》的稿费使这一切成为可能。

我们的圣诞礼物对你们两个来说或许微不足道，但我们的爱只增不减。你给我们的爱是珍贵的，将温暖我们整个冬天。上帝保佑你，托马斯·哈德森和你可爱的妻子。一定要想着在这遥远峡谷里的我们，但不要认为我们不快乐。你还记得里普利主教或者其他什么人说的话吗？"感谢上帝的恩典，我们将点燃这一堆火……"

你的朋友
苏珊·伯灵·沃德

4

我对他们在博伊西峡谷的生活完全没有概念。只记得一八八七年来了一场飓风，那段时间亨利·维拉德好像正在计划给他们找地方住，祖母的大多数信都只有月份和日期，应该是在一八八三年到一八八八年之间写的。奥古斯塔去世后，有人把这些东西寄还给祖母，但分拣信件的人屡屡出错。好在这些东西都有据可查，我和雪莉又重新整理了一下。它们是哪一年写的并不重要，反正那些年循环往复，也谈不上什么时间顺序。

冬去春来，年复一年，终日在希望和失望之间飘摇。他们没能在天性和文化的指引下成为精力充沛的实干家，浑浑噩噩地过着日子。时间在峡谷里流逝，季节更替，夏至时太阳正好落在他们所说的"仲夏山"后面，在那里稍作停留，又开始逐渐南移，进入峡谷口，大口吞下十二月份的夕阳。无论春秋冬夏，山谷的上空在日落之后的很长一段时间都充满了阳光。有时，苏珊觉得夜晚使他们感到浑身无力。

他们的住处离城里有十英里，说是小镇，但离最近的文明区也有二百五十英里。他们很少与人来往。相比城镇，他们更喜欢高山牧场、峡谷和山脉，因为城镇反复地挖矿、修铁路、引水灌溉和开发土地，那种繁荣与衰败之间的波动与他们自己反复出现的希望与热情如出一辙。

平静的生活总是过得飞快。光阴似箭，日月如梭。日子一天天过去，没有什么不同。这是我所信奉的法则，我为之祈祷，但我不再像年轻时那样雄心勃勃，而是畏缩不前。

祖母比祖父幸运，因为她能一直写作、绘画，而祖父只能靠挥锄镐来打发时间。一八八五年的春天，有段时间，他们在建造悬索桥，施工狂潮让他们恢复了活力。悬索桥完工前后的忙碌，成了他们日常生活不可或缺的一部分。汤普金斯将军那里依旧杳无音讯，无人赞助即将到来的施工季已成定局。苏珊怀孕后就不能再去山里了，曾经的标准娱乐活动由于她不能去，男人们也就不常去了。

春天的气息使他们闲不住。在奥利弗的催促下，弗兰克和威利四处找工作。威利先找到了工作，是科罗拉多州南普拉特的一个灌溉工程。他走的时候，发誓只要拍封电报，无论自己在哪里，无论在做什么，都会马上赶回峡谷。他亲吻了孩子们，和内莉握手告别后，像个孩子一样局促不安地站在苏珊面前。显然他认为握手并不能表达他的全部心情，却也不知道除此之外自己还能做点儿什么。苏珊见状，弯下她沉重的身子，主动亲吻了他。那是四月底，小丘上的罂粟花已经开了，房门两边的玫瑰花丛也都含苞待放，万里碧空中，棉絮般的白云沿着山脉向东飘去。春意盎然的季节里，威利的离开让人感到空虚，仿佛整个世界都黯然失色。

一周后，弗兰克·萨金特从城里回来，称俄勒冈州支线公司给了他一个工作机会。"接受吧。"奥利弗说。

弗兰克脸色阴郁，他呆呆地望着怀孕七个月的苏珊。她一只手撑在绘图台上，拖着重重的身子慢慢站起来。她觉得他的目光中闪烁着某种令人不安的怨恨或责备。"我已经接受了，"他回答说，"打算明天就走。"

他们三人尴尬地站在那里，其间的三角关系他们都心知肚明，却又只能揣着明白装糊涂。"又不是不回来了，"奥利弗说，"你的东西怎么办？和威利的东西放在一起？"

"就这样吧。不过，我最好去把帐篷拆了。"

"我帮你，"奥利弗凝视着苏珊，好像在为什么事安慰她，"奥利在哪儿?"

"应该在绘图室吧。"

"我想他会愿意帮把手的。"奥利弗说着顺势低下头,从低矮的门口走了出去。他们在屋里听见奥利弗在外面喊奥利,一边喊一边向帐篷走去。

苏珊想,奥利弗是多么善解人意啊,故意找个借口让她和弗兰克单独待一会儿。她站在画画的桌子旁边,弗兰克站在门口,目不转睛地看着她。

"哦,弗兰克。"她说。

"嗯,沃德太太。"

"我们会想念你的。"

"你会吗?"

"这还用问吗?没有你,这里仍将是贫穷和落后的,孩子们也会很寂寞。"

"只有孩子们吗?"

"还有我……我也是,"她笑了笑,呼吸也变得急促起来,"我会想念你在河边弹奏曼陀林的琴声。"

"好吧,这就是你所怀念的了。"

她试图用微笑来缓解他沉重的心情。"我会想念跟你聊天的日子,在这里还有谁能和我一起交流读书心得呢?我还会想念你给我当模特的日子。哦,我们相处得很开心,不是吗?我们有过快乐的回忆,以后还会有机会的。"

他朝她走近了一步,为自己的感情,也是她的感情,这令她突然感到莫名的恐慌。她从桌子上一把抓起那幅画了一半的画。上面画的是弗兰克和奥利在河边饮马的情景,奥利仰着脸,好像在对弗兰克说什么,弗兰克身体向前倾,专注地听着,两个人之间流露出一种信任。他们的马伸长脖子在河边喝水。两年多以来这种场景经常出现，她拿出画板挡在身前，这是要干什么？转移他的注意力？让他点评一下？还是送给他当作临别礼物？或是让他离得远一点儿？她困惑地盯着他，甚至有点儿害怕。

他站在离她一臂远的地方。这些年，她画他画得太多了，蒙上眼睛都能画。她曾无数次努力地在一幅画中画出他那独特、温暖、紧张的眼神。现在他用灼热的眼神看着她。她希望弗兰克能亲吻她一下，她也想充满深情地还他一个吻。

弗兰克把双手垂在身体两侧，说："我该出去了，都过去了。"

"别这么说，你会回来的。"

"我不知道。"

"哦，弗兰克，你当然会的！你必须回来！等资金有着落了，你们会回来继续建造运河，我们会再次组成一个幸福的大家庭。"

"幸福的大家庭。"弗兰克说着。他的眼睛转动了一下，她意识到他是在盯着自己那鼓鼓的肚子，感到十分尴尬。"到时候又多了一个新成员。"他说。

苏珊的脸立刻就涨红了。她把他，还有威利，也当成了家庭的一员，她从不像城里那些端庄的太太一样试图向别人隐瞒自己怀孕的事。她怎么可能瞒得住他们？他们整天见面，一日三餐一起吃，偶尔她还拉他们来当模特，她低下头，盯着他脚下的靴子说："这是你第一次对我这么无礼。"

他愣了一会儿，说道："那我很抱歉。你就当是一个得了不治之症的人说的话……为了……"

苏珊抬起头。他目光如炬，她虽感羞涩但不禁问道："为了什么？"

"看你……"弗兰克说，"看你……到底……属于多少人。"

"我又不止这一个孩子。"

"可我没必要看着他们一个个出生！"

苏珊用一只手捂住滚烫的脸，转过身去，仿佛要把自己那鼓鼓的肚子从他残酷的目光中夺过来。几秒钟后，弗兰克朝门口走去。她没有转身，也没说话，只是低着头站着，牙齿紧紧地咬着嘴唇。

过了一会儿，她从宽阔的窗子望出去，看见弗兰克、奥利弗、奥利，还有内莉和贝琪，全家都在忙着拆帐篷，除了她。原来支帐篷的那块发白的平地上摆放着弗兰克的小床、桌子、凳子和木箱。他的帐篷就像熔岩悬崖脚下一个暴露在外面经受风吹日晒的老鼠窝。

过了一会儿，她向他伸出手，严肃地说了声再见。也许奥利弗留意到了她没有像亲吻威利那样亲吻弗兰克，但他什么都没说。

时间又跳到一八八五年仲夏。苏珊体态臃肿、气喘吁吁，即将临盆。如果她是一头牛，她会一头冲进灌木丛。如果她是一条狗，她早就忙着在某个棚子下为自己挖洞了。作为苏珊·沃德，她只能努力工作。在爱达荷州采矿灌溉公司成立三年之后，家里一半的生活支出都要依靠她。挖渠和灌溉工作中每一个细节她都参与了，她用文字和画笔记录她的生活，而不单单是活着。

石头小屋里安静凉爽。布里斯科太太曾经在灾难时期当过实习护士，此时不知道又跑到哪里去了。奥利弗正在修补他为花园开发的微型灌溉系统，时髦的中国人周六照常到城里休息。她觉得自己被遗弃了，突然母性大发，想起了威利，他一直同他们保持书信联系。而一想到弗兰克，她便感到不安，因为自从他从俄勒冈支线去海岸后便杳无音信了。

内莉的房间里传出一阵简短的说话或讲课的声音。苏珊的脑袋嗡嗡作响，一开始她还以为是苍蝇困在窗帘和窗户之间发出的嗡嗡声。

坚持工作是不可能的了。她眼睛经常看不清，头也阵阵作痛。

每隔几秒钟,她体内的小生命就会翻滚或踢腿。她回到卧室,仰面躺在床上,但肚子里的宝宝一点儿也不安分。卧室里还有一只苍蝇,声音就像大黄蜂一样"嗡嗡"直响,不停地飞来飞去。

她静静地躺着,张开双臂,眼睛望着她头顶上粗糙的椽子和天花板。那上面有脚印和独轮车的轧痕,那是他们脚上沾着泥巴把小车从搅拌槽推到木材堆时留下的印迹。现在想来,那段日子真美好,而现在只有毫无指望的等待。她可能是为孩子们留下的永久的小脚印而感伤。突然,她感到一阵厌恶,因为一切都是那么原始、那么简陋。她不知道奥利弗用刷子和水桶能不能把她的天花板刷洗干净。

她的双腿抽搐着,这种痉挛被她那一代人称为"成长的痛苦"。我可以告诉她,我是在研究我自己的骨骼疾病时学会的,这种现象说明缺钙——有时候我愿意忍受痉挛,我讨厌在我不需要的地方有太多的钙。她则认为这种抽搐是紧张造成的,是她与未出生的孩子之间共有的烦躁。她再也无法忍受这种烦躁压抑的生活了。

肚子里的孩子狠狠地踢了她一脚。她有一种濒死的感觉,怀着好奇摸了摸隆起的肚子,伸长脖子盯着看,直到感觉到孩子轻轻地踢了自己一下,同时她看到衣服迅速向上凸起。她不想要这个孩子。一想到孩子将要在这样的地方出生,她就感到凄凉。

孩子又踢了她一脚,她的腿抽筋抽得更厉害了,疼得她无法忍受。她坐起来,迈着沉重的步伐走到门口,叫道:"布里斯科太太?"

那个女人还没回来。苏珊穿过客厅,停了下来,朝孩子们的房间看了看,那是靠近烟囱的一扇很窄的门,里面空荡荡的。她转念一想,贝琪和奥利很快就要分房住了。贝琪长大了,不能再和哥哥同住一个房间了。该怎么办呢?再盖一间?肚子里的这个孩子出生后长大一点儿又该住在哪里呢?

"布里斯科太太?"

内莉的房间里传出了一些嘈杂的声音。她敲了敲门,往里看了看。内莉身下的摇椅戛然而止,她停下了手里的针线活,好奇地抬起头。她有一张瘦削的脸庞,长着地鼠一般的牙齿,脖子和手腕上卷曲的蕾丝边就像荷兰画里的花边一样。她总是在闲暇时间钩织衣服,洗洗熨熨。多么单调的生活啊!

地板上放着她的针线盒,上面镶嵌着象牙、乌木和珍珠类的东西,里面装着精致的小抽屉和带盖的盒子,盒子里塞满了大头针、成卷的棉花和丝绸、成码的亚麻布胶带和编织带,还有纽扣和风纪扣。贝琪把抽屉里的东西倒在腿上,正在整理纽扣。她甚至连头都没有抬一下。

"内莉,你见到布里斯科太太了吗?"

"她说她要出去走走。"

"啊?这么热的天?"她讥笑了一声,发现自己的声音和布里斯科太太的笑声一样令人讨厌,这使她有点儿气恼。离开时,她回头看了看,生怕那只老母猪会突然从身后冒出来。

内莉放下钩针站了起来。"需要我帮忙吗?"

"不,不用。谢谢你,内莉。我想喝杯茶。等我找到布里斯科太太,她会帮我的。她总得做点儿什么吧!"苏珊低头看了看正埋着头认真地摆弄那些纽扣的贝琪,于是说道:"看,你把内莉的针线盒弄得到处都是。"

"没关系的,"内莉说,"她喜欢纽扣。真是个小主妇呢!很整洁。她一会儿会把所有的东西都放回原位,是不是,宝贝?"

"但愿如此。对了,奥利在哪儿?我以为他在这里上课呢。"

"他去水车那儿帮他父亲干活了。"

"他应该多花些心思在阅读上,他爸爸又不是不知道!对了,这孩子最近有进步吗?"

"他挺努力的,很上进。"

"但还是做得不够好。"

"他喜欢别人读给他听。他并不是不喜欢读书,只是阅读有困难,有些字即使已经出现了一遍又一遍,也好像以前从未见过它们似的。"

阅读障碍,这是我一九六九年提出的观点。一个孩子患有阅读困难症,可是直到八十年后才被发现并命名。我祖母的儿子,患有阅读障碍。

"他必须学习,"苏珊说道,"如果他尽力了,是完全可以做到的。当他走神时,你必须严格要求他。他脑子里只想着跟他爸爸出去扮工程师玩。"

"这孩子一点儿也不笨,"内莉说,"他数学很好。他从他父亲、萨金特先生和威利先生那里学到了我完全不懂的东西,只是阅读有困难而已。"

"话可不能这么说,"苏珊说,"就好比现在,他应该待在家里补习,却跑到外面去浇水了。照这样下去,他永远也进不了东部的好学校。唉,布里斯科太太到底跑哪儿去了?"

她从内莉的门口转过身去,走到后窗,从那里可以透过小丘看见下面有泉水的地方。路过的羊群踩在了泉水里,差点儿毁了这幅美景,旁边有一个带风车的水井,风吹动时,水就被压到一个自制的水车上,水车再把水压到更高的地方,然后顺着沟渠灌溉整个花园。她看见奥利弗一个人站在停着不动的水车旁边思考着什么。太阳快把他晒化了。光秃秃的地面是褐色的,像雪一样闪闪发光。奥利弗用手转动着水车的风扇,直到水车的上部喷出了一点儿水。轮子移动了一点点,水溅进他拿着的帽子里,他把那顶滴水的帽子戴回头上。他独自一人向前行进,聚精会神的样子像一个拓荒的农民。

她打开窗户时,发现灰尘落满了窗台。即使在阴凉处的北面户外也很热,热气吹到她的脸上。她喊了一声:"奥利在哪里?没和你在一起吗?布里斯科太太去哪儿了?"奥利弗闻声直起腰,转过身来。

他放下手中的扳手,爬上斜坡,一直走到花园的篱笆旁,喊道:"你说什么?"

"奥利和布里斯科太太去哪儿啦?"

"都去河边了。"

"他应该在家里读书的。"

"我知道,是我给他放的假。"

"你不要再一味地迁就孩子了。他要学习。"

"我是觉得,"他眯起眼睛看着她,阳光刺得眼一点儿也看不见,"我是觉得今天太热了。"

"屋里比外面凉快多了。别一直在外面干活,你会中暑的。"

他把滴水的帽子从头上拿下来摇了摇作为回应,又把帽子戴了回去。"你呢,感觉怎么样?"

"挺好的。但我不希望奥利跟着布里斯科太太这种后知后觉的人去河边。万一遇到了蛇怎么办?"

"我想奥利会杀了它。"

"你提醒过他不要去游泳、蹚水吗?"

"得了,"他说道,"你放心吧。老布里斯科太太胆子小,要他陪着去。他们只是到峡谷下面凉快凉快。"烈日炎炎,他站在五十码开外滚烫的砾石地上。"你要我去喊他们回来吗?"

"哦,那倒不用。只是别让他待太久。"

"你要找布里斯科太太?"

"不用了!"她说着,关上了窗户。透过落满灰尘的玻璃,她看见奥利弗抬头望着房子站了一会儿。然后,他又回到了水车旁,转了一下另外一片水车的扇叶，又把帽子打湿了。

屋内的凉意冲到了她热辣辣的脸和脖子上，让她感到有点儿刺痛。她想象着如果能去蹚水该有多凉快，凉爽的空气会像流水的声音一样肆意。峡谷狭窄处黑暗而凉爽。自己能不能在奥利弗的帮助下下山一趟？不。这样太鲁莽了。在经过几个月的极度谨慎之后，孩子还有一周就要出生了，这时候拿它的生命冒险简直是疯了。

她穿过房间，想看一看那条河，拉开窗帘，望着阳光普照的斜坡。在她的眼睛里，那条河有它的生命、它的局限、它的冲动、它的美丽，也有它的短暂。河水从狭窄的河道里倾泻而出，清澈的水冲进绿色的池塘里，池塘里的水装满也不过五十英尺。在池底，水明显地鼓了起来，冲到岩石上形成一道墙，然后向右扭转，以便找到一条出路。它越缩越窄，像玻璃一样光滑，从桥下穿过，进入"箭石"下方的狭槽，消失在视野中。像是一种鲜活的，有野性的，但又害羞的东西，它突然从阴暗处冲到太阳下，又跑回到阴暗处，像蛇的影子一般，却忽略了这家人的入侵。"牧师号"不是停在远处的河边，就是停在那边的小圆屋里，棚子和干草堆放在用柱子围起来的栅栏里。小路旁边都是围栏，消失在一处突出的悬崖后面，又在桥的尽头重现。

在奥利弗的工程学杰作中，苏珊最不喜欢的就是这座桥。看着他们把它建造起来，悬挂在狂暴的春流之上，她吓得脸色苍白。这么热的天气里，早晚都会刮风，每当刮风时，脚下的蜘蛛网就会打结、摇摆。即使在风平浪静的日子里，一只脚踩在上面也会让人心惊胆战。当她不得不一个人过河时，她就会抱怨那一根脆弱的单绳索扶手，她禁止孩子们在没有大人陪同的情况下靠近这座桥。弗兰克和威利还在这里的时候，奥利弗和他们甚至没扶绳子就从桥上走过去了，而且还用手推车把补给品也顺带推了过去，但这并没有使她相信桥是安全的。每次看到贝琪骑在奥利弗肩膀上过桥，她总是心惊胆战的。两天前,奥利弗用尽全部力气和耐心,扶着胖的连走路都气喘吁吁的布里斯科太太过河时,每隔半分钟就要掰开她死死抓住绳子的手。

悬崖峭壁间的这座桥就像画中的曲线一样,如同一条纤细的手链,在急流之上的平静处漂浮着。在她恍惚的眼神里,桥似乎是顺流而下的,但事实上是平行的。她的眼睛在河滩上四处张望。奥利和布里斯科太太一定在峡谷的谷底。她气急败坏地想,我现在就能再找一个人顶替布里斯科太太,她又怎么会知道呢?她有什么好的?她来这里的第一天晚上就酩酊大醉,结果生病了,最后变成我和内莉照顾她。天啊!我怎么能让这样的女人碰我和我的孩子呢?

好吧,你只能如此。因为你别无选择。

在悬崖的角落里,好像有什么东西在动,就在青年们原来搭帐篷的地方。苏珊走到窗户的左侧,可以看到布里斯科太太坐在阴影边缘的半块岩石上,露出一半的身体。苏珊注视着这一切,只见布里斯科太太左手举起一个扁平的瓶子往嘴里灌酒,随后又缓缓地把拿着瓶子的手滑下来,停在长裙边。

我的天啊!

苏珊愤怒地伸长脖子,火冒三丈。布里斯科太太自以为没人能看见她。只见她身体向后仰,脸朝旁边看着河,左手像波浪一样"呼呼"摇着。苏珊的眼睛顺着这个手势看去,被眼前的一幕惊呆了:奥利正从桥那头走了过来。

苏珊一声叹息,把双手撑在窗台上,看着奥利慢慢地走在桥上,像是在测试桥的摆幅。在她看来,奥利憋得满脸通红。苏珊全身瘫了一样,由于受到玻璃和距离的阻隔,她想喊奥利让他停下来,却喊不出来。他小心翼翼地沿着木板走着,一只胳膊下夹着什么东西。他停下来,试图把铁索上的绳子抓得更牢。他向前望了一眼估计还得走一百英尺才到,便把胳膊下的包裹夹得更紧了。身后的地上，他的影子像虫子一样停在了桥上。当他向前走时，影子和桥，"虫子"和奥利，也一起开始摇摆。

苏珊憋得喘不过气来。终于发出了一声凄厉的惨叫。她看到晃动的绳索打到了奥利的膝盖上。他左手抓着绳子，包裹直接掉到了河里，奥利跌在绳子上，踉跄把木板踢向了一边，他悬在绳索上，两腿拼命绷紧，双脚腾空。

苏珊连连惊叫。她站在后窗边，撕下窗钩，哭着朝下面水车大喊道："桥！奥利！桥！"

奥利弗转过身子，在湿热的空气中深呼吸了一下，扔下扳手，大步冲下斜坡。苏珊又站到了前窗，却不知道自己是怎么过去的。奥利仍然用胳膊肘吊在绳子上，然后抬起左腿，用左膝勾住绳子，接着右膝也跨了上去。他整个人面朝天抱住绳子，冲她倒仰着脑袋。"别动！"她对着窗户上的玻璃大声叫喊道。奥利弗也在外面喊着："坚持住！"。

苏珊的脸像着了火一般，一个明亮可怕的画面消失在她布满血色的眼睛里。她用手扶着墙让自己站稳，感受着一种来自远处真实的痛苦。内莉伸手扶着她。有个小东西在地上哇哇地叫着。此时她的视线清楚了，知道那是贝琪。苏珊觉得手有点儿刺痛，发现手被门边的玫瑰丛刺伤了。"这是怎么回事？"内莉转过头朝着奥利弗跑的方向，河水如雷鸣一般，整个过程内莉都看到了。奥利弗一边跑一边喊。奥利紧紧地蜷缩着，在湍急的河流上显得弱小可怜。

苏珊开始沿着小路走过去，内莉伸手拦住了她。"内莉，让我过去！"她笨拙地紧紧抓着绳索，慢慢地向前挪着。她摸到的石头热得像火炉，山坡上的阳光照得她睁不开眼，锦葵的小花像煤块一样瞪着她。她不得不小心地看着地面，生怕滑倒，但她每走几步就停下来看奥利弗和她的儿子。内莉不让她去，想把她拉回来，苏珊挣脱了。不知怎么的，苏珊发现自己握着贝琪的手。

奥利弗费力穿过碎石,顺着小路朝桥头大步跳去。他弯下腰,一边控制着绳索的震动,一边对着奥利大声喊叫着什么。然后他开始踏上木板,行动平稳而迅速,走起路来轻飘飘的。他一动,奥利那边也动,整座桥使劲向下垂,然后又弹起来。他伸出胳膊,把孩子紧紧地钩住。有那么一秒钟,他们一动不动,如同静止了一般。

"哦,谢天谢地!"内莉笑中带泪,紧紧搂着苏珊的胳膊。苏珊奋力挣脱开她的手,领着贝琪继续沿着小路往前走。当她走到桥边时,父子俩已经下了桥。泪水正在蒸发,让她的颧骨变得冰凉。她对贝琪轻声地说了几句话,把她的手递到内莉手里,然后向奥利张开双臂。奥利抬头看了父亲一眼,跑向妈妈的怀抱。因为苏珊的大肚子,她不能自然地把儿子搂在怀里,只能侧身贴紧他,一只手放在他淡棕色的头发上。她从奥利的头顶上望着奥利弗,看见他累得满脸通红,衬衫湿了,眼睛像宝石一样湛蓝。为了恢复双手的血液循环,他把双手垂在身体两侧,甩了甩胳膊。

"奥利,"苏珊说,"你怎么敢冒这种险?你为什么自己过桥?不是嘱咐过你很多次了吗?"

奥利一声不吭。

"没事就好,"奥利弗说,"这才是最重要的。"

但是她已经完全垮了,责备奥利是因为她太激动了。"你吸取教训了吗?"她对奥利说,"长记性了没有?下次我可能就不会恰巧往窗外看了……"

说到这里,她想起了她还看到了窗外的什么。她转过头,看见了布里斯科太太。在整个惊心动魄的过程中,布里斯科太太一直都呆呆地站在原地,现在正要朝他们走来。苏珊抓住奥利单薄的肩膀,摇了摇他。"她让你去干什么?是她让你去的,是吗?"

奥利把头转向一侧,什么也没说。她使劲摇晃着他,力气大得足以把他的牙齿都震下来。她对奥利像他父亲那样一言不发的固执感到愤怒。"是她吗?"

奥利把目光移开,又被迫抬起头来,说道:"是的,妈妈。"

"为什么?为什么这么做?"

"苏……"奥利弗说。

苏珊没理他。"为什么啊?"

"她把什么东西忘在了对岸。她不敢自己去拿。"

"就是你拿的那个包裹?"

"是的。我……太滑了,妈妈!桥摇晃时,我滑了一下,东西掉进河里,我没能抓住它。要不是这个包裹,我本来可以很容易就过桥的。它一直打滑。"

"不,你不能。别高估了你自己。包裹里是什么?"

"苏,等一下说不行吗?"奥利弗说,"我们找个阴凉的地方。"

"是什么东西?"苏珊说,"是一个瓶子吗?"

她把眼睛转向一边,看着布里斯科太太费力地穿过砾石地。她穿着花格布衣服,臂弯下已经被汗水浸成了半月形,一百码开外的她脸上表现出明显的焦虑不安。

"什么样的瓶子?"奥利说。他和奥利弗都凝视着苏珊。内莉把贝琪拉到了一边。

"一瓶威士忌?"

"我不知道,"奥利说,"东西不大,也不重,只是它老打滑。"

"放在哪里?她告诉你去哪儿找的?"

"在棚屋门上的柱子上。"

"好了,"苏珊说着,直起了身子,"不完全是偶然忘记的。"她把胳膊压在奥利的肩膀上。"你不应该去的。你能意识到危险更好。但这并不是你的错,都怪那个……"

正说着,布里斯科太太像条夹紧尾巴的丧家犬,拖着两条肿胀的腿,跟跟跄跄地朝他们走了过来。苏珊转过身,看着奥利弗的眼睛。

"是酒吗?"奥利弗说,"你怎么知道的?"

"我看到她放在那里了。她还在海滩上埋了一瓶。我看见她喝了。"她拉着奥利转身朝房子走去。"走吧。我不想和她说话。奥利弗,麻烦你请她走。"

"那我们找谁呢?"

"我宁可谁也不要。"

"你不能没人照顾。把医生叫到这里至少需要五六个小时。"

"有紧急情况,奥尔本太太会来的。"

"她不可能一直待在这里。她自己还有五个孩子要照顾呢!"

"你先走!"她把前面的奥利推上了小路。烈日当空,她举起手挡在头顶,觉得头发快要冒烟了。

奥利弗抓住她的胳膊。"内莉,"他说,"我能请你……不,我们扶沃德太太上床休息后,我亲自告诉她吧。"

"一分钟也别耽搁,"苏珊说,"我要你把她从峡谷里清理出去。"

她说完了,把脸转向屋里。在上山的路上,她一直在想这次分娩和第一次的分娩有什么不同。第一个孩子是在新阿尔马登舒适的小屋里,莉齐、玛丽安·普卢斯和奥利弗都在她身边,还围着她搭起了一个保护垫,医生就在离她只有一个小时路程的瓜达卢佩岛。生第二个孩子是在老家她自己的房间里。在那里,她能听到贝茜在客厅里的脚步声,每次她叹气或者咳嗽时,都能看到母亲的脸从门外探进来。那时奥利弗不在身边,他已经去追逐自己的梦想了。每个孩子的出生都标志着他们生活安全感的下降。现在,她的第三个孩子将在峡谷的洞穴里出生,无人照看,或者由粗俗的土著的妻子照料。与此同时,她的孩子们每天都在危险中游走,即使在那片火红的山坡上,也使她感到寒冷。通过她和内莉的不断努力,才使孩子们不像他们的生活环境一样粗鄙不堪。

在她躺下之前，她让奥利进屋把他漏掉的那篇文章读完。她问他，不然你怎么进一所东部好学校呢？

她听到马车沿着布拉夫斯路上山了，就在奥利弗去送布里斯科太太回博伊西一个小时后，苏珊迎来了第一次阵痛。

我不打算写一个拓荒者的女人是如何在精心呵护下长大，却在一个峡谷的营地里生下一个孩子的。我不会去烧一桶又一桶的水，也不会去听卧室里传来的微弱叫声。我也不会让苏珊在分娩后的第二天就起床去泡黄油、洗衣服和写作。这不是一个关于边疆艰苦生活的故事，也无意歌颂拓荒者的大无畏精神，尽管我的祖父母确实经历过一些。只是我这个光荣退休的历史学教授莱曼·沃德选择了麻醉自己，让自己每天都沉浸在祖父母的生活中，以避免过多关注自己的生活。

她不是新手，早就生过两个孩子，还经历过一次流产，所以一点儿也不感到惊慌失措。她觉得自己还有几个小时才会生。无论奥利弗走布拉夫斯路，还是走峡谷路，来回要花三到四个小时。等他回来，骑马到奥尔本大牧场去把奥尔本太太接来，然后再到博伊西去请医生也来得及。也许厨师万会早点儿回家，或者约翰会从他的小屋里出来，可以派他们其中一个人去。她躺在黑暗的房间里，用一块湿布蒙住眼睛，等待着分娩。

但是，温文尔雅的老姑娘内莉·林顿却比苏珊更激动。为了让贝琪安静下来，她不顾一切地把针线盒里的东西全部都拿了出来，不由分说地让奥利放下书本跟她到外面聊天。为了奉承这个八岁的孩子，她问他是否可以骑马去接奥尔本太太。

但骡子被他的父亲骑走了，并且河的这一边没有马。

他能走过去吗？会害怕吗？

他当然不怕,但这段路很远。

也许他可以走到约翰的小屋,让约翰去找人来帮忙。

约翰的小屋也在河的另一边,因为有湍急的河流,所以即使你喊破嗓子,河对岸的人也不可能听见。

内莉急得双手攥拳。要是奥利弗先生晚走一个小时就好了!

奥利问:"妈妈病了吗?她需要医生吗?"

内莉回答说:"是的,还需要几个好女人帮忙。只要他们能找到奥尔本太太,她会帮上大忙的。"

他们都陷入了沉默。太阳落得很低,房子在光秃秃的地面上形成了一个精确的三角形阴影。现在沃德太太随时都可能在里面大声喊叫。

"林顿小姐?"

"怎么啦,奥利。"

"我可以很快穿过这座桥到对面,然后骑着我的小马去叫人。"

"天哪,不行!"

"但如果我妈妈病了,这是最快的。"

"在你被从桥上救下来之后?不行,这绝对不行。"

"我过桥很轻松。是因为拿着包裹,才会那样。"

"不。你母亲一想到这个就会吓死。"

正当两人争执时,屋内传来了林顿小姐一直害怕的那种刺耳的哭叫声。她看见奥利睁大了眼睛,脸色苍白。

"你在这儿等着,我得去看看……"

她回到屋里,除了拉着沃德太太的手直到痉挛消失,其他什么做不了。等安抚好苏珊,她被眼前的一幕恐怖景象吓得惊呼起来。奥利已经走到桥中间了,两只手抓着绳子在桥上横着走。他走得越远,移动得越快,最后他跳到了坚硬的岩石上。他回头看见了林顿小姐,便挥了挥手,从悬崖的一角拐进了小路,随后朝畜栏飞奔过去。

林顿小姐吓得遮住眼睛,既恐惧又心存希望。奥利把他的棕色小马从畜栏牵到外面,拿出燕麦桶,把燕麦倒在地上。当小马低头去吃的时候,他把缰绳套在小马的脖子上,伸开双臂,像是在拥抱它。然后他爬上畜栏的杆子,把小马的头抬起来,把马嚼子塞进它的嘴里,用马笼头套住它的耳朵。林顿小姐听见苏珊在屋里说了些什么,不是一种痛苦的声调,而是谈话的口气,意思是说贝琪到她房间里去了,必须有人把她带出去。但内莉还是在低矮的门口处看着,直到奥利把小马拉近,"扑通"一声趴在它的背上。他骑着马,调整方向,双手抖开缰绳,脚跟在小马的肋骨上"咚咚"作响。就像他母亲有时骄傲又惊慌地说的那样,他像个骑兵一样。他飞奔着穿过棚屋,奔向峡谷口。与其说像个骑兵,倒不如说他更像是个印第安人。他那蜘蛛般的身体紧贴在母马的肩胛骨上,他的脑袋和马的脑袋都垂着。他用缰绳的末端抽打着小马,消失在悬崖后面。

我无法想象我所认识的那个不善言谈的父亲,就是当年博伊西峡谷那个名叫奥利的男孩。就像我的祖父一样,父亲也是一个不善言辞的人,人们总是错误地认为不爱说话的人就没有感情。祖母自己可能也犯了这样的错误。我曾听她用悲伤和遗憾的语气说,奥利是一个多么勇敢、有男子汉气概的小男孩,但我从未听她说过他是个多愁善感、柔情似水的人。不过我想他一定是有感情的。我从她的信中可以看出,她从来没有理解过奥利内心深处的情感,就像她从来没有理解过他的阅读困难症一样。

苏珊应该注意的是他的共情能力,可惜她没能理解,这可能是他不爱说话的原因之一。

与其说是男子汉气概驱使他不顾一切善意的警告跨过了那座桥,不如说是一种情感——对母亲痛苦的恐惧和同情,以及父亲不在身边时的责任感。他是个乖孩子。单纯地顺服内心的情感,而且在危急时刻也有他父亲的几分担当。

我看到他骑着他的小母马下了那个崎岖的峡谷,姿势和他父亲一模一样。他紧张得像一团湿漉漉的皮球。离约翰的小屋还有两三百码的地方,路是软泥铺成的,他跳下了马,跑步前进,小马太兴奋了,奥利费了九牛二虎之力才把马拉到门前。小马不停地乱动,他一边喊一边拍打它那硬邦邦的嘴。见没有人出来,他让那匹小马在拐弯处站直,好让他看到约翰的畜栏。里面空空如也。他来不及思考,便已经沿着那满是艾树的山麓朝河岸线奔驰而去了。

他发现约翰坐在他的石舫上,手一直在把右边的脏东西往旁边挪,而他的骡子正在一棵杨树的树荫下休息。还没等奥利上气不接下气地说出几句话,约翰就已经站起身来,从骡子身上取下挽具扔在地面的杨絮上,就像羽毛或雪花落在地上一样。他把另一头骡子拴起来,把一根缰绳拴在骡子鼻子上,然后骑在它的背上踢了踢肚子。约翰是个大块头,遇到事情淡定自若。他边说边唱,他不会发"吁"这个音,总是发"呜"。

"你回去吧,"他说,"如果碰不到你爸,我就亲自把医生请来。"

"我得去接奥尔本太太。"

奥利把缰绳拴在胳膊上,小马跟着他走在一旁。大块头骑在骡子上,斜眼打量了奥利很久。那是一个大人对于不确定的事给予许可的眼神。"好,"他最后说道,"好的,这是个好主意。但是你要小心。"

他把骡子转过来,骑着它奔向蜿蜒的河岸线。他骑得一颠一颠的,脚趾都露了出来。他体重很轻,骡子跑起来很平稳,他没有回头。奥利望着他,感到既空虚又轻松,终于有人帮他分担了压力。可他一想到大块头、父亲、医生或者任何一个人,还得很久才能从城里赶回来,又想到母亲疼得发出撕心裂肺的叫声,他立刻骑上小马沿着河岸线飞奔而去。

他老远就看到了奥尔本太太的屋子,那里有间马厩,一个干草顶的棚子,几根杆子围成的畜栏,一个残缺不全、破烂不堪的干草堆,还有高高的白杨。当他走近时,他看见奥尔本太太在院子里,一群鸡伸长脖子从四面八方跑来,满地都是白杨絮。他快步跑进院子,用胳膊蒙住脸挡住灰尘。当他能看清的时候,只见奥尔本太太站在砧板旁,一手抓着一只普利茅斯岩母鸡的腿,一手拿着一把短斧。破烂不堪的靴子从她的裙子下面露出来。她用拿斧子的手把眼前的一缕头发向后甩,眯着眼睛抬起头。

"要生了是吗?需要我帮忙?"

"是的,她病了,她在哭。林顿小姐说……"

"等我一下。"

奥尔本太太把鸡头横过来。那只鸡圆圆的眼睛上是似皮革的眼睑,张着嘴,奥尔本太太"唰"地一刀就把鸡头砍了下来。斧头仍然插在砧板里,就在那小小的、完美的、已死的脑袋旁边。无头鸡在她周围跳来跳去,溅起鲜血,搅起杨絮。奥利紧紧抱住那匹小马。奥尔本太太在围裙上擦了擦手,伸手去拉绳子。"莎莉!"她大声叫着,"出来,莎尔[1]!"

空中飘浮着尘土、羽毛和棉花,奥尔本太太脱下围裙,挂在柱子上,然后撩起裙子,爬过栅栏。奥利看着里面的马,感到绝望。这是一匹罗马式的犁马,他母亲总把它叫作"古老的送葬队伍"。

奥利一下子从马上滑了下来,把缰绳套在小马的耳朵上。"你可以骑我的马先走,我走路回去。"

但奥尔本太太看了一眼那匹光滑的、湿漉漉的小马的背,摇了摇头。那匹老犁马在挣脱马嚼子时把鼻子划了一道裂缝。奥利手里

---

[1] "莎尔"(Sal)是"莎莉"(Sally)的简称。

拿着缰绳,感到他的双腿在刺骨的风里变凉了。奥尔本太太的两个小儿子扛着鱼竿从河流下游的杨树林中走了出来,两人中间的那条鱼在阳光下闪闪发光。"萨尔!"奥尔本太太用马笼头套住了犁马的耳朵。

有人在屋子里打了一声呵欠,动静很大。奥利转过身来,看见莎莉·奥尔本站在门口,张着嘴伸着懒腰。她朝院子里走去,突然停下来,光着脚厌恶地蹭着地面,然后又继续往前走。她的脸上印着小垫布或靠垫的图案。她的黑眼睛瞟了一眼奥利,然后倚在畜栏上打呵欠,接着打了个寒战,摇了摇头。

"把那只鸡拿去拔毛,"她母亲说,"如果我今晚不回来,你和赫姆就去帮爸爸挤奶,听见了吗?你们的晚饭就是这只鸡。"

"出什么事了?你要去哪里?"

奥尔本太太没有回答,把一张满是汗渍和毛发的毯子铺在犁马背上。她是奥利见过的走得最慢的人。奥利对莎莉·奥尔本俯身向他投来的那种自以为是的眼神感到厌恶,但为了节省时间,他说:"我母亲病了。"

"啊,是的,我知道,"莎莉说,"要生孩子了。"

"不,她不是!"他气愤地说。她的头发乱蓬蓬的,脸上全是印痕,两只脚脏脏的,她知道什么!奥利气得跳脚,说:"快点儿吧,奥尔本太太!"

奥尔本太太从栏杆顶部扯下一个马镫,马鞍上的铁已经磨坏了,卷着边。她把它举到自己鹰钩鼻子的上方,摇了摇喇叭。"你去拔了那只鸡的毛,"她对莎莉说,"不要把它晒在太阳底下。你可别在门边拔呀拔,搞得到处都是羽毛和内脏。"

莎莉偷偷地对奥利笑了笑,提着鸡的腿,若有所思地举起来,看着它脖子上的血滴落下来。奥尔本太太哼了一声,朝马鞍上吐了口唾沫,又在老犁马肚子上狠狠地踢了一脚,让它别再憋着气了。

她动作太慢了！她的两个儿子开始沿着河边的小路往回跑。奥利站在畜栏上，重新上了马，以便在他们回来时显得自己比他们高。奥利的母亲从来没有鼓励他和那些奥尔本家的人交朋友。他们是另一个世界的人，是潜在的敌人。接着，他从马背上看到远处纷扬的尘土正飞快地从河上飘来，然后认出了那只黑褐色的骡子和骑在上面的高个子男人。

"这下好了！"他哭了起来，"奥尔本太太，不用担心了。是我的父亲！没事了！"奥尔本太太在他们面前毫无表情，莎莉手里还拎着一只血淋淋的鸡，气喘吁吁的男孩们晃荡着插在棍子上沾满灰尘的鱼，叽叽喳喳地对着奥利发问。奥利竟然忍不住当着他们的面哭了起来。他漫无目的地把那匹小马拖来拖去，又踢又打，把它赶出院子去迎接马车。

他父亲在路上遇见了大块头。大致经过他也都知道了。他甚至不让奥尔本太太去给犁马套上马鞍，而是在马车还没停稳的时候就把她抱上了车。他看到奥利咬着嘴唇，强忍着泪水，便对奥利说："奥利，你想和我们一起坐马车吗？我们可以牵着你的小马。"

奥利摇了摇头。父亲严肃地端详了他一会儿，然后转过身，对奥尔本太太说了句话，就用鞭子抽打着骡子冲了出去，留下奥利站在原地。他回过神来，骑着小马跟在他们后面狂奔，这不仅是为了追上父亲他们，也是为了向奥尔本家的孩子展示自己精湛的骑术。

山上下着雨。乌云笼罩着山峰，山峰之上，白色的积雨云那明亮的银色边缘高高地堆积在天空中，天空仍然是蓝色的。闪电碰撞着暴风雨的锋面，像岩石滑下峡谷那样隆隆作响。就在峡谷入口的地方，奥利转过头，看见身后广阔的艾树盆地依然沐浴在尘土弥漫的阳光中。峡谷里突然有了丝丝凉意，他因汗流浃背而张开的毛孔收缩了，背上的衬衫也凉了。当小马在陡峭的斜坡上奋力冲刺时，他把手缠绕在小马的鬃毛上以便紧紧地抓住。

在他前面,四轮马车的轮子"咯吱咯吱"碾在岩石上。他父亲回过头,看了看,但没有做出任何指示。奥尔本太太坐在马车上,目视前方,头上戴着一顶太阳帽。奥利透过他俩脑袋中间的缝隙,看到峡谷和他们小屋的一角,他们的畜栏和干草堆就在那里。在他们的右边,穿过那座摇摆的桥,那座石头房子几乎比一块突出的岩石更引人注目,站在那里可以俯瞰河流。他不知道他所尊重和崇拜的母亲是否还在痛苦地哭泣。

马车驶进牧场大门,奥利从马背上滑了下来,使劲拉着柱子上的铁丝环。他拖着小马驹后腿,跑着把它拉到畜栏,他父亲和奥尔本太太已经下了马。在峡谷对面的小山上,内莉·林顿在门口挥舞着一条洗碗毛巾,又高兴又急切。

"奥利,你看着马,"他的父亲说,"我一会儿回来接你。"

"遵命。"

父亲和奥尔本太太匆匆走上那条看不见桥头的小路。奥利拉了一下缰绳,松开了小马,从横木卷曲的铁头上拔下钩子,解开马具,在地上拖着,尽自己所能把它们挂到棚里的钉子上。当他出来的时候,父亲和内莉已经进了屋子。奥尔本太太正在半山腰上休息,低着头,手放在膝盖上。奥利拿起燕麦桶,往地上倒了三堆。骡子和小马驹低下头,把他撞到了一旁。他看着奥尔本太太走到门口,进了屋。闪电在上游的云层上划出一道锯齿状的口子。几秒钟后,雷声消失了。一阵风从对面的斜坡上刮下来,打在河面上,把池塘里的水都吹皱了。

他感到自己是那么孤独、渺小,心中充满了恐惧。他希望能在暴风雨来临之前过桥。万一父亲忘记回来找他怎么办?如果母亲病得很重,父亲不能离开怎么办?母亲会死吗?他被遗弃在桥的这一边,他不能过桥,因为他已经两次违抗父母的命令了,知道自己必然受罚。

他在桥头等了很长时间，终于盼来了父亲。只见奥利弗双手腾空，大步走在东摇西晃的木板上，如履平地。奥利赶忙站了起来，关切地问道："她没事吧？"

父亲一把拉起他的手，说："我想没事。希望如此。"

"她还在大声喊叫吗？"

父亲的目光从他脸上扫过，慢慢恢复了平静。父亲松开了奥利的手，倚靠在悬崖上，填满了烟斗。"孩子出生之前，她还得再折腾一会儿。不过，只要大夫到这儿来，她就会好的。"

空气中弥漫着雨水的味道，烟草的甜味，接着是火柴的硫磺味，最后是烟味。

"奥尔本太太很脏。"奥利说。

"有她总比什么都没有强，至少她心地善良。"

他们静静地站着，奥利尽量靠近父亲，但不碰到他。北极星一闪一闪的。一道闪电从他的眼前闪过。雷声隆隆，突然变得更响，然后开始轰隆隆地滚动。奥利站在烟雾缭绕的烟斗边，心中充满罪恶感，他没有看父亲，而是看着河水，悬崖的倒影遮住了雨水滴在水面上泛起的涟漪。

父亲的手重重地落在他的肩上。奥利呆住了。他只能接受这一切的到来，他知道这是早晚要面对的，他握紧了拳头。只听父亲说："奥利，你做了件事。"

"是的，爸爸。"

"你做了一件很成熟的事。没有人能做得更好了。"

奥利转头看着父亲的脸。父亲严肃地看着他，手重重地压在奥利的肩上，使他不得不挺直腰板站着。仿佛是在测试它所激起的阻力，父亲把手从他肩膀上拿开，绕到奥利脖子后面，用手摸了摸奥利的喉结。"你知道吗？你做得很好，伙计。"父亲说。

不一会儿，父亲似乎有点儿不耐烦了，把手拿开了。奥利倒是愿意整个晚上都站在那里，让父亲把手搭在他身上。父亲说："我们最好在淋湿之前回去。"

奥利犹豫了一下，伸出手让父亲领他过去。父亲低下头，看着他。"你去找大块头和奥尔本太太时，是自己一个人过桥的。对吗？"

现在又开始了吗？先表扬，再惩罚？

"是的。"

"有什么困难吗？"

"没有。"

"经历了今天下午的事以后，吓着你了吗？"

"一点点。"

"你想过今天下午吗？你认为你应该受到惩罚吗？"

"是的。"

"如果你做这件事不是为了帮助妈妈，而是为了别的原因，我就不得不惩罚你了。这你知道的，对吗？"

"是的。"

"好吧。你妈妈不知道。为了不让她担心，我们不会告诉她。现在你想一个人回去吗？"

他们交会的眼神像是一个承诺。"是的。"

父亲示意奥利到桥上去，并让到一边让他先过。直到奥利在木板上走出二十英尺后，他才上了桥，跟在他后面，直到通过整座桥。

日落之前，医生来了。奥利和他的父亲被关在屋外，他们已经玩了三局掷马蹄铁的游戏了，后来被一阵雨赶进了院子。但这阵雨并没有给屋里的生产带来任何进展。在门外，奥利看到院子里满是灰尘的地上是一个个干涸的像弹坑似的小水坑，天空中还打着闪电。绘图室里，内莉·林顿给贝琪读书的声音几乎被连续不断的雷声淹没了。

奥利的父亲不耐烦地用烟斗敲着门框。"真是一个适合生孩子的夜晚。"他们父子一起站在朝南的门边,眺望着峡谷中的落日。在反射的夕阳中,峡谷上方的天空是玫瑰色的,尘雾之上的天空仍然是蓝色的。

突然,父亲叫着奥利快步来到了小屋前面,仿佛突然想起了很久以前就该做的一件事。但是在拐角处他停了下来。"天哪!"他说,"快看。"

奥利走到墙角,看着西北方向。太阳已经在仲夏的山腰上消失了,但在锯齿形的树林里,太阳还在黑压压的雨云里眨巴着眼睛。越过石屋,从山峦到河堤,弯曲着两道彩虹,一道高过另一道,连上面那道彩虹也像彩色玻璃一样明亮,边缘锋利,完美地从天空延伸到地平线。

"天哪,你妈妈真该看看这道彩虹。这绝对是个好兆头。"

他们穿过帐篷,潮湿的灰尘沾在鞋子上。奥利的父亲敲了敲门,趴在门上仔细听了听里面,门开了。奥利跟在父亲身后,他看着父亲穿过几个房间,走向卧室那扇关着的门,然后轻轻用手敲了敲门。

"苏?苏,你如果可以的话,看看外面。真的是个好兆头,堪称你见过的最完美的双彩虹。"

门开了,医生站在里面,身材健硕,穿着衬衫,两手十指朝天。他身后房子里的每一盏灯似乎都亮了,他的影子清楚地投射在门上。奥利惊讶地看到那双高举的手上沾满了鲜血,他眼神中充满了恐惧。

"你的妻子可无心欣赏彩虹,"医生说,"恭喜你!三分钟前喜得千金。"

5

转眼间,两年过去了。时间就像窗前的鸟儿一样飞逝而去。七百三十次日出日落,二十四次月圆月缺。在这期间,苏珊收获颇丰,完成了六部短篇小说,一部三部曲,画了五十八幅素描。奥利弗则设计了一种自动溢流堰和一只可用于测量矿井涌水率的盒式流量计——都在技术期刊上介绍过,但都没有申请专利。对他们夫妻俩来说,抑或是对他们所有人来说日子并不好过,他们燃起过三次希望,只换来三次失望。眼下他们本来指望着亨利·维拉尔的帝国扩张计划实现自己的梦想,谁想他竟然半途而废。

时间转眼间来到了一八八七年仲夏。

在那个纬度上,仲夏时节昼长夜短,夜晚在漫长的黄昏和绿色的黎明之间只有很短的一段黑暗。苍穹之上,太阳拖着它的脚步,就像游戏中的孩子一样,在你还没意识到它已经从西方消失之前,就在东方给你一个惊喜。而满月前后的几天,夜晚除了黑暗就没有其他生趣的景色。

不管算不算是"夜",反正苏珊都独守空房。奥利弗在城里,通过卖出自己的股票来筹集一点儿钱,以收拾维拉尔留下的烂摊子。他认为,如果那些项目投资者能看到一英里已经完工的沟渠,他们就会继续投资,而如果他有钱,他就可以先自费修建那一英里。

现在已经快十一点了,奥利弗在城里长时间逗留不知是不是个好兆头。孩子们早已睡下,大块头晚饭后就回他自己的小屋了,厨师万在使劲地拍打着灯边的几只苍蝇和飞蛾,想把它们赶出帐篷。内莉一小时前合上书本,道了声晚安就回房间了。苏珊坐在那儿画了一天的画,累得眼睛都红了,又累又热的一天使她筋疲力尽,但她还是强打起精神,读起了《战争与和平》。

她的眼睛实在太痒了。她闭上眼,用手指压住眼睑时,泪水从眼眶里涌了出来。她坐在那里闭着眼睛还是看得见红色的亮光,周围一片寂静。她那像洞穴一样的房子里也一片寂静,贝琪和艾格尼丝睡觉的房间里没有一点儿声音,没有一只苍蝇或飞蛾在灯光下飞舞。她睁开眼睛,看见明亮的火焰沿着灯芯颤动,同样没有声音。

寂静的房子外面是寂静的山峦和空荡的天空,月光洒满山谷。没有鸟兽的叫声,没有石头缝里传来的马蹄声,除了河面上幽灵般的水光和潺潺的流水声之外,万籁俱寂。她的思绪仍在托尔斯泰的作品中跳动着,人类世界的拥挤和月光下的空虚之间有着如此强烈的对比,她大声地感叹道:"啊,这就像试图与已故的人交流一样!"

一九七〇年,人们对苏珊的孤独和沉默一无所知。如今,在我们最安静、最孤独的时候,冰箱里的自动制冰机会"咯咯"地掉下一块冰块,自动洗碗机会发出"哗哗"的水流声,飞机会嗡嗡地从头顶飞过,离自己最近的高速公路上会有汽车飞驰而过。天空中闪烁着红色和白色的灯光,照射在高速公路上、路边的窗子上。总有一台收音机可以调到某个通宵的电台,也总有一台电视机可以把人造月光变成深夜节目中闪烁的画面。无论是莫扎特、科普兰还是"感恩而死"乐队,只要能让我们感到慰藉,我们都可以放到唱片机上听一听。

苏珊·沃德在峡谷里生活时,还没有冰箱、洗碗机、飞机、汽车、电灯、收音机、电视和录音机。当她看书看累的时候,又没有别的消遣,渴望音乐或声音的耳朵也无法得到满足,只能偶尔吹吹口哨或自言自语。

她不安地站了起来，等到视线变得清晰一点儿，她走到门口，让苍白的月光和河水低沉的"咕咚"声进入耳朵里。月亮挂在南面的天空上，差一点点就是满月了。它不像往日的月亮那么扁平，而是明显的球形，她可以看到月亮在天空中滚动，那光亮像苍白的灰尘落在光秃秃的小山丘上和厨房的帐篷上，在棚屋的屋顶上一层一层地飘浮着。这像是一个雪景，只不过阴影部分不是白色的光亮，而是柔软的黑色。

峡谷就在她的右下方，水面上甚至没有一点儿光亮。河边的小路、干草堆、棚屋、畜栏，就像一幅中国水墨画，洁白的月光穿过微型箭石的两端。阴影处，栅栏的柱子和叶杨的树干像月亮一样，以一种不可思议的弧度凸起。苏珊看得入了迷，峡谷里的风吹动了下面的树，雪花似的光在她身上一闪而过。但是没有一点儿风声，她所站的地方，空气中一片寂静。突然一束光打破了黑暗，让她想到了什么。

奥利弗现在在哪儿？以往不管他去镇上碰了多少钉子，从来没有待过这么久。苏珊感到了一丝的恐惧，他是不是从马上摔下来哪里受伤了？她马上打消了这个念头。奥利弗不是那种会发生意外的人。即使是在莱德维尔佩尔西被打之后，她也从来没有那样为他担心过。他可以全副武装骑着马只身穿过那些坏人，只要他们敢袭击他，他就会豁出命干到底。

时间有些耽搁了，为了见一个人，他等了很久。很可能会成功。那他得到的将比期望的还多。为了坚持他的宏大计划，他先后拒绝了四份工作，其中一份是在州长办公室做职员。她也是忠诚的，不是吗？为了他，她曾经忍受着种种代价，但还是支持、鼓励、信任着他。

她抬头望着月亮，伸出双臂，双手捧着月光，就像去接住落下的水。

> 玫瑰花似的影子落在她的手上
> 落在她银色的十字架上，落在她柔软的紫水晶上
> 落在她满是光泽的发丝上，她就像一个圣徒……

她想象中的自己压得她喘不过气来。她知道自己在别人眼里是什么样子——奥利弗会注意吗？不，他不大可能注意到。弗兰克呢？也许吧。奥古斯塔才是最了解她的人。她站在那儿，伸手去触碰那柔和的晚霞，仔细观察着月光洒在她手上那苍白的颜色。

她还是苏珊。

月光如洗的夜晚，通往河边的前半段道路弯弯曲曲的。当她走进箭石投射的阴影中时，被眼前的漆黑吓到了，她逐渐放慢了脚步，摸索着前进，此时沙滩上的砾石发出很大的声响。每当她的脚不动的时候，山谷就会被河水的声音撞得嘎嘎作响，河水的寒气使她感到一丝凉意。现在她的眼睛已经适应了。她能分辨出不透明的木瓦和微微发光的水之间的分界处有一道白线，像浪花似的从狭缝里翻涌到上面的水潭里去。从她所在的地方看，河对岸的棚屋和畜栏毫无特色，错杂凌乱，一片苍白。她仰起头，盯着发光的天空和薄暮中的星辰看了好一会儿，明亮的光又刺痛了她的眼睛，所以当她低头看的时候，她第一眼连自己的身体也看不见了。

对岸的微光仿佛在召唤着她。于是，她壮起胆，准备摸黑过桥去畜栏那里等奥利弗回来。她走到桥头，在黑暗中站了一会儿，直到能够看清周围的物体：苍白的木板和漆黑的悬崖在天空下形成鲜明的对比。河水从桥下汹涌流过，一股冰冷的寒气侵袭她的双脚。她看不见河水，只看到下面漆黑的、倒映的天空，几乎看不到天空中的星星。她看到这座桥坐落在黑色的岩石上，闪烁着云母的光芒，桥的下面一片漆黑，像个无底洞一样。

她试探性地走了一两码,然后停下来,桥似乎非常稳。潮湿的水汽使她兴奋起来。她一只手提起鞋面上的裙子,另一只手抓住那根被风吹软了的绳子,深吸一口气,毫不犹豫地顺着桥上下摇摆着向前走。紧接着她一步跨到石头上。她从黑暗的悬崖中走到苍白的月光下,河水的潮湿气味被尘土、鼠尾草、马和干草的气味所代替。她兴奋极了,觉得自己比洋娃娃还渺小。她穿过牲畜栏,来到棚子边上。她把前臂放在栏杆上,双手叠放撑着下巴,皎洁的月光洒在她的身上,微胖的身子倚在白色的柱子上十分醒目,她的影子和身后一排篱笆的影子重叠在一起。

她眼神恍惚,快速扫视了一下四周。她面前脚下的畜栏早已锈迹斑斑,上面布满了凹痕,对面篱笆的影子像画出来的五线谱。河对岸的高处,她的窗户闪着橙色的光,再远处,上方的箭石在月亮的衬托下显得很黑。她的右手边是漆黑的悬崖。天空豁然开朗,像一条宽宽的银带子,月亮在上面燃烧着,星星像消逝的火苗散落天际。

她瞪着眼睛凝视着,瞬间感到天旋地转,于是低下了头。下面的峡谷满是光亮,就像有月亮躺在底部银色的鹅卵石上一样,她抛起一枚硬币祈求好运。

"我希望……"她说,她也不知道自己有什么愿望。

她感到脖子有点儿僵硬,便把下巴从手上挪开。远处一个未知的声音吸引了她。接着,她又听到了那声音,那是一段悠长的咆哮,从河流下游传来。那声音突然间变成了一种吠叫,又变成了嚎叫。

她顿时吓得毛骨悚然。她很熟悉山区和沙漠里常见的动物,她知道这不是山狮。山狮的嚎叫和呜咽声像一个痛苦的孩子。这东西比土狼的吠叫和颤抖更深沉,更令人害怕。这是一只狼。即使是喜欢夸大自己生活环境危险的牧羊人,也承认狼越来越少了。那这还能是什么呢？如果有一个夜晚，一只狼朝着月亮发出它野性的嚎叫，那肯定就是这个夜晚！

声音在天空中散去，消失在峡谷的石壁间。此时她吓得耳朵里只能听到一种嗡嗡的声音，她确信那不是空气中传来的，而是在她自己的脑袋里。她把下巴搁在绑着带子的手上，在畜栏的斑驳阴影里沉思。

过了一分钟，她又听到了那声音，这次更近了。它是从某个模糊的角落传来的，正逐渐朝她这边移动。她吓得赶紧后退了一步，用眼睛估量着自己站的地方距离夜色中的桥那头有多远。但接着她停住了，转过头，仔细听着。

这只狼身上有一种人性的东西，它的叫声太接近人类的曲调了，它的号叫太像歌词了。苏珊如释重负地放声大笑，一定是奥利弗回来了。他在寂静的午夜骑着骡子回家，在月光和阴影中穿梭。他也许摘下了帽子，敞开了衬衣，迎着柔和的夜色，像个坐在干草车上的男孩一样唱着歌。

她一边感受着一边猜想着。如果他骑着骡子还唱着歌，那他漫长的一天一定有所收获。一定有人出了几千美元让他挖那一英里的苏珊运河。汤普金斯将军在春天派来的任何投资者都有可能看到峡谷口周围的水渠，以及艾树林边的麦田。

那声音突然从另一个角落里响了起来，回声越来越大。

老友们将如何享受这夜晚？
他们会整夜坐在那儿，倾听
我们歌唱
在这个夜晚
伴着月光

他自得其乐地大声吼唱着，逗得她想笑。只要他唱一段旋律，他立刻用低音再唱一遍,好像试图自己唱和声。这场景让她想起导游奥古斯塔曾告诉她,在比萨的教堂里朝着天花板把一节音符唱两遍,传到屋顶就能融合成一个完整的和弦。

她和他一样痴心妄想。她听见那蹄声在石头上响起——他越走越近了。几秒钟后,他就会骑进平地,进入她的视野。她突发奇想,一步跳进棚子阴影处,背靠圆木,等着给他一个惊喜。

蹄声踏过石子路,踩上了泥地,越来越近,最后停了下来。只听奥利弗一声"吁",马鞍吱嘎作响。她从棚子的角落里偷偷地看了一眼,只见他的大长腿在鞍尾来回摆动,他的身体在下骡子的过程中背对着她,随着一声痛苦的呻吟,奥利弗仰面朝天躺在地上。

她大叫一声,赶忙从阴影处跑出来扶他。骡子向旁边一闪,可怜的奥利弗一只脚还套在马镫里。"吁,吁!"他一边喊一边挣扎起身,一只手好不容易抓到什么,不知是马镫,还是骡腿。他又被拖出去几英尺远,最后终于摆脱了骡子。那头骡子飞快地跑到远处的篱笆边,站在月光下,眼睛瞪得大大的。奥利弗坐在地上,一动也不动。

"噢,亲爱的!"苏珊呼唤道。

"天哪,你到底想干什么,吓死我吗?"

"哦,看你摔倒了,我忍不住……你还好吗?疼不疼?"

奥利弗一直坐在地上,直到月光在他周围变得模糊,才站起身,拍掉裤子上的灰尘。"没事。"他有些不耐烦,然后走到骡子跟前,拿起缰绳,把缰绳绕在畜栏上,把旁边的马镫挂在鞒角上,摸着骡子背光那面的缰绳。"你搞什么?这么晚还不睡觉,在这里干什么?"

"赏月不行吗?"当她走过来站在他身后时,他继续松缰绳,没有回头。"我听见你在唱歌。我知道一定有好事发生。我本来想给你一个惊喜。对不起,你摔得那么狼狈,我不该那样跳出来的。"

"哎。"奥利弗说着,把骡子肚子下面的缰绳松了,把马鞍搭在杆子上。

"事情办得怎么样?他们同意了,对吗?有人同意要帮你了。"

他半转过身来,用帽子遮住了脸,望着下面的峡谷。"不,"他说,"他们不同意。什么好事也没有发生。没人肯帮我。"

"哦,奥利弗!"

"对他们来说,运河已经完了。他们觉得我人很好,很喜欢我,但他们已经被我弄烦了。他们反倒还想卖给我一些股票呢。"

他的声音听起来就像一个被寄予厚望的孩子,却让所有人大失所望。她想把手放在他身上安慰他,但他却转过身去,把头靠在骡子耷拉着的耳朵上。他用手拍了拍苏珊的腰,走在离她十英尺远的地方,把缰绳拿进棚子,把燕麦桶拿了出来。当他俯身把燕麦倒在地上时,她听见他牙齿里发出厌恶的"咯吱"声。

"你唱得很开心!"她走了过来,把手放在他的胳膊上。她突然愣住了,猛地弯下腰去看他的脸。"你喝酒了!"

这是今晚他第一次直面她。她恍然大悟,奥利弗之所以一直回避她,是怕她闻到自己身上的酒气。他们对视了很久。她看出他神色慌张不知如何是好。"是的。"他说着,然后转过身去,伸手把燕麦桶挂在柱子上。他没挂好,桶"哐当"一声掉了下来,他弯下腰,捡起桶,双手紧紧地抱住,挂在柱子上。

"你喝醉了,"她说,"你看你站都站不稳了。啊,你怎么能这样!"

他站在她面前,一言不发。

"像个醉汉一样回家!"

他站在那里,没有回答。

"你愧疚吗?你不感到羞耻吗?"

他站在那里。

"你就不想解释一下？"

她像审问犯人似的在他眼前来回走着，他的目光也只好随着她打转。他倔强而又惭愧地说："对不起！我当然愧疚。但愧疚又有什么用呢？我们谈了那么久，结果屁都没有。回回都是这样，我受够了。"

"你们在哪儿？在哪儿谈的？"

"'粗金'的包厢。"

"那个酒吧！"

"我就知道你会大惊小怪的。"

她用手捂住眼睛，不想再看到奥利弗固执的脸。当她把手拿开时，他又在她眼前晃晃悠悠地走着。骑了十英里回家后还是大舌头，甚至连话都说不清楚。他离开博伊西时得醉成什么样子？

"你自己不觉得羞愧，我还替你丢人呢，"她呵斥他道，"你现在这样，我们什么也谈不成。我要去睡觉了。"

她走在小路上，心里在默默地哭泣，她把自己淹没在凄凉的无形眼泪里。奥利弗东倒西歪地跟在她身后，他那笨手笨脚的样子让她打心底里讨厌。

他在桥上追上她，抓住她的胳膊。苏珊停了下来，但没有回头。"等等，"他说，"没有我扶你，你不能过桥。"

她的眼睛紧盯着凭空悬挂的灰色木板，漆黑的夜色下，悬崖显得更为陡峭。河水的寒意侵袭着她的皮肤，水流的声音像是在啜泣的人。"你认为你能吗？"她说，"我想最好是我扶你。"

奥利弗松开手。她继续往前走，紧盯着脚下的木板，她一直不安地挪动着脚底，死死地抓住手里的粗糙绳子，除此之外，她什么也感觉不到。奥利弗的重量使桥摇晃了两下，她不得不停下来把稳重心。她心想：像他这么好的骑手，居然会从骡子上摔下来！

上山的路上，她没有回头。当她停下休息时，他也在她身后停住。她一走，他继续跟在后面。她听到他一路跌跌撞撞，心里打定主意要好好惩戒他。

终于走出阴影，走进了月明。她转过头，看见月亮从箭石后面露出来。那座变白的小山在她周围变得圆润起来。房子隐没在山间，要不是屋里的灯还亮着，恐怕就看不见了。炊事棚和棚屋在黑暗的阴影中和苍白的月光下若隐若现。

当他们来到房子和棚屋之间的岔路口时，她听见奥利弗说："我想也许你希望我睡在棚屋里。"

"那是最好不过了。"

奥利弗立刻转身向棚屋走去，气得她直想冲着他的后背嚷嚷："你使什么性子呢？弄得像是我对不住你似的。"她突然感觉整个人被掏空了一样，空洞得就像这峡谷。此时此刻，她有句话想要甩在他脸上：十一年后，你终于向我证明了奥古斯塔是对的。

她发觉自己无意中跟着他走过来了。他们站在棚屋的门前。奥利弗不肯看她一眼，固执地站在那里一声不吭。他沉默了很久才打开门。"晚安！"他说。

奥利弗走了进去，关上了门。苏珊一个人站在棚屋前，月光下小屋未刷油漆的正面白得像新英格兰农舍的山墙。在门的上方，她看到了五年前奥利弗写下的孔子的名言。木板的下半部分已经裂开了，但剩下的部分由于风吹日晒虽然已经褪色，但在午夜的光亮中仍清晰可辨：

  禹，吾无间然矣！
  ……卑宫室，而尽力乎沟洫。

6

　　这个时候我就需要一位骨先生[①]在我耳边问我："除了倒霉和等待，这故事有啥大不了的？人总会跌跟头的不是？"那我就可以按照时下流行的方式作答，来挨过这段难熬的日子。

　　我发现与他们一起等待会让我感到厌烦。我不想跟着祖父去邮局，那里要么是奥古斯塔·哈德森给祖母寄来信，让祖父想到对妻子不闻不问的时光，或是收到托马斯·哈德森寄来的支票，冷嘲热讽地让祖父知道还是有人支持他的。我不想和他一起去领地办公室或去科斯·格德。我不想看到他跟那些人喝酒，那些人要么是酒鬼，要么就是为了回避他的要求而故意灌醉他。我也不想坐长途火车去纽约，那里的汤普金斯将军时不时会因为棘手的财政削减问题而着急上火。我不想看着他们一次次的满怀希望，最后又希望破灭。我不想六天的路程里一直怀着沮丧的心情回家，每次都带着更多的失败，如同滚雪球一般。也难怪祖父总喜欢到汽车俱乐部里消磨时间。

　　在这些事发生后，他会外出帮大块头把道路右边的灌木丛给清理掉，在劳作中渐渐消除自己的失望。他已不再奢望那光秃秃的山角会让人蠢到相信运河工作有所进展。他成了那种通过体力劳动排遣心中忧虑的人。而我呢，连一个健康的身体也没有，甚至连这样的慰藉也是奢求。一想到祖父当时的处境，我就紧张不安，沉重的思绪让我整夜失眠，对自己现在的所作所为失去信心，甚至觉得自

[①] 美国黑人滑稽剧中的角色。

己在罗德曼的门洛帕克牧场里只能过着空虚、平静的生活。也许我应该明智地把我的隐居时光花在一些愚蠢简单的主题上，比如劳拉·蒙特斯。

最让我烦恼的是我正眼看着奥利弗与苏珊·沃德的感情和忠贞慢慢变质。祖父一旦心情低落就酗酒，这让我引以为耻。我也讨厌祖母心情抑郁地坐在峡谷的房子里，她担心祖父会从回家的桥上摔下来，或者在孩子们面前露出烂醉如泥的样子。她在心底深处，哀其不幸，怒其不争，想要拉他一把，却又无计可施。虽然她希望祖父应该像个真正的男子汉那样学会拒绝，但她知道酒精一旦上瘾，想戒掉也绝非易事。

她越来越不像一个伙伴，两个人在一起变成了一种折磨，她绝望地感到整个家庭的重担都压在她的身上，她不得不把自己拴在办公桌前。她越是强迫自己去工作，她就越怨恨自己的工作使她和家人分离。我能想象她在宁静的清晨从屋里走出来，俯视着她所居住的这片孤寂的荒原，为发生在她身上的事不寒而栗，如果她在水桶那黑色水面上看到自己的脸，她会吓坏的。

如果祖父说——我相信他不止一次地说过——"与其咱们被这个地方彻底困住，倒我们不如离开这儿，到山上去钓几天鱼。"她因为工作的关系拒绝了，建议祖父和奥利一起去。但当他们走了以后，苏珊又感到被遗弃了，别人在玩的时候，她却要工作。他们爷俩不在家的日子里，她一直为奥利落下功课而发愁。如果他总是出去钓鱼，怎么能学会阅读呢？

然而，奥利弗接到两份工作邀约，一个在凯洛格的矿上，另一个在州长办公室，都被他推掉了。虽然她觉得他的决定毫不顾念家中现状，但还是尊重他的选择，没有劝他改变主意。每一次他不顾她的感受，一口回绝掉出路，执意要将一家人困在这山坳里，两人之间只会爆发冷战。而她心里对他的怨恨和不满也随之与日俱增。

她的孩子们光着脚从响尾蛇身边跑过。她责备他们像野人一样，无视内莉教他们的东西。即使她有想去的地方，她也不会离开峡谷：她觉得自己没有体面的衣服，她不想在博伊西城里显得自己那么穷酸。奥利弗每次从城里回来，苏珊总要设法从他身边走过，闻一闻他身上有没有酒气。我小时候就发现祖母有一个像猎犬一样灵敏的鼻子。如果我在两小时内吃了甘草之类的禁药，她就会知道。所以我知道，在一八八八年，犯了错的一方会对她有怎样的感受，而她又会对自己那一贯准确的侦查能力多么不满。

他们俩都很痛苦，一切希望都破灭了，在贫困和失败的重压下一切欢乐都消耗殆尽。我在此屈服于我内心的冲动：我要跳过这一切，不要记录任何一个悲惨的时刻。直到一八八八年十一月的一天，邮局终于寄来了一封信，信中似乎给他们的生活带来了一丝改观。

这不是奥利弗一直期盼的项目资金落实的信。这封信来自约翰·韦斯利·鲍威尔少校，他接替克拉伦斯·金担任美国地质调查局局长。他说，国会最近委派地质调查局勘测西部所有的河流，划定可灌溉的土地范围和确定水库建设位置，希望得到奥利弗的协助。负责水道测量的克拉伦斯·达顿上尉热情地推荐了他（这是在莱德维尔聚会带来的好处）。鲍威尔少校知道沃德先生自己的项目暂时搁浅了。问他是否愿意离开这里两年，签约成为达顿上校的地区助理，就负责沃德先生早已做了大量工作的"蛇河"流域，如果决定接受这个职位，需要于明年一月去华盛顿待上一周，为明年春天顺利开工做好准备。

奥利弗和苏珊谈了谈，他们彼此都心知肚明，离开爱达荷矿业灌溉公司两年就意味着永远放弃。他们也明白，如果奥利弗愿意参与新的项目，他们的生活将会发生翻天覆地的变化。可是苏珊和孩子们，包括内莉在内都不能独自留在峡谷里。不过她也不愿搬到博伊西去，她瞧不起那个地方。

"要不你回家住一段时间吧。"奥利弗说。但她把双臂交叉在胸前，皱着眉头站着。苏珊的父母都过世了，老房子也准备出售。况且那里只有贝茜和奥古斯塔，贝茜那个小屋里也挤不下这么多人，但她也没脸去求奥古斯塔。她抬起头，不假思索地说了几句违心又刻薄的话："穿着我来时的那件旧衣服？八年了，都过时了，胳膊肘那里都磨破了。"

他想了想，似乎觉得这话说得也在理，就没多想。苏珊见状气不打一处来：这倒好，她这话是白说了，他连让她去弄套新衣服的意思都没有。他只是说："那么，如果我接受了这份工作，你怎么办？"

"我不知道，"她说，"但你必须抓住这个机会。"

"得了吧。"

"又不是要你放弃手头这一切。你之前所做的工作对这次政府勘探项目都是有用的。也许当这一切完成后，他们会更理解灌溉工程的重要性，你会得到资金支持把你的项目继续下去。"

"你信吗？"

"我不知道。你不信？"

"不。"

"直到现在……"

"但我还是应该接受它。"

"这就对了。"

"你和孩子们怎么办？"

"我们怎么都行！如果我知道你对自己所做的工作心满意足，我愿意去任何地方。我能养活孩子。我不是一直都这么做的吗？"

她又哪壶不开提哪壶。她知道这样不对，但还是忍不住说了出来。他苦大仇深似的盯着她，她瞧见他这副吹胡子瞪眼的模样，心头顿时火冒三丈。

"离开这里的这些人对你有好处，"她说，"离开峡谷，远离这些人。我要你接受这份工作，我还要你答应我戒酒。如果你有了工作，就没有借口喝酒了，不是吗？"

"我做不到。"奥利弗说。

她听到他的回答，勃然大怒。"不是吗？不是吗？我试着去体谅你，因为我知道……但是现在如果你又开始工作了，就没有任何借口喝酒了。你得答应我！"

"我想戒的时候自然会戒，"他说，"要是没人逼我，我可以做得更好。"

"你觉得我在逼你？"

他看着她，什么也没说。

"如果是这样，"她几乎要哭了，"如果你认为我是一个专横的女人，那么我最好带着孩子们离开这儿，再也不回来。"

他就像一头倔强的骡子。她能看见他身后的营房，他的耳朵向后仰着，被她所说的话吓呆了，甚至有点儿害怕她是当真想离开。她盯着他那张皱着眉头的脸。

"这不就是在逼我吗？"他说着从她身边走开，坐到桌子旁，望着窗外的桥和箭石。他对着窗子说："你比我强多了。你以为我不知道吗？"在窗户的玻璃上，他们对视了一下。"你以为我不知道你跟着我受了多少苦吗，还是我不在乎？我告诉你，苏，我不可能做得更好了，因为任何人，甚至是你，再怎么逼我也是白费力气。我现在已经竭尽所能了。"

她抱着自己的肩膀，无言以对，眼泪顺着脸颊淌下来，望着窗玻璃上他那张像幽灵一样歪扭的脸，窗外是天空。

奥利弗说："如果承诺有任何意义，我必须自己兑现。如果我没做到，我比你更恨我自己。但我知道说到容易做到难。如果我一个人在那个鬼地方，妻离子散的，运河项目搁置了，公司破产了，这么多年的努力都灰飞烟灭，我就高兴不起来。从我记事起，我就没高兴过。就算收到鲍威尔少校寄来的信我的心情也没好到哪里。如果有人在这时候过来，从鞍囊里拿出一瓶酒，我可能会陪他一饮而尽。如果喝高兴了，我甚至会直接骑马到最近的城镇去买更多的酒。我就是这么没出息。"

她摇了摇头，眼泪哗哗地流了下来。她从窗玻璃里看到他不耐烦地挪动着肩膀。

"我想我会接受这份工作，"他说，"除此之外我们还能做什么？我可以接受。但谈不上喜欢。"

"我不明白，"苏珊说道，"我试着体谅你，但我想不通。难道你不感到羞耻吗？你不觉得你成了酒精的奴隶吗？像弗兰克这样的人，和最粗俗的一群人一起住在铁路施工队，他可以做到滴酒不沾，想到自己无法抗拒这种诱惑，难道你不感到惭愧吗？你为什么不能像弗兰克那样呢？"

这话说得太离谱了。"因为我不是弗兰克，"奥利弗盯着她那张映在玻璃上的脸说，"也许你希望我是。"

在困惑和痛苦中，她避开了他映在玻璃上的目光，转过身去。"不，"她一边说一边走开，"我真不明白你为什么不肯答应我。"

她急切地想要听见他的回答，不想再听见她所回避的一切，可是她在他的声音里听不到任何温柔、同情或爱，有的只是抗拒。

"别逼我，"他说，"别说了，越说越错。但我可以保证我不会酒不离身，我不会像克拉伦斯·金一样带着头骡子驮着白兰地到处跑，我也不会成为布里斯科太太那样的酒鬼。"

这是他最大的让步了。两人就此打住。

7

昨天下午五点，我从花园进屋时听见雪莉说："你如果需要一个会讲段子逗你开心的人，我就去向雷穆斯大叔学学。"

她这话说得很不合时宜。我又热又累，身心俱疲，我不需要任何人来安慰我。这纯粹只是一种修辞上的需要。雪莉的兴致让我很困扰，因为真正让她感兴趣的并不是我的祖母。她纯粹只是想找个人说说话打发无聊的时间。她丈夫又在电话里纠缠她，也许她很好奇我为什么没有问起有关她丈夫的事。又或者，她也为我感到难过，恰如她所料，我把自己锁在封闭的世界里。而她就像一个无所事事的闲人，愿意蹲下来帮助一个孩子在沙滩上建造一座沙堡。

把这些录音带交给她打成文字也许是个错误，但我似乎别无选择。我一直都是文字工作者，以至于无法信任听觉至上的东西，直到我看到打印成册的文字才能停止怀疑自己。

"你想问什么样的问题？"我说。

"比如，她真的想离开他吗，还是你猜的？"

"我推断出来的。"

"啊，"她说，"一点儿都不对，真为你感到惭愧。"

我没有心情和她辩论。我的手腕僵硬酸痛，四肢肌肉抽搐，从脚底板到脖子都疼得厉害。但当我转过椅子朝向门廊时，艾达会给我递上一杯饮料，让我安静下来。这时雪莉说："我知道他们住在这儿的时候他是个酒鬼，所以我猜她从来没让他遵守过戒酒的誓言。"

"你怎么知道的？"

"我爸爸说的。他说你爷爷在尤巴河上有个砂矿,我爷爷经常开车送他去那里考察。那里的人骗了他,他们会把沙子给你爷爷,把金子留下。"

"他很容易受骗。那也是祖母生气的原因之一。"

"但他人好吗?"雪莉说,"是不是每个人都很尊重他?我爸爸说,矿工们都认为他是最公正的老板。他允许别人犯两次错。"

"三次,"我说,"但没有第四次。当他无法忍受的时候,他会变得毫不留情。"

"他听起来并不像爸爸说的那么铁石心肠。在你的书中,他似乎也不是铁面无私的人。这就是为什么他要花三天时间去尤巴峡谷,和他的司机一起喝得酩酊大醉,喝到睡着为止,然后醒了以后再回来。"

"他的心里空虚很久了,"我说,"我猜他时不时得喝点儿。"

"你见过他喝醉吗?"

"我怎么知道?我那时还小。他从不吵闹,也不邋遢,没见过他撒酒疯。他工作时从不喝酒,我相信他在祖母身边也不喝酒。据我所知,他是个安分守己的人。我感觉他支撑着这个世界运转。我还记得他带我下矿井的情景。"

"是吗?"

"那倒也没什么。只是……他的手又大又暖。你知道黄道带的泵轴是如何与主轴平行运转的吗?只是在主轴之间加了一些支架。"

"我从来没有去过黄道带。它在我出生之前就关了。"

"真的吗?"我很惊讶。黄道带对我来说非常真实。雪莉对此却没有任何记忆,她只知道那是一些落后的建筑,一个用木板封住的入口,还有许多生锈的电缆和杂草丛生的铁门。

"那是个斜井,"我解释说,"泵杆向下延伸了将近一英里。泵是祖父设计的——这是他的第一份工作,在矿井低层被洪水淹没后,康拉德·普拉格把他带到这里重新开了黄道带。用同一根杆子抽十二个水泵。你沿着轨道继续往下走,每隔一段时间,有车来了,你就得回到支架上,然后你就会感觉到那根巨大的杆子在你脖子后面的黑暗中工作。它会攀升至最高处,在那里拉一秒钟,然后猛冲下去。泵轴总是浸在水里,黑暗中一路呜咽而下,直达泵吸水的地方。他们一天二十四小时,每分钟划七下,就像缓慢而沉重的脉搏。照看它们的老表兄杰克总是称它们为'她'。我站在祖父手里的木头中间,总觉得它们是祖父的一部分。它们有他那种可靠的品质。我仿佛能感觉到它们在祖父手里跳动。"

雪莉歪着头看着我。她的眼睛是灰色的,带着一种冷漠和多疑,现在几乎变成褐色了。她说:"你很喜欢你的祖父。"

"我想我喜欢他、信任他,胜过信任任何人。"

"我想,他一定很像你,"她仍然歪着头,思索着微笑道,"他懂得人性的弱点,不是吗?他不怪罪别人。像你一样宽宏大量。"

"哦,我亲爱的雪莉。"我说。

我认为,她的夸赞主要是由于内心愧疚。如果我们每天下午都能开个实话派对,她会很高兴的。她一定很疑惑,为什么我对她私生活的了解停留在泛泛层面而没有进一步探索。我没有征求她对人类行为(她会称之为人类举止)问题的意见,可能有点儿惹恼她。可怜的孩子,她有她的小剧本,她想在一个满是观众的房间里演给我们看。当然,她也不介意在我自言自语时当忠实的听众。她对奥利弗·沃德和苏珊·沃德的讨论中就是这样的,她经常把话题自然地转向莱曼·沃德。

我可以告诉她,而且是不得不告诉她,如果有一件事是我最鄙视的,那就是手指,尤其是女性的手指,它们极大地影响了我的勇气。它们就像维多利亚时代的婚姻一样,是很私密的。

于是我小心翼翼地把那条好腿伸直,又在抽搐的地方揉了揉,从挂包的瓶子里摸出了几片阿司匹林，说："雪莉，请你给我拿杯水来，好吗？"

她把水端来了，但没有听懂我的意思。当我吞下药丸，她接过杯子说："你怎么知道他在一八八七年是一个酒鬼呢？"

"不是酒鬼。是一个爱喝酒的人。你不要再犯我祖母犯过的错误。"

"好吧，是个爱喝酒的人。"

"祖母的几封信里都是那样说的。"

"她说她对他的酗酒感到失望。"

"还说了一些其他的东西。"

"真是有意思。自他们到这儿后我几乎看过了他们所有的东西，我不记得有这样的信。"

"那些信不在这里。"

"真的吗？为什么不在这里呢？在哪儿？"

"因为这是我所知道的祖母最隐私的事情，"我回答说，"突然间，那个可怜的维多利亚时代的女人被看光了，这有点儿可怕。她发现自己不得不处理一些情感，而这些事情是优良的教育没有教过她的。"

"为什么？发生了什么事？"

"确切地说，我也不知道。这就是为什么我们有一段时间写信回爱达荷州历史协会，看看是否有人可以为我们找到博伊西的相关文件。"

雪莉皱着眉头端详着我。她跷着二郎腿，灯芯绒裤子紧致地勾勒出大腿的轮廓，松松垮垮的懒汉鞋随着她的脚趾上下摆动。"在我看来，因为她丈夫喝了几杯酒，她就大惊小怪的。"

"我没说全都是这些事情。"

最后她开始感到一阵寒意。"嗯，你很神秘。那事情的全貌是什么？她真的和弗兰克·萨金特有婚外情吗？我能看看那些信吗？"

我没有回答。我转了一下轮椅，从雪莉的头上看过去，一缕斜斜的光线映在镀金的相框上，里面的祖母坐着，眼神向下看。不知何故，我突然不想让任何人再打扰她了，就像不想让任何人再打扰我一样。

我为何要花这么多精力去了解我祖父母的生活？我在讲什么故事？我组织这一切是为了什么？为什么我要雇这个女孩把我录在录音带里的话打出来？为什么我要探寻苏珊·沃德隐藏的苦难？是爱与同情让我认为自己有能力重建这些生活，还是我身为"复仇者"坐在轮椅上，一心想证明：即使再有教养、再正直的人也难以抵御人性的阴暗、背叛和失望。

我的四肢在抽搐。我感到不安、愤怒、走投无路。"到时候再说吧，"我回答说，"我得把他们找出来。"

时间过得飞快。由于进展缓慢，我很苦恼。快到九月了。用了春夏两季，故事才讲到苏珊·沃德四十岁，她可是九十一岁才去世的。雪莉做事时总是发出噪声。如果她下个月回了伯克利，我虽然将会有更多的私人空间，但也可能会进展得更慢。

此外，我在内华达州的全科医生现在想知道，如果没有找到一个合适的护士照顾我，我是否应该冒险在这里过冬。他的意思是两班倒的护士，他和我一样清楚，我付不起那么多钱，也不想要那么多人。像祖父一样，我不用别人强迫就能做得很好。艾达就是我想要的护士。我叫喊的时候她会过来照顾我，不会试图逃跑。当我提出这个建议时，海恩斯医生说，艾达自己身体也有问题，冬天会犯严重的关节炎，呼吸系统有很多毛病，可能靠不住。管不了那么多了，船到桥头自然直。与此同时，他所有的担心都毫无说服力。我看到木柴堆里有个留着"非洲卷"发型的男子，他叫罗德曼·沃德。在他身后是另一个"非洲卷",名叫艾伦·哈蒙德·沃德。我相信,我儿子已经给了我所有他认为合理的休闲时间,而且,他越来越坚信必须要做点儿什么,他已经成为他母亲的盟友了。我和他母亲,我的妻子,结婚二十六年了。

我怎么解释呢?如果我很容易受到雪莉挖掘陈年往事真相的影响,或者说我打算写一本关于我自己的书,而不是关于祖母的,那我会写我和艾伦·沃德的关系。我们在剑桥大学读研究生期间,有那么长时间的亲密关系,难道这都是谎言吗?是纯粹浪费时间吗?我不这样认为。多年来,放弃自己的学业和事业,她是否心怀怨恨?可并不是我劝她做出这样的牺牲的。她自己说,如果她不打算做出一番事业,那么为之做准备就毫无意义。她也没有兴趣成为一位教师妻子的同时还去做兼职,在艺术博物馆里负责端茶倒水。

我们住在威斯康星州的那五年,她一直在为升职而努力奋斗。由于处在大萧条时期,她升职的可能性几乎与男性临产一样低。对她而言,那段日子是否单调无聊?哦,不。罗德曼就出生在那里,而且,我们在那里有密友,有足够的钱维持生活,当时很多人卖房,衣食无着,但我们还有自己带阁楼的公寓和花生酱三明治。我们那时来往的朋友,有的死了,有的出名了,有的离开了,几乎没有几个是富裕的。在所有这些曾经亲密无间的关系中,只有艾伦·沃德和我成为一对秘密情侣,这也是能够理解的。

后来,在达特茅斯和伯克利的那些年,是否让她难以忘怀?这些有什么意义吗?也是浪费生命吗?她是否还像我一样记得"二战"结束后的那几年?那时我刚崭露头角,我的作品开始为我们带来回报,当我在书房里每天只睡四个小时的时候,她的目光会不会被我吸引?我们几乎每天都在阿奇街的花园里吃午饭,她还记得那张铁桌子吗?我想她可能不记得了,我一直认为理智、平静、美好的生活对她来说太平常了。让她感到不安的是我有做不完的事,一生都很充实，而她自己只有家务。她从来不是教师、桥牌、家长联谊会、慈善事业、合作社游戏商店的一员。她是一个爱读书、爱活动的人，一个沉稳安静的女人。我一直认为我们两人都过得很幸福。

我永远也不会明白。如果我没有全神贯注于僵硬的四肢，可能会注意到一些事情。除了她单纯的不开心，我也不知道还能发现什么。从她焦虑的神情，我知道她很担心，就在医生告诉我必须截肢的那个晚上，她把枕头都哭湿了。

在那之后仅仅几个月，她就五十岁了。那时她还性情温和，而我刚截肢，在医院里动弹不得，她把那张纸条留在我的床上，说她要离开我。她选了谁呢？选了那个刚给我做了截肢手术的外科医生。他的名气可能比我大一点儿，但也强不了多少，而且他也不年轻了，跟她年纪相仿。离过一次婚还带着个孩子。值得肯定的是，他把我这个病号移交给另一位同事，然后休息了很长时间，这还是考虑得挺周到的。如果在他和我妻子住在一起的时候，还让他照顾我，那我们肯定都会感到尴尬。不过我想他们本来可以分别来看我的。

为什么？怎么会这样？是出于一时不满的怪念头，还是出于长期的厌恶？想要留住她的青春？试图假装自己还没老？她从来没有表现出那种虚荣。难道是有迟来的野心，想凭自己的力量有所作为？但是，作为一个外科医生的妻子，怎么可能会比作为一个学者的妻子拥有更大的自由呢？当然，独守空房的日子要多得多。也许更年期使她害怕不安。如果是这样，那他们可以在我的墓碑上写上："此人因女性荷尔蒙被抛弃"。但如果不是这样，她为什么要离开呢？不过我的这种心烦意乱只持续了很短时间，很快就被吃药的苦恼取代了。

不管怎么说,她的婚姻是最不幸的了。现在的我,就像亚哈①一样,桅杆折断了,视野狭窄,透过时空的弯曲透镜看到过去,我最好小心点儿。阴谋开始酝酿了。她的绝望助长了罗德曼的决心——赚钱。要是能得到更多穿孔卡的数据,我倒是很想要一些。我敢打赌,罗德曼一定会让海恩斯医生用冬天的困难和意外来吓唬我。

冬季的天气对我有什么影响?我住在屋里。我可以在楼下空无一人的房间里散步。我会安装一些运动器械,泡澡、蒸桑拿,和几个护理人员以及一个体育指导员一起度过那段日子,之后他们一定会说服或强迫我离开山谷,搬到他们可以跟我分开住并且只有上帝才能宽恕我的地方。

我注意到,只要艾伦继续和她的外科医生相好,我们之间就没有宽恕或和解的可能。不幸的是,那个外科医生从他们在亨廷顿湖的小屋走后,就再也没有回来。她的焦虑和不确定应该与我如出一辙。他下决心离开她了?自杀了?跟别人跑了?疯了?还是像成千上万的人一样,安静地离开他们无法承担的义务了?我想艾伦一定会发疯的。我饶有兴趣地在报纸上看搜救情况。部队、童子军、护林员、直升机在这一地区搜寻了两周,直到第一场暴风雪给塞拉带来两英尺厚的积雪,他们才放弃搜寻。第二年夏天,渔夫在深谷里发现了他的骸骨。那时我住在疗养院,那儿只有我一个人在养病。

现在,在经历了所有的不幸之后,艾伦回来了,神情憔悴,她在核桃溪租住了一间公寓,和她两年没有书信联系的儿子恢复了往来。(或者她联系了,我不知道。除了罗德曼到这儿来的那一次以外,我们从未讨论过艾伦。)鉴于儿子已经不再是正统婚姻的信徒,也许艾伦让罗德曼相信,只要他那可怜的老爸努力去理解她,把过

---

① 亚哈(Ahab),古代中东国家北以色列王国的第八任君主,在同叙利亚人作战时阵亡。

去抛在脑后，她自然会照顾我的。

这两个可怜的老家伙彼此需要，罗德曼大概也是这么告诉莉亚的。他们最好在一起。为什么不呢？这对他俩和我们所有人来说都是最合理的解决方案。

这些我都已经考虑过了。我该怎么做呢？我曾经考虑过原谅，但像我的父亲和祖父一样，我是一个公正的人，而不是一个仁慈的人。我不禁觉得，如果想要伸张正义，仁慈永远是多余的。我不想让她受到惩罚，我不想以眼还眼，以牙还牙，我不会对她的不幸遭遇幸灾乐祸。我对她的感觉已经不像以前了。她破坏了一些东西。我无法否认这样一个信条，即当你得到你想要的东西时，你最好准备好接受随之而来的任何后果。我还记得我们当初的誓言：无论健康还是疾病，贫穷还是富有，直到死亡将我们分开。

"死亡"这个词，并不是一时兴起或随意选择的。可能她认为我是永久残疾，她最好另做打算。（不管我怎么努力，我都无法接受这个事实，尽管我相信她的医疗顾问可能已经给了她那种预判。）我家族的人都很长寿。也许她预见到，作为一个绝望病人的护士，以后三十年的时光将一去不复返，又或者她只是受到了更年期欲望的折磨。我宁愿认为是这个生理原因在作祟，而不是深思熟虑后所作的决定。

她甚至不忍心日复一日地看着我，一个曾经的男子汉现在像石像一样。女人会因为怜悯而离开男人吗？还是因为她害怕怜悯会对我们之间的感情产生什么影响？

如果她在我还是一个健康的男人时离开我，即我双腿健全，头也能偏向一边来表达自己的羞愧或悲伤时，我就会厌恶自己的这种恶意猜测，以我的人格为她辩护。我的确把她做的一切视为理所当然，我过去的确忽视过她，我强迫她来努力迎合我的要求，我们确实有过争吵。但她并没有在争吵后离开我。当我最无助的时候，她离开了我，她知道她给我留下了一个如此可耻的形象，以至于她不敢当面告诉我，而是当我睡着时，留下了那张字条。她没有对我提出任何指责，所以我不得不得出这样的结论：最终使她从我身边逃脱的是我那不幸失去的腿，以及僵硬的残肢。

去她的吧。我蔑视她，不管是罗德曼为此而出的主意，还是国王为此而颁布的法条，都无法让我和她和好。

从一八八七年的冬天一直到一八八八年的春天，祖母苏珊·沃德一直对祖父有所怨言，最后决定趁着奥利弗带着一队人去了杰克逊山洞时，她带着内莉和孩子们去温哥华岛①。我想对祖母苏珊·沃德说：你不要表现得像个维多利亚时代的假正经一样。别不分轻重缓急。问问你自己，他喝闷酒是否真的伤害到了你和你的孩子或者他自己。不要对这个人的坏运气不耐烦。你太激进了。

当然，祖母没有听到我这后人的警告。她不是一个善于沉思的人，她有过失望、委屈、焦虑，她相信自己的抱负，向往高雅，渴求上流社会的浮华。眼看着自己的希望渐渐破灭，她的自尊心受到了伤害。她对孩子们的期望似乎注定要落空。她当初放弃的生活在今天看来早已像海市蜃楼一样虚无缥缈。她有才华，也小有名气，收到过不少追捧者的信件。博伊西城的太太小姐们都很仰慕她，而她却恰好最不在意这些人的看法。

那时她的父母相继离世，贫穷带给他们一个最痛苦的结果就是，她无法回到日思夜想的老家，和贝茜一起安葬父母。每当她梦想着回去重新恢复与奥古斯塔和托马斯之间的亲密关系，她就提醒自己，当初的朋友们现在都已经有所成就了。斯坦福·怀特当时在斯塔滕岛为他的朋友们建了一座豪宅。他们的宾客有内阁部长、政

---

① 温哥华岛（Vancouver Island），加拿大岛屿，位于太平洋沿岸。

治家、大使、百万富翁和国际著名艺术家。他们最亲密的朋友是总统格罗弗·克利夫兰和他的夫人,他们时不时会去泽西海岸的别墅里度过安静的周末。

想象一下她的心情。这片土地上的第一夫人偷走了她在朋友心中的位置,如果她没有嫁给流亡失败的男人,她可能还会占据这个位置。如果说,知道自己的好友享有崇高的地位,会使她感到既骄傲又悲哀,那么,每当奥利弗郁郁寡欢地进城时,她所感到的那种忧虑,只会更加令人难以忍受。

她对自己婚姻破裂的事情并不十分坦率。他们把复杂的个人问题简化为简单的经济学问题。"既然我不能和我那失败的男人一起走下去,"她写道,"我更喜欢到山下的某个地方和我的孩子们单独待一段时间,学着了解我那十一岁沉默寡言的儿子。顺利的话,这个秋天他会离开我们去东部的学校读书。"

关闭峡谷营地就像关闭一栋屋主已死的房子。("死也比搬家容易,"苏珊在给奥古斯塔的信中写道,"至少那样你不需要箱子。")她在摆放着长长的行李堆里走来走去,面如死灰,心乱如麻,感觉好像大难临头。厨师万无声地表达着他的悲痛,他把所有的毯子、亚麻布、盘子、衣服都洗了一遍,然后收起来放好。不管是万挂在绳子上的东西,还是她已经打包的,包括伙计们搭的厨棚,在厨棚下桌子上吃的每一顿饭,目之所及的一切都在用失去的幸福和放弃的希望来刺激着她的情绪。

第二天,他们坐在桌边喝汤吃三明治时,苏珊突然问道:"咦,为什么我们要把所有的东西都打包呢?我们不能直接把它们锁起来然后离开吗?"

奥利弗低着头,嚼着东西,似乎在盘算该怎么回答。最后他说:"如果你这么做了,你就会指望还能回来。"

"你不指望吗?"

奥利弗带着那种上级对下级发号施令的严厉眼神说:"我指望,但我认为你并不指望。"

反过来,她也希望自己在他眼里还一如往常。她的意思是,如果有可能的话,她也指望!

他双手捧着三明治,低头看着她。"你根本不必离开,真的。大块头可以搬到小屋里去照顾你。我可以在夏天回来一两次。冬天的时候,我们可以把这地方租下来给勘探局当作办公室,让他们住在这儿。"

苏珊想了想。如果她留下来,这意味着什么?她会留下来做什么?她的孩子们在一个与世隔绝的峡谷里,对野蛮的抵抗还能坚持多久?这种与文明社会隔绝而不迷失自我的生活,她到底能坚持多久?不管怎样,曾经是希望让他们留在了这里,而现在希望也破灭了。她对一个复杂的问题做出了非常简单的回答:"不。不可能留在这里。"

"那我们就得把它清理出去。如果我们把它锁起来放在一边,经过这里的牧羊人会睡在你的床上,用你的书点火。"

"说的也是,"她说,"那书呢?弗兰克和威利的东西呢?"

"我上周写信告诉他们来拿东西。"

"有几十包呢,"她说,"还有他们辛辛苦苦做的那些皮革封皮。他们肯定不想丢掉这些。"

过了一会儿,奥利弗和奥利搬了一车东西到城里去寄存。贝琪帮内莉打扫房间。苏珊把书打包。艾格尼丝躺在靠窗的位置。她有点儿苦夏,还有支气管炎,她脸色苍白,双眼空洞,无精打采。内莉从她身边经过时对她笑了笑,摇了摇头,用她那北英格兰口音说:"真是个憔悴的小宝贝!"

"她不适应这里的气候,"苏珊说,"我希望海上的空气会好一些。她身体太弱了。"

内莉回到自己的房间,艾格尼丝则躺在长椅上看着母亲把《炉边诗人》放进箱子里。还有《战争与和平》《父与子》,以及狄更斯、萨克雷、豪威尔斯、詹姆斯、康斯坦斯·费尼莫尔·伍尔逊[①]、凯特·肖邦[②]和凯布尔的著作。苏珊坚持每一本都要亲手拍一下,将其擦干净了再放好。

她拿起一卷柔软的皮革卷,上面写着:丁尼生著《国王的田园诗》。这是弗兰克·萨金特在她三十八岁生日那天送给她的礼物。她翻开书,上面赫然写着"旧的不去,新的不来"。她翻到扉页,读了读题词:"赠苏珊·沃德,生日快乐。"寥寥几个字里饱含爱意。内莉曾告诉她,弗兰克练了一个月,为此还弄坏了另外两本书。

她用手掌在粗糙的皮革上擦着,想着那个忠诚的年轻人。算年轻人吗?他三十二岁,她四十一岁。曾经那个春天,她怀着顾此失彼的无奈和对峡谷四月的向往,在小说中将他塑造成大胆追求幸福的主人公,闯进一个偏远的农场,带着农场主的女儿私奔。故事中的农场主本来是一位绅士,后来愤世嫉俗隐居山野。女主人公才年仅二十岁。

苏珊发出一声凄凉的笑声,艾格尼丝好奇地望着她,递过一本书,让她拍干净。艾格尼丝确实是一个弱不禁风的小孩,比苏珊在《世纪》小说中虚构的少女更惹人怜惜。苏珊没有把书接过来,而是把手放在女儿额头上,看看她是不是发烧了,还是虚弱得发冷了。苏珊一边摸一边瞥了一眼窗外,山坡、小河、吊桥,还有一幕反复出现在她小说中的生活场景——弗兰克·萨金特正在畜栏门口

[①] 康斯坦斯·费尼莫尔·伍尔逊(Constance Fenimore Woolson,1840—1894),美国女作家、诗人,以其关于五大湖地区和美国南方的写作闻名。
[②] 凯特·肖邦(Kate Chopin,1850—1904),美国女作家,代表作有短篇小说集《河口人们》和《阿卡迪亚之夜》等。

给他的马卸鞍。

她早就料到会是这样的场景,她的心宛如一只瓶子,里面装着多少渴望、不满、疲惫和辛酸。他就站在那里,此时她感到既高兴又内疚,就像海浪冲击着沙滩一样。见弗兰克往小坡上走来,她赶忙缩回身子,不想被他发现。但她又立马改变了心意,站到门口最高一层的台阶上大声呼喊着向他挥手。他在河边听不到她的声音,但他卸下马鞍时眼睛一直盯着那所房子。她看见他黝黑的脸上露出洁白的牙齿,他兴奋地挥动着长长的胳膊,把马赶进畜栏,关上栏门,然后冲她跑了过来。那座桥就像一条拥挤的人行道,丝毫没有使他放慢脚步,他大步跑上山。苏珊张开双手迎接他。

"弗兰克,弗兰克!哦,可算把你给盼来了!你再晚点儿来,我们就走了。"

他那黝黑的大手紧紧地握着她的手,他左手无名指上戴着一枚亚利桑那州的绿松石戒指。他急着往山上跑,气喘吁吁,但还是边说边笑。她曾经告诉过他,他是自己认识的唯一能边笑边说话的人。

"奥利弗……写信给我,让我来拿我的东西。"

"啊,只是为了拿东西吗?"

"当然不是。主要是来看你。你好吗?让我好好看看。"

他仍然握着她的手,她背对刺眼的阳光。在她看来,他看到的是苍白的、饱经风霜的、叛逆的自己。她的理智告诉她,四十一岁的女人不应该被一个不是她丈夫的男人那样看着,也不应该心甘情愿地接受这样的目光。

他的目光从她身上移开,看见艾格尼丝站在门口。小姑娘瞪大了眼睛,眼神充满了敌意。

"这是……?"

"艾格尼丝。"

苏珊心中暗想：快松手吧。这就是你最后一次见我时肚子里的那个孩子，那是个对丑陋婚姻的提醒。在她出生之前，你根本无法忍受她，我可怜的不受欢迎的孩子！

"我不喜欢你。"艾格尼丝说。

"艾格尼丝，孩子！你在说什么？"

弗兰克还是尴尬地笑了笑。他的手紧握苏珊的手，他那双炯炯有神的棕色大眼睛默默地盯着艾格尼丝。他没想讨她喜欢，只是看着她。"长得真像你，"他眼睛盯着苏珊，"你小时候一定就是这个模样。"

"天哪，我可不希望，就凭我这张脸！"虽然嘴上这样说，但苏珊心里却有一种得意的感觉。他一句话就把他们分开时的痛苦一扫而空。他接受了她肚子里的这个孩子，即使艾格尼丝用警觉的眼光看着他。他走近苏珊，索性捅破那层欲盖弥彰的窗户纸坦诚相见，有什么说什么反倒来得轻松。她半尴尬半戏谑地笑了笑，然后低下头看着自己那双被握紧的手，直到他松开。

在奥利弗和奥利从城里回来之前的两个小时里，苏珊·沃德和弗兰克·萨金特会对彼此说些什么呢？他们聚在一起后，应该有说不完的话。我很难想象他俩在那种情况下的语言。两人克己守礼，落落大方，不敢越雷池半步。她是一位窈窕淑女，而他也向来自命清高。那时候的小说宣扬的都是忠贞不渝的爱情，纯洁高尚得容不下半点儿龌龊的想法和行为。他俩都很相信这一套，恪守着"发乎情，止乎礼"的古训。

和雪莉同时代的小伙子热辣性感，那些开放的姑娘们一把脱掉衬衣，绕着人民公园五月节的花柱跳舞，还在会客室里上迎来送往一个又一个中意的对象，对他们而言，苏珊和弗兰克与其他维多利亚时代的人一样令人发笑。裸露的肉体是个让人烦恼的问题！他们拒绝承认动物的欲望是多么虚伪！维多利亚时代是一个没有生物学的时代。

当然，这都是胡说八道的。祖母在农场长大，一生大部分时间生活在蛮荒的边疆。她知道我们所不知道的关于动物的性知识。她泰然自若地接受了一些动物的机能，例如：马车进入现代社会解放了体力；在她和祖父一九〇六年建起黄道带平房之前，她对原始的茅厕也并不厌恶；她可以杀鸡、拔毛、烹饪，丝毫不像她的邻居奥尔本太太那样对此感到厌恶，这是我们大多数人做不到的。我们已经习惯于把鸡想象成用整整齐齐的锡纸包裹着，里面有鸡胸、鸡翅、鸡腿和鸡脖，没有内脏或粪便，没有死亡和杀戮。对于祖母来说，生死则是家常便饭。马、骡子、牛、狗的生育都没有什么特别之处。动物死亡后，主人不得不处理它们的尸体；男人死后，家里的女人负责安葬。在十九世纪八十年代的时候，你感受到的那种动物性的疼痛，现代人不会感同身受。那时候生孩子多半是不用麻醉剂的。

我们只是把禁例和虚伪的东西换了过来。我们对疼痛和死亡敬而远之，他们则对谈论裸体与性表现如此。他们对违反婚姻契约表示痛惜，并相信单亲家庭也需要承担责任，他们认为女性婚前的贞洁是这些的保证，或者至少是作风正派的开始。狂野的男孩儿和年轻的单身汉却不会这样约束自己。因此他们对那些游手好闲的丈夫和出轨的妻子都能表示理解。他们能够分辨好女人和坏女人，这是我所做不到的。生育意味着会遭受不可避免的痛苦，自己的女人生育了六到八个小孩，但只有三四个能确保是自己的。

当卑贱的欲望和不值得的激情困扰着那些不能随意乱交、通奸和离婚的男男女女时，会发生什么呢？要么是柏拉图式的友谊，要么是分道扬镳。友谊总是冒着决裂的风险。

弗兰克·萨金特对她暗生情愫已经有八九年了。他认为利用苏珊对自己的友谊或者出卖奥利弗对自己的信任是一种无赖的行为，这九年里，他开始怀疑自己曾经引以为傲的自制力了。他的骄傲和他那无可救药的忠诚，恰恰是他最大的敌人。至于苏珊，明知道这是在玩火，却仍然奋不顾身。她对丈夫和她自己的信念感到失望，她的夫妻感情受到了创伤，一想到未来就心烦意乱。她和弗兰克称得上是灵魂伴侣。他爱读书、爱说话，总而言之，他比奥利弗更体贴、更浪漫、更热情。

接下来会发生什么？我想，在分别了将近三年之后，他们会有很多话题可以聊。弗兰克不久就会发现，他心目中的女神已对她的真命天子大失所望。我猜想弗兰克在问候过内莉，亲吻了贝琪，并与厨师万握手以后，他环顾四周，看见山上的迎春花，香气吹遍峡谷，听见河水的潺潺声，他会提议和苏珊去河边走走。

现在我不能再逃避了，我得让他们说出来。他们的谈话一开始不涉及私人的话题，一问一答。慢慢填补分别的这段时日的空白。

他们爬上了峡谷陡峭的路，到处是松动的石头。弗兰克拉着苏珊的手向前走。当从斜坡走向平地时，他说："我猜运河的修建真的触礁了。"

"谁告诉你的？城里的人吗？"

"是的。"

"我鄙视那些人！"她哭了，"他们巴不得看着我们完蛋。"

"为什么？他们说错了吗？"

"我不知道。但如果他们中的个别人能对这项工程有足够的信心，提供资金帮助，我们早就完工了。"

弗兰克从小路上跨过两块石头，伸出一只手把她拉过来说："对奥利弗来说打击太大了。"

"堪称噩梦"。

"对你也是。"

苏珊耸了耸肩。"我们所有人都很难受。"

他们休息了一下，喘了口气。他说："我真想见见奥利。他现在一定是个大孩子了。"

"是大孩子了，就是不爱讲话。在峡谷里长大对他没什么好处，他没有接触多少同龄的孩子。"

"我一直以为他很喜欢这里。"

"是很喜欢，可光是喜欢有什么用。他应该到东部去上学。"

"你不打算送他去吗？"

"钱呢？钱从哪儿来？"

他们继续往前走，穿过浅水沟壑，走到平坦的艾树高原。风从西面吹来，吹动着鼠尾草，吹冷了它们温热的皮肤。她脱口而出："可是我总要设法让他接触有教养的人，他一定要看戏、听歌剧、去画廊、听讲座！不能让他长成他父亲那样的榆木疙瘩！"

他诧异地看了她一眼，触碰到了她的心，转而放眼向南边的群山望去，那里地势非常高，山坡上是朦胧的翡翠色，山峰上是朦胧的淡紫色。他说："他父亲是爱达荷州最有想法的人。"

"结果却一事无成。"

"哦，苏珊，你的信心去哪里了？"

"一去不复返了。"

"我简直不敢相信。"他又握住她的手，朝她弯下身去，一副迷惑不解、眉头紧锁却又神情专注的样子。她觉得自己就像一个在风中吹着的纸人，一切都随着风在混乱中飞走了。"那可不行，"弗兰克说，"你必须对奥利弗和运河有信心。"

她没有抬头看他。他们僵硬地站在那里，身后是在风中吹动的鼠尾草。她因难言的苦楚而撇了撇嘴。"就算我有信心，又有什么用呢。"她说。

他没有接话，只是握着她的手与她面对面地站了很久。她被自己刚才说的话吓坏了，偷偷地向上瞥了一眼，眨了眨眼睛。他的脸沉思着，双唇紧闭。最后他说："跟我说说？"然后陪她沿着陡峭的小径走去，仍然握着她一只手。

走了一会儿，他们在熔岩边坐下，他不止一次坐在那里给她当模特。她把他那件诺福克灯芯绒夹克叠起来坐在身下，以免弄脏自己的衣服。燕子在他们眼前的空中飞来飞去。他们身下的河水正冲刷着熔岩。他们可以看到熔岩是如何覆盖和形成山麓的，还能看到从上面大山谷里流出的河流是如何被水坝切断的。（她的工程师曾向她保证，上面的大山谷总有一天会被淹没。）往下看，是水渠的顶端（这是一个永久坝址，但不如下面的箭石大坝好）。他们第一眼看到的是那条河的源头，河水翻滚着，像衬衫前面的褶皱一样慢慢汇集，流入他们建的沟渠。在侧沟上方的小丘上，厨师万的衣物像两排经幡一样挂在那里。

她坐得离弗兰克很近，稍微一动，胳膊就会碰到他。她从高处俯瞰下面山谷的景象，带着苦涩的语气说："我们在那里虚度了几年的时光。"

弗兰克把离她远的那只手撑在身后，没有回答。她的眼睛注视着的那个小房子，就像一个被囚禁在镜头里的微型图像一样清晰。河对岸山谷里的白杨树闪闪发光，沟壑里碧波如洗。风从西边吹来，燕子在风中斜飞，在她脚下悬崖的缝隙和山洞里筑巢做窝。她可以听见呜咽声，像河水，像秋风，又像两者的和音，然后在短暂的寂静中传来一只鸽子的哀鸣。

"哎，"她说，"悲哀啊！"

弗兰克动了动身子，碰到了她的肩膀。他低声道歉，但她没有回应，也没有看他，眼睛依然紧盯着他们生活过的家园，她的心被鸽子的叫声扰得难受。

"苏。"弗兰克说。

她心中的悲恸如洪水决堤一般泛滥开来,但仍有几分清醒,因为悲伤中,她敏锐地觉察到他对自己称呼上的细微变化。他以前总是叫她苏珊,当着外人的面会称呼她沃德太太。但是她没有转身。"苏,不用我告诉你,奥利弗已经坚持了六年了,到头来还是一场空。"

"还搭上了我们所有人,"她迎风说道,"你不也是?也没见你借酒浇愁呀!"

"我可没有像他那样为了那条运河赌上一切。"

现在她确实转过身来了。"你没有?我还以为你也赌上了全部呢!"

"你知道我拿我的命来赌什么,而且那对我来说意味着什么。"

他直起身子,拿走撑在身后的那只手,拂去熔岩上的小石子,然后笑着给她看自己被压得坑坑洼洼泛红的手掌,来掩饰自己言语的唐突。不知怎么,一看到他那只手,她就彻底垮了。她低着头盯着自己白色长裙下的膝盖说:"弗兰克,我该怎么办?我不能把孩子的未来托付给他。他就是死脑筋,屡战屡败,屡败屡战,到最后只能自暴自弃……孩子们会长成像奥尔本家一样的野蛮人!你知道我已经无计可施了。"

"我知道。"

"那我们怎么办呢?"

"我也不知道。"

他的身子没有了支撑,笨拙地向旁边倾斜。他往后一靠,避开了这尴尬的位置。他们四目相对。她的眼里充满了泪水,牙齿咬紧了颤抖的嘴唇。他把左手伸到她身后,支撑住身子。随着她一声惊呼,他已利落地把她搂在了怀里。

眼泪、亲吻、激情还是谈话?或者仅仅只是牵手?也许吧。不管怎样,她的确已经压抑太久了。最终,她还是哭着从甜蜜而致命的拥抱中挣脱着站了起来，然后甩了甩被眼泪湿透的双手，以一种万劫不复的姿态低着头，一边说着，一边离他远了一些。她在小路上背对着他站着，努力平复自己的情绪。

他呆坐在原地，过了一会儿起身追上去，拍了拍她的肩膀。她没有转身。

"别这样。"她说。

"我很抱歉。"

"没关系。"

风吹着他们，把他的衬衫贴在背上，把她的裙子贴在腿上。野粉色的夹竹桃从她脚边的草地上蔓延到山艾树丛中。

"我不知道我们能做些什么，"她凭风而立，"但我知道有一件事我们不能做。"

他等着她说出来。

"我们再也不能这样了。"

他没有说话。

"绝对不可以！"她转身直面他，语气激动。她的脸颊上都是泪痕，眼睛红红的，但情绪更加平静。她盯着他的眼睛，伸出一只充满爱怜的手去拉他。"我必须尽快带着孩子们离开。明天就走。最迟后天。"

"那就剩我……"弗兰克说。

她低下头，咬着颤抖的嘴唇，然后转过身去，望着吹动着的鼠尾草。

当他们沿着小路走回峡谷路的时候，从高处看，他们显得非常渺小。从她旧相册里的照片来看，我可以断定她大概穿的是那种早已过时的半边裙，但如果想确定这一点，需要我事倍功半地调查。她长裙拖地，领口高及喉咙，灯笼袖长及手腕，只露出一张目不斜视的悲伤脸孔和一双手，眼睛直勾勾地看向前方，一只手握成拳头，另一只手被弗兰克·萨金特攥得生疼。

他们就这样走着走着，来到了峡谷的路边。突然，一阵风从他们身边吹过，原来是奥利弗和奥利驾着马车从山路拐进了峡谷，正好在路口撞见他们。

她挣脱弗兰克的手，转过身来，跟他保持距离，顺势朝丈夫和儿子挥手。她听见弗兰克把外套在头顶上挥动时发出"嗖嗖"的声音。奥利弗停下马车。他们走到步道上，大声招呼着对方：看，谁来了！谁回来看我们了，你这个老家伙！嗨，奥利弗！要放弃你的大本营了，作何感想呀？我刚刚去看了它最后一眼。

几年不见的老朋友，久别重逢，又是握手又是捶胸，欣喜之情溢于言表。奥利和弗兰克坐到后面，苏珊爬到车前座，一路颠簸地回到峡谷。出于愧疚，她一路都在想，他们父子俩是否看到自己那满是泪痕的脸，是否看到自己和弗兰克十指紧扣？奥利弗的友好是不是一种虚情假意？为什么奥利脸上是这副表情？到底是她自己做贼心虚，还是奥利在目睹了母亲和弗兰克满脸伤感、缠缠绵绵之后，情不自禁的表现？

第八章 梅萨牧场

1

家庭面临分崩离析。祖母说，她命该如此。在我看来，这都是她自己一手造成的，证据就是她写给奥古斯塔的那些信。她在信中提及奥利弗时，仿佛他只是个熟人而已，根本不是她的丈夫；提及弗兰克时语气却正好相反。她将全部精力都放在孩子们身上，整天像个寡妇一样生活着。

……在过去的十几年里，我就像变了一个人。生活中每向前走一步，都使我更加迷失自己。我就像得了疟疾——整天糊里糊涂、浑浑噩噩。一般来说，即便是生活在深山荒野，人们也会逐渐习惯的。但我不是。结婚这么多年来，一直有种感觉在折磨着我：我根本就不是苏珊·沃德，只是每天在扮演苏珊·沃德而已。

值得庆幸的是，我们搬到了詹姆斯湾地区一条名叫"鸟笼步道"的小巷居住。比起阳光直射的峡谷，这里气候温和，环境宜人，民风淳朴。内莉每天都会来。和我相比，她倒更像一个称职的妈妈。我白天忙于工作，只有到了晚上才会拖着疲惫的身躯回到家中。每当周日，带着孩子们去海边野餐，我才能轻松轻松，感觉自己犹如重获新生。

感谢上天对我的眷顾，三个孩子都不用我太操心。奥利已经长成一个男子汉气概十足的大男人了。他沉默寡言，成熟稳重，当然相貌不如你家儿子罗德曼英俊。他是我的心头肉，我的精神支柱。令我意想不到的是，他非常想念他的那匹小马和我们曾经生活过的峡谷地区。我想,随着时间的流逝,他会在这里结交一些朋友,适应这里的生活的。我希望,他能够像我们一样享受东部的生活。多和这里有教养的人们进行交流,哪怕多听一听这里有教养的人们说话,他都会受益匪浅。这个地方显然比爱达荷那个穷乡僻壤要好多了。在爱达荷,人们说的全是土话,把"橱柜"叫成"柜子",把"用肥皂"叫成"打胰子",把"洗衣服"叫成"杵衣裳"。

贝琪虽然才七岁,俨然一个小家庭主妇。她喜欢打扫卫生,一有时间或抱着扫帚扫地,或清洗镀银餐具。尽管她和奥利照看小妹妹艾格尼丝方式不同,但都非常用心,令我非常感动。

艾格尼丝是一个迷人的小可爱,经常逗得我们哈哈大笑。值得一提的是,她的到来,使我们遇到了一些始料不及的事情。比如,她出生的时候,天上出现了双彩虹。这就是说,她来自另一个更加美好的世界。而且,她还有关于那个世界的记忆,能和仙女对话。有时,奥利和贝琪来我工作室做功课,我就静静地坐在一旁,看着他们学习,看着艾格尼丝一个人玩耍。她满脸稚气,纯洁无瑕。她和看不见的玩伴对话,哼唱着自己编写的歌曲。她画的画很有想象力,令人难以置信,竟然出自一个年仅三岁的孩子之手!毫无疑问,她是我的三个孩子中最有绘画天赋的一个。当她抬头冲我笑时,就好像有人为我打开了一间闷热房间的窗户,让清凉空气吹进来一样。来到这里,她得益于远离爱达荷的风沙和支气管疾病的困扰,因此,她的小脸儿比以前有了血色。

我知道你每天都很忙,很抱歉打扰到你。我已远离社交圈很久。除了寻求你的帮助,我别无他法。你能帮我打听打听,圣保罗、肯特、菲利普斯、埃克塞特或者迪尔菲尔德,哪个地方学校最好吗？如果方便的话，你能帮我查查这些学校校长的名字吗？我希望能为奥利做些什么，尽管他在内莉的帮助下，学习成绩还算可以，但他不是一个十分聪颖的孩子，阅读方面比较差。不过，他大部分课程学得还可以，成绩一直比较稳定。我相信，过不了多久，内莉就教不了他了。我们该送他去学校上学了。

她在维多利亚期间写给奥古斯塔的所有信函中，一直没有明说自己的婚姻已经触礁。她一直在说，一旦奥利弗完成灌溉工程，他们一家人就会团圆。一八八八年夏秋两季，奥利弗在蛇河及其支流做地质勘探工作。那年冬天，他住在博伊西宾馆，整天忙于筹划灌溉工程。一八八九年春天，他又去了山上。苏珊没能帮助奥利申请到奖学金。由于没有足够的学费，送奥利去东部上学的愿望没有实现。

苏珊就像一个寡妇，含辛茹苦，独自一人养育三个孩子。她并未直言自己的不幸，但不止一次在信中提及，自己是一个"喜欢独处的人"。她之前曾为温哥华岛画过导览图，为新阿尔马登、墨西哥圣克鲁斯和大峡谷作过画。除了这些作品，她的其他作品并不贴近她的真实生活。这种情况在上流社会的小说和绘画中并不常见。

她在信中又旧事重提——一个爱而不得的工程师的故事，或一个风流的骑兵不得善终的故事，抑或是一辆横贯大陆的火车因大雪受困于怀俄明州的浪漫故事。她在维多利亚写的所有信函中，只有一个故事吸引了我的注意，那就是一个前途无量的女歌手嫁给了一个西部工程师。后来，西部恶劣的气候毁掉了她的嗓子，她不得不过着贫困寒酸的生活。

她就像是一个废弃的工厂，锈迹斑斑。她经常忧心忡忡、寝食难安、足不出户，时不时顾影自怜。她既没有回来看望贝茜，也没去拜访哈德森一家（不知是因为缺钱，还是怕丢面子。），更没有在收到奥利弗电报后立马回家。不过，我没有找到那封电报，只找到了苏珊写给奥古斯塔的那封信：

维多利亚

一八八九年五月十四日

亲爱的奥古斯塔：

真是奇迹中的奇迹，灌溉工程竟然没有流产！奥利弗拍了封电报给我，说他差点儿就不能投身于这项工作了。辛迪加的代表哈维先生似乎对这项工程不感兴趣，就在我们感到绝望时，汤普金斯将军最终成功找到了赞助商。考虑到出资方是英国人，该灌溉工程被命名为"伦敦-爱达荷工程"。现在看来，奥利弗的勘查报告和工程计划给汤普金斯将军留下了深刻印象。简而言之，他认为，这个项目对国家、对西部都很重要。还有，奥利弗的前期准备近乎完美。

尽管等了这么久才步入正轨，但辛迪加希望该灌溉工程能够尽快完成，早日投入使用，确保秋小麦获得好的收成。奥利弗认为，他必须完成测量数据核对工作，进一步完善相关的计划，才能开始施工。这大概需要等到年底，甚至更晚一些。而且，目前只有他一个人在做这些工作。不然的话，他早就开工建设了！他在返回丹佛，签署施工合同时，赶紧抽出一个机会，把威利从科罗拉多叫了回来，让他负责挖掘"苏珊运河"——该灌溉工程的主要部分。他本人不仅任首席工程师，还要负责勘查工作。

哦，奥古斯塔，当我读到奥利弗发来的电报时，内心满是重新燃起的狂热和希望（我们这六年苦苦奋斗，总算有点儿结果了），我喜极而泣。我是为奥利弗高兴而痛哭，是为长时间心情沮丧而痛哭。我衷心希望你能理解我的心情。千万别像我一样,一直对自己似懂非懂。我之所以痛哭,是害怕希望可能会再次破灭,因为它已经破灭了许多次。

我内心五味杂陈,竭尽全力抑制住马上回家的冲动。奥利弗还是会像往常一样废寝忘食地工作,而且将会有很长一段时间不在我们身边。自从灌溉工程的指挥部转移到那个脏乱差的地方后,我们一直居无定所。我并不想去博伊西,况且奥利弗也不能陪在我们身边。所以,我还要在维多利亚再待些日子。

除了你愿意听我唠叨,真的没有能够让我感到开心的事情了。

请原谅,我老是和你诉说这种破事,而且不能帮你做点儿什么。不过,如果你打算在博伊西峡谷申请一块土地,我们非常乐意帮忙。如果你愿意,你可以授权奥利弗为你申请。我立即写信告诉他去办。假如你还有其他要求,你也可以告诉我。目前,所有被分类的非私有土地——可灌溉的土地和不可灌溉的土地都因一纸公文被撤回了。土地管理局挤满了无机可乘的投机者。他们不仅谴责鲍威尔少校、达顿上尉,而且还谴责我那可怜的丈夫。不过,我们灌溉工程所占土地都已通过认证,只需等待相关部门正式授权。(我希望你亲爱的朋友克利夫兰先生仍然在职,亲自颁发这个授权书,并在他任期内完成伟大的土地改革!)由于今年夏天已经在博伊西会议上通过了相关决议,"苏珊运河"工程将会在威利的带领下,以最快速度进行施工。到时候,爱达荷一定会热闹非凡。

你能想象,这几年来,当我头一次听到好消息时,是怎样一副心情吗?我又变得盲目乐观起来,甚至不惜让自己和孩子们再次置身于博伊西峡谷那充满不确定性的生活中去。

她到底是信不过祖父,还是在担心对不起弗兰克·萨金特?弗兰克已经去凯洛格金矿了。她怀疑是奥利弗在背后安排了这一切。我想,她在信中一定向祖父暗示了:既然运河进入了施工环节,他也就不必再焦虑了。他应该向她保证,再也不会像从前那样忙碌了。我个人认为,祖父是不会理会这样的建议的。他的确爱她,钦佩她,尊敬她;但决不会让她管着自己。他顽固得很,一直用沉默作为回应,就像他那阅读方面比较差的儿子一样,一言不发。

我猜,他不会低头哈腰,求她回家,也不会做出任何承诺。他了解她和弗兰克·萨金特之间的事情,但也不会有什么过激行为。他可能只是向她通报了一下灌溉工程的进展,而对他们之间的感情问题避而不谈。他在等她回心转意。一八八九年八月,在离家出走十五个月后,苏珊回家了。

他们又一次相逢在洲际列车旁边。此时,双方都显得拘谨了许多。当然,也可能是因为内莉和孩子们都在场,他只是热情地拥抱了一下孩子们。然后,他们再一次一起坐上马车,开始了团聚生活。

一路上,他们没有任何交谈。她眼光很挑剔,觉得博伊西的街道和莱德维尔的街道一样拥挤,风景却不及那里的一半。他们不得不停停走走,在马车和人群之间徐徐前行。人行道上满是男男女女,有儿童,有士兵,有身穿工作服的当地人,也有戴着圆顶礼帽的绅士。奥利弗看到了两个穿着礼服大衣的绅士,有点儿自惭形秽。他们高举帽子,向苏珊致意,微笑中透露出某种不友好。苏珊也一脸假笑,作为回应。奥利弗则像往常一样,跟他们一边打着招呼,一边驾驶着马车在他们的注视下经过。对于苏珊来说,就像是从满是羞辱的房间中穿行。

"新的条例和重新开放公共区域的消息,让全镇几乎炸开了锅。"奥利弗开口道。

"还有继续修建灌溉工程呢。他们终于肯支持你了。"

他一听很惊讶，一副满脸狐疑的样子。"他们什么时候反对过我？"

苏珊没有回答，内莉正在为如何让孩子们保持安静而感到头疼。奥利自从上了车，就一直没有停止说话。他在忙着给妹妹指认路标。看起来他还记得这里的路。奥利弗转过身来，皱着眉头，指着奥利的鼻子说道："安静！"

奥利没有被吓到，他看起来就像和奥利弗达成了秘密的约定。看到奥利如此兴奋，苏珊心想，也许对奥利来说，回到博伊西是他最喜欢的事情。"你能让我赶会儿马车吗？"奥利问道。

"我也想试试。"苏珊插嘴道。

"等会儿。"奥利弗回答说。

他们出了主街，又过了一个街区，就出了城镇，驶上了一条苏珊所不认识的路。"这路是新修的？"苏珊问奥利弗道。

"是的。"

左边的山脉有点儿眼熟，记忆中的圣贤平原从梯田处下落，南部地平线上是高高的山峰。她穿得有点儿多了。"我们要去峡谷吗？我还以为威利和他的手下不在峡谷呢。"

"他们在的。"

她等着他继续说下去，但他一个字都没多说。她嘴角一动，话到嘴边又咽了下去。她不会再问他一句——他要带他们去哪里？他们要住在哪里？时隔一年的重逢，才过了短短一个半小时，她就觉得自己被他的二轮马车拖拽着，又进了他的牢笼里。

微风从背后吹来，扬起尘埃，峡谷口的空气中满是灰尘。离开了海风柔和的维多利亚，她发现，她的流亡之地干旱、贫瘠、令人厌恶。干燥的山风令她口干舌燥。奥利弗赶着马车狂奔，逃离灰尘，她坐在马车上，感觉五脏六腑都要颠出来了。

马车放缓了速度。奥利站起身来，把胳膊搭在父亲的肩上，问道："现在该轮到我了吧？"

奥利弗伸出手，把奥利拉到前排座位上，他的膝盖和鞋子碰到了苏珊。他们的马车"咯吱"作响，沿着崎岖不平的山路缓缓向前行驶。路面尘土纷飞，路两侧的艾草被压得稀烂。马车向前行驶了大约半英里，他们看见了几条通向南方的岔路。奥利弗把右侧的马缰绳交给奥利。苏珊一言不发，看着两侧的山艾，她鼻子上满是尘土，眼睛里尽是荒凉，脑海里一团乱麻。

左侧的岔路远离圣贤平原，离岔路尽头大约半英里的地方，她看到了一个大农场。她认为，只要有水，就会有农场。这里仿佛与世隔绝一般荒凉。除了风和土，似乎什么都没有。一架旋转的风车，一座土色的房子，一个杂乱的院子，一个污秽的畜栏，一个衣着邋遢的妻子，一个吞云吐雾的丈夫，三个乳臭未干的孩子，一想到这一切，她就头痛不已。

奥利弗又把左侧的缰绳递给了奥利。奥利独自驾驶着马车继续前行。

苏珊看了看周围的环境，问了奥利弗一个很糟糕的问题。奥利弗听后，没有说话，只是隔着奥利的帽子看了看苏珊。苏珊半蹲在马车上。空气中弥漫着山艾的气味，她觉得有些恶心。道路两边的灌木丛已经全部拔光了，堆叠成了一座小山，一看就知道，要被当作草料使用。顺着草料堆向前望去是一排树。每棵树下都是圆形的土堆。她倚在马车座位上，盯着前方的那座房子和风车。现在，她看清楚了，房子非常大，比棚户屋好多了。房屋前面是一个像阳台模样的走廊。

"奥利弗·沃德，"她开口问道，"你要把我们带到哪里去？这是我们申请到的土地吗？是我们的住处吗？"

"梅萨牧场,"奥利弗回答说,"一座典型的西部农场。我想,你也许很想看一看。"

她本来想说"等一会儿再说吧",但她实在是等不及了。"这房子你什么时候建造的?还种了这么多伦巴第大白杨,绵延足足半英里!"

他眯缝着眼睛看着她,脸上的表情让人难以捉摸,有点儿急迫,又有点儿像是漠然。"我已经尽了最大努力,"他回答说,"这里现在只有一口水井,不能搞草坪、建果园,连一小块苜蓿地也不能种。等到整个灌溉工程完全开通,把水引来后就好了。"

"奥利弗……"

"我只能先种树,"他继续说道,"单单在小路两边就种了四百五十棵。房屋周围种了一百棵洋槐和梣叶枫。"

"这是你的计划?"

"这是我们的计划。"

她注意到他的用词变化,不知是下意识的还是刻意的。

"我现在来不及建玫瑰园了。等到明年春天再说。不过,我已经从峡谷移来了黄色爬藤玫瑰。以前,这里从来没人栽种过。现在已经开花了,还没凋谢。"

她抬头看了看前面。奥利偷偷地看着他们,竖着耳朵在听。前方不远处,每隔十英尺左右就有几根方柱支撑着一个宽大、低矮的屋顶。也许他说的玫瑰就种在那里面,但没看见他说的几百棵树——哦,只是一些小树苗,长得像纺锤,比山艾高不了多少。她大声叫喊道:"这一切都是你一个人做的?"

自从他们在车站见面以来,她第一次在他身上看到了以前的奥利弗。他耷拉着脑袋,似乎有些歉意。"我自己并没有做多少。因为运河挖掘进度很快,工人们就抽时间跑到这里给我帮忙,大概忙活了快一个星期。以后,这里将作为示范农场。工人们把钻机带来，挖了口水井。"

孩子们听了，叽叽喳喳道："这是我们的家吗？这是我们家的土地吗？"奥利转过头来，看着父亲，奥利弗没说话，两只眼睛望着前方。

她感到眼睛有些刺痛，急忙闭上眼睛休息了片刻，问道："这一切需要多少钱？……我们哪有这么多钱？"

"我把位于峡谷的房子卖给公司了。我拿这笔钱作为启动资金。这是我签的第一张支票。"

"你把我们峡谷的房子卖了？"

"价钱翻了一番，很划算。我打赌，你会同意的。"

"就算是翻了两番，也不够你买下这个家的。"苏珊怀疑道。

"我卖了一些灌溉工程的股票给约翰和贝茜。"

她吃了一惊。"哦，奥利弗，你怎能把他们也牵扯进来呢？你怎能把他们的命运也和你的灌溉工程拴在一起呢？"

"是他们自愿的，"奥利弗回答说，"他们卖了老家的住宅。我正在帮他们申请一块林地和一块荒地，就在苏珊运河下游。"他两眼平视，镇定自若。"你不希望贝茜来这里吗？"

"哦，"她感到心烦意乱，"这样做有点儿冒险！你和贝茜为什么都对我只字未提？"

"是我让她不要告诉你的，"他微微一笑，"我想把他们要搬来的事连同房子的事一起告诉你，你知道的，想给你一连串的惊喜。"

"嗯，当然，这当然很好。但是……"

"你现在必须做出决定，要么在这里露营，要么去镇上住出租屋。这里还没完全收拾好。"

马车车轮在沙地上滚动着，到处都是尘土，院子里的一角旋风般卷起一股尘埃，向东掠过一堆木材和露天的简易厕所。恰似一个小型沙尘暴。

"还是住在这里吧,"她回答说,"既然我们有了自己的房子,就没有必要再花钱租房子住了。"

"这里非常简陋。"

"对于我们来说,这已经不是什么新鲜事了。"她坚持道。

她的语气比想象的更刺耳。他沉思了一会儿,问内莉道:"内莉,你说呢?"

"就住在这里吧。"

"这里是菜地吗?"奥利问道。

贝琪用手拍打着父亲的肩膀。"爸爸,我也能够拥有一匹小马吗?我都快八岁了。"艾格尼丝扶着内莉也站起身来,小嘴只嚷:"我也要!我也要!我已经四岁了!"

"好好,你们都会有自己的小马的。"奥利弗从奥利手中接过缰绳,把马车停在光秃秃的院子里。

苏珊坐在马车上,双手攥拳,放在大腿上,心想,自己应该尽量装得高兴一些。自从他们在维多利亚分开后,奥利弗夜以继日地为他们的新家做准备。新家的草图是他们在峡谷的墙上反复画过的,足足花费了几十个夜晚。苏珊希望可以种些树和黄玫瑰。艾格尼丝就是在黄玫瑰盛开的时候出生的。现如今,新家虽然有了,但偌大的院子除了山艾,空荡荡的。远在东部的时候,苏珊经常怀念峡谷里干爽的山风,而不是眼前这尘土飞扬的狂风。她猜测,这一定是沿山开凿水渠所致。毋庸置疑,没个十年八年,这个地儿根本不可能繁华起来。现在正是这里最困难的时期。他们在峡谷里住的那个房子,只不过是个临时暂住地,这里才是她将度过余生的地方。

奥利弗跳下马车,站在车轮边,语气有些冰冷。"你所看到的差不多已经是这里最好的景象了。这个地方,天气好时,尘土飞扬;下雨时,泥泞不堪。走,我带你看看周围的景色。"

她没有去看风景，只是看了他一眼。她注意到，孩子们仍然坐在马车上。她不太确定，他们是否愿意待在这个完全陌生的地方。

正在这时，一头牧羊犬摇摆着身子，从窝棚中走了出来，后面还跟着四个圆滚滚的小家伙。孩子们一窝蜂下了车，走到狗狗身边蹲下来。它们摇着尾巴，有的试图咬他们的手指，有的躺在地上打滚，露出肚皮等着他们去挠。

艾格尼丝小心翼翼把手伸向一只小狗。那只小狗咬住了她的手。艾格尼丝高兴的眼神消失了，赶紧把手抽了回来。于是，这只小狗又开始撕咬她的鞋子，咬住她的鞋扣用力拽，嘴里不时地发出低沉的咆哮声。艾格尼丝一声不吭，任凭小狗拖拽撒野。过了一会儿，艾格尼丝伸出两只小手，提起她的小裙子，露出穿着蕾丝袜的小腿，灵活地转起圈来。所有小狗纷纷围着她转圈，像她一样开心。转着转着，艾格尼丝小脑袋上的水手帽，跑到了她的身后，只剩下一根橡皮绳挂在她的脖子上。后来，艾格尼丝和这群小狗在院子里跑来跑去，一会儿围着木桩转，一会儿围着棚子转，弄得满身尘土。她的头发在空中飘荡着，闪闪发光。

也许小狗们觉得要转晕了，都停了下来，开始跑向奥利弗，围着他用鼻子嗅来嗅去，然后又跑回到艾格尼丝身边。她抱着小狗蜷缩成一团，倒在满是尘土的地上。当她发现小狗要扑向她，便尖叫着捂住耳朵。

"我的天啊，"苏珊冲她大喊道，"把衣服都弄脏了！"

奥利和贝琪听到妈妈的叫喊声，赶紧跑过去，把艾格尼丝和小狗们分开，奥利弗则站在马车旁"哈哈"大笑。夏天的炎热和干燥的山风使得他皮肤皴裂。他的下巴看起来变大了，胡子拉碴。在苏珊看来，他就像一块冥顽不化的石头。

"他们看起来很开心。"他对苏珊说道。

"是啊，确实很开心。"

内莉跳下马车，拍了拍艾格尼丝身上的尘土，苏珊和奥利弗则互相看了看对方。苏珊试图从他脸上寻找真实的表情。她心里很清楚，他这个人就像一个暖水瓶，外面冷，里面热。她还意识到，奥利弗为了养家糊口，饱经风霜，再加上穿得邋里邋遢，倘若不仔细看，和他们家的勤杂工约翰没什么两样，很难区分。苏珊看在眼里，疼在心里，暗暗发誓，再也不能像以前那样和他吵架了。

"奥利弗……"

他看着她，湛蓝的眼睛里充满了爱意。他示意她下车。他不想为自己找任何借口。从他的表情可以看出，他已经尽了最大努力。无论好坏，他就是他。他不希望别人来怜悯自己，也不允许别人来改变自己。"你嫁给了我，"他的眼神似乎在告诉她，"也许是一个错误。你没能嫁给你理想的爱人，我也不会被你改造成你理想的爱人的样子。"

她本想说些什么，但还是克制住了。

"你不打算下车吗？"

"这就下。"

他伸出长满老茧的双手，扶着苏珊下了马车，冲她点了点头，说道："我把走廊建在房屋西侧。在这些树长大之前，可以为我们遮挡阳光。"

"你太细心了，"她称赞他道，"我不喜欢屋子里到处是阳光。太刺眼了！"

这时，房门开了，厨师万站在门口，手里拿着一块干布，用作扇子一样不停地晃动着。苏珊踮起脚尖，挥手喊道："万大厨，你好！没想到你也在这里！见到你太高兴了……"

贝琪和奥利把抱在怀里的小狗放在地上，跑过去和他打招呼。艾格尼丝拍拍身上的灰尘，也跟在后面，但不知道他是谁。

"她已经不记得万师傅了，"苏珊对奥利弗说道，"你把他留下，真的是太好了。看着他离开,我的心都碎了。现在又像回到了从前,我们一家人,还有威利和万。约翰呢?他和我们一起住吗?"

"他就住在下面的风车那里,负责看管风车。我们驾着马车过来时,我还看见他了。"

"哦,这下真的是又回到从前了!"

还有一个人,他们都避而不谈,好像那个名字被施了魔咒一般。奥利弗面无表情,和她并肩站在尘土飞扬的院子里。突然,他面向南边,举目望着山谷,好像听到哪里有什么动静似的。"所有大家庭成员都在,"他语气非常平淡,"应该是弗兰克来了。"

她转过脸去,刚好躲开奥利弗的视线,只见远处朦朦胧胧之中,有个小黑点朝着他们所在的方向而来。她心潮澎湃,喜不自禁,又怕让人看出来。她不清楚自己见到那个人时,是喜悦,还是恐慌?反正现在心脏狂跳不已。

她用只有自己才能听得到的声音,轻声说道:"弗兰克,他也在这里?那太好了,我都不知道他在什么地方。"她继续盯着那个正在移动的小黑点,这样就不用看着奥利弗了。

"你不知道?他来这里三年了,"奥利弗冷冷地说道,"他负责把水导入'苏珊运河',威利负责挖通'苏珊运河'。"

奥利弗说完,一把抓住她的胳膊。"跟我来,你不想瞧瞧你的房子吗?"

她隐隐感觉到他有些责怪她的意思。孩子们大声尖叫着,在前面跑。她跟在他身后,像个管家婆似的,急切地巡视着每一个房间。他们在峡谷居住时组建的那个大家庭全体成员重聚于此,使她惊喜万分。她双手握住万的手,使劲地摇晃个不停。她太开心了,笑得脸都要抽筋了。

此时此刻,她的脑海里一直在想别的事情,跳动的思绪如同在烈日下不断冒着气泡的冰块。她刚刚在奥利弗脸上寻找过是否有喝醉酒的迹象，还直截了当地问他最近在做些什么，有什么打算，来试探他的口风。她想知道，奥利弗是否觉得让她回来是个错误。提到弗兰克时，他是否试图在她的脸上搜寻某个问题的答案呢？他得到答案了吗？她的心脏因为听到那个名字而狂跳。她虽然在极力掩饰心中的喜悦，但一丝流露的真情是否让他警觉？他看出端倪来了吗？

她宁愿他直接问她。这样一来，他们就可以开诚布公地谈一谈。她可以借此机会做出承诺，同时换得他的承诺。她认为，这是笔交易。双方都必须放弃一些东西。她浑身颤抖，决定重蹈嫁给他的覆辙。她当初决定嫁给他时，就已下定决心一辈子做他的人。

她从一个房间走到另一个房间，逐个仔细查看。有的房间已经整好，有的尚未整好。她时而赞扬，时而责备。她对丈夫不爱说话感到不满，对于他始终不肯直面问题感到烦闷。让他开口说话简直比登天还难。他用沉默来折磨她。他把弗兰克带回来，加入这个灌溉工程目的何在？是在试探她？戏弄她？还是愚蠢到至今没有发现蛛丝马迹？

你为什么不问我呢？她真想朝他怒吼一声：我打赌，你肯定觉得有问题，但你为什么不说出来？你这样做，让我怎能斩钉截铁地告诉你，是你想多了？！

2

我需要问自己一个问题,这个问题和祖母想问祖父的问题并没有多大的不同:为什么要每天早上十点半喝半杯威士忌?这对我的未来有什么好处吗?如果我早上十点半坐在办公桌前,手边放着半杯波本威士忌和水,这对我的未来意味着什么?不过确实有一段时间我从酒柜里拿东西时感到恍恍惚惚。事实上,在过去的两个星期,每天吃午饭时我都是半醉半醒着的。

我想,我能够十分确定的事情就是,我正在接近事情的真相,甚至说已经知道了事情的真相。是因为我现在身体的痛苦?还是像雪莉所说的那样,我正在逐渐变成一个四肢残缺不全的醉鬼,每天百无聊赖?我身体的痛苦也不是歇斯底里的那种,咬咬牙就可以挺得过去。

难道这是我一直标榜独立的报应?还是我要疯了?至少在我的儿子罗德曼看来,我是要疯了。我认为,无论是谁,如果像我这样,住在这里,而且天天读祖母的信,都会想要买醉的。

难道是我害怕孤独?为什么我总是觉得罗德曼和艾伦,还有那个卑鄙无耻的医生,他们正在合谋,要把我抓起来,关到养老院去?难道我是卡夫卡作品中那只不敢出洞的生物吗?

也许是这些原因合力所致,也许不是。我一直游离在社会的边缘。衰老和疾病使我更加渴望年轻和健康。从过去几年开始,我每天早上都用功读书。我以前总是忙于上课、考试、开会、去图书馆学习、接待来访客人这些事情。现在,我每天下午都要拄着拐杖跑上八圈,有时还会和雪莉或她母亲聊聊天。晚上,和别人一样花时间读读书。不同的是，别人可能会把更多时间放在聚餐、交友、听音乐会或者看演出上。我过去常常这样想，我活得就像是一个老学究。和以前不太相同的是，我现在没有朋友。艾伦离开了我。其他人则在我决定搬来这里时，与我分道扬镳。不过，这一切并不足以成为我一定要喝那一杯威士忌的借口。

我每次喝了酒，都觉得开心无比，自然也就很健谈。难道是祖父住进了我的身体？为什么不是呢？我最初开始饮酒，很可能只是为了逃避现实，寻求一种安逸感，最后却养成了一个坏习惯。如果我现在产生了一种生理上的渴望，而这种渴望与痛苦、无聊、沉默、紧张、缺少朋友或其他任何事情都不相关，那我也不会感到一丝惊讶。

这样太冒险了。如果我任凭自己走这样的路，将会失去所有。假如说，我确实身子痛苦不堪，也不是没有办法，可以吃可的松①。如果可的松毫无作用，只能让我水肿和失眠，那我只能听之任之了。不过，我宁愿睡不着觉，甚至让美杜莎②将我变成石头，也不愿变成一个孤立无助的老流浪汉，任凭罗德曼摆布。

所以，为了我一直标榜的独立和我努力找寻的幸福，我决心从现在开始戒酒。如果这样，那一杯威士忌该怎么办？倒了？为什么？我的脊椎已经非常僵硬。我应该不需要再追求那种表面上的骨气了。对我来说，所谓喝酒，只不过是把它咽到肚子里而已。

现在，我感觉好点儿了。让我想想，具体该怎么说。

不，我仍然觉得很糟糕，很委屈。我想知道，为什么一个老学究连喝酒也不能获得心灵上的慰藉？我想知道，为什么要担心未来？担心什么样的未来？反正不是莱曼·沃德的未来。他又回到了煤油时代，重温祖父母的生活。任何人，包括他自己，都不应该对

---

① 可的松（Cortisone）：肾上腺皮质激素类药，常用于治疗关节炎等。
② 美杜莎（Medusa）：古希腊神话中的蛇发女妖，凡看见她眼睛者，皆会被石化。

未来感到困惑。祖父的马枪离他的前额只有三英尺远，它告诉他，如果事情变得令人难以忍受，你总归还有一个解决方案。他从未尝试这一方案的事实似乎证明，事情还没有那么令人难以忍受。但是如果没有老爷爷波本威士忌的话，事情就远没有那么令人开心了。

加油啊，就像社会活动家说的那样。加油啊，莱曼，祖母还有整整五十年的生活需要你讲述呢。一定要坚持到最后！加油！

当然，说起来容易，做起来难。秋天快要来了。雪莉已经收拾好东西，准备离开我了。艾达一直呼吸系统不太好。她烟瘾很大，烟灰无处不在，她面前，洗碗水里，甚至熨斗上。她为我铺床时，喘气的声音就像是一只老狗，后来去医院检查才发现，是患了肺气肿。这个结果倒也是在意料之中。她的气管就像一只破旧的袜子。用力喘气时，她的胸部和左胳膊都会疼，恐怕心脏也疼。天啊，万一她要是倒下了，我该怎么办？

这件事彻底浇灭了我对独立生活的幻想。我不能再像孩子一样幼稚了。这个夏天像往常一样安静，乡村清爽的空气让我的身体也比以前好了许多。今天起床后，我服了六片阿司匹林，喝了一杯威士忌，到现在脑袋还昏昏沉沉呢。

管他的，反正我一直浑身不舒服。我一直在放弃与继续中左右徘徊，我应该继续记录祖母的历史，应该听从班克罗夫特[①]给历史学家们的建议，用别人能够理解的方式呈现你的主题，用你的标准去评价别人。

事实上，我宁愿不去评判。我不太喜欢对别人评头论足。我希望让祖母自己呈现自己真实的样子：在漫长的半个世纪的书信往来中，她在梅萨牧场写的信是最长、最完整的。

[①] 乔治·班克罗夫特（George Bancroft，1800—1891），美国历史学家，著有十卷本《美国史》，被誉为"美国历史之父"。

3

梅萨牧场

一八八九年八月十六日

亲爱的奥古斯塔：

我们已经五天闭门不出了，这里一切都非常原始。也许这里未来很光明，但现在看起来毫无生机。唉，就当是牺牲现在换取美好的未来吧。我们缺少必要的生活用品，连遮雨布、椅子、地板都没有，甚至连草地、野花、树木和树荫都少得可怜。我们就像住在海边，只不过四周不是沙滩，而是沙尘。吃饭时，沙尘会落到食物上；读书时，沙尘会飞进眼睛里。院子里到处都是！特别是在日落的时候，空气格外的脏。

我记得在新阿尔马登时曾经写信告诉过你，太阳落山后，灰尘形成的云层是多么的奇异！我现在就身处这样的环境之中。从某种程度上讲，来到梅萨就像是回到了新阿尔马登。皓月当空，我们像在新阿尔马登一样瞭望险峻的峡谷，向周围四个方向望去，目光所及，一棵树都没有。向北望去，有片沿着河流灌溉的低地农田。

奥利弗满腔热忱，夜以继日忘我工作。他既要勘察地形、负责整个灌溉工程建设，又要与政府工作人员、承包商、股东们协商工程事宜、与辛迪加的代表们谈论他们关心的事情。每天天还没亮，他就和约翰出门了。不是因为土地，就是因为大坝或者运河。他干劲十足，但我很清楚，他的梦想还要经过很多年才能够成真。到了那个时候，我们已经步入老年，甚至早已不在人世。我们已经失去了改变生活境况的机会。说到这里，我正掰着手指头在数，我们已经多久没有见面了。应该有七年多了吧。

谈到房子，我们重新粉刷了一下。虽然建房子用的砖块比峡谷里的石头结实度要差很多，但是颜色比较好看。主色调是暗淡的灰色，还略微有一点儿黄绿色，就像是海边的沙滩那个颜色。我们最近打算粉刷一下墙壁，然后把房间用木板装修。我想，这样能够突出墙壁的颜色。每装修完一间，都让我兴奋不已。等到把所有房间一间间装修好，院子里的青草也应该长出来了。我们就在栏杆中间挂上几个吊床，用于欣赏日落。

如果你们能来做客，我就给你们腾出一间舒适安静的房间，让你有宾至如归之感。我实在不敢想象当你看到这里的景色时，会有什么样的表情！我敢说，你一定想站在长满山艾的山坡上，俯瞰眼前绵延至峡谷的山脉，就好像我们过去常常站在奥查德山上，眺望达奇斯家的农场那样。

苏珊运河在威利的带领下已经挖了八英里了。再挖二十英里，才能往里面放水。估计那要等到明年夏天了。工程队和各种挖掘工具都在这里。峡谷里又响起了爆破声。我很害怕，不敢跑到现场去看。这些年来，我的梦想就是帮着修建运河，但我一直没有搞明白，为什么会有这样的梦想？修建一条人工河，灌溉三十万英亩——将近五百平方英里的土地。建成后，它也许是世界第一大运河。运河落成后，还会修建几个大坝。当然，大坝的进程要慢一些。不过，即使没有大坝，这条运河也将是最伟大的工程之一。

沿着山脉绵延向前，运河上部宽八十英尺，底部宽五十英尺，十二英尺的坡道像"安息角"一样倾斜，这意味着泥土和鹅卵石不会在坡道上滚来滚去。运河的河床宽度可供十五人骑马并排。对我来说，如果有一天，能与来自伦敦的那位投资人一起看到运河全貌，那真是太好了！这也能够给我带来慰藉：奥利弗不怕失败，他的梦想能够实现。

奥利弗工作起来简直不要命。我曾经跟他抱怨过，他总是把家庭置于工作之后。这段时间，他要翻山越岭，去完成田地灌溉调查。这也意味着，奥利一天到晚都见不到他的父亲。多么可怜啊，他们住在一起，却见不到面。我又能做什么呢？一方面，奥利不能错过圣保罗给他提供的读书机会；另一方面，他将自己忍受孤独，长期见不到与他形影不离的小马，也不能经历运河落成的喜悦（这是他一直都念念不忘的事情）。

我们住在维多利亚的那段时间，奥利总说，峡谷就像天堂，我们却被驱逐出来了。从我们来到梅萨的那天起，他就想去峡谷看一看。昨天，我放下手头的事情，骑着马，陪他一起来到了峡谷。天上白云飘飘，地上河水潺潺，就跟以前一样。烈日炎炎，我甚至记起了太阳把岩石烤焦的味道！然而，一切都已经物是人非。以前这个地方全都是本地人，现如今多出了许多陌生面孔。之前的闲散现如今被忙碌所取代。这让我感到有点儿不舒服。

奥利一定也会为此感到难过，他记忆中的天堂变了模样。当然，我没法让他主动开口谈论这些。他把回忆收起来，又拿出来，就是偏偏不发泄出来。他生性脆弱。这让我对他的未来之路有些担心。尽管现如今峡谷与我们心目中的样子有些差别，但是，看到我们以前栽种的树木已经长大，我们还是非常开心。周围的山坡上长着罂粟，那可都是天然的。

在回来的路上，我们经过约翰的小屋旧址，发现他的地盘现如今已被八十个人的营地和两百匹马占据了。弗兰克正在那里搞测绘，研究如何将水输入苏珊运河中去。弗兰克有些迷茫，初来乍到的新鲜感和兴奋感，现如今都已渐渐变成了悲伤。他和奥利弗完全一样，将自己完全投入到这遥遥无期的工作中去。我真担心，有一天，他们会坚持不下去。

哦，奥古斯塔，你的生活尽善尽美，嫁给了一个你非常心仪的、你全力支持的另一半。你也知道我渴望什么，知道我害怕什么。但你不会明白我的烦恼。我天天生活在矛盾之中，对自己的人生没有自信。你对奥利弗的评价是对的，他是一个绅士，也是一个彻头彻尾的工作狂。这一点他自己也承认。所以，当奥利弗离开家，两个星期不回来，我丝毫不感到惊讶。梅萨这个地方让我感到踏实，我也看到了奥利弗的工作乐趣所在。今天早晨，我终于理清了千头万绪，擦干净桌子上的灰尘，写了两个小时的小说。明天，我想再去峡谷看看，画几幅素描。我的"遥远的西部生活"系列画作必须包括对未来的憧憬和西部生活的真实写照。

梅萨牧场
一八八九年八月三十日

亲爱的奥古斯塔：

今天上午，我把奥利送走了。我知道，他和我一样伤心极了。我和内莉一直在鼓励他要勇敢、要坚强，并用我们的亲身经历告诉他，他将会看到更加精彩的世界，学会更多重要的知识和技能，和更多高雅的人士为伍，交到更多优秀的朋友。吃过早饭后，我让他回房间穿好衣服，做好出发准备（他要赶十点半的火车），可他久久没有出来。我进去一看，发现他穿着崭新的校服，瞪着一双又大又黑的眼睛，傻傻地坐在床上，脸上苍白得犹如三个星期没有见过爱达荷炙热的阳光。"为什么不出来，奥利？"我问他道，"你怎么了？"他看着我，带着哭腔说:"妈妈,我一定要去吗?"

我再也控制不住了,紧紧把他抱在怀里,任凭泪水"哗哗"直流。想想他只有十二岁,小小年纪就必须孤身一人从爱达荷前往新罕布什尔,从此独自面对陌生的一切,一个熟人也没有,甚至还会被人嘲笑:西部来的丑小鸭,什么都不懂,什么都不会!虽然他没有这样对我说过,但我知道,这是他内心的真实想法——他跟内莉说过。

幸好奥利弗不在。他和我不一样,他从来就没有意识到奥利去东部上学的重要性。上周,他还问我:"为什么非要把孩子送走?我刚刚和他打成一片。为什么不让他在博伊西读中学?"

奥利弗说得对。奥利也可以在博伊西读中学。而且,他在博伊西认识的人要比在圣保罗多得多。但是,如果留在博伊西读中学,他就会变成一个野蛮人,不学无术,缺乏教养,一心当个爱达荷人!这我绝不同意。我相信,奥利最终会战胜胆怯、建立自信。然而,当火车缓缓开动,我看见他那稚嫩的、满是惊恐的小脸紧紧贴着车窗,双手朝内莉、妹妹、弗兰克,还有我挥舞着。他显然是试图表现得勇敢一些。看到这一幕,我彻底崩溃了,哭了整整一个下午。

我实在太想念他了!他现在一定到达怀俄明州了,蜷缩在座位上,看着车窗外的风景。他现在在想些什么呢?责怪他妈妈太狠心,竟然把他送走?我们住的是爱达荷啊!我又能有什么办法呢?我相信,等他长大了,他就会认识到付出一些代价去学习、成长,最终变成一个善良、真诚、高贵的人是多么值得。我必须承认,这是我内心一直渴望的事情。我甚至都有些嫉妒我那可怜的奥利。他至少能够有机会见到你和托马斯。他从小就是听着你们的故事长大的。他也许不一定记得你们,但他一定能够理解、体谅我。无论是他想和你们一起过感恩节，或是有其他事情需要麻烦你们，烦请直接拒绝他吧。我宁愿他孤独、失落，也不愿意给你们增添任何负担。

他的两个妹妹、内莉和我一样想念他。他在家时，两个妹妹事无巨细都依赖他——小到用针线缝个布娃娃，大到给马儿套上马鞍。至于内莉，她哭得就像送走了自己的亲生儿子一样。

梅萨牧场
一八八九年十一月十日

亲爱的奥古斯塔：

去年夏天，烈日炎炎，尘土飞扬，风雨交加，冬天冷风割面，我真希望春天快点儿到来。去年秋天，尽管我们居住的地方离城镇更远了，但工程一直没有停止，工人们不得不搭伙吃饭，万大厨一直负责给家里人做饭。尽管家里人数有所减少（奥利去东部上学了），但经常有不速之客来蹭饭吃。

我们给房子刷上漆、铺上地毯、装上窗帘，让这座房子看上去像是个人住的地方。我们还搭建了一个冰库、一个小商店、一个打铁和一个储物用的阁楼。

运河建设暂停了一段时间，恐怕是再过一年也修不到我们这里了。我们的生活用水不得不继续依靠井水。苏珊运河现在挖了大约有十二英里长了。到明年夏天，一旦通水，将会有上百亩农田受到浇灌。这是奥利弗宏伟蓝图的第一步。

我们的项目出现了两例土地侵占事件——也就是说，有人发现了档案中的一些漏洞，或者发现有人未能完成"土地改善"，便借故"预先占用"了土地。最初处理这些专案的档案管理人员试图钻法律的空子，但他们都是穷人，工作也很努力，我们心里对他们挺过意不去。他们一直向奥利弗询问项目计划，把希望都寄托在苏珊运河上面，奥利弗觉得帮助他们也是自己的一份责任，尽管我们几乎什么都帮不了。其中一个人失去了他的土地申领权，因为他的妻子不想来这里住上半年。当我想到我在这里用了整整三个月才完成一些让自己舒服的事情，看着她将要住的棚屋，我就不难推测，她为什么拒绝来这里了。我们周围几乎所有人都预先侵占了土地，除了约翰和贝茜。他们那块土地的申领条件里没要求居住，只要求"土地改善"，这个等他们搬来这里时会留意完成的。

我们这里有一个住在水井旁边的贫穷的白人家庭，丈夫已经拿到了开垦一百亩土地的合同。奥利弗的下一项工作就是给他们在风车旁建一个小屋。他们现在一大家子都挤在一个帐篷里，父亲、母亲、女儿、女婿、还有两个孩子。

他们一家人都是吉卜赛人肤色，有两个儿子"在卡玛斯照看他们的牲口"，还养了一只血统纯正的斗牛犬。每个天气晴朗的早晨，他们一家人都会驾着马车去犁地。地面被折腾得不成样子，到处都是连根拔起的植被，看起来就像是要播种巨龙的牙齿而不是小麦似的。在冬天到来之前，我想出去看看，把这一幕幕景象画下来，记录下西部崛起的全过程。

有一天，我正在喝果汁，营地的几个女人走到我面前跟我打招呼："今天天气真不错！你看上去真是悠闲啊！"她们边说边往屋里走来。我意识到，这将是一场非常有意思的拜访。她们是南方人，会说多种语言。我坚信，她们不愿意离开这片土地。尽管在我眼里这是一个流放地，我在等待着通过奥利弗的努力，这个峡谷能够繁荣起来，让每一个来到这里的女人都能感到幸福、自在。

奥利弗一直催促我，要像在博伊西时那样，多出门走动走动，交些朋友，参加一些集体活动。可是，我不想因为是工程师的妻子而遭人议论。我们已经把全部家当都投在这片农场上，怎么还能跟在博伊西时一样呢？

我们现在的困难是暂时的。奥利弗正在努力让这个千亩农场变成人人都向往的地方。一旦灌溉工程完工，这个千亩农场将会成为这个地区赫赫有名的旅游胜地。他希望人们都能为之而鼓舞。有一天，奥利弗告诉我，他要给这片千亩农场安上栅栏，然后分区种植苜蓿、小麦、草莓、番茄，再划出一块地建造果园和牧场。他许诺我说，要给我建一个玫瑰花园。这样一来，我就可以忘记米尔顿。他的这些话把我吓坏了。没想到他竟然愿意舍弃我们曾经拥有的一切。因此，当我提出异议时，他回答说现在下定论为时尚早，不能一叶障目。

信心！信心！他告诉我，信心可以让沙漠变绿洲，也能移山填海。每当他打了鸡血，完全像变了个人，便不再沉默寡言。几天前，天气回暖，宛若到了炎热的夏天，我们趁着这个小阳春最后几天一起骑马出去溜达。他带着我，把这片土地逛了个遍，详细对我说了他对每块土地的具体规划。有一条两侧都栽种有白杨树的路是我们花了大价钱买下来的。为此，我们卖掉了风车和马车。但是有些树却无故消失了。奥利弗说，在运河通水前，我们只能听天由命，慢慢等待。我们打算把梅萨牧场的斜坡改建成花园，种上丁香花、铁线莲和山艾。相信过不了多久，这里就应该是另一副模样了。

我骑着马，站在皮斯加山顶，看着吃山艾的羊群、远处三个当地人的棚户屋以及麦利特一家开垦的荒地，心中不由得高兴起来。

"你还记得我们以前住过地方吗？"奥利弗说道，"你还记得我们曾经拥有的浪漫情景吗？只要我们信心坚定，一切都会好起来的。"

　　说实话，他又一次说服了我。等所有水利设施都建好了，这里确实会繁荣起来。每个人都能在这里大展身手。我非常高兴，骑着马回了家。从那以后，我的心情好了起来：也许有一天真的如他所说。我像一个天真的孩子一样，期盼着那一天的到来。

　　你看，这就是我过得心中充满希望的日子，完全是因为我相信奥利弗心中的信心；完全是因为我们有了风车供水，使我们度过了干旱的季节；完全是因为夏天来临时的一场雨，把空气洗刷一新。奥利弗把手放在胸口，发誓说，明年春天我们屋前将会有一片草地，爱达荷所有的尘土都会被草地压在下面，再也不能兴风作浪！

　　这听起来显然有些不可思议，在斯塔滕岛上阅读。

梅萨牧场
一八九〇年一月十日

亲爱的奥古斯塔：

　　你们真是太好了！非常感谢你们邀请奥利一起过圣诞节。我们根本付不起他回家的路费。如果不能去你们家，他要么去米尔顿过，要么就只能待在学校里和其他两三个可怜虫一起过了。要是回米尔顿的话，他就会发现我父亲和母亲都不在了，老房子也卖掉了。莱茵兰德博士和他的妻子虽然也很友善，但还没到邀请奥利去他们家过圣诞节的地步。

　　奥利回到学校后，给我写了一封信。信的内容不多，只有二三十个字："我和罗德曼玩得很好，哈德森太太对我也很关心，问了我很多学习和生活方面的问题。"我希望他给你写信时，能够比写给我的内容更多一些。

今天，我收到了奥利弗的来信。他说，他要到东部汇报工程进展情况（鲍威尔少校与某些国会议员意见不同，希望能够在即将召开的国会听证会上得到一些支持），抽空去了趟康科德。所有事情都不太顺意。我非常担心奥利。他学习比较吃力，至少不会轻松自如，和同学们关系处得也不太好。他到学校后没多久，就和一个嘲笑他出身的男生打了起来。此外他特别想家。他告诉莱茵兰德博士，爱达荷才是他的家乡。当他看见一些苏格兰少女在外套纽扣上别着石楠花，他也在自己外套的纽扣上别了一小撮山艾。

他的思乡情结令我非常困惑。我已经开始怀疑，我为他所做的人生规划是否可行。然而，换个角度想一想，他迟早都要独自生活。现在，我强行送他去东部上学，与有教养的孩子为伍，而且身边有你、托马斯以及罗德曼。我想，总有一天，他会感谢我的。

奥利给我写信，要我寄几张两个妹妹的照片给他，他想挂在房间里，哦，对了，还有他的小马的照片。他养了一匹小马，这件事总算让他在学校里扬眉吐气了一把。他对两个妹妹保护欲极强，尤其是对艾格尼丝。我已经跟威利说了，借他的照相机用一用。他答应下次来我家时带过来。这样一来，我就可以多拍几张照片，寄给奥利了。

在奥利弗寄来的信中，有件事让我感到五味杂陈。他到达康科德后，先去找莱茵兰德博士问了问奥利的学习情况，然后跑去教室亲眼看了看奥利和其他同学上课时的情景。他这次康科德之行，收获很大，了解到了许多之前参加家长会所不知道的东西。他告诉我，孩子们表现都很好。如果换作我，我也会不顾一切这么做，哪怕躲在角落里偷偷看上十分钟也好。能够亲眼看见自己的孩子在知识的殿堂里遨游，是多么令人激动的一件事啊！

可惜我很难会有这样的机会。我只能望着窗外纷飞的小雪和西北风吹拂下凌乱的山艾。唉，不知什么时候才能让这个地方变得生机勃勃。这个希望看起来非常渺茫。男人们忙得要命。弗兰克和威利大部分时间都待在峡谷里。现在，奥利弗去东部了，弗兰克也即将前往东部。这是他五年来第一次回家看望父母。到时候，我会让他给你捎封信去。你们也借此机会认识认识。他这个人话比较多。一旦聊起来，就会滔滔不绝，请你耐心一点儿，听他把话说完。

我很好——虽然也有不如意的地方，但总体来说还可以。再说一遍，我很好！

梅萨牧场
一八九〇年三月一日

亲爱的奥古斯塔：

过去的两三天，我非常想念你。大前天晚上，我重读了一遍托马斯写的第一本诗集《平淡的一天》。这是十四年前我结婚时，你送我的礼物。你还在书的封皮上画了一朵玫瑰，封底上画了一朵雏菊。其中，有两首是托马斯夏天待在米尔顿时写的十四行诗，读后百感交集！我仿佛又回到了对未来充满憧憬的少女时代。

那个时候，谁能想到自己的另一半会是谁？怀念过去，憧憬未来，人人都是如此。我坚信，我未来的生活一定会更好。即使面对再大的困难，我都会咬牙坚持下去。我就像狂风吹拂下的山艾，风再大，也不会动摇分毫。只要有信心，就一定能行！

我身体健康，儿女率真可爱，丈夫吃苦耐劳，而且拥有你这样的好闺蜜，如果还不满足，整天怨天尤人，是不是真的很傻？我暗暗告诫自己，我已经非常幸运了，应该知足才是。当然，我也不能自吹自擂，对你炫耀说，我丈夫正在西部贫困地区创造史诗般的伟业，我天天过得有多开心，以后的生活会多么惬意。

不用你明说，我从信中足以看出你对弗兰克的印象。我早就猜到，你会喜欢他的。他是名副其实的贵族，有理想、有抱负。能和你见面谈一谈，他终于有机会宣泄一下了。他一定觉得是一种解脱。你在信中提到，他说他患有一个"不治之症"，对此，我个人认为，他是一个优秀的男人，非常义气，重视友情。面对友情和爱情，他备受煎熬，一点儿也潇洒不起来，这就是他的"不治之症"！他所遭受的痛苦比我更多、更大。当然，我，奥利弗，我们所有人都患有"不治之症"。多么可悲啊！

好了，我们不说这个了！

奥利弗刚从东部回来，又得折返回去，同汤普金斯将军和两名来自伦敦的辛迪加成员进行协商。苏珊运河工程的进度似乎不尽人意。他们原本计划去年秋天完工，今年春天投入使用。与此同时，似乎还有人质疑这项重大工程的价值，指责这项重大工程的发起者和实施者。这让我非常难过。他们根本不知道，一旦运河建好后，会有多大面积的农田得到灌溉，会从根本上改变西部地区贫穷落后的面貌。也许他们太无知，也许他们故意刁难。我非常希望，他们属于前一种类型。

尽管奥利弗对此不屑一顾，但他不得不去为自己进行辩护，毕竟反对声越来越高。奥利弗许诺我，这一次，他一定会给我带一些其他品种的玫瑰回来。他在这里已经为我栽种了很多种类的玫瑰了。他希望，借用这些玫瑰花来弥补我去年所遭受的风吹日晒之苦,说服我相信,信心不是徒劳无功,博伊西峡谷的生活总有一天会有好转。在艾格尼丝长大成人之前,这片土地一定能够变得富庶、繁荣起来。

  他对我太好了。我感动得直想哭。我想哭的主要原因是我对他感情不忠。我深陷错误的感情泥潭中无法自拔。谢天谢地!自从我来到这里后,这个问题再也没有出现。说实话,我刚刚来到这里时,因为这个问题,我感到惊恐不已,担心我们会爆发激烈的冲突。然而,时至今日,至少我们表面上还是相敬如宾。通过这件事,我既看到了他坚强的一面,也看到了他脆弱的一面。

  对于这个问题,奥利弗三缄其口。我也假装它不存在,避而不谈。然而,这不是我理想的婚姻状态,婚姻不应该是这个样子。这好像遭受重创后疗伤,我们缠着绷带小心前行,尽量不触碰伤口。十四年后,那个你曾经质疑过她的决定的新娘,已经开始动摇了。她发现,自己所嫁的那个人做事不太靠谱。在这种情况下,如果再失去你和托马斯的友情,她的生活就真的暗无天日了。

梅萨牧场
一八九〇年六月十七日

亲爱的奥古斯塔:

  昨天,苏珊运河头十五英里已经开始通水了。这是奥利弗及其同仁足足花了八年时间才做到的。他们悲喜交加。为了保证它的进度,整个灌溉工程其他工程均已暂时停工。由于苏珊运河尚未完全竣工,只是部分投入使用,辛迪加自然也不会把报酬全额发给他们。不管怎样,爱达荷将于七月四日正式成为美国的一个州。大家坚信,届时这里将会为全美国,乃至全世界所瞩目。州长和他的夫人以及许多达官显贵高官都会来到梅萨牧场,见证运河首次通水。弗兰克和威利对我没有开香槟庆祝而倍感失望,毕竟这条运河是以我的名字命名的。

弗兰克和威利被安排在峡谷口导流坝上工作,到点就打开闸门。奥利虽然远离家乡在东部读书,三天前获得学校批准,回家来参加运河通水典礼。他一回到家,立刻骑上他的小马,跑去峡谷里,而且和工程师们一起住在那里。等到闸门一开,他就骑上小马,一路飞奔下来。他骑得飞快,很快就来到了我们面前。那天骄阳似火,我们站在运河边静静地等待典礼开始。先生们都脱掉了外套,太太们都打起了遮阳伞,有的干脆跑到马车里面去乘凉。

典礼开始了。州长讲话,宣布开闸放水。过了一会儿,在运河一个平缓的拐角处出现了一股水流。水流表面是树枝和杂草。河水碾过尘土滚滚而来。人群中爆发出雷鸣般的掌声和尖叫。亲眼看到所付出的努力有所回报,我们感到非常兴奋。水流流经干旱的土壤。州长在运河边上亲自挖了一个树坑。他的一个助手把一棵伦巴第白杨放在里面,另一个助手则从运河中打了一桶水浇在上面。奥利弗希望,在苏珊运河两侧都种上柳树和白杨。这些树枝繁叶茂,就是这片土地足够肥沃的最好证明,这也会让当地人和打算来此发展的外地人信心倍增,当然也会加快我们家果园的建设。相信用不了多久,我们就能坐在果树下,欣赏落日倒映在六十英尺宽的人工河里。

运河开通后,水流最初浑浊不堪,不一会儿,就变得清澈起来。人群中充满了欢声笑语。州长在讲话中高度评价工程师们的辛勤劳动,特别是奥利弗为这条运河所做出的贡献,赞扬运河的修建功在当代,利在千秋。工程师们也为自己的所作所为感到自豪。

紧接着，梅萨牧场举行了一场盛大的庆功宴，蛋糕、香槟应有尽有。人们谈论着美好的将来。有些先生则带着夫人这里走走，那里看看。快乐的时光总是短暂的。太阳眼看就要落山了，庆功宴也要结束了。前来参加这次庆功宴的人们无一不流露出对这片土地的喜爱，尤其是农场西侧的草坪和玫瑰园。他们非常羡慕我们。玫瑰园里二十多种玫瑰正值绽放时节，美丽迷人。

这是一场盛事，每个人都情绪高涨。对于奥利弗来说，这是一场胜利，而且恰逢州政府即将成立。在这次庆功宴举办前，我特意聘用了一个名叫茜多妮的比利时女孩，由她具体负责宴会的筹划和服务工作。她本来计划今年夏天要和一个叫布拉德福德·伯恩斯的律师结婚的。伯恩斯曾经担任过国会议员，还曾经担任过本地的监察官，现在的身份是辛迪加与土地管理局的"中间人"，无论是在学识上，还是地位上，都比茜多妮要强很多。

两周前，茜多妮去镇上确认宴会流程时，与伯恩斯在街上不期而遇。他们一起去了一个朋友家中做客。后来，伯恩斯告诉她，他已改变主意，不打算跟她结婚了。真是一个苦命的女孩儿！现在，镇上所有人都知道了这一变故，她伤心极了。我不得不把宴会负责人临时调整为我们家的中国厨师——万。茜多妮整日以泪洗面，我担心她会想不开，就把她暂时留在我的身边。她对我说，她会一辈子跟着我，对我忠心耿耿，但是，我可没有这么多钱雇用她一辈子。

庆功宴那天，茜多妮穿着白色围裙，从厨房往宴会上送蛋糕。不巧的是，伯恩斯也是受邀到场的客人之一。可怜的茜多妮只好绕着他走，免得尴尬。我希望他最好不要点蛋糕吃。当然，不邀请他最好。然而，由于他身份特殊，庆功会不能不邀请他。作为见证运河通水的重要客人之一,他在人群中谈笑风生。可怜的茜多妮本来应该以他太太的身份到场,现在只好红着脸,手拿托盘为有蛋糕需求的客人们提供服务。

你一定要抽时间来爱达荷看一看啊!这个地方,人没有三六九等、高低贵贱之分。茜多妮尽管有点儿笨手笨脚,但生性淳朴,长得也很清秀,而且能够为我减轻一些家务负担。

我让两个女儿身着连衣裙出席了这个"大宴会",顺便帮忙上菜。她们吃了很多蛋糕,玩得非常高兴。艾格尼丝俏皮、可爱,男客人们几乎都被她给吸引住了。相比之下,在场的女客人们更喜欢和贝琪交谈。她那天为我们做了很多事情,我都不知道该怎么感谢她才好。

既然苏珊运河已经开通,消除了人们在西部生活的最大障碍,贝茜和约翰就打算在秋季之前卖掉住宅,购置一些生活必需品,尽快来西部生活。其实,约翰很早就盼着到西部来生活了,贝茜也非常赞同。老实说,最初我听奥利弗说,他们俩投资运河,申请土地,要来西部生活时,一方面,直觉告诉我,他们一定会失败。另一方面,我内心十分失落。因为这样一来,我和米尔顿的联系就越来越不紧密了。但是,我现在不这么认为了。贝茜现在住的地方距离我们家只有两英里远。等到下午干完活后,喊她过来聊聊天、读读书、回忆回忆过去、或者借点儿东西、还点儿东西,多么开心啊!空闲时,还可以让孩子们一起玩耍,任凭他们骑着马四处闲逛,那将会是多么美好的场景啊!再说,我虽然每天忙忙碌碌,却始终感觉很孤单。除了你,她是这个世界上唯一一个可以给我安慰的人。

与此同时,在辛加迪决定提供今年夏天的建设资金之前,大沟渠只能暂时停工,所有人的工资都得拖欠着,工程师们则忙于修缮河堤、检查和修补渗漏之处。

梅萨牧场

一八九〇年七月二日

亲爱的奥古斯塔：

我情不自禁地要给你写这封信。后天，托马斯就要去领奖了。如果这封信后天到达，希望不会破坏你的好心情。要不是我遇到了太多麻烦，以至于我精神错乱、情绪崩溃，我一定不会打扰你的。你愿意听我倾诉吗？我不能给贝茜写信——至少现在还不能，除非所有的希望都如我担心的那样彻底破灭了。

灌溉工程暂时停止。辛迪加内部起了内讧。汤普金斯将军和奥利弗平白无故受到了责备。我们的朋友哈维先生死于一场意外。事情的经过是这样的：一天早上，这个热情率真的男人，一边走一边读《泰晤士报》，由于不小心被火车给撞死了。如果他还活着，工程完成的希望会更大一些。现在，资金链断了，承建商拿不到工程款，奥利弗及其下属也领不到工资了。原本计划再修建七十五英里水渠，现在才修了三英里便没钱继续修了。奥利弗本想在今年夏天大展身手的希望也彻底破灭了。一切都有可能成为泡影。

这仅仅是诸多麻烦之一。

我必须告诉你，一年前，约翰和贝茜确定来西部发展，打算买些灌溉工程的股票，等到股价上涨后，挣点儿钱，盖座房子。当时，奥利弗出于好心，想帮他们一把，就转让给他们两千多美元灌溉工程的股票。几个月前，若把这些股票换成现金，买辆大马车绝对绰绰有余。现在呢？辛迪加重组的消息传遍了整个爱达荷，这些股票几乎一文不值。可怜的约翰和贝茜，把他们仅有的一点儿钱全部投给了灌溉工程，现如今竹篮打水一场空。唉，我们的钱全砸进去也就算了，他们的钱也全砸进去了。你说,我们该怎么办呢?

然而,这还不是最糟糕的。

更倒霉的是,我们偏偏又遇上了布拉德福德·伯恩斯这个坏东西,就是那个抛弃茜多妮的伯恩斯。他是一名律师,阴险狡诈,也是来西部淘金的。他非常支持修建灌溉工程,到处宣传修建灌溉工程的好处。奥利弗非常信任他。由于整天忙着开展各种灌溉调查、打井、修路,种树,奥利弗就把为贝茜和约翰签署土地申请合同这件事全部委托给伯恩斯去办了。

灌溉工程暂时停止这一坏消息传来的前一天,奥利弗与伯恩斯谈到合同的事情。

"什么合同?"伯恩斯明知故问。

"就是一年前,我委托你去办理的那份土地申请合同。"奥利弗提示说。

"我已经不记得了,"伯恩斯狡辩说,"我经办的合同实在是太多了,忘得一干二净了。那份合同申请的是哪块地?你在地图上指给我看看。"

他拿出地图,奥利弗给他指了指。

"这块地是我申请的!"伯恩斯大声说,"你不是告诉我说,你的亲戚对这块地不感兴趣吗?"

"不感兴趣?"奥利弗反驳说,"我什么时候说过这些话?我只是把合同拟好交给你,委托你帮我去办理。"

"你一定是忘记了,"伯恩斯继续狡辩道,"我记得非常清楚,那天你把合同放在我的办公桌上,指着这块地对我说,你的亲戚对这块地不感兴趣,不想要了。你再仔细想一想?"

"我绝对没有说过这样的话。绝对没有,"奥利弗斩钉截铁地说,"这份合同现在在哪里?"

"我的天啊!"伯恩斯回答说,"我早把它销毁了。你对我说过，你的亲戚不打算要的。"

奥古斯塔，你还记得吗？我曾经建议你在这里申请一块土地，想借此方式把你和托马斯吸引到爱达荷来。而且，我在维多利亚时，曾写信给奥利弗，让他帮你办理相关手续。后来，我们发现你不感兴趣，奥利弗就通知伯恩斯，让他停止办理。明明是伯恩斯记错了，可他根本不承认。

奥利弗亲眼看着伯恩斯翻遍了他的所有抽屉和文件夹，他也跑去地产管理局查询了，确实没有找到我们委托伯恩斯去办理的那份土地申请合同。那块地的申请合同上写着伯恩斯的名字，他是那块地的所有者。伯恩斯很精明，也很狡猾，在这方面比奥利弗强得太多了。除非我们采取某种措施，让伯恩斯自愿放弃那份合同。现在，伯恩斯手里握着本来属于贝茜和约翰的那块地的合同。只要运河通水，那块地立马就会升值，到时他能出示所有的文件和收据，而我们却不行。简言之，他侵占了那些土地。

奥利弗一向信任别人，除非被骗的事实摆在眼前。这次他吃了大亏，不得不为此事承担后果。事情都到了这个份上，他还在为伯恩斯开脱，说什么伯恩斯只是犯了一个无心之过。我回答说，这件事绝对不是无心之过。他对本灌溉工程了如指掌，非常清楚苏珊运河途经哪些地方、哪块地最值钱。他自己亲口承认，已经通过购买土地挣了点儿小钱。也就是说，他已经尝到了甜头。所以，这一次，他是绝对不会自愿放弃那份合同的。而且，伯恩斯说，他看上了一个百万富翁的女儿，计划在这块土地上盖房子。在这种情况下，你觉得伯恩斯有可能放弃这块土地吗？为了给贝茜和约翰一个交代，奥利弗非要我陪他一起去找伯恩斯谈谈，想花些钱买下那份合同。我虽然心中早已有了答案，明天还是会陪奥利弗一起去见伯恩斯的。即便伯恩斯愿意卖，我们到哪里去筹这笔钱呢？现如今，我们已经是债台高筑了。

今年秋天，我不打算去看望贝茜了，我的孩子们也不能和他们的堂兄妹一起玩耍、上课了（内莉想收贝茜的孩子做学生）。可怜的约翰和贝茜，他们无论如何也不会想到，来西部竟然会遇到这么多麻烦。我不知道，我们是否还能拿出足够的钱，把奥利送回圣保罗继续完成学业？奥利弗领不到工资，我们一家人肯定生活拮据，甚至食不果腹。现在，我们手里只有一大片得不到灌溉的土地。除非有人像我们一样傻傻地跳进这个陷阱，否则没人救得了我们。

很抱歉，我不该向你倒这么多苦水。我真的看不到未来，看不到希望了。也许我们该把房子卖给伯恩斯那种有钱人，然后搬到麦利特家的小木屋，给别人放羊放牛，清理山艾。不过，西部将来肯定能够繁荣起来。

4

苏珊坐在门口的凳子上，腿上放着画板。贝琪躺在吊床上，准备给艾格尼丝读童话故事听。透过走廊的几根支柱和栏杆，往远处望去，映入眼帘的主要是山艾，其他草木不多。屋内阳光照射不到，光线呈茶褐色。屋外，天空湛蓝。在阳光照射下，山艾和其他草木颜色显得淡了许多，而且距离越远，颜色越淡。在苏珊看来，自己的小家仿佛是一个冰冷的山洞，外面则是毫无生机的沙漠，几乎寸草不生。徒步旅行者来到这里，一定会迷路的！

她的视线从吊床回到她正在创作的画面上，又回到吊床上。贝琪和艾格尼丝面朝不同方向，躺在吊床上。苏珊用画笔描绘着吊床上这两个像小猫一样轻盈的身体。这时，贝琪甜美的嗓音打破了宁静。她开始为艾格尼丝读《鸟儿的圣诞颂歌》[1]。艾格尼丝瞪着大大的眼睛，不知道在想什么。她不断地用手梳理着自己的头发，好像在测量它们的长度。

苏珊嘴唇紧闭，眉头微蹙，边看边画。她的头型、脖颈、脸颊堪称精致、完美，看起来有种古典美。她身穿高腰连衣裙，整洁、讲究，看上去很像一位贵妇人，而且比实际年龄年轻很多。

然而，我可以想象，当时当地的她心里其实是紧张不安的，即使当她投入工作时也难免不被人察觉。她皱着眉头低头看自己的画，小小的画布上重现了她眼中的东西——弯曲吊床上的姑娘、沉重的柱子，以及远处迷雾般的沙漠。仿佛是为了提醒自己画作的主

---

[1] 《鸟儿的圣诞颂歌》(*The Bird's Christmas Carol*)，被誉为"世界关于圣诞故事童话中最经典的一部"。作者是凯特·道格拉斯·威金（Kate Douglas Wiggin），美国著名作家。

题,她在纸的底部草草地写下了画名:《西部农场炎热的一天》。

她微微侧了侧头,似乎有什么声音传来。嗯,是急促的马蹄声。她先把画笔放在画板上,把画板放到桌子上,然后站起身来,冲着两个女儿大声说道:"好了,孩子们,今天上午就到这里。你们表现得很好,可以休息了。"

贝琪和艾格尼丝抬起头,用同样的眼神望着她。艾格尼丝问她道:"我们能读完后再休息吗,妈妈?"

"是个悲伤的故事?"

"是的,妈妈!"

"你们已经读了一个小时了。内莉在等你们呢。"

"就读完这一章。"

"好吧。只能这一章。"

靴子踩在地板上的声音。靴子踩在地毯上的声音。苏珊转过身,看见奥利弗穿过餐厅走了过来,神色凝重。他头戴牛仔帽,胡子拉碴,一张饱经风霜的脸晒得红彤彤的,眼角满是皱纹,乍看上去还以为他总在微笑呢。贝琪的读书声仍在耳边回响。苏珊和奥利弗相互看着对方。他耸了耸肩,想要说些什么。

这时,贝琪的读书声停住了。书"啪"的一声合上了。苏珊转过身去,告诉她们说:"好了。你们该去上课了。"

贝琪站起身来,艾格尼丝依然赖在吊床上没有动。"一定要现在就去吗?我能不能先去风车那里看看哈利?"

"你想逃课?"

"不想。就一小会儿,可以吗?"

"不行,今天天气太热了,"苏珊拒绝道,"你上次从风车那里回来时,弄得满身都是土。脏死了。你忘记了?"

"我就要去嘛。"

"好了,你这个小淘气鬼,"奥利弗插嘴说,"上课时间到了。

你赶紧去见内莉吧。明天让你去看哈利。你还可以带它来看烟火。我这次给你们带回来满满一鞍囊。"

"太棒了!"贝琪问道,"爸爸,我能放个火箭炮吗?"

"能不能放,就要看你的表现了。"

"哦,我会很乖的,"贝琪又问道,"如果我最乖,我可以多放一个吗?"

"你不会想变成一只贪心的小猪吧。"

"是的,我想。"她抓住父亲的手,使劲摇晃着。

"怎么可能呢?"奥利弗笑道,"我和你妈妈变成小猪了,你和艾格尼丝也不会。不然的话,你们怎么去上课?"

艾格尼丝抱着奥利弗的腿,两只脚踩在他的靴子上,非要他这样抱着她走几步。她一边走,一边仰着小脸看着爸爸。三个孩子中,她长得最像妈妈。

"我不是淘气鬼。"她对爸爸说道。

"嗯,我同意,但别人可不这么认为。你看起来更像一颗欧洲越橘。"

"我看起来像个小精灵!"

"那你说,你是我心爱的欧洲越橘呢,还是一颗兔眼蓝莓?"

他把艾格尼丝高高地举了起来,亲吻了一口,转了三圈,然后放在地上,拍了拍她的屁股,要她去找内莉上课。她转过身来,抬起小脑袋,看着父亲,脸上写满了不愿意。然后,她单脚跳下走廊。走一步,她就伸出自己的小手摸摸自己左边的脸颊;再走一步,摸摸自己右边的脸颊,如此不断重复。紧接着,她沿着栏杆,每跳三下,拍一拍土坯。去的时候,她用右脚蹦,回来的时候,她改用左脚蹦。最后,她试图蹦到奥利弗的脚背上,但奥利弗一把把她抱了起来。

"你简直就是一个小女巫,"他对她说道,"我是头号男巫。要不要我先给你念个咒语？还是在你念咒语前，就把你扔到火堆里？"

"都不要！"

"那你最好现在就去找内莉。"

她尖叫了一声，大笑着，飞也似的跑走了。他转身看了看苏珊。苏珊也在看他，神情很紧张。他笑了笑，看了看桌子上的画板。"你继续画吧。就算明天就是世界末日，你也会赶在加百列①吹响号角之前完成的。"

"不画不行！"她说，"不然，我们靠什么生活？告诉我，和他谈得怎么样？"

"他不卖。"

"一块也不卖？"

"不卖！"

"我们拿他没有办法。"

"我们可以起诉他。"

"不行，我们手里没有证据。"

"我们……"

"他是律师。在我们这种小地方，起诉一位律师，胜算很小。"

"那我们只能希望于买其他人的土地了。"

"所有可灌溉的土地都会高价出售。我们买不起。"

"还有没人要的土地吗？"

"可灌溉的土地早就没有了。"

"我们再想想其他办法。"

奥利弗冷笑了一声。"官方有规定，如果有人拿到了地，但闲置不用，他的这块地就归检举人所有。我会睁大眼睛的。"

"不要开玩笑。"

---

① 加百列（Gabriel）：《圣经》中的人物，位列天堂重要的警卫长职位，担任整个天界的警戒工作，传信为其主要职能。末日审判的号角就是由他吹响的。

"我没开玩笑。这是我们唯一能够做的事情。"

"我们自己不是有地吗?足足一千亩。拿出一部分,分给他们好了。"

"如果他们乐意,我会毫不犹豫这么做的。你是知道的,我们这些地,必须等到整个灌溉工程全部建好,才能得到灌溉。现在,根本得不到灌溉,包括约翰那三百二十亩土地也是这样。"

"唉,我的老天,那我们该怎么办呢?"她转过身去,不想让他看到自己难过的样子。"哦,我一心希望贝茜和约翰带着孩子赶快来西部。一方面,我有贝茜可以聊天;另一方面,贝琪和艾格尼丝也有了张口闭口都不说脏话的玩伴。"

"我正考虑辞退几个人。我们只能这么做。这样一来,贝茜和约翰可以有他们自己的小屋,还能有个房间做办公室,直到灌溉工程全部完工,我们的这一千亩土地都能得到灌溉。到那时,我们把地拿出一部分,交给他们耕种。"

"等到水利工程全部完工?"她轻蔑地瞥了他一眼,"别做梦了。如果水利工程能够全部完工,股票也就不会这样大幅贬值了。"

"苏……"

"哦,我真的受够了!"

"苏,股票还有机会翻上三十倍。汤普金斯将军没有放弃,我也没有。我们已经花了血本,苏珊运河已经基本开通了,这是一个良好的开端。那些抛售股票的人一定会后悔的。辛迪加将会改造重组。再坚持一下,我们一定会过上好日子的。这个项目一定能行,前景非常广阔。"

"嗯,"她吸了口气,"听上去确实不错。"

他一听大怒,用力抓住她的肩膀,大声吼叫道:"苏珊,怎么连你也不相信我说的话?"

她用力挣扎着,盯着他的眼睛,歇斯底里地大喊道:"哦,我实在是忍无可忍了！八年来，我跟着你到处流浪。我为什么这样做？在这之前，我一直对你充满信心……"

他松开她的肩膀。"真的吗？"

"什么'真的吗'？你到底想说什么？"

他站在她的面前，神情异常镇定。他的脸如牛仔般饱经风霜，布满老茧的手半悬在身体两侧。他说话声音很低，几乎是在窃窃私语，"我听见你刚才说，你一直对我充满信心，是真的吗？"

她犹如受到了沉重的一击，不由得向后倒退了一步。"你这样问我，对我太不公平了！"

"很抱歉。说真的，有时候连我也开始怀疑我自己了，"他两眼盯着她，耸了耸肩膀，凄凉一笑，"也许，我真的已经不值得你信任了。"

"哦！"她摇了摇头，眼睛看着地面，"如果当初你不相信伯恩斯的话，我们根本不会落到今天这种地步。贝茜和约翰会拥有自己的土地。我们也不至于彻底把他们拖下水。"

奥利弗无意中又看到了苏珊放在桌子上的那幅画。这次，他仔细看了看，发现上面写着几个字："西部农场炎热的一天"。他抬起头，目光穿过走廊的支柱，越过阳光暴晒的草木，一直到达远处的山上，就像在大海中一边划着竹筏，一边望着无垠的大海。

过了一会儿，他回过神来，眯缝着眼睛，似乎在微笑，低声说道："全是我的错。早知道那些文件对我们这么重要，我真的应该亲自保管它们。当时，我太忙了。我绝对不是在给自己找借口。我这个人太容易相信别人了。只有等到吃了亏，我才会长记性。可是，如果我们彼此互不信任，这日子还有什么过头？"

他的话意味深长，沉甸甸的。苏珊听了，看着他的眼睛，没有说话。她的嘴角通常带着笑意，现在却变扭曲了。他们的目光相遇，交织，分开，又交织在一起。她脸上的玫瑰色红晕慢慢地消失了。

5

  国庆日那天傍晚,天气热得很,苏珊家的围栏和走廊上的柱子像火炉一样烫手。苏珊自己安慰自己,再过十年,奥利弗栽种的树木就长大了,就能在傍晚时分遮阴解暑了。

  尽管天气炎热,外面的空气还是比屋内新鲜一些。苏珊看见奥利弗正在用水车给草坪浇水。一股凉意从草坪方向飘了起来。空气中混杂了好几种味道,水车的湿木头闻起来就像是古旧的帆船,湿润的草坪散发出阵阵清新的草香。西北方向,落日渐渐藏到山后,山峦在落日的映衬下显得更加美丽。苏珊呆呆地望着远处山峦的轮廓,她感觉什么也看不清,心头一片杂乱。

  四周如此安静,苏珊听到马车"嘎吱嘎吱"沿着小路向远处驶去,孩子们的吵闹声也出奇地清晰,仿佛就在跟前,其实他们快要跑出去半英里远了。苏珊跟他们挥手告别后做的第一件事就是冲进闷热的卧室,脱下紧身衣、鞋子和所有身上束缚她的东西,换上一套薄薄的睡衣。她光着脚站在走廊里,听着水管中流水发出的"潺潺"声,以及风车转动发出的"吱吱"声。她已经习惯了这一切。这时,马车和孩子们已经走远了,她也觉得凉快了一些。

  苏珊浑身疲惫,躺在吊床上。蝙蝠在走廊柱子之间来回穿梭,悄无声息。起初,她还能看见蝙蝠飞来飞去,时隐时现。过了一小会儿,她就看不见了,不知道是因为天黑看不见了,还是因为空气中的灰尘遮住了视线。她身后的房屋和她的内心一样空荡荡的。牧场在落日的映衬下略呈藏红色。远处的山脉黑黑的,一动不动。天空中最后一丝光亮也被一朵乌云遮蔽了。很快,天就黑下来了。她看到星星一颗接着一颗在夜空中闪烁。

　　住在美国西部一座荒山后面,她感觉自己就像与世隔绝了一样。她躺在吊床上,回想着以前住过的地方和玫瑰花香。她很难相信这一切都不复存在了,父母去世了,姐姐贝茜身无分文。除了这个地方,她也无处可去。她自己一直漂泊在令人绝望的西部,挚友托马斯和奥古斯塔都远在千里之外。她真想和他们坐在一起聊聊天,哪怕只是一晚,哪怕只是在这荒凉的梅萨牧场也好。她承认,在装修梅萨牧场这所房子之前,她就已经做好了充分的准备。她希望能够说动托马斯和奥古斯塔来西部做客。届时,她将在这个新家里接待他们,回报他们多年来对她的关爱,并向他们证明,经历了多年的漂泊之后,她丝毫未变。

　　焰火像一朵盛开的花朵在山顶上空炸开。她从吊床上坐起身来,看着焰火逐渐褪色、缓缓落下。

　　她估计奥利弗和孩子们此时还没有到达镇上。不过,如果他们即便站在半路的山坡上看焰火燃放,也能看得一清二楚。他们最好还是另找个地方看,不要在广场上跟当地人挤在一起。有些当地人经常喝得醉醺醺的,不是谈论政局,就是吹大牛。一想到那个野蛮的小城镇,想到那些投机倒把者,想到国庆节的种种琐事,感觉就像有只蜘蛛在她的皮肤上爬行。

　　奥利弗和孩子们非常期待她也能和他们一起去。奥利弗临走之前,还想说服她,但她坚持道:"你和内莉带着孩子们去吧。我对焰火燃放不感兴趣。我就不去了。"

　　她的本意是:过去的两天里我们已经打开天窗说亮话了,就算奥利弗不再误会我,也已经没什么意义了。我厌烦了这一切,心情沮丧,觉得生活毫无希望。我们的满腔热血就像给沙漠浇水一样,全都白费了。

　　"你最好也去看看焰火,"他劝说道,"这也许会让你忘记所有不愉快的事情。"

"我累了。我宁愿待在家里。"

从她的眼神和话语里奥利弗能够感觉到,她坚决不想去。她实在是做不到面带微笑,拍拍他的肩膀,告诉他好好享受焰火燃放。

他们看着对方,相互试探。

"我很抱歉。"他说道。

"我不明白你的意思。"

"我本来想留下来陪你,但孩子们都吵着要去看。让别人带他们去,我又不太放心。"

"你不用留下来陪我。"

"对不起。"

看得出,他这样说是真诚的,但又有何用呢?

一枚焰火被点燃了。它划过天空,转眼间变出了四只绿色的火球,其中三只火球炸开后变成一把把小红伞,另外一只没有炸开,好像一只高悬于夜空中的明亮的大眼睛。"嘭""嘭""嘭"……焰火的爆炸声此起彼伏,响彻夜空,不绝于耳。节日味道非常浓郁。

吊床又闷又热。苏珊从吊床上走下来,坐在温热的土砖砌成的栏杆上。她听着小镇上焰火燃放的"隆隆"声,闻着空气中的淡淡的火药味道,心中在想,此时此刻,小镇的广场上一定是人山人海。奥利弗和孩子们正在拥挤的人群中穿来穿去。一些调皮的孩子们则会把手中的鞭炮扔在拴着的马儿和盛装打扮的姑娘们脚下,扔进有钱有势的人们乘坐的马车里。当然,他们也会因为不小心而炸伤自己的手指,甚至眼睛。一些建筑物还可能因此而失火。想到这里,她开始有些担心,非常希望奥利弗能够带着孩子们,站在半路的山坡上观看焰火燃放。无论如何,安全第一。

有声音!什么声音?苏珊站起身来,靠着温热的柱子,屏住呼吸,仔细倾听着。她隐约听见从远处传来了乐队奏乐的声音。不,还有其他声音。这个声音越来越近,越来越清晰。是脚步声,铿锵有力,重重地踩在地板上。

她拉了拉睡衣,光着双脚,重新回到吊床上。脚步声突然听不到了。不知是来访者停下了脚步,还是踩在了草坪上。

"有人在家吗?"是个男人的声音。

是弗兰克。她深深吸了一口气。"哦,弗兰克!你进来吧,我在后院呢。"

弗兰克站在她面前,居高临下,投下一片黑影。"我想,其他人都去参加庆祝活动了吧。"

"除了我,所有人都去了。万和茜多妮,还有约翰,吃完早餐就走了。国庆日,大家聚在一起,我亲自下厨做了几个菜。"

"好像是鞭炮的味道。"他用力闻了闻。

"你还能闻到?我的鼻子已经对火药味道麻木了。"

"威利本想和我一起来的。他的马被带刺的铁丝给划伤了,他不得不去找医生给马看看。"

"刚才,孩子们吵闹着去看焰火燃放。你很幸运,没有赶上那七嘴八舌、令人头痛的一幕。不过,他们都很高兴。"

"奥利弗带着他们去的?"

"他们二十分钟前出发的,恐怕现在还没有赶到镇上。我倒希望他们在半道上看,这样安全。"

他高大的身影在院子里晃来晃去,空中焰火如喷泉般此起彼伏。她几乎看不清楚他的脸——真的看不清楚,只能看到他的头和肩膀的轮廓。突然,他身子往后一缩,靠在柱子上,说道:"对不起,我挡住你的视线了。"

"没关系,我又不是小孩子。她们确实恨不得一枚焰火都不错过。"

"我骑马来的时候看了一路,真的很漂亮!"

"是啊。"

远处隆隆作响夹杂着礼炮声,火光忽明忽暗。"你是来找奥利弗的吗?"她问他道,"他恐怕很晚才能回来。"

"我可以明天再来找他。"

"峡谷的事进展如何?"

"不是很理想。"

"你认识伯恩斯吗?"

"奥利弗都给我说了。他这种人渣,应该关进监狱才对。"

苏珊在黑暗中仔细地观察着弗兰克。明亮夜空的映照下,他的身影像刀子一样弯曲着。她突然想起她去莱德维尔的那一天,一个名叫奥茨的恶霸在监狱门前被处绞刑,弗兰克当时也在场——那是苏珊第一次见到弗兰克。弗兰克当时吓坏了,眼睛瞪得大大的,嘴巴结结巴巴连话都说不出来。她还想起了自己从墓碑镇听来的故事——被谋杀的朋友、追捕凶手的艰难旅程、凶手的尸体被挂在墨西哥沙漠中的一棵树上。弗兰克不仅目击了那一切,他还是复仇者中的一员。也许是他亲手给绳子打了结,驱走了凶手身下的那匹马,甚至还可能在凶手被吊死后割断绳子放下了尸体。一想到这些,她就感到不寒而栗。然而,目前的情绪使她倾向于认为,面对不义行为时,相比于那个过分信任别人又拒绝谴责的男人的自责,弗兰克这种带有男子气概的愤怒是一种更好的回应。

"我认为,无论如何都要把那个伯恩斯告上法庭,"苏珊语气不太高兴,"可奥利弗并不这样认为。他坚持说,完全是因为他自己粗心大意,才被伯恩斯钻了空子。"

"所有人都知道伯恩斯是个什么货色。把他告上法庭,已经是便宜他了。对待他这种人,就应该用马鞭使劲抽。"

"伯恩斯既不会被鞭打,也不会被起诉,"苏珊说,"他会逍遥法外的。"

"你允许我去揍他吗？我已经迫不及待了。"

"非常感谢，"她回答说，"你能这样说，我就已经很感动了，弗兰克。"这的确是她的心里话。"哦，一想到这件事，我就觉得对不住贝茜和约翰。这是我们的过错。唉，看来永远无法弥补了！"

美丽的焰火呈拱形状从天而降，红、绿、黄、蓝，耀眼夺目，在空中慢慢燃烧殆尽。弗兰克没有说话。苏珊耸了耸肩，改变话题道："你说，焰火的这些颜色究竟是怎么变出来的？"

"颜色？"弗兰克回答说，"据说是金属盐。黄的是钠，白的是镁，红的是钙，绿的可能是含铜的盐，也可能是钡盐，我不太确定。我不是这方面的专家。"

"你在很多方面都可以称得上专家。"她话一出口，感觉自己想要呕吐，只好不停地哈气，用力把它压下去。

弗兰克的回应含糊不清，显然他也不知道究竟该如何回应才好。

"你应该知道，我这次来，不是找奥利弗的。"黑暗中，他两眼闪闪发光。

"我知道。"她轻声回答道。

"我希望，除了你在家，其他人都去镇上看焰火燃放了。"

"是的。"她回答说，虽然她自己也觉得不应该这么回答。

"我好久没见到你了。"

"弗兰克，我们不是经常见面吗？"

"是的。不过，每次见你，都是当着大家的面。"

"你的意思是说？"

"哦，我的意思是说，好久没有和你一个人单独见面了。"弗兰克冷笑了一声，她也觉得心头一紧。可恨的运河项目改变了所有人，当然也包括弗兰克。

焰火火光越来越暗。隆隆声和噼啪声逐渐消失，暗红色的薄雾仍然笼罩着城镇。他从她身边走开,漠然地看着逐渐熄灭的焰火说:"我非常怀念和你一起骑马的时光,你呢?我怀念给你当模特,怀念和你聊天。如果能够像从前那样单独和你待上一会儿,我会感到很荣幸。"

"我们俩是时隔三年才又重新在这里相聚的。我在维多利亚待了一年。"

"是的,不管时隔多久,当我再次见到你时,我又沦陷了。你还记得那天在峡谷你准备离开的时候吗?我已经说服自己,从此把你当成普通朋友。当我从围栏旁抬头看你,看见你在门口朝我挥手时,我又心动了。你穿着白色礼服,非常漂亮。而且,你行事果断,我无法企及,我……"

"果断?"她有些不解,"无法企及?"

"是的,我说的都是心里话。"

她不由得笑了起来。"是不是很可笑?很可怜?几年前,我们在莱德维尔离开你去墨西哥时,我爱上了墨西哥的文明、爱上了他们优雅、浪漫的中世纪生活方式……"

"我知道。我在墓碑镇看了你写的文章。"

"是吗?听你这么说,我很开心。我还以为你不知道呢。那你还记得我们回家时路过的那些大房子吗?克伦达罗、特佩通戈、特佩蒂特兰[①],等等。那些大房子都是我梦寐以求的。奥利弗答应也给我建一座,铺上瓷砖、地板。你还记得我们在峡谷住的房子吗?是我和奥利弗精心设计的,流水潺潺、鲜花遍地。"

弗兰克静静地听着,没有说话。

苏珊开始向弗兰克诉说奥利弗的打算,尽管连她自己都不认同。"奥利弗说……他肯定能想到办法,让我们大家再次团聚在一

---

① 均为墨西哥市镇名。

起的。"

"什么办法?"弗兰克靠着柱子坐着,跷着二郎腿,用一只手轻轻拍了拍手套。他的侧影静止不动,在空中闪烁的火光下模糊不清。"就算他能够……"他问道。

"不要再说了。"她坐在吊床里,觉得眼睛疼痛,急忙用手指按住眼角,闭上眼睛,仿佛这样做就能减轻疼痛。"可怜的弗兰克,"她打断他说,"非常对不起,现在只能这样了。"

"是吗?"

在黑暗中,这两个字从弗兰克的嘴里说出来,听起来很失落、很痛苦。她睁了睁眼睛,用力压了压眼皮。弗兰克一动不动地坐在那里,眼睛看着远处,神情非常冷漠。天空中,焰火燃放形成的薄雾已经散去,只剩下那些可怜的星星。

"您应该很清楚,我们只能这样了。"苏珊重复道。

他身体稍微动了动,把脸转向苏珊。"这是你第一次用'您'来称呼我。"

"我心里一直是这样的。"

"是吗?"

"您不信吗?"

"你太绝情了。"

夜色中,一只流浪狗叼着一块骨头,走了进来。它把骨头放在她家门口的台阶上。她鸡皮疙瘩起了一身。

"那你跟我走吧!"

"跟你走?"她声音非常微弱,"去哪里?"

"去哪里都行,只要你愿意,特佩蒂特兰也可以。在墨西哥,工程师是不会找不到活干的。我那里认识很多人,我能找到工作。我给你建造一处庄园。在那里,你可以拥有你应该拥有的东西,成为你应该成为的样子。在另一个国家,没有人会……"

"弗兰克，弗兰克，你在想什么呢？你要我和你私奔？简直是丢人现眼！"

"丢人现眼？你是这样认为的？"

"别人都会这样认为。"

"管他呢？你在乎吗？你在乎博伊西人的看法吗？"

"我们俩说的根本不是一回事，"她解释说，"我的意思是说，我的三个孩子怎么办？奥利正处于他一生的关键时刻，两个女儿都还小。"

弗兰克没有吭声。

"孩子们的父亲怎么办？"苏珊问道，"你就这样对待你最好的朋友？"

"只要是为了你，我管他是谁。我也不想这样做，但我实在是控制不住对你的想念。"

"哦，哦，"她双手捂住脸，"如果我不计后果，按照你说的去做，其他人会怎么说我？一个女人，抛弃了破产的工程师丈夫，跟着他的助理跑了。"

弗兰克把手套在手掌上拍了拍。"我会出去赚钱的，给我三个月时间，我会回来接你的，或者我派人来接你。"

"我一边和奥利弗一起生活，一边准备离开他吗？我无法生活在这样的谎言里，"苏珊冷笑了一声，"这不是钱的问题，你知道的……"

"那是什么？"

"弗兰克……"

弗兰克移动了一下身子，靴子踩在瓷砖上。然后，他伸出双手，紧紧握住她赤裸的脚掌。

身体接触。除了自己的丈夫或妻子，与异性身体有亲密接触是贞节、忠诚和文雅这些词汇最致命的敌人。我们因此而遭人背叛，也因此而背叛别人。正是因为与异性身体有亲密接触，我的艾伦·沃德背叛了我。也许是在我的办公室里，也许是在走廊上，也许是当我在病房里刚刚注射完麻醉剂，在睡梦中被截肢的时候，艾伦与那个给我做手术的外科医生一个偶然的擦肩或者手部触碰，两个人便擦出了爱的火花。当一个人需要爱的时候，彼此之间最轻微的肉体接触也会产生电流。艾伦的背叛纯粹是个意外吗？还是说，她和这个医生早就背着我做出了这样的龌龊事情？据我所知，那个外科医生在负责给我做截肢手术之前，只是在晚宴上和艾伦偶遇过一次。

艾伦和外科医生的事也许纯粹是个意外。也许只是一次偶然相遇，他们就两情相悦了，我却完全没有意识到。有个日本故事，名叫《昆虫物语》，讲的是一只蜘蛛被困在可以移动的窗户玻璃之间，连续好几个月动弹不得，就像死去了一样。到了春天，当女仆清理卫生移动窗户时，蜘蛛就像突然间活过来一样，转眼间就跑走了。艾伦·沃德也是一直过着那种被困住的生活吗？莫非一次偶然的机会就把她给释放了？还是她一直在等待这个时机呢？

现在，人与人之间的背叛比祖母那个时代来得更容易、更快速、更直接。艾伦·沃德只花了短短几个星期时间就被别人彻底俘虏了。如果说苏珊·沃德被人诱惑，那她则花了十一年的时间，而且最终没有把这种冲动继续下去。当然，我对苏珊和弗兰克具体亲密到了什么程度，或者说他们有没有上床，一无所知，只知道他们最终没有走到一起。

但是，当弗兰克的双手抓住她悬在吊床外面的两只脚时，她没有反抗。她穿着睡衣，舒服惬意。她这样打扮并不是想诱惑谁，只是因为白天被衣服束缚得太紧而无法深呼吸。她不想再假装优雅了。夜晚黑暗的空气中，她仿佛嗅到了玫瑰花散发出的异样的气味，还有因为两人的暧昧举动所带来的紧张感。到花园里来，莫德。①对一个好女人来说，如果她是一个有了未婚夫的年轻女子，和她的未婚夫约会时，只要保持礼节，与未婚夫发生适当的身体接触是可以理解的；如果已经结婚了，与丈夫发生任何身体接触都可以。对一个坏女人来说，上述说法就没有任何意义了：十分钟而已，谁会发现呢？

苏珊既不是有了未婚夫的年轻女子，也不是一个坏女人。她是一个体面的已婚妇女，今年四十二岁——而且是一个挑剔、贤惠、聪明、有才能的女人。在黑暗中，突然被爱慕的人握住赤裸的双脚，她或许会觉得很浪漫，但心情一定不会轻松。

当时，他俩之间到底发生了什么？我真的不知道。我甚至不知道他是否真的握住了她赤裸的双脚。我只是根据我所知道的事实虚构了这个场景。但是，特佩通戈、克伦达罗、特佩蒂特兰、卡萨·沃肯豪斯特和卡萨·古铁雷斯的幽灵萦绕在黑暗的门廊里，既带着偷情既遂的优雅，也带着偷情未遂的伪装，为这一切提供了众多的可能性。干旱荒凉的梅萨牧场弥漫着黑暗的芳香，让她回忆起许多以前的经历。内心对安稳、优雅生活的渴望，就像对米尔顿的乡愁一样时刻缠绕着她，使她一直想离开爱达荷州。也就是说，如果她接受了弗兰克的诱惑，下决心私奔，我一点儿也不会感到惊讶。逃离流亡、逃离绝望、逃离固执而且木讷的丈夫，对于苏珊来说，这才是真正的诱惑。当然，在一八九〇年，对于苏珊·伯灵·沃德来说，与一个男人私奔还是完全不可接受的。

后来发生了什么？我也不知道。用雪莉的话来说，我严重怀疑他们是否"发生了性关系"。有些人，即使生活在一八九〇年，仍然会背叛婚姻。富人们经常这样做，苏珊自己就认识这样一些人。当然，因为生活所迫，穷人也可能会这样做。而祖母这样的中产阶

---

① 《到花园里来，莫德》是英国桂冠诗人丁尼生创作的一首诗的标题。

级却不会这么做，或者他们是带着可怕的罪恶感和一种贬低自己、玷污自己的羞耻感在做这件事。我无法想象如此彻底的崩溃会发生在我祖母身上，这个女人相信女人的最高角色是妻子和母亲，她把女人的身体想象成一个神圣的容器，而这个容器与一个男人——一个被选中的单身男人——的结合将是女人最大的快乐和满足。

我说，我无法想象。我不相信。然而，我也看到了一个类似的崩溃，在它发生之前，我是不可能想象到它的，我甚至没有意识到它的诱惑所在。

我不知道当时到底发生了什么。我只知道，那一晚充满了某种形式的激情和罪恶。在他们所处的世界和时代里，激情总伴随着罪恶感，亲吻总伴随着眼泪，拥抱总伴随着绝望。在黑黑的走廊里，他们彼此相拥，爱慕和痛苦交织在一起，激情刚刚触发，便立刻被内心的道德感所扑灭。

我相信是这样的。我只能用维多利亚时代的方法来尝试解决这些维多利亚时代的问题。我觉得婚姻是严肃的，我无法把性当成随意或滑稽的事情。我鄙视那些这样做的人。雪莉会说我对性有障碍。在我看来，性具有几乎使人泄气的重要性，我想我真的认为它要么是神圣的，要么是不神圣的，婚姻的保证与性的神圣性并非毫无关系。相比现在，我会更加尊重维多利亚时代的叛逆者和淫乱者。他们和我们不太一样。他们对于自己的错误行为胆战心惊，至少他们还能够认识到自己错误行为的严重性。好吧。无论祖母当时做了什么，我都认真对待，因为我知道她也是认真的。

弗兰克要走了。他心中有鬼，害怕被他的好兄弟奥利弗发现，于是赶在奥利弗回家前，赶紧溜到马厩，骑上马跑了。我完全能够想象得到，她赤着双脚，走在湿漉漉的草坪上，闻着浓浓的玫瑰花香味。她心里很清楚，奥利弗跑遍了大半个康涅狄格州才找到这些玫瑰花品种，并从两千五百英里外运过来，仅仅是为了让她在西部有家的感觉。她时而为奥利弗在这个地方安家感到愤怒，时而对奥利弗的沉默不语感到厌恶，时而对奥利弗容易上当受骗感到无奈，时而对未来感到绝望，时而因为不知道如何面对贝茜感到痛苦，时而因为控制不住自己的感情感到自责。一个四十二岁、有三个孩子的女人，整天为爱神不守舍，纠结苦恼。

星光下，黑暗的小巷里传来了马车车轮"咯吱咯吱"的响声，是奥利弗和孩子们回来了。她用力搓了搓脸颊，抹去泪痕，快步走进屋里。她躺在床上，用枕巾蒙住眼睛，佯装头痛。房门轻轻打开了，随后，又轻轻关上了。她听到内莉用浓重的北方口音低声对孩子们说："嘘，孩子们，赶快上床睡觉！"

屋子恢复了宁静，嘈杂声消失在厚厚的土墙后面。透过敞开的窗户，她听到奥利弗正在把洒水车拖离草坪的声音，皮质水管还在"哗哗"流水。洒水车车身太重，会压坏草坪，不能把它一直放在草坪上。然后，她听到奥利弗在走廊上走来走去，脚步缓慢、沉重。毫无疑问，他正在思考毫无希望的未来。他真是个可怜的家伙！运气差得离谱。所干的事情都失败了，所有的希望都破灭了。想到这里，她从床上半坐起来，准备走向他，挽着他的胳膊，和他一起面对各种失败。

她犹豫了一下，又躺了下来。所有的失败，都是他一手造成的。活该！她咬了咬牙，竖起耳朵，仔细听着外面的动静。他停止了踱步，屋子里异常安静。窗外，夜幕早已降临，偶尔传来几声枪响和鞭炮声。

过了很长时间，奥利弗手里拎着鞋子，蹑手蹑脚走了进来。很明显，他是担心会惊醒她。他在黑暗中脱下衣服，小心翼翼躺在床上。她假装睡得不安稳，翻了个身，给他腾出一些地方。黑暗中，他轻声问道："睡着了吗？"

"还没有。焰火好看吗?"

"好看。孩子们非常喜欢,我们没有到达镇上,是站在半路的山坡上看的。"

"我猜也是。"

"你在家里能看到吗?"

"看得到。"

"弗兰克来我们家了?"

"你说什么?弗兰克?"她的心往下一沉,呆住了。

"弗兰克来过我们家,不是吗?"

"是的。"她实话实说,放弃了说谎的念头,但心里忐忑不安。奥利弗身子靠得她很近,她感到浑身燥热难耐,于是挪动了一下身体,并把盖在身上的毯子踢到了一边。

"弗兰克想找你谈谈,"她撒谎道,"他也感到生活毫无希望。我和他在后院坐了一会儿,一边聊天,一边看焰火燃放。他没看完焰火就走了,说明天再来找你。"

"哦。"奥利弗应了一声,身子一动未动。

凉气缓缓从窗子飘了进来。她感觉裸露的皮肤有些发凉,便又把毯子拉回到身上,然后问奥利弗道:"你怎么知道弗兰克来过了?"

"他的手套落在我们家栏杆上了。"

奥利弗支起身子,亲吻了一下她的脸颊,便默默躺下了,然后侧转身子,面向她,轻声说道:"晚安。"

"晚安。"

她脸颊发烫,犹如奥利弗的嘴唇上涂满了硫酸。

6

又一个秋天过去了，生活掀开了一个新的篇章。然而，几个星期以来，我一直心情不太愉快，感觉如同已到退休年龄，刚刚离开工作岗位；感觉如同假期即将结束，作业尚未写完。当然，与上述两种情况也不是完全相同。无论是已到退休年龄，刚刚离开工作岗位，还是假期即将结束，作业尚未写完，我虽然心情沉重，但对未来还抱有几分期待。但这段时间，我只是感到心情沉重，对未来没有任何期待。只需再稍稍努力一下，我就会变成严重抑郁了。

祖母遭受的不幸令我非常难过。过去几天，我一直在阅读相关历史记载。这些记载来自爱达荷历史学会。通过阅读，我了解到了许多以前不知道的事情，也产生了一些疑惑。鉴于它们都是历史事实，我尽力避免感情用事。

另一件令我难过的事情是，雪莉马上就要离开我了。这会严重影响我今后的工作与生活。我茫然不知所措，雪莉却一身轻松。唉，她想走就走吧。我绝对不能强人所难。

雪莉非常能干。她经常加班，一周工作七天一点儿也不稀奇。我对她非常满意。最近两周周末，她都要求休息。我以为她是在为重返大学念书做准备。艾达告诉我，她是为了和拉斯穆森约会。"雪莉并没有亲口告诉我这一切，我是从埃德那里听来的。埃德说，上一周，他在内华达州碰到了拉斯穆森。当时拉斯穆森穿了一条紫色的裤子。这家伙绝对是个另类。你说，雪莉是不是鬼迷心窍了？"

"也许，拉斯穆森真的喜欢雪莉。"

艾达白了我一眼。她根本不希望那个"异类"喜欢雪莉。

不管怎样，艾达和我都不应该要求一个正值花季年龄的女孩子整天坐在办公室里，一周工作七天不休息。再说，雪莉已经长大了，应该找男朋友了。无论是感情上的事，还是工作上的事，都应该由她自己做主。

雪莉的父母不能给她提供什么好的工作机会。当初，她离开伯克利，选择来我这里工作——在这里，她几乎一个人都不认识，连个同学都没有。就像艾达偶尔所说的那样，雪莉也许是内华达高中最聪明的学生，但不是一个有智慧的人。我个人认为，所谓有智慧就是要明白，你应该接受什么，不应该接受什么。显而易见，按照这个标准去评判，雪莉还算不上一个有智慧的人。

午饭过后，我坐在走廊里看书。她走了过来，一句话也没说，只是上下打量着我。过了一会儿，她撅着小嘴，递给我一张纸。这张纸带有花边，印刷非常精美，上面印着某个社区改善协会的阵亡将士纪念日活动信息。我接过来，认真读了起来：

宣　言

我们认为以下真理对将军、工厂主、政客、大学教授等守旧落伍之人以外的所有人而言不证自明：

1. 大众媒体的宣传和学校的教育纯粹是对人们心灵的污染。我们崇尚苦思冥想、沟通交流和保护自然。

2. 金钱是社会腐败的根源，自私是我们与理想世界之间最大的障碍。一无所有且无欲无求的人才是最富有的。我们崇尚社群、分享、给予和量入为出。最富有的人是那种既不拥有也不需要什么的人。

3. 贪得无厌的社会对待妇女就像对待自然资源一样，把妇女当成奴隶和生育机器。我们相信，男女完全平等。占有权不适用于爱情和地球上其他任何美好事物。

4. 只有贪婪的人才会禁锢孩子的思想，将他们视为父母的附属品，永远管制他们。我们相信，孩子是天赐的礼物。他们应该自由快乐地成长。

5. 这个社会充满了战争、浪费、毒害等各种不良行为。摆脱它们才是心灵净化的第一步。我们相信，各地生活丰富多彩，不管是在农村，还是在城市，男女互相配合、协同工作，合理使用人力和资本，才能实现自给自足。

因此，我们从加州圣胡安北部的马萨诸塞矿业公司租赁了二十英亩土地。这些土地位于内华达市以北四英里的四十九号公路附近。我们邀请所有相信该宣言的人们去那里学习、生活，共同摆脱家庭和社会的枷锁。我们邀请大家来这里，打碎旧的躯壳，创造一个全新的世界。

想你所想

做你所做

竭尽所能付出

自由　冥想　大爱　分享　瑜伽

联系方式：加利福尼亚州内华达市七百一十六号信箱

读完这些文字，我抬头看了看雪莉，发现雪莉也正在看着我。她嘴里嚼着口香糖，似乎有些心神不安，但没有说话。我把这张纸翻过来，看到背面也写着一些字：

把空白的纸留在桌子上，把没打开的书留在书架！

把工具留在车间里！把钱留给鬼去挣！

让那些说教中止吧！

[……]

我的号召是战斗的号召，我为积极的反抗鼓劲，

和我同行的人必须全副武装,

和我同行的人要忍受饥寒交迫,遭遇顽敌和背叛。

——惠特曼①

苦思冥想需要脚踏实地,将大脑中媒体及学校所灌输的垃圾清扫一空。对大自然的索取必定使人不思进取,必定使人抱残守缺,甚至压迫他人。现在,新的思想为我们指明了一条新的道路。它会让政治家们大失所望,会动摇军人们的坚定信念。

无论如何,传统文化都是注定要失败的。与其傻傻地固守,倒不如通过有意识的苦思冥想进行重构。事实上,即将到来的社会革命将会使我们紧密地联系在一起。如果足够幸运的话,我们最终会形成一个更加完备的社会文化,包括母系血统、婚姻自由、财富自由,拥有更少的工业、更少的人口和更多的国家公园。

——加里·斯奈德②

鼓励这些人:诺斯替③教徒、马克思主义者、天主教徒、道教主义者、生物学家、女巫、瑜伽修行者、比丘、贵格会信徒、伊斯兰教派、禅宗、萨满、布须曼人、美洲印第安人、波利尼西亚人、无政府主义者、炼金术士……所有原始文化,所有公共和启蒙运动……最终城市将变成幸福的聚落和盛会。

——伯克利生态中心

---

① 此处诗句出自惠特曼长诗《大路之歌》,译文引自上海译文出版社版《草叶集》,译者邹仲之。
② 加里·斯奈德(Gary Snyder, 1930—),美国著名诗人、散文家、翻译家,同时也是一位禅宗信徒和环保主义者。
③ 诺斯替教(Gnosticism):罗马帝国时期在地中海东部沿岸各地流行的许多神秘主义教派的统称,是基督教异端派别。

我读完后，笑了笑，把那张纸递给雪莉。

"这是给你的，"雪莉没接，低声说道，"我还有好多呢。你觉得怎么样？"

"我喜欢自给自足。"

"我是认真的。"

"你想知道什么？"

"这张纸上说得有没有道理？"

"老生常谈了，有很多历史先例。"

"你是什么意思？"

"柏拉图，"我说，"他有类似的理论。托马斯·莫尔爵士，他也有类似的观点。柯勒律治、梅尔维尔、萨缪尔·巴特勒、D.H.劳伦斯，他们都有类似的观点。还有布鲁克农场和其他所有的傅立叶主义者团体。还有新和谐公社，不管是约翰·拉普创立的那个还是罗伯特·欧文的那个。还有伊卡里亚人。亚玛人。霍姆斯特德人。门诺派。阿米希人。哈特派。震颤派。锡安教派。奥内达公社。尤其是奥内达公社。"

"你的意思是说，没有道理？"

"我没那么说，我是说它有许多历史先例。"

"但你笑了。"

"它是一种扭曲，"我说，"对历史的扭曲。这些先例的一个重要方面在于，那些自然部落社会普遍充满迷信、因循守旧、热爱战争，而乌托邦的那一方总是失败。你从哪儿得到这份东西的？"

"别人给我的。"

"谁？你丈夫？"

"可以这么说。"她看着我，抿嘴一笑。

"你准备加入这个幸福的聚落？"

雪莉神情高傲，面带微笑。她似乎明白了我的怀疑，便留有余地地说："我可没这么说。"随后她脸上的微笑突然消失了，撅着小嘴继续说道："如果你觉得有问题，就请直接告诉我！这件事，我已经想了很久。我个人认为，这是一个令人向往的世界，充满了温馨与关爱，人人自由、平等。我看不出有什么问题。"

"我也看不出来。唯一的问题是，这个理想世界的里里外外都是正常人类。"

"你这话听起来很悲观。"

"好吧，我不想用自己的悲观影响你。"我闭上嘴巴，不再说话。

她反复问我具体原因，并且态度非常真诚。

"好吧，"我解释说，"我来告诉你原因。我猜，住在这个乌托邦的大都是年轻人，这就意味着，他们有一半的时间沉迷于药物——你可以在这个乌托邦的花园里种植一样东西，大麻。旁人可不会接受这个。旁人也不会接受自由形式的婚姻和基于自然信用的共产主义经济。这里每周都会有警察上门，美国政府不把他们扫地出门或者派捕狗队抓走他们的野孩子就算万幸了。"

"你说的这些外在的东西和这个乌托邦里生活的人没有关系啊，这些外在的东西只和外面的人有关系。"

"是的，你说得没错，"我回答说，"但那些在外面的人是不会善罢甘休的。假设这个乌托邦的人不回到外面的世界，那你们最多能撑六个月；如果这个乌托邦不受外面世界干扰，那它最多能撑一到两年，到那时人们就会渐渐疏散，去外面寻找食物，而乌托邦里剩下的人则会整天嚼舌根，说女人的坏话，或者谈论谁家的花园布置得最差，抑或谁把所有的玉米全吃光了等等这些鸡毛蒜皮的小事。满足自然需求是好事，但是自然需求是难以满足的。还有，这里面女人也许和男人一样平等，但是在吸引力上女人并不一定比得上男人，情感是基于个人产生的，一定会孕育嫉妒，这就意味着会孕育私有化，从而导致坏情绪的产生，等等。"

"你的判断是基于过去的历史做出的。"

"所有历史都是过去的历史。"

"好吧，就算你说得对，但是历史不一定会重演。"

"你确定吗？"

她站在那里，噘着嘴巴，语气非常冷淡。"我还是不太明白，你为什么如此强烈反对？"她顿了顿，见我没有回答，继续说道，"这是一件值得认真思考并付诸实践的事。而你呢，根本没有认真想一想，就贸然断定它是不靠谱的。你难道不知道，我们现在生活的这个世界是多么不公平吗？你有没有静下心来思考一下？当然，你住着这样的庄园，有人为你打理一切，生活怡然自得，根本不用去思考。"

"你一直在记恨这个吗？"我盯着她的眼睛问道。

"什么？没有。当然没有。我只是想问一些事，难道循规蹈矩就是人生的必然经历吗？为什么不尝试一种新的方式呢？你看看你的祖父，这份宣言书和他为爱达荷矿业及灌溉公司写的报告有什么不同？唯一的不同就是他写那个是为了挣钱？他在尝试一些注定会失败的事情，不是吗？你不也觉得那些山艾树荒漠就该任其长满了山艾树自生自灭么？尽管你的祖父帮助建立的文明如今看起来令人作呕，你还是崇拜你的祖父胜过任何人。但现在有一群人想让自己的生活变得更好，为什么要打击他们呢？"

"听着，雪莉，"我神情变得严肃起来，"这个话题不是我引起的。是你非要问我的。对于我来说，他们想做什么都可以，与我无关。"

"我确实想听一听你的想法。"

"是吗？"我揶揄她道，"我怎么觉得你是想说服我？我告诉你，我绝对不会生活在那样的世界里。哪怕一个小时给我一千美元，我都不干。实话说，我想躲得它远远的。不幸的是，我距它竟然只有区区十英里远。"

"为什么？"

"为什么？因为他们的愚蠢激怒了我。首先，他们所谓的美好愿望只是空中楼阁——压根儿不考虑现实以及人类的本性。第二，他们所谓的美好愿望毁了我的雪莉。他们中间没有一个人会比上帝更聪明，以至于能够创造一个崭新的人类世界。雪莉，你听着，我喜欢独处，不喜欢拥挤的人群，不喜欢喧嚣的环境，不喜欢无政府状态。我向往的是一个能够自由生活但有秩序的世界。我希望自己和自己的家人能够生活在一个自由但有秩序的世界里。"

"你终于说真心话了，"雪莉说，"告诉我你真实的想法吧。"

"好啊。我不相信自由形式的婚姻，那不是婚姻，那是乱交，没有一种文明鼓励乱交。我也对基于自然信用的共产主义经济充满怀疑，它如何与我们这种高度集权的残酷经济对接？我们没法退归弱小状态，我们要学会如何控制力量。至于温柔和爱，我认为这是在做白日梦，哪里会像纸上写得那么简单？我认为这个世界将会变成赫希先生或胡佛先生构想的那种强权实体。此外，这样的社区里会有那种激进的非女性化的女人，以及激进的女性化的女人，我可能会被她们驱逐。比如，我可能因为留长发而被放逐，我可能会被冠以'不负责任'罪名放逐。我从来都不喜欢惠特曼，我会不由自主地想起，那个狂放不羁的梭罗最后变成了一个驯顺的康科德宅地测量员。"

说到这里，我发现雪莉一直咧着嘴在笑，也许是为了掩饰她心中的不满吧。

"好吧，我不该招惹你的。你说的那句关于梭罗的话是什么意思？"也许是想让我休息一下，她打断我说。

既然已经说了一半，那就索性说完吧。"我怎么知道这到底意味着什么呢?"我说,"我不知道这到底意味着什么。我只知道,他眼中不屑的那种文明(人们在其中过着相对绝望的生活的那种文明)比他本人更强大,也许也更正确。这个文明排斥他、吞噬他,事实上,它也在用他所提供的养料改变自身机体的几个细胞。他让它变得富足,但它要比他更庞大。文明是通过契约、调节和吸收外界精华成长起来的,主动与外界断开联系就意味着停止生长。反叛者和革命者只是水中的涡流,他们使水保持流动,但他们自身是会被荡平和吸收的,他们只是一个小问题而已。彻底绝望是人类处境的另一种叫法。如果革命者知道自己无法迅速改造社会——既无智慧也不被允许去改造——还执意去做,我会对他们多一份尊敬。革命者和社会学家。上帝啊,那些社会学家!他们总是试图用一个装满除草剂的喷壶去开垦一片热带雨林。文明会经历成长、嬗变和衰落,它们无法被重塑。"

雪莉看着我,放肆地笑着。"但你祖父需要那个喷壶。"

"什么?"我开始问,"你是说彻底绝望吗?也许那是最好的替代选项。"

我已经整整一周没有碰过酒了。有一天晚上沐浴过后,我给艾达倒了一杯酒而自己没喝,这让她既沮丧又困惑。她的慷慨令她自己不舒服。人类的脆弱也好,文明生活施加在一个男人身上的压力和苦难也好,我不需要她的女儿来提醒我它们的力量甚或必要性。在内心欲望的领地,这些东西并不适用。

雪莉最终是自作自受,她皱着眉头,问我道:"你觉得拉里是个疯子吗?"

"我从来没有见过他,"我回答说,"但我还是想这样说,他或许有点儿头脑简单。"

"拉里性格很开朗。"

"这一点，我不怀疑。布朗森·奥尔科特①也是。"

"布朗森·奥尔科特？这个人我不认识，是布鲁克农场的吗？"

"水果园的。我忘记给你介绍了。"

"哦。"

也许她根本没听见我说了什么，她一直在想她的丈夫，她的男朋友，她的伴侣——管他到底是什么呢，总之是她曾经的旅途陪伴者。她思绪流转，自言自语了几句，当然这不是在回应我。"拉里非常相信这个，他肯定能把你说服。"

"这根本不可能。不过，我倒觉得，他似乎已经把你给说服了。"

"也许吧，反正我已经被他说得六神无主了。"

像往常一样，我的目光落在我吃午饭时拿过来的一堆文件上。一封是鲁德亚德·吉卜林的来信，另一封是他父亲的来信，我看不清楚信的具体日期，但我知道它们都是一八九〇年七月写的。记得当时，祖母刚刚完成吉卜林作品的插图，收到了一些热情洋溢的感谢信。祖母就像一只蜘蛛，四周都是网，缠绕着她。这些纵横交织的网都来自她的身体。也许她一边满怀喜悦，快速阅读着吉卜林的来信，一边想着灌溉工程，想着弗兰克·萨金特、艾格尼丝、奥利弗和远在他乡求学的奥利，想着贝茜、奥古斯塔，甚至那个可恨的伯恩斯。我对雪莉感到有些恼火。她整天躺在家中后院祖母的旧藤椅上，浪费着自己年轻的生命，皮肤都已经晒黑了。我觉得，她应该去疯人院当个教师，或者在她所说的那个乌托邦社会里做一个母系家族的首领。

"我猜，你已经把所有东西都打包好了。"我对她说。

---

① 布朗森·奥尔科特（Bronson Alcott，1799—1888），美国哲学家、教育家，19世纪美国超验主义运动的领导者之一。下文提及的"水果园"（Fruitlands）是他于1843年在哈佛大学附近创立的乌托邦社区。

她耸耸肩,一副非常肯定的样子。"也许,拉里会一条道走到黑的。一旦他对某件事情充满激情,简直就像换了一个人。我要是拉里,早就不和你争论不休了,而是好好教训你一顿。"

"你最近见过他吗?"

"见过好几次。"

"你们去圣胡安了?"

"上周末去的。"

"你喜欢那个地方?"

她瞪着灰色的眼睛看着我。过了一会儿,她闭上眼睛,噘起玫红色小嘴。"你是很了解我的。我这个人很笨,考虑问题不全面,有时忽略历史因素,有时忽略人性因素,有时两者都不考虑。从某种程度上讲,这可能也是一件好事。在圣胡安,人们正在修复一些老建筑物。目前,八个人负责这项工作。以后,会有更多人来到这里。还要建造一座圆顶建筑。"

我在胸口画了一个十字。难道一座圆顶建筑就能解决所有问题吗?

"他们养了一些鸡,这些鸡还会在门廊边下蛋,"雪莉说道,"饲养不科学的话,母鸡永远不会老实下蛋的。把它们关在铁丝网里那种方式有点儿骇人听闻。花园暂时来不及建了,但是他们正在采集浆果,还要为种冬小麦犁一遍地。他们会自己研磨小麦和玉米。你能想象我两膝之间放着一个磨盘的样子吗?"

她话音刚落,随即便大声笑了起来。乳房丰满坚挺,在薄薄的毛衫下微微颤动,高挺的乳头随着与衣物的接触时隐时现。她在我面前穿着很随意,经常衣衫不整。我也时常在想,她是否在故意引诱我?她让我意识到,我今年只有五十八岁,还没有看上去那么老,也没有因为失去一条腿而丧失性能力。我感到下体开始膨胀,急忙把毛衣往下拉了拉,尽管此时门廊并不冷。她显然注意到了我的动作。她躺在祖母的旧藤椅上,胳膊举过头顶,打个哈欠,闭上了眼睛。另一双"眼睛"从她的胸部大胆地看着我。

过了一会儿,她胳膊垂了下来,脑袋向后一仰,气呼呼地说道:"你这个人疑心太重。那是一种好的生活方式——没有毒,没有化学物质,没有那些奇巧淫技。是一种健康的生活方式,并且很有趣。我一直在想,你祖母在博伊西大峡谷生活时肯定也是这么想的,他们自己动手搞定一切,还会做些新东西。"

"不是什么新东西。都是老东西,但确实有趣。"我回答说。

雪莉把她坏掉的橡皮筋扔进墙边的垃圾桶里。"那我该怎么办?我是应该去试一试吗?还是应该告诉拉里,他的想法根本不可行?难道我还要回去继续攻读我那无聊的学位,或者去参加一些教学实习项目,来打发我无聊乏味的生活?"

"你还有一个选择,"我建议说,"你可以继续做你之前一直在做的事情。我这里还有几千封信要处理呢,好多年积攒下来的。不要错过明天的精彩部分。"

她的灰色眼睛时而发光,时而变暗,眼神时而冰冷,时而温暖。她笑了笑。"你还会继续雇用我吗?"

"当然会了。"

"我也喜欢为你工作,只是……"

"只是什么?"我鼓励她道,"你知道自己要做什么。"

"我很希望知道自己要做什么。"她站起身来,推开藤椅,开始整理桌子上的文件。"我不知道我是否应该走出去看看。这里什么都没有。这里只是我人生当中的一个节点。我唯一的乐趣就是和你聊天,你懂的。"她停了下来,身体微微前倾,看了看我。"为什么我不能去圣胡安呢?"她再次看了看我,"不,你并不希望我离开你。"

"是的,"我回答说,"我不希望。"

她叹了口气，用那双充满女性温暖的灰色大眼睛看着我。"我走后，你会做什么呢？"

"继续我现在的工作。不过，进度会很慢，心情也不会像原来那样愉快。"

"你能完成吗？"

"当然。"

"我知道，你不希望我去那个社区，和拉里住在一起。"

是和六个同伴住在他们的社区里，我心里说。服务社区。不，我认为你不该那样做。我大声回答说："抱歉，雪莉，是我本人不想生活在那样的社区，我怎么知道你又该干什么呢？你必须想明白，自己应该做什么，不应该做什么。如果你运气还不错，说不定你既能知道自己想做什么，又能真正去做你想做的。"

"是啊，"她有些茫然，"我也这么想。"随即她又大笑起来，用手拢着自己的头发。"问你件事情。"

"你问。"

"你说这个社区将会充满激进的非女性化的女人和激进的女性化的女人，你认为我是哪一种？"

"我没听说你加入过'妇女解放阵线'组织嘛。"我避开了这个问题。

她走到我椅子后面，弯下身子，双臂搂住我，把我的脑袋贴在她的胸口，亲吻着我的头顶。"你这个人真有趣，沃德先生，"她说，"你是个好人。"她走上楼梯工作去了，把我留在原地。我望着外面的玫瑰园和祖父留下的草坪，感到一阵凄凉。

7

到目前为止，再现祖母的人生不是什么难事。她写的书信和回忆录都是事实，也为我的推断提供了依据。现在，我遇到了一个难题，我不单单是记录这段历史，还得编造一些东西，让它成为这个故事的一部分。我所知道的仅仅是发生了什么。至于这些事情是怎么发生的，以及为什么发生都需要我去推测。

值得注意的是，从一八九〇年七月二日到一八九〇年九月底，大约有三个月的时间，祖母与奥古斯塔几乎没有书信往来。回忆录中也没提及一件与这段时间有关的事。迄今为止，我只发现了一封内容短小的信笺。该信笺是从芝加哥火车站寄出的。如此看来，这段时间倘若真的还有其他信件，要么是被奥古斯塔销毁了，要么是被寄回给祖母后由她自己销毁了。

作为一个喜欢祖母的人，我不希望看到她遭受任何痛苦。然而，作为她的传记作者，一个有个人目的的传记作者，在逐渐靠近祖母那个我一早就知道但从未能透彻理解的悲伤内核时，我深感沮丧。在本应有启示的地方，却布满重重迷雾。在苏珊·沃德的寡言和坚忍背后存在着一个隐秘的核心，我原本希望能在那里发现和学到些什么，但那里除了一些用一个马尼拉纸信封装着的剪报外别无他物。这些剪报没法解答我的问题，反而触发了我更多的疑问。我在一众巨人和巫师中间奋力穿行，穿过布满刀尖的桥，抵达她的城堡，小心翼翼地俯身进入她的地牢，但在里面等候着我的，不是我所期待的奖赏——一个活生生的女人，而是一具肋间藏着谜语的骷髅。

"不要告诉我太多。"当一些轶事触动了他编织的网络并改变了一个故事原本的走向时，亨利·詹姆斯据说曾这样说。我个人认为，詹姆斯之所以推崇"不要告诉我太多！"，那是因为他不是在写自传。他所做的事情对他个人而言不存在风险，他只要根据事情的逻辑进行构思即可。但我不一样，我只能利用一些自己并不希望看到的既成事实来写这个故事。如果我让雪莉按照时间顺序来排列这些信件，也许能够从中有所发现。然而，我并没有把信件全部交给雪莉。我就像一个刚刚满载而归的小偷，只是自己一个人偷偷欣赏着这些战利品，然后把它们塞回信封，不愿做它们似乎要求我做的侦探工作。

如果我不这么做，又该怎么办？停止手头的工作？是她，是这个女人让我整个夏天都生机勃勃。我已经是这个女人的狼人了。此外，我知道自己之所以不愿意暴露她的问题，是为了不伤害我自己，而不是她。不让一个去世三十多年的女人受伤害有什么用吗？所以我就当是算命了。我仔细阅读起那堆小剪报，想看看它们能告诉我些什么。

第一条剪报是一则非常简短的通知，那是从一八九〇年七月二十二日的"本埠消息"栏目里用铅笔圈出的一个段落。上面写道，奥利弗·沃德夫人在她的儿子小奥利弗和女儿伊丽莎白的陪同下启程前往东部探亲，并要把小奥利弗送到新罕布什尔州念书。

可能几乎所有读者都把注意力放在奥利弗·沃德和伦敦-爱达荷运河公司的事情上了，也可能是出于善意或同情，编辑说，两周过去了，这件事都没有在当地引起什么轰动。他对苏珊的离开几乎一无所知，这就向我提出了一个不能参照任何已知事实回答的问题。

从后面的信函中，我发现苏珊在八月初就把奥利送到了圣保罗，比开学时间整整早了一个月。自从七月二十二日离开博伊西，那一周绝大多数时间他们都在横越北美大陆。这就是说，在送奥利去康科德之前，他们只在米尔顿逗留了两三天。

为什么那么匆忙？他们个个心烦意乱，心都快碎了。她为什么不留在家人身边？我想，也许苏珊不好意思面对贝茜和约翰。当然，贝茜非常疼爱自己的这个妹妹。无论如何，她都会向苏珊和苏珊的孩子们敞开她家的大门，敞开她的心扉。还有，即使苏珊觉得自己不应该或不能够留在米尔顿，她为什么不把奥利留下，让他和他的表兄弟们待在一起，度过一段欢乐的时光？做约翰的助手，奥利完全胜任，而且他肯定会比待在那个不愿意去的学校要幸福得多。然而，他母亲只让他在米尔顿待了四十八小时，就把他送到康科德，丢给他的老师莱茵兰德博士了。

为什么？

苏珊一生都对莱茵兰德博士心存感激。那年夏天以及之后的两年，莱茵兰德博士都把奥利安置在自己家里，带他去缅因岛，为他筹措奖学金，帮助他读完圣保罗中学。奥利毕业后，他又为他申请到麻省理工学院的奖学金，苏珊理应感激莱茵兰德博士。与此同时，奥利已经十年没有回过家了。他圣保罗读书期间，几乎每个假期都和莱茵兰德博士一起度过。进入麻省理工学院以后，他便开始暑期打工。他参加过一个勘测队，跑到父亲多年前工作过的爱达荷山脉。当时，他的家人都住在格拉斯瓦利，但奥利并没有借机回家探望一下苏珊和奥利弗。奥利在纽约时，一年能够和父亲见上一到两面，但根本见不到母亲。从麻省理工学院毕业后，他去朝鲜找了份工作。他是从西雅图出发去朝鲜的，到西雅图以后，他也没有回家看一眼。他一直待在朝鲜，直到日俄战争爆发才回国。之后，在祖父成为黄道带矿井的总经理后，他接受祖父的邀请，成了矿井主管。

十年过去了，我读懂了什么？我觉得父亲持续一生的沉默更像是一种疾病，而不仅仅是个性气质使然。我记得祖母当年是如何顺从他、害怕他沉默不语。我记得她在一八九〇年的夏天是如何急于摆脱他。我只能得出结论：他知道了些什么，或者他对某些事起了疑心，或者他见到过什么，抑或他觉得她会因为那三四天里发生的某场动摇了他整个世界的灾难而责备他。我相信祖母当时处在恍惚和自我厌恶的状态中——儿子对她的责备根本无法与她的自责相提并论，以至于她无法忍受自己儿子的目光。虽然我可以编造一些情节来支持我的推测，但我不会那样做。事实是，从那时起，奥利就对他的母亲产生了一种几乎无法改变的厌恶感。在他们离开爱达荷州之前，祖母看懂了奥利的心思，她无法承受这一切。

当他们准备再次踏上横贯美洲大陆的列车离开峡谷时，这趟火车之旅标志着他们的关系彻底恶化了。一个像琴弦一样紧张的母亲，一个面色苍白的男孩，一个十岁不到、胆小害怕的小女孩。但凡有旅客向他们打招呼，苏珊都微笑着一一给予回应。内莉把孩子们紧紧搂在怀中，擦拭着他们脸上的泪水。眼前的离别撕扯着他们脆弱的心灵，大家都哭了。然后内莉泪眼蒙眬，往后退了一步。她想说点儿什么，却又憋得喘不过气来，只好可怜巴巴地看了他们一会儿。她下巴颤抖着，用头巾捂住自己的嘴，低着头跑开了。苏珊把孩子们聚拢在一起。一个好心的行李搬运工帮他们找到座位，把行李放置好，就离开了。苏珊和孩子们拥抱在一起，躲避着人们好奇的目光。他们好像走进了一个满是人的房间一般，在这个房间里，所有人的悲伤都集中在了他们身上。他们听到旅客翻阅报纸发出的"沙沙"声，看到一个男人走过过道，拾起橘子皮和座位周围的垃圾。他们躲避着那个男人的目光。苏珊蜷缩在座位上，将贝琪的头靠在自己的膝盖上，轻轻抚摸着她发抖的背部。奥利将自己的前额贴在窗户上，不敢四处环顾，就像白天的猫头鹰一样睁不开眼。火车终于启动了。

五天的旅程——在爱达荷一天，在怀俄明州和内布拉斯加州各一天一夜。他们在奥马哈的站台上待了一个早上，在爱达荷州住了一晚，又在芝加哥火车站待了一个上午。车窗一直开着，车厢里凌乱不堪，全都是废纸和食物残渣。他们的手全都黑乎乎的，床铺因为接连睡过几个晚上也被揉搓得不成样子。一路上，奥利安静地坐在那里，额头抵着车窗玻璃，一动不动。他从来不看苏珊一眼——苏珊对此感到庆幸。当她无意中从车窗玻璃里看到奥利的眼睛时，她仿佛有一种被荆棘抽打的感觉。

苏珊尽力了。她做了自认为应该做的事情，或者说，她能够做的事情。她尽最大努力满足孩子们的要求。她拿出素描画板让贝琪在上面乱画。售货员经过他们车厢时，她问孩子们是否想要糖果或者橘子。贝琪有时会要东西吃，奥利从来不要。只有在午饭和晚饭时间，他才会吃点儿东西，吃完后，马上就回到车窗跟前坐下，用前额顶住玻璃。整整五天，奥利一直这个样子。苏珊满怀愧疚，丝毫不敢和他对视。到了晚上，他道声"晚安"，爬上上铺，然后静静地躺在那里，度过这漫漫长夜。苏珊抱着贝琪，睡在下铺，偶尔会被噩梦惊醒，浑身直冒冷汗。

奥利一路上沉默寡言，像他父亲一样。苏珊知道，奥利是不会原谅她的。她十分内疚，非常悲伤，白天还能读读书、看看报，不胡思乱想，但一到晚上，躺在床上，听着身边女儿的呼吸声，她便用双手紧紧抓住枕头，将脸埋在枕头里，思考着，回忆着，哭泣着，不想听到外界的一点儿声音。第二天早上，她拉开绿色床帘探出头来，发现奥利早已顺着梯子从上铺下来了。她看见奥利从洗手间出来，两眼通红，就知道奥利昨天晚上肯定没有休息好。

我认为，苏珊通过那趟旅行已经做了决定，如果想继续生活下去，就必须彻底摆脱奥利弗，这样对他们两个人都好。她不得不面对家庭生活已被毁坏这个事实。她花了三周时间，才说服自己接受这个决定。

她把奥利托付给莱茵兰德博士，立刻回到了米尔顿，去姐姐贝茜家接回女儿贝琪。苏珊本打算去纽约，租个房子，把贝琪送到学校，然后全身心（这个词用在此处很准确）投身于她的事业。

苏珊告诉奥古斯塔，在圣保罗中学的小礼拜堂里，她看到儿子奥利低着头，认真聆听严肃睿智的话语，汲取智慧，这是奥利以前从来没有做过的事情。她在校长办公室和儿子道别，流着眼泪，告诫儿子要努力学习。还有，她非常爱他。奥利只是瞪着一双大眼睛看她，一句话也不说，直到她离开。

去纽约租间房子，送贝琪去上学，继续她的写作和绘画事业，这一点在她后来的书信中写得清清楚楚，但她根本没有这样去做。是的，她确实想带着小贝琪离开米尔顿，去纽约开始崭新的生活。事到临头，她又改变了主意。她完全可以去纽约找奥古斯塔和托马斯，但她不能这样做。最理智的做法应该是去西部找奥利弗。再说，她还没老。她的想象力和创作力都正处于巅峰状态。八月六日，她登上一列火车，但不是开往纽约的火车，而是一列开往西部的州际列车。第二天早上十点，她在芝加哥火车站草草写下这封短笺：

亲爱的：

　　请原谅，我还是不能去纽约投奔你，我没勇气那么做。一想到我敲开你的家门，见到你和托马斯，我就紧张得几乎要晕过去了。生活被我搞得一团糟。我不能再继续这样下去了。

　　我要回到奥利弗身边。这是我自己选择的生活，我必须接受，不能后悔，不能怨天恨地。如果我们还有机会破镜重圆，那一定是在西部，我跌倒的地方。

　　当我能够完全控制自己情绪时，我会再写信给你的。再见了，我亲爱的奥古斯塔。我不值得你同情、不值得你流泪，我真希望你能把曾经给予我的爱一笔勾销。我今后可能再也见不到你了，这是我感到最悲伤的事情。

再见了，亲爱的。

苏珊·伯灵·沃德

就这样，一直到九月底，用苏珊自己的话来说就是，她"能够完全控制自己情绪了"，她才恢复了与奥古斯塔的书信往来。在接下来的六个月里，她记录了运河公司的失败，即诉讼和破产的全过程。她事务性地报道了如何在干燥的秋季努力维持梅萨牧场的生计。那段时间，除了星期天约翰会来帮忙，没有其他男人帮助她。我很难想象，我的祖母和内莉·林顿，这两位维多利亚时代的淑女，是如何拉着水车，到风车边把它灌满水，然后沿着两边种满垂死的伦巴第大白杨的那条路，在古铜色的荒漠夜空下停停走走。不管我信不信，这就是他们所做的。连麦利特家的人也没有留下——他们回卡玛斯养马去了。

苏珊大部分时间都在从事文学和艺术创作。为了养家糊口，每天下午三点左右，她给内莉的六个学生上绘画课。这些学生都是女生，家里都非常有钱。她们早晨坐着四轮马车来，下午家里派人来接。有个家长抱怨说，来回接送孩子太麻烦，建议内莉搬到镇上去住。内莉实在是不愿意离开苏珊和梅萨牧场。苏珊教孩子们作画时，非常谦虚、耐心。她非常清楚，这些孩子们的家长之所以送她们来学习，一方面是想把孩子们培养成淑女，另一方面是想资助她几个钱花。当然，其中有一两个家长，还想借此显示一下自己的富有及优越感。

苏珊允许贝琪和学生们交朋友（现在，还有谁愿意和可怜的贝琪交朋友呢？），她尽其所能帮助内莉教育学生。她不仅教孩子们绘画,还教孩子们如何正确发音,帮助孩子们提高文学修养,端正行为举止。

她鼓励学生们大声朗读课文,这是她独特的教学方式。不仅如此,她还要求她的家人和朋友也这样做。孩子们、奥利弗、弗拉克、威利,包括她自己,经常会挑选一首自己喜欢的诗进行朗读。他们像古希腊的唱诗班一样,歌颂智慧或宣告厄运。要是我早出生几十年,我肯定也会加入他们诗歌朗读的行列。

整个秋季和冬季,苏珊的来信让奥古斯塔确信她平安无事。她总是心里有什么,嘴巴就说什么,比如,她想把门前死掉的那棵树砍掉,她想把工作地点搬到奥利弗的办公室,她不想和内莉的学生们混在一起。当然,她也会说,她在绘制哪些画作、创作什么文学作品。

六个多月的时间,她只有四封信提到了奥利弗。第一封写于十一月份。她在信中说道:"奥利弗仍然每月月初寄来汇票。虽然这些钱对我们来说无济于事,但毕竟能够说明他还在牵挂我们。我非常高兴。"第二封信写于十二月十日。她在信中说道:"今天,我又收到了奥利弗寄来的汇票。这一次,他是从加利福尼亚州的默塞德寄出的。其他几次都是从盐湖城寄出的。我必须耐心等待,才能知道这意味着什么。"

第三封写于一八九一年二月十二日。她在信中说道:"昨天,我又收到了奥利弗寄来的汇票。这一次,他是从墨西哥的马萨特兰寄出的。今天,贝茜来信说,奥利弗写信给她了,并寄给约翰二百美元,以补偿运河股票暴跌给他们造成的巨大损失。贝茜不确定是否应该接受这笔钱——她建议把这笔钱寄给我!当然她必须收下那笔钱,那是她应得的。但奥利弗的这种做法让我感觉暖暖的,驱散了我心中的一个阴霾。而且我很高兴知道他现在正处在一个可以有所作为的位置上——当他能建设点儿什么的时候,他总是最高兴的。这是我们亲爱的老朋友山姆·埃蒙斯的功劳。他和其他几个人拥有那儿的一个玛瑙矿，他们请奥利弗过去帮忙建设短线铁路和一处口岸，以供运输石料之用。我觉得好日子就要开始了。听到这个消息，我对今后的生活再次充满了希望。"

在第四封信里，希望不见了，只有忧郁和悲伤。那是一封又长又灰暗的信。降雪量已经很小，明年将会是又一个旱年，博伊西一片死寂、充满敌意。伦敦-爱达荷运河项目中断，让许多人感到失望，作为项目方留在那里的唯一代表，苏珊似乎承受了所有的指责。

> 我期盼春天的到来，却又害怕春天的到来。奥利弗寄来了汇票，托马斯为我那些微不足道的作品慷慨地寄来支票，内莉也用她做家庭教师赚来的钱资助我。其实，我并不需要钱。一旦天气变坏，我就立马叫约翰或者别的雇工来帮忙。我已下定决心，管理好梅萨牧场，让它永远存在下去——无论发生什么，我都不会动摇。我决定了，如果可能的话，我想弄一批冬小麦，趁下个秋季时在麦利特家破产的地方播种。我希望这片土地像爱尔兰一样充满绿色，生机勃勃。如果将来条件成熟，我还想修复一下被奥利弗毁坏的玫瑰花园，但现在不行。我知道，奥利弗之所以这么做，是在惩罚我，也是在提醒我学会知足。
>
> 说实话，一看到梅萨牧场，我就感觉心里不太舒服。对我而言，它意味着出错、失败、运气不好。我本想转身离开，躲得它远远的。但是，我知道我必须留在这里，这是奥利弗唯一的财富。无论他在这里遇到过什么困难，他都深深地爱着这片土地。
>
> 我之前说过，我期盼春天的到来，却又害怕春天的到来。

玫瑰花园就是一个原因。一看到这些玫瑰花，我就会想起过去的事情。尤其是那些黄玫瑰，与其他玫瑰花相比，更能让我想起死去的艾格尼丝。我迫不及待地想让它再次绽放。尽管我知道，当它再次绽放时，我会哭得死去活来。你知道，当它们第一次在梅萨牧场绽放时，艾格尼丝出生了。太阳升起时，她躺在襁褓里，阳光透过窗户把金色的光芒洒在她的小脸上，玫瑰花的香味弥漫了整个牧场。

我的上帝，我该怎么办啊？因为我不懂得知足，给我最亲爱的人造成了巨大的痛苦。作为报应，我失去了三个亲人——不对，四个，因为奥利只是在学校要求他给父母写封信时，才会给我写信，而他在这些信里的语气冰冷得如同河底的石头。

你想过死亡是怎么一回事吗？我想过。我认为死亡是暗淡冰冷的，如同一间房门朝外开的屋子，一阵微风吹来，清冷得似乎能吹灭繁星。走廊里随时浮现出我曾经爱过的那些人的面庞，他们亲切的声音也会像祝福一般轻柔地响起，对你说：我们爱你，我们原谅你。

还有一些剪报，我不想再继续看了。我必须记住我是谁。我是一个伪装成命运的历史学家，我拿着罪恶的剪刀，给自己定了一个目标：给一位美丽的女士，一个敏感、热情、有才华、骄傲、势利且正在自我流放的女人，写一首赞美诗。她是个容易犯错的女人，也是一个有责任感的女人。她愿意为自己的行为承受责难，即使这些行为——我猜甚至是她所有的行为——并非她一人所为。她让自己去负责，去经受严重的惩罚。现在我必须继续下去，而且不能再随机翻阅了，让我找出那个最关键的信息吧——第一个关键信息。找到了。

这份剪报里说，七月七日晚上，艾格尼丝·沃德，即伦敦-爱达荷运河首席工程师奥利弗·沃德的小女儿，在和她母亲散步时走散，随后淹死在苏珊运河里。信息还有很多，但这是最关键的部分——谁、发生了什么、在哪里，而如果把这些都串联起来的话，你就能知道这件事是如何发生的。但若想知道这件事为什么会发生，则要困难得多。

这是第一个关键信息。紧随其后还有三或四个次要信息，都是葬礼之类的事情，对于我找出事件原因毫无助益。但接着我就找到了第二个关键信息。它和第一个信息一样是以双栏形式出现在报纸头版上的，上面写道，七月十一日（也就是艾格尼丝·沃德葬礼之后的那天，但报纸上没这么说），弗兰克·萨金特，三十三岁，纽约市丹尼尔·萨金特将军的儿子，被人发现死在博伊西峡谷伦敦-爱达荷工程营宿舍的床上。他是用一支点三零口径的手枪吞枪自杀的。他的同事们说，他是该运河公司的助理工程师，公司财务困难，他为此感到非常沮丧。

当地记者并没有把艾格尼丝·沃德的溺亡和弗兰克·萨金特的自杀联系在一起，只是说伦敦-爱达荷运河公司接连发生悲剧。但苏珊·沃德和奥利弗·沃德，可能还有奥利，他们都明白，艾格尼丝的溺亡和弗兰克的自杀有某种联系。我也这样认为。

我知道弗兰克·萨金特当时失去了工作并打算离开。长期以来，他心中对苏珊的爱恋，像一团火一样又熊熊燃烧起来。苏珊不得不在他离开之前去见他一面——或许从道义上讲，她也觉得有必要见他一面，或许是因为她自己的感情也爆发了，又或许是她觉得有必要和他好好谈一谈，彻底断绝关系。家中人来人往，内莉、孩子们、约翰、万、几个雇工、奥利弗，不是你在就是我在。于是，苏珊觉得在家里和弗兰克见面不太方便。再加上骑马到峡谷营地去见弗兰克也不可行，因为威利和弗兰克住在一起，两人几乎形影不离。最重要的是，她认为奥利弗已经对弗兰克在国庆日的到访产生了怀疑。然而,弗兰克仍然每天骑马去苏珊运河。两个月前,苏珊写了一个故事,讲述一位年轻的工程师在一条与博伊西峡谷类似的山谷,巡视一条类似的水渠,试图找到究竟是谁在水渠上挖了个口子。水渠开口越来越大,导致渠水大量流失。最后,这位年轻工程师发现,原来是一个小女孩干的。她是当地一家农场主的女儿,她认为这个水渠抢走了本来属于她们家的水源。她的小把戏在黄昏时分开始,最后的余晖反射在缓缓流动的渠水上,地平线处的山脉渐渐变暗。

生活来源于艺术?应该是的,苏珊就是这么想的。我们做个假设,她想和弗兰克·萨金特单独见一面,但为了避免其他人,尤其是奥利弗看见起疑心,她最好带个人和她一起去。带谁最合适呢?艾格尼丝,一个五岁的小孩子,年纪太小,听不懂大人的谈话,更看不明白大人彼此的眼神。再说,两个大人交谈时,支开她也很容易。比如说,让她去摘野花或者抓蝌蚪。还有,山艾长得很茂盛,足足有四英尺高。如果找个山艾稠密的地方一坐,从外面根本看不到。

报纸上的报道对此只字未提,既没有证实也没有否认这种猜测。报纸上说,苏珊·沃德过于悲伤,心烦意乱,根本无法说清楚这场意外的来龙去脉。据奥利弗说,苏珊和艾格尼丝是在采摘野花和野果时走散的。苏珊发现孩子不见了,便大声呼喊艾格尼丝,但一直没有听到回答。她站在又高又密的山艾丛中,站在水渠堤岸上,大声呼喊。她的喊叫声引起了奥利弗先生和儿子奥利的注意。当时,他们正巧沿着水渠在骑马,于是他们一起寻找艾格尼丝。最后是奥利在下游四分之一英里处发现了妹妹的尸体。由于穿着衣服,艾格尼丝的尸体漂浮在水面上。奥利弗和弗兰克·萨金特试图通过人工呼吸把她救活,但无济于事。

奥利弗·沃德和弗兰克·萨金特共同为艾格尼丝做人工呼吸?

弗兰克是从哪里冒出来的？难道他正好路过，正如他突然出现在报纸的报道中一样？难道他正在和奥利、奥利弗一起沿着水渠骑马？报道中没有说。是不是他一直躲藏在高高的山艾丛中，搂抱着苏珊·沃德，或者握着苏珊·沃德的双手，恳求苏珊满足他真诚鲁莽的请求？是不是弗兰克和苏珊两个人太投入了，以至于把小艾格尼丝忘记了？是不是苏珊突然间想起了小女儿，发现她不见了，才将他们俩的痛苦放在一边，大声呼喊小女儿的名字？是不是他们俩一起穿过一丛丛山艾，抄近路来到水渠堤岸上的呢？是不是就在那个时候，奥利弗和奥利听到呼唤声，骑马过来的呢？

如果是这样，事实就和祖父给博伊西《前哨报》的说法大为不同了。弗兰克·萨金特只能以一种看似漫不经心的方式出现在这个故事里，尽管事态含糊暧昧，他还是必须去处理这件事。四天以后，经过四天悲伤的煎熬，在绝望无助、遭遇排斥甚至憎恶之后，在帮忙张罗葬礼期间，他不无道理地责怪自己酿成了这场悲剧——在个人责任问题上，他和祖母持有同样的观点。他身着出席葬礼时穿的衣服回到了博伊西峡谷，躺在苏珊·沃德曾经躺过的床上，用枪打死了自己。

他的自杀进一步坐实了奥利弗·沃德的怀疑。那颗子弹在打穿弗兰克·萨金特的头颅的同时，也打穿了苏珊、奥利弗和奥利的心。

玫瑰花园也发生了一件意想不到的事情。

很久以前，大约四十年前，应该是四十五年前，我在黄道带平房的玫瑰花园里帮祖父干活。他一周给我一两美元作为薪水。根据他的要求，我会把带着泥土的苔藓或肥料用手推车推到温室里，或者把盆栽的嫩枝摆在桌子上，等他嫁接完毕后，给它们贴上标签。大多数时候，我只是静静地坐在那里，看着他用一双大手灵巧地嫁接嫩枝。他很少说话,一个小时能够说上十个字就已经谢天谢地了。有时候,他抽着烟斗,坐在草坪上和我做游戏。

我之所以记得这个特别的下午,完全是因为我的姑姑贝琪。当时,她已经结婚了,家住马萨诸塞州。她每个月都会来峡谷看一看。姑姑是个好女人,性情温柔,皮肤有点儿蜡黄。六月的一天下午,阳光明媚,她独自一个人在院子里闲逛,看到玫瑰花已经开放,便沿着一条小路来到温室,然后驻足弯腰,鼻子嗅着花香,眼睛四处张望。

"玩得开心吗?"她走到我们面前。

祖父眼睛上翻,透过眼镜看了她一眼,然后用手摸了摸自己的脸,微微一笑,什么也没说。他拿过一盆花,用手指把花周围的土壤压实,放在一边,随即又拿过来另外一盆。

"玫瑰开花了,"贝琪姑姑继续说道,"几乎所有品种都开了。"

"嗯。"祖父嘴巴叼着烟斗,鼻子哼了一声。

"老爸,你把心血都花在它们身上了。从前,咱家的花园可不是这个样子的。"

"也没全花在它们身上。"

"老爸,你真棒!"贝琪姑姑冲着祖父竖起大拇指。

祖父挺直腰,笑了笑,把烟斗放在一边,从口袋里拿出一把小刀,在一块他经常躺坐的石凳上打磨了几下。贝琪姑姑则躺在一把用木板做成的椅子上,鼻子嗅着鲜艳的玫瑰花蕾。"爸爸。"她叫祖父道。

祖父眉毛动了动就算是回答了。他在用拇指测试小刀是否锋利。

"你还记得梅萨牧场的玫瑰花园吗?"

祖父一听,瞪着蓝色眼睛看了看贝琪姑姑。他坐在那里,脸色苍白,一言不发。

"你把玫瑰全拔了,"贝琪姑姑继续说道,"我亲眼所见,是你一棵一棵亲手把它们全部拔掉的。"

祖父看着贝琪姑姑,一言不发。姑姑开始感到不安起来。她抬起头,随即又低下头,脸庞红红的。过了一会儿,她小心翼翼问了一句:"你为什么要把它们全部拔掉呢?虽然这件事已经过去好多年了,但我直到现在都没忘记。我始终想不出来,你把玫瑰全部拔掉的理由。我喜欢那些玫瑰。在那个干旱荒凉的地方,那些玫瑰太珍贵了。我一直不明白,你为什么那么做?"

祖父斜着眼睛,看着对面的姑姑,脸上没有任何表情,眼角的皱纹呈扇形散开来。他身穿V字领衬衫,脖子下面的肌肉已经变得松弛。他有些心不在焉地"咔哒"一声合上刀子,把它放进口袋里,然后他沉重的身体经过长凳末端,移到了姑姑坐着的椅子旁边。姑姑满脸通红,两只眼睛盯着他的脸。他一只手拿着烟斗,把它放进嘴里,另一只手轻轻拍了拍姑姑的肩膀,然后站起身来,穿过花园,朝后院走去。他步履蹒跚,缓缓向前挪动,仿佛已经忘记自己要去哪里,要去干什么。

"祖父为什么把玫瑰全都拔了?"我问贝琪姑姑。她只是对我摇了摇头,朝屋里走去。看她的表情,这似乎是一个很令人尴尬的问题。我觉得很奇怪。是啊,祖父每天下午都来这里摆弄玫瑰花,他为什么突然间把玫瑰全都拔了呢?

现在,我终于知道为什么了。"一个提醒。"在独居梅萨第一年等待开春时写的那封充满痛苦的信中,祖母如是说。

当时是早晨,非常早。天气热得要命,窗户全开着,挂着用粗棉布做的窗帘,可是没有风吹进来,让人感觉时间似乎停滞了。天热得要命,仿佛整个晚上已被用来辐射前一天的热量,而此刻这一过程又要重新开始了,这天的热量在远方的地平线上掀起一层层热浪,炙烤着这来之不易的晨间清凉。

苏珊·沃德平躺在双人床上,眼睛哭得红红的,直勾勾看着上方。仅仅过了一个星期,她便苍老了许多。她不仅精疲力竭,而且紧张不安。一个星期了,她旁边的枕头一直空着,奥利弗始终没有进来过。

她抬起头,侧身倾听着外面的动静。突然,她身穿睡衣跳下床来,快步跑到窗户跟前,透过粗棉布窗帘向外张望。映入她眼帘的是一幅冷色调的图画。

图画中央是一匹马,奥利弗的那匹棕红色骟马,拖着缰绳站在草坪中央。草坪翠绿、柔软,孩子们只有光着脚丫时才被允许走在上面。奥利弗站在玫瑰花园边上。他身边的灌木丛已经开花,比院子西侧奥利弗亲手栽种的那些白杨树还要高大。他的背后天空清澈,呈现淡淡的绿色。从白杨树林那边开始生长的山艾向远处蔓延开来,一直到达遥远的山边。

奥利弗站在那里,若有所思。突然间,他弯下腰,徒手抓住一棵白玫瑰,用力向上拔。第一次没有拔动。只见他屁股下蹲,两手用力,再次向上拔。这一次他成功了。白玫瑰被连根拔起。他扔掉手中的白玫瑰,向前走了一步,开始拔马雷沙尔尼尔玫瑰。

"妈妈!"

苏珊转过身,发现贝琪身穿睡衣,站在门口。看到祖父在拔玫瑰,贝琪哭了起来。一个星期以来,她一直都在哭。

"爸爸在做什么?"

苏珊伸出双手,抱起可怜的小贝琪,把她紧紧搂在怀里。她们站在粗棉布窗帘后面,眼睁睁看着祖父恶狠狠地将玫瑰一棵棵连根拔起。拔完所有玫瑰后,他直起身子,看了看自己满是鲜血的双手,然后大步踏上草坪,走到草坪中央,一把抓起马缰绳。

"妈妈……"

"嘘。"苏珊急忙用手捂住贝琪的嘴巴。

祖父左手把缰绳绕过马脖子，血淋淋的右手转动马镫，飞身上马。马儿在娇嫩的草坪上留下深深的足印。不急不缓，他骑马穿过山艾丛，进了小巷，消失在祖母的视野中。他的右手一直放在自己腹部，头始终没回。

　　就在那时，她拖儿带女，离开屋子，逃往东部。那大概是在一八九〇年七月二十一日。她当时觉得，她的婚姻，她的希望连同她的流亡生活全都结束了。但不到一个月之后，不到一个月，她又回到了满是伤心记忆的梅萨牧场，希望把一切重新聚在一起，同时等待着某个她不敢为之命名的东西。

　　她从不责怪她丈夫把她抛弃在悲痛和内疚中，她从来没有质疑过他的严厉判断，她也没有回避他用那些死去的玫瑰留给她的讯息。她知道他和自己一样痛苦，也知道自己才是他的痛苦的罪魁祸首。

　　然而我作为一个一辈子自诩最公正的人，很难为这场黯然无言的分手进行辩护。奥利弗摧毁玫瑰园的行动，是无情的报复。我宁愿他没这么做过。我觉得他从未从被羞辱的感觉中走出来，也没有找到合适的话语去诉说。

第九章　黄道带平房

1

我没有听到汽车声,也没有听到砾石路或斜坡道上的脚步声,紫藤也没有任何晃动。就在这时,我的前妻艾伦突然打开网格门,走过电视机前,来到祖母的老旧柳条椅子后面。她身着绿色夏装,显得皮肤更加白皙。

她在左边,我在最右边。墙上有只被压扁的蝎子。大家都愣住了,哪怕一个小动作也会格外引人注目。我们就像艺术电影里的人物一样,原本聚焦在我们的嘴、手和头上的镜头,在转向之际突然静止不动了——这场景绝对让人铭记在心。我们始终保持这样的姿态。似乎两个人正在交谈,全神贯注,完全没有意识到有人正坐在一辆停在路边的汽车里关注着这一幕——是那种带着罗伯-格里耶风格的场景,就像《去年在马里昂巴德》这部电影里一样,绕着雕像来回旋转的镜头,俯瞰大厅的移动镜头,冷冰冰的,让人昏昏欲睡的同时又屏住呼吸。电视里一直播放着棒球比赛,巨人队的投手在为新一局比赛进行预热投掷,接球手接下了第二个球,内场手围着球快速奔跑。对我来说,电视屏幕上移动的画面毫无意义,因为我根本没心思观看。

艾达坐在我旁边,嘴唇间香烟烟雾缭绕。她转过身来,斜着眼睛看着我。艾达和埃德都认识我前妻。埃德坐在旁边的椅子上,靠着椅背,两脚间夹着一个啤酒罐。他眼睛上下左右扫视了一下,倾身将烟头扔进了啤酒罐,后者随即发出一声轻响——埃德一向沉着稳重,他已经预见到有麻烦,因此把手上的东西扔掉了。雪莉终于停下了手里的小动作——她一直在用手往后捋头发,就像是故意挑畔我一般，这个动作很是困扰我。夏天早些时候雪莉还只是偶尔不穿内衣，现在她完全跟内衣说再见了，穿或不穿对她来说都一样。我看到艾达用一种反对的目光看着雪莉，但雪莉不以为然，有时甚至还陶醉其中。我觉得我前妻也注意到了雪莉的着装问题，她有可能会因此产生误解。雪莉的乳头骄傲地戳着薄薄的毛衣，而她抬起胳膊又好像在故意炫耀自己丰满的身姿。意识到这个不速之客是谁之后，雪莉脸色一变，就像狂风吹动树叶一样。

我前妻站在阿尔·萨顿身后，他敏捷地站起身来，把椅子让给她，然后把手放在柳条椅背上。他的脑海里好像涌现出十个复杂的问题。有那么一会儿，整个房间只能听到阿尔·萨顿扁平鼻子的呼吸声和电视机里嘈杂的球赛声。阿尔·萨顿嘴边长的疣子还时不时地颤动几下。

至于莱曼·沃德，他转动着自己的轮椅，面向前妻艾伦，思绪犹如脱缰的野马，心脏"怦怦"跳个不停。艾伦一直在偷窥他。

"你好，艾伦。"我说。

"你好，莱曼。"

她的皮肤苍白但很干净，头上也没有白发——虽然那说明不了什么。她的一双眼睛依然夺人眼球——大大的深蓝色眼眸，流露出询问的神情，好似一个好奇的孩童。那双眼睛快速转了一圈，然后她微微一笑，轻巧地坐在了阿尔·萨顿推给她的椅子上，双膝并拢，双手压着放在腿上的夏用手提包。她身上穿的裙子很短却很时髦，露出来的大腿看上去很结实，而且一点儿也不显得轻浮。我上下打量了她一番，伴着身边这几个人或好奇或谨慎的目光，我观察着我的前妻。她虽然算不上一个美人，但很有魅力，身材匀称，穿着得体，在我们这不修边幅的乡下颇有一番都市丽人韵味。她今年多大？我五十八岁，她五十三岁。

"你还记得埃德·霍克斯和艾达·霍克斯吗？"

"当然了。我们几年前见过一面。你们还好吗?"

艾达没有站起来,嘴里仍旧叼着香烟,但是当艾伦站起来,俯下身子向她伸手问好时,艾达勉强伸出三根弯曲的手指,就像是格伦德尔①的爪子。

艾达从来没有和我谈论过我的前妻,但我知道她的想法。艾达认为在我生病无助的时候,我被艾伦无情地抛弃了。在某种程度上,我也是这么认为的。我看着艾伦时髦的着装,脸上小心翼翼地流露出友好的表情。她虽然已到中年,但保养得当,看上去是一个沉着冷静的美国女人。她和我离了婚,却在这个本该温馨舒适的周六下午突然出现,所以此刻她成了备受瞩目的主角。我只觉得自己身上每个细胞都充斥着怨恨、仇视,还带有一丝丝的好奇心。儿子罗德曼曾向我暗示,说她妈妈经历了一段很糟糕的日子,最近气色不佳,甚至走路都踉踉跄跄,我企图在她身上寻找这些痕迹——结果一无所获。

埃德要比艾达客气得多。他站起身来,和我前妻握了握手,布满皱纹的脸阴沉得像只旧皮靴。埃德最大的优点之一就是他很安静。他凡事都冷静淡定,不会轻易怀疑、质问、判定或指责什么,他处事得体,不强人所难。这一定是从他父亲那里遗传下来的好品质,所以他父亲成了奥利弗·沃德的司机和好伙伴。

"这是雪莉,"我指着站在不远处的雪莉说,"她在帮我写书。"

"是的,没错!"雪莉的脸色没有什么变化,始终保持着友善。尽管如此,当艾伦俯身与她握手时,面对她裸露的上衣、散乱的头发、邋遢的拖鞋、紧身的短裤,还有露出来的棕色大腿,一握完手,她立马坐了回去,就像鸟儿掠过草地叼走小虫子一样。我自信大致能猜到艾伦心中会想些什么。随后,她仿佛又改变了自己的想

---

① 格伦德尔(Grendel),盎格鲁—撒克逊英雄叙事诗《贝奥武夫》中记述的巨人怪物。

法，认为雪莉也许不是她一开始所想的那样，于是，她脸上带着小心的善意开口说道："我听说了，你们对莱曼很照顾，"她说，"我的儿子说这里像是一个夏令营，有一个营员和三个辅导员。"

艾伦讲的这句话我们都不爱听，房间内一阵缄默，没人回应她。大家面对艾伦时所展现出来的团结让我感到高兴，他们就像悬崖峭壁般坚硬冷漠。这时，我看到阿尔·萨顿依然尴尬地站着，于是我介绍道："这是阿尔·萨顿，是我读初中时的同学，老朋友了。"

阿尔·萨顿像条狗一样讨好艾伦。他把嘴上的疣子指给艾伦看，还让她看自己扁平的鼻子。艾伦吓了一跳，尽可能礼貌地转过身子，正好与我面对面。她刚进来时，神情泰然自若，现在我看到她眼睛睁得大大的，脸上露出痛苦和厌恶的表情。我突然感觉到，我的残肢在抽搐晃动，就像有人刚在我的腿上放了条大马哈鱼。

我又气又羞，出于自我保护，我把双手放在残肢上。"它经常这个样子。"我解释道。事实上，我想说的是，残肢可能是认出了艾伦，所以才会如此激动。

每个人都在看我俩，又尽量装得若无其事。艾伦挑了挑眉毛，似乎在恳求我一样。我也越发困惑起来。残肢又开始抽搐起来，噢，快停止抽搐！我的前妻正看着呢！真是糟糕透了！

最后，我从轮椅的侧兜里抓起一张报纸，摸索着把它摊平放在腿上。报纸晃了几下，发出"沙沙"声。我双手抓紧报纸，仿佛要控制住使我残肢痛苦的东西。终于我稍稍平复了一些，伸出一只手，从瓶子里倒出两片阿司匹林，连水都没喝直接吞了下去。但我马上又为我的这一行为感到后悔，我的每个举动大家都看着呢，我这一伙人是出于保护我的目的，艾伦则眯缝着眼睛好奇地看着我。我坐在她面前，就像是毫无希望的东西，残肢抽搐着，还吞食了药片，此时这该死的药片竟然堵在嗓子里难以下咽。

我的两个女管家看到我被药片噎得眼中含泪，马上采取行动帮助我。艾达抓起聚苯乙烯泡沫盖子，拿出一瓶啤酒，想要打开。我因为被噎得说不出话，连忙挥手阻止她。

"哦，对了，我忘了你在戒酒。"艾达厌烦地说道。

雪莉站了起来。"来瓶水吗？"

药片已经完全咽下去了，于是我说道："噢，坐下吧，不要大惊小怪的，看球赛吧！"

我们几个人继续看球赛。

马蒂·阿劳接连走了四个直线球，罗伯托·克莱门特在比分3:1时将盖洛德·佩里的一个唾沫球击到了中场旗杆的底部，阿劳四处跑动。外面的草坪上，洒水器喷出了它流动的弧形水流。我们都小心翼翼地盯着电视屏幕。我察觉到自己双手之下残肢的紧绷和跳动，就像刚刚看到艾伦时我的身体在恐慌之下的反应。

我看着威利·斯塔吉尔①走上本垒板，翻转球棒，用细小的那端把自己钉鞋上的尘土拍了拍（棒球运动就像芭蕾舞剧，全是传统动作）。紧接着镜头聚焦在做一投的佩里身上，他立在那里，收到信号后直起身子，将双臂高举过头顶，然后放下。他转头盯着二垒手的位置，然后将戴了手套的右手抢圆，长长的左臂划回，球扔了出去。斯塔吉尔把球击过中场右侧的栏杆，电视机里的喧闹声咆哮而来，就像浴缸里装满水一样。埃德摸了摸鼻子，阿尔·萨顿把疣放在他的嘴唇之间，好像在吐出一颗种子。我坐在那儿，注视着我前妻，看着她的身体、她的双脚、她的膝盖，她那夏天用的白色手提包像一只小白猫一样卧在她膝盖上。我想知道她为什么会出现在这里，我可以做什么，我该怎么摆脱她。我咬紧牙关把双手压在残肢上，不知如何面对这猝不及防的场面和无法控制的情绪。

---

① 马蒂·阿洛、罗伯托·克莱门特、盖洛德·佩里、威利·斯塔吉尔均为美国棒球明星。

突然，埃德站起身来。"我在这儿不合适，还是去收拾收拾那些干枯的松树枝吧。要我把松树枝锯成适合壁炉的长度吗？"

埃德·霍克斯是个了不起的男人。很多事情不用说他就明白。通过这么一个简单的问题，他弱化了两位女管家对我的过度保护，让我从无法控制的残肢和药片带来的紧张中恢复过来。于是我赶紧回答说："好啊，这样这个冬天我们就能有一堆上好的柴火用了。"

他冲我挑了挑眉毛，又向艾伦礼貌地点了下头，随后走了出去。艾伦似乎没注意到埃德出去，她一直看着我，我转过脸，做出一副沉浸在球赛中的样子。我听到埃德在外面移动洒水车，还有他怕被水淋着又赶紧跑开的声音。几分钟后他启动了小卡车，然后驾驶着离开了。

我挪动了一下身体，因为疼痛正沿着截肢处向上蔓延到我的髋关节。当我转身时，发现艾伦依旧一脸严肃目不转睛地看着我，像一只潜伏在树上的美洲豹，也像挂在墙上的一把猎枪。

"整个冬天，你都在这儿待着。"她说道。

"当然。"

"我知道存在着一些……"

"问题吗？"我反问道，"我一无所知。"

但我不会像你一样和罗德曼或者那个外科医生说话，也不会把目光放在可怜的艾达那弯曲的爪子上，或是聆听艾达上气不接下气的喘息声。艾达虽然比我年长，但比我强壮多了。

我的注意力开始分散。他们几个人——不管是我的追随者还是保护者——都站了起来。雪莉果断地跳起来，阿尔·萨顿也站了起来，他不想被人发现在有女士站着的场合自顾自坐着，艾达则趿拉着她的拖鞋站起身来，嘴里嘟囔个不停。她看向艾伦的目光里满是嫌恶与愤恨。"这些餐具还是要洗的，雪莉，要搭把手吗？"

"我想我还是出去整理信件好了。"

"什么信件？"我问道，"什么餐具？你们都坐下，现在是周六下午，就在这儿待着别动。"

"我还有十五年间的格拉斯瓦利信件需要整理，时间不多了。"雪莉说。

"时间怎么就不多了？"我问。

"不到十天我就要开学了。"

"我以为你不……"

雪莉微微一笑，皱着眉头给我使了个眼色，好像在提醒我不要在她妈妈面前说这样的话。我闭上嘴，但雪莉让我有一种发疯的感觉，我们之前的谈话本来还是挺温馨的，忽然就要讨论破裂的关系了。

"不要因为格拉斯瓦利的信件感到太大压力，这些根本不重要，重要的事情都在后面呢。"我说。

"在什么之后？"

"所有事情发生之后，"我有些生气了，"在我失去兴趣之后。"

"他们给旧金山大火和地震中逃出来的难民提供了住宿，我刚刚看了它们一眼，瞥到了一些信息。"

"是的，谁会关心呢？坐下看球赛吧。"我轻描淡写道。

雪莉这个傲慢的丫头一点儿也不考虑我的困境。她侧头看看我，说如果现在不需要她的话，她就先去洗个头发。她穿着毛衫、短裤，露着棕色大腿，冲艾伦笑了笑，轻轻地说了句"再见"便离开了。

艾达把啤酒冷却器放在了自己的肚子上。她用胳膊挤压着酒罐顶部，啤酒喷射而出，于是她又把它放了回去。她用手指在聚苯乙烯泡沫上滑来滑去，摸索几番，还不停地转动着手腕关节，看着都让人难受。她的脚踝凹陷于过胖的足弓中，拖鞋上还带着洞——这是为了减轻她肥胖的大脚趾的压力，让她走起路来不至于像跛脚的动物一般。眼前这一切着实让艾伦大开了眼界。

艾达咕哝着越过门槛，回自己屋子去了。此时屋子里只剩下阿尔·萨顿、我、艾伦三个人，尽管我哀求阿尔留下来再喝一瓶，这样不至于让我和艾伦两个人太尴尬，但他也迫不及待地要离开。

"恐怕等会儿我也要走了。"阿尔说。与我俩待在一起他也感到尴尬，他不安地笑了笑，耸耸肩，从衬衫口袋里掏出他的四焦眼镜，戴上后继续看电视，随后他身子又缩了回来，喊了一句"天啊"，猛地把眼镜摘下，内疚地笑了起来。接着他把眼镜放进口袋，然后又掏出来，再戴上，透过镜片看看我，再看看艾伦，叹息似地苦笑了一声。他痛苦又有点儿内疚地看着我俩，眼睛在透镜后一直转动，就像玩具娃娃的眼睛一样，随后他踱回椅边坐下。"抱歉。"他坐下时撞到了椅子，边说边把它挪回原位。他双唇间的疣子被一个甜美又带着几分愚笨的笑容掩盖了。"老兄，趁我还没有撞坏什么东西，我还是离开吧，"他说，"沃德夫人，很高兴见到你。莱曼，接下来看你的了。"他耷拉着脑袋，张大嘴巴，脖子后面红红的，握住网格门的门把手，转了一下，"砰"的一声把门拉开，把脚抬得高高的，蹑手蹑脚地走了出去，留下我一个人对着球赛和前妻。

尽管我一直在用双手按压，瘦弱的残肢又无可救药般地抽搐起来。屋外草坪上的洒水车像是音乐剧中的阴谋者一样发出声音，成功地吸引了我俩的注意力。

就是现在！恐惧中夹杂着我的愤怒，我转完椅子立刻直面艾伦。她都没做好面对我的准备，只见她皱着眉头，低头看着自己的手和提包，好像要做出什么决定。我在心里无声地朝她呐喊，你竟敢来这儿，坐在我的门廊里，还把我的朋友们都赶走！你竟敢坐在这儿，好像很受欢迎一样，好像有权利这样做一样！你还记得你对我做过的一切吗？你有没有羞耻心？你来这儿是想要什么？你还想从我身上带走什么?

她看着自己苍白的双手说道:"在这儿度过整个冬天,你一定是在开玩笑。"

"我是认真的。"我说。她眼睛往上抬,我快速一瞥,看到了她那双深蓝色的、我无比熟悉却又令我震撼的眼睛。当你看向一双你很熟悉的眼睛,然后避开不看,再选择性地遗忘一些东西,这种感觉很难用言语描述。眼神交流之后,我俩这种快速重获的亲密感与看似友好的关系不言而喻。就在那时,仿佛是这个我既鄙视又畏惧的女人在我面前脱下了衣服,把肉体展示给我看,微笑着向我提出某种让我勃然大怒的要求。我再也不敢直视她,紧紧抓住自己的残肢,告诉自己要当心!

"你在这儿过冬,谁来照顾你?"艾伦用一种理性的口吻问道。我记得青少年时期的罗德曼,想要一辆摩托车或是同一群高中生搭便车去加州的卡平特里亚沙滩或拉荷亚过复活节时,艾伦也会这样说话,语气殊无二致。她继续说:"你这样做可不明智。要我说啊,你虽摆脱了年轻的雪莉,艾达那老太太还有点儿跛,甚至连一支香烟都握不住。还让她照顾你的话,万一你再摔到其他部位怎么办?亲爱的,你应该懂得爱惜自己的身子了。"

"我能忍受一切我必须忍受的!"

她的视线又回到我身上。我困在轮椅里一动不动,她看着我,思索着。我用双手紧紧地压着残肢,膝盖上的报纸依旧晃动着发出沙沙声。她微笑着以示安慰,然后不再看我,把目光移向电视,欠身问道:"你还要继续看电视吗?"

我没有回答,只是瞪着她,眼神里充满了挑衅和绝望。她关了电视,关闭了一切不相干的噪声。"好吧,我们一会儿再聊这个问题。我既然来了,你带我参观一下这里吧?"

"我想你不会喜欢这里的。"

"怎么会不喜欢呢？这里很漂亮啊，环境优雅，复古幽深。我进来的时候一直在看这里的玫瑰花。"她露齿一笑。"这么好的环境对你的身体也是有好处的。只是万一天气不好，又只有那位老太太在的话，你不能……"

"那位老太太只比你大四岁。"我打断她说。但这只是我被她言语击败后最无力的反驳。她无视我的敌意，笑了笑。

"来吧，带我四处看看。我想看看这里的房子院落，你工作的地方，睡觉的地方。"她微笑的样子让我近乎发狂。她劝诱地说道："我就不能对你有点儿好奇心吗？"

她真是奇怪。我转着轮椅向网格门走去，打算就此躲开她，或者我走在前面帮她开门，然后再"唰"地把门关上。计划赶不上变化，她很警觉，抢先一步帮我打开房门。

现在除了带她四处瞧瞧，我别无选择。于是，我改变了想法，她越早参观完这里不就会越早离开吗？在穿过果园的路上，我飞快地转动轮椅，想把她甩在身后，但是轮椅快没电了，她轻而易举就跟上了我。祖父栽下的苹果树，叶间的果实红彤彤的，蜜蜂也忙着在树丛间采蜜，空气中弥漫着苹果的芳香和初秋的气息。

我沿着栅栏旁的平坦小路一路向前，然后停下来告诉她："这是我每天做健身操的地方。"我从轮椅的支架上取出拐杖，放在轮椅臂上，然后用手把自己的身体支起来，直到可以单脚站立。

"你要做什么？"她问我道。

"做健身操。你介意等几分钟吗？"

"必须现在做吗？"

"到时间了。"

看到她脸上的不耐烦我感到十分愉快。我在心里默想，现在看看我俩是谁更无助，到底是谁需要照顾。我把拐杖夹在胳肢窝里，一只脚放在了脚踏板上，双手感觉到了身体的重量，然后我先把一根拐杖撑到地面上，再放另一根。接下来的动作需要格外地小心谨慎——斜身、跃起。路面像玻璃一样光滑，我有些急躁，脉搏也跟着剧烈跳动，就像是野餐会上的二人三腿赛跑选手，我摇摇摆摆地拄着拐杖走了起来，艾伦焦急地伸出手想扶我站稳，但我避开了。先稳住你自己吧，我心想。晚了，总是晚那么一步。

转身回头时，我看到了她脸上惊愕的表情。我挥动拐杖立在地上，动作敏捷，就像白金汉宫的卫士一样来了一个漂亮的转身，继续前行在那条路上。就让她站在那儿，好好观摩观摩我的操作技能，让她看清她假装关心的这具腐朽身体里的坚韧吧。你是不是被男朋友甩了？我边在心里想着，边伸出拐杖戳在地上继续摇摆着前进。想用冬天的寒冷做借口让我收留你住在我家吗？见鬼去吧。我可不需要你。我对现在的生活很满意。每天下午我都沿着这条路来回上下，这是我慢跑的方式。即便只有一条腿也不影响我的生活。这不时抽动的残肢和难以吞咽的药片带来的痛苦又有何妨，我已全然不是过去你熟悉的样子了。好好睁开眼看着吧。

我本想做足八次来回，但第六次结束时，我不得不停了下来，感觉心脏就要从我胸腔里蹦出来了，残肢也火辣辣地疼。我努力控制急促的呼吸声，以免被她听到。然后我像往常一样准备收工，大大咧咧地把脚放在轮椅踏板上，准备转身坐上去，不料轮椅滑开了几英寸，我一下子失去了平衡，只得抛下左手的拐杖伸手去抓轮椅扶手。她刚好在旁边，便一把扶住了我。我半靠在她身上，她的体香迎面扑来。

我浑身颤抖着坐回轮椅。她一直搀着我的胳膊，直到我坐稳，然后弯腰捡回倒在地上的拐杖。她一言不发，面无表情。

"谢谢。"我接过拐杖放进支架中。我感觉蒙受了极大的耻辱，气得残肢不停地抽搐，身体也显得疲惫不堪，接着我开始下坡，前往玫瑰花园。

她紧跟着也过来了，一直跟在我身后，所以我也瞧不见她。我能感觉出来她一直在盯着我看，而她的沉默就像是作用在我身上的药物一样。我开始絮叨，告诉她祖父是如何在黄道带小屋竣工之前就建起了这个玫瑰园，那时他和祖母还有贝琪住的小屋，就是现在埃德·霍克斯和艾达·霍克斯住的地方。每到工作日晚上和周末，祖父都在这里捣鼓，培育杂交玫瑰植株。我向艾伦介绍了其中一些玫瑰，一些杂交品种。这是一个真正的家族玫瑰园，历经三代经营，不乏一些独一无二的品种，我对此感到无比自豪。在我看来，玫瑰庄园的影响力越大，我自己的地位就越发稳固。我告诉艾伦，很多玫瑰种植者常常从各地跑来观赏这座玫瑰园，请求祖父赠送或卖给他们一些植物插条之类的，后来祖父的脾气变得乖戾起来，再也不愿与人打交道了。

在我说这些的时候，艾伦只是偶尔咕哝几句。我不知道是我让她感到厌烦了，还是她正借这趟玫瑰园之行从背后默默观察、研究我。我希望她觉得这一切无趣至极，我希望她无法从我一动不动的后脑勺看出什么，我希望她马上走开，我希望她彻底绝望。炎炎烈日下，我故意带她走小路，她就这么走了过来，嘴里咕哝着。她走在我身后，我始终看不到她，这感觉就像是一个男人被一把枪顶着后背，因惊恐而无法回头。直到走到很远处的一座老式拱形凉亭时，我们才停了下来。凉亭上爬满了攀缘玫瑰，长得枝繁叶茂。

"那是我祖父培育出来的一种杂交品种，通过将产自爱达荷州的一种古老的黄色攀缘玫瑰与某种苔藓玫瑰杂交获得，"我介绍道，"祖父从来没有售卖也没有送出过这一品种。私下里他把这种花叫作'艾格尼丝·沃德'，以此纪念我那在童年时期早逝的姑姑。这种攀缘植物花朵艳红，顶部稍带黄色，在灯光下看起来灿烂如火。"

我坐在轮椅里，眼睛盯着凉亭，如同把钥匙插进锁眼一样。她在我身后说道："真希望此时就是它的花期。"顿了片刻，她又说：

"用培育玫瑰来寄托对家人的思念，这主意不错啊！"

"这是他唯一能做的了，"我说，"据我所知，他和祖母从未提及过姑姑的名字。你知道一首古老的伦敦民谣吧——'挂在墙上的那张照片'，和它差不多。"

"真的吗？天哪，你姑姑都做了些什么？"

"什么都没做，"我回答道，"她就是个漂亮的小姑娘，几岁就去世了。这难道还不够吗？"

"不够。这不足以解释为何你祖父母要抹去她的存在。"

"不是这样的，他们只是从来不提起她，但这不能说是抹去了她的存在。毕竟，祖父培育出了一种纪念她的玫瑰。事实上，祖父为了得到他想要的这种玫瑰，试验了十几个玫瑰品种。你知道培育出杂交玫瑰需要多久吗？至少两到三年！他总是得不到自己想要的。他喜欢这些花朵，花朵却难以尽善尽美，可以持续开花的品种要么颜色不对要么无味。颜色要是对了，花期却在五月份，还没到夏季花朵就枯萎了。最后祖父只得做出取舍，选择了一个颜色灿烂但花期短的品种。"

艾伦站在我身后，静默无言。我感觉她把手放在了我轮椅的背后，就像是我的监护人或护士一样，在这沉闷的下午准备推着我四处兜风，这让我觉得非常不舒服。我启动轮椅前移了两英尺，但并未感觉到她拉我轮椅的力量。坐在凉亭下，我深深地呼吸着温暖的空气。这时她发话了。"如果你祖父从不提及艾格尼丝，关于这玫瑰的一切你是怎么知道的？"

"噢，祖父和我说的。"

"但是他不和你祖母说？"

"不说。"

"为什么？"

此时我的目的基本达到了。"我祖父就是这样一个男人，他难以忘记或原谅过去。"

艾伦用脚踢着碎石，说话声音小而含糊，我全神贯注地听着。她说："你祖父听起来像是一个硬汉。"

"恰恰相反，他温和又有些柔弱。他身边的人总是利用他。祖母一直说他过于信赖他人。事实上，他从来不会对别人抱有太大的期望，所以对于不守信用的狡诈之徒，他也不会失望。但是，如果他绝对信任的那些人背叛了他，他就会变得非常强硬。来吧，带你看看蔬菜园。"

我启动轮椅，穿过凉亭绕过房子的拐角，心直口快地说着。她几乎是一路跑着才追上了我。

可能是我大脑混乱的缘故，在这渐渐西下的太阳下，我的思绪犹如脱缰野马。我有点儿困惑，同时又有一种恶意的冲动，想带这个女人看每株菜豆的叶子，看一看有没有成熟的西红柿，看一看玉米的穗粒。"带我瞧瞧吧。"她央求道。很好，她很快就看到了。我带她转过每个拐角，连时间都忘记了，直到筋疲力尽才带她沿着斜坡回到游廊。天色有点儿晚了，我叫了声艾达，希望此时此刻她在厨房里，但没人回答。我又叫了一声，空无一人的房间里只有我的声音在回荡，"嗡嗡"的回音像是我在对着一个大提琴喊叫一样。听到回音时，我才意识到身后的门没有关上。艾伦肯定还在门口，没有跟着我进来，此刻她应该正手把着网格门或者伸出脚顶着门呢。我不情愿地继续往前转动轮椅，可并非是要欢迎她进来，我只是想打破屋内的一片寂静。随后，我听到门"咔哒"一声关上了。现在又是我和她独处一室。

"我可以参观一下房间吗？"艾达柔声说道，"我想看看你生活和工作的地方。"

我把目光从她身上移开，一直看着这漆黑的房子。谁敢往这个男人身后看呢？哪个在黑暗中行走的孩子有勇气直视前方一步一步往前走，而不会惊恐地逃跑呢？我说："我基本都待在楼上，除了去厨房，偶尔去一趟藏书室，楼下的房间几乎不用。"

"那你带我上楼瞧瞧吧。"

她就是这么固执。她站在我身后，非要掺和我现在的生活。一想到她要去楼上看我的私人空间，我便心生恐惧。我听着屋内的动静，又叫了一声艾达，短促的叫声即刻淹没在房间里。声音平息之后，我有一种感觉！甚至因这种感觉而颤抖，就像一条大鱼瞬间把一条小鱼吞没一样。一想到他们都离我而去，留下我自己应付这女人，我眼前便因恐惧而一片漆黑。我必须看她一眼，我想知道这个站在我身后寸步不离的女人脸上的表情，但我不敢把轮椅转过去。所以，我最后说了一句："嗯，你不妨看看下面，这里过去可是非常棒的。"我转身经过斜斜的门槛，进了大厅。

我们在各个房间都转了转。在门口转身时，我趁机瞟了她一两眼。她表情严肃、眉头紧蹙，把鞋子脱下来拿在手里，仅仅穿着袜子，悄无声息地跟在我身后。看到她像在自己家一样舒适自如，我再度感到愤怒起来。我为她打开餐具室的房门，看着她轻盈地走进去，像是受到祝福的少女一样御风而行，身姿翩翩，我还得继续在前面引路。

我急匆匆地带她经过因岁月流逝而变得暗淡的红木墙壁、空空如也的石壁炉、高横梁的天花板，穿过铺着光亮地板的昏暗长门廊。随便从哪条道去房间都会有回声，我轮椅的橡胶轮子一直滚动着，而她穿着袜子的脚步就像蜘蛛结网、尘埃落地一样无声无息。藏书室里，墙面上曾经挂祖母肖像的地方露出一块白墙壁凝视着我们，书架上的书籍也显得死气沉沉。

在这停滞的空气中，她无声的气场不时地往我身上施压。回到大厅的时候，我已是汗流浃背，等来到电梯前要转动轮椅时，我发现自己的两只手都黏在了扶手上。

"好了,就是这里。这是我住的地方,非常舒适,正如你看到的那样,管家对我百般照顾。恕我失陪,我还有些事要做。"我面朝她,尽最大努力表现出希腊神话中蛇发女怪的气势,其实是被逼得走投无路了。

但她并没有像一个听话的小学生一样,让她离开就离开。她仍旧站在我面前,眼里流露出疑问的神情,微微笑着。屋内一片静寂——厨房里没有平底锅、餐碟的声音或者流水声,楼上也没有打字声或脚步声。我们还在外面晃悠的时候,埃德肯定回来把洒水器关上了。我用手搓了搓自己油油的脸颊,在一片寂静中叫道:"艾达?雪莉?"

我语声呜咽。我蛇发女妖般的注视对艾伦根本不起作用,情况更加不妙了。在我看来,她的温柔体贴中又带着一丝悲伤。我不能自说自话或不着边际地闲谈,必须委婉地告诉她我的真实想法。

"再见,"我说,"如果我说,很高兴你来看我,那我是在撒谎。不过我也真心希望你过得好。上帝与你同在。"

我真的用了这句话——我的灵魂与上帝同在,我爱你与上帝同在①。上帝与你同在?但我真正的想法是我的诅咒与你同在,我吐在你脸上、身上的唾沫与你同在。头脑昏沉中我驱动轮椅进了电梯,关上电梯门并按下了楼层。

她跟着我进了电梯,这让我无比惊恐。她穿着袜子站在电梯里,就像身上充了氦气一样给人一种漂浮的感觉:她站在轮椅旁,我又开始感到恐惧起来,也许我根本无法摆脱她,我心里总是会有她的声音,我门前总是会有她的身影。我无助地沿刚才走过的路返回,既不能向前也不能退后,甚至无法转头看这女人一眼,我就这么到了楼上。

---

① 原文为西班牙语:Vaya con Dios, mi alma, vaya con Dios mi amor.

来到楼上时,我心情渐趋平静,给轮椅开了锁,自如地向宽敞的大厅行去,上一刻令我汗流浃背的恐惧得到了缓解。我找到了看她的勇气,她看起来很温和,没什么恶意。我感到一阵高兴,几乎迫不及待向她展示我房内的布置,我想让她看看我独立生活的私人天地。驱动轮椅向书房敞开的门走去时,我的手一路滑过光滑的红木墙壁。我向她展示耐磨毛地板的实用性,这种地板除了日本其他地方可都没有。这是最早期的梅贝克[①]住宅之一,堪称地标建筑。要是他们把这房子拆了那遗憾可就大了。我觉得,这房子应该交给国家信托基金妥善管理。

我停了下来,进书房时让她走在前面。她欣然答应,这不禁让我怀疑先前她从花园到楼下一直对我穷追不舍的景象,是否出自我的想象。她走进书房,看了看我的书桌,桌上放着尚未整理的信件。站在书桌边,可以瞥见窗外松树的顶部与傍晚的天空。她又看了看墙上的画像和裱框的书信。最后,她在苏珊·沃德的肖像前驻足了片刻。

"这就是你祖母?"

"苏珊·伯灵·沃德。你应该见过她的照片。"

"我可能没怎么留意,但她看起来和我想象中的一样。"

"嗯。"

"你祖母看上去思维敏捷,品德高尚。"

"的确如此。"

"但是不快乐。"

"嗯,那是她快六十岁的时候画的。"

她转过身来,墙上祖母的画像和我的前妻肩并肩出现在我眼前。我在这两个女人身上投入了太多的心思和感情。一个眼帘低

---

① 梅贝克(Bernard Maybeck,1862—1957),美国建筑师。

垂，在暗淡的灯光下沉思默想，另一个黑发白肤、表情冷静、眉头紧蹙。从眼神里看上去，后者更像是一个富于好奇心但受到伤害的孩子。祖母拥有多重身份，她是妻子、母亲，也是一位知识女性。艾伦说："一个女人都到花甲之年了，还会想不开吗？"

"干吗问我？"我说，"作为祖母的传记作者，我只能说，在她三十七岁之后，也就是博伊西峡谷的田园生活结束后，她就没有真正快乐过。"

她的眼神让我不安。我为何要垂下眼帘呢？

"但她之后还活了很长一段时间。"艾伦说。

"她九十一岁高龄去世。祖父是八十九岁去世的。事实上她并未独自老去。"

"但她过得不怎么快乐。"

"但她也不是不快乐。必须非此即彼吗？"

我盯着她深蓝色的眼眸疑惑地看了一眼。准确地讲，我盯的地方是她的双眸之间。我看她时心里在想，为什么她这双眼大睁、一眨不眨的吃惊表情总会触动我，给我一种懵懂无知的感觉呢？真的是无知吗？也有可能有坦率乐意的意思？

我短暂的高兴情绪烟消云散了。窗外，天空正在失去光彩，松树上也没了光亮。艾达到底在哪儿呢？平常这个时间点，艾达已经过来照顾我吃晚饭了。恐惧像只癞蛤蟆一样占据我的心头。我突然摇着轮椅来到床边打电话，艾伦根本没来得及问我要干什么或是阻止我。铃声响到第四下的时候，雪莉接通了电话，她那像码头工人一样粗犷的声音和平常别无二致。

"喂，你妈妈在吗？"我问。

她回答说："我正准备打给你呢。我们需要等一下才能去你那儿。妈妈突然病了，爸爸现在要带她去医院，我也要陪着去。你能等到我回来再给你做晚饭吗？大概一个小时以后？"

雪莉的声音像个男人一样低沉粗糙，语气激动又急切，上气不接下气，就像是跑过来接电话一样。

我回答道："你先忙吧。你好好照顾你妈妈，不用担心我。我可以做一个三明治吃，请代我向她问好。"

"好，我猜……嗯，这边一结束，我就过去。你千万别自己动手，我会尽快过去的，好吗？"电话那头依旧是上气不接下气的声音。

"好。"我挂了电话。

"怎么了？"艾伦问道。不过我肯定她全都听到了——雪莉在电话听筒里的声音就像是从喇叭里放出来的一样。毕竟这电话太破旧了。艾伦的脸色似乎在说："真好，这不就是我想要的吗？这事迟早会来的。"

她依旧用手拿着鞋，脑袋歪在一边。"你需要喝点儿什么，你看起来很渴，脸颊都陷下去了。"她弯下腰，匆匆穿上高跟鞋。"酒瓶在哪儿？你不用说什么戒酒的废话了，毕竟这情况特殊。我先给你拿杯喝的来，然后再找点吃的给你。"

"我可以等。雪莉一小时后回来。"

"不，不用。你为什么要等呢？"

她就像一个热情的后备四分卫一样，试图证明自己被排除在比赛之外是不公平的。我盯着她，无助又心烦，却找不到可以阻止她的话。于是我让她帮我弄杯喝的，并趁她转身时，将两粒阿司匹林塞进了嘴里。然后我伸出满是冷汗的手，接过了同样冷冰冰的酒杯。

"要我把电视声音开大点儿，你看看新闻或其他节目吗？"

我觉得自己像是被什么硬东西圈在角落里。"不用了，谢谢。"

"你还需要什么？要吃药吗？"

"什么都不需要。"

"好的，你就坐在这儿喝你的酒吧，我马上回来。"

艾伦"哒哒哒"下楼去了，脚步轻快又敏捷。我坐在窗边，满嘴都是她给我端来的波本威士忌的味道——坚持戒酒一个星期后，我怎么就这么轻易地动摇了呢？我竖着耳朵听楼下的动静。来谈谈一只流着汗钻进洞里去的卡夫卡式小动物吧。有那么一会儿我听到她在楼下边捣鼓边唱歌。我两三口把威士忌喝完，摇着轮椅快速来到冰箱前，又倒了些酒和杯子里的冰块搅在一起，然后回到原位，以免被她看到后唠叨我。我喝完酒，把空杯子放在那里，转了下轮椅望向窗外。等她端着托盘上楼时，我正看着暮色降临。

我坐在轮椅里，吃着她端来的汤、三明治、水果和牛奶。她再次脱掉鞋子，只穿着袜子，手里拿着一杯酒在房间里走个不停。她似乎不喜欢自己的高跟鞋敲打地板的声音，这一点和她的儿子非常不同。她说道："和我讲讲你的书吧，书名叫什么？"

"书名还没定好，我在考虑是不是可以叫《安息角》。"

她停下脚步，斟酌着。"这个书名好么？能让书大卖吗？听起来有点儿……死气沉沉的。"

"那你觉得《多普勒效应》会好些吗？"

"多普勒效应？那是什么？"

"算了，没什么。书名不重要，我还可以叫它《在本迪克斯牌洗衣机里》呢。反正这也不是什么特别的书，只是关于生活的报告文学而已。"

"你祖母的生活？"

"对。"

"她为什么不开心呢？"

"这不是我研究的内容，我也不知道她为什么不开心。"

她站在屋子中央，手里捧着酒杯，眼睛盯着杯中的液体，仿佛有什么奇怪的东西会从里面冒出来。

"她到底为什么不开心呢?"

我把刚吃完一半的三明治往架在轮椅上的托盘里一放,双手颤抖,大声吼道:"你想知道为什么?你不知道吗?因为她知道,她对我祖父不忠贞,精神出轨、肉体出轨,或者精神与肉体双重出轨;因为她为女儿的溺亡感到自责,就是祖父用玫瑰祭奠的那个孩子;因为她对她情人的自杀难辞其咎——如果萨金特确实是她情人的话;更因为她为自己失去了丈夫和儿子的信任而感到痛苦。这回答你满意吗?"

她低垂的头抬了起来,半闭的眼睛也睁大了。她看起来想要躲避我的眼神。我的这些话正击中了她的要害。她自信的姿态就是一种伪装,她漫不经心地弓着脚背在地板上移动,像是在表演。在内心深处,她一定和我一样惊慌失措。她深蓝色的眼睛凝视着我,脸部肌肉拉紧,看上去有些呆滞。又过了一秒钟,她耷拉着脑袋,眼睛低垂,弓起脚背沿着地板的缝隙来回移动以避开我的质问。然后她作出一副无所谓的样子,神情漠然地对着地板说:"这是……什么时候的事?"

"一八九〇年。"

"他们依旧生活在一起呀。"

"他们没有!"我说,"祖父走了,她也离开了原来住的地方,但她后来又回来了。祖父去墨西哥工作的时候,祖母独自在博伊西住了将近两年。后来,祖父的姐夫康拉德·普拉格——'黄道带'的老板之一,让祖父来这里设计水泵,抽排泛滥的水流。普拉格和他的妻子,也就是祖父的姐姐、姐夫,给祖父做了思想工作,最终让他给我祖母写了封信,把她叫了回来。这段时间我父亲正在东部的学校念书——他从来不回家。事实上,他已经很多年不回家了,祖母和祖父复合了七八年后,父亲才在这里露了面。"

她的目光落在我的身上。在灯光的照耀下,她的瞳孔又大又黑。她没有说话,但是嘴部抽动着。

"他们从此过着平平淡淡的日子,说不上幸福,也说不上不幸福,"我继续说道,"就这么互不相干地过了一年又一年,差不多快半个世纪了吧,他们经历了第一次世界大战、爵士乐时代,经历了'大萧条'和新政、禁酒令、女权运动,经历了汽车、无线电和电视机的诞生,直到'二战'爆发。祖父母经历了这么多的变化,可他们自己却一点儿也没变。"

"所以你告诉你的秘书,她叫什么来着,你对这一时期发生的事没兴趣?"

"是的。这一切在一八九〇年都结束了。"

"在他们关系破裂的时候。"

"没错。"

她沉默了许久,柔软的大脚趾沿着两块木板间的缝隙来回移动,然后她又向前走了一步,继续这个动作。最后她抬起头,瞥了我一眼。"'安息角'是什么意思?"

"我不知道这个词对祖母来说意味着什么。我一直想弄清楚。祖母说,这个词只用在沙砾上,真是太可惜了。但是我知道这对我意味着什么。"

"意味着什么?"

"躺下来,永远安息。"

"啊!"她转动肩膀,侧过身来,先是看了看我,然后转移视线,望着祖母的画像说道:"你是说死吗?活着很受罪吗?他们五十年都是这么过的?他们一直不得安宁,直到去世吗?应该……不会那么久吧。她不可能忏悔了大半辈子。"

我耸了耸肩。

她穿着袜子来回走动,尼龙袜在地板上发出窸窸窣窣的声音。然后她把酒杯放到书桌旁边,在那儿站了一会儿,打量着一摞摞的信件和书籍。有些信件记载了博伊西的往事，信纸装在一个马尼拉信封里。我担心她会打开那个信封，幸好她只是打开了一个信件夹。她抿嘴看了一会儿，然后把信件夹合上了。随后她抬起下巴，看着墙上挂在阔皮带上的马刺、猎刀和火枪。

"这是什么？乡土特色吗？"

我觉得，她隐藏了自己的真实情绪。刚开始我控制不住自己，想朝她大吼大叫，现在可以了，她成了陷入被动的一方。

"我还是小孩子的时候，祖母的画像就挂在那里了，"我说，"后来我找到了这些东西，就把它们挂回原处了。"

"看不出她还是一个女牛仔。"

我觉得她这脱口而出的话太没礼貌了。

"这几样东西会时刻提醒她，她嫁给了谁。"

她背对着我，肩胛骨在薄薄的绿棉布下显现出来。"你这么说倒像是她在惩罚自己。他们合不来吗？"

"他们挺合得来的，"我说，"他们彼此尊重，不管发生了什么，始终相敬如宾。"

我看到她瘦弱的肩膀抖动起来。她还是没有转身，低声说道："这听起来……不太妙。以栽培玫瑰来纪念女儿的人，一定很厚道。据你所说，他的感情虽遭到了背叛，可他仍然宽宏大量地重新接受了她。"

"他确实是一个厚道之人。"我心怀怨恨地看着她瘦削的背影，觉得自己的声音越拔越高，压都压不住。"他是世界上最厚道的人！"我怒气冲冲地说，"他是我认识的人当中最和善、最可靠、最容易相处的人。我父亲奥利总让我感到不自在，但祖父却让我很有安全感。只要祖父握住我的手，我就仿佛进入了自由王国一样。"

直到这时艾达依旧没有转身，不过她一定听出了我声音中的歇斯底里。她呆呆地对着猎刀、火枪和马刺说："但是你也很欣赏你的祖母。"

"我爱她。她是一个高贵的女人。"

"一个犯下大错的高贵女人。"

"她认识到了自己的错误,"我说,"后来她悔改了,也接受了由此带来的后果,希望时间能够洗去一切不堪的过往。她真正的错误在于她从来没有充分认识到祖父的优点,等她醒悟过来的时候已经晚了。"

艾伦那单薄的、弓着的脊背岿然不动。她似乎被挂在墙上的这几件东西催眠了。一个微弱的声音传了过来。"何以见得?"

我把盘子移到一旁,倒了半杯牛奶放在窗边的桌上。她背对着我直直地站着,还带有几分责备的意思,这种行为让我很生气。我按下轮椅开关,从她身后经过,我唯一能做的,就是控制住自己,让自己不要扬手打她脆弱的肩胛骨。我真想扇她一巴掌,扇到她转身,扇到她卑躬屈膝地认真听我说话。我感觉自己的内心在咆哮,残肢重重地落在我的膝上。

"他从来没有原谅过她,"我说,"有些东西,一旦破碎了就永远无法弥补了。我和他们一起住的那些年里,从来没有看到过他们亲吻,从来没有看到过他们拥抱,从来没有看到过他们有任何身体接触!"

我激动得连话都说不清了,舌头像是肿大了三倍。我涕泗横流,将轮椅滑进浴室,"砰"的一声甩上了门。

很长一段时间,我什么都没听到。我坐在浴室的反光灯下,瞪着洗脸池上方的镜子,看着那个坐在意大利大安乐椅上的只有一条腿的胆小鬼。他满脸泪痕、眼睛赤红、咬紧的牙关引发一阵无力的痛苦,灰白稀疏的头发乱蓬蓬的。残疾人专用托盘上的餐巾仍然铺在他的腿上,餐巾下面的残肢猛烈地抽搐着,犹如阴茎在熟睡中受到了性梦的刺激。

看到镜子中的人以后我提高了警觉。他没法像正常人那样侧头倾听，但他可以把轮椅稍稍转过来一点儿。他停止蔑视镜中的自己，默默地滑动轮椅，车轮在瓷砖上转了个弯，随后向门口走去。

"他在哪儿？"是雪莉低沉的嗓音。

"在浴室，"艾伦问道，"你妈妈怎么样了？"

"暂时还行。医生给她服用了洋地黄。"

"心脏问题是吧？"

"我猜是的。她胸口很疼，一直疼到了胳膊上，脉搏跳动不规律，上一秒还在猛烈地跳动，下一秒就很微弱了。他们说是心律不齐。不一定很严重，但是有点儿可怕。她真的吓到我们了。"

两位女性谨慎地交流着，一个低沉一个轻柔，小心翼翼地流露出彼此的友好与坦率。看不见的声波穿过空心门传到我僵硬的大脑里，传到我耳朵中。艾伦声音轻柔地说："你妈妈情况还不稳定，你不必坚持过来的。"

"噢，没事的，"雪莉低沉的声音说，"她现在好些了。妈妈还担心莱曼先生呢。他吃东西了吗？"

"我给他弄了一盘吃的。"

"噢，他洗澡了吗？"

"洗澡？"

"他每晚都要洗个热水澡，把身上的疼痛都浸泡出来才能睡个好觉。"

"嗯，好的，我会帮他洗的。"

"他自己不能洗。他没法一条腿进出浴缸。"

"那好吧，我来给他洗。"

"还是我来吧。我知道该怎么做。"

我坐在轮椅上，在门后听她们说话，根本看不到自己的脸。自艾伦出现后，我的皮肤一直汗津津的。两个女人的对话依旧客气有礼，但气氛不太对，感觉随时会吵起来。

"你……之前给他洗过吗？"艾伦声音轻柔地问。

"并不经常。一般都是妈妈给他洗。"雪莉声音低沉地回答。

"那你给他洗过吗？"艾伦继续问道。

"有什么问题吗？"雪莉回答说，"我知道怎么给他洗，但你不知道。"

两个人的对话停顿了一会儿。最后，声音轻柔的那人说道："既然你先前没有给他洗过，我认为我也可以做得很好，而且我来洗也更合适。你没必要在这儿待着了，小姐。"

"我是拉斯穆森女士，"雪莉声音低沉，"我还真不知道什么才是所谓的'合适'。整个夏天，我们一直都在照顾他，您在哪儿呢？如果他不想让我们照顾的话，就不会雇用我们了。"

"我知道他雇你当秘书。"声音轻柔的人说道。

没错！门后的男人想。有一次，我洗澡的时候你突然闯了进来，你妈妈还把你撵了出去。

让门后这个男人惊恐的是，雪莉走了进来，把他向浴室里面推了一下。她似乎突然长高了两英尺，身材高大，肩膀宽阔，高圆领毛衫里没穿内衣，乳房就像茄子一样鼓鼓的。轮椅上的男人想躲过她，直接到书房去，但她挡住了他的去路。雪莉关上了门，还搭上了门链。

"好啦，"她语调轻快地说道，"你不要再想三想四了，乖乖听话吧。"

他就像是被困在火柴盒里的一只小虫子。门被打开了一英寸宽，他透过门链看到了艾伦·沃德的脸。艾伦在愤怒地用手敲门，像在敲鼓一样，浴室里发出空荡荡的回响。

"我来帮你洗澡。"雪莉·拉斯穆森说道。她打开热水，浮起的热气让她的脸半隐半现。她转过身子，弯下腰，把手伸进水位不断上升的池水中,试了试水温,然后把被热汽打湿的头发捋回去。她不耐烦地咕哝了一声,坐得离浴缸远了些,脱下毛线衫,扔在一边,然后又坐回来继续试水温。一对巨乳垂在浴缸沿上,四周水汽缭绕。高大的雪莉身处其中笑得更加放肆,她双手握拳放在臀部,挺起双乳,傲然地看着他。似乎被他眼神中的害怕给逗笑了,她稍稍扭了扭屁股。

"来吧!"她大声叫道,"让我好好看看你。把衣服都脱了。"

她上前,他退后,他把手放在门链上,但她冲了过来,他只得把手拿开。艾伦在敲门,浴缸里水位在升高,房间弥漫着白色的雾气。有那么一瞬间,他通过镜子看到自己脸上满是惊恐,雪莉一把抓住他。他不断挣扎,她抓住他来回摆动的手,用力拉开他裤子上的拉链,裤子就被脱了下来。他紧紧抓住自己的衬衫,但衣服最后还是被她从背部撕扯了下去。他身上现在只剩内裤了,尿壶吊在他的一只腿上,尿管消失在短裤的缝隙中。

"啊哈!"雪莉·拉斯穆森叫道,"你这个老魔鬼!来吧,来吧,现在没啥秘密了吧!"

她转向他的轮椅,巨乳就像水球一样在他眼前晃荡。她试图移开他那挡在身前的手,他推开她,她又黏上来。他再推开她,她一拉尿管,他立马撒手去遮挡自己露出的器官,就像是离开了水的鱼一样。"啊哈!"她冷笑道,"你这个老魔鬼!看看你那个!"

令他惊恐的是,他的残肢开始膨胀鼓起,他心里还夹杂着暖洋洋的喜悦情绪。鼓起的残肢就像是壁炉旁的木头,清晰地显现在膝盖旁,伤口缝合的一端又红又肿。他看到雪莉·拉斯穆森露出惊羡的眼神,发出轻轻的、略带嘶哑的笑声。她再一次靠近了他。

"不!"他大叫道,"不!"

他感到一阵虚弱,小便沿着导尿管排出,勃起立刻减弱,残肢的膨胀也慢慢平息。雪莉·拉斯穆森露出厌恶的表情,一把抓起自己的高领毛衣就离开了。她没有关门,随后艾伦·沃德走了进来,站在他的身边。她眼睛哭得通红,温柔地抚摸着他松弛的残肢,说道:"看到了吗?我就说不该让她来的,本来就应该我给你洗澡的。"

艾伦的脸朝他的脸靠了过去,靠得那么近,近到他可以看到艾伦颜色斑驳的虹膜,以及她紧皱的眉毛下暗淡的皮肤。她靠得更近了,嘴唇柔软,眼神哀伤。艾伦的眼睛睁得越来越大,直到两只眼睛占据了他的整个视野,挡住了白色瓷砖、防腐瓷器和浴室镜子里的强光。她的眼睛在离他几英寸处越贴越近,这样距离的双眼只有亲密的爱人和扼喉的杀手才有机会看得到。

2

这就是半个小时前把我吓醒的噩梦。我的睡衣全湿透了，尿壶也满了。如果我真的做了一个梦，这也是一个尿床的梦。我花了整整五分钟才说服自己，这一切不过是个梦，我只是小便尿了一壶，几个女人都没有来过，艾达没有心脏病发作，雪莉也没有像一个喝醉的人一样想在我洗澡时占我便宜。我还没有蠢到去相信这个梦所揭示的那些人不为人知的一面，拒绝承认这个梦，也代表了我心底的某些欲望是愚蠢的。

我躺了一会儿，衰老、疲惫、无助和孤独不断向我袭来。此时此刻，我仿佛身处黑漆漆的矿井中。窗户明明开着，我却什么声音也听不到。又过了一会儿，我才听到一辆柴油汽车在山间高速公路上全速行驶的声音。在我的脑海中，我可以想象，它就像马洛里的"喧嚣的野兽"一样在空旷的高速公路上奔跑，引擎发出阵阵咆哮，车灯在黑暗的树林中闪耀，排气管上冒出蓝色的锥形火焰，它的声音充满了无穷的动力。我听着汽车行驶的声音，感觉脑袋挨着枕头的地方有些发痒。

接下来，不可避免的情况出现了。汽车行驶的声音慢慢减弱。刚开始时难以察觉，司机一转弯，车辆发出的声音降了三度，车辆行驶依旧动力十足。声调再一次降了下来，随后第三次声调下降。在我的想象中，司机是一个坐在昏暗驾驶室里的小个子，他专注于齿轮的运转和仪表盘三根指针的动静。他驾驶的车辆发出胜利的号角声，当声音减弱时我便竖起耳朵仔细听。然后，司机手脚并用地操作起来，又过了一会儿，差不多有半分钟，车辆的动力再度增强,只是声音比之前低沉了一些。经过格拉斯瓦利的时候声音大了些,然后又下降,历经三种不同的声调,最后变成低沉的声音渐渐退去,终于消失在松树之间。

我拿起床头柜上的麦克风,把我做的这个梦录了下来,说不定有朝一日会有用处。我平躺在床上,睡意全无,身上不停地出冷汗。我把塑料麦克风贴在上嘴唇边缘,拇指按在开关上,思索着还有什么想对自己说的。

"'安息角'是什么意思?"在梦里我们谈论祖母的生活时,艾伦这么问我。我说,这是人最终安息的状态。我是这么认为的,但这并不是我研究祖母的生活时所要找寻的答案。我一直认为,在她年华渐逝的那些岁月里,祖父也随她一起变老,然而,他们两人的生活毫不相干。他们就像两条平行线,各自骄傲地活着。如果说他们相交,那只是眼睛的错觉。祖父过世还没两个月,祖母也去世了,或许这足以表明,最终在人生的尽头他们相交了。他们相交了许多年,远比祖父认为的要长久得多。

艾伦·沃德,那个令我又恨又怕的女人,在我的梦中所说的"安息角"的含义,除了死亡和终身忏悔以外,一定还有其他意思。我相信,她意指某种我和她的交会。我的脑子里像是有个懦弱而又热切的几何学家在说,"安息角"是互相扶持的两条线构成的角度,是两条平行线交连形成的假拱。假拱缺少基石,所以无法承重,只能装装门面。此生我们向往的也不过是一个假拱,只有少数非常幸运的人才能发现婚姻的基石。

我还是应该好好想一想。虽然艾伦·沃德今天下午没来找我,但我相信她迟早会来的。如果她不是自愿来的,或者不是在罗德曼的催促下来的,我甚至可以想象,在某个空闲的时候,我可能会派人去接她过来。我可以这样做吗? 我会这样做吗?

前几天,当我就雪莉的困惑表达自己的观点时,我曾经提到,所谓的智慧，就是你明白自己必须接受的东西。在这并不平静的黑暗里，当柴油汽车呼啸而去时，我躺在床上开始反思，自己到底够不够男人，以及我能不能比祖父更加宽容大度地活着。

译后记

美国著名作家华莱士·斯特格纳（Wallace Stegner, 1909—1993）是一位多产的美国西部作家，其作品以技巧高超、语言精湛、地区色彩浓郁、世态人情深重著称。一九七一年，他发表小说《安息角》(Angle of Repose)。一九七二年，这部小说为他赢得普利策小说奖。一九七六年，他发表小说《旁观鸟》(The Spectator Bird)。一九七七年，这部小说为他赢得美国国家图书奖。

《安息角》有"二十世纪写得最好的美国西部小说"之美誉，是斯特格纳写作皇冠上的明珠。概而言之，其特色有三：一、篇幅长，人物多，西部色彩浓郁；二、采用第一、第三人称相结合的叙述方式，并频繁穿插私人信件，真实可信度高；三、探讨婚姻话题，发人深省。

二〇一六年十月份的一个下午，九久读书人编辑告诉我说，出版社有意将斯特格纳的小说《安息角》翻译出版，问我有无兴趣做成这件事。一方面出于对斯特格纳作品的喜爱，一方面因为指导MTI硕士研究生完成毕业论文（翻译实践报告）需要真实的翻译项目，我答应得很爽快。

签订翻译合同后，我把翻译任务分配给我指导的五名MTI硕士研究生张晓宇、李婧、施梦、杨贝贝、王迪，和尚新教授指导的两名MTI硕士研究生严舒琪、彭钰文，组织她们进行初稿翻译。《安息角》共由九章组成，严舒琪译第一章，杨贝贝译第二章，李婧译第三章和第九章，彭钰文译第四章，施梦译第五章和第六章，张晓宇译第七章，王迪译第八章。翻译原则为出版社提出的翻译要求，即忠实原著，文笔流畅，符合汉语表述习惯。具体翻译过程如下：

第一，组织七名MTI硕士研究生通读原文、讨论原文，理解原文，统一人名和地名的译文，完成译文第一稿。

要求：逐词逐句翻译，把不确定如何翻译的部分用红体字标出来，把翻译过程中遇到的翻译问题记录下来。

第二，指导七名MTI硕士研究生讨论翻译过程中遇到的翻译问题，并完成红体字部分翻译，得到第二稿。

第三，组织七名MTI硕士研究生基于译文第二稿，相互修改译文，完成第三稿。

要求：对照原文，逐字逐句研读其他同学第二稿，将修改部分加粗，对于感觉有问题但不知如何修改的部分，用红体字标出。

第四，组织、指导七名MTI硕士研究生讨论她们提出的修改意见，并完成红体字部分的翻译工作，得到第四稿。

第五，我本人对第四稿进行修改，重点在于译文文笔流畅、风格和口吻的一致，完成第五稿，即最后定稿。

在指导学生翻译过程中，我发现，这七名MTI硕士研究生译者需解决的主要问题在于，一是语义不准确问题，二是译文不符合汉语表述习惯问题。由于篇幅所限，我在此仅以《安息角》第二章"新阿尔马登"中的一个语段翻译为例加以说明，以就教于方家。

原文：The sight of a Chinaman in a blue blouse and slippers, with a bundle of brush on his back and an ax in his hand, trotting down the trail with his **pigtail** jerking, made her step to one side. He passed her **with one sidelong glitter of jet eyes**, and **left her shivering**. **The people here were not people.** Except for Oliver, she was alone and in exile, and her heart was back where the sun rose.

学生译文：一个穿着蓝色**褂衫**和便鞋的中国人，背着一捆刷子，拿着一把斧头，**快步地走在小路上**，他脑后的长辫子**随着走路一甩一甩的**。于是，苏珊**走到了路的另一边**。这个中国人从她身边走过时，用黑得发亮的眼睛瞥了她一眼，**吓得她心里一颤**。这里的人都不像人，除了奥利弗，她在这里独身一人，无处可依。她的心早已飞回到了朝阳升起的东部。

第二章"新阿尔马登"主要说的是小说主人公莱曼·沃德的祖母苏珊·伯灵的故事，讲述她跟随丈夫奥利弗·沃德初次到达美国西部地区时的所见所闻。当时正值美国西部大开发，因为金矿的发现，美国人纷纷组建采矿公司。随着西部大开发和淘金热，美国面临非常严重的劳工紧缺问题，于是资本家便将目光投向了当时人口众多的中国。据记载，从一八四九年到一八八二年，三十多万华人（以广东、福建人居多）进入美国做劳工。美国赫赫有名的沟通东西的太平洋铁路就是这三十多万华工所建。他们大多数都在辛苦的工作中死去，只有少数幸存下来，结婚生子，成为美国最早的华人移民。本例就是祖母苏珊的所见所闻之一，描写的是她一个人走在路上，见到一个华人劳工时的情景。译文中的宋体加粗部分，即"褂衫""走到了路的另一边""吓得她心里一颤"语义不太准确；译文中的黑体加粗部分，即"快步地走在小路上""随着走路一甩一甩的"则表述不太符合汉语习惯，读起来不够顺畅；译文中的楷体部分，即"这里的人都不像人，除了奥利弗，她在这里独身一人，无处可依。她的心早已飞回到了朝阳升起的东部"，不仅语义不太准确，而且表述不太符合汉语习惯，读起来不够顺畅。值得一提的是，本例句经其他六名同学修改后，没有丝毫变动，也就是说，其他六名同学也存在相同的问题。于是，我基于该学生译文，结合相关语境，针对上述问题的原因进行了梳理（参见表1）：

表 1　学生译文主要问题简析

序号	原文	译文	问题
1	blouse	褂衫	汉语没有这种表达
2	made her step to one side	走到了路的另一边	字面意义翻译
3	left her shivering	吓得她心里一颤	恐惧程度不够
4	trotting down the trail	快步地走在小路上	字面意义翻译
5	with his pigtail jerking	长辫子随着走路一甩一甩的	表达啰唆、冗长
6	The people here were not people. Except for Oliver, she was alone and in exile, and her heart was back where the sun rose.	这里的人都不像人，除了奥利弗，她在这里独身一人，无处可依。她的心早已飞回到了朝阳升起的东部。	字面意义翻译

　　我个人认为，学生译稿中出现的问题，看上去基本是表达问题，实际上是理解问题，而理解问题则在很大程度上是一个语境问题。概而言之，语境应该分为三个层次：（1）微观语境（句子层面语境），（2）中观语境（语篇层面语境），（3）宏观语境（社会文化历史语境）。毫无疑问，将该长句翻译为汉语，既要考虑其微观语境（句子层面语境）、中观语境（语篇层面语境），也要考虑其宏观语境（社会文化历史语境）。比如，"blouse" 一词，其字典义为"宽松的上衣""女装衬衫"。首先结合其微观语境（句子层面语境），即 "a Chinaman"，然后结合其中观语境（语篇层面语境），即 "in slippers, with a bundle of brush on his back and an ax in his hand, trotting down the trail with his pigtail jerking"，最后再结合其宏观语境（社会文化历史语境），即华人劳工生活贫困，社会地位低下，我将其译为"短布衫"。同时，也对学生译稿中的其他有问题语句进行了改译（参见表 2）：

表 2　对学生译文的修改

序号	原　文	译　文	改　译
1	blouse	褂衫	短布衫
2	made her step to one side	走到了路的另一边	急忙躲到路边
3	left her shivering	吓得她心里一颤	吓得她双腿直打颤
4	trotting down the trail	快步地走在小路上	一路健步如飞
5	with his pigtail jerking	长辫子随着走路一甩一甩的	长辫子一步一甩
6	The people here were not people. Except for Oliver, she was alone and in exile, and her heart was back where the sun rose	这里的人都不像人，除了奥利弗，她在这里独身一人，无处可依。她的心早已飞回到了朝阳升起的东部。	这个鬼地方，人都长得怪怪的，好像来自另外一个星球。而且，除了奥利弗，她谁都不认识。这背井离乡之苦，苏珊真的是受够了。她虽然人在这里，心却早已飞回东部老家了。

我的改译：她迎面碰到过一个中国人。他身穿一件蓝色短布衫，脚蹬一双便鞋，手拿一把斧头，肩上扛着一大捆刷子，一路健步如飞，脑后长辫子一步一甩。苏珊一看，急忙躲到路边。这个中国人从她身边经过时，黑得发亮的眼睛似乎还狠狠地瞪了她一下，吓得她双腿直打颤。这个鬼地方，人都长得怪怪的，好像来自另外一个星球。而且，除了奥利弗，她谁都不认识。这背井离乡之苦，苏珊真的是受够了。她虽然人在这里，心却早已飞回东部老家了。

与学生译文相比对，这个改译本更加符合出版社的翻译要求，即忠实原著，文笔流畅，符合汉语表述习惯。令人欣慰的是，得益于参加这次真实的翻译实践项目，七名同学都一致表示，这是她们第一次真正意义上尝试将所学理论与实践相结合，收获很大。实话说，看着她们取得的进步，想到她们的毕业论文（翻译实践报告）有了坚实的基础，作为一位翻译教师，我感到由衷地高兴。

最后，请允许我借此机会，代表严舒琪、杨贝贝、李婧、彭钰文、施梦、张晓宇、王迪表示我们由衷的谢意！首先，感谢九久读书人和人民文学出版社的领导、编辑及相关工作人员，感谢他们的默默付出！感谢作为读者的您，如蒙批评指正，我和严舒琪、杨贝贝、李婧、彭钰文、施梦、张晓宇、王迪七名同学将备感荣幸！真诚希望该译本能够对广大读者有所裨益！

上海海事大学　薄振杰
二〇二〇年十二月